JOHN KATZENBACH

JUEGOS DE INGENIO

ZETA MAXI

Título original: *State of Mind*
Traducción: Carlos Abreu
1.ª edición: marzo 2010

© 1997 by John Katzenbach
© Ediciones B, S. A., 2010
   para el sello Zeta Bolsillo
   Bailén, 84 - 08009 Barcelona (España)
   www.edicionesb.com

Printed in Spain
ISBN: 978-84-9872-224-6
Depósito legal: B. 2.499-2010

Impreso por LIBERDÚPLEX, S.L.U.
Ctra. BV 2249 Km 7,4 Polígono Torrentfondo
08791 - Sant Llorenç d'Hortons (Barcelona)

—Quería un animal ideal para cazarlo —explicó el general.

Así que dije:

—¿Qué características tendría una presa ideal?

La respuesta fue, por supuesto:

—Debe ser valiente, astuta y, por encima de todo, capaz de razonar.

—Pero si ningún animal es capaz de razonar —objetó Rainsford.

—Mi querido amigo —dijo el general—, existe uno que sí lo es.

RICHARD CONNELL,
The Most Dangerous Game

Prólogo

La mujer de los acertijos

Su madre, que estaba agonizante, dormía con un sueño intranquilo en una habitación contigua. Era casi medianoche, y un ventilador de techo removía el aire en torno a la hija, al parecer sin otro resultado que el de redistribuir el calor que quedaba del día.

La anticuada ventana de celosía estaba ligeramente abierta a la noche color regaliz. Una polilla se golpeaba desesperada contra el cristal, decidida por lo visto a matarse. Ella la observó por un momento, preguntándose si la atraía la luz, como creían los poetas y los románticos, o si en realidad detestaba la claridad y se había lanzado a un ataque furioso contra el origen de su frustración.

Notó que una gota de sudor le resbalaba entre los pechos e intentó secársela con la camiseta, sin apartar en ningún momento la vista de la hoja de papel que tenía en el escritorio, ante sí.

Era de un papel blanco barato. Las palabras estaban escritas en sencillas letras de imprenta.

LA PRIMERA PERSONA POSEE AQUELLO
QUE LA SEGUNDA PERSONA ESCONDIÓ.

Se reclinó en su silla de trabajo, tamborileando en el escritorio con un bolígrafo como un percusionista que busca un ritmo. No era extraño que recibiese notas y poemas por correo, cifrados según claves de lo más variadas, con algún tipo de mensaje secreto. Por lo general se trataba de declaraciones de amor o deseo, o bien una forma de forzar un encuentro. A veces eran obscenos. Ocasionalmente constituían un reto para ella, eran mensajes tan complicados, tan crípticos que la dejaban perpleja. Al fin y al cabo, se ganaba la vida con eso, así que no le parecía del todo injusto que alguno de sus lectores le volviese las tornas.

Sin embargo, lo más inquietante de ese mensaje en particular era que no se lo habían enviado a su buzón de la revista, ni lo había recibido en el ordenador de la oficina como correo electrónico. Habían metido la carta ese día en el buzón maltratado y cubierto de herrumbre que estaba al final del camino particular de su casa, para que ella lo encontrase esa tarde, en cuanto regresara del trabajo. Además, a diferencia de los mensajes que estaba acostumbrada a descifrar, éste carecía de firma y de la dirección del remitente. No había ningún sello pegado al sobre.

No le hacía gracia la idea de que alguien supiera dónde vivía.

La mayoría de la gente que se distraía con los juegos de ingenio que ella inventaba era inofensiva; programadores informáticos, académicos, contables. Entre ellos había algún que otro policía, abogado o médico. Ella había aprendido a reconocer a muchos de ellos por la manera tan característica en que funcionaba su mente cuando resolvían sus pasatiempos y que a menudo resultaba tan única como una huella digital. Incluso había llegado a un punto en que sabía de antemano cuáles de sus asiduos darían con la solución de ciertas clases de enigmas; algunos eran expertos en criptogramas y anagramas; otros sobresalían por su habilidad para desentrañar acertijos literarios, identificar citas oscuras o relacionar autores poco conocidos con acontecimientos históricos. Era la clase de personas que resolvían los crucigramas del domingo con pluma.

Desde luego, también había algunos de los otros.

Ella siempre estaba alerta ante la gente que proyectaba su paranoia en cada mensaje oculto, o que descubría odio y rabia en todos los rompecabezas que ella creaba.

«Nadie es realmente inofensivo —se dijo—. Ya no.»

Los fines de semana se llevaba una pistola semiautomática a un manglar que no estaba muy lejos de la casa de bloques de hormigón ligero, desvencijada, de una sola planta y dos habitaciones que había compartido durante casi toda su vida con su madre, y practicaba hasta convertirse en una experta.

Bajó la vista hacia la nota que alguien le había llevado hasta allí y notó una presión desagradable en el estómago. Abrió el cajón de su escritorio, extrajo un revólver Magnum .357 de cañón corto de su funda y lo depositó en el tablero, junto a la pantalla del ordenador. Era una de la media docena de armas que poseía, entre las que se encontraba un fusil de asalto automático que colgaba, cargado, de un gancho al fondo de su armario ropero.

—No me gusta que sepas quién soy ni dónde vivo —dijo en voz alta—. Eso no forma parte del juego.

Hizo una mueca al pensar que había sido descuidada y se fijó el propósito de averiguar cómo se había producido la filtración —qué secretaria o ayudante de redacción había filtrado su dirección— y de tomar las medidas necesarias para remediarlo. Era muy celosa de su privacidad y no sólo la consideraba parte necesaria de su trabajo, sino también de su vida.

Se quedó mirando las palabras de la nota. Aunque estaba bastante segura de que no estaban en clave numérica, realizó unos cálculos rápidos, asignando un número a cada letra del alfabeto, después restando y sumando e introduciendo variaciones para intentar descubrir el sentido de la nota. Casi al instante comprendió que sería inútil. Todos sus intentos arrojaban resultados sin pies ni cabeza.

Encendió el ordenador e insertó un disquete que contenía citas célebres, pero no encontró ninguna remotamente parecida.

Decidió que necesitaba un vaso de agua. Se puso de pie y se dirigió a la pequeña cocina. Había un vaso limpio puesto a secar junto al fregadero. Ella le echó hielo y lo llenó de agua del grifo, que tenía un sabor ligeramente salado. Se tapó la nariz con los dedos y pensó que era uno de los inconvenientes menores de vivir en los Cayos Altos. Los mayores inconvenientes eran el aislamiento y la soledad.

Se detuvo en el vano de la puerta, con la mirada fija en la hoja de papel, al fondo de la habitación, y se preguntó por qué esa nota en particular le quitaba el sueño. Oyó a su madre gemir y revolverse en la cama, y supo en el acto que la mujer mayor estaba despierta antes de oírla hablar.

—Susan, ¿estás ahí?

—Sí, madre —respondió ella despacio.

Fue a toda prisa a la habitación de su madre. En otro tiempo, allí había habido color; a su madre le gustaba pintar, y durante años había tenido sus cuadros apilados contra las paredes, y sus pinturas, sus vestidos y pañuelos exóticos, vaporosos y multicolores caprichosamente desperdigados o colgados en un caballete. Sin embargo, todo eso había cedido el paso a bandejas de medicamentos y un aparato de respiración asistida, y se encontraba arrumbado en armarios, reemplazado por signos de decrepitud. A ella le parecía que la habitación ya ni siquiera olía a su madre, sino a antisépticos, a recién fregado. Era un sitio limpio, desinfectado y lúgubre donde morir.

—¿Te duele? —preguntó la hija. Se lo preguntaba siempre, pese a que conocía la respuesta y sabía que la madre no respondería la verdad.

La mujer mayor se esforzó por incorporarse.

—Sólo un poquito. No estoy muy mal.

—¿Quieres una pastilla?

—No, no hace falta. Estaba pensando en tu hermano.

—¿Quieres que lo llame y te ponga con él?

—No, sólo conseguiríamos preocuparlo. Seguro que está muy ocupado y necesita descansar.

—Lo dudo. Yo creo que preferiría hablar contigo.

—Bueno, mañana, tal vez. Estaba soñando con él. Y contigo también, cielo. Soñaba con mis hijos. Ahora él tiene que dormir. Y tú también. ¿Qué haces levantada?

—Estaba trabajando.

—¿Ideando otro concurso? ¿De qué será esta vez? ¿De citas, de anagramas? ¿Qué clase de pistas piensas dar?

—No, no se trata de algo mío. **Estaba** trabajando en un acertijo que alguien me ha enviado.

—Tienes tantos admiradores...

—No es a mí a quien admiran, mamá, sino los pasatiempos.

—No tendría que ser así. Deberías dejar que reconocieran tu mérito, en vez de esconderte.

—Tengo muchas razones para usar un seudónimo, mamá, ya las conoces.

La mujer mayor se recostó sobre su almohada. No era tanto la vejez como la enfermedad la que había hecho estragos en ella. Tenía la piel flácida, colgante en torno al cuello, y el cabello suelto desparramado sobre las sábanas blancas. Aún tenía la cabellera de color castaño rojizo; su hija la ayudaba a teñírsela una vez por semana en un rito que ambas esperaban con ilusión. A la mujer mayor apenas le quedaba vanidad; el cáncer se la había arrebatado casi por completo. Aun así, no había renunciado a teñirse el pelo, y su hija se alegraba de ello.

—Me gusta el nombre que elegiste. Es *sexy*.

—Mucho más *sexy* que yo —dijo la hija con una carcajada.

—Mata Hari. La espía.

—Sí, pero no fue la mejor. La pillaron y la fusilaron.

A su madre se le escapó una risotada, y su hija sonrió, pensando que, si encontrara otras maneras de hacerla reír, la enfermedad no se extendería tan rápidamente.

La mujer mayor volvió la vista hacia arriba, como buscando un recuerdo en el techo.

—¿Sabes? Hay una historia que leí en un libro cuando era pequeña —dijo con entusiasmo—. Según ésta, antes de que el oficial francés diese al pelotón de fusilamiento la orden de disparar, Mata Hari se desabrochó la blusa y se quedó con los pechos al aire, como retando a los soldados a estropear aquella perfección...

La madre cerró los ojos por unos instantes, como si le costase evocar aquello, y la hija se sentó en el borde de la cama y le tomó la mano.

—Pero aun así dispararon. Qué triste. Hombres tenían que ser, supongo.

Las dos mujeres sonrieron juntas por un momento.

—No es más que un nombre, mamá. Un buen nombre para alguien que hace pasatiempos para revistas.

La madre asintió con la cabeza.

—Creo que me tomaré esa pastilla —dijo—. Y mañana podemos llamar a tu hermano. Le haremos preguntas sobre los asesinos. Quizás él sepa por qué esos soldados franceses obedecieron la orden de disparar. Seguro que tendrá alguna teoría. Eso será divertido. —La madre tosió al soltar una carcajada.

—Estaría bien. —La hija alargó la mano hacia una bandeja y abrió un frasco de cápsulas.

—Quizá dos —apuntó la madre.

La hija vaciló y acto seguido dejó caer dos píldoras sobre su mano. La madre abrió la boca, y ella le colocó con delicadeza las pastillas en la lengua. A continuación, la ayudó a incorporarse y acercó su propio vaso de agua a los labios de la mujer mayor.

—Sabe a rayos —comentó la madre—. ¿Sabes que cuando yo era joven podíamos beber directamente de los arroyos de las Adirondack? Nos agachábamos y recogíamos con la mano el agua más transparente y fresca a nuestros pies para llevárnosla a los labios. Era espesa y pesada; beberla era como comer. Estaba fría; preciosa, clara y muy fría.

—Ya. Me lo has contado muchas veces —respondió la hija con suavidad—. Eso ha cambiado. Como todo. Ahora, intenta dormir. Necesitas descansar.

—Aquí todo es tan caliente... Siempre hace calor. ¿Sabes?, a veces no distingo entre la temperatura de mi cuerpo y la del aire que nos rodea. —Hizo una pausa y al cabo añadió—: Sólo por una vez me encantaría volver a probar esa agua.

La hija le bajó la cabeza hasta apoyársela sobre la almohada y esperó mientras los párpados le temblaban y finalmente se le cerraban. Apagó la lámpara de la mesita de noche y regresó a su habitación. Miró en torno a sí por un momento, deseando que hubiera en ella objetos que no fueran sólo corrientes, de uso práctico o tan inhumanos como la pistola que la esperaba sobre la mesa de su ordenador. Le habría gustado que hubiese algo revelador de quién era ella o quién quería ser.

Pero no encontraba nada. En cambio, la nota atrajo su mirada.

LA PRIMERA PERSONA POSEE AQUELLO
QUE LA SEGUNDA PERSONA ESCONDIÓ.

«Sólo estás cansada —se dijo—. Has estado trabajando duro, y hace mucho calor para esta época tan tardía de la temporada de huracanes. Demasiado calor. Y todavía hay tormentas grandes girando sobre el Atlántico, alejándose de la costa de África, absorbiendo energía de las aguas del océano, con vistas a tomar tierra en el Caribe o, peor aún, en Florida —pensó—. Quizá llegue hasta aquí una tormenta de final de temporada, una tormenta devastadora. Los más veteranos habitantes de los Cayos siempre dicen que ésas son las peores, pero en realidad no hay ninguna diferencia. Una tormenta es una tormenta.» Se quedó mirando la nota de nuevo. «No hay razón para inquietarse por un anónimo —insistió para sí—, aunque sea tan críptico como éste.»

Por un momento dedicó energía a convencerse de esa mentira, luego se sentó frente a su escritorio y cogió un bloc de papel tamaño oficio amarillo.

«La primera persona...»

Podía tratarse de Adán. Quizás el tema fuera bíblico.

Empezó a pensar de manera más transversal.

La «primera familia»... bueno, era la del presidente, pero ella no sacaba nada en limpio de eso. Entonces le vino a la mente el famoso panegírico a George Washington —«el primero en la guerra, el primero en la paz...»— y encaminó sus esfuerzos en esa dirección, pero enseguida se dio por vencida. Que ella recordara, no conocía a nadie llamado George. Y menos aún Washington.

Exhaló un hondo suspiro, deseando que el aire acondicionado de la casa funcionara. Se dijo que su buena mano para los acertijos estaba basada en la paciencia, y que sólo tenía que ser metódica para descifrar éste. De modo que mojó los dedos en el agua con hielo, se frotó con ellos la frente y luego el cuello y decidió que nadie le enviaría un mensaje en clave que ella no pudiese descifrar: no tendría el menor sentido enviárselo.

De cuando en cuando alguno de los lectores de la revista que solían resolver sus pasatiempos le mandaban notas, pero siempre a su seudónimo en la oficina. Invariablemente figuraba la dirección del remitente —a menudo también cifrada—, pues sus admiradores estaban más ansiosos por demostrarle su brillantez que por conocerla en persona. De hecho, a lo largo de los años, unos cuantos habían logrado dejarla en blanco, pero esas derrotas siempre iban seguidas de éxitos.

Observó de nuevo las palabras.

Recordó algo que había leído una vez, un proverbio, un retazo de sabiduría transmitido de padres a hijos en una familia: «Si corres y oyes ruidos de cascos a tu espalda, lo más sensato es suponer que se trata de un caballo y no de una cebra.»

No una cebra.

«Recurre a la simplicidad. Busca la respuesta fácil.»

Bien. La primera persona. La primera persona del singular.
Es decir, «yo».

«La primera persona posee...»

¿La primera persona, con un sinónimo de «poseer»?

«Yo he...»

Se inclinó sobre su bloc y asintió con la cabeza.

—Estamos avanzando —dijo en voz baja.

«... aquello que la segunda persona escondió».

La segunda persona. Es decir, «tú».

Escribió: «Yo he espacio a ti.»

Se fijó en la palabra «escondió».

Por un momento pensó que se había mareado por el calor. Respiró hondo y extendió el brazo para coger el vaso de agua.

El antónimo de «esconder» era «encontrar».

Bajó la vista hacia la nota y dijo en alto:

—Yo te he encontrado a ti...

La polilla frente a la ventana abandonó por fin sus embates suicidas y cayó sobre el alféizar, donde se quedó agitando las alas hasta morir, dejándola a ella sola, reprimiendo un grito, presa de un miedo nuevo y repentino, en medio de un silencio sofocante.

1

El Profesor de la Muerte

Se acercaba el final de su decimotercera hora de clase y no estaba seguro de que alguien lo estuviera escuchando. Se volvió hacia la pared donde antes había una ventana que habían entablado y después tapiado. Se preguntó por un momento si el cielo estaría despejado, luego supuso que no. Se imaginaba un mundo extenso, gris y encapotado al otro lado de los bloques de hormigón con que estaban construidas las paredes de la sala de conferencias. Miró de nuevo a la concurrencia.

—¿Nunca se han preguntado a qué sabe en realidad la carne humana? —preguntó de pronto.

Jeffrey Clayton, un joven vestido con una estudiada indiferencia hacia la moda que le confería un aspecto poco atractivo y anónimo, estaba dando una clase sobre la propensión de ciertas clases de asesinos en serie a caer en el canibalismo, cuando vio con el rabillo del ojo bajo su mesa la luz roja y parpadeante de la alarma silenciosa. Contuvo la repentina oleada de ansiedad que le subió por la garganta y, con sólo un breve titubeo al hablar, se apartó disimuladamente del centro del pequeño estrado y se situó tras la mesa. Se sentó despacio en su silla.

—Así pues —dijo mientras fingía rebuscar alguna nota en los papeles que tenía delante—, podemos apreciar que el fenómeno de devorar a la víctima tiene antecedentes en muchas culturas primitivas, en las que se creía, por ejemplo, que al comerse el corazón del enemigo, uno adquiría su fuerza o su valor, o que al ingerir su cerebro, aumentaría su inteligencia. Algo sorprendentemente parecido le sucede al asesino que se obsesiona con los atributos de su presa. Intenta transformarse en la víctima elegida...

Mientras hablaba deslizó la mano cuidadosamente bajo el escritorio. Escudriñó cautelosamente a los cerca de cien alumnos que se removían en su asiento ante él en la sala mal iluminada, paseando la vista por sus rostros oscuros como un marinero solitario que escruta el océano en tinieblas en busca de una boya conocida.

Sin embargo, no veía más que la bruma habitual: aburrimiento, dispersión y algún destello ocasional de interés. Clayton buscaba odio. Rabia.

«¿Dónde estáis? —dijo para sus adentros—. ¿Quién de vosotros quiere matarme?»

No se preguntó por qué. El porqué de tantas muertes había pasado a ser una cuestión irrelevante, intrascendente, casi eclipsada por lo frecuentes y comunes que eran.

La luz roja continuaba parpadeando bajo su mesa. Con el dedo índice, Clayton pulsó el botón que activaba la alerta de seguridad media docena de veces. En principio, una alarma se dispararía en la comisaría del campus, que enviaría automáticamente a su unidad de Operaciones Especiales. Pero, para ello, el sistema de alarma tendría que funcionar, cosa que él dudaba. Ninguno de los retretes en el servicio de caballeros funcionaba esa mañana, y a Clayton le parecía improbable que la universidad se ocupase de tener en buen estado un circuito electrónico endeble cuando ni siquiera mantenía la instalación de agua en condiciones.

«Puedes manejar la situación —se dijo—. Ya lo has hecho antes.»

Continuó recorriendo la sala con la mirada. Sabía que el detector de metales instalado en la puerta trasera tenía la mala costumbre de fallar, pero también era consciente de que a principios del semestre otro profesor había hecho caso omiso de la misma señal y como resultado había recibido dos disparos en el pecho. El hombre había muerto desangrado en el pasillo, balbuciendo algo sobre los deberes para el día siguiente, mientras un alumno desquiciado de posgrado bramaba obscenidades de pie junto al cuerpo agonizante del profesor. Al parecer, un suspenso en un examen parcial había sido el detonante de la agresión; una explicación tan comprensible como cualquier otra.

Clayton ya nunca ponía notas inferiores a notable precisamente para evitar enfrentamientos de ese tipo. No valía la pena jugarse el pellejo por suspender a un estudiante de segundo. A los alumnos que a su juicio estaban al borde de la psicosis asesina les ponía automáticamente notables altos por sus trabajos, independientemente de si los entregaban o no. El responsable de gestión académica del Departamento de Psicología sabía que todo estudiante que obtuviese esa nota del profesor Clayton debía considerarse una amenaza e informaba sobre ello al cuerpo de seguridad del campus.

El semestre anterior, había puesto esas notas a tres alumnos, todos ellos matriculados en su curso de Introducción a las Conductas Aberrantes. Los estudiantes habían rebautizado el curso como «introducción a matar por diversión», nombre que, si bien no del todo exacto, al menos le parecía creativamente rítmico.

—... pues, a fin de cuentas, convertirse en su víctima es lo que motiva las acciones del asesino. Entra en juego una extraña dualidad entre el odio y el deseo. A menudo desean lo que odian, y odian lo que desean. También los mueven la fascinación y la curiosidad. La mezcla da lugar a un volcán de emociones diferentes. Esto, a su vez, se traduce en perversión, que trae consigo el asesinato...

«¿Es eso lo que te está pasando a ti?», preguntó en su fuero interno a la amenaza invisible.

Su mano palpó la parte inferior de la mesa hasta cerrarse en torno a la culata de la pistola semiautomática que tenía allí escondida, en su funda. Acarició el gatillo con el dedo mientras quitaba el seguro con el pulgar. Desenfundó el arma lentamente. Permaneció ligeramente encorvado, como un monje atareado con un manuscrito, intentando ofrecer un blanco más pequeño. Notó una punzada de rabia; el proyecto de ley para asignar fondos a la compra de chalecos antibalas para el profesorado aún estaba pendiente de aprobación por la comisión legislativa, y el gobernador, alegando limitaciones presupuestarias, había vetado hacía poco una partida para modernizar las cámaras de videovigilancia en aulas y salas de conferencias. En cambio, al equipo de fútbol americano se le proporcionarían uniformes nuevos ese otoño, y al entrenador de baloncesto le habían concedido una vez más un aumento, mientras que a los profesores no se les hacía el menor caso, como de costumbre.

La mesa era de acero reforzado. El Departamento de Edificios y Terrenos del campus le había asegurado que sólo podía atravesarla la munición de alta velocidad recubierta de teflón. Sin embargo, tanto Clayton como todos los demás profesores sabían perfectamente que esas balas podían adquirirse en varias tiendas de artículos de caza desde las que se podía llegar caminando a la universidad. También había balas explosivas y de punta hueca disponibles para quienes estuviesen dispuestos a pagar los precios inflados de los establecimientos próximos al campus.

Jeffrey Clayton era un hombre más joven, aún en la etapa optimista de la mediana edad, y libre todavía de la inevitable barriga, los ojos legañosos y desilusionados, y el tono de voz nervioso y asustado tan comunes entre los profesores mayores. Las expectativas de Clayton en la vida, que ya eran mínimas de entrada, no habían empezado a reducirse sino hasta hacía poco tiempo, marchitándose como una planta apartada de la luz en algún rincón sombrío. Todavía conservaba los músculos de brazos y piernas enjutos pero fuertes que le proporcionaban la rapidez de una liebre, y una actitud alerta disimulada por un tic ocasional en la comisura del párpado derecho y las gafas anticuadas de montura metálica que llevaba. Tenía andares de atleta y porte de corredor, pues lo era desde su época de instituto. Algunos profesores apreciaban su sarcástico sentido del humor, un antídoto que contrarrestaba, según él, los efectos de su estudio concienzudo de las causas de la violencia.

«Si me tiro hacia la izquierda —pensó—, el arma quedará en posición de disparo, y mi cuerpo protegido por la mesa. El ángulo para devolver el fuego no será óptimo, pero tampoco quedaré del todo indefenso.»

Se esforzó por hablar con voz monótona.

—... Algunos antropólogos sostienen la teoría de que varias culturas primitivas no sólo producían individuos que en la sociedad actual se convertirían con toda probabilidad en asesinos en serie, sino que los veneraban y los elevaban a categorías sociales destacadas.

No dejó de escrutar a la concurrencia con la mirada. En la cuarta fila, a la derecha, había una joven que se revolvía inquieta. Se retorcía las manos sobre el regazo. «¿Síndrome de abstinencia de anfetaminas? —se preguntó—. ¿Psicosis inducida por la cocaína?» Sus ojos continuaron explorando y se fijaron en un chico alto sentado justo en el centro del auditorio que llevaba gafas de sol, a pesar de la penumbra que reinaba en la sala, tenuemente iluminada por los mortecinos fluorescentes amarillos del techo. El joven estaba sentado muy rígido, con los músculos tensos, como si la soga de la paranoia lo mantuviese atado a su silla. Tenía las manos ante sí, apretadas, pero vacías, tal como Jeffrey Clayton vio de inmediato. Manos vacías. Había que encontrar las manos que ocultaban el arma.

Se oyó a sí mismo dar la conferencia, como si su voz emanara de un espíritu separado de su cuerpo.

—... Cabe suponer, a modo de ejemplo, que el antiguo sacerdote azteca que se encargaba de arrancar el corazón aún palpitante a las víctimas de los sacrificios humanos, bueno, seguramente disfrutaba con su trabajo. Se trataba de asesinatos en serie socialmente aceptados y promovidos. Sin duda el sacerdote se iba a trabajar alegremente cada mañana después de darle un beso en la mejilla a su esposa y alborotarles el pelo a sus pequeños, con el maletín en la mano y el *Wall Street Journal* bajo el brazo para leerlo en el tren suburbano, ilusionado con pasar un buen día ante el altar de sacrificios...

En la sala resonó un murmullo de risitas ahogadas. Clayton aprovechó el momento para introducir una bala en la recámara de la pistola sin que se oyera el ruido metálico.

A lo lejos sonó una sirena que marcaba el final de la clase. Los más de cien estudiantes que estaban en la sala se rebulleron en sus asientos y comenzaron a recoger sus chaquetas y mochilas, afanándose durante los últimos segundos de la clase.

«Éste es el momento más peligroso», pensó él. De nuevo habló en voz alta.

—No lo olviden: les pondré un examen la semana próxima. Para entonces, tendrán que haberse leído las transcripciones de las entrevistas a Charles Manson en prisión. Las encontrarán en el fondo de reserva de la biblioteca. Esas entrevistas entrarán en el examen...

Los alumnos se levantaron de sus asientos, y él empuñó la pistola sobre sus rodillas. Unos pocos estudiantes empezaron a caminar hacia el estrado, pero él les hizo señas con la mano que le quedaba libre para que se alejaran.

—El horario de despacho está pegado fuera. No habrá más conferencias ahora...

Vio vacilar a una joven. A su lado había un muchacho muy desarrollado, con brazos de culturista y acné galopante, debido sin duda a un exceso de esteroides. Ambos llevaban tejanos y sudaderas con las mangas recortadas. El chico tenía el pelo corto como el de un presidiario. Sonreía de oreja a oreja. Al profesor lo asaltó la duda de si las tijeras romas con que había operado a su sudadera eran las mismas que había usado para su corte de pelo. En otras circunstancias, seguramente se lo habría preguntado. Los dos dieron un paso hacia él.

—Salgan por la puerta trasera —les indicó Clayton en alto, haciendo un gesto de nuevo.

La pareja se detuvo por unos instantes.

—Quiero hablar del examen final —dijo la chica, con un mohín.

—Pídale hora a la secretaria del departamento. La atenderé en mi despacho.

—Será sólo un momento —insistió ella.

—No —contestó él—. Lo siento. —Miraba detrás de la joven, y a ella y al chico alternadamente, temeroso de que alguien se estuviese abriendo paso contra el torrente de alumnos, arma en mano.

—Venga, profe, dele un minuto —pidió el novio. Exhibía su actitud amenazadora con tanta naturalidad como su sonrisa, torcida por el pendiente de metal que llevaba clavado en el labio superior—. Ella quiere hablar con usted ahora.

—Estoy ocupado —replicó Clayton.

El joven dio otro paso hacia él.

—Dudo que tenga tantas putas cosas que hacer como para...

Pero la chica extendió el brazo y le tocó el hombro. Eso bastó para contenerlo.

—Puedo volver en otro momento —dijo ella, dejando al descubierto sus dientes amarillentos al sonreírle a Clayton con coquetería—. No pasa nada. Necesito una nota alta, y puedo ir a verle a su despacho. —Se pasó la mano en silencio por el pelo, que llevaba muy corto en la mitad de la cabeza que se había afeitado, y que le crecía en una cascada de rizos exuberantes en la otra mitad—. En privado —añadió.

El chico giró sobre sus talones hacia ella, dándole la espalda al profesor.

—¿Qué coño significa eso? —preguntó.

—Nada —respondió ella sin dejar de sonreír—. Concertaré una cita. —Pronunció la última palabra en un tono demasiado preñado de promesas y le dedicó a Clayton una sonrisita provocativa acompañada de un ligero arqueo de las cejas. Acto seguido, cogió su mochila y dio media vuelta para marcharse. El culturista soltó un gruñido en dirección al profesor y luego echó a andar a toda prisa en pos de la joven. Clayton lo oyó recriminarla con frases como «¿A qué coño ha venido eso?» mientras la pareja subía las escaleras hacia la parte posterior de la sala de conferencias hasta desaparecer en la oscuridad del fondo.

«No hay luz suficiente —pensó—. Los fluorescentes siempre se funden en las últimas filas, y nadie los cambia. Debería estar iluminado hasta el último rincón. Muy bien iluminado.» Escudriñó las sombras próximas a la salida, preguntándose si alguien se ocultaba en ellas. Recorrió con la mirada las hileras de asientos ahora vacíos, buscando a alguien agazapado, listo para atacar.

La luz roja de la alarma silenciosa seguía parpadeando. Clayton se preguntó dónde estaría la unidad de Operaciones Especiales y luego llegó a la conclusión de que no acudiría.

«Estoy solo», repitió para sí.

Y de inmediato cayó en la cuenta de que no era así.

La figura estaba encogida en un asiento situado muy al fondo, al borde de la oscuridad, esperando. Clayton no podía ver los ojos del hombre, pero, incluso agachado, se notaba que era muy corpulento.

Clayton alzó la pistola y apuntó con ella a la figura.

—Te mataré —dijo en un tono categórico y duro.

Como respuesta, oyó una risa procedente de las sombras.

—Te mataré sin dudarlo.

Las carcajadas se apagaron y cedieron el paso a una voz.

—Profesor Clayton, me sorprende. ¿Recibe a todos sus alumnos con un arma en la mano?

—Cuando es necesario —contestó Clayton.

La figura se levantó de su asiento, y el profesor comprobó que la voz pertenecía a un hombre maduro, alto y robusto con un terno que le venía pequeño. Llevaba un maletín pequeño en una mano, y Clayton reparó en él cuando el hombre abrió los brazos de par en par en un gesto amistoso.

—No soy un alumno...

—Ya se ve.

—... pero me ha gustado eso de que el asesino se transforma en su víctima. ¿Es cierta esa afirmación, profesor? ¿Puede documentarla? Me gustaría ver los estudios que respaldan esa teoría. ¿O sólo se lo dice la intuición?

—La intuición —respondió— y la experiencia. No hay estudios clínicos satisfactorios. Nunca los ha habido, y dudo que los haya en un futuro.

El hombre sonrió.

—Habrá leído sobre Ross y su innovadora investigación relativa a los cromosomas anómalos, ¿no? ¿Y qué me dice de Finch y Alexander y el estudio de Michigan sobre la composición genética de los asesinos compulsivos?

—Estoy familiarizado con ellos —dijo Clayton.

—Claro que lo está. Usted fue ayudante de investigación de Ross, la primera persona que él contrató cuando se le concedió una asignación federal. Y tengo entendido que usted escribió en realidad el otro artículo, ¿verdad? Ellos firmaron, pero usted realizó el trabajo, ¿no? Antes de doctorarse.

—Está usted bien informado.

El hombre empezó a acercarse a él, bajando despacio por los escalones de la sala de conferencias. Clayton alineó la mira situada en la punta de la pistola y la sujetó firmemente con ambas manos, en posición de disparar. Advirtió que el hombre era mayor que él, de entre cincuenta y cinco y sesenta años, y tenía el cabello entreverado de gris y muy corto, al estilo militar. Pese a su corpulencia, parecía ágil, casi ligero de pies. Clayton lo observó con ojos de deportista; el hombre no serviría como corredor de fondo, pero resultaría peligroso en distancias cortas, pues seguramente era capaz de alcanzar velocidades considerables durante lapsos breves.

—Avance despacio —le indicó Clayton—. Mantenga las manos a la vista.

—Le aseguro, profesor, que no soy una amenaza.

—Lo dudo. El detector de metales se ha disparado cuando ha entrado usted.

—De verdad, profesor, que no soy yo el problema.

—Eso también lo dudo —replicó Jeffrey Clayton, cortante—. En este mundo hay amenazas y problemas de toda clase, y sospecho que usted encarna unos cuantos. Ábrase la chaqueta. Sin movimientos bruscos, por favor.

El hombre se había detenido y se encontraba a unos cinco metros de él.

—La educación ha cambiado desde que yo estudiaba —comentó.

—Eso es una obviedad. Enséñeme su arma.

El hombre dejó al descubierto la sobaquera en la que llevaba una pistola similar a la que empuñaba Clayton.

—¿Me permite enseñarle también mi identificación? —preguntó.

—Luego. Llevará otra de refuerzo, ¿no? ¿En el tobillo, quizás? ¿O en el cinturón, a la espalda? ¿Dónde está?

El hombre sonrió de nuevo.

—A la espalda. —Se levantó lentamente el faldón de la chaqueta y dio media vuelta, mostrándole una pistola automática más pequeña que llevaba enfundada, al cinto—. ¿Satisfecho? —inquirió—. Por favor, profesor, vengo por un asunto oficial...

—«Asunto oficial» es un eufemismo maravilloso que puede aplicarse a varias actividades peligrosas. Ahora, levántese las perneras. Despacio.

El hombre suspiró.

—Vamos, profesor. Déjeme enseñarle mi identificación.

Por toda respuesta, Clayton le hizo una seña con la pistola, para conminarlo a obedecer. El hombre se encogió de hombros y se remangó primero la pernera izquierda, luego la derecha. La segunda reveló una tercera funda, que en este caso contenía un puñal de hoja plana.

El hombre sonrió una vez más.

—Toda protección es poca para alguien de mi profesión.

—¿Y qué profesión es ésa? —quiso saber Clayton.

—Pues la misma que la suya, profesor. Me dedico a lo mismo que usted. —Vaciló por unos instantes, dejando que otra sonrisa se le deslizara por el rostro como una nube por delante de la luna—. La muerte.

Jeffrey Clayton señaló con la pistola un asiento de la primera fila.

—Puede enseñarme su identificación ahora —dijo.

El visitante de la sala de conferencias se llevó la mano cautelosamente al bolsillo de la chaqueta y extrajo una cartera de piel sintética. Se la tendió al profesor.

—Tírela aquí y luego siéntese. Póngase las manos detrás de la cabeza.

Por primera vez, el hombre dejó que la exasperación asomara a las comisuras de sus ojos, y casi al instante la disimuló con la misma sonrisa burlona y desenfadada.

—Tanta precaución me parece excesiva, profesor Clayton, pero si así se siente más cómodo...

El hombre ocupó el asiento en la primera fila, y Clayton se agachó para recoger la cartera de identificación, sin dejar de apuntar al pecho del hombre con la pistola.

—¿Excesiva? —repuso—. Entiendo. Un hombre que no es un estudiante pero lleva al menos tres armas diferentes entra en mi sala de conferencias por la puerta trasera, sin cita previa, sin presentarse, informado al parecer sobre quién soy, ¿y me asegura rápidamente que no representa una amenaza y me intenta convencer de que no sea precavido? ¿Tiene idea de cuántos profesores han sufrido agresiones este semestre, cuántos tiroteos causados por estudiantes se han producido? ¿Sabe que una orden judicial nos obliga a abandonar los tests psicológicos de admisión, gracias a la Unión Americana por las Libertades Civiles? Lo consideran violación de la privacidad y demás. Encantador. Ahora ni siquiera podemos descartar a los chalados antes de que vengan con sus armas de asalto. —Clayton sonrió por primera vez—. La precaución —dijo— es una parte esencial de la vida.

El hombre del traje asintió con la cabeza.

—Donde yo trabajo, eso no constituye un problema.

El profesor continuó sonriendo.

—Esa afirmación es una mentira, supongo. De lo contrario, no estaría usted aquí.

El hombre abrió su cartera, y Clayton vio un águila grabada en oro sobre las palabras SERVICIO DE SEGURIDAD DEL ESTADO. El águila y la inscripción tenían como fondo la inconfundible silueta cuadrada del nuevo territorio del Oeste. Debajo, con cifras rojas bien definidas, estaba el número 51. En la tapa opuesta figuraba el nombre del individuo, Robert Martin, junto con su firma y su cargo, que, según constaba, era el de agente especial.

Jeffrey Clayton nunca había visto antes una placa de identificación del territorio propuesto como estado número cincuenta y uno de la Unión. Se quedó mirándola durante un rato.

—Bien, señor Martin —dijo despacio, al cabo—, ¿o debería llamarle agente Martin, suponiendo que sea su verdadero nombre? ¿De modo que trabaja usted para la S. S.?

El hombre frunció el entrecejo por unos instantes.

—Nosotros preferimos llamarlo Servicio de Seguridad, profesor, a emplear las siglas, como sin duda comprenderá. Las iniciales tienen alguna connotación histórica siniestra, aunque a mí, personalmente, eso no me preocupa. Sin embargo, otros son, por así decirlo, más sensibles a estos temas. Por otra parte, tanto la placa como el nombre son auténticos. Si lo prefiere, podemos buscar un teléfono y le daré un número para que haga una llamada de verificación. Quizás así se tranquilice.

—Nada relacionado con el estado cincuenta y uno me tranquiliza. Si pudiera, votaría contra su reconocimiento como estado.

—Por suerte, está usted en franca minoría. ¿Nunca ha estado en el nuevo territorio, profesor? ¿No ha notado la sensación de seguridad que impera allí? Muchos creen que representa los auténticos Estados Unidos, un país que se ha perdido en este mundo moderno.

—También hay muchos que creen que son una panda de criptofascistas.

El agente volvió a sonreír de oreja a oreja con una expresión de autosuficiencia que sustituyó la sombra de ira que había pasado por su rostro unos momentos antes.

—¿No se le ocurre nada mejor que ese tópico manido? —preguntó el agente Martin.

Clayton no respondió al instante. Le devolvió la cartera con la placa al agente. Se percató de que el hombre tenía cicatrices de quemaduras en la mano y que sus dedos eran fuertes y gruesos como garrotes. El profesor se imaginó que el puño del agente debía de ser un arma poderosa por sí solo, y se preguntó qué marcas tendría en otras partes del cuerpo. Bajo aquella luz tan tenue, sólo alcanzaba a distinguir una franja rojiza en el cuello del hombre, y sintió curiosidad por la historia que habría detrás, aunque sabía que, fuera cual fuese, seguramente había engendrado una rabia que permanecía latente en el cerebro del agente. Bastaban conocimientos elementales de las psiques aberrantes para sacar esta conclusión. Aun así, Clayton había investigado a fondo la relación entre la violencia y la deformidad física, así que decidió tomar buena nota de ello.

Bajó su arma muy despacio, pero la depositó sobre la mesa, ante sí, y tamborileó brevemente con los dedos contra el metal.

—No sé lo que va a pedirme, pero la respuesta es no —dijo tras un momento de titubeo—. No sé qué necesita, pero no lo tengo. No sé qué le ha traído aquí, pero me da igual.

El agente Martin se agachó y recogió el maletín de piel que había dejado a sus pies. Lo arrojó a la tarima, donde cayó con un ruido como el de una bofetada, que resonó en la sala. Se deslizó hasta detenerse junto a una esquina de la mesa.

—Échele un vistazo, profesor.

Clayton hizo ademán de recogerlo, pero se detuvo.

—¿Qué pasa si no lo hago?

Martin se encogió de hombros, pero la misma sonrisa de gato de Cheshire que había desplegado antes le curvaba las comisuras de la boca.

—Lo hará, profesor. Lo hará. Necesitaría una fuerza de voluntad muy superior a la que tiene para devolverme ese maletín sin examinar lo que contiene. No, dudo que se resista. Lo dudo mucho. Ahora he despertado su curiosidad, o al menos, cierto interés «académico». Está usted ahí sentado, preguntándose qué me ha hecho salir del mundo seguro en que vivo para venir a un sitio donde puede pasar casi de todo, ¿verdad?

—Me da igual por qué ha venido. Y no pienso ayudarlo.

El agente hizo una pausa, no para reflexionar sobre la negativa del profesor, sino como planteándose un enfoque diferente.

—Usted estudió literatura, ¿no, profesor? Cursó la licenciatura, si mal no recuerdo.

—Está usted sumamente bien informado. Así es.

—Es corredor de fondo y aficionado a los libros poco comunes. Son actividades muy románticas. Pero también algo solitarias, ¿no?

Clayton se limitó a mirar con fijeza al agente.

—En parte profesor, en parte ermitaño, ¿me equivoco? Bueno, a mí me iban los deportes más físicos, como el *hockey*. La violencia que me gusta es la que está controlada, organizada y debidamente regulada. En fin, ¿recuerda el principio de la gran novela *La peste*, del difunto *monsieur* Camus? Un momento delicioso, justo allí, en una soleada ciudad norteafricana, en que el médico que no ha sido más que un benefactor para la sociedad ve a una rata salir tambaleándose de las sombras y morir en medio de todo ese calor y esa luz. Entonces se da cuenta de que algo terrible está a punto de ocurrir, ¿no es verdad, profesor? Porque las ratas nunca emergen de las alcantarillas y los rincones oscuros para morir. ¿Recuerda esa parte del libro, profesor?

—Sí —contestó Clayton. Cuando estudiaba en la universidad, había utilizado justo esa imagen en su trabajo final para la asignatura de Literatura Apocalíptica de Mediados del Siglo XX. De inmediato supo que el agente que tenía ante sí había leído ese trabajo, y lo invadió la misma oleada de miedo que cuando había visto encenderse la luz de alarma de debajo de la mesa.

—Ahora está en una situación parecida, ¿no? Sabe que hay algo terrible a sus pies, pues, de lo contrario, ¿por qué iba yo a poner en peligro mi seguridad personal para venir a su aula, donde incluso esa pistola semiautomática quizá llegue a resultar insuficiente algún día?

—No habla usted como un policía, agente Martin.

—Pero lo soy, profesor. Soy un policía de nuestro tiempo y nuestras circunstancias. —Señaló con un gesto amplio el sistema de alarma de la sala de conferencias. Había videocámaras anticuadas instaladas en los rincones, cerca del techo—. No funcionan, ¿verdad? Parecen de hace una década, o quizá de hace más tiempo.

—Tiene razón en ambas cosas.

—Pero las dejan allí con la esperanza de sembrar la duda en la cabeza de alguien, ¿verdad?

—Seguramente ésa es la lógica.

—Me parece interesante —comentó Martin—. La duda puede dar lugar a la vacilación. Y eso le daría a usted el tiempo que necesita para... ¿para qué? ¿Para escapar? ¿Para desenfundar el arma y protegerse?

Clayton barajó varias respuestas y al final las descartó todas. Bajó la vista hacia el maletín.

—He ayudado al Gobierno en varias ocasiones. Nunca ha sido una relación muy provechosa para mí.

El agente reprimió una risita.

—Quizá para usted no. El Gobierno, en cambio, quedó muy satisfecho. Le ponen por las nubes. Dígame, profesor, ¿la herida de su pierna ha cerrado bien?

Clayton asintió con la cabeza.

—Era de esperar que estuviese usted enterado de eso.

—El hombre que se la infligió... ¿qué ha sido de él?

—Sospecho que ya conoce usted la respuesta a esa pregunta.

—En efecto. Está en el corredor de la muerte, en Tejas, ¿no es así?

—Sí.

—Ya no puede presentar más apelaciones, ¿estoy en lo cierto?

—Dudo que pueda.

—Entonces cualquier día de éstos le pondrán la inyección letal, ¿no cree?

—No creo nada.

—¿Le invitarán a la ejecución, profesor? Imagino que bien podría ser un invitado de honor en esa velada tan especial. No lo habrían pillado sin su colaboración, ¿verdad? ¿Y a cuántas personas mató? ¿Fueron dieciséis?

—No, diecisiete. Unas prostitutas en Galveston. Y un inspector de policía.

—Ah, cierto. Diecisiete. Y usted habría podido ser el número dieciocho de no haber tenido buenos reflejos. Usaba un cuchillo, ¿correcto?

—Sí. Usaba un cuchillo. Muchos cuchillos diferentes. Al principio, una navaja automática italiana con una hoja de quince centímetros. Luego la cambió por un cuchillo de caza con sierra, después pasó a utilizar un bisturí y finalmente una cuchilla de afeitar recta como las de antes. Y en una o dos ocasiones empleó un cuchillo para untar afilado a mano, todo lo cual causó una confusión considerable a la policía. Pero no creo que asista a esa ejecución, no.

El agente hizo un gesto de afirmación con la cabeza, como si hubiese captado algún sobreentendido.

—Lo sé todo sobre sus casos, profesor —dijo crípticamente—. No han sido muchos, ¿verdad? Y siempre los ha aceptado de mala gana. Eso consta también en su expediente del FBI. El profesor Clayton siempre se muestra reacio a poner sus conocimientos al servicio de la causa que sea. Me pregunto, profesor, ¿qué es lo que le decide a abandonar estas elegantes y deliciosamente sagradas salas para ayudar de verdad a nuestra sociedad? Cuando se ha prestado a ello, ¿ha sido por dinero? No. Al parecer no le preocupan demasiado los bienes materiales. ¿La fama? Es evidente que no. Por lo visto rehúye usted la notoriedad, a diferencia de algunos colegas académicos suyos. ¿La fascinación? Eso parece más verosímil; al fin y al cabo, cuando usted se ha decidido a salir a la luz, ha tenido éxitos notables.

—La suerte me ha favorecido un par de veces, eso es todo. Lo único que hice fue conjeturas más o menos fundadas. Ya lo sabe.

El agente respiró hondo y bajó la voz.

—Es demasiado modesto, profesor. Lo sé todo sobre sus éxitos y estoy seguro de que, por mucho que lo niegue, es usted mejor que la media docena de expertos académicos y especialistas cuyos servicios contrata el Gobierno a veces. Estoy al corriente de lo que ocurrió con el hombre de Tejas, y de cómo le dio usted caza, y de la mujer en Georgia que trabajaba en la residencia para ancianos. Estoy al corriente del caso de los dos adolescentes de Minnesota y su pequeño club de asesinos, y de la barca que encontró usted en Springfield, no muy lejos de aquí. Es un villorrio de mala muerte, pero ni siquiera ellos se merecían lo que ese hombre les estaba haciendo. Fueron cincuenta, ¿verdad? Al menos, ésa es la cifra que usted consiguió que confesara. Pero hubo más, ¿verdad, profesor?

—Sí, hubo más. Dejamos de contar al llegar a cincuenta.

—Eran niños pequeños, ¿verdad? Cincuenta niños pequeños abandonados, que se pasaban el día en los alrededores del centro de juventud, que vivían en la calle y murieron en la calle. Nadie se preocupaba mucho por ellos, ¿no?

—Tiene razón —dijo Clayton en tono cansino—. Nadie se preocupaba mucho por ellos. Ni antes ni después de su asesinato.

—Estoy informado sobre él. Un ex asistente social, ¿verdad?

—Si dice que está informado, no tendría que preguntármelo.

—Nadie quiere saber por qué alguien comete un crimen, ¿no es así, profesor? Sólo quieren saber quién y cómo, ¿correcto?

—Desde que se aprobó la enmienda No Hay Excusas a la Constitución, es como usted dice. Pero es policía y debería saber esas cosas.

—Y usted es el profesor que aún conserva su viejo interés por el trasfondo emocional de los delincuentes; la obsoleta pero a veces desafortunadamente necesaria psicología criminal. —Martin aspiró a fondo—. El perfilista —dijo—. ¿No es así como debo llamarle?

—No le servirá de nada —repitió Clayton.

—El hombre que puede explicarme por qué, ¿verdad, profesor?

—Esta vez no.

El agente sonrió una vez más.

—Estoy al corriente de cada una de las cicatrices que esos casos le dejaron.

—Lo dudo —replicó Clayton.

—No, no, lo estoy.

Clayton señaló el maletín con un movimiento de cabeza.

—¿Y éste?

—Éste es especial, profesor.

Jeffrey Clayton prorrumpió en una sola andanada de carcajadas sarcásticas que retumbaron en la sala vacía.

—¡Especial! Cada vez que han acudido a mí (y siempre es lo mismo: un hombre con un traje azul o marrón no especialmente caro y un maletín de piel que me habla de algún crimen que sólo puede resolverse con la ayuda de un experto), cada vez me dicen exactamente lo mismo. Da igual que sea un traje del FBI, del Servicio Secreto o de la policía local de alguna gran ciudad o de algún pueblo apartado, siempre me aseguran que se trata de algo especial. Pues bien, ¿sabe qué, agente Martin de la S. S.? No son especiales, en lo más mínimo. Los casos son simplemente terribles. Eso es todo. Son desagradables, sórdidos y nauseabundos. Siempre están relacionados con la muerte en sus aspectos más repugnantes e inmundos. Víctimas de abusos sexuales cortadas en rebanadas o en pedacitos, evisceradas o reducidas a carne picada de muchas maneras tan imaginativas como repugnantes. Pero ¿sabe lo que no son? No son especiales. No, señor. Lo que son es iguales. Son la misma cosa en envoltorios ligeramente distintos. ¿Especial? ¿No? En absoluto. Lo que son es corrientes. Los asesinatos en serie son tan comunes en nuestra sociedad como los resfriados. Son tan habituales como que el sol salga y se ponga a diario. Son una diversión. Un pasatiempo. Un entretenimiento. Joder, deberían publicar las tablas de puntuaciones en la sección de deportes de los periódicos, junto a la clasificación. Así que, quizás esta vez, por muy perplejos y desconcertados que estén ustedes, por mucha frustración que les cause, esta vez pasaré.

El agente se removió en su asiento.

—No —murmuró—. No lo creo.

Clayton observó al agente Martin levantarse despacio de su silla. Por primera vez, advirtió un brillo amenazador en los ojos del hombre, que se achicaron y se clavaron en él con la mirada intensa que un tirador experto posa en su objetivo milisegundos antes de apretar el gatillo. Al hablar, su voz sonó fría y rígida como un estilete, y cada palabra fue como una puñalada.

—Quédese con el maletín. Examine su contenido. Encontrará el número de un hotel local donde podrá localizarme después. Espero su llamada esta tarde.

—¿Y si me niego? —preguntó Clayton—. ¿Y si no llamo?

El agente, sin despegar la vista de él, respiró hondo antes de contestar.

—Jeffrey Clayton, profesor de Psicología Anormal en la Universidad de Massachusetts. Nombrado para el puesto poco después del cambio de siglo. Se le concedió la cátedra tres años después por mayoría. Soltero. Sin hijos. Un par de novias ocasionales entre las que le gustaría decidirse para sentar la cabeza, pero no lo hace, ¿verdad? Quizás hablemos de eso en otro momento. ¿Qué más? Ah, sí. Le gusta la bicicleta de montaña y jugar partidos rápidos de baloncesto en el gimnasio, además de correr entre diez y doce kilómetros diarios. Su producción de escritos académicos es más bien modesta. Ha publicado varios estudios interesantes sobre conductas homicidas, que no han despertado un interés generalizado, pero que sí han llamado la atención de las autoridades policiales de todo el país, que tienden a respetar su erudición mucho más que sus colegas del mundo universitario. Daba conferencias de vez en cuando en la División de Estudios Conductuales del FBI en Quantico, antes de que la cerraran. Malditos recortes de presupuesto. Ha sido profesor invitado en la Escuela John Jay de Justicia Criminal en Nueva York...

El agente hizo una pausa para recuperar el aliento.

—Veo que tiene usted mi currículo —lo interrumpió Clayton.

—Grabado en la memoria —contestó el agente con aspereza.

—Puede haberlo conseguido en el Departamento de Relaciones Públicas de la universidad.

El agente Martin asintió con la cabeza.

—Tiene una hermana que vive en Tavernier, Florida, y que nunca ha estado casada, ¿me equivoco? En eso se parece a usted. ¿No es una coincidencia intrigante? Ella cuida de su anciana madre. De su inválida madre. Y trabaja para una revista de allí. Inventa juegos de ingenio. Qué trabajo tan interesante. ¿Tiene ella el mismo problema con la bebida que usted? ¿O consume algún otro tipo de sustancia?

Clayton enderezó la espalda en su asiento.

—Yo no tengo un problema con la bebida. Ni tampoco mi hermana.

—¿No? Mejor. Me alegro de oírlo. Me pregunto cómo se habrá colado ese pequeño detalle en mi investigación...

—Eso no puedo saberlo.

—No, supongo que no.

El policía se rio otra vez.

—Lo sé todo sobre usted —dijo—. Y sé mucho sobre su familia. Es usted un hombre que ha conseguido algunos logros. Un hombre con una reputación interesante en el campo de los asesinatos.

—¿A qué se refiere?

—Me refiero a que su colaboración en varios casos ha sido fructífera, pero usted no muestra el menor interés en hacer un seguimiento de dichos éxitos. Ha trabajado con las figuras más eminentes de su especialidad, pero parece satisfecho con su propio anonimato.

—Eso —repuso Clayton con brusquedad— es asunto mío.

—Tal vez. Tal vez no. ¿Sabe que a sus espaldas los alumnos le llaman «el Profesor de la Muerte»?

—Sí, lo había oído.

—Pues bien, Profesor de la Muerte, ¿por qué se empeña en continuar trabajando aquí, en una universidad estatal grande, con fondos insuficientes y en muchos aspectos destartalada, relativamente en secreto?

—Eso también es asunto mío. Me gusta este sitio.

—Pero ahora también es asunto mío, profesor.

Clayton no respondió. Sus dedos se deslizaron sobre el acero de la pistola que descansaba en la mesa, ante él.

El agente habló con voz áspera, casi ronca.

—Va usted a recoger el maletín, profesor. Va a examinar su contenido. Luego me llamará y me ayudará a resolver mi problema.

—¿Está seguro? —dijo Clayton, en un tono más desafiante del que pretendía.

—Sí —respondió el agente Martin—. Sí, estoy convencido. Y no sólo porque sé todas esas cosas sobre su currículum vítae, esas chorradas sobre las biografías de toda esa gente y la información de relleno de las relaciones públicas, y no sólo porque me he leído el expediente del FBI sobre usted, sino porque sé algo más, algo más importante, algo que esas agencias, universidades, periódicos, alumnos, profesores y el resto de la gente no sabe. Yo mismo me he convertido en estudiante, profesor. Estudio a un asesino. Y, de rebote, ahora le estudio a usted. Y eso me ha llevado a descubrimientos interesantes.

—¿Qué descubrimientos, si puede saberse? —preguntó Clayton, esforzándose por disimular el temblor en su voz.

El agente Martin sonrió.

—Verá, profesor, sé quién es usted en realidad.

Clayton no dijo nada, pero notó que un frío glacial le recorría todo el cuerpo.

—Hopewell, Nueva Jersey —susurró el agente—. Allí pasó usted sus primeros nueve años de vida... hasta una noche de octubre de hace un cuarto de siglo. Entonces se marchó para no volver. Fue entonces cuando empezó todo, ¿estoy en lo cierto, profesor?

—¿Cuando empezó qué? —espetó Clayton.

El agente hizo un gesto de afirmación con la cabeza, como un niño en un patio de colegio que comparte un secreto.

—Ya sabe a qué me refiero. —Hizo una pausa para observar el impacto de sus palabras en el semblante de Clayton, como si éste no esperase una respuesta a su pregunta. Dejó que el silencio que invadió el espacio entre ellos envolviese al profesor como bruma matinal en un día fresco de otoño. Luego asintió con la cabeza—. De verdad espero recibir noticias suyas esta tarde, profesor. Hay mucho trabajo por hacer y me temo que poco tiempo para realizarlo. Lo mejor será poner manos a la obra cuanto antes.

—¿Se trata de una especie de amenaza, agente Martin? En ese caso, más vale que sea más explícito, porque no tengo la menor idea de lo que me habla —dijo Clayton rápidamente, demasiado para resultar convincente, como comprendió en el momento en que las palabras salieron de manera atropellada de su boca.

El agente se sacudió ligeramente, como un perro al despertar de su siesta.

—Ah —contestó pasivamente—. Sí, creo que sí que tiene idea. —Titubeó por unos instantes—. Creía que podía esconderse, ¿verdad?

Clayton no respondió.

—¿Creía que podría esconderse para siempre?

El agente hizo un último gesto en dirección al maletín, que estaba apoyado contra una esquina de la mesa. Luego se volvió y, sin mirar atrás, subió a paso veloz los escalones con movimientos ágiles y enérgicos. Dio la impresión de que la oscuridad del fondo de la sala se lo tragaba. Un torrente de luz invadió la estancia cuando la puerta trasera se abrió al pasillo bien iluminado, y la silueta de las anchas espaldas del agente apareció en el vano. La puerta se cerró con un golpe seco, dejando por fin al profesor solo en la tarima.

Jeffrey Clayton se quedó sentado inmóvil, como fusionado con su asiento.

Por un instante miró en torno a sí con ojos desorbitados, respirando con dificultad. De pronto le pareció insoportable que no hubiera ventanas en la sala de conferencias. Era como si le faltase el aire. Con el rabillo del ojo, vio que la luz roja de la alarma continuaba parpadeando apremiante, desatendida.

Clayton se llevó la mano a la frente y lo comprendió: «Mi vida se ha acabado.»

2

Un problema persistente

Atravesó el campus andando despacio, haciendo caso omiso de los grupos de estudiantes que bloqueaban el paso en los caminos, distraído por pensamientos fríos y una angustia gélida que parecía proceder de un rincón desconocido de su interior.

El anochecer acechaba en los confines de aquella tarde de otoño, filtrando la oscuridad a través de las ramas desnudas de los pocos robles que aún salpicaban el paisaje de la universidad. Una breve racha de viento frío penetró a través del abrigo de lana de Jeffrey Clayton, y un escalofrío le recorrió el cuerpo. Irguió la cabeza por un momento y dirigió la mirada hacia el oeste, donde la veta morada rojiza del horizonte se arrugaba en las colinas lejanas. El cielo mismo parecía desvanecerse en una docena de tonos de gris claro, cada uno de ellos un anuncio del invierno que se acercaba inexorable. Para Clayton era la peor época del año en Nueva Inglaterra, cuando la sinfonía de colores otoñales se había apagado y aún no caían las primeras nevadas. El mundo parecía replegarse en sí mismo, vacilante como un anciano cansado de la vida, avanzando trabajosamente sostenido por huesos viejos y quebradizos que duelen con cada paso, cumpliendo los deberes rutinarios, consciente de que la primera helada de la muerte estaba próxima.

A unos cincuenta metros de distancia, frente a la sala Kennedy, uno de tantos edificios desangelados de cemento que habían reemplazado los antiguos ladrillos y la hiedra, estalló una trifulca. La brisa fría transportaba las voces airadas. Jeffrey se agachó y se parapetó tras un árbol. Más valía no ser alcanzado por una bala perdida, pensó. Aguzó el oído, pero no logró dilucidar el motivo de la discusión; no oía más que torrentes de obscenidades lanzadas de un lado a otro como hojas secas arrastradas por un remolino.

Vio a un par de policías del campus dirigirse a toda prisa hacia el alboroto. Llevaban botas pesadas con puntera metálica y coraza de cuerpo entero. Sus pisadas sonaban como cascos de caballos contra el pavimento de macadán. No se les veían los ojos tras la visera opaca de su casco. Advirtió que un segundo par de agentes se acercaba a toda prisa desde otra dirección. Cuando pasaron corriendo, una farola se encendió de pronto, arrojando una luz amarilla que destelló en sus armas desenfundadas. Ahora la policía del campus sólo patrullaba en parejas; Clayton tenía entendido que desde el incidente que se había producido en el semestre de invierno, cuando varios miembros de una hermandad universitaria habían apresado a un secreta que trabajaba en una operación antinarcóticos y le habían prendido fuego en el sótano después de arrancarle la ropa y perpetrar toda clase de vejaciones contra su cuerpo inconsciente. Un exceso de alcohol y de drogas, un poco de queroseno, y una absoluta falta de escrúpulos.

El agente había muerto y la casa de la hermandad había quedado reducida a cenizas. Los tres estudiantes responsables de lo ocurrido nunca fueron juzgados por el crimen, pues el incendio había acabado con casi todas las pruebas, aunque en el campus todo el mundo sabía quiénes eran. Ahora sólo quedaba uno de los tres. Uno había muerto antes de la graduación en circunstancias extrañas en una de las torres donde vivían los estudiantes. O se había caído o lo habían empujado desde la planta vigésimo segunda por un hueco de ascensor vacío. El otro se había matado en un accidente de tráfico una noche de agosto en el cabo Cod, cuando su coche deportivo cayó en una ciénaga en la que crecían arbustos de arándanos y se ahogó.

Había pruebas, según le habían contado a Jeffrey, de que había habido otro vehículo involucrado, y de que se había producido una persecución a gran velocidad y a altas horas de la noche. Sin embargo, la policía del estado en aquella jurisdicción lo había declarado un accidente de un solo coche. El cuerpo de seguridad del campus era, naturalmente, una delegación de la policía estatal.

Se rumoreaba que el tercer estudiante había regresado para cursar el último año de carrera, pero nunca salía de su habitación y enloquecía por momentos o se estaba muriendo lentamente de inanición, atrincherado en la residencia.

Ahora, a la vista de Clayton, los cuatro policías se abrían paso entre la multitud. Uno de ellos blandía una porra de grafito describiendo un arco amplio. A su izquierda se oyó el ruido de un vidrio que se hacía añicos seguido de un agudo alarido de dolor. Clayton salió de detrás del árbol y vio que el tumulto se había dispersado y perdido intensidad, y que varios estudiantes se alejaban a paso veloz. Los cuatro agentes tenían a sus pies a un par de jóvenes esposados y tirados en el frío suelo. Uno de los adolescentes arqueó la espalda para escupir a los policías, que respondieron propinándole una fuerte patada en las costillas. El chico pegó un grito que resonó entre los edificios del campus.

El profesor se fijó entonces en un puñado de mujeres jóvenes que observaban la escena desde una ventana en la primera planta de la Facultad de Gestión Racial. Por lo visto el espectáculo les parecía divertido, pues señalaban y se reían, a salvo tras el cristal antibalas de la ventana. Sus ojos se desplazaron hasta la planta baja del edificio de aulas, que estaba a oscuras. Ésta era la norma para casi todos los departamentos en el recinto universitario; se consideraba demasiado difícil y caro mantener abiertas las oficinas y las aulas situadas a nivel del suelo. Había demasiados robos, demasiado vandalismo. Así pues, las plantas bajas habían quedado abandonadas y ahora estaban llenas de pintadas y vidrios rotos. Se habían instalado puestos de seguridad al pie de las escaleras que conducían a las plantas superiores, lo que impedía la entrada de la mayor parte de las armas en las aulas. No obstante, el problema que había surgido recientemente era la propensión de algunos estudiantes a provocar incendios en las habitaciones vacías situadas debajo de las aulas donde debían examinarse. Ahora, durante la época de exámenes, el cuerpo de seguridad hacía pruebas soltando perros guardianes en los recintos desocupados. Los animales tendían a aullar mucho, lo que dificultaba la concentración durante el examen, pero, por lo demás, el plan parecía funcionar.

Los policías habían levantado a los dos estudiantes detenidos y ahora caminaban en dirección a Clayton. Éste se percató de que se mantenían vigilantes, volviendo la cabeza a izquierda y derecha, mirando hacia las azoteas.

«Francotiradores», pensó Clayton. Prestó atención por si oía el zumbido de un helicóptero que también estuviese guardándoles las espaldas.

Por un momento supuso que sonarían disparos, pero no ocurrió. Esto le sorprendió; se creía que más de la mitad de los veinticinco mil estudiantes de la universidad iban armados casi todo el tiempo, y practicar el tiro al blanco de vez en cuando con policías del campus era un rito iniciático, tal como lo era un siglo atrás darse ánimos antes de un partido. Los sábados por la noche el Servicio Sanitario para Estudiantes atendía de promedio a una media docena de víctimas de tiroteos al azar, además de los casos habituales de apuñalamientos, palizas y violaciones. En general, sin embargo, sabía que las cifras no eran terroríficas, sólo constantes. Le recordaban la suerte que tenía de que la universidad estuviese en una ciudad pequeña y aún eminentemente rural. Las estadísticas en los centros educativos importantes de las grandes urbes eran mucho peores. La vida en esos mundos era realmente peligrosa.

Enfiló el camino, y uno de los policías se volvió hacia él.

—Hola, profesor, ¿cómo le va?

—Bien. ¿Ha habido algún problema?

—¿Lo dice por estos dos? Qué va. Son estudiantes de Empresariales. Se creen que ya son dueños del mundo. Sólo pasarán la noche en el trullo. Así se les bajarán los humos. Tal vez así aprendan la lección. —El policía dio un tirón a los brazos torcidos del adolescente, que soltó una maldición por el dolor. Pocos agentes de seguridad del campus habían cursado siquiera una asignatura universitaria en su vida. En su mayoría eran producto del nuevo sistema de formación profesional del país, y en general despreciaban a los universitarios entre los que vivían.

—Bien. ¿Nadie se ha hecho daño?

—Esta vez no. Oiga, profesor, ¿está solo?

Jeffrey movió la cabeza afirmativamente.

El policía vaciló. Su compañero y él sujetaban a uno de los combatientes entre los dos, y lo iban arrastrando por el camino. El agente negó con la cabeza.

—No debería andar solo, sobre todo al anochecer, profesor. Ya lo sabe. Debería llamar al servicio de escolta. Podrían enviarle a un guardia que le acompañe hasta el aparcamiento. ¿Va armado?

Jeffrey dio unas palmaditas a la pistola semiautomática que llevaba al cinto.

—Vale —dijo el policía despacio—. Pero, profesor, lleva la chaqueta abotonada y con la cremallera subida. Tiene que poder echar mano del arma rápidamente, sin necesidad de quedarse medio desnudo antes de poder disparar un solo tiro. Joder, para cuando consiga sacar la pistola, uno de esos estudiantes estirados de primero con un fusil de asalto y una buena dosis de mala baba y de pastillas le convertirá en un queso Gruyère...

Los dos policías prorrumpieron en carcajadas, y Jeffrey asintió con la cabeza, sonriendo.

—Sería una forma bastante desagradable de morir. Convertido en un psicosándwich o algo así —comentó—. Un poco de jamón, un poco de mostaza y Gruyère. Suena bien.

Los policías seguían riendo.

—Vale, profesor. Tenga cuidado. No quiero acabar metiéndole en una bolsa de cadáveres. Procure ir por caminos distintos cada vez.

—Chicos —replicó Jeffrey, con los brazos abiertos en un gesto amplio—, no soy tan tonto. Así lo haré, por supuesto.

Los agentes asintieron con la cabeza, pero él sospechaba que estaban convencidos de que cualquiera que enseñara en la universidad era, sin lugar a dudas, tonto. Con otro tirón a los brazos de sus prisioneros, reanudaron la marcha. El joven gritó que su padre los demandaría por brutalidad policial, pero sus quejas y chillidos quedaron disipados por el viento de primera hora de la noche.

Jeffrey los observó alejarse por el patio interior. Su camino estaba iluminado por el resplandor amarillento de las farolas, que tallaban círculos de luz en la oscuridad creciente. Luego echó a andar de nuevo a toda prisa. No se detuvo a mirar un coche incendiado con un cóctel Molotov que ardía sin control en uno de los aparcamientos que no tenían vigilancia. Unos momentos después, una estudiante prostituta surgió de las sombras para ofrecerle sexo a cambio de créditos académicos, pero él rehusó enseguida y siguió adelante, pensando de nuevo en el maletín que llevaba y el hombre que al parecer sabía quién era él.

Su apartamento estaba a varias manzanas del campus, en una calle lateral relativamente tranquila donde antes se encontraban las llamadas residencias para el personal docente. Se trataba de casas más antiguas de tablas, encaladas, con estructura de madera y unos ligeros toques victorianos: amplias galerías y vidrieras biseladas. Una década atrás tenían gran demanda, en parte por su interés nostálgico y su solera de siglos. Sin embargo, como todo lo que era antiguo en la comunidad, el sentido práctico había disminuido su valor; se prestaban a allanamientos, pues estaban aisladas, bastante retiradas de las aceras, a la sombra de árboles y arbustos, lo que las hacía vulnerables, junto con un cableado obsoleto e inadecuado para los sistemas de alarma con detección de calor. El apartamento del propio Clayton contaba con un dispositivo de videovigilancia más anticuado.

Por costumbre, era lo primero que comprobaba al llegar. Un visionado rápido de la grabación le mostró que los únicos que habían visitado su casa eran el cartero del lugar —acompañado, como siempre, por su perro de ataque—, y, poco después de marcharse éste, dos mujeres jóvenes con pasamontañas para que no las reconocieran. Habían intentado accionar el picaporte —buscando la forma fácil de entrar—, pero el sistema de choques eléctricos que él mismo había instalado las hizo cambiar de idea. No era lo bastante potente para matar a una persona, pero sí para que quien tocase el picaporte sintiera que le machacaban el brazo con un ladrillo. Al ver a una de las mujeres caer al suelo, aullando de rabia y dolor en las imágenes grabadas, experimentó cierta satisfacción. Él había diseñado el sistema, basándose en sus conocimientos de la naturaleza humana. Es probable que cualquiera que intente entrar por la fuerza en algún sitio pruebe primero con el picaporte, sólo para asegurarse de que la puerta esté efectivamente cerrada con llave. La suya, por descontado, no lo estaba. En cambio, estaba electrificada con una corriente de setecientos cincuenta voltios. Volvió a poner en marcha la cámara de vídeo.

Sabía que al final del día debía tener hambre, pero no era el caso. Exhaló un suspiro lento y sonoro, como si estuviera exhausto, entró en su pequeña cocina y sacó una botella de vodka finlandés del congelador. Se llenó un vaso y bebió un sorbo de la parte superior. Dejó que aquel líquido amargo y frío estimulara su espíritu mientras descendía por su interior. A continuación, se dirigió a su sala de estar y se dejó caer en un sillón de cuero. Vio que tenía un mensaje en el contestador automático, y supo también que haría caso omiso de él. Se inclinó hacia delante y luego se detuvo. Tomó otro trago de su vaso y echó la cabeza atrás.

«Hopewell.

»Yo sólo tenía nueve años.»

No, había algo más.

«Yo tenía nueve años y estaba aterrorizado.»

«¿Qué sabe uno cuando tiene nueve años? —se preguntó de repente. Volvió a soltar el aire despacio, y se respondió—: No sabe nada, y a la vez lo sabe todo.»

Jeffrey Clayton se sintió como si alguien le clavara un alfiler en la frente. Ni siquiera el alcohol le aliviaba el dolor.

Fue en una noche como aquélla, aunque quizá no tan fría, y la lluvia preñaba el aire. «Me acuerdo de la lluvia —pensó— porque, cuando salimos, me caía encima como escupitajos, como si yo hubiese hecho algo malo. La lluvia parecía ocultar todas las palabras airadas, y él estaba de pie en el umbral, callado por fin después de todos aquellos gritos, mirándonos marchar.»

¿Qué fue lo que dijo?

Jeffrey se acordó: «Te necesito, a ti y a los niños...»

Y la respuesta de ella: «No, no nos necesitas. Te tienes a ti mismo.»

Y él había insistido: «Formáis parte de mí...»

Luego Jeffrey había notado que la mano de su madre lo empujaba hacia el interior del coche y lo sentaba con brusquedad en su asiento. Recordó que ella llevaba en brazos a su hermana pequeña, que lloraba, y sólo habían tenido tiempo de meter un poco de ropa en una mochila pequeña. «Nos metió en el coche a toda prisa —pensó— y dijo: "No miréis atrás. No le miréis."» Acto seguido, el coche arrancó.

Evocó la imagen de su madre. Aquélla había sido la noche en que había envejecido, y el recuerdo lo asustaba. Intentó convencerse de que no tenía por qué preocuparse.

«Nos fuimos de casa, eso es todo.

»Habían tenido un altercado. Uno de tantos. Éste resultó peor que los demás, pero sólo porque fue el último. Yo me había refugiado en mi habitación, intentando no oír sus palabras. ¿Por qué discutían? No lo sé. Nunca se lo pregunté. Nadie me lo dijo. Pero ese día todo había terminado, y eso sí que lo sabía. Subimos al coche, nos marchamos y nunca volvimos a verlo. Ni una sola vez. Jamás.»

Tomó otro trago largo.

«En fin. Otra triste historia, pero nada tan fuera de lo común. Una relación con malos tratos. La mujer y los hijos se van antes de que alguien salga perjudicado de forma irreparable. Ella fue valiente. Hizo lo correcto. Lo abandonó, en un mundo diferente, para que nos criáramos en un lugar donde él no pudiese hacernos daño. No es algo atípico. Evidentemente, tiene secuelas psicológicas. Lo sé por mis propios estudios, mi propia terapia. Pero está superado, todo superado.

»No quedé traumatizado de por vida.»

Paseó la vista por el interior de su apartamento. En un rincón había un escritorio cubierto de papeles. Un ordenador. Muchos libros apretujados desordenadamente en estantes. Muebles funcionales, nada que no pudiera olvidarse o reemplazarse fácilmente si lo robaban. Tenía algunos de sus títulos y diplomas expuestos en una pared. Había un par de reproducciones enmarcadas de clásicos comunes del arte moderno del siglo XX, incluidas la lata de sopa de Warhol y las flores de Hockney. Las había puesto ahí para salpicar un poco de color en la habitación. También había colgado unos pósters de películas, porque le gustaba la sensación de acción que transmitían, pues a menudo su vida le parecía demasiado reposada, seguramente demasiado gris, y no estaba muy seguro de cómo cambiarla.

«Entonces —se preguntó a sí mismo—, ¿por qué cuando un desconocido alude a la noche en que, cuando eras niño, dejaste tu hogar, te dejas llevar por el pánico?»

De nuevo insistió: «No he hecho nada malo. —Entonces le vino a la memoria—. Ella dijo: "Nos vamos...", y nos fuimos. Y luego empezamos una nueva vida, muy lejos de Hopewell.»

Se sonrió. «Nos fuimos al sur de Florida. Igual que los refugiados que llegaban allí de Cuba y Haití. Nosotros éramos refugiados de una dictadura parecida. Era un buen lugar para perderse. No conocíamos a nadie. No teníamos parientes allí, ni amigos, ni contactos, ni trabajo, ni escuela. No se daba una sola de las condiciones por las que habitualmente alguien se muda a una nueva localidad. Nadie nos conocía, y nosotros no conocíamos a nadie.»

De nuevo le vinieron a la mente las palabras de su madre. Un día —¿un mes después, quizá?—, dijo que ése era el lugar donde él nunca los buscaría. Se había criado en el norte, por lo que detestaba el calor. Odiaba el verano, y sobre todo la densa humedad de los estados del Atlántico medio. Ocasionaba que le salieran unas ronchas rojas en la piel y que el asma se le agudizara de modo que el menor esfuerzo la hacía jadear. Así pues, les había dicho a él y a su hermana pequeña: «Nunca se le pasará por la cabeza que me he ido al sur. Creerá que me he trasladado a Canadá, yo siempre hablaba de Canadá...» Y ésa fue la explicación.

Jeffrey pensó en Hopewell, una población rural rodeada de granjas; eso es lo que sabía y recordaba de ella. Estaba próxima a Princeton, que había albergado una universidad prestigiosa hasta que los disturbios raciales de principios de siglo en Newark se habían propagado sin control, como una llama en un reguero de gasolina, y habían recorrido ochenta kilómetros de carretera hasta la universidad, que había acabado asolada por los incendios y los saqueos. Por otra parte, la ciudad era célebre porque, años antes de que él naciera, había sido escenario de un secuestro famoso.

«Pero nos marchamos —se recordó a sí mismo—. Y ya nunca volvimos.»

Apuró el vaso de vodka de un trago, echándose al gaznate lo que quedaba del aguardiente. De pronto lo invadió una rabia desafiante. «Ya nunca volvimos —se repitió tres o cuatro veces—. Que te den, agente Martin.»

Tenía ganas de tomarse otra copa, pero no le pareció apropiado. Luego pensó: «¿Por qué no?» Pero esta vez sólo se sirvió medio vaso, y se obligó a beber a sorbos, despacio. Se agachó, recogió el teléfono del suelo y marcó rápidamente el número de su hermana en Florida.

La señal de llamada sonó una vez, y colgó. No le gustaba telefonearlas a menos que tuviera algo que decir, y hubo de admitir que de momento no tenía más que preguntas.

Se reclinó hacia atrás, cerró los ojos y visualizó la casita donde habían vivido juntos. «La marea está bajando —pensó—. Estoy seguro de ello. La marea está bajando, y puedes alejarte cien, no, doscientos metros de la orilla e intentar oír el sonido de una raya leopardo al liberarse saltando de uno de los canales para caer con un sonoro chapuzón en el agua azul celeste. Eso estaría bien. Volver a los Cayos Altos, caminar por el agua poco profunda.» Quizá vería emerger la cola de un pez zorro, reluciente a la luz mortecina de la tarde, o la aleta de un tiburón cortando la superficie cerca de un banco de arena, en busca de un bocado fácil.

«Susan sabría adónde ir, y seguro que pescaríamos algo.»

Cuando eran jóvenes, los dos hermanos pasaban horas juntos. de pesca. Jeffrey tomó conciencia de que ahora ella iba sola.

Se dio el lujo de revivir la sensación del suave vaivén de la tibia agua de mar en torno a sus piernas, pero cuando abrió los ojos, no vio más que el maletín de piel del agente, tirado en el suelo de cualquier manera ante él.

Lo recogió y se disponía a lanzarlo al otro extremo de la habitación, pero se detuvo cuando estiraba el brazo hacia atrás para tomar impulso.

«Seguro que no contienes más que otra pesadilla —pensó—. He permitido que mi vida se infeste de pesadillas, así que una más no significará nada.»

Jeffrey Clayton se recostó en el sillón, suspiró y abrió el cierre de metal barato del maletín.

Dentro había tres carpetas de papel de Manila de color habano. Les echó un vistazo rápido a las tres y vio que todas contenían más o menos lo que él esperaba: fotos de escenas del crimen, informes policiales truncados y un protocolo de la autopsia de cada una de las tres víctimas. «Estas cosas siempre empiezan así —se dijo—. Un policía me pasa unas fotografías convencido de que, por arte de magia, las miraré y al instante podré decirle quién es el asesino.» Exhaló un suspiro hondo, abrió una carpeta tras otra y esparció los documentos en el suelo, frente a sí.

En cuanto vio las fotografías a la luz, comprendió la preocupación del agente Martin. Tres chicas muertas, todas, a primera vista, de menos de quince años, con cortes similares en su cuerpo desnudo, y colocadas tras su muerte en posturas parecidas. ¿Las habían matado con una navaja de barbero?, se preguntó de inmediato. ¿Con un cuchillo de caza? Yacían boca arriba en el suelo, sin ropa, con los brazos extendidos hacia los lados. Era la posición en que se tumban los niños cuando quieren dejar la silueta de un ángel en la nieve reciente. Recordaba haber trazado esas figuras de pequeño, antes de que se mudaran al sur. Sacudió la cabeza. «Un simbolismo religioso evidente», anotó mentalmente. Era como si las hubiesen crucificado; supuso que eso era, de un modo extraño, lo que les habían hecho en realidad. Echó otra ojeada a las fotografías y observó que a todas las víctimas les habían cortado el dedo índice de la mano derecha. Sospechaba que les faltaba también alguna otra parte del cuerpo, o quizás un mechón de cabello.

—Seguro que te gusta llevarte recuerdos —le dijo en voz alta al asesino que inexorablemente comenzaba a cobrar forma en su imaginación, casi como si se estuviera materializando de la nada a una persona sentada ante él.

Examinó por encima las zonas en que se encontraban los cadáveres. Uno parecía estar en un bosque; la joven yacía con los brazos abiertos sobre una superficie plana de roca. La segunda se hallaba en un terreno considerablemente más pantanoso, con un lodo espeso y cenagoso, y lianas y zarcillos retorcidos. «Cerca de un río», pensó Clayton. Le costó más determinar dónde estaba la tercera; aparentemente se trataba también de una zona rural, pero el crimen se había cometido a todas luces a principios del invierno; la tierra se hallaba cubierta de nieve limpia en algunas partes, y el cuerpo sólo estaba parcialmente descompuesto. Clayton estudió la imagen un poco más de cerca, buscando rastros de sangre, pero no había muchos.

—Así que las metiste en tu coche y las llevaste a esos lugares después de matarlas, ¿no?

Meneó la cabeza. Sabía que eso supondría un problema. Siempre resultaba más fácil sacar conclusiones de una escena del crimen cuando el asesinato realmente se había cometido allí. El desplazamiento de los cadáveres constituía una dificultad añadida para las autoridades.

Se levantó de su asiento, esforzándose por pensar, y regresó a la cocina, donde se sirvió otro vaso de vodka. Tomó de nuevo un trago largo y asintió para sí, complacido con el aturdimiento que el alcohol empezaba a causarle. De pronto, se percató de que el dolor de cabeza había desaparecido y volvió a los documentos esparcidos en el suelo de su pequeña sala de estar.

Continuó hablando en voz alta, con un sonsonete, como un niño que se divierte solo en su habitación con un juego.

—Autopsia, autopsia, autopsia. Apuesto veinte pavos a que violaste a todas las chicas una vez muertas y a que no eyaculaste, ¿verdad, colega?

Cogió los tres informes y, deslizando el dedo rápidamente por el texto de cada uno, encontró la información del patólogo que buscaba.

—He ganado —dijo, de nuevo en alto—. Veinte pavos. Dos billetes de diez. Veinte machacantes. En realidad, estaba cantado. Yo tenía razón, como de costumbre.

Tomó otro trago.

—Si eyaculaste, fue al matarlas, ¿no, chaval? Es el momento más intenso. Tu momento. ¿El momento de la luz? ¿El destello de una gran explosión detrás de los ojos, directo al cerebro, que llega hasta el alma? ¿Algo tan maravilloso y místico que te deja sin aliento?

Hizo un gesto de afirmación. Miró al otro extremo de la sala de estar y, gesticulando hacia una silla vacía, se dirigió a ella, como si el asesino acabara de entrar en la habitación.

—¿Por qué no te sientas? Aligera la carga de tus pies.

Comenzó a trazar un retrato en su mente. «No demasiado joven —pensó—. De aspecto anodino. Blanco. Nada amenazador. Quizás un poco tímido, o un cerebrito. Sin duda un solitario.» Soltó una carcajada cuando los rasgos del asesino empezaron a definirse ante sus ojos, tal vez porque no sólo estaba describiendo a un asesino en serie absolutamente típico, sino también a sí mismo. Continuó hablándole a su fantasmal visita en tono sarcástico y ligeramente cansino.

—¿Sabes qué, colega? Te conozco. Te conozco bien. Te he visto docenas, cientos de veces. Te he observado durante los juicios. Te he entrevistado en tu celda. Te he sometido a una serie de pruebas científicas y medido tu estatura, peso y apetito. Te he aplicado el test de Rorschach, inventarios multifásicos de Minnesota y he determinado tu cociente intelectual y tu tensión arterial. Te he extraído sangre del brazo y he analizado tu ADN. Joder, incluso he asistido a tu autopsia tras tu ejecución, y examinado con el microscopio muestras de tu cerebro. Te conozco al derecho y al revés. Tú te crees único y superpoderoso, pero, sintiéndolo mucho, chaval, no lo eres. Presentas las mismas tendencias y perversiones de mierda que otros mil tipos que son como tú. Los registros están llenos de casos que en nada difieren del tuyo. Carajo, también lo están las novelas populares. Hace siglos que existes, en una forma u otra. Y si crees que has hecho algo verdaderamente único y demoníacamente extraordinario, te equivocas de medio a medio. Eres un tópico. Algo tan corriente como un resfriado en invierno. No te gustaría oír eso, ¿verdad? Esa voz furiosa de tu interior se pondría a escupir bilis y a exigirte todo tipo de cosas, ¿no? Sentirías el impulso de salir a aullarle a la luna llena y quizás a raptar a otra joven, sólo para demostrar que voy errado, ¿verdad? Pero ya sabes, macho, que en realidad lo único que tienes de especial es que no te han pillado todavía y que probablemente nunca te pillarán, no porque seas una jodida lumbrera, como sin duda te crees, sino porque nadie tiene tiempo ni ganas, porque hay cosas mejores que hacer que ir por ahí persiguiendo a chalados, aunque no tengo ni puta idea de cuáles pueden ser esas cosas. En fin, casi siempre eso es lo que ocurre. Te dejan en paz porque a nadie le importa tanto. No causas el impacto acojonante que tú te crees...

Suspiró, rebuscó en el interior de la carpeta el número de teléfono que el agente Martin le había asegurado que estaba allí y lo encontró en un trozo de papel amarillo. Echó otro vistazo rápido a las fotografías y los documentos, sólo para cerciorarse del todo de que no hubiera pasado por alto algún detalle evidente o revelador, y dio otro trago al vaso de vodka. Se reprochó a sí mismo la aprensión y el horror que se habían apoderado de él cuando el policía lo había amenazado de forma tan indirecta.

«¿Quién soy yo en realidad?»

Respondió con un suspiro: «Soy quien soy.»

«Un experto en muertes atroces.»

Con la mano con que sostenía el vaso, señaló con un gesto suave y desdeñoso los tres expedientes que estaban en el suelo, delante de él.

—Previsible —dijo en voz alta—. Totalmente previsible. Y, a la vez, seguramente imposible. No es más que un asesino enfermo y anónimo más. No es eso lo que usted quiere oír, ¿verdad, señor policía?

Sonrió mientras alargaba el brazo hacia el teléfono.

El agente Martin contestó al segundo timbrazo.

—¿Clayton?

—Sí.

—Bien. No ha perdido el tiempo. ¿Tiene conexión de vídeo en su teléfono?

—Sí.

—Pues úsela, joder, para que pueda verle la cara.

Jeffrey Clayton obedeció: encendió el monitor de vídeo, lo conectó al teléfono y se acomodó enfrente, en su sillón.

—¿Mejor así?

En su pantalla, la imagen nítida del agente apareció de golpe. Estaba sentado en la esquina de una cama, en un hotel del centro. Todavía llevaba corbata, pero su americana colgaba del respaldo de una silla cercana. También llevaba puesta aún su sobaquera.

—Bueno, ¿tiene algo que contarme?

—Poca cosa. Seguramente cosas que usted ya sabe. Sólo he mirado por encima las fotografías y los documentos.

—¿Y qué ha visto, profesor?

—Todo es obra del mismo hombre, evidentemente. Hay un claro trasfondo religioso en el simbolismo de la posición de los cadáveres. ¿Podría tratarse de un ex sacerdote? Tal vez de alguien que fue monaguillo. Algo por el estilo.

—He contemplado esa posibilidad.

A Jeffrey se le ocurrió otra idea.

—Quizás un historiador, o alguien relacionado de alguna manera con el arte religioso. ¿Sabe? Los pintores del Renacimiento casi siempre representaban a Cristo en una posición similar a la de esos cadáveres. ¿Será un pintor que oye voces? Es otra posibilidad.

—Interesante.

—Ya lo ve, inspector: una vez que uno introduce el componente religioso, se ve empujado en ciertas direcciones específicas. Pero, a menudo, se requiere una interpretación ligeramente más indirecta. O una mezcla de ambas. Por ejemplo, podría ser un ex monaguillo que al cabo de los años llegó a ser historiador del arte. ¿Entiende por dónde voy?

—Sí, eso tiene algo de sentido.

Otra idea le vino a Clayton a la cabeza.

—Un profesor —barbotó—. Tal vez sea un profesor.

—¿Por qué?

—Los sacerdotes tienden a ir a por hombres jóvenes, y estamos hablando de tres chicas. Podría haber un elemento de familiaridad. Se me acaba de ocurrir.

—Interesante —repitió el inspector tras la breve pausa que necesitó para digerir lo que acababa de oír—. ¿Un profesor, dice?

—Exacto. Es sólo una idea. Tendría que saber más para estar más seguro.

—Continúe.

—Aparte de eso, no he sacado mucho más en claro. La ausencia de pruebas de eyaculación, aunque hay indicios de actividad sexual, me lleva a sospechar que debemos seguir la pista religiosa en este caso. La religión siempre trae consigo toda clase de sentimientos de culpa, y quizá sea eso lo que le impide a su hombre llegar hasta el final. A menos, claro está, que haya llegado hasta el final antes, que es lo que yo me imagino.

—Nuestro hombre.

—No, me parece que no.

El agente sacudió la cabeza.

—¿Qué más ha visto?

—Es un cazador de *souvenirs*. Debe de tener el tarro con los dedos en algún lugar accesible, para poder revivir sus triunfos.

—Sí, yo también lo sospechaba.

—¿Qué más se llevó?

—¿Qué?

—¿Qué otra cosa, agente Martin? ¿Aparte de los dedos índices, qué se llevó?

—Es usted muy astuto. Lo esperaba. Se lo diré más tarde.

Jeffrey suspiró.

—No me lo diga. No quiero saberlo. —Titubeó antes de añadir—: Es pelo, ¿verdad? Un mechón de la cabellera, y algo de vello púbico, ¿me equivoco?

El agente Martin hizo una mueca.

—Ha acertado, en ambas cosas.

—Pero no las mutiló, ¿verdad? No hay cortes en los genitales, ¿correcto? Sólo en el torso, ¿no?

—¡Ha vuelto a acertar!

—Se trata de un patrón poco común. No es algo sin precedentes, pero sí bastante atípico. Un modo extraño de expresar su ira.

—¿Eso despierta su interés? —inquirió el agente.

—No —contestó Jeffrey sin rodeos—. No despierta mi interés. Sea como fuere, su problema gordo es que cada víctima parece haber sido asesinada por una persona distinta, y después trasladada al lugar donde la descubrieron. Así que tendrá que encontrar el medio de transporte que utilizó. Creo que en el informe policial no se mencionan fibras ni otros indicios del tipo de vehículo en el que viajaron. Quizás el tipo las envolvió en una lámina de goma. O quizá forró el interior de su maletero con plástico. Hubo un tipo en California que hizo eso. Llevaba a la pasma de cabeza.

—Me acuerdo del caso. Creo que tiene usted razón. ¿Qué más?

—A primera vista, el tipo presenta más o menos las mismas características de muchos otros asesinos.

—A primera vista.

—Bueno, usted probablemente cuenta con mucha más información que no estaba dispuesto a compartir. Me he dado cuenta de que los protocolos de autopsia y los informes policiales eran más bien parcos. Por ejemplo, la ausencia de heridas claramente defensivas indica que todas las víctimas estaban inconscientes cuando abusaron de ellas y las asesinaron. Es un detalle intrigante. ¿Cómo las dejó inconscientes? No constan señales de traumatismo craneal. Y eso no es todo. Por ejemplo, no figuran datos que identifiquen a las jóvenes, ni fechas ni información sobre las escenas del crimen o investigaciones posteriores. Ni siquiera hay una lista de sospechosos interrogados.

—No, tiene razón. Eso no se lo he enseñado.

—Pues eso viene a ser todo. Siento no poder serle de más ayuda. Ha venido de tan lejos sólo para que le diga un par de cosas que usted ya sabía.

—No está usted formulando las preguntas adecuadas, profesor.

—No tengo preguntas, agente Martin. Soy consciente de que tiene un problema y de que no se solucionará fácilmente, pero eso es todo. Lo siento.

—No lo entiende, ¿verdad, profesor?

—¿No entiendo qué?

—Le contaré algo que no figura en los informes que obran en su poder. ¿Se ha fijado en el distintivo impreso en la carpeta del tercer caso, una bandera roja?

—¿El caso de la chica hallada en la roca? Sí.

—Pues bien, encontraron su cadáver hace unas cuatro semanas, en un lugar del Territorio del Oeste. ¿Comprende lo que eso significa?

—¿Dentro del Territorio? ¿Era residente de nuestro próximo estado número cincuenta y uno?

—Exacto —respondió el agente, en tono cortante y airado.

Jeffrey se reclinó en su sillón, reflexionando sobre lo que acababa de oír.

—Creía que esas cosas no debían pasar. En teoría, se han erradicado los delitos del Territorio, ¿no?

—Sí, maldita sea —farfulló el agente con amargura—. En teoría.

—Pero eso no es de recibo —repuso Jeffrey—. Es decir, la razón de ser del estado número cincuenta y uno es que allí esas cosas no ocurran. ¿No es así, inspector? Se supone que es un mundo sin crímenes, ¿no? Sobre todo sin crímenes como éstos.

De nuevo, el agente Martin dio muestras de que se esforzaba por contenerse.

—Tiene razón —dijo—. En realidad, ésa es la base de su existencia. Es la razón por la que se está estudiando la posibilidad de concederle la condición de estado. Piense en ello, profesor: el estado número cincuenta y uno, un lugar donde uno puede ser libre, llevar una vida normal, sin miedo. Como en otro tiempo.

—Un lugar donde uno tiene que renunciar a la libertad para ser libre.

—Yo no lo expresaría precisamente en esos términos —replicó el agente Martin con frialdad—, pero, en esencia, ésa es la idea.

Jeffrey asintió con la cabeza. Ahora vislumbraba el alcance del problema al que se enfrentaba el agente.

—O sea que su dilema tiene una doble vertiente, criminal y política.

—Veo que empieza a entender, profesor.

Jeffrey notó una punzada de compasión hacia el fornido policía, una sensación provocada principalmente por el vodka, según reconoció para sus adentros.

—Bueno, creo que ahora comprendo por qué tiene tanta prisa. La votación en el Congreso se celebrará justo antes que las elecciones, ¿verdad? Faltan sólo tres semanas. Lo que pasa es que los crímenes de este tipo no suelen solucionarse rápidamente, a menos que uno tenga un golpe de suerte y aparezca un testigo con una descripción o algo parecido. Pero, por lo general, si el caso llega a resolverse (y eso ya es mucho suponer, inspector), es más o menos de forma fortuita, y meses después de los hechos. Así que... —Tomó otro trago de vodka e hizo una pausa.

—¿Así que qué? —preguntó Martin con aspereza.

—Así que me alegro de no estar en su pellejo.

El inspector achicó los ojos y clavó en el profesor una mirada hosca a través de la pantalla de televisión. Habló con una voz inexpresiva, serena, sin el menor asomo de nerviosismo.

—Pues lo está, profesor. —Martin señaló la pantalla con un gesto—. Le explicaré por qué en persona.

—Oiga, he examinado sus carpetas —lo interrumpió Jeffrey—. Ahora estoy en casa. Ya he hecho bastante por hoy.

—No le estoy pidiendo un favor. Piense por un momento en la facilidad con que yo podría complicarle la vida, profesor. Con Hacienda, por ejemplo. Con otras agencias de policía. Con su adorada universidad de los cojones. Deje volar su imaginación por unos instantes. ¿Lo ha captado? Bien. Ahora, piense en algún lugar tranquilo y seguro donde podamos encontrarnos. Dios sabe si alguien está escuchando esta transmisión, o si su teléfono está pinchado. Seguramente algunos de sus alumnos más emprendedores le han intervenido la línea para obtener información confidencial sobre los exámenes o algún dato que les sirva para hacerle chantaje. Pero quiero que nos reunamos, y cuanto antes. Esta noche. Traiga consigo los expedientes de los casos. Le repito una vez más que no disponemos de mucho tiempo.

Jeffrey, vestido con ropa oscura, se deslizaba sigilosamente de una sombra a otra bajo los reflejos de las luces de neón en el centro de la pequeña población universitaria. Delante de Antonio's Pizza había la aglomeración habitual de gente que esperaba su turno para entrar; Clayton reparó en el guarda armado con una escopeta que vigilaba a los estudiantes hambrientos. Otra cola serpenteante se había formado frente a las taquillas del cine de Pleasant Street, donde se proyectaban las películas del género que los chicos denominaban «viboporno», palabra que combinaba dos de los temas más recurrentes en esos filmes.

Arrimó la espalda a la pared de ladrillo de un videoclub para dejar pasar a un puñado de preadolescentes de aspecto salvaje. Los niños marchaban en formación militar, gritando cada cierto tiempo una cantinela y coreando la respuesta. El grupo constaba de unos doce chicos, que seguían a un líder larguirucho y granujiento que, con una actitud malévola que parecía amenazar con cosas terribles, fijaba la vista en todo aquel que tuviera el mal gusto de mirarlos. Llevaban chaquetas idénticas con el logotipo de un equipo de baloncesto profesional, gorros de punto y zapatillas de alta tecnología. Los más jóvenes, de unos nueve o diez años, cerraban la marcha. Sus piernecitas, que pugnaban por seguirle el paso al cabecilla, le habrían parecido cómicas al profesor si no hubiera sabido lo peligrosa que podía llegar a ser la banda. De vez en cuando el líder se volvía bruscamente hacia el grupo y, mientras trotaba hacia atrás, gritaba:

—¿Quiénes somos?

Sin vacilar, con sus voces agudas, los miembros de la banda que avanzaban tras él contestaban a voz en cuello:

—¡Somos los perros de Main Street!

—¿De qué somos los amos?

—¡Somos los amos de la calle!

A continuación, todos daban tres palmadas, que resonaban como disparos entre los establecimientos del centro.

Hasta los estudiantes que esperaban frente a Antonio's les hacían mucho espacio; se apartaban como las orillas de un río para que la pandilla desfilara rápidamente entre ellos. El guarda de la pizzería encañonó con su escopeta al líder, que se limitó a reírse y dedicarle un gesto obsceno. Jeffrey advirtió que un coche patrulla seguía al grupo a una distancia prudencial. «Todo el mundo teme a los niños —pensó Clayton—, más que a nadie. Puedes tomar ciertas precauciones sencillas para protegerte de asesinos en serie, violadores, ladrones y animales rabiosos; puedes vacunarte contra la viruela, la gripe y el tifus, pero cuesta esconderse de las decenas de niños abandonados que no albergan más que odio hacia el mundo al que los han traído.» Se preguntó si los políticos que habían revocado todas las leyes que permitían el aborto se fijaban alguna vez en las bandas de niños que vagaban por las calles y se preguntaban de dónde habían salido.

Jeffrey salió a toda prisa de las sombras donde se había ocultado y cruzó la calle detrás del coche patrulla. Vio que uno de los agentes se volvía de golpe, como si lo hubiera sobresaltado la aparición de aquella figura a sus espaldas, y luego el vehículo se alejó, acelerando poco a poco. Clayton torció por entre las farolas en dirección a la biblioteca municipal.

«¿Qué es lo que sé sobre el estado número cincuenta y uno?», se preguntó. Acto seguido, cayó en la cuenta de que no sabía gran cosa, y lo que sabía lo incomodaba, aunque le habría costado explicar exactamente por qué.

Hacía poco más de una década, dos docenas o más de las empresas más importantes de Estados Unidos habían empezado a comprar grandes extensiones de territorio de propiedad federal en media docena de estados occidentales. También habían adquirido terrenos que pertenecían a los propios estados; de hecho, éstos se los habían cedido a las empresas. La idea era simple, una extrapolación de un concepto que la Disney Corporation había introducido en la zona central de Florida en la década de 1990: consistía en empezar de cero, en construir ciudades y pueblos, viviendas, escuelas y comunidades totalmente nuevos, pero que a la vez evocaran recuerdos de los Estados Unidos de antaño. En un principio, las poblaciones corporativas se diseñaron para alojar a las personas que trabajaban en esas empresas en el entorno más seguro posible. Sin embargo, ese mundo que se estaba creando ejercía una atracción considerable. En más de una ocasión, Jeffrey Clayton había visto entera la serie de anuncios de televisión del estado número cincuenta y uno. Lo pintaban como un lugar acogedor y seguro en que imperaban los valores de otros tiempos.

Unos cinco o seis años atrás la zona se había declarado oficialmente el Territorio del Oeste, y, tal como había ocurrido en el caso de Alaska y Hawai más de cincuenta años antes, se había iniciado el proceso que llevaría a convertirlo en un nuevo estado de la Unión. Nuevo y muy distinto.

A Jeffrey le había sorprendido que tantos estados vecinos hubiesen cedido parte de su territorio, aunque, por otro lado, el dinero y las oportunidades eran alicientes poderosos, y las fronteras no constituían realmente una prioridad para nadie.

Así pues, el mapa de Estados Unidos había cambiado.

En algunas carreteras se instalaron vallas publicitarias que ensalzaban la calidad de vida en el nuevo estado. Se publicaron páginas web con información sobre ello. Uno podía realizar también un recorrido virtual del estado en ciernes, lo que incluía una visita en 3D a sus zonas urbanas y su campiña.

Por supuesto, eso tenía un precio.

Muchas de las familias más pobres se habían visto desarraigadas, aunque aquellos cuya propiedad se encontraba dentro de los límites de una nueva demarcación habían obtenido un beneficio económico imprevisto. Había también quien se había resistido, como los milicianos, unos chalados ecologistas y asilvestrados, pero incluso ellos habían dado el brazo a torcer, forzados por las autoridades locales o sobornados. Muchas de esas personas se habían retirado al norte de Idaho y a Montana, donde disponían de espacio y poder político.

El estado número cincuenta y uno se había convertido en un refugio de otro tipo.

Había algunos inconvenientes: impuestos elevados, costes de edificación inflados y, lo más importante, en el estado número cincuenta y uno regían leyes que constreñían la privacidad, las entradas y las salidas, y ciertos derechos fundamentales. No es que se hubiese derogado la Primera Enmienda, sino más bien que la habían recortado. Voluntariamente. A las enmiendas Cuarta y Sexta también se les había dado un nuevo sentido.

«No es lugar para mí», decidió Jeffrey, aunque no estaba muy seguro de por qué lo pensaba.

Se arrebujó en la chaqueta con los hombros encorvados y avanzó rápidamente por la calle. «No sabes mucho sobre el Nuevo Mundo —se dijo. Luego, cayó en la cuenta—: Estás a punto de descubrir muchas cosas más.»

Se preguntó por unos instantes qué clase de persona accedería al trueque que el Territorio exigía: el de la libertad por protección.

Sin embargo, lo que uno realmente obtenía a cambio era una promesa seductora: la seguridad.

Seguridad garantizada. Seguridad absoluta.

Los Estados Unidos de Norman Rockwell.

Los Estados Unidos de Eisenhower, de la década de 1950.

Unos Estados Unidos olvidados hacía tiempo.

Y en eso, comprendió Jeffrey, residía el dilema del agente Martin.

Sujetó con fuerza el maletín que contenía los informes de los tres asesinatos bajo el brazo y pensó: «Se trata de un problema antiguo. El problema más viejo de la historia. ¿Qué sucede cuando se cuela un zorro en un gallinero?»

Se sonrió. Se arma el lío más gordo jamás visto.

Varios indigentes vivían en el vestíbulo de la biblioteca. Cuando entró por la puerta lo reconocieron y lo saludaron a voces.

—¿Qué hay, profe? ¿Viene de visita? —preguntó una mujer. Allí donde habrían tenido que estar sus dientes delanteros, había una mella. Terminó su pregunta con una carcajada estridente.

—No, sólo a documentarme un poco.

—Dentro de poco no le hará falta documentar nada. Estará tan muerto como la gente que estudia. Entonces sabrá la verdad, de primera mano, ¿no, profe? —Se rio de nuevo y le dio unos golpecitos con el codo a un anciano que tenía al lado y que sacudió el cuerpo, de modo que su ropa raída y mugrienta hizo un ruido de rozamiento mientras él cambiaba de posición.

—El profe no estudia a gente muerta, vieja bruja —repuso el hombre—. Estudia a la gente que mata, ¿verdad?

—En efecto —asintió Jeffrey.

—Ah —dijo la mujer, sonriendo de oreja a oreja—. Así que él mismo no tiene que estar muerto. Sólo convertirse en un asesino un par de veces. ¿Es eso lo que tiene que estudiar, profesor? ¿Cómo matar?

A Jeffrey la lógica de la mujer le pareció tan vacilante como su voz. En vez de contestar, sacó de su bolsillo un billete de veinte dólares.

—Tengan —dijo—. No había demasiada cola en Antonio's. Cómprense una pizza. —Dejó caer el billete sobre el regazo de la mujer, que lo agarró rápidamente con una mano que parecía una garra.

—Con esto sólo nos darán una pizza pequeña —rezongó en un súbito ataque de rabia—, con sólo un ingrediente. A mí me gusta el salchichón, y a éste los champiñones. —Le propinó un codazo a su compañero.

—Lo siento —se disculpó Jeffrey—. No puedo darles más.

La anciana emitió de pronto un sonido que estaba a medio camino entre una risita y un chillido.

—Pues entonces nada de champiñones — cacareó.

—Me gustan los champiñones —protestó el hombre con aire lastimero, y los ojos se le llenaron de lágrimas enseguida.

Jeffrey les dio la espalda y pasó por una puerta metálica doble que daba al puesto de control a la entrada de la biblioteca. Tras una mampara de cristal antibalas, la bibliotecaria lo saludó con una sonrisa y un gesto de la mano, y él le dejó su arma en consigna. Ella señaló a una habitación lateral.

—Su amigo le espera allí dentro. —Su voz, que salía de un intercomunicador metálico, sonaba distante y extraña—. Su amigo que va armado hasta los dientes —añadió con una ancha sonrisa—. No le ha hecho muy feliz dejarme todo su arsenal.

—Es policía —explicó Jeffrey.

—Pues ahora es un policía desarmado. Nada de armas en la biblioteca. Sólo libros. —La bibliotecaria era mayor que Clayton, quien sospechaba que dedicaba su tiempo libre entre las estanterías a leer relatos del pasado con espíritu romántico—. Érase una vez, había más libros que pistolas —dijo, más para sí que para que Jeffrey la oyese. Levantó la vista—. ¿No es así, profesor?

—Érase una vez —respondió él.

La mujer negó con la cabeza.

—Las ideas son incluso más peligrosas que las armas, sólo que su efecto no es tan inmediato.

Él asintió con una sonrisa. La mujer volvió a sus tareas simultáneas de supervisar los monitores de videovigilancia y registrar libros en el ordenador. Jeffrey atravesó el portal del detector de metales y entró en la sección de periódicos y revistas de la biblioteca.

El agente estaba solo en la habitación, incómodamente sentado en un sillón de cuero demasiado fofo. Pugnó durante unos instantes por levantarse del asiento y se dirigió al encuentro de Clayton.

—No me gusta despojarme de mis armas, aunque estemos en un templo del saber —comentó mientras una expresión irónica le asomaba a la cara.

—Eso me ha dicho la señora de la entrada.

—Lleva una Uzi colgada del hombro. Ya puede decir lo que quiera.

—No le falta razón —señaló Jeffrey. A continuación, deslizó el maletín de piel que contenía las tres carpetas hacia el agente Martin—. Aquí tiene sus dossieres. Como ya le he dicho, si no me proporciona toda la información disponible sobre los asesinatos, no estoy seguro de poder ayudarle.

El agente no respondió a eso.

—He hablado antes con el decano del Departamento de Psicología —dijo en cambio—. Ha accedido a concederle un permiso extraordinario. He anotado los nombres de los profesores que le sustituirán en sus clases. He imaginado que querría usted hablar con ellos antes de irnos.

Jeffrey se quedó boquiabierto. Tartamudeó por un momento al contestar:

—Y una mierda. Yo no me voy a ningún sitio. Usted no tiene derecho a contactar con nadie ni a hacer ni un maldito preparativo por mí. Le he dicho que no pienso ayudarle, y hablaba en serio.

—No sabía muy bien cómo resolver el tema de sus novias —prosiguió el agente, haciendo caso omiso de las palabras de Jeffrey—. He supuesto que usted preferiría hablar antes con ellas, inventarse alguna mentira convincente, porque pobre de usted si le informa a alguien del trabajo que se trae entre manos o del lugar adonde va. El catedrático de su departamento cree que se va usted a la Vieja Washington. Dejemos que lo siga creyendo, ¿de acuerdo?

—Que le den —lo interrumpió Jeffrey, furioso—. Yo me largo de aquí.

El agente Martin sonrió lánguidamente.

—Dudo que lleguemos a ser amigos —dijo—. Intuyo que usted acabará por admirar, o por lo menos apreciar, algunas de mis cualidades más singulares, pero no, no basándose en lo que ha pasado hasta ahora. No, no creo que nos hagamos amigos. Claro que eso no importa en realidad, ¿o sí, profesor? No es de lo que se trata.

Jeffrey sacudió la cabeza.

—Llévese sus putas carpetas. Buena suerte.

Dio media vuelta para marcharse, pero notó que el agente lo asía del brazo. Martin era un hombre fornido, y la presión con que le estrujaba los músculos parecía denotar que era capaz de mucho más, pero que el dolor que infligía en ese momento era adecuado a la situación. Jeffrey intentó soltarse de un tirón, pero no pudo. El agente Martin lo atrajo hacia sí.

—No más debates, profesor —le susurró acaloradamente en la cara—. No más discusiones. Va usted a hacer lo que yo le diga porque creo que es el único en este país de mierda con las aptitudes que yo necesito. Así que ya no se lo pido; se lo ordeno. Y, por ahora, usted se limitará a escuchar. ¿Lo pilla, profesor?

La sensación de amenaza se extendió por la piel de Jeffrey como una quemadura del sol en un día veraniego. Con un gran esfuerzo logró dominarse y mantener la calma.

—Muy bien —respondió despacio—. Dígame lo que crea que debo saber.

El agente retrocedió un paso e hizo un gesto en dirección a la mesa de lectura situada junto a su sillón de cuero. Jeffrey se colocó frente a él, acercándose una silla.

—Empiece —dijo escuetamente al sentarse.

Martin se acomodó de cara a Clayton en una silla de madera de respaldo rígido, abrió el maletín y extrajo las tres carpetas. Miró brevemente a Jeffrey con el entrecejo fruncido y arrojó el primer informe sobre la mesa, frente al profesor.

—Ése es el caso en el que estamos trabajando ahora —dijo con amargura—. Una noche, ella volvía a su casa procedente de la de un vecino, donde había estado haciendo de canguro. El cadáver se descubrió dos semanas después.

—Continúe.

—No, dejémoslo ahí. ¿Ve a esta chica? —Empujó la segunda carpeta hacia Jeffrey—. ¿Le resulta familiar, profesor?

Jeffrey se quedó mirando la fotografía de la joven. «¿Por qué habría de conocerla?», se preguntó.

—No —dijo.

—Tal vez el nombre le dé una pista. —El agente tenía la respiración agitada, como si intentara contener una ira intensa en su interior. Cogió un lápiz y garabateó «Martha Thomas» en la tapa del dossier—. ¿Le suena, profesor? Fue hace siete años. Su primer año en esta venerable institución de educación superior. ¿La recuerda ahora?

Jeffrey asintió. Notaba un frío inusitado en su fuero interno.

—Sí, claro que la recuerdo, ahora que me ha dicho su apellido. Era una alumna de primero que estaba en uno de mis cursos introductorios. Una entre doscientos cincuenta. En el semestre de invierno. Fue a clase durante una semana y luego desapareció. Asistió a una conferencia. Por lo que recuerdo, nunca me dirigió la palabra. Desde luego, no mantuvimos conversación alguna. Eso es todo. La encontraron tres semanas después en el bosque estatal que no está muy lejos de aquí. Era una excursionista entusiasta, si la memoria no me falla. La policía dictaminó que la habían secuestrado en una de esas salidas. No hubo detenidos. No recuerdo que me interrogaran siquiera.

—¿Y no se ofreció a ayudar cuando se enteró de que habían matado a una alumna suya?

—Sí, me ofrecí. La policía local rechazó la oferta. No tenía entonces la misma reputación que ahora. Nunca me mostraron informes de la escena del crimen. No sabía que había sido víctima de un asesino en serie.

—Los idiotas locales tampoco —contestó Martin con aspereza—. La chica estaba eviscerada y colocada en el suelo como un símbolo religioso, con un dedo cortado y... esos imbéciles no tenían la menor idea de lo que tenían entre manos.

—Demasiadas personas mueren asesinadas últimamente. Los inspectores de Homicidios tienen que utilizar algún criterio de selección para decidir qué casos investigar, cuáles de ellos son susceptibles de resolverse.

—Lo sé, profesor, pero eso no significa que no sean idiotas.

Jeffrey se reclinó hacia atrás.

—Así que una joven que apenas llegó a ser alumna mía hace siete años muere asesinada de una forma parecida a la del caso en que usted trabaja. Sigo sin entender por qué esto exige que yo me implique en el asunto.

El agente Martin deslizó la tercera carpeta sobre la mesa, donde topó con la mano derecha de Jeffrey.

—Éste es un caso viejo —dijo Martin lentamente—. Muy viejo y olvidado. Joder, estamos hablando de historia antigua, profesor.

—¿Qué intenta decirme?

—El FBI tiene bien documentados estos homicidios —prosiguió Martin— en el VICAP, su Programa de Detención de Criminales Violentos. Cotejan los detalles de los asesinatos sin resolver de formas muy interesantes. La posición del cadáver, por ejemplo. Los dedos índices cortados. Es el tipo de cosa que un programa de ordenador que analiza los archivos de los casos puede aislar fácilmente, ¿no le parece? Naturalmente, por lo general los cotejos informáticos no le sirven de un carajo al FBI ni a nadie más, pero de vez en cuando arrojan combinaciones curiosas. Pero todo eso ya lo sabe, ¿verdad, profesor?

—Estoy familiarizado con los procesos de identificación de los asesinatos en serie. Empezaron a desarrollarse hace un par de décadas, como ya sabrá.

El agente Martin, que se había levantado de su silla, caminaba de un lado a otro de la habitación. Finalmente se dejó caer de nuevo en el gran sillón de lectura de cuero, al otro lado de la mesa de donde estaba Jeffrey Clayton.

—Así es cómo los relacioné. Este último, ¿sabe cuándo se produjo? Hace más de veinticinco putos años. Joder, es como la edad de piedra, ¿no, profesor?

—Tres asesinatos en un cuarto de siglo es un patrón poco común.

El agente se apoyó en el respaldo con fuerza y se quedó mirando al techo por unos instantes antes de bajar la mirada y posarla en Clayton.

—Hostia, no me diga —farfulló—. Pero, profe, esa última resulta de lo más interesante.

—¿Y por qué?

—Por el momento y el lugar en que sucedió y por una de las personas interrogadas por la policía del estado. Nunca detuvieron al hijo de puta (sólo era uno del puñado de sospechosos principales), pero su nombre y el interrogatorio constaban en el viejo informe. Me costó un montón, pero al final lo encontré.

—¿Y qué tiene de interesante? —inquirió Jeffrey.

El agente Martin hizo ademán de levantarse y luego pareció cambiar de idea. De pronto, se inclinó hacia delante, acercando el voluminoso torso a sus rodillas, como un hombre que describe una conspiración, en voz baja, ronca y cargada de una ferocidad malévola.

—¿Interesante? Le diré qué tiene de interesante, profesor. Puesto que el cadáver de esa chica fue encontrado en el condado de Mercer, Nueva Jersey, a las afueras de un pueblo llamado Hopewell, unos tres días después de que usted, su madre y su hermana pequeña abandonaran su hogar para siempre... y porque el hombre a quien la policía interrogó pocos días después de la desaparición de esta joven, y de que su familia y usted se diesen el piro de allí, era su jodido padre.

Jeffrey no contestó. Tenía calor, como si la habitación hubiese estallado en llamas de repente. La garganta se le secó de inmediato, y la cabeza le daba vueltas. Se agarró a la mesa para estabilizarse, y pensó: «Lo sabías, ¿verdad? Lo has sabido desde el principio, durante todos estos años. Sabías que algún día se presentaría alguien para decirte lo que acabas de oír.»

Le dio la sensación de que no podía respirar, como si se le hubiesen atragantado las palabras.

El agente Martin reparó en todo ello y achicó los ojos, que tenía clavados en el Profesor de la Muerte.

—Bien. Ahora —murmuró— estamos listos para empezar. Le he dicho que no queda mucho tiempo.

—¿Por qué? —barbotó Jeffrey.

—Porque hace menos de cuarenta y ocho horas desapareció otra chica en el Territorio del Oeste. Ahora mismo, en una oficina supuestamente segura y confortable, donde en teoría la vida transcurre con normalidad, maldita sea, un hombre, una mujer, un hermano pequeño y una hermana mayor están sentados, intentando entender lo incomprensible. Escuchando una explicación sobre lo inexplicable. Enterándose de que lo único que les habían garantizado categóricamente que nunca les sucedería les ha sucedido. —El agente Martin frunció el ceño, como si esta idea lo asqueara—. Usted, profesor. Usted va a ayudarme a encontrar a su padre.

3

Preguntas poco razonables

Jeffrey Clayton se sintió mareado por unos momentos y las mejillas le escocían como si le hubiesen propinado un bofetón.

—Eso es ridículo —contestó de inmediato—. Usted no está en sus cabales.

—¿De verdad? —preguntó el agente Martin—. ¿Le parece que actúo como un loco, que hablo como un loco?

Jeffrey inspiró hondo, despacio, e hizo una pausa al espirar, de modo que el aire que expulsaban sus pulmones siseó al pasar entre sus dientes.

—Mi padre —dijo con una ponderación con la que intentaba poner en orden los pensamientos que se le agolpaban en la cabeza—. Mi padre murió hace más de veinte años. Se suicidó.

—Ya. ¿Está seguro de eso?

—Sí.

—¿Vio usted el cadáver?

—No.

—¿Asistió al entierro?

—No.

—¿Leyó algún informe policial, un dictamen forense?

—No.

—Entonces, ¿cómo puede estar tan seguro?

Jeffrey sacudió la cabeza.

—Sólo le repito lo que me dijeron y lo que yo creía. Que él murió. Cerca de la que había sido nuestra casa, en Nueva Jersey.

Pero no recuerdo exactamente cómo, ni dónde. Nunca he querido conocer las circunstancias concretas.

—Eso tiene mucho sentido —comentó Martin en voz baja, volviendo los ojos hacia arriba con una expresión irónica.

El agente sonrió, pero se trataba de nuevo de un gesto forzado, que reflejaba más ira amenazadora que otra cosa. Jeffrey abrió la boca para añadir algo, pero decidió quedarse callado.

Al cabo de unos segundos, Martin arqueó las cejas.

—Entiendo —dijo—. No recuerda dónde murió su padre, ni exactamente cuándo, ni conoce los detalles. Hay muchas maneras de suicidarse. ¿Se pegó un tiro? ¿Se ahorcó? ¿Se tiró a una vía de tren? ¿Dejó alguna nota escrita, o un último mensaje grabado en vídeo? ¿Un testamento, tal vez? Usted no tiene idea, ¿verdad? Y aun así está convencido de que en efecto se mató y de que lo hizo en algún sitio distinto pero no muy lejano de allí donde había vivido. ¿Es ésa una certeza científica? —preguntó con sarcasmo.

El profesor dejó que la pregunta quedara flotando en el aire entre los dos por unos instantes antes de responder.

—Todo lo que sé lo oí de boca de mi madre durante una conversación que tuvimos. Me dijo que la habían informado del suicidio, y que ella desconocía las causas. No recuerdo que me haya hablado de cómo se enteró, ni recuerdo haberle preguntado cómo lo sabía. De todos modos, ella no tenía ninguna razón para mentirme o engañarme de alguna manera. No hablábamos de mi padre a menudo, así que no había ningún motivo para que me mostrara interesado por los pormenores. Simplemente seguí con lo mío: mis estudios, mis clases, mis títulos. Él ya no era un factor relevante en mi vida. Había dejado de serlo cuando yo aún era pequeño. No lo conocía, ni sabía gran cosa de él. Era mi padre exclusivamente como consecuencia de una cópula y no porque yo tuviera relación con él. La noticia de su muerte me dejó más bien indiferente. Era como si me hubiesen relatado algún incidente lejano y secundario de escasa trascendencia. Algo que hubiese ocurrido en un rincón remoto del mundo. Para mí, él no significaba nada. No existía. Un recuerdo vago de una infancia que había dejado atrás hacía mucho tiempo. Ni siquiera llevo su apellido.

El agente Martin se reclinó en el sillón de piel, tan grande que envolvía su corpulencia considerable. Por un momento intentó ponerse cómodo, cambiando varias veces de posición.

—Joder —farfulló—. Este sillón es como una casa. Se podría instalar una cocina. —Volvió la vista hacia Jeffrey—. Nada de lo que acaba de decir se ajusta ni remotamente a la realidad, ¿verdad, profesor? —preguntó con brusquedad.

Jeffrey clavó la mirada en el hombre que tenía enfrente, tratando de verlo con mayor claridad, como un topógrafo que, al no fiarse ya de las lecturas de sus instrumentos y de su equipo, estudia el terreno a simple vista para asegurarse. Cayó en la cuenta de que apenas era consciente de las dimensiones de Martin, así que decidió que lo más prudente sería formarse un nuevo juicio sobre él. Reparó en que las cicatrices de quemaduras que el inspector tenía en manos y cuello parecían emitir un tenue brillo rojizo cuando Martin reprimía la furia de su interior, como si delataran sus emociones inadvertidamente.

—Bueno —prosiguió Martin con suavidad—, tal vez una cosa sea verdad. Tengo entendido que su madre sí le dijo que él había muerto, y seguramente incluso que había sido un suicidio. Eso no dudo que sea cierto. Me refiero a que ella se lo dijera. —Tosió, quizá con la intención de ser cortés, aunque sonó más como una expresión de burla—. Pero eso viene a ser lo único, ¿no?

Jeffrey negó con la cabeza, lo que sólo sirvió para arrancarle otra sonrisa a Martin. Al parecer, cuanto más se enfadaba el inspector, más sonreía.

—Ocurre constantemente, ¿no es así, profesor? Don Experto en la Muerte. A los asesinos en serie con frecuencia les remuerde tanto la conciencia por la depravación de sus asesinatos que, al no soportar más su existencia patética y maligna, se suicidan, ahorrándole con ello a la sociedad la molestia y el esfuerzo que supone darles caza y llevarlos a juicio. ¿Estoy en lo cierto, profesor? Es algo que sucede comúnmente, ¿no?

—Sucede —admitió Jeffrey con aspereza—, pero no es algo común. La mayoría de los asesinos en serie que hemos estudiado no muestran remordimiento. Ni por asomo. No todos, desde luego, pero la mayoría.

—Entonces, ¿tendrían algún otro motivo para cometer uno de esos suicidios infrecuentes?

—Lo que tienen es un acuerdo con la muerte. Ya sea la suya propia o la de otro, aparentemente se sienten cómodos con ella.

El agente asintió, complacido con el impacto que su pregunta sarcástica parecía haber tenido.

—¿Cómo es —inquirió Jeffrey despacio— que ha venido usted aquí? ¿Cómo es que me ha relacionado con ese hombre que quizás o quizá no perpetró algún crimen que otro hace más de veinte años? ¿Cómo es que cree que mi padre, que en realidad está muerto, ha vuelto de algún modo a este mundo y es el supuesto asesino que usted busca?

El agente Martin apoyó la cabeza en el respaldo.

—No son preguntas irrazonables —dijo.

—Yo no soy un hombre irrazonable.

—Yo creo que sí que lo es, profesor. Eminentemente irrazonable. Notablemente irrazonable. Delirante y extraordinariamente irrazonable. Igual que yo, en ese aspecto. Es la única manera de sobrellevar cada día que pasa, ¿verdad? Ser irrazonable. Cada segundo que pasa usted en este bonito entorno académico es irrazonable, profesor. Porque si fuese usted razonable, no sería la persona que es, sino el hombre que teme que vive en su interior. Igual que yo, como ya le he dicho. Aun así, intentaré responder a algunas de sus preguntas.

A Jeffrey le pareció de nuevo que debía replicar, negar vehementemente todo lo que acababa de decir el inspector, levantarse, marcharse, dejarlo allí solo. Pero no hizo nada de eso.

—Por favor —dijo con frialdad.

Martin se removió en su asiento y se agachó para recoger su maletín de piel. Rebuscó en los papeles que contenía y extrajo unos informes grapados. Los hojeó rápidamente hasta encontrar lo que buscaba y sacó de un bolsillo interior de la americana unas gafas para leer con montura de pasta, en forma de media luna. Se las colocó sobre la nariz y levantó la vista una sola vez hacia el profesor antes de posarla en el texto que tenía delante.

—Me hacen mayor, ¿no? Tampoco me favorecen mucho, ¿verdad? —El inspector se rio, como para recalcar la incongruencia de su aspecto—. Es una transcripción de la entrevista entre un inspector de la policía estatal de Nueva Jersey y un tal J. P. Mitchell. ¿Le suena ese nombre?

—Por supuesto que me suena. Así se llamaba mi padre. Mi difunto padre.

El agente Martin sonrió.

—Claro. El caso es que el inspector sigue el procedimiento habitual, redacta el informe, explica el caso que tiene entre manos, consigna la fecha, el lugar y la hora del día... todo muy minucioso y muy oficial, incluidas las advertencias de rigor antes del interrogatorio. Luego le pide los números de teléfono, de la seguridad social, las direcciones y toda clase de datos a su viejo, que parece responder sin reservas...

—Tal vez no tenía nada que ocultar.

El agente volvió a sonreír de oreja a oreja.

—Claro. Bueno, luego el inspector entra en detalles sobre el asesinato de la chica, y su amado padre los niega todos, uno tras otro.

—Exacto. Fin de la historia.

—No del todo.

Martin pasó las páginas del informe y arrancó tres de las centrales, que le tendió a Jeffrey. El profesor notó de inmediato que su numeración estaba en el noventa y pico. Hizo un cálculo rápido —dos páginas por minuto— y concluyó que el policía llevaba para entonces cerca de una hora interrogando a su padre. Sus ojos se deslizaron por las palabras. Saltaba a la vista que un estenógrafo había transcrito la entrevista a partir de una grabación; sólo figuraban las preguntas y respuestas, sin adornos de ninguna clase, sin descripciones de los dos hombres que hablaban entre sí, sin pormenores sobre la entonación o el nerviosismo. «¿Estaba de pie el policía? —se preguntó—. ¿Caminaba por la habitación, en círculos como un ave de presa? ¿Tenía mi padre la frente perlada de sudor, se humedecía los labios con la lengua tras cada respuesta? ¿Dio el inspector alguna palmada en la mesa? ¿Permanecía muy cerca de mi padre, en actitud amenazadora, o se conducía con frialdad, arrojándole serenamente preguntas como dardos? Y mi padre, ¿se reclinaba en la silla con una leve sonrisa, parando cada estocada con el juego de piernas de un esgrimista, disfrutando con el juego conforme aceleraba en torno a él?»

Jeffrey imaginó un cuarto reducido, probablemente con sólo una lámpara de techo. Una habitación pequeña, casi sin muebles, con las paredes desnudas, aislamiento moderno para insonorizar y una nube de humo de cigarrillo flotando sobre una mesa cuadrada y funcional. Dos sillas sobrias de acero. Su padre no estaba esposado, pues no lo habían detenido. Un magnetófono encima de la mesa, recogiendo en silencio las palabras, con los cabezales girando como si aguardaran pacientemente una confesión que nunca llegaría.

¿Qué más? Un espejo en la pared que en realidad era una ventana de observación, pero él la habría reconocido y habría hecho caso omiso de ella.

Jeffrey se detuvo de golpe. «¿Cómo puedes saber eso? —se exigió una respuesta a sí mismo—. ¿Cómo puedes saber nada acerca de la pinta, la actitud y la voz que tenía tu padre esa noche, hace tantos años?»

Notó un ligero temblor en las manos cuando se puso a leer las páginas de la transcripción. Lo primero que le llamó la atención fue que no constara el nombre del policía.

P. Señor Mitchell, dice que, la noche que desapareció Emily Andrews, usted estaba en casa con su familia, ¿correcto?

R. Sí, correcto.

P. ¿Podrían ellos corroborar esa información?

R. Sí, si da usted con ellos.

P. ¿Ya no viven con usted?

R. Así es. Mi mujer me ha dejado.

P. ¿Por qué? ¿Adónde han ido?

R. No sé adónde han ido. En cuanto al porqué, bueno, supongo que eso tendría que preguntárselo a ella. No le resultaría fácil, claro está. Sospecho que se habrá ido para el norte. A Nueva Inglaterra, tal vez. Siempre decía que le gustaban los climas más fríos. Es raro, ¿no cree?

P. ¿Así que no hay nadie que confirme su coartada?

R. «Coartada» es una palabra que tiene ciertas connotaciones en este contexto, ¿no, inspector? No acabo de entender por qué necesito una coartada. Las coartadas son para los sospechosos. ¿Soy un sospechoso, agente? Corríjame si me equivoco, pero la única relación que ha establecido entre esa desafortunada joven y yo es que asistía a mi clase de historia de tercero. La noche en cuestión, yo estaba en casa.

P. La vieron subirse a su coche, señor Mitchell.

R. Si no me equivoco, la noche de su desaparición llovía y estaba oscuro. ¿Tiene la certeza de que era mi coche? No, lo suponía. De todas formas, ¿qué tendría de malo que acompañase en el coche a una alumna en una noche fría y tormentosa?

P. ¿O sea que admite que ella subió a su coche la última noche que fue vista con vida?

R. No, no es eso lo que he dicho. Lo que digo es que no tendría nada de raro que un profesor acercase a una alumna a algún sitio en coche. Esa noche en particular, o cualquier otra noche.

P. ¿Su mujer lo ha dejado de buenas a primeras?

R. ¿Recuperando un tema anterior? Esa clase de cosas nunca sucede de buenas a primeras, inspector. Nos habíamos distanciado desde hacía algún tiempo. Discutimos. Ella se marchó. Una historia tristemente vulgar. Quizá no somos idóneos el uno para el otro, ¿quién sabe?

P. ¿Y sus hijos?

R. Tenemos dos. Susan, de siete años, y mi tocayo Jeffrey, de nueve. Ella volverá, inspector. Siempre vuelve. Y si no, bueno, la encontraré. Siempre la encuentro. Y entonces todos volveremos a estar juntos. ¿Sabe?, a veces uno tiene la corazonada, una sensación de inevitabilidad, tal vez, de que, por muy difícil y desalentadora que resulte la vida en común, estamos absolutamente destinados a seguir juntos, para siempre. Unidos.

P. ¿Ella le había dejado en ocasiones anteriores?

R. Hemos tenido problemas antes. Alguna que otra separación temporal. La encontraré. Es todo un detalle por su parte mostrar tanto interés por mi situación familiar.

P. ¿Cómo la encontrará, señor Mitchell?

R. A través de sus familiares, sus amigos. ¿Cómo se las arregla uno para encontrar a alguien, inspector? En el fondo, nadie quiere desaparecer realmente. Nadie quiere borrarse del mapa. Al menos, nadie que no sea un criminal. Quienes se marchan sólo quieren irse a algún sitio nuevo para hacer algo distinto. Y así, tarde o temprano, acaban por tirar de un hilo que los conecta con su vida anterior. Escriben una carta, hacen una llamada... lo que sea. Basta con estar al otro lado, sujetando el otro extremo del hilo y notar ese tirón cuando se produce. Pero eso usted ya lo sabe, ¿no, inspector?

P. ¿Cuál es el apellido de soltera de su esposa?

R. Wilkes. Su familia es de Mystic, Connecticut. Le anotaré su número de la seguridad social, si quiere. ¿Está interesado en hacer el trabajo por mí?

P. ¿Por qué he encontrado un par de esposas en su automóvil?

R. Entiendo. Ahora estamos saltando a un tema nuevo. Las ha encontrado porque ha registrado ilegalmente mi coche, sin una orden judicial. No puede efectuar un registro sin una orden judicial.

P. ¿Para qué las tenía allí?

R. Soy muy aficionado a todo lo relacionado con el crimen y el misterio. Colecciono objetos policiales como *hobby*.

P. ¿Cuántos profesores de historia llevan esposas consigo?

R. No lo sé. ¿Algunos? ¿Muchos? ¿Unos pocos? ¿Es ilegal tener unas esposas?

P. El cadáver de Emily Andrews presentaba en las muñecas marcas que podrían ser de esposas.

R. «Podrían» es una palabra endeble, ¿no, inspector? Una palabra floja, pusilánime, patética, que en realidad no significa nada. Quizá presente marcas, pero no son de mis esposas.

P. No le creo. Me parece que me está mintiendo.

R. Entonces no se prive de demostrar que lo que digo es falso. Pero no puede, ¿verdad, inspector? Porque si pudiera, no estaríamos perdiendo el tiempo de esta manera, ¿no?

La respuesta del inspector no constaba en las páginas que Jeffrey tenía entre las manos. Permaneció con la vista baja por un momento, aunque notaba que Martin lo estaba mirando. Volvió a leer algunas de las frases de su padre y se dio cuenta de que podía oír las palabras en boca de su padre, tantos años después, y en su mente lo veía sentado frente al inspector de policía tal como en otro tiempo se había sentado frente a él, a la mesa del comedor, en su casa, casi como si estuviera viendo una vieja película casera y rayada que avanzaba a saltos. Sobresaltado, alzó la vista de repente y tendió bruscamente las páginas de la transcripción al agente Martin.

Jeffrey se encogió de hombros, confundido como un pobre actor que de pronto se ve bajo un foco que debía iluminar a otro, en otra parte del escenario.

—Esto no me dice gran cosa... —mintió.

—Yo creo que sí.

—¿Tiene más páginas?

—Unas cuantas, pero es más de lo mismo. Un tono provocador y evasivo, pero rara vez hostil. Su padre es un hombre astuto.

—Era.

El agente sacudió la cabeza.

—Él era claramente el mayor sospechoso. Se vio a la víctima subir a su coche, o quizás a uno parecido, y se encontraron restos de sangre bajo el asiento del pasajero. Además, estaban las esposas.

—¿Y?

—Eso es todo, más o menos. El inspector de policía iba a detenerlo (se moría de ganas de detenerlo), pero entonces llegaron del laboratorio los resultados de los análisis de sangre. Su gozo en un pozo. La sangre de las muestras no coincidía con la de la víctima. En las esposas no había el menor resto de tejido. Yo creo que las habían limpiado con vapor. El registro de la casa donde usted vivió arrojó resultados interesantes pero negativos. Ya sólo quedaba la posibilidad de arrancarle una confesión. Era un procedimiento habitual en aquella época. Y el inspector hizo lo que pudo. Lo retuvo ahí casi veinticuatro horas, pero al final su padre parecía estar más fresco y despierto que el poli.

—¿A qué se refiere con eso de «resultados interesantes pero negativos» del registro de la casa?

—Me refiero a pornografía de una índole particularmente sórdida y violenta. A instrumentos sexuales normalmente relacionados con el sado y la tortura. A una nutrida biblioteca especializada en el asesinato, aberraciones sexuales y la muerte. Un *kit* casero de utensilios para depredadores sexuales.

Clayton, que notaba seca la garganta, tragó saliva con dificultad.

—Nada de eso demuestra que fuese un asesino.

El agente Martin asintió con la cabeza.

—Tiene más razón que un santo, profe. Nada de eso prueba que cometiese un crimen. Lo único que demuestra es que sabía cómo hacerlo. Las esposas, por ejemplo. Fascinante. En cierto modo, me parece admirable lo que hizo. Es obvio que se las puso a la chica en algún momento, y no menos obvio que en cuanto llegó a casa tuvo el acierto de echarlas en agua hirviendo. No hay muchos asesinos que presten tanta atención a los detalles. De hecho, la ausencia de restos de tejido le ayudó en sus discusiones con la policía del estado de Nueva Jersey. Su incapacidad para establecer una relación entre las esposas y el crimen alimentó su confianza en sí mismo.

—¿Y qué hay del móvil? ¿Qué vínculo tenía con la chica muerta?

El agente Martin se encogió de hombros.

—Ninguno que sea indicativo de nada. Ella había sido alumna suya, como él dijo. Tenía diecisiete años. No se pudo probar nada. Fue algo así como decir: «Camina como un pato, hace cua cua como un pato, pero...» Ya me entiende, profesor. —Martin tamborileó contrariado con los dedos sobre el cuero del sillón—. Es evidente que el maldito poli se vio desbordado desde el principio. Se ciñó a las normas desde el primer momento del interrogatorio, tal como le habían enseñado en cada curso y seminario. Introducción a la Obtención de Confesiones. —El agente suspiró—. Eso era lo malo de los viejos tiempos de leyes garantistas y reconocimiento de los derechos del delincuente. Y la policía... ¡Dios santo! La policía del estado de Nueva Jersey era una panda de tipos pulcros y estirados que observaban una disciplina casi militar. Incluso a los secretas y los que iban de paisano les habría quedado de maravilla uno de esos uniformes estrechos. Si llevas ante ellos a un asesino común y corriente (ya sabe, uno de esos que le vuelan la cabeza a su mujer cuando descubren que le ha puesto los cuernos, o que le disparan a alguien en un atraco a una tienda de autoservicio), se ocupan de él rápidamente. Las palabras brotan como si lo exprimieran con un rodillo: «Sí, señor, no, señor, lo que usted diga, señor.» Fácil. Pero en este caso fue distinto. El pobre pardillo del policía no era rival para su viejo. Al menos intelectualmente. No le llegaba ni a la suela de los zapatos. Entró en esa sala convencido de que su padre se reclinaría en la silla y le contaría sin más cómo, por qué, y dónde lo había hecho y le aclararía todas las putas dudas que le plantease, tal como había hecho cada uno de los asesinos idiotas a los que había echado el guante hasta entonces. Ya, claro. En cambio, no hicieron más que dar vueltas. Do, si, do, como en un vals de dos pasos.

—Eso parece —comentó Jeffrey.

—Y nos dice algo, ¿no es así?

—No deja usted de hablar de manera críptica, agente Martin, como dando por sentado que poseo unos conocimientos, una capacidad y una intuición de los que yo nunca me he jactado. No soy más que un profesor de universidad especializado en los asesinos en serie. Sólo eso. Nada más, nada menos.

—Bueno, eso nos dice que era infatigable, ¿no, profesor? Venció en resistencia a un inspector desesperado por resolver el caso. Y nos dice que era astuto y no tenía miedo, cosa de lo más intrigante, pues un criminal que no tiene miedo cuando se ve cara a cara con la autoridad siempre resulta interesante, ¿verdad? Pero, sobre todo, me dice algo diferente, algo que me tiene realmente preocupado.

—¿De qué se trata?

—¿Ha visto esas fotos de satélite que tanto les gustan a los meteorólogos de la tele? ¿Esas en que se aprecia cómo una tormenta se forma, se intensifica y acumula fuerza de la humedad y de los vientos, incubándose antes de estallar?

—Sí —respondió Jeffrey, sorprendido por la contundencia de las imágenes evocadas por el agente.

—Hay personas que son como esas tormentas en ciernes. No muchas, pero algunas. Y creo que su padre era una de ellas. La emoción del momento le daba energías. Cada pregunta, cada minuto que pasaba en esa sala de interrogatorio lo hacía más fuerte y peligroso. Ese poli intentaba conseguir que confesara... —Martin hizo una pausa para respirar hondo—, pero él estaba aprendiendo.

Jeffrey se sorprendió a sí mismo asintiendo con la cabeza. «Debería estar aterrorizado», pensó. En cambio, sentía un frío extraño en su interior. Volvió a inspirar a fondo.

—Parece usted saber mucho sobre esa confesión que nunca se produjo.

El agente Martin hizo un gesto de afirmación.

—Oh, desde luego. Porque ese inspector novato y estúpido que intentaba hacer hablar a su padre era yo.

Jeffrey se inclinó sobre el respaldo rápidamente, retrocediendo.

Martin lo observó, reflexionando al parecer sobre lo que acababa de decir. Luego se inclinó, acercando mucho la cara a la de Clayton, de modo que sus palabras tuviesen la fuerza de un grito.

—Uno se convierte en aquello que absorbe durante la infancia. Eso lo sabe todo el mundo, profesor. Por eso yo soy yo, y usted es usted. Quizá negar esto le haya dado resultado hasta ahora, pero eso se ha acabado. De eso me encargaré yo.

Jeffrey se meció de nuevo hacia delante.

—¿Cómo me ha encontrado? —preguntó de nuevo.

El agente se relajó.

—Por medio de una labor detectivesca a la vieja usanza. Me acordé de todo eso que su padre decía sobre los apellidos. Como bien sabe, la gente detesta renunciar a su apellido. Los apellidos son algo especial. Las raíces. Lo que nos conecta con el pasado, ese tipo de cosas. El apellido le da a la gente una noción del lugar que ocupa en el mundo. Y su padre me proporcionó la pista cuando mencionó el apellido de soltera de su madre. Yo sabía que sería lo bastante lista para no recuperarlo; él la habría encontrado demasiado fácilmente. Pero, como le digo, la gente no renuncia a los apellidos de buen grado. ¿Sabe de dónde viene el de Clayton?

—Sí —respondió el profesor.

—Yo también. Después de que su padre hablara del apellido de soltera de su madre, pensé que eso sería demasiado sencillo y obvio, pero que a la gente no le gusta nada renegar de sus orígenes, aunque intente esconderse de alguien que cree que podría ser un monstruo. Así que, en un arrebato, hice unas pesquisas y averigüé el apellido de soltera de la madre de su madre. Clayton. Eso ya no resulta tan obvio, ¿verdad? Y pim pam: lo junté con el nombre («mi tocayo Jeffrey»; bueno, dudaba que una madre les cambiara el nombre de pila a sus hijos, por muy prudente que fuera la medida), y, oh maravilla, obtuve «Jeffrey Clayton». Y se encendió una luz en mi cabeza. Así se llamaba el Profesor de la Muerte, no del todo célebre pero tampoco del todo desconocido para los policías profesionales. ¿Y le sorprende que esa coincidencia me llamara la atención cuando me enteré de que otra de nuestras víctimas despatarradas, crucificadas y sin dedo índice resultó ser alumna de usted en otro tiempo? El apellido de soltera de su madre. Buena jugada. ¿Cree que su papaíto ató cabos también?

—No. Al menos no volvimos a verlo ni a tener noticias de él. Se lo he dicho. Dejó de formar parte de nuestra vida cuando lo dejamos en Nueva Jersey.

—¿Está seguro de eso?

—Sí.

—Pues me temo que no debería estar tan seguro. Creo que debería dudar de todo cuando se trata de su viejo. Porque, si yo logré encontrarle pese a ese pequeño e ingenioso engaño, quizás él también.

El inspector extendió el brazo, cogió la fotografía de la alumna asesinada de Clayton y la lanzó de modo que se deslizó girando sobre la mesa hasta que se detuvo delante del profesor.

—Creo que sí tuvo usted noticias de él.

Jeffrey negó con la cabeza.

—Está muerto.

El agente Martin alzó la vista.

—Me encanta su seguridad, profesor. Debe de ser bonito eso de estar seguro de absolutamente todo. —Suspiró antes de proseguir—. De acuerdo. Bien, si consigue usted demostrarlo, recibirá mis disculpas y un cheque que le compensará generosamente por las molestias de parte de la oficina del gobernador del Territorio del Oeste, así como un viaje seguro, cómodo y tranquilo en limusina de vuelta a su casa.

«Qué locura», pensó Jeffrey.

Y entonces se preguntó: «¿Lo es?»

Casi sin darse cuenta dirigió la vista más allá del agente, a la sala central de la biblioteca. Unas pocas personas leían en silencio, en su mayoría gente mayor, abstraídas en las palabras que tenían ante sí. Le pareció que la escena tenía algo de pintoresco, un toque antiguo. Casi le daba la impresión de que el mundo exterior era un lugar seguro. Dejó vagar su mirada por las estanterías de libros alineados, aguardando pacientemente el momento en que alguien los sacase de la balda y los abriese para mostrar la información que guardaban a los ojos de algún indagador. Se preguntó si algunos de los volúmenes permanecerían cerrados para siempre, y las palabras que contenían entre sus cubiertas se volverían obsoletas de alguna manera, inútiles con el paso de los años. O tal vez, pensó, pasarían inadvertidos, pues los conocimientos que encerraban no se encontraban en un disco, disponibles al instante con sólo pulsar unas teclas de ordenador. No eran modernos.

Volvió a visualizar a su padre con los ojos de su infancia.

Acto seguido, pensó: «Las nuevas ideas no resultan verdaderamente peligrosas. Son las viejas las que llevan siglos existiendo y absorben energías en cualquier entorno. Ideas vampiro.»

Vio el asesinato como un virus, inmune a todo antibiótico.

Sacudió la cabeza y advirtió que Martin sonreía de nuevo, observándolo mientras se debatía. Al cabo de un momento, el agente se desperezó, apoyó las manos en los brazos del sillón de cuero y se impulsó para ponerse de pie.

—Vaya a buscar sus cosas. Se hace tarde.

Martin juntó los informes y las fotografías, los guardó en su maletín y se encaminó a grandes zancadas a la salida. Clayton lo siguió a toda prisa. Cuando llegaron ante los detectores de metales, ambos hicieron un gesto de asentimiento a la bibliotecaria, que le devolvió al inspector sus armas, pero mantuvo una mano muy cerca del botón de alarma mientras se colocaba las sobaqueras bajo el abrigo.

—Vamos, Clayton —dijo Martin con gravedad y salió por las puertas a la noche color negro azabache, próxima al invierno, de aquel pueblo de Nueva Inglaterra—. Es tarde. Estoy cansado. Mañana nos espera un largo viaje, y alguien a quien tengo que matar.

4

Mata Hari

Susan Clayton observaba una estrecha columna de humo que se elevaba a lo lejos, enmarcada por el sol del ocaso, una raya negra que se arremolinaba perfilada contra el azul del cielo diurno. Apenas tomó conciencia de que algo se estaba quemando incontroladamente; en cambio, le chocó el insulto que el humo lanzaba contra el horizonte perfecto. Aguzó el oído, pero no percibió el sonido insistente de ninguna sirena que traspasara las ventanas de su despacho. Aquello no le parecía tan insólito; en algunas zonas de la ciudad era mucho más común, y considerablemente más razonable, por no decir económico, dejar simplemente que el edificio incendiado quedase reducido a cenizas, antes que poner en peligro la vida de bomberos y agentes de policía.

Giró en su silla y paseó la vista por el ajetreo vespertino que reinaba en la oficina de la revista. Un guardia de seguridad con un fusil de asalto al hombro se preparaba para escoltar al aparcamiento a los empleados que estaba reuniendo en un grupo pequeño y compacto. Por un instante, le recordaron a Susan un banco de peces que se arracimaban en una masa densa para protegerse de un depredador. Sabía que era el pez lento, el solitario, el que dejaban atrás todos los demás, el que acababa devorado. Esta idea hizo que sonriese y dijese para sus adentros: «Más vale nadar deprisa.»

Uno de sus compañeros, el redactor de las páginas de sociedad, asomó la cabeza por la abertura del pequeño cubículo donde trabajaba Susan.

—Vamos, Susan, recoge tus trastos. Es hora de irse.

Ella negó con la cabeza.

—Antes quiero terminar un par de cosas —repuso.

—Las tareas que parece necesario terminar hoy bien pueden ser las que comencemos mañana. Un poco de sabiduría para nuestras condiciones actuales. Una máxima que rija nuestras vidas.

Susan sonrió, pero hizo un leve gesto de rechazo con la mano.

—Sólo me quedaré un ratito más.

—Pero te quedarás sola —señaló él—, y eso nunca es bueno. Más vale que los de seguridad sepan que estás aquí. Y no olvides cerrar las puertas con llave y activar las alarmas.

—Ya conozco el paño —aseguró ella.

El redactor vaciló. Era un hombre mayor, con mechones blancos y una barba entreverada de canas. Ella sabía que era un profesional consolidado y que había tenido un puesto destacado en el *Miami Herald* hasta que su adicción a las drogas se lo había arrebatado y lo había relegado a escribir notas sobre la clase alta de la ciudad para la revista semanal en la que ambos trabajaban. Él realizaba esta labor con una minuciosidad tenaz pero desprovista de pasión, aunque no de un humor sarcástico muy valorado. Cobraba por ello un sueldo que repartía rápida y diligentemente en partes iguales: una para su ex mujer, otra para sus hijos y el resto para la cocaína. Susan sabía que en teoría él se había desenganchado, pero más de una vez lo había visto salir del aseo de caballeros con unas motas de polvo blanco en los pelos del bigote. Ella fingía no darse cuenta, como habría hecho con cualquier otra persona, pues era consciente de que comentar algo al respecto implicaría meterse en su vida, aunque sólo fuera un poco, y no estaba dispuesta a caer en eso.

—¿No te preocupa el peligro? —preguntó él.

Susan sonrió, como para decirle que no había por qué preocuparse, cosa que por supuesto ambos sabían que era mentira.

—Lo que tenga que pasar, pasará —sentenció—. A veces pienso que nos pasamos tanto tiempo tomando precauciones contra eventualidades terribles que no nos queda gran cosa que valga la pena.

El redactor sacudió la cabeza, pero soltó una risita.

—Ah, una mujer aficionada a los acertijos y a la filosofía —observó—. No, creo que te equivocas. En otra época uno podía dejar las cosas más o menos al arbitrio del destino, y lo más probable era que no pasara nada malo. Pero eso fue hace años. Las cosas ya no funcionan así.

—Aun así, prefiero correr el riesgo —replicó Susan—. Puedo manejarme sola.

El redactor se encogió de hombros.

—¿Qué es lo que tienes que hacer? —preguntó, molesto—. ¿Qué te impulsa a quedarte aquí cuando todos los demás se han largado? ¿Qué atractivo tiene para ti esta mierda de lugar? No puedo creer que la benevolencia de nuestro jefe te tenga tan embelesada como para arriesgar el pellejo a mayor gloria de la *Miami Magazine*.

—Tienes razón. Dicho así... —respondió ella—. Pero quiero añadir un enigma especial a mi último pasatiempo, y todavía estoy trabajando en él.

El redactor asintió con la cabeza.

—¿Un enigma especial? ¿Algún mensaje para un nuevo admirador?

—Supongo.

—¿De quién se trata?

—He recibido en casa una carta en clave —explicó ella—, y he pensado seguirle el juego a esa persona.

—Suena interesante, pero peligroso. Ten cuidado.

—Siempre lo tengo.

El redactor miró el humo que seguía elevándose tras ella, aparentemente casi al alcance de la mano, justo al otro lado del cristal de la ventana, como si esta escena fuera una naturaleza muerta que plasmaba el abandono urbano.

—A veces me da la impresión de que no puedo seguir respirando —comentó.

—¿Cómo dices?

—A veces creo que no podré tomar aliento, que hará demasiado calor para inspirar. O que habrá demasiado humo y me ahogaré. O que el aire estará infestado de alguna enfermedad virulenta y que me pondré a toser sangre de inmediato.

Susan no contestó, pero pensó: «Entiendo muy bien a qué te refieres.»

El redactor no apartó la vista de la ventana que ella tenía a su espalda.

—Me pregunto cuánta gente morirá ahí fuera esta noche —dijo en un tono suave y ausente que daba a entender que no esperaba respuesta. Luego echó la cabeza adelante y atrás repetidamente, como un animal que intenta espantar un insecto fastidioso—. No vayas a convertirte en una estadística —le advirtió de pronto, adoptando un tono paternal—. Cíñete a los horarios establecidos. No salgas sin escolta. Permanece alerta, Susan. Permanece a salvo.

—Ésa es mi intención —afirmó ella, preguntándose si realmente lo pensaba.

—Al fin y al cabo, ¿dónde encontraríamos a otra reina de los rompecabezas? ¿Qué nos ofrecerás esta semana? ¿Algún enigma matemático o literario?

—Literario —contestó ella—. He ocultado media docena de palabras clave de parlamentos célebres de Shakespeare en un diálogo inventado entre un par de amantes. El juego consistirá en reconocer qué palabras son del Bardo y en identificar las obras en las que aparecen.

—¿Un personaje dirá algo así como «no seré yo quien lo niegue», donde la frase oculta sería «no ser», del «ser o no ser»?

—Sí —respondió ella—, sólo que esa frase en particular sería demasiado fácil de detectar para mis lectores.

El redactor sonrió.

—«Si es más noble para el alma soportar las flechas y pedradas de la áspera Fortuna o...» ¿Cómo sigue? Nunca consigo acordarme.

—¿Nunca?

—Así es —dijo él, sin dejar de sonreír—. Soy demasiado tonto. Demasiado inculto. Y demasiado impaciente. No tengo suficiente capacidad de concentración. Seguramente debería tomar algo para remediar eso. Soy sencillamente incapaz de sentarme y resolver los acertijos como haces tú. Resulta demasiado frustrante.

Ella no supo qué contestar.

—En fin —dijo él, encogiéndose de hombros—, no te vayas a dormir muy tarde. Este año todavía no han violado ni asesinado a ninguno de los que trabajamos aquí, al menos hasta donde se sabe, y a dirección le gustaría que eso no cambiara. Cuando termines, envía un mensaje de busca junto con tu archivo, para que los encargados de composición no la caguen de nuevo. La semana pasada pasaron por alto tres correcciones que les mandamos tarde.

—Así lo haré, pero a esos chicos les caigo bien, ¿sabes? No me conocen, pero creo que me aprecian. Recibo constantemente mensajes de admiración por correo electrónico.

—Es por tu seudónimo, misterioso, con un toque exótico al estilo de Oriente Medio, velado y esquivo. Evoca en la gente imágenes de secretos perdidos en el pasado. Resulta de lo más *sexy*, Mata Hari.

Susan sacó del cajón del escritorio unas gafas para leer que usaba rara vez pero que necesitaba de cuando en cuando. Se las puso, apoyándolas en la punta de la nariz.

—Ya me ves —dijo—. Tengo más pinta de institutriz antigua que de espía, ¿no crees?

El redactor se rio y se despidió agitando ligeramente la mano antes de marcharse.

Poco después, el guardia de seguridad asomó la cabeza al interior del cubículo.

—¿Va a quedarse hasta tarde? —preguntó con un deje de incredulidad en la voz.

—Sí. No mucho rato. Le llamaré cuando necesite escolta.

—Nos vamos a las siete —dijo él—. Después sólo queda el vigilante nocturno, y no está autorizado para realizar labores de escolta. De todos modos, lo más probable es que le pegue un tiro cuando baje en el ascensor, porque estará cagado de miedo cuando se dé cuenta de que hay alguien más en el edificio.

—No tardaré mucho. Y le avisaré antes de bajar.

El hombre se encogió de hombros.

—Es su pellejo —dijo, y la dejó sentada a su escritorio.

«Ya no debe uno quedarse solo —pensó ella—. No es seguro. »Y la soledad es sospechosa.»

De nuevo echó un vistazo por la ventana. Los atascos del atardecer ya empezaban a formarse; largas colas de vehículos que pugnaban por alejarse del centro. El tráfico de aquella hora le recordó escenas de viejas películas del Oeste, en las que el ganado que se dirigía al norte, hacia su muerte sin saberlo, se asustaba de pronto, y el mar de reses lentas y mugidoras, presa de un pánico repentino, arrancaba a correr desbocadamente por el terreno mientras los vaqueros, héroes de esa versión estilizada de la historia, luchaban por recuperar el control de los animales. Observó los helicópteros de policía que sobrevolaban los embotellamientos como aves carroñeras en busca de cadáveres. A su espalda oyó un sonido metálico y supo que era el de las puertas del ascensor al cerrarse. De pronto podía palpar el silencio en la oficina, como una brisa procedente del mar. Cogió un bloc de notas amarillo y escribió en la parte de arriba: «Te he encontrado.»

Estas palabras volvieron a provocarle un escalofrío. Se mordió con fuerza el labio inferior y se dispuso a formular una respuesta, intentando decidir cuál sería la mejor manera de cifrar las frases que eligiera, pues quería comenzar a trazar en su cabeza un retrato de su corresponsal, y hacer que esta persona resolviera un acertijo ideado por ella la ayudaría a averiguar quién era ese que la había encontrado.

Susan Clayton, como su hermano mayor, todavía conservaba una figura atlética. Su deporte preferido había sido el salto de trampolín; le gustaba la sensación de abandono que experimentaba de pie en el extremo de la plataforma de tres metros, sola, en peligro, preparándose mentalmente antes de precipitar su cuerpo al vacío. Cayó en la cuenta de que muchas de las cosas que hacía —como quedarse en la oficina hasta tarde— eran muy similares. No entendía por qué se sentía atraída por el riesgo tan a menudo, pero era consciente de que gracias a esos momentos de alta tensión era capaz de llegar al final del día. Cuando conducía, casi siempre circulaba por los carriles sin límite de velocidad, a más de 160 kilómetros por hora. Cuando iba a la playa, se adentraba en las corrientes apartadas de la costa, poniendo a prueba su capacidad de resistir la fuerza de la resaca. No tenía novio formal, y rechazaba casi todas las propuestas de citas, pues sentía un vacío extraño en su vida e intuía que un desconocido, por muy entusiasta que fuera, constituiría una complicación añadida que no necesitaba. No ignoraba que, debido a su comportamiento, sus probabilidades de morir joven eran muy superiores a sus probabilidades de enamorarse, pero curiosamente estaba a gusto con esa situación.

A veces, cuando se miraba en el espejo, se preguntaba si las marcas de tensión en las comisuras de sus ojos y su boca eran consecuencia de su visión de la vida, propia de un paracaidista, en caída libre a través de los años. Lo único que temía era la muerte de su madre, que sabía inevitable y más inminente de lo que podía asimilar. En ocasiones le parecía que cuidar de su madre, una tarea que la mayoría habría considerado una carga pesada, era lo único que la motivaba a conservar su empleo y ese burdo remedo de vida normal.

Susan odiaba el cáncer con toda el alma. Habría deseado enfrentarse a él cara a cara, en un combate justo. Le parecía un cobarde, y disfrutaba los momentos en que veía a su madre luchar contra la enfermedad.

Echaba de menos a su hermano lo indecible.

Jeffrey provocaba en ella una maraña de sentimientos encontrados. Ella había llegado a contar hasta tal punto con su presencia durante su infancia compartida que cuando su hermano se marchó de casa el resentimiento se apoderó de ella. Había llegado a albergar una mezcla de envidia y de orgullo, y nunca había logrado entender del todo por qué ella nunca se había animado a dejar el nido. La erudición y la obsesión de su hermano por los asesinos la inquietaban. Se le antojaba complicado sentir miedo y a la vez atracción hacia la misma cosa, y la preocupaba que, de alguna manera desconocida para ella, resultara ser igual que él.

En los últimos años, cuando conversaban, ella se percataba de que se mostraba reservada, reticente a expresar sus emociones, como si quisiera que él la comprendiese lo menos posible. Le costaba contestar a sus preguntas sobre su trabajo, sus expectativas, su vida. Se limitaba a dar respuestas vagas, escondida tras un velo de medias verdades y detalles incompletos. Aunque se consideraba una mujer de personalidad bien definida, se presentaba ante su hermano como una figura etérea y anodina.

Y, lo que resultaba más curioso, había convencido a su madre de que ocultase a Jeffrey el alcance de su enfermedad. Había alegado algo así como que no quería causar trastornos en su vida con esa información, y que no debían implicarlo en el irregular pero inexorable avance de su muerte. Había asegurado que su hermano se preocuparía demasiado, que querría volver a Florida para estar con ellas, y que no había espacio para todos. Se empeñaría en replantear todas las decisiones terribles y dolorosas —sobre medicamentos, tratamientos y clínicas— que ellas ya habían tomado. Su madre había escuchado todos estos argumentos y de mala gana se había mostrado conforme, con un suspiro. A Susan este consentimiento tan rápido le pareció extraño. Llegó a la conclusión de que pretendía imponerse a la muerte de su madre. Era como si creyera que se trataba de algo amenazador, contagioso. Susan se mintió a sí misma al persuadirse de que algún día Jeffrey le daría las gracias por protegerlo de los horrores del declive.

De vez en cuando la asaltaba la idea de que se equivocaba al hacer eso. Entonces se sentía tonta también, e incluso, brevemente, desesperada en su aislamiento, y no sabía de dónde venía ese sentimiento ni cómo vencerlo. En ocasiones pensaba que había llegado a confundir la independencia con la soledad, y que ésa era la trampa en la que había caído.

Se preguntaba además si Jeffrey estaría atrapado también, y creía que se aproximaba rápidamente el momento en que tendría que preguntárselo.

Susan, sentada a su mesa, se puso a hacer garabatos con su pluma, dibujando círculos concéntricos una y otra vez, hasta que se encontraban rellenos de tinta y se habían convertido en manchas oscuras. En el exterior, la noche había envuelto por completo la ciudad; se divisaba algún que otro brillo anaranjado ahí donde se habían declarado incendios en el centro urbano, y el cielo se veía desgarrado con frecuencia por los reflectores de los helicópteros de la policía que rastreaban la delincuencia siempre presente. Se le antojaban pilares de luz celestial, proyectados hacia la tierra desde las tinieblas de lo alto. Al borde del campo de visión que le ofrecía la ventana, vislumbró unos arcos luminosos de neón que delimitaban las zonas acordonadas y, a través de la ciudad, un flujo continuo de faros en la autovía, como agua a través de los cañones de la noche.

Se volvió de espalda a la ventana y posó la mirada en su bloc.

«¿Qué necesitas saber?», se preguntó.

Y acto seguido, con la misma rapidez, se respondió: «Sólo hay una pregunta.»

Se concentró en esa única pregunta e intentó expresarla matemáticamente, pero descartó esa idea a favor de un enfoque narrativo. «La cuestión —pensó— es cómo formular la pregunta con sencillez y a la vez con dificultad.»

Se sonrió, ilusionada por la tarea.

Fuera, la guerra urbana nocturna proseguía sin tregua, pero ella ahora se hallaba ajena a los sonidos y las imágenes propios de aquella rutina de violencia, recluida en la oficina a oscuras, oculta entre sus libros de consulta, enciclopedias, anuarios y diccionarios. Cayó en la cuenta de que se estaba divirtiendo al esforzarse en expresar la pregunta de formas diferentes y conseguirlo por medio de citas célebres, aunque sin quedar del todo satisfecha con el resultado.

Se puso a tararear fragmentos de melodías reconocibles que se difuminaban y se desintegraban en sonsonetes mientras ella tomaba rumbos distintos en su intento de construir un rompecabezas. «La base es siempre lo que se conoce —pensó—: la respuesta. El juego consiste en construir el laberinto a partir de ella.»

Se le ocurrió una idea, y casi tiró al suelo su lámpara de escritorio al extender el brazo hacia uno de los muchos libros que rodeaban su espacio de trabajo.

Pasó las páginas rápidamente hasta que encontró lo que buscaba. Entonces se apoyó en el respaldo, meciéndose con la satisfacción de quien se ha dado un buen banquete.

«Soy una bibliotecaria de lo trivial —se dijo—. Historiadora de lo críptico. Erudita de lo oscuro. Y soy la mejor.»

Susan anotó la información en su bloc amarillo y se preguntó cuál sería la mejor manera de ocultar lo que tenía delante. Estaba absorta en su tarea cuando oyó el ruido. Tardó varios segundos en cobrar conciencia de que un sonido había penetrado en el aire que la rodeaba. Era una especie de chirrido, como de una puerta al abrirse o un zapato al rozar el suelo.

Se enderezó de golpe en su asiento. Se inclinó despacio hacia delante, como un animal, intentando captar el sonido en aquel silencio.

«No es nada», se dijo.

Sin embargo, alargó lentamente el brazo hacia abajo y extrajo una pistola de su bolso. La empuñó con la mano derecha e hizo girar su silla para quedar de cara a la entrada del cubículo.

Contuvo la respiración, aguzando el oído, pero lo único que percibió fue el repentino palpitar de sus sienes con la sangre que su corazón bombeaba a toda prisa. Nada más.

Escrutando en todo momento la oscuridad de la oficina, alzó con cuidado el auricular del teléfono. Sin mirar el teclado, marcó el código de seguridad del edificio.

La señal de llamada sonó una vez y contestó un guardia.

—Seguridad del edificio. Al habla Johnson.

—Soy Susan Clayton —susurró ella—, de la planta trece, oficinas de la *Miami Magazine*. Se supone que estoy sola.

La voz del guardia de seguridad habló en tono enérgico al otro lado de la línea.

—Me han pasado una nota que decía que usted sigue aquí. ¿Cuál es el problema?

—He oído un ruido.

—¿Un ruido? En teoría ahí no hay nadie aparte de usted.

—¿Personal de limpieza, tal vez?

—Antes de medianoche, no.

—¿Alguien de otras oficinas?

—Ya se han ido todos a casa. Está usted sola, señora.

—¿Podría usted comprobarlo en sus pantallas y sus sensores de calor?

El guardia soltó un gruñido, como si lo que ella le pedía implicara mayor complicación que accionar unos pocos interruptores en un teclado de ordenador.

—Ah, estoy viendo la imagen de la planta trece, ahí está usted. ¿Eso que lleva es una automática?

—Siga buscando.

—Estoy girando la cámara. Joder, con toda la mierda que tienen ustedes ahí, podría haber un tipo escondido bajo una mesa y no habría forma de que yo lo viera.

—Compruebe los sensores de calor.

—Eso hago. Vamos a ver... Bueno, tal vez... nah, lo dudo.

—¿Qué?

—Bueno, la percibo a usted y a su lámpara. Y varios compañeros suyos se han dejado encendido el ordenador, lo que siempre da una lectura engañosa. Ahora detecto una fuente de calor que podría ser otra persona, señora, pero no hay nada que se mueva. Seguramente no es más que el calor residual de otro ordenador. Ojalá la gente se acordara de apagar esos trastos. Desbarajustan los sensores una barbaridad.

Susan se percató de que los nudillos se le estaban poniendo blancos por sujetar el arma con tanta fuerza.

—Siga comprobando.

—No hay nada más que comprobar. Está sola, señora. O bien quienquiera que se encuentre allí con usted está escondido tras un terminal de ordenador sin mover un dedo, casi sin respirar y esperando, porque sabe cómo funciona nuestro sistema de seguridad y además nos está oyendo hablar. Eso es lo que yo haría —aseguró el guardia—. Hay que ser muy sigiloso. Pasar de una fuente de calor a otra sin hacer nada de ruido y despachar el asunto enseguida. Quizá le convenga cargar esa pistola, señora.

—¿Puede usted subir?

—Eso no forma parte de mis obligaciones, es cosa de los escoltas. Puedo acompañarla al aparcamiento, pero para eso tiene usted que bajar por su cuenta. Yo no subiré hasta que lleguen los de limpieza. Esos chicos van bien armados.

—Mierda —musitó Susan.

—¿Cómo dice? —preguntó el guardia.

—¿Sigue sin ver nada?

—En la imagen de vídeo, nada, pero tampoco es que funcione muy bien. Y el detector de calor sólo me da las mismas lecturas dudosas. ¿Por qué no se va caminando despacito hacia el ascensor mientras yo la vigilo a través de la cámara?

—Antes tengo que terminar una cosa.

—Bueno, usted misma.

—¿Puede seguir vigilándome? Será sólo un par de minutos.

—¿Lleva usted cien pavos que le sobren?

—¿Qué?

—La vigilaré mientras termina. Le costará cien pavos.

Susan reflexionó por unos instantes.

—De acuerdo. Trato hecho.

El guardia se rio.

—Dinero fácil.

Ella oyó otro sonido.

—¿Qué ha sido eso?

—Yo, que he hecho girar otra cámara a distancia —explicó el guardia.

Susan depositó la pistola sobre el escritorio, junto al teclado de su ordenador, y, a su pesar, soltó la culata. Le costó más aún dar media vuelta en su asiento y volver la espalda a la entrada de su cubículo y a lo que fuera que había hecho el sonido que había oído.

Quizá fuera una rata, pensó. O incluso sólo un ratón. O nada. Inspiró lentamente, intentando controlar su pulso acelerado, y notando el sudor pegajoso en la parte posterior de su delgada blusa. «Estás sola —se dijo—. Sola.» Encendió la pantalla del ordenador e introdujo rápidamente la información necesaria para enviar un mensaje al departamento de composición electrónica. Puso como encabezamiento su identificación, «Mata Hari», y escribió rápidamente las instrucciones para los cajistas.

Acto seguido, tecleó:

> Dedicado especialmente para mi nuevo corresponsal:
> Rock Tom setenta y uno segunda cancha cinco.

Hizo una pausa, mirando las palabras por un momento, satisfecha de su creación. Acto seguido, envió el mensaje. En cuanto el ordenador le indicó que el documento había sido expedido y recibido, giró en su silla y, en el mismo movimiento, cogió la pistola automática.

La oficina parecía en calma, y ella repitió para sus adentros que se encontraba sola. Sin embargo, no logró convencerse de ello, y pensó que el silencio, al igual que un espejo deformante, a veces podía ser engañoso. Levantó la vista hacia la cámara de videovigilancia que la enfocaba e hizo un leve gesto al guardia, que esperaba que estuviese atento. Con su mano libre empezó a recoger sus cosas y a meterlas en una mochila que se echó al hombro. Mientras se levantaba de su asiento, alzó la pistola, sujetándola con ambas manos, en posición de disparar. Respiró hondo, para relajarse, como un tirador un milisegundo antes de apretar el gatillo. Luego, con movimientos lentos y la espalda pegada a la pared siempre que le era posible, inició cautelosamente el trayecto de vuelta a casa.

5

Siempre

A poco más de un kilómetro de la casa donde vivía con su madre, Susan Clayton mantenía su lancha amarrada a un muelle destartalado. El embarcadero tenía un aspecto encorvado e inestable, como un caballo camino de la fábrica de cola, y daba la impresión de que la próxima vez que soplara el viento o se desatara una tormenta sus piezas saldrían volando. Sin embargo, ella sabía que había sobrevivido a cosas peores, lo que, a sus ojos, era todo un logro en aquel mundo efímero en que vivía. Para ella el muelle era como los mismos Cayos: tras una imagen de decrepitud escondían una resistencia, una fuerza muy superiores a las que parecía tener. Ella esperaba ser así también.

La lancha también estaba anticuada, pero inmaculada. Tenía cinco metros y medio de eslora, el fondo plano, y era de un blanco radiante. Susan se la había comprado a la viuda de un guía de pesca jubilado que había muerto lejos de las aguas donde había trabajado durante décadas, en un hospital de Miami para enfermos terminales, semejante a aquel en que ella se negaba a ingresar a su madre.

Bajo sus pies, la arena pedregosa y los trozos de conchas blanqueadas que recubrían el camino crujían con cada paso. Aquel sonido familiar le resultaba reconfortante. Faltaban pocos minutos para el amanecer. La luz despuntaba amarilla, como teñida de indecisión o remordimiento por desprenderse de la oscuridad; un momento en el que lo que queda de la noche parece extenderse por el agua, tornándola de un color negro grisáceo y brillante. Ella sabía que el sol tardaría aún una hora en elevarse lo suficiente para bañar de luz el mar y transformar los canales poco profundos de los Cayos en una paleta cambiante, líquida y opalescente de azules.

Susan dobló la espalda para protegerse del aire fresco y húmedo, un falso frío que ella atribuía a la hora de la madrugada y que no encerraba promesas de aliviar el calor sofocante que pronto se apoderaría del día. En los últimos tiempos siempre hacía calor en el sur de Florida, un bochorno constante que daba lugar a tormentas más fuertes y violentas e impulsaba a la gente a guarecerse en refugios con aire acondicionado. Ella recordaba que, cuando era más joven, incluso notaba los cambios de estación, no como en el nordeste, donde había nacido, o más al norte, en las montañas de las que su madre le hablaba con tanta nostalgia mientras se preparaba para la muerte, sino a la manera característica del sur, reparando en un leve decrecimiento de la intensidad del sol, una insinuación en la brisa, que le indicaba que el mundo estaba en un momento de cambio. Pero incluso esa modesta sensación de transformación había desaparecido en los últimos años, perdida en historias interminables sobre cambios climáticos a escala mundial.

La ensenada que tenía salida a los extensos bancos de arena estaba desierta. Había marea muerta, y el agua oscura estaba en calma, como una bola negra de billar. Su lancha flotaba a un costado del muelle, y las amarras de proa y de popa se hallaban laxamente enrolladas sobre la cubierta reluciente de rocío. El motor grande de doscientos caballos centelleaba, reflejando los primeros rayos de luz. Al mirarlo, le recordó la mano derecha de un buen púgil, en guardia, inmóvil, apretada en un puño, aguardando la orden de salir disparada hacia delante.

Susan se acercó a la lancha como si de una amiga se tratara.

—Necesito volar —le dijo en voz baja—. Hoy quiero velocidad.

Colocó a toda prisa un par de cañas de pescar en soportes bajo la regala de estribor. Una era corta, con carrete de bobina giratoria, que llevaba por su eficacia y simplicidad; la otra era una caña de pesca con mosca, más larga y estilizada, que satisfacía su necesidad de darse un capricho. Revisó a conciencia la pértiga de grafito, sujeta a unos soportes retráctiles de cubierta y que era casi tan larga como la misma lancha de cinco metros y medio. Luego repasó rápidamente la lista de seguridad, como un piloto minutos antes del despegue.

Razonablemente convencida de que todo estaba en orden, soltó las amarras, apartó la embarcación del muelle de un empujón y accionó el mecanismo eléctrico que bajó el motor al agua con un zumbido agudo. Susan se acomodó en su asiento y tocó automáticamente la palanca de transmisión para asegurarse de que estuviese en punto muerto y arrancó el motor. Traqueteó por un momento haciendo el mismo ruido que una lata llena de piedras agitada violentamente, y luego se puso en marcha con un gorgoteo agradable. Ella dejó que la lancha avanzara despacio por la ensenada, deslizándose por el agua con la suavidad con que unas tijeras cortan la seda. Alargó la mano hacia un compartimento pequeño para sacar un par de protectores auditivos que se colocó en la cabeza.

Cuando la embarcación llegó al final del canal y dejó atrás la última casa construida junto al brazo de mar, empujó el acelerador hacia el frente, y la proa se levantó por un instante mientras el motor, situado justo detrás de ella, rugía a placer. Después, casi tan rápidamente como se había elevado, la proa descendió y la lancha salió propulsada, planeando sobre las aguas que semejaban tinta negra, y de pronto Susan se vio completamente engullida por la velocidad. Se inclinó hacia delante contra el viento que le inflaba los carrillos mientras respiraba a grandes bocanadas el frescor de la mañana; los protectores de los oídos amortiguaban el ruido del motor, que quedaba reducido a un golpeteo de timbales sordo y seductor a su espalda.

Imaginó que algún día lograría correr más que el amanecer.

A su derecha, en los bajíos que rodeaban el islote de un manglar, divisó a un par de garzas totalmente blancas que acechaban a unos sargos, moviendo sus patas larguiruchas y desgarbadas con un sigilo exagerado, como un par de bailarines que no se sabían muy bien los pasos. Delante de ella, alcanzó a vislumbrar el dorso plateado de un pez que saltaba fuera del agua, asustado. Con un leve toque de timón, la lancha prosiguió su carrera, alejándose de la costa hacia la campiña del otro lado, surcando las aguas entre islotes cubiertos de una vegetación verde y exuberante.

Susan navegó a toda velocidad durante casi media hora, hasta asegurarse de estar lejos de cualquiera lo bastante osado para exponerse al calor del día. Se hallaba cerca del punto en que la bahía de Florida se curva tierra adentro y se encuentra con la ancha boca de los Everglades. Es un lugar de lo más incierto, que da la impresión de no saber si forma parte de la tierra o del mar, un laberinto de canales e islas; un lugar en el que los inexpertos se pierden fácilmente.

A Susan le llamaba la atención la antigüedad de los espacios vacíos donde el cielo, los manglares y el agua se juntaban. En el paisaje que la rodeaba no había un solo elemento moderno, únicamente la vida tal y como se había desarrollado hacía millones de años.

Redujo gas, y la lancha vaciló en el agua como un caballo súbitamente refrenado. Apagó el motor, y la embarcación se deslizó hacia delante en silencio. El agua bajo la proa cambió cuando la lancha pasó sobre el límite de un bajío que se extendía una milla a lo largo de un islote de manglar poco elevado. Una bandada de cormoranes echó a volar desde las ramas retorcidas de la costa. Eran unas veinte aves, y sus negras siluetas se recortaban contra la luz de la mañana mientras revoloteaban y remontaban el vuelo. Susan se puso de pie y se quitó los protectores auditivos, escudriñando con la mirada la superficie del agua, para después alzarla hacia el cielo. El sol se había hecho amo y señor; la claridad iridiscente y pertinaz casi resultaba dolorosa al reverberar en las aguas que rodeaban la lancha. Notaba el calor como si un hombre la asiese del cogote.

Extrajo de un compartimento situado bajo el tablero de transmisión un tubo de protector solar, y se lo aplicó generosamente en el cuello. Llevaba un mono de algodón color caqui, un atuendo de mecánico. Se desabrochó los botones del peto y dejó caer el traje sobre la cubierta, quedándose desnuda de repente. Dio unos pasos, dejando tras de sí la ropa en el suelo, y se entregó al sol como a un amante ávido, sintiendo que sus rayos intensos incidían en sus pechos, entre las piernas y le acariciaban la espalda. Luego untó más protector solar sobre toda su desnudez, hasta que su cuerpo relucía tanto como la superficie del bajío.

Estaba sola. No se oía sonido alguno, salvo el chapoteo del agua contra el casco de la embarcación.

Se rio en voz alta.

Si hubiese existido una manera de hacerle el amor a la mañana, ella la habría puesto en práctica; en cambio, dejó que se le acelerase el pulso de la emoción, volviéndose a medida que el sol la cubría.

Permaneció así durante unos minutos. En su fuero interno, les habló al sol y al calor. «Seríais peor que cualquier hombre —decía—; me amaríais, pero luego os llevaríais más de lo que os corresponde, me quemaríais la piel y me haríais envejecer antes de tiempo.» De mala gana, llevó la mano al compartimento y sacó una capucha de polipropileno negro fino, como las que usan los aventureros en el Ártico debajo de otras capas de ropa. Se la puso en la cabeza, de modo que sólo sus ojos quedaban al descubierto, lo que le daba aspecto de ladrona. Rebuscando, encontró una vieja gorra de béisbol verde y naranja de la Universidad de Miami y se la encasquetó hasta las orejas. Acto seguido, se puso unas gafas de sol polarizadas. Se dispuso a vestirse de nuevo con el mono, pero cambió de idea.

«Un pescado —se dijo—. Pescaré uno desnuda.»

Consciente de su apariencia ligeramente ridícula, con la cabeza y el rostro totalmente tapados y el resto del cuerpo en cueros, soltó una fuerte carcajada, extrajo las dos cañas de sus soportes, las dejó a mano, cogió la pértiga y trepó a la plataforma de popa, una superficie elevada y pequeña situada sobre el motor, que le proporcionaba un mejor control de la embarcación. Poco a poco, sirviéndose de la larga vara de grafito, maniobró para impulsar la lancha por el agua poco profunda.

Esperaba ver algún que otro pez zorro sacar la cola mientras escarbaba en la arena cenagosa del fondo en busca de camarones o cangrejos pequeños. Eso le habría gustado; eran peces muy honorables, capaces de alcanzar velocidades increíbles. Siempre podía aparecer también una barracuda; permanecían en el agua opaca prácticamente inmóviles, agitando sólo de vez en cuando las aletas para indicar que no formaban parte de aquel medio líquido. Se le figuraban gánsteres, con sus dientes afilados y amenazadores, y luchaban con fiereza cuando quedaban prendidos al anzuelo. Sabía que avistaría tiburones medianos merodeando por los alrededores del banco de arena como matones de patio de colegio, buscando un desayuno fácil.

Hundió la pértiga en el agua silenciosamente, y la lancha continuó su avance.

—Vamos, peces —dijo en voz alta—. ¿Hay alguien aquí esta mañana?

Lo que vio la hizo inspirar con fuerza y mirar dos veces para confirmar su primera impresión.

A unos cincuenta metros, nadando en un paciente zigzag en aguas que no llegaban a un metro de profundidad, estaba la inconfundible silueta en forma de torpedo de un tarpón grande. Medía cerca de dos metros de largo, y debía de pesar más de cincuenta kilos. Era demasiado voluminoso para estar en el bajío, y tampoco era temporada; los tarpones emigraban en primavera, en bancos numerosos que se dirigían hacia el norte sin detenerse. Ella había pescado unos cuantos, en canales ligeramente más profundos.

Pero éste era un pez grande, fuera de lugar y de tiempo, que iba directo hacia ella.

Rápidamente hincó la punta aguzada de la pértiga en el fondo arenoso y ató una cuerda al otro extremo, de modo que sujetase la lancha como un ancla. Con cautela, bajó de un salto de la plataforma y agarró la caña para pescar con mosca, cruzó la embarcación y subió a la proa en un solo movimiento. Alcanzó a ver la enorme mole del pez antes de que se sumergiera, propulsado inexorablemente por la cola en forma de guadaña. De cuando en cuando, el sol le arrancaba algún destello al costado plateado del animal, como explosiones submarinas.

Soltó hilo. La caña que empuñaba era más adecuada para un pez diez veces más pequeño que el que nadaba hacia ella. Tampoco creía que el tarpón fuera a tragarse el pequeño cangrejo artificial sujeto al extremo del sedal. Aun así, eran los únicos instrumentos que llevaba que podrían dar resultado y, aunque el fracaso fuera inevitable, quería intentarlo.

El pez se hallaba a treinta metros, y, por unos instantes, Susan se maravilló de la incongruencia de la situación. Notaba que el pulso redoblaba en su interior como un tambor.

Cuando el animal estaba a veinticinco metros, se dijo: «Demasiado lejos todavía.»

Cuando estaba a veinte, pensó: «Ahora estás a mi alcance.» Echó hacia atrás la caña ligera y semejante a una varita, que lanzó al cielo un leve silbido mientras el sedal describía un arco extenso sobre su cabeza. Sin embargo, se obligó a esperar unos segundos más.

El pez se encontraba a quince metros de ella cuando soltó el hilo con un pequeño gemido y lo observó volar sobre el agua, ponerse tirante y finalmente posarse sobre la superficie, al tiempo que el cangrejo de imitación caía al agua a cerca de un metro del morro del tarpón.

El pez se abalanzó hacia delante sin dudarlo.

La súbita acometida sobresaltó a Susan, que soltó un gritito de sorpresa. El pez no sintió el anzuelo de inmediato, y ella tragó saliva, esperando, mientras el sedal se le tensaba en la mano. Entonces, con un alarido, tiró de él con fuerza, echando la caña hacia atrás y hacia su izquierda, en dirección contraria al pez. Notó que el anzuelo prendía.

Ante ella, el agua estalló y surgió una masa de blanco plateado.

El pez se retorció una vez, reaccionando al insulto del anzuelo; Susan vio las fauces abiertas del tarpón. Acto seguido, el animal dio media vuelta y se alejó a toda velocidad, en busca de aguas más profundas. Ella sostuvo la caña por encima de su cabeza, como un sacerdote con un cáliz, y el carrete empezó a emitir chillidos de protesta mientras de él salían metros y metros de un hilo fino y blanco.

Con la caña en alto en todo momento, Susan se dirigió trabajosamente a la parte posterior de la lancha y soltó la cuerda que la sujetaba a la pértiga, de modo que la embarcación dejó de estar anclada.

Cayó en la cuenta de que, al cabo de un minuto, el pez se habría llevado todo el sedal, y pocos segundos después ya no quedaría nada que llevarse. El pez continuaría su avance imparable y escupiría el anzuelo, rompería la parte más fina del aparejo o simplemente se robaría los doscientos cincuenta metros de hilo. Luego, se alejaría nadando, con la mandíbula un poco dolorida, pero apenas cansado, a menos que ella lograse hacerlo girar de alguna manera. Dudaba que fuera posible, pero, si el pez remolcaba la lancha en vez de hacer fuerza contra el ancla, ella quizá podría arreglárselas para forzarlo a detenerse y luchar.

Susan sentía la energía del tarpón palpitar a través de la caña, y aunque no albergaba esperanzas, pensó que incluso cuando se está condenado al fracaso, vale la pena poner en práctica todo lo que uno sabe para que, cuando llegue la derrota inevitable, tenga al menos la satisfacción de saber que hizo cuanto estaba en su mano por evitarlo.

La lancha había virado, arrastrada por el pez.

Todavía desnuda, notando que le corrían gotas de sudor bajo los brazos, se encaramó de nuevo a la proa. Advirtió que ya no quedaba sedal en el carrete, y pensó: «Ahora es cuando pierdo esta batalla.»

Entonces, para su sorpresa, el pez volvió la cabeza a pesar de todo.

Ella vio un géiser elevarse a lo lejos cuando el tarpón se lanzó hacia el cielo, para cernerse en el aire, retorciéndose al sol, antes de caer al agua con gran estrépito.

Susan se oyó a sí misma proferir un grito, pero esta vez no de sorpresa, sino de admiración.

El tarpón siguió saltando, girando y dando volteretas, agitando la cabeza adelante y atrás mientras se debatía en el extremo del sedal.

Por un momento ella se dio el lujo de narcotizarse con la esperanza, pero luego, casi con la misma rapidez, desechó esta idea. Aun así, comprendió algo: «Es un pez fuerte, y en realidad yo no tenía derecho a mantenerlo cautivo ni siquiera durante este rato.» Se inclinó hacia atrás, tirando de la caña para intentar recuperar algo de sedal, rezando por que el pez no se precipitase de nuevo hacia delante, pues eso pondría fin a la lucha.

No fue consciente de cuánto tiempo permanecieron los dos enzarzados en ese forcejeo: la mujer desnuda en la cubierta de la embarcación, gruñendo por el esfuerzo, el pez plateado emergiendo una y otra vez entre grandes columnas de agua. Ella luchaba como si los dos estuvieran solos en el mundo, resistiendo cada tirón distante del pez hasta que los músculos de los brazos le dolían de forma casi insoportable y temió que le diera un calambre en la mano. El sudor le picaba en los ojos; se preguntó si habrían transcurrido quince minutos, luego recapacitó y se dijo que no, que había pasado una hora, o quizá dos. Después, al borde del agotamiento, intentó persuadirse de que no podía ser tanto rato.

Con un sonoro quejido, continuó batallando.

Notó que un estremecimiento recorría todo el sedal y el cuerpo de la caña, y a lo lejos divisó de nuevo al pez plateado, que saltaba rodeado de un manto de agua blanca. Luego, curiosamente, percibió cierta laxitud, y la caña, que estaba curvada en una C trémula, se enderezó de golpe. Susan profirió un grito ahogado.

—¡Maldita sea! —exclamó—. ¡Se ha ido!

Entonces, casi en el mismo segundo, se dio cuenta: no.

Y se alarmó: «Viene hacia mí a todo trapo.»

La mano izquierda que tenía sobre el carrete estaba rígida a causa de los calambres. La golpeó tres veces contra su muslo, intentando doblarla, y acto seguido se puso a recoger frenéticamente el sedal. Enrolló cincuenta metros, cien. Alzó la cabeza y, al ver al pez acercarse con rapidez, continuó dando vueltas a la bobina desesperadamente.

El animal se encontraba a unos setenta y cinco metros cuando vislumbró por fin una segunda figura que lo perseguía. En ese instante entendió por qué el pez había emprendido esa carrera de vuelta hacia la lancha. Notó una terrible sensación de quietud en su interior mientras medía a ojo aquella enorme mancha oscura en el agua, el doble de grande que su tarpón. Era como si alguien hubiese arrojado tinta negra sobre el paisaje perfecto de algún viejo maestro de la pintura.

El tarpón, presa del pánico, se elevó de nuevo en el aire y se recortó contra el cielo, quizás a dos metros por encima del azul ideal del agua.

Ella dejó de devanar el sedal y se quedó mirando, paralizada.

La figura ganaba terreno inexorablemente, de modo que durante un segundo el plateado prístino del pez pareció fundirse con el negror del pez martillo. Se produjo otra explosión en la superficie, otra masa de agua se elevó en el aire, seguida de una espuma blanca, según alcanzó a ver ella, teñida de rojo.

Bajó la caña, y el hilo quedó colgando del extremo.

El agua continuaba hirviendo, como una cacerola puesta al fuego. Después, casi con la misma celeridad, se apaciguó, como una balsa de aceite sobre la superficie. Se colocó la mano en la frente a modo de visera, pero apenas logró entrever la figura negra, que volvía a las profundidades, difuminándose hasta desaparecer como un pensamiento perverso en medio de un jolgorio. Susan se quedó de pie sobre la proa, respirando agitadamente. Tenía la sensación de haber presenciado un asesinato.

Luego, despacio, acometió la tarea de recoger el sedal. Notaba un peso en el otro extremo, que arrastraba por el agua, y sabía con qué se iba a encontrar. El pez martillo le había cercenado el cuerpo al tarpón unos treinta centímetros por debajo de la cabeza, que seguía enganchada al anzuelo. Izó el macabro trofeo. Se agachó sobre el costado de la embarcación con la intención de desprender el anzuelo, aún clavado en la resistente mandíbula del pez muerto.

Sin embargo, no soportaba la idea de tocarlo. En cambio, retrocedió hasta el tablero de mandos y encontró un cuchillo de pesca, con el que cortó la parte más fina del hilo. Por un instante, vio la cabeza y el torso del tarpón descender hacia el fondo hasta perderse de vista.

—Lo siento, pez —dijo en alto—. De no haber sido por mi ambición, seguirías vivo. No tenía derecho a atraparte ni a agotarte. Para empezar, ni siquiera tenía derecho a luchar contigo. ¿Por qué simplemente no has escupido el maldito anzuelo, como te convenía, o roto el sedal? Eras lo bastante fuerte. ¿Por qué no has hecho lo que sabías que debías, en vez de convertirte en una presa? Yo te he ayudado, y lamento sinceramente, pez, haber ocasionado que te devorasen. Ha sido culpa mía; tú no lo merecías.

«No tengo suerte —pensó—. Nunca la he tenido.»

De prono Susan tuvo miedo, y con un gemido ahuyentó la visión de su madre medio devorada también. Sacudió la cabeza con fuerza y respiró hondo. Súbitamente avergonzada por su desnudez, se irguió y escrutó el horizonte desierto, temerosa de que hubiese alguien allá, a lo lejos, observándola a través de prismáticos de gran aumento. Se dijo que eso era absurdo, que el sol, el cansancio y el desenlace de la batalla habían conspirado para alterarla. Aun así, se agachó sobre cubierta para recoger el mono que había lanzado a un rincón de una patada y se lo llevó al pecho, mientras paseaba la mirada por la inmensidad del mar. «Siempre hay tiburones —pensó— ahí fuera, donde no puedes verlos, y se sienten inevitablemente atraídos por las señales de lucha desesperada. Perciben cuándo un pez está herido y exhausto, sin fuerzas para eludirlos o combatirlos. Es entonces cuando emergen de las oscuras profundidades y atacan. Cuando están seguros del éxito.»

La cabeza le daba vueltas a causa del calor. Notó que el sol le quemaba la piel de los hombros, así que se vistió a toda prisa con el mono y se lo abrochó hasta el cuello. Guardó rápidamente su equipo y luego puso rumbo hacia casa, aliviada al oír que el motor cobraba vida a su espalda.

Hacía menos de una semana que había enviado su acertijo especial para que lo publicaran en la parte inferior de su columna semanal en la revista. No esperaba recibir noticias de su destinatario anónimo tan pronto. Había pensado que respondería al cabo de unas dos semanas. O quizá de un mes. O tal vez nunca.

Pero se equivocaba respecto a eso.

En un principio no vio el sobre.

En cambio, cuando llegó andando al camino de acceso a su casa, la invadió una sensación de tranquilidad que la hizo pararse en seco. Supuso que la calma era una consecuencia de la luz crepuscular que empezaba a desvanecerse en el patio, y acto seguido se preguntó si algo no marchaba bien. Negó con la cabeza y se dijo que seguía alterada por el ataque del tiburón contra su pez.

Para asegurarse, dejó que sus ojos recorriesen el sendero que conducía al edificio de una planta, de bloques de hormigón ligero. Era una casa típica de los Cayos, no muy agradable a la vista, sin nada de especial salvo sus ocupantes. Carecía de todo encanto o estilo; estaba construida con los materiales más funcionales y un diseño anodino, de molde para galletas; un inmueble cuyo objetivo era servir de vivienda a personas de aspiraciones limitadas y recursos modestos. Unas pocas palmeras desaliñadas se balanceaban en un lado del patio, que el fuego había dejado recubierto de tierra, aunque había algunas zonas de hierba y maleza pertinaces, y que nunca, ni siquiera cuando ella era niña, había sido un lugar que invitase a jugar. Su coche estaba donde lo había dejado, en la pequeña sombra circular que ofrecían las palmeras. La casa, otrora rosa, un color entusiasta, había adquirido, por el efecto blanqueador del sol, un tono coralino apagado y descorazonador. Oyó el aparato de aire acondicionado bregar con fuerza para combatir el calor, y dedujo que el técnico había venido por fin a arreglarlo. «Al menos ya no será el maldito calor el que mate a mamá», pensó.

Repitió para sus adentros que no ocurría nada fuera de lo normal, que todo estaba en su sitio, que ese día no se diferenciaba en nada de los mil días que lo precedían, y continuó caminando, no muy convencida de esto. En aquel falso momento de alivio, reparó en el sobre apoyado en la puerta principal.

Susan se detuvo, como si hubiera visto una serpiente, y se estremeció con una oleada de miedo.

Inspiró profundamente.

—Maldición —dijo.

Se acercó a la carta con cautela, como si temiese que explotara o encerrase el germen de una enfermedad peligrosa. A continuación, se agachó despacio y la recogió. Rasgó el sobre y extrajo rápidamente la única hoja de papel que contenía.

Muy astuta, Mata Hari, pero no lo suficiente. Tuve que pensar bastante para descifrar lo de «Rock Tom». Probé una serie de cosas, como ya se imaginará. Pero luego, bueno, uno nunca sabe de dónde le viene la inspiración, ¿verdad? Se me ocurrió que tal vez se refiriese usted al cuarteto británico de rock entre cuyos éxitos de hace tantas décadas estaba la «ópera» *Tommy*. Así pues, si hablaba de The Who, y *who* significa quién en inglés, ¿qué decía el resto del mensaje? Bueno, «setenta y uno» podría ser un año. ¿«Segunda Cancha Cinco»? Eso no me costó mucho ponerlo en claro cuando vi el nombre de la pista número cinco de la segunda cara del disco que sacaron en 1971. Y, oh, sorpresa, ¿con qué me encontré? *Who Are You?*, es decir «¿quién eres?».

No sé si estoy del todo preparado para responder a esa pregunta. Tarde o temprano lo haré, por supuesto, pero por ahora añadiré una sola frase a nuestra correspondencia: 61620129720 Previo Virginia con cereal-r.

Seguro que esto no le resultará muy difícil a una chica lista como usted. Alicia habría sido un buen nombre para una reina de los acertijos, especialmente si es roja.

Al igual que el mensaje anterior, éste no llevaba firma.

Susan forcejeó con la cerradura de la puerta principal mientras profería un grito agudo:

—¡Mamá!

Diana Clayton estaba en la cocina, removiendo una ración de consomé de pollo en una cacerola. Oyó la voz de su hija pero no percibió su tono de urgencia, de modo que contestó con naturalidad:

—Estoy aquí, cielo.

Le respondió un segundo grito procedente de la puerta:

—¡Mamá!

—Aquí dentro —dijo más alto, con una ligera exasperación.

Levantar la voz no le dolía, pero le exigía un esfuerzo que no estaba en condiciones de hacer. Dosificaba sus fuerzas y la contrariaba todo gasto inútil de energía, por pequeño que fuera, pues necesitaba todos sus recursos para los momentos en que el dolor la visitaba de verdad. Había conseguido llegar a algunos acuerdos con su enfermedad, en una suerte de negociación interna, pero le parecía que el cáncer se comportaba constantemente como un auténtico sinvergüenza; siempre intentaba hacer trampas y llevarse más de lo que ella estaba dispuesta a cederle. Tomó un sorbo de sopa mientras su hija atravesaba con zancadas sonoras la estrecha casa en dirección a la cocina. Diana escuchó las pisadas de Susan e interpretó con bastante certeza el estado de ánimo de su hija por el modo en que sonaban, así que, cuando la vio entrar en la habitación, ya tenía la pregunta preparada:

—Susan, querida, ¿qué ocurre? Pareces disgustada. ¿No ha ido bien la pesca?

—No —respondió su hija—. Es decir sí, no es ése el problema. Oye, mamá, ¿has visto u oído algo fuera de lo normal hoy? ¿Ha venido alguien?

—Sólo el hombre del aire acondicionado, gracias a Dios. Le he extendido un cheque. Espero que no se lo rechacen.

—¿Nadie más? ¿No has oído nada?

—No, pero me he echado una siesta esta tarde. ¿Qué sucede, cielo?

Susan titubeó, insegura respecto a si debía decir algo. Ante esta vacilación, su madre habló con dureza.

—Algo te molesta. No me trates como a una niña. Tal vez esté enferma, pero no soy una inválida. ¿Qué pasa?

Susan vaciló durante un segundo más antes de responder.

—Han traído otra carta hoy, como la de la otra semana, que metieron en el buzón. No tiene firma, ni remitente. La han dejado frente a la puerta principal. Eso es lo que me tiene disgustada.

—¿Otra?

—Sí. Incluí una respuesta a la primera en mi columna de siempre, pero no imaginé que la persona la descifraría tan rápidamente.

—¿Qué le preguntabas?

—Quería saber quién era.

—¿Y qué ha contestado?

—Ten. Léelo tú misma.

Diana cogió la hoja de papel que su hija le tendió. De pie frente a los quemadores, asimiló rápidamente las palabras. Luego bajó el papel despacio y cerró el gas con que estaba calentando el caldo, que estaba hirviendo, humeante. La mujer mayor respiró hondo.

—¿Y qué está preguntando esta persona ahora? —dijo con frialdad.

—Aún no lo sé. Acabo de leerlo.

—Creo —dijo Diana con voz inexpresiva a causa del miedo— que deberíamos averiguar cuál es la clave y qué dice esta vez. Entonces podremos determinar el tono de toda la carta.

—Bueno, seguramente podré descodificar la secuencia de números. No suelen ser muy difíciles.

—¿Por qué no lo haces mientras yo preparo la cena?

Diana se volvió de nuevo hacia la sopa y comenzó a bregar con los utensilios. Se mordió con fuerza el labio inferior, esforzándose por seguir su propio consejo.

La hija asintió y se acomodó frente a la mesita que había en el rincón de la cocina. Por un momento observó a su madre en plena actividad, y esto la animó; para ella, toda señal de normalidad era un signo de fortaleza. Cada vez que la vida adquiría visos de rutina, ella creía que la enfermedad había remitido y se había estancado en su proceso inevitable. Exhaló profundamente, sacó un lápiz y un bloc de notas de un cajón y escribió: 61620129720. Luego apuntó todas las letras del alfabeto, asignó a la A el cero, y así sucesivamente hasta llegar a la Z, el número 25.

Ésta, por supuesto, sería la interpretación más sencilla de la secuencia numérica, y ella dudaba que funcionara. Por otro lado, tenía la curiosa impresión de que su corresponsal no quería ponerle las cosas demasiado complicadas con este mensaje. El objetivo del juego, pensaba ella, era simplemente demostrar lo listo que era él, además de transmitirle la idea que contenía la nota, fuera cual fuese. Algunas de las personas que le escribían empleaban claves tan crípticas y enloquecidamente enrevesadas que incluso habrían supuesto un reto para los ordenadores criptoanalíticos del ejército. Por lo general nacían de la paranoia a la que la gente se aferraba. Sin embargo, este corresponsal albergaba otros planes. El problema era que ella no sabía aún cuáles.

A pesar de todo, daba la impresión de que él quería que lo averiguara.

Su primer intento dio como resultado GBGCA... y fue en ese punto donde lo dejó. Centrándose de nuevo en los cinco primeros dígitos, probó a agruparlos como 6-16-20, lo que dio como resultado GQU... Como esto no significaba nada, prosiguió, hasta llegar a GQUBC, y luego a GQUM.

Su madre le llevó un vaso de cerveza y volvió a ocuparse de la comida, que ahora estaba cocinando sobre los quemadores. Susan tomó despacio un trago del líquido marrón y espumoso, dejó que el frío de la cerveza se propagase por su interior, y continuó trabajando.

Escribió de nuevo las letras del alfabeto: le asignó el 25 a la A, y a los números descendentes las letras sucesivas. Con esto obtuvo TYTXZ en un principio, y después, agrupando las cifras de manera distinta, TJF...

Susan infló los carrillos y resopló como un pez globo. Garabateó la pequeña figura de un pez en una esquina de la página, luego dibujó la aleta de un tiburón cortando la superficie de un mar imaginario. Se preguntó por qué no había avistado el pez martillo antes, y acto seguido se dijo que los depredadores suelen mostrarse cuando están listos para atacar, no antes.

Este pensamiento la llevó a centrarse de nuevo en la secuencia numérica.

«La clave estará oculta —pensó—, pero no demasiado.»

«Adelante, atrás, ¿y ahora qué?»

«Sumar y restar.»

Recordó algo de golpe, y cogió la carta.

«... añadiré una sola frase...»

Decidió reescribir la secuencia, sumando uno a cada cifra. Esto le dio como resultado 727312310831, y lo convirtió al instante en HCHDBCDKIDB, lo que no le resultó de mucha ayuda. Probó con la secuencia inversa, que no arrojó más que otro galimatías.

Sosteniendo la hoja de papel ante sí, se inclinó sobre ella para estudiarla con atención. «Fíjate en los números —se dijo—. Prueba con combinaciones distintas. Si reorganizo 61620129720 en secuencias diferentes...», pensó, y al hacerlo llegó a la serie 6-16-20-12-9-7-2-0. Advirtió que también podía escribir los últimos dígitos como 7-20. A continuación, siempre sumando uno, obtuvo 7-17-21-13-10-8-21. Esto se tradujo en HRVNKIV, y deseó tener un ordenador programado para buscar pautas numéricas.

Siguiendo en la misma línea, invirtió la secuencia de nuevo, lo que le dio como resultado más incoherencias. Entonces probó a cambiar los números de nuevo. «Está ahí —dijo—. Sólo tienes que encontrar la clave.»

Tomó otro trago de cerveza. Le entraron ganas de ponerse a elegir números al azar, aunque sabía que eso la conduciría a una maraña frustrante de letras y dígitos, y a olvidar dónde había empezado, de modo que tendría que volver sobre sus pasos. Eso había que evitarlo; como buena experta en rompecabezas, sabía que la solución estaba en la lógica.

Miró de nuevo la nota. «Nada de lo que dice carece de sentido», pensó. Estaba segura de que él le indicaba que sumara uno, pero la pregunta era exactamente cómo. Combatió la sensación de frustración.

Respiró hondo y lo intentó de nuevo, reexaminando la secuencia. Despachó con una señal a su madre, que se le había acercado con un plato de comida, y se enfrascó en su tarea. «Él quiere que sume —pensó—, lo que significa que ha restado uno a cada número. Eso, por sí solo, es demasiado sencillo, pero lo que da lugar a combinaciones de letras sin sentido es la dirección en que fluyen.» Echó un nuevo vistazo a la nota. Primero «Alicia» y luego «reina roja». *A través del espejo*. Pequeña referencia literaria. Se reprochó a sí misma el no haberla descubierto antes.

Cuando reflejas algo que está al revés en un espejo, lo ves con mayor claridad.

Cogió la secuencia, invirtió el orden de los números y sumó uno a cada cifra: 218101321177.

¿Era 2-18-10... o 21-8-10?

Siguió adelante, embalada, y separó los dígitos como 21-8-10-13-21-17-7, lo que dio como resultado ERPMEIS.

Su madre observaba el papel por encima de su hombro.

—Ahí está —señaló Diana con frialdad. Le robó al aire una bocanada, y su hija lo vio también.

SIEMPRE.

Susan contempló la palabra escrita en la página y pensó: «Es una palabra terrible.» Oyó la respiración brusca de su madre, y en ese instante decidió que se imponía una demostración de coraje, aunque fuera falsa. Era consciente de que su madre se daría cuenta, pero, aun así, la ayudaría a conservar la calma.

—¿Esto te asusta, mamá?

—Sí —respondió ella.

—¿Por qué? —preguntó la hija—. No se por qué, pero también me asusta a mí. Sin embargo, no encierra amenaza alguna. Ni siquiera hay nada que indique que no se trata simplemente de un interés desmedido por entregarse a un juego intelectual. Ha ocurrido antes.

—¿Qué decía la primera nota?

—«Te he encontrado.»

Diana sintió que se abría un agujero negro en su interior, una especie de torbellino enorme que amenazaba con engullirla por completo. Luchó por librarse de esa sensación diciéndose que aún no había pruebas de nada. Se recordó que había vivido tranquila desde hacía más de veinticinco años, sin que la encontraran; que la persona de quien se había ocultado con sus hijos había muerto. Así pues, formándose un juicio precipitado y seguramente incorrecto de los acontecimientos que les habían sobrevenido a ella y a su hija, Diana decidió que las notas no eran otra cosa que lo que parecían: un intento desesperado de llamar la atención por parte de uno de los numerosos admiradores de su hija. Esto en sí podía resultar bastante peligroso, así que no mencionó sus otros temores, convencida de que ya se preocupaba bastante por las dos, y de que más valía dejar enterrado un miedo oculto y más antiguo. Y muerto. Muerto. «Un suicidio —se recordó—. Él te liberó al matarse.»

—Deberíamos llamar a tu hermano —dijo.

—¿Por qué?

—Porque tiene muchos contactos en la policía. Quizás algún conocido suyo pueda analizar esta carta, sacar las huellas, realizar pruebas, decirnos algo sobre ella.

—Me imagino que el que la ha enviado seguramente ya habrá pensado en todo eso. De todos modos, no ha infringido ninguna ley. Al menos de momento. Creo que conviene esperar a que yo descifre el resto del mensaje. No debería tardar mucho.

—Bueno —murmuró Diana—, de una cosa podemos estar seguras.

—¿De qué? —preguntó la hija.

La madre la miró, como si Susan fuese incapaz de ver algo que tenía delante de las narices.

—Bueno, dejó la primera carta en el buzón. Y ésta ¿dónde la has encontrado?

—Frente a la puerta principal.

—Pues eso nos dice que se está acercando, ¿no?

6

Nueva Washington

El cielo del oeste tenía un brillo metálico y parecía de acero bruñido, una gran extensión de claridad, fría e implacable.

—Se acostumbrará —comentó Robert Martin como sin darle mucha importancia—. A veces, aquí, en esta época del año, a uno le da la impresión de que le enfocan la cara con un reflector. Nos pasamos mucho rato mirando al horizonte con los ojos entornados.

Jeffrey Clayton no contestó directamente. En cambio, mientras circulaban por una calle ancha, se volvió y paseó la vista por los edificios de oficinas modernos que se sucedían a lo largo de la carretera, a cierta distancia. Todos eran diferentes, y a la vez iguales: amplios patios ajardinados y cubiertos de verde con arboledas aquí y allá; lagunas artificiales de un azul vibrante y estanques reflectantes al pie de formas arquitectónicas grises y sólidas que decían más sobre el dinero que habían costado que sobre creatividad en el diseño, una unión entre la funcionalidad y el arte en que no hay lugar a dudas sobre el elemento predominante. Su mirada no dejaba de vagar, y Clayton se percató de que todo era nuevo. Todo estaba esculpido, espaciado y ordenado. Todo estaba limpio. Reconoció los logotipos de una multinacional tras otra. Telecomunicaciones, entretenimiento, industria. Las empresas que figuraban en el Fortune 500 desfilaban ante sus ojos. «Todo el dinero que se hace en este país —pensó— está representado aquí.»

—¿Cómo se llama esta calle? —preguntó.

—Freedom Boulevard —respondió el agente Martin.

Jeffrey esbozó una sonrisa, convencido de que el nombre encerraba cierta ironía. El tráfico era fluido, y avanzaban a un ritmo moderado pero constante. Clayton continuó asimilando el paisaje que lo rodeaba, y la novedad de todo ello le pareció algo vacía.

—¿No era esto un páramo antes? —se preguntó en voz alta.

—Sí —contestó Martin—. No había prácticamente nada salvo matorrales, algún que otro arroyo y plantas rodadoras. Montones de tierra y arena, y mucho viento hace una década. Represaron algún río, desviaron algún curso de agua, quizá se saltaron algunas leyes sobre el medio ambiente, y este lugar floreció. La tecnología es cara, pero, como ya se imaginará, eso no representó un gran obstáculo.

A Jeffrey la idea de reemplazar un tipo de naturaleza por otro le pareció interesante; crear una visión idealizada, empresarial, de cómo debería ser el mundo, e imponerla en el mundo desordenado, sucio y de mala calidad que nos ofrece la realidad. Un territorio dentro de otro. No era irreal, pero en modo alguno era auténtico, tampoco. No estaba seguro de si esto lo incomodaba o más bien lo inquietaba.

—Si se cortara el suministro de agua, supongo que dentro de unos diez años este lugar sería una ciudad fantasma —dijo Martin—. Pero nadie va a cortar el suministro de agua.

»¿Quién vivía aquí? Me refiero a antes...

—¿Aquí, en Nueva Washington? Aquí no había nada. O casi nada. Unos cientos de kilómetros cuadrados de casi nada. Serpientes de cascabel, monstruos de Gila y auras. En tiempos inmemoriales, una parte del territorio pertenecía al Gobierno federal, otra parte era una vieja reserva india que fue anexionada, y la otra parte se la arrebataron a sus propietarios en virtud del derecho de expropiación. Algunos ganaderos adinerados se lo tomaron un poco mal. Lo mismo ocurrió en el resto del estado. La gente que vivía en las zonas recalificadas para su urbanización recibió su indemnización y se marchó antes de que llegaran las excavadoras. Fue como las otras épocas de la historia en que este país se ha expandido; algunos se enriquecieron, otros fueron desplazados, y algunos se vieron abocados a la misma pobreza en que vivían, pero en otro sitio. No fue distinto de lo sucedido en la década de 1870, por ejemplo. Tal vez la única diferencia es que ésta fue una expansión hacia dentro, no hacia tierras inexploradas del exterior, sino hacia un territorio que no le importaba mucho a nadie. Ahora les importa a muchos, pues han visto lo que somos capaces de hacer. Y lo que vamos a hacer. Es una región muy amplia. Todavía queda mucho terreno desocupado, sobre todo hacia el norte, cerca de la cordillera de Bitterroot. Hay lugar para llevar a cabo otra expansión.

—¿Hace falta otra expansión? —preguntó Jeffrey.

El inspector se encogió de hombros.

—Todo territorio intenta crecer, sobre todo si su principal meta es la seguridad. Siempre hará falta una nueva expansión. Y siempre habrá más gente que quiera participar de la auténtica visión americana.

Clayton se quedó callado de nuevo y dejó que Martin se concentrara en la conducción.

No habían hablado del motivo de su presencia en el estado número cincuenta y uno; ni por un momento durante el largo vuelo hacia el oeste, sobre la parte central del país, ni al sobrevolar la gran espina dorsal de las montañas Rocosas, para finalmente descender sobre lo que había sido la aislada zona septentrional del estado de Nevada.

Mientras avanzaban en el coche, a Jeffrey lo asaltó un recuerdo repentino y desagradable.

La ordenada procesión de edificios se disipó ante sus ojos y cedió el paso a un mundo duro de hormigón, un lugar que había conocido los excesos de la riqueza y el éxito pero que, como tantas otras cosas en la última década, había caído en un estado de decaimiento, abandono y deterioro: Galveston, Tejas, menos de seis años atrás. Clayton recordaba un almacén. Alguien había abierto por la fuerza la puerta, que batía con un ruido metálico movida por un viento incesante, frío y penetrante procedente de las aguas color barro del golfo. Todas las ventanas de la planta baja presentaban un contorno irregular de cristales rotos; había llovido temprano por la mañana, y los reflejos de la luz mortecina proyectaban grotescas serpientes de sombra sobre las paredes.

«¿Por qué no esperaste?», se preguntó de repente. Era una pregunta habitual que acompañaba este recuerdo concreto cada vez que se colaba en su conciencia cuando estaba despierto o, como sucedía con frecuencia, en sus sueños.

No había necesidad de precipitarse. Se recordó que, si hubiera esperado, habrían llegado refuerzos, tarde o temprano. Una unidad de Operaciones Especiales con gafas de visión nocturna, armamento pesado, coraza de cuerpo entero y disciplina militar. Había bastantes agentes para rodear el almacén. Gas lacrimógeno y megáfonos. Un helicóptero sobre sus cabezas, con un reflector. No era necesario que él entrase con esos agentes antes de que llegaran los refuerzos.

«Pero ellos querían entrar», respondió a su propia pregunta. Estaban impacientes. La caza había sido larga y frustrante, intuían que estaba tocando a su fin, y él era el único que sabía lo peligrosa que podía llegar a ser la presa, acorralada en su guarida.

Hay un cuento para niños, de Rudyard Kipling, sobre una mangosta que sigue a una cobra al interior de su agujero. Es una historia con moraleja: libra tus batallas en tu propio terreno, no en el del enemigo. Si puedes. «El problema —pensó— es cuando no se puede.»

Ya lo sabía entonces, pero aquella noche no había dicho nada, pese a que la ayuda venía en camino. Se preguntó por qué, aunque conocía la verdadera razón. Había estudiado muchos casos de asesinos y sus asesinatos, pero nunca había presenciado el momento de poder luminiscente en que tenían a alguien en su poder y estaban concentrados en la tarea de crear una muerte. Era algo que había deseado ver y experimentar en primera persona: estar presente en el instante glorioso en que la razón y la locura del asesino se conjugan en un acto de salvajismo y depravación extraordinarios.

Había visto demasiadas fotos. Había grabado cientos de testimonios de testigos oculares. Había visitado docenas de escenas del crimen. Sin embargo, había asimilado toda esa información a posteriori, paso a paso. Nunca había presenciado el momento justo en que ocurría, no había visto por sí mismo aquella demencia y aquella magia actuando juntas. Y ese impulso —no se atrevía a llamarlo curiosidad, pues sabía que se trataba de algo significativamente más profundo y poderoso que ardía en su interior— lo llevó a mantener la boca cerrada cuando los dos agentes municipales desenfundaron sus armas y entraron sigilosamente por la puerta del almacén, muy pocos metros por delante de él. Primero avanzaron con cautela, y luego a un paso más rápido, dejando de lado la prudencia, cuando oyeron el primer grito agudo de terror que desgarró la oscuridad lúgubre que reinaba en el interior.

Fue una equivocación, un capricho, un error de cálculo.

«Deberíamos haber esperado —pensó—, al margen de lo que le estuviera pasando a esa persona. Y no deberíamos haber hecho tanto ruido al irrumpir en los dominios de ese hombre, al penetrar en esa madriguera que él llamaba su hogar, donde estaba familiarizado con cada recoveco, cada sombra y cada tabla del suelo.»

«Nunca más», insistió.

Respiró hondo. El resultado de esa noche era un recuerdo de luz estroboscópica que le palpitaba en el pecho: un agente muerto, otro cegado, una prostituta de diecisiete años viva, pero por poco, y sin lugar a dudas con la vida destrozada para siempre. Él mismo resultó herido, pero no lisiado, al menos en un sentido ostensible y evidente.

El asesino acabó detenido, escupiendo y riéndose, no demasiado enfadado por el fin de su carnicería. Más bien era como si le hubiesen ocasionado algunas molestias, sobre todo dada la satisfacción única que le había proporcionado lo sucedido en el interior del almacén. Era un hombre de baja estatura, albino, de cabello blanco, ojos rojos y rostro macilento, como el de un hurón. Era joven, casi de la misma edad que Clayton, con el cuerpo delgado pero musculoso, y un enorme tatuaje rojo y verde de un águila extendido sobre su pecho blanco lechoso. La matanza de aquella noche le había causado un gran placer.

Jeffrey ahuyentó de su mente la imagen del asesino, negándose a evocar la voz monótona con que éste había hablado cuando se lo llevaban entre las luces parpadeantes de los vehículos policiales reunidos.

—¡Me acordaré de ti! —había gritado, mientras transportaban a Jeffrey en una camilla hacia una ambulancia.

«Ya no está —pensó Clayton ahora—. Se encuentra en Tejas, en el corredor de la muerte. No vuelvas a ir allí —se dijo—. Jamás entres en un almacén como ése. Nunca más.»

Le echó un vistazo breve y furtivo al agente Martin. «¿Sabrá por qué opté por el anonimato —se preguntó—, por qué ya no hago precisamente lo que él me ha pedido que haga?»

—Ahí está —dijo Martin de pronto—. Hogar, dulce hogar. O al menos mi lugar de trabajo.

Lo que Jeffrey vio fue un edificio grande, de índole inconfundiblemente oficial. Un poco más funcional, de diseño menos elaborado que las oficinas frente a las que habían pasado. Su aspecto era algo menos fastuoso; en absoluto mísero, sino simplemente más austero, como el de un hermano mayor en medio de un patio lleno de niños más pequeños. Se trataba de una construcción sólida, imponente, de hormigón gris, con las esquinas afiladas de un cubo y una uniformidad que llevó a Clayton a sospechar que las personas que trabajaban allí eran tan rígidas y anodinas como el edificio en sí.

Martin entró con un viraje brusco en un aparcamiento que estaba a un lado de las oficinas y redujo la velocidad.

—Eh, Clayton —dijo rápidamente—, ¿ve a ese hombre ahí delante?

Jeffrey avistó a un hombre vestido con un modesto traje azul que llevaba un maletín de piel e iba caminando solo entre las filas de coches último modelo.

—Obsérvelo un rato y aprenderá algo —agregó el agente.

Jeffrey miró al hombre, que se detuvo junto a una ranchera pequeña. Vio que se quitaba la chaqueta del traje y la echaba al asiento trasero junto con el maletín. Dedicó unos momentos a remangarse la camisa blanca de cuello abotonado y a aflojarse la corbata antes de sentarse al volante. El vehículo salió de la plaza de aparcamiento marcha atrás y se alejó. Martin ocupó a toda prisa el hueco que acababa de quedar libre.

—¿Qué ha visto? —preguntó el inspector.

—He visto a un hombre que tenía una cita. O que tal vez se dirigía a su casa, por estar incubando una gripe. Eso es todo.

Martin sonrió.

—Tiene que aprender a abrir los ojos, profesor. Le creía más observador. ¿Cómo ha entrado en su coche?

—Ha caminado hasta él y se ha subido. Nada del otro mundo.

—¿Le ha visto abrir el seguro de la puerta?

Jeffrey negó con la cabeza.

—No. Debe de tener uno de esos cierres centralizados con mando a distancia. Como prácticamente todo el mundo...

—No lo ha visto apuntar al vehículo con una luz infrarroja, ¿verdad?

—No.

—Es un detalle difícil de pasar por alto, ¿no? ¿Sabe por qué?

—No.

—Porque las puertas no tenían el seguro puesto. En eso reside justamente el sentido de todo esto, profesor. Las puertas no tenían el seguro puesto, porque no hacía falta. Porque si había dejado algo dentro, no corría el menor peligro, pues nadie vendría a este aparcamiento a robárselo. Ningún adolescente con una pistola y una adicción iba a salir de detrás de otro coche para exigirle su cartera. ¿Y sabe qué? No hay cámaras de videovigilancia. No hay guardias de seguridad que patrullen la zona. No hay perros dóberman ni detectores de movimiento electrónicos ni sensores de calor. Este lugar es seguro porque es seguro. Es seguro porque a nadie se le ocurriría siquiera llevarse algo que no le pertenece. Es seguro por el sitio en el que estamos. —El inspector apagó el motor—. Y mi intención es que siga siendo seguro.

En el vestíbulo del edificio había una placa grande con estas palabras:

BIENVENIDOS A NUEVA WASHINGTON
LAS NORMAS LOCALES DEBEN CUMPLIRSE EN TODO MOMENTO
TODA IRREGULARIDAD EN EL PASAPORTE ESTÁ PENADA
CON LA CÁRCEL
PROHIBIDO FUMAR
LES DESEAMOS UN BUEN DÍA

Jeffrey se volvió hacia el agente Martin.

—¿Normas locales?

—Hay una lista considerablemente larga. Le facilitaré una copia. Refleja bastante bien nuestra razón de ser.

—¿Y lo de las irregularidades en el pasaporte? ¿A qué se refieren con eso?

Martin sonrió.

—Ahora mismo está usted infringiendo las normas relativas al pasaporte. Aquí eso forma parte del paquete. El acceso al estado en ciernes está controlado, tal como lo estaría en cualquier otro país o terreno privado. Necesita permiso para estar aquí. A fin de conseguirlo, debe acudir al Control de Pasaportes. Pero no hay problema. Es usted mi invitado. Y en cuanto le concedan el permiso, podrá viajar libremente por todo el estado.

Jeffrey se fijó en un letrero que indicaba el camino a la oficina de Inmigración y dirigió la vista a una sala espaciosa situada al final de un pasillo, repleta de mesas, ante cada una de las cuales había un oficinista sentado, trabajando diligentemente frente a una pantalla de ordenador. Se quedó mirando trabajar a la gente por unos instantes y luego tuvo que echar a andar a toda prisa para alcanzar a Martin, que avanzaba a paso ligero por un pasillo contiguo, siguiendo una indicación que rezaba: SERVICIOS DE SEGURIDAD. Un tercer letrero señalaba la dirección de la guardería. Sus pasos sonaban como bofetadas contra el pulido suelo de terrazo y resonaban entre las paredes.

Poco después, entraron en otra sala grande, no tanto como la de Inmigración, pero aun así de tamaño considerable. Un resplandor blanco y limpio inundaba la estancia, y la luz de los fluorescentes del techo se fundía con el omnipresente verde de las pantallas de ordenador. No había ventanas, y el rumor del aire acondicionado se mezclaba con las voces mitigadas por las mamparas de vidrio y el aislamiento acústico. Clayton pensó que así era como se imaginaba las oficinas de una empresa, no de una comisaría, por muy moderna que fuera. La atmósfera no estaba contaminada por la suciedad del crimen. No había rabia o ira latentes, ni una locura oculta, ni furia ni contención. No había sillas rotas ni mesas rayadas por detenidos desquiciados al forcejear con las esposas que les sujetaban las muñecas. No se oían ruidos estridentes ni obscenidades; sólo el murmullo prolongado de la eficiencia y la síncopa del trabajo incesante.

Martin se detuvo frente a una mesa, y una joven vestida con una elegante blusa blanca y pantalones oscuros lo saludó. Un jarrón pequeño con una sola flor amarilla descansaba sobre una esquina del escritorio.

—Por fin ha vuelto, inspector. Se le echaba de menos por aquí.

El agente Martin se rio.

—Seguro que sí —respondió—. ¿Puede llamar al jefe para que sepa que estoy aquí?

—Veo que le acompaña el famoso profesor.

La secretaria alzó la vista hacia Jeffrey.

—Tengo algo de papeleo para usted, profesor. Primero, un pasaporte y una identificación temporales. Luego, algunos documentos que debe leer y firmar cuando lo considere oportuno. —Le alargó una carpeta—. Bienvenido a Nueva Washington —dijo—. Estamos seguros de que será usted de gran ayuda para... —Se volvió hacia el agente Martin y añadió, con una sonrisa tímida—. Con el problema que el inspector no consigue resolver solo y que no comenta con nadie.

Jeffrey miró la carpeta de documentos.

—Bueno —empezó a replicar—, el agente Martin es más optimista que yo, pero eso es porque yo sé más sobre...

El corpulento inspector lo interrumpió.

—Nos esperan dentro. Vamos.

Asió a Clayton del brazo para apartarlo del escritorio de la secretaria y atravesar con él la puerta de un despacho. En ese momento lo atrajo hacia sí y le espetó, en susurros:

—Nadie, ¿lo entiende? ¡Nadie lo sabe! ¡Mantenga la boca cerrada!

En el interior del despacho había dos hombres sentados ante un escritorio de palisandro pulido. Dos sillones de cuero estaban dispuestos delante del escritorio. En contraste con el aspecto pulcro y utilitario de la sala principal que habían atravesado, ese despacho tenía un regusto más antiguo y definitivamente más lujoso. Las paredes estaban cubiertas de estanterías de roble repletas de textos legales, y en el suelo había una alfombra oriental. Un sofá verde de piel gruesa estaba arrimado contra una pared, entre un asta con la bandera de Estados Unidos y otra con la enseña del futuro estado cincuenta y uno. Colgadas en una pared había numerosas fotografías enmarcadas que Clayton no tuvo tiempo de examinar con atención, aunque sí reconoció un retrato del presidente de Estados Unidos, elemento que, según creía, era obligatorio en todas las oficinas gubernamentales.

Un hombre alto y delgado como un junco con la cabeza calva estaba sentado justo en el centro del escritorio. A su lado había un hombre mayor, más bajo y de constitución más robusta, con la mandíbula cuadrada y el rostro torcido como el de un boxeador retirado. El calvo les indicó por señas a Jeffrey y al agente Martin que se sentaran en los sillones. A la derecha del profesor, se abrió otra puerta, y entró un tercer hombre. Parecía más joven que Jeffrey y llevaba un traje caro azul, de rayas finas. Se sentó en el sofá.

—Sigan con lo suyo —dijo simplemente.

El calvo se inclinó hacia delante con un movimiento suave, de depredador, como un águila pescadora posada en la rama desnuda de un árbol, observando a los roedores corretear por la hierba.

—Profesor, soy el superior del agente Martin en el Servicio de Seguridad. El hombre a mi derecha también es un experto en seguridad. El caballero del sofá es representante de la oficina del gobernador del Territorio.

Algunas cabezas asintieron, pero ninguna mano se tendió para saludar.

El hombre bajo y fornido situado a un costado del escritorio dijo, sin rodeos:

—Quiero repetir, para que quede constancia, que no apruebo la decisión de convocar aquí al profesor. Me opongo a implicarlo en este caso bajo ningún concepto.

—Ya hemos tratado ese tema —repuso el calvo—. Tomamos nota de su objeción. Sus opiniones constarán en los informes del cierre del caso y en los documentos del sumario.

El hombre mostró su conformidad con un resoplido.

—Con mucho gusto me iré —dijo Jeffrey—, ahora mismo. si así lo desean. Si ni siquiera deseo estar aquí.

El calvo hizo caso omiso de sus palabras.

—El agente Martin le habrá puesto en antecedentes, supongo.

—¿Tienen ustedes nombre? —preguntó Jeffrey—. ¿Con quién estoy hablando?

—Los nombres son irrelevantes —aseguró el hombre joven, removiéndose en su asiento, haciendo crujir el cuero del sofá—. Toda la información sobre esta reunión está estrictamente controlada. De hecho, hay órdenes de que su presencia aquí se mantenga en el más estricto secreto.

—Quizás a mí los nombres me parezcan relevantes —dijo Jeffrey con terquedad. Le echó una ojeada rápida al agente Martin, pero el corpulento inspector se había hundido en el sillón, ocultando su expresión.

El calvo sonrió.

—Muy bien, profesor. Ya que insiste, le diré que yo me llamo Tinkers, él es Evers y el hombre del sofá, allí, se llama Chance.

—Muy gracioso. Así que esto va de jugadores de béisbol —comentó Jeffrey—. Pues yo soy Babe Ruth. O Ty Cobb.

—¿Le gustan más Smith, Jones y esto... Gardner?

Jeffrey no contestó.

—¿Tal vez —prosiguió el calvo— podríamos llamarnos Manson, Starkweather y Bundy? Casi suena como el nombre de un bufete de abogados, ¿verdad? Y son apellidos más relacionados con su especialidad profesional, ¿no?

Jeffrey se encogió de hombros.

—De acuerdo, señor Manson. Lo que usted diga.

El calvo hizo un gesto de asentimiento y sonrió de oreja a oreja.

—Bien, llámeme Manson, pues. Ahora, permítame que intente hacer más fácil esta conversación, profesor. O como mínimo, menos tensa. Le expondré los parámetros financieros de su visita, que sin duda serán de su interés.

—Continúe.

—Sí. Bien, si su investigación aporta información que más tarde pueda utilizarse como prueba para llevar a cabo una detención, le pagaremos un cuarto de millón de dólares. Si consigue identificar y localizar a nuestro objetivo, así como colaborar en la aprehensión de dicho individuo, nosotros le pagaremos un millón de dólares. Ambas sumas, o cualquier suma intermedia que consideremos justificada por el alcance de su contribución a solucionar nuestro problema, se le entregarán libres de impuestos y en efectivo. A cambio, usted debe prometer que se abstendrá de dejar constancia alguna, ya sea por medios físicos o electrónicos, de toda información que reúna, toda impresión que se forme, todo recuerdo de su visita; y que no comentará ni dará a conocer en modo alguno su estancia aquí o el propósito de la misma. No concederá entrevistas a periódicos, ni firmará contratos con editoriales. No redactará artículos académicos, ni siquiera para el circuito limitado de las agencias encargadas del cumplimiento de la ley. En otras palabras: los sucesos que le han traído aquí, y aquellos que se produzcan en adelante, no existirán oficialmente. Se le recompensará con creces por guardar esta confidencialidad.

Jeffrey aspiró despacio, por entre los dientes.

—Realmente deben de tener un problema muy gordo —dijo lentamente.

—Profesor Clayton, ¿tenemos un acuerdo?

—¿Qué ayuda me darán? ¿Qué hay del acceso a...?

—El agente Martin es su compañero. Él le proporcionará acceso a todos los registros, documentos, escenas, testigos... lo que necesite. Él correrá con los gastos, y se encargará de conseguirle alojamiento y transporte. Aquí sólo hay un objetivo, que tiene prioridad sobre cualquier otra cuestión, especialmente de índole económica.

—Cuando usted dice «nosotros le pagaremos», ¿a quién se refiere exactamente?

—Será dinero procedente de los fondos reservados del gobernador.

—Debe de haber alguna trampa. ¿Cuál es, señor Manson?

—No hay ninguna trampa oculta, profesor —aseveró el calvo—. Estamos bajo una presión considerable para llevar esta investigación a buen término a la mayor brevedad. No carece usted de inteligencia. Dos funcionarios del servicio de seguridad y un político deberían dejarle claro que hay mucho en juego. He aquí el porqué de nuestra generosidad. Sin embargo, también está la cuestión de la impaciencia. Del tiempo, profesor. El tiempo es de fundamental importancia.

—Necesitamos respuestas, y las necesitamos cuanto antes —terció el hombre más joven, de la oficina del gobernador.

Jeffrey sacudió la cabeza.

—Usted es Starkweather, ¿verdad? ¿Tiene novia? Porque, si la tiene, debería empezar a llamarla Caril Ann. Bien, señor Starkweather, ya se lo he dicho al inspector, y ahora se lo repetiré: estos casos no se prestan a explicaciones fáciles ni a soluciones rápidas.

—Ah, pero sus pesquisas resultaron particularmente eficaces en Tejas. ¿Cómo lo logró, y encima con resultados tan espectaculares?

Jeffrey se preguntó si había un atisbo de sarcasmo en las palabras del hombre. Fingió no percibirlo.

—Sabíamos que era una zona frecuentada por las prostitutas entre las que nuestro asesino elegía a sus víctimas. Así que, discretamente, sin montar escándalo, empezamos a detener a todas las fulanas; nada emocionante que atrajese la atención de la prensa, sólo las típicas redadas antivicio del sábado por la noche. Pero, en lugar de multarlas, las reclutamos. Equipamos a un porcentaje significativo de ellas con dispositivos pequeños de rastreo. Eran miniaturas, con un alcance limitado, y se activaban con un solo botón. Les indicamos a las mujeres que se los cosieran en la ropa. El plan se basaba en la suposición de que, al final, nuestro hombre raptaría a alguna de las mujeres, quien entonces podría poner en marcha el rastreador. Monitorizábamos los aparatos las veinticuatro horas del día.

—¿Y dio resultado? —preguntó el hombre bajo y fornido, ansioso.

—En cierto modo sí, señor Bundy. Hubo unas cuantas falsas alarmas, tal como esperábamos. Luego, tres mujeres fueron asesinadas pese a llevar el dispositivo antes de que una de ellas lograra hacerlo funcionar. Era más joven que las demás, y nuestro objetivo debió de sentirse menos amenazado por ella, porque por una vez se lo tomó con calma antes de inmovilizarla, lo que le dio a la chica la oportunidad de enviarnos una señal. Como él no la vio pulsar el botón de alarma, cosa que lo habría puesto en fuga, llegamos allí a tiempo para salvarla, pero por muy poco. Yo diría que fue un éxito relativo.

El hombre bajo y fornido, Bundy, lo interrumpió.

—Pero proactivo. Eso me gusta. Usted tomó iniciativas. Fue creativo. Eso es lo que deberíamos hacer. Algo por el estilo. Tender una trampa. Eso me gusta: una trampa.

El joven también intervino, hablando atropelladamente.

—Estoy de acuerdo. Pero toda iniciativa de ese tipo deberá someterla a la aprobación de cada uno de nosotros tres, agente Martin. ¿Entendido?

—Sí.

—No quiero que albergue la menor duda sobre esto. Todos y cada uno de los aspectos de este caso tienen ramificaciones políticas. Debemos decantarnos siempre por la opción que nos permita mantener el máximo control y confidencialidad y que al mismo tiempo elimine nuestro problema.

Jeffrey sonrió de nuevo.

—Señor Starkweather, señor Bundy, por favor, recuerden que la probabilidad de identificar siquiera al hombre responsable de su problema político es mínima. Crear las circunstancias que nos permitirían tenderle una trampa resultará incluso más difícil. A menos que quieran que les ponga un rastreador a todas las mujeres que hay dentro de las fronteras de su estado, después de lanzar una especie de alerta general.

—No, no, no... —replicó Bundy rápidamente.

Manson se inclinó hacia delante y habló en un tono bajo, como conspirando.

—No, profesor, evidentemente, no queremos sembrar el pánico generalizado que su sugerencia traería consigo. —Hizo un gesto amplio de rechazo con la mano antes de proseguir—: Pero, profesor, el agente Martin nos ha dado a entender que podría haber un vínculo entre nuestro escurridizo objetivo y usted que nos facilitaría la tarea de localizarlo. ¿Es eso correcto?

—Tal vez —respondió Jeffrey, con una rapidez que no concordaba con la incertidumbre que denotaban sus palabras.

El calvo asintió y se reclinó despacio en su asiento.

—Tal vez —dijo con una ceja arqueada. Se frotó las manos, como lavándoselas—. Tal vez —repitió—. Bueno, sea como fuere, profesor, el dinero está sobre la mesa. ¿Cerramos el trato?

—¿Acaso tengo elección, señor Manson?

La silla de despacho sobre la que estaba sentado el calvo chirrió cuando la hizo girar por un momento.

—Es una pregunta interesante, profesor Clayton. Intrigante. Una pregunta con un gran peso filosófico. Y psicológico. ¿Tiene usted elección? Examinemos la cuestión: desde el punto de vista económico, por supuesto, la respuesta es no. Nuestra oferta es de lo más generosa. Aunque ese dinero no le hará fabulosamente rico, es mucho más del que, siendo razonables, puede aspirar a ganar dando clase en aulas atestadas, a alumnos de licenciatura aburridos hasta rayar en la psicosis. Ahora bien, ¿emocionalmente? Teniendo en cuenta lo que sabe (y lo que sospecha), lo que es posible... ah, no sé. ¿Puede usted elegir dejar eso atrás, sin respuestas? ¿No estaría condenándose a vivir atormentado por la curiosidad para el resto de sus días? Por otra parte, naturalmente, está el aspecto técnico de todo esto. Una vez que le hemos traído hasta aquí, ¿cree que estamos ansiosos por verle partir, sin prestarnos ayuda, tanto más cuanto que el agente Martin nos ha persuadido de que usted es la única persona en el país verdaderamente capaz de solucionar nuestro problema? ¿Espera que sencillamente nos encojamos de hombros y le dejemos marchar?

La última pregunta quedó flotando en el aire.

—Esto es un país libre —soltó Jeffrey.

—¿Lo es, ahora? —repuso Manson.

Se inclinó hacia delante de nuevo, con el mismo aire de depredador en que Jeffrey había reparado antes. Pensó que, si al calvo de pronto le diera por ponerse un hábito oscuro con capucha, tendría el estilo y el aspecto idóneos para desempeñar un cargo importante en la Inquisición española.

—¿Acaso alguien es realmente libre, profesor? ¿Lo somos nosotros ahora, en esta habitación, ahora que sabemos que esta fuerza del mal actúa en nuestra comunidad? ¿Nuestro conocimiento no nos hace prisioneros de ese mal?

Jeffrey no contestó.

—Plantea usted preguntas interesantes, profesor. Por supuesto, no esperaba menos de un hombre de su reputación académica. Pero, por desgracia, no es momento de discutir estos temas tan elevados. Quizás en circunstancias distintas, en un ambiente más cordial, podríamos intercambiar ideas al respecto. Pero, por ahora, nos ocupan asuntos más apremiantes. Así que se lo pregunto de nuevo: ¿cerramos el trato?

Jeffrey respiró hondo y asintió con la cabeza.

—Por favor, profesor —dijo Manson con severidad—. Responda en voz alta. Para que quede constancia.

—Sí.

—Imaginaba que ésa sería su respuesta —aseguró el calvo. Hizo un gesto en dirección a la puerta, para indicar que daba por finalizada la reunión.

7

Virginia con cereal-r

A Diana Clayton ya no le gustaba salir de casa. Una vez por semana, porque no le quedaba otro remedio, se acercaba a la farmacia local para abastecerse de analgésicos, vitaminas y ocasionalmente algún fármaco experimental. Nada de eso parecía ayudar gran cosa a frenar el avance deprimente y continuo de su enfermedad. Mientras esperaba a que le entregaran las pastillas, entablaba charlas superficiales y falsamente animadas con el farmacéutico inmigrante de origen cubano, quien tenía aún un acento tan marcado que ella apenas entendía lo que decía, pero cuya compañía le era grata por su eterno optimismo y su empeño en que algún mejunje extraño u otro le salvaría la vida. Después cruzaba con cautela los cuatro carriles de la autopista 1, evitando cuidadosamente los vehículos, y luego caminaba una manzana por una calle lateral hasta llegar a la biblioteca pequeña y bien protegida del sol, hecha de bloques de hormigón, apartada de los chabacanos centros comerciales que había desperdigados a lo largo de la carretera de los Cayos.

Al bibliotecario auxiliar, un señor mayor que le debía de llevar unos diez años, le gustaba coquetear con ella. La esperaba encaramado en un asiento alto tras una de las ventanillas con barrotes, y pulsaba sin dudarlo el timbre que abría la puerta de seguridad doble. Aunque el bibliotecario estaba casado, se sentía solo y alegaba que su esposa estaba demasiado ocupada con sus dos pitbull y las vicisitudes de los protagonistas de los culebrones que seguía compulsivamente. Era un donjuán casi cómico, que seguía obstinadamente a Diana por entre las estanterías medio vacías, invitándola con susurros a cócteles, a cenar, al cine... a cualquier actividad que le diese la oportunidad de expresarle que ella era su único amor verdadero. A Diana sus atenciones le resultaban halagadoras y también agobiantes, casi en igual medida, de modo que lo rechazaba, aunque procurando no desanimarlo del todo. Se decía a sí misma que estaba decidida a morirse antes de tener que pedirle al bibliotecario que la dejara en paz de una vez por todas.

Sólo leía a los clásicos. Al menos dos por semana. Dickens, Hawthorne, Melville, Stendhal, Proust, Tolstói y Dostoievski. Devoraba las tragedias griegas y las obras de Shakespeare. Lo más moderno que llegaba a leer era, de vez en cuando, algún libro de Faulkner o Hemingway, este último por una especie de lealtad hacia los Cayos y porque a Diana le gustaba especialmente lo que escribía sobre la muerte. En sus textos ésta siempre parecía tener algo de romántico, de heroico, de sacrificio altruista, incluso en sus aspectos más sórdidos, y esto le infundía ánimos, aunque sabía que se trataba de ficción.

Una vez que elegía los libros que iba a llevarse, se despedía del bibliotecario, una separación que solía requerir cierta diligencia por su parte para rehusar sus últimas súplicas. A continuación, caminaba otra manzana por otra calle lateral bañada de sol hasta una vieja iglesia baptista, deteriorada por los elementos. Una palmera espigada y solitaria se alzaba en el patio delantero del edificio de madera pintada de blanco. Era demasiado alta para dar sombra, pero al pie tenía un banco astillado. Diana sabía que el coro estaría practicando, y que sus voces emanarían como un soplo de viento del interior penumbroso de la iglesia hacia el banco, donde ella acostumbraba a sentarse a descansar y escuchar.

Junto al banco, había un letrero que rezaba:

IGLESIA BAPTISTA DE NEW CALVARY
OFICIOS: DOMINGO A LAS 10 DE LA MAÑANA Y AL MEDIODÍA
CATEQUESIS: 9 DE LA MAÑANA
EL SERMÓN DE ESTA SEMANA: CÓMO HACER DE JESÚS
TU MEJOR Y MÁS ESPECIAL AMIGO,
POR EL REVERENDO DANIEL JEFFERSON

En varias ocasiones durante los últimos meses, el pastor había salido a intentar convencer a Diana de que estaría más cómoda y considerablemente más fresca dentro de la iglesia, y de que a nadie le molestaría que ella escuchara los ensayos del coro en la mayor seguridad del interior. Ella había declinado su invitación. Lo que le gustaba era escuchar las voces elevarse en el calor, hacia el sol que brillaba sobre su cabeza. Disfrutaba del esfuerzo de intentar distinguir las palabras. No quería que le hablaran de Dios, como sabía que el pastor, de apariencia bondadosa, haría inevitablemente. Y, lo que es más importante, no quería ofenderlo al negarse a escuchar su mensaje, por muy sincera que fuese al expresarlo. Lo que deseaba era escuchar la música, porque había descubierto que, mientras se concentraba en el jubiloso sonido del coro, olvidaba el dolor que sentía en el cuerpo.

Eso, pensó, era por sí solo un pequeño milagro.

Puntualmente, a las tres de la tarde, concluía el ensayo del coro. Diana se levantaba del banco y echaba a andar despacio de regreso a casa. Sabía que la regularidad de sus salidas, la uniformidad del itinerario que seguía, el paso de hormiga al que avanzaba, todo ello la convertía en un objetivo evidente y moderadamente atractivo. Que ningún atracador ávido por arrebatarle sus escasos fondos o ningún yonqui desesperado por conseguir calmantes la hubiese descubierto ni asesinado aún la sorprendía un poco. Pensaba, con cierto asombro, que quizás ése fuera el segundo milagro que se producía durante sus excursiones semanales.

A veces se permitía el lujo de pensar que morir a manos de algún vagabundo de ojos vidriosos o de un adolescente drogadicto no sería tan terrible, y que lo verdaderamente terrorífico era seguir viva, pues su enfermedad la torturaba con un entusiasmo paciente que a ella le parecía diabólicamente cruel. Se preguntaba si experimentar unos momentos de espanto no sería preferible en cierto modo a los interminables horrores de su dolencia. La libertad casi estimulante que percibía en su actitud la impulsaba a seguir adelante, a continuar tomando la medicación y a luchar y batallar internamente contra la enfermedad durante cada instante de vigilia. Creía que esta combatividad derivaba del sentido del deber, de la obstinación y del deseo de no dejar solos a sus dos hijos, aunque ya eran adultos, en un mundo en el que nadie confiaba ya en nada.

Le habría gustado que al menos uno de ellos le hubiera dado un nieto.

Estaba convencida de que tener un nieto sería una auténtica gozada.

Sin embargo, era consciente de que eso no iba a pasar a corto plazo, así que, mientras tanto, se daba el capricho de fantasear sobre cómo serían sus futuros nietos. Inventaba nombres, imaginaba rostros y fabricaba recuerdos del porvenir con los que reemplazar los reales. Se representaba escenas de vacaciones, mañanas navideñas y obras escolares. Casi percibía la sensación de sujetar en brazos a un nieto y enjugarle las lágrimas causadas por un rasguño o desolladura, o la de la respiración constante y embriagadora del niño o niña mientras ella le leía en voz alta. Esto se le antojaba un mimo quizás excesivo por su parte, pero no perjudicial.

Y el nieto ficticio que ella no tenía le ayudaba a aliviar las preocupaciones por los hijos que sí tenía.

A menudo, el extraño alejamiento y la soledad que ambos habían abrazado le parecían a Diana tan dolorosos como su enfermedad. Pero ¿qué pastilla podían tomarse para reducir la distancia que habían puesto el uno respecto al otro?

En esa tarde concreta, mientras recorría los últimos cinco metros de su camino de entrada, pensando con inquietud en sus hijos, con las notas de *Onward Christian Soldiers* resonándole aún en los oídos, y los ejemplares de *Por quién doblan las campanas* y *Grandes esperanzas* bajo el brazo, advirtió que un nubarrón enorme y furioso estaba formándose al oeste. Unas nubes grandes y de color gris oscuro se habían aglomerado en una masa de energía intensa que se cernía siniestra en el cielo como una amenaza lejana. Ella se preguntó si el cúmulo se dirigiría hacia los Cayos, trayendo consigo relámpagos y cortinas de lluvia peligrosos y cegadores, y esperó que su hija llegara a casa sana y salva antes de que estallara la tormenta.

Susan Clayton salió de la oficina aquella tarde en una falange compuesta por otros empleados de la revista, bajo la mirada atenta y la protección de las armas automáticas de los guardias de seguridad. La escoltaron hasta su coche sin que se produjeran incidentes.

Por lo general, el trayecto desde el centro de Miami hasta los Cayos Altos le llevaba poco más de una hora, aunque circulara por los carriles de velocidad libre. El problema, por supuesto, era que casi todo el mundo quería utilizar esos carriles, lo que requería cierta sangre fría a ciento sesenta kilómetros por hora y a una distancia de un solo coche entre los vehículos. A su juicio, la hora punta se parecía más a una carrera de *stock-cars* que a un desplazamiento vespertino benigno; sólo faltaban unas gradas repletas de paletos deseosos de presenciar una colisión. En las autovías que partían del centro, no se habrían llevado muchas desilusiones.

Susan disfrutaba con ello, por la descarga de adrenalina que le provocaba, pero sobre todo porque ejercía un efecto purificador sobre su imaginación; sencillamente no había tiempo para concentrarse en otra cosa que no fuera la calzada y los coches que tenía delante y detrás. Le despejaba la cabeza de ensoñaciones diurnas, de preocupaciones relacionadas con el trabajo y de temores sobre la enfermedad de su madre. En las ocasiones en que no era capaz de abismarse exclusivamente en la conducción había desarrollado la disciplina mental necesaria para dejar el carril de alta velocidad e incorporarse al tráfico lento, donde el riesgo no era tan elevado y le permitía dejar vagar la mente.

Hoy era uno de esos días, lo que le resultaba frustrante.

Lanzó una mirada cargada de envidia a su izquierda, donde vehículos borrosos relucían bajo la luz residual de la zona comercial del centro. Pero, casi en ese momento, mientras la invadían los celos por la libertad ilimitada con que circulaban a su izquierda, cayó en la cuenta de que no dejaba de dar vueltas a las palabras del mensaje del corresponsal anónimo que aún no había descifrado. Previo Virginia cereal-r.

Estaba convencida de que el estilo del acertijo era el mismo que el del anterior, y más o menos el mismo que el de la respuesta que ella había ideado: un simple juego verbal en que cada palabra guardaba una relación lógica con alguna otra que constituiría la solución al enigma y desvelaría la respuesta del remitente.

El truco residía en desentrañar cada una; en preguntarse si eran independientes o estaban relacionadas entre sí; si había alguna cita oculta o alguna vuelta de tuerca añadida que oscurecería aún más el mensaje que el hombre intentaba transmitirle. Lo dudaba. Su corresponsal quería que ella llegase a entender lo que le había escrito. Sólo pretendía que fuera un acertijo ingenioso, razonablemente difícil y lo bastante críptico para incitarla a elaborar otra respuesta.

«Es manipulador», pensó.

Un hombre que quería tener el control.

¿Qué más? ¿Un hombre con una intención oculta?

Sin lugar a dudas.

¿Y qué intención era ésa?

No lo sabía con certeza, pero estaba segura de que sólo había dos motivaciones posibles: sexual o sentimental.

Un coche que iba delante dio un frenazo brusco y ella pisó el pedal con fuerza. Al instante notó que el pánico le subía por la garganta mientras el mecanismo de freno vibraba, y sin articular la palabra «choque», notó la picazón del calor que se apoderaba de ella. Oyó los neumáticos en derredor chirriar de dolor, y temía oír el ruido del metal al aplastarse contra el metal. Sin embargo, eso no ocurrió; se produjo un silencio momentáneo, y acto seguido el tráfico comenzó a avanzar de nuevo, cada vez más deprisa. Un helicóptero de policía pasó rugiendo por encima de sus cabezas; ella alcanzó a ver al artillero de la parte central, inclinado sobre el cañón de su arma, observando el flujo de vehículos. Susan imaginó que tendría una expresión de aburrimiento, tras el plexiglás ahumado de la visera de su casco.

«¿Qué es lo que sé?», se preguntó.

«Todavía muy poco», respondió.

«Pero el juego no consiste en eso —insistió—, sino en que yo lo descifre al final. Después de todo, no sería un rompecabezas si él no quisiera que lo resolviera. Lo único que quiere es controlar el ritmo.»

«Es peligroso», hubo de admitir.

A medio camino entre Miami e Islamorada había un bar, el Last Stop Inn, situado a las afueras de un centro comercial de postín en el que hacían sus compras los vecinos de las zonas residenciales amuralladas más elegantes. El bar era el tipo de local que a ella le gustaba frecuentar, no todos los días, pero lo bastante a menudo para saludarse con algunos de los camareros y reconocer de vez en cuando a algunos de los otros clientes habituales. No compartía nada con ellos, desde luego, ni siquiera conversación. Simplemente le gustaba la falsa familiaridad de los rostros sin nombre, las voces sin personalidad, la camaradería sin pasado. Cruzó la autovía en dirección a la salida que la llevaría hasta el bar.

El aparcamiento estaba a unas tres cuartas partes de su capacidad. La luz dibujaba un extraño claroscuro sobre el macadán negro y brillante; el primer resplandor de la tarde se mezclaba con el baile irregular de los faros de la autovía contigua. El centro comercial cercano contaba con senderos cubiertos con suelo de madera y zonas verdes bien cuidadas, en las que había plantados sobre todo helechos y palmeras para crear una jungla artificial y dar a los clientes la impresión de que habían viajado a la versión de diseño de una selva tropical que en lugar de animales salvajes incontrolables estaba repleta de *boutiques* caras. Los guardias de seguridad vestían en los tonos caquis de los aficionados a la caza mayor y llevaban salacots, aunque sus armas eran de tendencia más urbana. El Last Stop Inn se había contagiado en parte de la pretenciosidad de su vecino, pero sin los mismos recursos económicos. Sus propias zonas verdes habían creado sombras y rincones oscuros en los alrededores del aparcamiento. Susan pasó caminando a toda prisa junto a una palmera rechoncha y densa que se erguía como un centinela ante la puerta de entrada del bar.

La sala principal del lugar estaba en penumbra, mal iluminada. Había unas cuantas mesas pequeñas y un par de camareras que se movían afanosamente entre los grupos de hombres de negocios sentados con sus Martinis y las corbatas aflojadas. Un solo barman, a quien ella no reconoció, trabajaba sin descanso tras la oscura y larga barra de caoba. Era un joven de pelo enmarañado y unas patillas que le daban un aire de estrella del rock de la década de 1960, por lo que parecía un poco fuera de lugar. Claramente era alguien que habría preferido tener un empleo distinto, o quizá lo tenía, pero se veía obligado a preparar copas para ganarse la vida. Una veintena de personas ocupaban los taburetes frente a la barra, las suficientes para darle a la zona un aspecto abarrotado pero no opresivo. El establecimiento no cumplía con todas las características de un bar de ligue —aunque probablemente una tercera parte de la clientela estaba integrada por mujeres—; era más bien un lugar donde lo principal era beber, si bien siempre cabía la posibilidad de relacionarse con gente del sexo opuesto. Dedicaba menos energías que otros bares a establecer lazos; el volumen de las voces era moderado, la música ambiental permanecía en un segundo plano, sin imponerse. Al parecer, era un local acondicionado para albergar cualquier actividad que pudiera realizarse con una copa en la mano.

Susan se sentó hacia el final de la barra, a tres sillas de distancia del parroquiano más próximo. El barman se acercó discretamente, limpió la superficie de madera pulida con una toalla de mano y asintió con la cabeza cuando ella le pidió un whisky con hielo. Regresó casi de inmediato con la bebida, la colocó delante de ella, cogió el dinero que le tendía y se desplazó de nuevo a lo largo de la barra.

Ella sacó su libreta y un bolígrafo, los dispuso junto a su copa y se encorvó sobre ellos para ponerse a trabajar.

«Previo», se dijo. ¿A qué se refería? A algo que pasó antes.

Hizo un gesto de afirmación para sí misma: algo referente al mensaje anterior. «Te he encontrado.»

Anotó esta frase en la parte superior de la página, y debajo escribió: «Virginia con cereal-r.»

«Se trata de nuevo de un sencillo juego de palabras —se dijo—. ¿Quiere quedar como un tipo listo? ¿Qué grado de complejidad tendrá esto? ¿O quizás empieza a impacientarse, y por tanto lo ha hecho lo bastante fácil para que yo no pierda demasiado el tiempo antes de dar con la respuesta?

»¿Conocerá mis fechas límite de entrega en la revista? —se preguntó—. En ese caso, sabrá que tengo hasta mañana para desentrañar esto y elaborar una respuesta adecuada que pueda publicar en la columna de pasatiempos habitual.»

Susan tomó un sorbo largo de whisky, notó cómo le quemaba la garganta, y luego lamió el borde del vaso con la punta de la lengua. El aguardiente descendió por su interior como la promesa de una sirena. Hizo un esfuerzo por beber despacio; la última vez que había visto a su hermano, lo había observado despachar un vaso de vodka como si fuese agua, echándoselo al cuerpo sin disfrutar, simplemente ansioso por notar los efectos relajantes del alcohol. «Él hace *footing* —pensó Susan—. Corre y hace deporte dejando de lado toda prudencia, y luego bebe para aliviarse de los desgarros musculares. —Tomó otro sorbo de su bebida y pensó—: Sí. "Previo" hace referencia al primer mensaje. Y ya he descifrado lo de "siempre".» Contempló las palabras, las sopesó, y de pronto dijo en voz alta:

—Siempre he...

—Yo también —respondió una voz a su espalda.

Ella se volvió en su asiento, sobresaltada.

El hombre que se le había acercado por detrás sujetaba una copa en una mano y sonreía confiadamente, con una avidez agresiva que produjo en ella una reacción de rechazo instantánea. Era alto, fornido, unos quince años mayor que ella, con una calva incipiente, y reparó en el anillo de casado que llevaba en el dedo. El sujeto pertenecía a un subtipo que ella reconoció al momento: un ejecutivo de bajo rango, último candidato al ascenso, con ganas de ligar. Buscando un rollo fácil de una noche; sexo anónimo antes de regresar a casa para tomar una cena de microondas, junto a una esposa a quien le importaba un bledo a qué hora volvería, y un par de adolescentes huraños. Seguramente ni siquiera el perro se molestaría en menear el rabo cuando él entrara por la puerta. Un breve escalofrío recorrió a Susan. Vio al tipo sorber de su bebida.

—Siempre he deseado lo mismo —añadió éste.

—¿A qué te refieres? —preguntó ella.

—Sea lo que sea lo que tú siempre has, yo también siempre lo he —contestó él rápidamente—. ¿Te invito a una copa?

—Ya tengo una.

—¿Quieres otra?

—No, gracias.

—¿Qué es eso que te tiene tan concentrada?

—Cosas mías.

—Quizá podría hacer que fueran también cosas mías, ¿no?

—No lo creo.

Dejó al hombre ahí de pie y giró en su taburete al advertir que daba un paso hacia ella.

—No eres muy agradable —señaló el tipo.

—¿Eso es una pregunta? —inquirió Susan.

—No —dijo él—. Una observación. ¿No te apetece hablar?

—No —respondió ella. Intentaba ser cortés, pero firme—. Quiero estar sola, acabar mi bebida y marcharme de aquí.

—Venga, no seas tan fría. Deja que te invite a una copa. Charlemos un poco, a ver qué pasa. Nunca se sabe. Apuesto a que tenemos mucho en común.

—No, gracias —dijo ella—. Y no creo que tengamos una mierda en común. Y ahora, disculpa, estaba ocupada haciendo algo.

El hombre sonrió, tomó otro trago de su bebida y asintió con la cabeza. Se inclinó hacia ella, no como un borracho, pues no lo estaba, ni con una actitud abiertamente amenazadora, pues hasta entonces sólo se había mostrado optimista, quizás un poco esperanzado, pero con una intensidad que la hizo retroceder.

—Zorra —siseó—. Que te den por el culo, zorra.

Ella soltó un grito ahogado.

El hombre se acercó aún más, de modo que ella percibió el fuerte olor de su loción para después de afeitarse y el licor en su aliento.

—¿Sabes lo que me gustaría hacer? —preguntó él en un susurro, pero era una de esas preguntas que no exigen respuesta—. Me gustaría arrancarte el puto corazón y pisotearlo delante de ti.

Antes de que tuviera oportunidad de contestar, el hombre se volvió bruscamente y se alejó por el bar, sin detenerse, hasta que su ancha espalda desapareció en el mar cambiante de trajeados y regresó al anonimato del que había salido.

Susan tardó unos momentos en recuperar la entereza.

La ráfaga de obscenidades le había sentado como otras tantas bofetadas. Respirando agitadamente, se dijo: «Todo el mundo es peligroso. Nadie es de fiar.»

Se sentía torcida por dentro, con un nudo en el estómago, que notaba apretado como un puño. «No lo olvides —se recordó—. No bajes la guardia, ni por un instante.»

Se llevó el vaso a la frente, aunque no la tenía caliente, luego tomó un trago largo y alzó la vista hacia el camarero, que estaba trabajando de espaldas a ella. Echaba café molido en una máquina exprés. Susan dudaba que él hubiese visto al hombre abordarla. Se volvió en su asiento, pero aparentemente nadie prestaba atención a otra cosa que no fuera el espacio de pocos centímetros que tenían delante. Las sombras y el ruido parecían contradictorios, inquietantes. Ella se inclinó hacia atrás y, con cautela, recorrió la barra con la mirada, escudriñando el gentío para intentar averiguar si el hombre seguía allí, pero no lo localizó. Trató de grabarse la imagen de su rostro en la mente, pero no recordaba más que el sonido y la furia súbita de su susurro. Se volvió de nuevo hacia el bloc que tenía enfrente, miró las palabras y luego otra vez al barman, que había colocado una cafetera bajo la salida de la máquina y retrocedido para contemplar el goteo constante de líquido negro.

«Un estado —pensó Susan de pronto—. Virginia es un estado.»

«Siempre he estado.»

Escribió la frase y acto seguido irguió la cabeza.

Se sentía observada, de modo que se volvió de nuevo, buscando al hombre. Sin embargo, tampoco esta vez pudo distinguirlo entre la multitud.

Por un momento intentó ahuyentar esa sensación, pero no lo consiguió. Recogió con cuidado su bloc y su lápiz y se los guardó en el bolso, junto a la pistola automática de calibre .25 que acechaba en el fondo. Bromeó para sus adentros, al tocar el metal azul, frío y reconfortante del arma: «Al menos no estoy sola.»

Susan examinó su situación: un local atestado, docenas de testigos poco fiables, seguramente ninguno que recordaría que ella había estado allí. Mentalmente volvió sobre sus pasos hacia el aparcamiento, midiendo la distancia hasta su coche, acordándose de cada sombra o recoveco oscuro donde el hombre que había dicho querer arrancarle el corazón podría estar esperándola. Pensó en pedirle al barman que la acompañara afuera, pero dudaba que él accediese. Estaba solo tras la barra y se jugaría el empleo si dejara su puesto.

Tomó otro sorbo de su bebida. «Estás perdiendo la cabeza —se dijo—. Vete por donde haya luz, evita las sombras, y no te pasará nada.»

Apartó de sí lo poco que quedaba de su whisky y cogió su bolso. Se echó la larga correa de cuero sobre el hombro derecho de tal manera que le permitió dejar caer la mano disimuladamente en el interior del bolso y rodear el gatillo con el dedo.

La muchedumbre del bar prorrumpió en carcajadas como consecuencia de algún chiste contado en voz alta. Ella se levantó con decisión de su asiento y se abrió paso a toda prisa por entre la aglomeración de gente, con la cabeza ligeramente gacha y paso resuelto. Al final de la barra, a su izquierda, había una puerta doble con un letrero que indicaba el aseo de señoras. Por encima de las puertas, en rojo, estaba la palabra SALIDA. Trazó un plan rápidamente; se detendría por un momento en el servicio para darle al hombre más tiempo de perderse en el aparcamiento, aguardando a que ella saliese por la puerta principal, y luego se escabulliría por la salida trasera, fuera la que fuese, hasta su coche, cambiando su itinerario, acercándose desde una dirección distinta.

Si él estaba esperándola, eso le daría a ella ventaja. Quizás incluso conseguiría burlarlo del todo.

Tomó la decisión al instante, y atravesó las puertas, que daban a un angosto pasillo posterior. No había más que una bombilla solitaria y desnuda, que arrojaba una luz difusa sobre las paredes sucias y amarillentas. Había varias cajas de bebidas alcohólicas apiladas en el pasillo. En una pared, un segundo letrero, más pequeño y escrito a mano, con una flecha negra gruesa y toscamente dibujada que señalaba el camino a los aseos. Ella supuso que la salida estaría justo al otro lado. El pasillo estaba más silencioso, y cuando las puertas insonorizadas se cerraron tras ella, el ruido del bar se atenuó. Susan avanzó por el pasillo a paso veloz y torció a la izquierda. El estrecho espacio se prolongaba poco más de cinco metros, y desembocaba en dos puertas enfrentadas; una marcada con un letrero que decía HOMBRES, y la otra con la palabra MUJERES. La salida estaba entre las dos. Sin embargo, se le cayó el alma a los pies al ver dos cosas más: la advertencia SÓLO PARA EMERGENCIAS / SE ACTIVARÁ LA ALARMA y una gruesa cadena sujeta con candado al tirador de la puerta y a la pared contigua.

—Pues menos mal que esto no es una emergencia —musitó para sí.

Titubeó por un momento, retrocedió un paso hacia el pasillo que conducía al bar y, tras volver la cabeza en derredor para cerciorarse de que estaba sola, decidió entrar en el servicio de señoras.

Era una habitación reducida, en la que sólo cabían un par de retretes y dos lavabos en la pared opuesta. De manera incongruente, había un solo espejo instalado entre los dos lavamanos gemelos. Los servicios no estaban especialmente limpios, ni bien equipados. La luz de los fluorescentes le habría conferido a cualquiera un aspecto enfermizo, por muchas capas de maquillaje que llevara. En un rincón había una máquina expendedora combinada de condones y

Tampax de color rojo metálico. El olor a exceso de desinfectante le inundaba las fosas nasales.

Exhaló un profundo suspiro, se dirigió a uno de los compartimentos y, con cierta resignación, se sentó en la taza. Acababa de terminar y se disponía a accionar la palanca de descarga de la cisterna cuando oyó que la puerta de los servicios se abría.

Se detuvo y aguzó el oído, esperando percibir el repiqueteo de unos tacones contra el manchado suelo de linóleo. En cambio, lo que oyó fue el sonido de unos pies que se arrastraban, seguido del golpe seco de la puerta al cerrarse de un empujón.

Entonces sonó la voz del hombre:

—Zorra —dijo—. Sal de ahí.

Ella se arrimó al fondo del compartimento. Había un pequeño cerrojo en la puerta, pero dudaba que resistiera la más leve patada. Sin responder, introdujo la mano en el bolso y sacó la automática. Le quitó el seguro, alzó la pistola hasta una posición de disparo y aguardó.

—Sal de ahí —repitió el hombre—. No me obligues a entrar a por ti.

Ella se disponía a contestar con una amenaza, algo así como «lárgate o disparo», pero cambió de idea. Haciendo un gran esfuerzo por controlar su corazón desbocado, se dijo, serenamente: «No sabe que vas armada. Si fuera listo, lo sabría, pero no lo es. En realidad no ha bebido lo bastante para perder la cabeza, sólo para enfadarse y portarse como un idiota.» Probablemente no merecía morir, aunque si ella se parase a pensar sobre ello, llegaría a una conclusión distinta.

—Déjame en paz —dijo, con sólo un ligero temblor en la voz.

—Sal de ahí, zorra. Tengo una sorpresa para ti.

Ella oyó el sonido de su bragueta al abrirse y cerrarse.

—Una gran sorpresa —añadió él con una risotada.

Ella cambió de opinión. Afianzó el dedo en torno al gatillo. «Lo mataré», pensó.

—De aquí no me muevo. Si no te marchas, gritaré —lo previno. Apuntaba con el arma a la puerta del retrete, justo delante de ella. Se preguntó si una bala podría atravesar el metal y conservar el impulso suficiente para herir al hombre. Era posible pero poco probable. Se armó de valor. «Cuando eche la puerta abajo de una patada, no dejes que el ruido ni la impresión afecten a tu puntería. Mantén el pulso firme, apunta bajo. Dispara tres veces: reserva algunas balas por si fallas. No falles.»

—Venga —la apremió el hombre—, vamos a pasarlo bien.

—Que me dejes en paz —repitió ella.

—Zorra —espetó una vez más el hombre, de nuevo en susurros.

La puerta del compartimento se combó ante la fuerte patada que le asestó el hombre.

—¿Crees que estás a salvo? —preguntó él. Dio unos golpecitos a la puerta como un vendedor que visita una casa—. Esto no me va a detener.

Ella no contestó, y él llamó de nuevo. Se rio.

—Soplaré y soplaré, y tu casa derribaré, cerdita.

La puerta retumbó cuando le dio una segunda patada. Ella apuntó, con la vista fija en la mira. Le sorprendía que la puerta aguantase aún.

—¿Tú qué crees, zorra? ¿A la tercera va la vencida?

Susan amartilló la pistola con el pulgar e irguió la espalda, lista para disparar. Sin embargo, la tercera patada no llegó de inmediato. En cambio, oyó que la puerta de los servicios se abría de pronto, también con violencia.

El hombre tardó unos segundos en reaccionar.

—Bueno, ¿y tú quién coño eres? —le oyó decir Susan.

No hubo respuesta.

En cambio, Susan percibió un gruñido grave seguido de un gorgoteo y una respiración rápida y entrecortada. Sonaron un golpe seco y un siseo, después un estrépito y un pataleo que recordaba a unos pasos frenéticos de claqué y que cesó al cabo de unos segundos. Hubo un momento de silencio, y luego ella oyó un silbido prolongado como el de un globo al que se le escapa el aire. No podía ver lo que ocurría ni estaba dispuesta a abandonar la pose de tiradora para agacharse y echar un vistazo por debajo de la puerta.

Oyó unos jadeos breves de esfuerzo. Del grifo de uno de los lavabos salió un chorro de agua que se interrumpió con un rechinido. A continuación, unas pisadas y el sonido pausado de la puerta al abrirse y cerrarse.

Susan siguió esperando, sujetando la pistola ante sí, intentando imaginar qué había sucedido.

Cuando el peso del arma amenazaba con doblegarle los brazos, Susan exhaló y notó el sudor que le empapaba la frente y la sensación pegajosa del miedo en las axilas. «No puedes quedarte aquí para siempre», se dijo.

No tenía idea de si habían transcurrido segundos o minutos, un rato largo o corto, desde que la persona había entrado y salido de los servicios. Lo único que sabía es que el silencio había invadido la habitación y que, aparte de su propio resuello, no se oía nada más. La adrenalina comenzó a palpitarle en la cabeza de forma abrumadora mientras bajaba la pistola y alargaba la mano hacia el cerrojo de la puerta del retrete.

Lo descorrió despacio y entreabrió la puerta con sumo cuidado.

Lo primero que vio fueron los pies del hombre. Apuntaban hacia arriba, como si estuviera sentado en el suelo. Llevaba unos zapatos caros de piel marrón, y ella se preguntó por qué no había reparado antes en ello.

Susan salió del compartimento y se volvió hacia el hombre.

Se mordió el labio con fuerza para ahogar el grito que pugnaba por salir de su garganta.

Estaba desplomado, en posición sedente, apretujado en el espacio reducido que había bajo los lavamanos gemelos. Sus ojos abiertos la miraban con una especie de asombro escéptico. Tenía la boca abierta de par en par.

Le habían cortado la garganta, que presentaba un tajo ancho, de color rojo negruzco, una especie de sonrisa secundaria y particularmente irónica.

La sangre le había manchado la pechera de la camisa blanca y formado un charco en torno a él. Tenía la bragueta abierta y los genitales al aire.

Susan retrocedió para apartarse del cuerpo, tambaleándose.

La conmoción, el miedo y el pánico le recorrieron el cuerpo como descargas eléctricas. No sólo le costó aclarar en su mente lo que había ocurrido, sino también lo que debía hacer a continuación. Por unos momentos se quedó mirando la automática que aún empuñaba en la mano, como si no recordase si la había utilizado, si de alguna manera le había pegado un tiro al hombre que ahora yacía con la mirada perdida, sorprendido por la muerte. Susan guardó el arma en el bolso mientras las arcadas le convulsionaban el cuerpo. Tragó aire y combatió las ganas de vomitar.

No cobró conciencia de que había reculado, casi como si hubiera recibido un puñetazo, hasta que sintió la pared a su espalda. Tomó la determinación de mirar el cadáver y, para su sorpresa, descubrió que ya lo estaba mirando, y que no había sido capaz de despegar la vista de él. Intentando recobrar la calma, se propuso intentar averiguar los detalles, y de pronto se le ocurrió que su hermano sabría exactamente qué hacer. Sabría reconstruir con precisión lo sucedido, el cómo y el porqué, además de examinar este asesinato en concreto a la luz de las estadísticas pertinentes para valorarlo en un contexto social más amplio. Sin embargo, estas reflexiones sólo sirvieron para marearla aún más. Apoyó la espalda contra la pared con todo su peso, como si quisiera atravesarla para poder marcharse sin tener que pasar por encima del cadáver.

Lo observó con atención. La billetera del hombre estaba abierta, a su costado, y le dio la impresión de que se la habían registrado. «¿Un atraco?», se preguntó. Sin pensar, alargó el brazo hacia ella, luego la retiró, como si hubiera estado a punto de coger una serpiente. Decidió que lo más conveniente era no tocar nada.

—No has estado aquí —musitó para sí. Respiró hondo y añadió—: Nunca has estado aquí.

Intentó poner en orden sus pensamientos, pero se le agolpaban en la cabeza, llevándola al borde del pánico. Empeñada en recuperar el control, logró que el ritmo de su corazón volviese a algo parecido a la normalidad al cabo de unos segundos. «No eres una niña —se recordó—. Ya has visto la muerte antes.» Sin embargo, sabía que esa muerte era la que había presenciado más de cerca.

—¡El retrete! —exclamó.

No había tirado de la cadena. ADN. Huellas digitales. Entró de nuevo en el compartimento, cogió un trozo de papel higiénico y limpió con él el cerrojo. Luego, accionó la palanca de la cisterna. Mientras la taza borbotaba, volvió a salir y echó una ojeada al cuerpo. La frialdad se apoderó de ella.

—Te lo merecías —dijo. No estaba del todo segura de creerlo de verdad, pero le pareció un epitafio tan adecuado como cualquier otro—. ¿Qué tenías pensado hacer con eso?

Susan se obligó a mirar una vez más la herida en el cuello del hombre.

¿Qué había pasado? Le habían seccionado la yugular con una navaja, supuso, o con un cuchillo de caza. Seguramente había pasado por unos momentos de pánico al comprender que iba a morir, y luego se había desplomado como un fardo.

Pero ¿por qué? ¿Y quién?

Estas preguntas le aceleraron el pulso de nuevo.

Moviéndose con cautela, como si temiera despertar a una fiera dormida, abrió la puerta de los servicios y salió al pasillo. En el suelo vio una huella de zapato solitaria e incompleta, estampada en sangre. Pasó por encima sin pisarla y, mientras la puerta se cerraba a su espalda, se aseguró de no estar dejando tras de sí un rastro parecido. Sus zapatos estaban limpios.

Susan avanzó por el pasillo, giró a la derecha, en dirección a la puerta doble e insonorizada del bar y apretó el paso, aunque procurando no darse demasiada prisa. Por unos instantes, contempló la posibilidad de acudir al barman y decirle que llamara a la policía. Luego, tan rápidamente como la idea le había venido a la cabeza, la desechó. Había sucedido algo de lo que ella formaba parte, pero no sabía con certeza de qué forma, ni qué papel había desempeñado en ello.

Ocultó sus emociones bajo una capa de hielo y entró de nuevo en el bar.

El ruido la envolvió. La multitud había crecido durante los minutos que había pasado en los servicios. Echó un vistazo a las pocas mujeres que había en el bar y pensó que, más temprano que tarde, alguna de ellas tendría que hacer una visita al aseo también. Escudriñó a los hombres con la mirada.

«¿Quién de vosotros es un asesino?», se preguntó.

¿Y por qué?

Ni siquiera se atrevió a aventurar una respuesta. Deseaba huir de allí.

A velocidad constante, en silencio, casi de puntillas, procurando no llamar la atención, se encaminó hacia la salida principal. Un puñado de ejecutivos se dirigía también hacia la puerta, y ella los siguió, aparentando que formaba parte de su grupo. Se apartó de ellos en cuanto salieron a la oscuridad del exterior.

Susan tomó grandes bocanadas de aquel aire negro como si fuera agua en un día caluroso. Alzó la cabeza e inspeccionó los bordes del edificio del bar, dejando que su vista trepara por las pocas farolas que arrojaban una luz amarilla y mortecina sobre el aparcamiento. Buscaba cámaras de videovigilancia. En los mejores establecimientos siempre se monitorizaba, tanto el interior como el exterior, pero no logró vislumbrar cámara alguna, y agradeció entre dientes a los propietarios del Last Stop Inn, estuvieran donde estuviesen, que fueran tan tacaños. Se preguntó si quizás una cámara habría captado su encuentro con el hombre en el bar, pero lo dudaba. De todos modos, si a pesar de todo había un sistema de videovigilancia, la policía acabaría por localizarla y ella podría contarles lo poco que sabía. O mentir y callárselo todo.

Sin darse cuenta, había apretado el paso y caminaba a toda prisa por entre los coches, hasta que llegó junto al suyo. Abrió la puerta, se dejó caer en el asiento del conductor y metió la llave en el contacto. Deseaba arrancar y largarse de ahí de inmediato, pero, tal como había hecho antes, se esforzó por dominar sus impulsos y obligarlos a obedecer el sentido común y la cautela. Lenta y pausadamente, puso en marcha el motor y metió la marcha atrás. Echando algún que otro vistazo a los retrovisores, maniobró para sacar el coche del espacio en que estaba aparcado. A continuación, sin dejar de reprimir sus pensamientos y emociones como si fueran a traicionarla en cualquier momento, huyó de allí de manera contenida y parsimoniosa. En aquel momento no era consciente de que a un criminal profesional le habrían parecido admirables la firmeza de su mano sobre el volante y la serenidad de su partida, aunque este pensamiento le vino a la cabeza muchas horas después.

Susan condujo durante unos quince minutos antes de decidir que se había alejado lo bastante del hombre degollado. Una debilidad voraz empezaba a apoderarse de ella, y sintió que sus manos tenían la necesidad de soltar el volante para echarse a temblar.

De un bandazo metió el coche en otro aparcamiento y se detuvo en una plaza vacía y bien iluminada situada justo enfrente del bloque sólido y cuadrado de un gran almacén que pertenecía a una cadena nacional de aparatos electrónicos. En la fachada, la tienda tenía un enorme rótulo de neón rojo que despedía una mancha de color contra el cielo oscuro.

Quería reconstruir en su mente lo sucedido en el bar, pero no conseguía sacar nada en claro. «Me he encerrado en los servicios de señoras —se dijo—, cuando el hombre ha entrado con la intención de violarme, tal vez, o tal vez sólo de exhibirse, pero sea como sea me tenía acorralada, y entonces otro hombre ha entrado y, sin decir nada, ni una palabra, lo ha matado sin más, le ha robado su dinero y me ha dejado ahí. ¿Sabía que yo estaba allí? Por supuesto. Pero ¿por qué no ha abierto la boca, ni siquiera después de salvarme?»

Esta idea le resultaba difícil de digerir, de modo que le dio vueltas en su mente: «El asesino me ha salvado.»

Se sorprendió a sí misma contemplando el gigantesco letrero de la tienda de electrodomésticos. El rótulo le estaba diciendo algo, pero parecía distante, como cuando alguien a lo lejos toca una y otra vez el mismo acorde en algún instrumento musical. Continuó mirando el letrero, dejando que la distrajese de sus reflexiones sobre lo acontecido aquella noche en el bar. Por último, pronunció la frase publicitaria de los almacenes en voz alta pero suave:

—Llévatelo contigo.

«¿Qué es lo que te pasa?», se preguntó.

Notó que la garganta se le secaba de golpe.

«Cereal-r.»

El trigo era un cereal.

Sacó el bloc de notas de su bolso, tras apartar bruscamente la pistola, que estaba por en medio. «Número/siempre Previo Virginia con cereal-r.»

La inundó un torrente de sensaciones: miedo, curiosidad, una extraña satisfacción. «La última palabra —pensó—. Debería haberla descifrado antes. Era casi tan fácil como la primera.» No había tantos cereales; sólo era cuestión de pensar en el nombre de cada uno de ellos. El trigo, por ejemplo. Y luego, quitarle una letra. La erre.

—Número Previo Virginia con cereal menos erre —dijo en voz alta.

Y escribió en su bloc: «Siempre he estado contigo.»

El repentino temblor de sus manos ocasionó que el lápiz se le cayera al suelo del coche. Susan aferró el volante para que dejaran de moverse. Respiró hondo, y durante ese segundo no fue capaz de determinar si lo que sentía era el miedo residual de lo sucedido hacía un rato aquella noche, o un nuevo terror que emanaba de las palabras que acababa de anotar en la página que tenía delante, o una combinación aún más siniestra de ambas cosas.

8

Un equipo de dos

El agente Martin había conseguido un despacho pequeño, situado aparte del cuartel general del Servicio de Seguridad del Estado, una planta por encima de la guardería, en el edificio de las Oficinas del Estado. Era allí donde los dos hombres debían poner en marcha su investigación. El inspector había mandado instalar ordenadores, ficheros, una línea de teléfono segura y un sistema de acceso por identificación de la palma de la mano diseñado para que nadie pudiera entrar excepto ellos dos. En una pared, había colocado un mapa topográfico grande del estado número cincuenta y uno, y al lado, una pizarra. Había un escritorio sencillo, de acero, pintado de color naranja, para cada hombre; una mesa de reunión pequeña, de madera, una nevera, una cafetera y, en una habitación contigua, dos camas plegables, un aseo y una ducha. Era un espacio funcional, minimalista. A Jeffrey Clayton le gustó que no estuviese atestado de cosas. Y cuando se sentó frente a su pantalla de ordenador por la mañana, cayó en la cuenta de que los revoltosos sonidos de los niños al jugar penetraban la capa de aislamiento acústico bajo sus pies y llegaban hasta sus oídos. Le resultaba reconfortante.

Le parecía que tenía un problema doble.

La primera incógnita, por supuesto, era si el hombre que había dejado tres cadáveres con las extremidades extendidas a lo largo de veinticinco años en zonas desoladas era su padre. A Clayton lo invadió una especie de mareo, como el causado por la embriaguez, cuando se planteó esa pregunta mentalmente. El erudito pedante que llevaba dentro inquirió: «¿Qué sabes tú de esos crímenes?» Él respondió para sí: sólo que se encontraron tres cadáveres en una posición muy característica que, en un mundo regido por las probabilidades, demostraba casi sin lugar a dudas que el mismo hombre los había colocado así. Sabía también que su compañero en la investigación estaba obsesionado con el primer asesinato, que, por algún motivo que guardaba en secreto, le había dejado una huella profunda hacía veinticinco años.

Jeffrey exhaló un suspiro largo, soltando el aire como un globo dado de sí.

Se sentía acosado por las preguntas. Sabía poco de ese primer asesinato, de la relación del agente Martin con los hechos, de la posible implicación de su padre. Tenía miedo de buscar respuestas en cualquiera de esos ámbitos, pues el miedo a lo que podría descubrir prácticamente lo paralizaba. Jeffrey se sorprendió a sí mismo debatiendo interiormente, manteniendo conversaciones enteras entre facciones enfrentadas de su imaginación, intentando negociar con las pesadillas más atroces que llevaba dentro.

Centró sus pensamientos en la reunión que había mantenido con los tres funcionarios, Manson, Starkweather y Bundy. «Al menos me pagarán bien por desvelar mi pasado.»

La ironía de su situación resultaba casi cómica, y casi imposible también.

«Encuentra a un asesino. Encuentra a tu padre. Encuentra a un asesino. Exculpa a tu padre.»

De pronto le entraron ganas de vomitar.

«Menuda herencia me dejó», pensó.

—«Y ahora —dijo en voz alta—, mi última voluntad es legar a mi hijo, a quien hace muchos años que no veo, todos mis...»

Se interrumpió a media frase. ¿Qué? ¿Qué le había legado su padre?

Se quedó mirando los documentos que empezaban a amontonarse sobre su escritorio. Tres crímenes. Tres carpetas. Sólo ahora comenzaba a entender cuán profundo era realmente su dilema. La cuestión secundaria a la que se enfrentaba era igual de problemática: independientemente de quién fuera el autor de los asesinatos, ¿cómo iba a dar con él? El científico que llevaba dentro le exigía que estableciese un protocolo, una lista de tareas, una serie de prioridades.

«Eso puedo hacerlo —insistió—. Tiene que haber algún plan para descubrir al asesino. El secreto está en determinar qué puede funcionar.»

Entonces cayó en la cuenta: dos planes. Porque encontrar a su padre —su difunto padre, el padre que una parte de él creía desterrado de su vida hacía un cuarto de siglo y muerto de forma anónima y apartado de la familia— requeriría una investigación distinta que encontrar a un asesino desconocido y por el momento indefinido.

«Otra ironía —pensó—. Les facilitaría mucho las cosas al agente Martin y al Servicio de Seguridad del Estado que el responsable de esos crímenes fuera de verdad mi padre.» Tomó nota mentalmente de que los funcionarios aprovecharían la menor oportunidad para llevar la investigación por ese camino. Después de todo, era la razón aparente de que lo hubiesen llevado allí. Y la alternativa —que se tratara únicamente de un tipo nuevo, anónimo y terrorífico— representaría la peor de dos pesadillas posibles para ellos, pues alguien sin identificar resultaría mucho más difícil de detener.

Él sabía, por supuesto, que para atrapar a cualquiera de los dos tendría que familiarizarse con ciertos datos, los detalles de los asesinatos, a fin de llegar a entender al asesino. Si lograse llegar a esa comprensión, podría cotejar ese conocimiento con las pruebas recogidas y ver adónde lo conducía todo ello.

El proceso lo fascinaba tanto como lo horrorizaba. Se comparaba a sí mismo con los científicos enloquecidos pero entregados que se inoculaban cuidadosamente alguna enfermedad tropical virulenta para estudiar a fondo sus efectos y llegar a comprender del todo la naturaleza de ese mal.

«Deberás infectarte de esos asesinatos y luego comprenderlos.»

Con el entusiasmo de un estudiante que se prepara para un examen final tras un curso en el que su asistencia a clase fue cuando menos irregular, Jeffrey se puso a leer de principio a fin los expedientes de los casos, dejando para el final la entrevista entre el agente Martin y su padre.

Cuando llegó a esas últimas páginas, sintió un vacío interior. Oía la voz de su padre —locuaz, sarcástica, sin asomo de miedo, siempre con un toque de rabia—, que resonaba en su mente, inmune al paso de las décadas. Hizo una pausa por un momento para examinar su propia memoria. «¿Qué recuerdo de esa voz? Recuerdo que siempre humeaba con una especie de ira contenida. ¿Gritaba? No. Una rabia exteriorizada habría sido muy preferible. Sus silencios resultaban mucho peores.»

Las palabras del hombre se destacaban sobre el papel.

«¿Qué le hace pensar que puedo ayudarle, inspector? ¿Qué le hace pensar que yo participo en este juego?»

«¿Acaso no es el asesinato un medio de encontrar la verdad, sobre uno mismo, sobre la sociedad? ¿La verdad sobre la vida?»

«¿No es usted también un filósofo, inspector? Yo creía que todos los policías eran filósofos del mal. Tienen que serlo. Forma una parte esencial de su territorio.»

Y, finalmente: «Me sorprende, inspector. Me sorprende que no tenga usted nociones elementales de historia. Mi campo, la historia. La historia europea moderna, para ser exactos. El legado de hombres blancos y brillantes. Grandes hombres. Visionarios. ¿Y qué nos enseña la historia de esos hombres, inspector? Nos enseña que el impulso de destruir es tan creativo como el deseo de construir. Cualquier historiador competente le diría que, en definitiva, seguramente se han construido más cosas a partir de las cenizas y los escombros que sobre los cimientos de la paz y la opulencia.»

Las réplicas del agente Martin —y sus preguntas— habían sido neutras, breves. Sólo buscaba respuestas, sin entrar en el debate. A Clayton le pareció una buena técnica. De libro, como Martin le había dicho antes. Una técnica que habría debido dar resultado. Que probablemente había dado resultado en noventa y nueve de cada cien casos.

Pero esta vez no.

Cuanto más interrogaba a su padre, más indirectas y abstrusas eran sus respuestas. Cuantas más preguntas le hacía, más distante y elusivo se volvía. No mordió uno solo de los anzuelos que el inspector le lanzó a lo largo de la entrevista, ni hizo declaraciones comprometedoras.

A menos, pensó Jeffrey, que uno considerase que todo lo que decía era comprometedor.

Se meció en su asiento, repentinamente nervioso. Notaba las gotas de sudor que le corrían por debajo de los brazos. De pronto, extendió el brazo y agarró un bolígrafo que tenía sobre el escritorio.

Lo tiró al suelo, levantó el pie y lo aplastó de un fuerte pisotón. La furia se había apoderado de él. «Está ahí —pensó—. Lo que decía era sencillo: "Sí, soy quien usted cree... pero no puede demostrarlo."»

Jeffrey dejó caer la entrevista sobre la mesa, incapaz de seguir leyendo. «Te conozco», pensó.

Pero, casi en el acto, lo puso en duda para sus adentros: «¿De verdad lo conozco?»

Se produjo una ligera corriente cuando la puerta de la oficina se abrió a su espalda. Dio media vuelta en su silla y vio al agente Martin entrar a toda prisa y dar un portazo. La cerradura electrónica emitió un sólido chasquido.

—¿Ha hecho progresos, profe? —preguntó—. ¿Se está ganando ya su sueldo? ¿Va camino de amasar su primer millón?

Clayton se encogió de hombros, intentando disimular la oleada de emociones que acababa de invadirlo.

—¿Dónde ha estado?

El inspector se desplomó en una silla, y su tono cambió.

—Investigando la desaparición de nuestra segunda adolescente. Aquella de quien le hablé en Massachusetts. Diecisiete años, bonita como una animadora: rubia, de ojos azules, una piel tan tersa que debía de parecer recién salida de la cuna, y desaparecida el martes de hace dos semanas. Los agentes que llevan el caso no han conseguido nada que se asemeje remotamente a la prueba de un crimen. No hay testigos presenciales, ni señales de lucha, ni marcas de neumáticos reveladoras, huellas dactilares sospechosas ni chaquetas manchadas de sangre. No se ha encontrado una bolsa de libros tirada junto a la carretera, ni una nota de rescate de algún secuestrador. Iba camino de casa, y al momento siguiente se esfumó. La familia todavía espera una llamada lacrimógena de una hija descarriada, pero creo que usted y yo sabemos que eso no sucederá. Varios *boy scouts* y voluntarios rastrearon el bosque adyacente durante un par de días, pero no encontraron nada. ¿Quiere oír algo patético? Después de que se diera por concluida la búsqueda a pie, la familia contrató un servicio de helicóptero privado con un detector de infrarrojos para peinar de manera sistemática la zona en la que desapareció. Se supone que la cámara capta cualquier fuente de calor. Tecnología militar aplicada. El caso es que debía detectar la presencia de animales silvestres, cuerpos en descomposición, lo que sea. De momento, han encontrado algún que otro ciervo y un par de perros salvajes mientras vuelan por allí cobrando más de cinco mil por día. Un buen trabajo, para quien puede conseguirlo. Patético.

Jeffrey tomó algunas notas.

—Quizá debería entrevistarme con la familia. ¿En qué circunstancias desapareció la chica?

—Iba caminando de regreso a casa, del colegio. La escuela está en una zona poco urbanizada del estado, una de esas áreas de expansión de las que le hablaba, en las que apenas se ha empezado a edificar. Una bonita campiña. En dos años será el típico barrio residencial de las afueras, con un campo de béisbol para chavales, un centro social y un par de pizzerías. Pero todo eso está todavía en proyecto. Hay un montón de planos de diseñadores en diferentes fases de desarrollo. Ahora mismo está todo bastante verde. No hay mucho tráfico en las carreteras cercanas, sobre todo después de que enviaran a los trabajadores de la construcción locales a sus barracones. Ella se había quedado trabajando hasta tarde en la decoración para un baile del instituto y había declinado la oferta de sus amigos de llevarla en coche. Dijo que necesitaba algo de aire fresco y estirar las piernas. Aire fresco. Eso la mató. —Martin soltó estas palabras removiéndose en su asiento con frustración—. Por supuesto, nadie está seguro de eso todavía. El hecho de que ese maldito helicóptero no haya dado con el cadáver anima a todo el mundo a pensar que está viva, pero en otro sitio. La familia está sentada en la cocina intentando determinar si llevaba alguna vida secreta adolescente, con la esperanza de que se haya fugado con un novio, tal vez a Las Vegas o a Los Ángeles, y de que lo peor que pueda pasarle sea que acabe con un tatuaje morado de un dragón, o quizá de una rosa, grabado a fuego en la piel del muslo. Han puesto la habitación de la niña patas arriba, intentando encontrar un diario oculto en el que figure una expresión manida de amor eterno hacia algún chico que ellos no conocen. Quieren creer que se ha escapado. Rezan por que se haya escapado. Insisten en que se ha escapado. De momento, no ha habido suerte.

—¿Se había escapado alguna vez?

—No.

—Pero, aun así, es posible, ¿no?

El inspector se encogió de hombros.

—Sí. Y tal vez algún día los cerdos vuelen. Pero lo dudo. Y usted también.

—No se lo niego. Pero ¿cómo sabemos que la raptó nuestro... —titubeó— sospechoso? Hay equipos de construcción por la zona, ¿no? ¿Los ha interrogado alguien?

—No somos idiotas. Sí. Y se han comprobado los antecedentes. Una de las pequeñas medidas de seguridad adicionales que tenemos aquí es que a todos los trabajadores que vienen de fuera se les exige una fianza. Además, los de seguridad los vigilan constantemente mientras están allí. Todos los que vienen a trabajar a este estado tienen que llevar una de esas prácticas pulseras electrónicas, para que sepamos dónde están en todo momento. Por supuesto, les pagamos a los obreros de la construcción cerca del doble de lo que suelen cobrar en los otros cincuenta estados, y eso les compensa por las molestias. Aun así, pese a las precauciones de todo tipo, fue el primer sitio que investigamos. Hasta ahora, los resultados han sido negativos, negativos, negativos. —El agente Martin hizo una pausa y luego prosiguió con su estilo sarcástico y desenfadado—: Así pues, ¿qué tenemos? Una adolescente que desaparece un buen día sin dejar rastro y de forma inexplicable. ¡Abracadabra! ¡Señoras y señores, tachán! El asombroso número de la desaparición. No nos engañemos, profesor. Está muerta. Tuvo una muerte dura, tras unos momentos de terror insoportables para cualquiera. Y, ahora mismo, está en algún lugar lejano, con los brazos extendidos como si la hubieran crucificado, el maldito dedo cercenado y un mechón de pelo cortado de su cabellera y de la entrepierna. Y ahora mismo, como no se me ocurre otra gran idea, albergo la creencia de que su padre... ah, perdón: su difunto padre, el tipo que seguramente usted sigue dando por muerto... es la persona que buscamos.

—¿Alguna prueba? —preguntó Jeffrey. Sabía que había hecho la misma pregunta antes, pero aun así se le escapó de los labios, cargada de buena parte del sarcasmo escéptico que debió de mostrar su padre cuando se abordó el tema de una adolescente desaparecida—. Aún no he oído nada que vincule de manera fehaciente a mi viejo con este caso, o con ninguno de los otros.

—Vamos, profesor. Sólo sé que ella encaja en el perfil general de mujer joven, y que ha desaparecido sin otra explicación verosímil.

Es como esas viejas historias de abducciones extraterrestres que abundaban en la prensa amarilla. ¡Zap! Luces cegadoras, un ruido ensordecedor, ciencia ficción y se acabó. El problema es que no hay ningún ser venido de otro mundo. Al menos del tipo de mundo al que se referían esos plumíferos.

Jeffrey asintió con la cabeza.

—Tiene que entender el lugar donde se encuentra, profesor —continuó el inspector—. Cuando todos esos peces gordos de las multinacionales concibieron la idea de crear un estado libre de crímenes hace más de una década, su objetivo era simple y precisamente eso: la seguridad. Aquí, tiene que haber una explicación evidente para cualquier suceso que se salga de lo normal, pues ésa es la base sobre la que se sustenta todo el Territorio. Joder, incluso legislamos lo que es normal. La normalidad es la ley que rige esta tierra. Está en cada bocanada de aire que respira aquí. Es lo que hace que este lugar resulte tan jodidamente atractivo. Así que, en cierto modo, sería más razonable para mí presentarme ante los padres de esa adolescente y decirles: «Sí, señora, y sí, señor, su tesorito realmente fue abducida por alienígenas. Estaba caminando al aire libre cuando de repente la succionó un puto platillo volante enorme.» Y es que eso al final tendría mucho más sentido, pues nuestra razón de existir es la de ser lo contrario al resto del país. Los padres lo comprenderían... —Se interrumpió para tomar aliento y añadió—: Apuesto a que en su pequeña población universitaria, cuando esa chica desapareció de su clase, por muy desagradable que fuera lo ocurrido, no le hizo perder el sueño, ¿verdad, profesor? Porque al fin y al cabo no se trataba de algo tan raro. Sucede todos los días, o tal vez no todos, pero sí muy a menudo, ¿me equivoco? No fue más que una desgracia al viejo estilo. La chica tuvo mala suerte. Le tocó sufrir en carne propia una pequeña muestra de la versión corriente y local del salvajismo y la tragedia. Algo cotidiano. Nada excepcional, en un sentido u otro. La vida sigue tal como es. Seguramente ni siquiera saltó a los titulares, ¿verdad?

—Correcto.

—En cambio aquí, profesor, garantizamos la seguridad. Garantizamos que es seguro volver andando a casa a solas, de noche; que uno no tiene por qué cerrar la puerta con llave, que puede dejar las ventanas abiertas. De modo que, cuando el estado no consigue estar a la altura de su promesa, bueno, eso debería salir en primera plana, ¿no? ¿No cree que a algún periodista del *New Washington Post* le parecería una noticia sensacional?

—Entiendo adónde quiere llegar.

—¿Ah, sí? Bueno, aunque no sea verdad, pronto lo entenderá. Lea las ordenanzas, lea las normas que debemos cumplir los que vivimos aquí. Se hará una idea. La gente no desaparece. Aquí no. No sin una explicación procedente del resto del mundo.

—Pues esa chica desapareció —señaló Jeffrey—, y eso nos dice algo importante, ¿no?

—¿Qué nos dice, profe?

Jeffrey bajó la voz de modo que parecía surgir de algún rincón profundo y ronco de su interior.

—Alguien se está saltando las normas.

El agente Martin frunció el entrecejo.

Jeffrey respiró hondo.

—Por supuesto, si al final resulta que la joven se fugó con algún novio que lleva chaqueta de cuero y conduce una moto grande, se anulan las apuestas. En el caso de la otra chica, aquella cuyo cadáver sí consiguieron encontrar, ¿cuánto tiempo transcurrió entre la desaparición y el hallazgo?

—Un mes.

—¿Y en los otros dos casos?

—Una semana.

—¿Y hace veinticinco años?

—Tres días.

Jeffrey hizo un gesto de afirmación.

—Supongamos, inspector, que es el mismo hombre quien comete estos crímenes. Es una suposición basada en indicios de lo más endebles. Aun así, la daremos por buena unos instantes. Entonces, podríamos deducir que él ha aprendido algo, ¿no es así?

El agente Martin asintió.

—Eso parece. —Tosió con fuerza una vez, antes de agregar una frase aterradora—: A tener paciencia.

Jeffrey se frotó la frente con una mano. Se notó la piel fría y pegajosa al tacto.

—Me pregunto cómo ha aprendido eso —dijo.

Martin no contestó.

El profesor se levantó de su asiento ayudándose con las manos y, sin hablar, entró en el reducido cuarto de baño situado al fondo del despacho. Cerró la puerta tras de sí, echó el cerrojo y se inclinó sobre el lavabo. Creía que iba a vomitar, pero lo único que salió de su boca fue una bilis nociva y amarga. Se echó agua fría en la cara y, mirándose a los ojos en el pequeño espejo, se dijo: «Estoy en un lío.»

Jeffrey tardó unos momentos en recuperar la compostura. Estudió con atención su reflejo, como para cerciorarse de que no quedaran restos de angustia en sus ojos, y salió al despacho, donde Martin se movía de un lado a otro en su silla, sonriendo ante su desazón.

—Ya ve que el cheque que le espera al final de todo esto difícilmente podría considerarse dinero fácil, profe. No, no le resultará fácil en absoluto...

Jeffrey se sentó en su propia silla y por un instante hizo un esfuerzo por pensar.

—Supongo que no tendremos suerte, pero se me ha ocurrido algo. Esta última chica salía de un colegio, y la primera víctima, hace un cuarto de siglo, iba a un colegio privado, y la chica secuestrada de mi clase también era una estudiante. O sea, inspector Martin, que en lugar de quedarse ahí sentado sonriendo y pasándoselo bomba por la situación en que usted me ha metido, quizá debería empezar a actuar como un investigador.

Martin dejó de balancearse en su asiento.

Jeffrey señaló el ordenador.

—Dígame. Esa máquina suya, ¿qué cosas fantásticas sabe hacer?

—Es un ordenador del Servicio de Seguridad. Tiene acceso a todos los bancos de datos del estado.

—Pues echemos un vistazo a los profesores y al personal del colegio en el que se quedó hasta tarde. Supongo que usted podrá hacer que aparezcan fotos y biografías en la pantalla. ¿Puede clasificarlas por edades? Al fin y al cabo, buscamos a alguien de sesenta y tantos años, quizá de poco menos de sesenta. Un varón de raza blanca.

Martin se volvió hacia el monitor y comenzó a introducir códigos.

—Puedo cotejar los datos con los del Control de Pasaportes y el Departamento de Inmigración —dijo.

—¿Exactamente qué datos recoge Inmigración? —preguntó Jeffrey mientras el inspector trabajaba.

—Fotografía, huellas digitales, mapa de ADN... aunque esto llevan pocos años haciéndolo... declaraciones de Hacienda de los últimos cinco años, referencias personales, historial familiar verificable, informes sobre coche y casa e historia clínica. Si quieres vivir aquí, tienes que poner a disposición del estado buena parte de tu vida personal. Es la principal razón por la que algunos tipos ricos no se animan a establecerse aquí. Prefieren vivir, por ejemplo, en San Francisco, con guardaespaldas y en el interior de muros con alambradas, pero sin tener que desvelar su vida privada ni el origen de su fortuna.

El agente Martin alzó la vista de la pantalla de ordenador.

—Según esto hay veintidós nombres que responden más o menos a esa descripción: varón de raza blanca, de más de cincuenta y cinco años y relacionado con ese colegio.

—Tal vez esto resulte fácil. Muéstreme las fotos en la pantalla, una detrás de otra, despacio.

—¿Usted cree?

—No, no lo creo. Pero reconozca que quedaríamos como unos idiotas si nos saltáramos los pasos más obvios. La respuesta a la pregunta que aún no ha formulado es no. No creo que reconociera a mi padre después de veinticinco años. Pero quizá podría. ¿Una posibilidad de un millón contra uno? Vale la pena intentarlo, supongo.

El inspector soltó un gruñido y pulsó otras teclas. Una por una, imágenes acompañadas de información personal aparecieron en el monitor de ordenador.

Por unos instantes, Jeffrey estuvo fascinado.

Eso era el no va más en voyeurismo, pensó.

Los pormenores de las vidas destellaban en colores electrónicos en la pantalla. Un subdirector había atravesado un complicado proceso de divorcio hacía más de una década, y su ex esposa había presentado una denuncia por malos tratos que fue desestimada; el entrenador del equipo de fútbol americano no había declarado unos ingresos por venta de acciones, y Hacienda lo había pillado; un profesor de Ciencias Sociales tenía un problema con la bebida, o al menos eso parecía desprenderse de sus tres condenas por conducir bajo los efectos del alcohol a lo largo de los últimos doce años, y había seguido un programa de rehabilitación. Pero las biografías iban más allá y ofrecían datos secundarios; el profesor de lengua inglesa tenía una hermana internada por esquizofrenia, y el hermano del conserje principal había muerto de sida. Los detalles se sucedían en la pantalla, ante sus ojos.

Cada informe llevaba adjunta una foto frontal del rostro, una del perfil derecho y otra del izquierdo, junto con el historial clínico completo. Trastornos cardiacos, renales y hepáticos, descritos brevemente en jerga médica. Pero eran las fotografías de cada sujeto lo que le interesaba. Las estudió minuciosamente, como midiendo el largo de la nariz, la prominencia del mentón, intentando determinar la arquitectura de cada rostro y comparándola con la visión de su infancia que mantenía guardada al fondo de algún armario emocional de su interior.

Jeffrey se dio cuenta de que respiraba despacio, con inspiraciones poco profundas. Se tranquilizó y exhaló a través de unos labios ligeramente fruncidos. Le sorprendió descubrir que se sentía aliviado.

—No. No está ahí. Hasta donde yo sé. —Se frotó los párpados con los dedos—. De hecho, no hay nadie que se le parezca ni remotamente. O que se parezca a la imagen que tengo en la cabeza.

El inspector hizo un gesto de asentimiento.

—Habría sido un auténtico golpe de suerte.

—De todos modos, no sé si sería capaz de reconocerlo.

—Claro que sí, profe.

—¿Eso cree? Yo no. Veinticinco años es mucho tiempo. La gente cambia. A la gente se la puede cambiar.

Martin no respondió enseguida. Estaba contemplando la última fotografía en la pantalla. Era de un administrador escolar de cabello cano cuyos padres habían sido detenidos en su adolescencia en una manifestación contra la guerra.

—No, ya lo recordará —aseguró—. Quizá no quiera, pero se acordará. Y yo también. Él no lo sabe, ¿verdad? Pero hay dos personas en el estado que le han visto la cara y saben lo que es. Sólo nos falta encontrar un modo de hacer aparecer esa imagen en esta pantalla para ir bien encaminados. —El inspector apartó la mirada del ordenador—. Bueno, ¿y ahora qué, profesor? —Se reclinó en el asiento—. ¿Quiere echar un vistazo a todos los varones blancos de más de cincuenta y cinco años que hay en el territorio? No debe de haber más de un par de millones. Podríamos hacerlo.

Jeffrey sacudió la cabeza.

—Lo imaginaba —comentó Martin—. Entonces, ¿qué?

Jeffrey vaciló, luego habló en voz baja y cortante.

—Déjeme hacerle ahora una pregunta estúpida, inspector. Si está tan convencido de que el hombre que lleva a cabo estos actos es mi padre, ¿qué ha hecho usted para localizarlo? Es decir, ¿qué pasos ha dado para encontrarlo aquí? Debe de estar registrado en su Departamento de Inmigración, ¿no? Desplegó usted una astucia acojonante para dar conmigo. ¿Qué hay de él?

El inspector hizo una ligera mueca.

—No habría acudido a usted, profesor, si no hubiese agotado esas vías. No soy idiota.

—Entonces, si no es usted idiota —dijo Jeffrey, no sin cierta satisfacción—, tendrá usted en algún sitio un dossier que no me ha facilitado, con los detalles sobre todo lo que ha hecho usted hasta ahora para encontrarlo y los motivos de su fracaso.

El inspector movió la cabeza afirmativamente.

—Quiero que me lo dé —dijo Jeffrey—. Ahora.

El agente Martin titubeó.

—Sé que es él —dijo con suavidad—. Lo sé desde el momento en que vi el primer cadáver.

Se agachó y abrió despacio la cerradura del cajón inferior de su escritorio. Extrajo un sobre amarillo cerrado de papel de Manila y se lo tiró a Clayton.

—La historia de mi frustración —dijo el inspector con una risita—. Léala cuando le venga bien. Descubrirá que su viejo dominaba una técnica que al parecer me ha derrotado. Al menos hasta ahora.

—¿Qué técnica?

—Desaparecer —respondió el inspector—. Ya lo comprobará. En fin, volvamos al presente. ¿Qué desea hacer primero, profesor? Estoy a su disposición.

Jeffrey reflexionó por un instante mientras toqueteaba la cinta adhesiva que mantenía el sobre cerrado.

—Quiero ver el sitio donde encontraron el último cadáver. El que figura en el tercer lugar de la lista. Luego, elaboraremos un plan de investigación. Y, como ya le he dicho, podríamos hablar con los familiares de la desaparecida más reciente.

—¿Para averiguar qué?

—Todas tienen algo en común, inspector. Algo las une. ¿La edad? ¿El aspecto? ¿El lugar? O quizás algo más sutil, como, por decir algo, que todas sean rubias y zurdas. Sea lo que sea, hay algo que llevó al asesino a convertirlas en sus presas. El reto está en descubrir de qué se trata. En cuanto lo sepamos, quizá comprendamos las reglas de juego por las que se rige. Y entonces, quizá podamos jugar con él.

El inspector asintió con la cabeza.

—De acuerdo —dijo—. Suena como el principio de un plan. Además, así podrá conocer usted un poco el estado.

Jeffrey recogió el expediente de la víctima de asesinato. Advirtió que su nombre, Janet Cross, estaba escrito con rotulador negro en el exterior de la carpeta que contenía el análisis de la escena del crimen, el informe de la autopsia y notas sueltas de la investigación policial. «No quiero saber cómo te llamabas —se dijo—. No quiero saber quién eras. No quiero saber nada de tus ilusiones, tus sueños o tus creencias, ni si eras la querida hija de alguien, o quizá la esperanza de alguien para el futuro. No quiero que tengas un rostro. Quiero que seas la número tres, y nada más que eso.» Guardó el expediente y el sobre cerrado en una cartera de piel.

El profesor se puso en pie y se acercó a la pizarra. Trazó una línea vertical en medio de la superficie verde con un trozo romo de tiza amarilla. Le dio la impresión de que había algo vagamente divertido en lo que estaba haciendo; en un mundo que dependía en gran medida de la instantaneidad electrónica de los ordenadores, una pizarra al viejo estilo seguramente seguía siendo el mejor utensilio para esbozar teorías; retroceder unos pasos, contemplarlas y luego borrar las ideas que no dan fruto. Él había solicitado la pizarra; había utilizado una en la investigación de Galveston, y también en Springfield. Le gustaban las pizarras; eran una reliquia, como el asesinato en sí.

Jugueteó con el trozo de tiza por unos instantes, consciente de que el inspector lo observaba. Luego, en la parte superior derecha de la pizarra, escribió: «SOSPECHOSO A: Si el asesino es alguien a quien conocemos.» A continuación, en el lado izquierdo, escribió: «SOSPECHOSO B: Si el asesino es alguien a quien no conocemos.» Subrayó la palabra «no».

El agente Martin asintió con la cabeza, acercándose a la pizarra.

—Eso tiene sentido. Llegará un punto en el que tendremos que borrar uno u otro lado. Para empezar, encontremos algo que nos ayude a hacerlo. —Dio un golpecito con el dedo en la mitad izquierda, levantando una nubecilla de polvo de la palabra «no»—. Apuesto a que borraremos esta parte primero.

9

La chica encontrada

Los dos hombres se dirigían en coche al norte a través del estado número cincuenta y uno, hacia las estribaciones rocosas donde, unos meses atrás, se había descubierto el cadáver de la joven designada con el número tres. Jeffrey Clayton escuchaba distraídamente el golpeteo rítmico de las ruedas del automóvil contra los sensores electrónicos incrustados en el asfalto de la carretera. Avanzaban deprisa, aunque en una sala de control lejana, su velocidad y su posición podían leerse en un mapa informático de todo el sistema viario del estado. Aun así, los dejaron en paz. Al principio del viaje, el agente Martin había dado un código de tráfico a la oficina central por teléfono para que ningún helicóptero del Servicio de Seguridad apareciera sobre sus cabezas exigiéndoles que redujesen la velocidad para ceñirse al límite que normalmente se hacía cumplir a rajatabla.

De cuando en cuando pasaban zumbando junto a salidas que conducían a zonas pobladas. Todas ellas tenían nombres agresivamente optimistas como Victoria, Éxito o Valle Feliz, o bien los tipos de nombres inventados con el fin de suscitar imágenes de una vida pura en plena naturaleza, según la visión de algún ejecutivo en su despacho, como Río Viento o Trote del Ciervo. La entrada a cada una de estas zonas se anunciaba con un letrero distinto, codificado con colores. Al final, Clayton preguntó por qué.

—Muy sencillo —respondió el agente Martin—. Cada color indica un tipo distinto de vivienda. Hay cuatro niveles dentro del estado: amarillo, las casas y apartamentos urbanos; marrón, casas unifamiliares de dos o tres habitaciones; verde, residencias de cuatro o cinco habitaciones; y azul, fincas grandes. Todo se basa en un concepto urbanístico ideado por Disney para la primera de sus ciudades privadas, erigida a las afueras de Orlando, pero llevado un poco más lejos.

Clayton dio unos golpecitos con el dedo a un adhesivo rojo pegado a la ventana lateral.

—¿Y el rojo? —inquirió.

—Significa que tengo acceso a todas partes.

Cuando pasaron junto a una señal verde que anunciaba un sitio llamado Cañada del Zorro, Clayton lo señaló.

—Enséñeme.

Con un gruñido, el inspector dio un bandazo para enfilar la rampa de salida.

—Buena elección —comentó crípticamente.

Casi al instante se encontraban en medio de una urbanización residencial de las afueras, un barrio de patios amplios y de pinares. El sol se colaba por entre las ramas y ocasionalmente arrancaba destellos al capó metálico de algún coche último modelo bien pulido aparcado en algún camino particular. Se formaban arcos iris pequeños cuando la luz daba de lleno en el rocío de los aspersores que regaban automáticamente el césped. Las casas en sí parecían espaciosas, cada una de ellas rodeada por cerca de media hectárea de terreno y bastante apartadas de la modesta carretera. Más de una estaba equipada con una piscina cubierta.

A Clayton le dio la impresión de que había varios diseños básicos para cada casa; reconoció los estilos colonial, del Oeste y mediterráneo. Todas las viviendas estaban pintadas de blanco, gris o beige, o bien teñidas con una capa translúcida que resaltaba el revestimiento de tablas de madera. En el trazado de cada modelo, sin embargo, sólo había diferencias menores —un atrio, una galería con vidrieras o ventanas en forma de media luna—, de manera que los barrios parecían iguales, pero no del todo; similares, pero ligeramente distintos. O quizá, pensó él, únicos pero no demasiado, lo que tuvo que reconocer que era un contrasentido, aunque resultaba bastante adecuado. La arquitectura de la urbanización era sutil: aparentemente proclamaba que cada hogar era diferente pero que el conjunto era uniforme. Clayton se preguntó si podría decirse lo mismo de quienes vivían en las casas.

Era mediodía y la temperatura templada empezaba a subir levemente conforme el sol ascendía en lo alto. El barrio estaba tranquilo. Salvo por alguna que otra mujer que vigilaba pacientemente a unos niños pequeños que jugaban en los columpios y las estructuras de barras de madera en un patio lateral, las calles estaban desiertas. Clayton miraba en torno a sí, buscando atisbos de deterioro o abandono, pero todo era demasiado nuevo. Unas manzanas más adelante, avistó a un par de mujeres vestidas con atuendos de corredoras de colores vistosos, haciendo *footing* despacio tras unos relucientes cochecitos de tubos de acero con sendos bebés en su interior. Las dos eran jóvenes, quizá de la edad del propio Jeffrey, aunque de repente se sintió mayor. Las mujeres saludaron con un gesto cuando pasaron junto a ellas en el coche.

Clayton reparó en otra cosa: no había cercas de seguridad.

—No está mal, ¿no? —preguntó el inspector.

—No —admitió Clayton—. Parece agradable. ¿Hay normas que regulen los estilos de las casas?

—Por supuesto. Hay normas sobre el color, normas sobre el diseño, normas sobre lo que uno puede y no puede instalar. Hay normas de todo tipo, sólo que no las llamamos normas. Las llamamos pactos, y todo el mundo firma el acuerdo necesario antes de establecerse aquí.

—¿Nadie protesta?

El inspector negó con la cabeza.

—Nadie protesta.

—Pongamos que tienes una colección de objetos artísticos caros que requiere sensores de presión y alarmas. ¿Te los dejarían instalar?

—Sí. Tal vez. Pero todos los sistemas tienen que registrarse, someterse a la inspección y la aprobación del Servicio de Seguridad. Cualquier arquitecto autorizado por el estado puede encargarse del papeleo. Forma parte del paquete.

Martin frenó poco a poco y detuvo el coche frente a una construcción grande y de diseño moderno. No obstante, estaba claramente vacía, y un letrero de SE VENDE colgaba junto al camino de acceso. El césped del patio era un poco más tupido que el de otros patios de la misma manzana, y los setos no estaban podados. Al profesor la casa le recordaba a un adolescente desgarbado, presentable en general, pero despeinado y sin afeitar, como si se hubiera ido a dormir muy tarde la noche anterior, tras ingerir demasiadas cervezas ilegales.

—Ahí es donde vivía Janet Cross —dijo el inspector en voz baja, señalando con un gesto las carpetas que Clayton tenía sobre las piernas—. Era hija única. La familia acabó por mudarse a otro sitio hace dos, tal vez tres semanas.

—¿Adónde fueron?

—Tengo entendido que a Minneapolis. El lugar del que habían venido. Tenían parientes allí.

—¿Y los vecinos? ¿Ellos qué opinan?

El agente Martin metió la marcha y avanzó lentamente por la calle.

—¿Quién sabe? —contestó al cabo de un momento.

Clayton se disponía a hacer otra pregunta, pero cambió de idea. Echó una ojeada al inspector, que mantenía la vista al frente. Al profesor le pareció que acababan de darle una respuesta sorprendente. Tendrían que haber interrogado a los vecinos a fondo. ¿Habían visto u oído algo? ¿Se habían fijado en si algún desconocido rondaba por allí durante los días previos al secuestro de la joven? ¿Y después? ¿No se habían quejado a las autoridades? ¿No habían formado asociaciones vecinales anticrimen, ni celebrado reuniones para asignar turnos de guardia? ¿No habían insistido en reforzar la seguridad ni hablado de instalar cámaras de videovigilancia en la calle? En un segundo se le ocurrió más de media docena de posibles reacciones típicas de la clase media frente al crimen violento. Tal vez fueran reacciones inútiles, pero reacciones al fin y al cabo.

Exhaló despacio y preguntó en cambio:

—¿En qué circunstancias desapareció?

—Regresaba a casa caminando de una casa en la que había estado haciendo de canguro, a menos de tres calles de distancia. Justo lo bastante cerca para que no tuviera que pedirle a nadie que la llevara en coche. Y justo lo bastante temprano, también. La pareja para la que estaba trabajando había hecho una reserva de primera hora en un restaurante para cenar y luego ir al cine a la sesión de las ocho de la tarde. Llegaron a casa, le pagaron un par de pavos, y ella salió por la puerta después de las once. Ya nadie la volvió a ver.

—Vamos a la casa donde había estado trabajando —le pidió Jeffrey a Martin, que gruñó en señal de asentimiento.

Clayton se reclinó en su asiento y dejó funcionar la imaginación. Contempló la tranquila calle de la zona residencial y le resultó fácil visualizarla envuelta en un denso velo nocturno. ¿Había habido luna esa noche? «Averígualo», se dijo. Los grupos de árboles habrían proyectado sombras, bloqueando toda la luz del cielo. Y había pocas farolas, que no eran, desde luego, de alta intensidad ni de vapor de sodio como las que iluminaban gran parte del resto del país. Seguramente no hacían falta, y los propietarios de las casas se quejarían con toda probabilidad del resplandor que se colaría por sus ventanas.

Clayton lo entendía. Si uno se traga el mito de la seguridad, no le interesa que una luz brillante le recuerde todas las noches que podría estar equivocado.

Continuó reconstruyendo el momento en su mente. Así pues, ella iba andando, sola, mucho después del anochecer, dándose algo de prisa, porque incluso allí la noche debía de resultar inquietante y porque, aun cuando creyera no tener nada que temer, estaba sola. A paso ligero, oyendo las suelas de sus deportivas repiquetear la acera, sujetando los libros contra su pecho, como alguien en algún retrato pintado por Norman Rockwell. Y después, ¿qué? ¿Un coche acercándose despacio por detrás, con los faros apagados? ¿La había acechado él como un depredador nocturno?

Jeffrey podía responder a esa pregunta: sí.

Clayton tomó nota para sus adentros: la agresión tuvo que ser rápida, silenciosa y repentina. Una sorpresa absoluta, porque un grito habría dado al traste con la operación. Por tanto, ¿qué había necesitado él para conseguir eso?

¿Aquélla había sido una noche idónea para la caza y número tres simplemente había pasado por allí en el momento equivocado por azar o porque así lo había querido el destino? ¿O era ella la presa que él ya había elegido y estudiado, y la noche simplemente le había brindado la oportunidad que había estado esperando pacientemente?

Clayton asintió para sí. Era una distinción interesante. Un tipo de cazador se mueve sigilosamente por el bosque, rastreando. El otro se agazapa en su escondrijo, aguardando a la víctima que sabe que se dirige hacia allí. Había que encontrar la respuesta.

Tras toda muerte violenta siempre hay un nexo. Un motivo oculto. Un conjunto de reglas y de respuestas que, como una ecuación matemática diabólica, tienen como resultado el asesinato.

¿De qué se trataba esta vez? En la mente de Jeffrey Clayton se agolpaban las preguntas, algunas de las cuales no estaba ansioso por responder.

Llegaron al final de la manzana y torcieron por una segunda calle flanqueada por casas que desembocaba en una calle cerrada cerca de un kilómetro más adelante. Mientras daban la vuelta a la pequeña rotonda ajardinada, el inspector señaló una cuesta que descendía hacia una casa un poco más apartada de la calle que las demás. Por un capricho del trazado, la siguiente casa en la calle cerrada había quedado orientada hacia el exterior de la manzana, y su camino particular discurría por entre unos setos verdes y enmarañados. Una tercera casa, situada al otro lado de la línea divisoria, también estaba construida de tal manera que sus ventanas daban a la calzada y no a la rotonda. Se encontraba también en lo alto de un promontorio, tras un par de pinos grandes.

—Pare el coche —dijo Clayton de pronto.

Martin lo miró extrañado y luego obedeció.

Clayton se apeó y se alejó unos pasos, volviéndose para mirar cada casa, tomando medidas a ojo.

El inspector bajó su ventanilla.

—¿Qué pasa? —preguntó.

—Justo aquí —respondió Clayton. Notaba una sensación fría y pegajosa en la piel.

—¿Aquí?

—Aquí es donde él esperó.

—¿Cómo lo sabe? —inquirió Martin.

Clayton hizo un gesto rápido en dirección a las tres casas.

—En este punto nadie alcanzaría a verlo desde ninguna de las tres casas. Es como un punto ciego. No hay farolas. Un coche oscuro, después del anochecer. Simplemente aparcó aquí y se puso a esperar.

El inspector bajó del coche y miró en derredor. Se alejó caminando por unos instantes, se volvió, se quedó mirando el sitio en que se encontraba Clayton y regresó. Frunció el ceño, volvió a contemplar los ángulos que formaban las casas, midiendo mentalmente la intersección. Al cabo de un momento asintió y soltó un silbido.

—Seguramente está en lo cierto, profesor. No está mal. No está nada mal. Todas estas casas están ocultas a la vista. Treinta metros más adelante, en la calle, ella habría estado en la acera, visible desde ambos lados. Y también más cerca de las casas, desde donde se habrían podido oír sus gritos. Si es que gritó. Si es que pudo gritar. —El inspector hizo una pausa y dejó que sus ojos recorrieran la zona de nuevo—. No. Quizá tenga usted razón, profesor. No entiendo cómo lo he pasado yo por alto. Me quito el sombrero.

—¿Se llevó a cabo una batida después de la desaparición? ¿En esta zona?

—Claro. Pero debe usted entender que no fue sino hasta el momento en que vimos el cadáver cuando comprendimos a qué nos enfrentábamos. Y para entonces... —Su voz se apagó.

Clayton movió la cabeza afirmativamente y volvió a subir al coche. Echó otro vistazo alrededor, con mil preguntas rondándole la cabeza. Los clientes de la canguro llegaron seguramente en su coche. ¿Cómo se las arregló él para evitar que lo vieran a la luz de los faros? Muy fácil. Llegó después. ¿Cómo sabía que ella se iría a casa a pie y que no la acompañarían? Porque la había visto antes. ¿Cómo sabía que no habría vecinos entrando o saliendo? Porque conocía sus horarios también.

Clayton respiró hondo en silencio e intentó convencerse de que no era una cosa terrible estar recorriendo una apacible calle residencial y descubrir de inmediato el mejor lugar donde podía aguardar un asesino. Se dijo que era necesario ver el barrio a través de los ojos del asesino, pues de lo contrario no tendrían la menor posibilidad de dar con él, por lo que su habilidad era algo que debía causar admiración y no espanto. Él sabía, claro está, que eso era mentira. Aun así, se aferró a ello en su fuero interno, pues la alternativa era algo que no deseaba contemplar.

Avanzaron durante unos minutos más en el coche y dejaron atrás la exclusiva urbanización. Clayton divisó un parque pequeño. Vio que había una pista de arcilla para hacer *footing* en torno al perímetro, unas canchas de tenis, una canasta de baloncesto y una zona de juegos en la que había varios niños pequeños. Un corrillo de mujeres sentadas en unos bancos conversaban mientras prestaban a sus hijos una atención intermitente que denotaba seguridad. Al pasar junto al parque, advirtió que las casas del otro lado eran más pequeñas, estaban más juntas y próximas a la acera. Ahora las señales de la calle eran marrones.

—Estamos en Ecos del Bosque —le informó Martin—. Una urbanización marrón. De clase media, pero en el otro extremo de ese espectro. Justo en el límite de la ciudad.

Del barrio residencial pasaron a un bulevar amplio con centros comerciales de una sola planta a ambos lados. Todos eran de estilo suroeste, con techumbre de tejas rojas y paredes de estuco beige claro, incluida la tienda de comestibles que ocupaba casi una manzana entera en el centro del complejo. Clayton se puso a leer los nombres de los establecimientos y cayó en la cuenta de que también estaban agrupados: las *boutiques* de ropa fina y las tiendas de objetos curiosos estaban en una punta del centro comercial, mientras que las de saldos y las ferreterías estaban en el extremo opuesto. Los restaurantes, las pizzerías y los locales de comida rápida estaban repartidos por todo el lugar.

—Ya hemos acabado las compras —comentó el inspector—. Bienvenido a Evergreen, zona residencial de las afueras de Nueva Washington.

El centro de la pequeña ciudad tenía un regusto anticuado, como de Nueva Inglaterra. Todo estaba dispuesto en torno a un parque extenso, verde y recubierto de césped. En un extremo Clayton divisó el chapitel blanco de una iglesia episcopaliana recortado contra el azul claro del cielo del oeste. A su derecha había otro campanario, rematado con una cruz: una iglesia metodista. Al otro lado del parque, había una sinagoga frente a las iglesias, con una estrella de David desacomplejadamente instalada en lo alto del tejado. Todas tenían un diseño moderno, abstracto. Cerca, Jeffrey vio un grupo de tres edificios con paredes de tablas pintadas de blanco. Uno tenía una placa que decía OFICINAS MUNICIPALES, el de al lado era la SUBCOMISARÍA DEL SERVICIO DE SEGURIDAD 6, y el tercero rezaba: CENTRO INFORMÁTICO.

Había también un letrero pequeño que señalaba una calle lateral con la indicación ESCUELA Y CENTRO DE SALUD REGIONALES DE EVERGREEN.

El agente Martin asintió con la cabeza y detuvo el coche a la orilla del parque. Clayton reparó en una estatua situada en un extremo, un soldado de la época de la Segunda Guerra Mundial en una pose heroica que se alzaba sobre un par de cañones antiguos pintados de negro. Se preguntó si el ayuntamiento habría importado a algún héroe de ficción para rendirle homenaje.

—¿Lo ve, profesor? Todo cuanto se puede necesitar, ordenado y a mano. ¿Se va haciendo una idea?

—Creo que sí.

—Hay al menos tres lugares de culto en cada comunidad. No siempre son los mismos, claro está. Pueden ser mormones o católicos. Incluso pueden ser musulmanes, por el amor de Dios. Pero siempre son tres. Una sola iglesia implica exclusividad. Dos, competitividad. Pero tres implica diversidad, y sólo la suficiente para dar fuerza sin crear divisiones, no sé si me explico. Una mezcla étnica que fortalece en lugar de dividir. Lo mismo ocurre con la manera en que se organizan las comunidades. Todos los grupos económicos están representados, pero se relacionan entre sí en la ciudad o en el centro comercial. Podemos pasar junto a las fincas, si le interesa. Si a esto le sumamos un solo edificio que alberga desde el jardín de infancia hasta el instituto y otro que es una combinación de gimnasio y minihospital, ¿qué más se puede necesitar?

—¿Un centro informático?

—Todas las casas están conectadas por medio de fibra óptica. Si uno lo desea, puede hacer sus compras, votar en las elecciones municipales, presentar la declaración de impuestos, chismorrear, intercambiar recetas o vender acciones, lo que sea, desde casa. Enviar o recibir correo electrónico, fijar el horario de clases de música, lo que sea. Todo lo que figuraría en un tablón de anuncios municipal. Joder, los profesores pueden poner deberes por medio del ordenador y los niños pueden enviar sus ejercicios por el mismo procedimiento. Todo está conectado hoy en día. La biblioteca, la tienda de comestibles, el horario del equipo de baloncesto escolar y las actuaciones de la clase de danza. Cualquier cosa que se le ocurra.

—¿Y el Servicio de Seguridad puede intervenir cualquier transmisión u operación?

Martin vaciló antes de contestar.

—Por supuesto. Pero no lo proclamamos a los cuatro vientos. La gente es consciente de ello, pero al cabo de un año o dos se olvidan. O les da igual. Seguramente, a un matrimonio típico le trae sin cuidado que el Servicio de Seguridad lea todas las invitaciones a su cena o monitorice sus tratos con la empresa de *catering*. Probablemente ni siquiera les importe que sepamos cuándo extendieron un cheque para pagar por bebidas alcohólicas o arreglos florales. Y cuando ese cheque se cobra, también nos enteramos.

—No sé... —repuso Clayton. Estaba estupefacto. Su propio mundo parecía disiparse como el último sueño antes de despertar. De pronto le costaba recordar qué aspecto tenía la universidad, o a qué olía su apartamento. No se acordaba más que de una sensación de miedo. Frío, miedo y suciedad. Pero incluso eso le parecía distante. El inspector viró, y una explosión momentánea de luz del sol deslumbró a Clayton. Se puso una mano a modo de visera, entornando los párpados. Sus ojos tardaron un momento en adaptarse, pero al final pudo ver con claridad de nuevo.

—¿Quiere que pasemos junto a algunas de las fincas? Se encuentran a las afueras de la ciudad, pero están más aisladas. Por lo general, las separan de la carretera cuatro o cinco hectáreas. Gozan de más privacidad. Ése viene a ser el único privilegio de las capas altas de la sociedad. Pueden vivir en un mayor aislamiento. Pero ¿sabe qué? Hemos descubierto que algunos de los más ricos prefieren las zonas verdes, más propias de la clase media alta. Les gusta vivir al lado de un campo de golf o cerca del centro recreativo de la ciudad. Es curioso, supongo. En fin, ¿quiere intentar ver una zona de grandes fincas? Cuesta más contemplarlas desde la calle, pero uno puede formarse una idea de todos modos.

—¿Están construidas a partir de los mismos diseños básicos que las otras viviendas?

—No. Las hacen todas por encargo. Pero, como el número de arquitectos y contratistas está limitado por la normativa de concesión de licencias por parte del estado, existen algunas similitudes.

A Jeffrey le vino una idea a la mente, pero optó por no comentarla. En cambio, señaló la rampa de acceso a la autopista.

—Quiero ver el lugar donde se encontró el cadáver —dijo.

Con un gruñido de asentimiento, Martin enfiló la rampa.

—¿Qué me dice de usted, inspector? ¿Es usted marrón? ¿Amarillo? ¿Verde o azul? En este orden social, ¿dónde encajan los polis?

—En el amarillo —respondió despacio—. Tengo una casa urbana cerca del centro de Nueva Washington, lo que no me obliga a hacer grandes desplazamientos. Ya no tengo esposa. Nos separamos hace poco más de diez años. Fue un acuerdo amistoso, al menos tanto como pueden serlo estas cosas, supongo. Ocurrió antes de que yo viniera a trabajar aquí. Ahora ella vive en Seattle. Tengo un chaval en la universidad. El otro trabaja fuera. Los dos son mayorcitos. Ya no necesitan demasiado a su viejo. No los veo muy a menudo. En resumen, vivo solo.

Clayton movió la cabeza afirmativamente porque le pareció lo más educado.

—Claro que eso no es muy habitual por aquí.

—¿A qué se refiere?

—En este estado no están bien vistos los varones adultos solteros. Aquí todo gira en torno a la familia. Los hombres solteros, en su mayoría, sólo lo joden todo. Tenemos que admitir a algunos (hombres en mi situación, por ejemplo, y por muchos estudios preinmigratorios que realicemos, sigue habiendo algunos divorcios, aunque sólo la décima parte que en el resto del país), pero, por lo general, no entran. Para venir y quedarse, hace falta una familia. Se te deniega el permiso si eres un solitario. No hay muchos bares para solteros en el estado. De hecho, debe de haber cerca de cero.

Jeffrey asintió de nuevo, pero esta vez porque se le había ocurrido algo. Abrió la boca para decir algo, pero acto seguido la cerró con fuerza, siguiendo su propio consejo. «Hay muchas cosas que no sé todavía —pensó—, pero empiezo a enterarme un poco.»

Se reclinó en su asiento mientras el inspector aceleraba. Las estribaciones, que parecían ostensiblemente más cercanas, se elevaban sobre la llanura, verdes, marrones y ligeramente más oscuras que el resto del mundo. Al principio le dio la impresión de que se hallaban a sólo unos pocos kilómetros, pero luego comprendió que aún les quedaban varias horas de trayecto. Se recordó a sí mismo que en el Oeste las distancias son engañosas. Las cosas suelen estar más lejos de lo que uno cree. Pensó que lo mismo ocurría con la mayor parte de las investigaciones de homicidios.

A primera hora de la tarde llegaron a la zona donde se había encontrado el cuerpo número tres. Hacía más de una hora que habían pasado por la última población, y las señales de la autopista les advertían de que se hallaban a unos 150 kilómetros de la frontera recién trazada que separaba el territorio del sur de Oregón. Era un terreno agreste, densamente arbolado, y en él reinaba una calma opresiva. Había pocos vehículos que adelantar. Clayton se dijo que estaban en medio de uno de los parajes inhóspitos del mundo: un lugar donde dominaban el silencio y la soledad. La región apenas estaba urbanizada; había un vacío inmenso que resultaría difícil de llenar artificialmente. Las montañas a las que se aproximaban se alzaban imponentes, grises como el granito, coronadas de blanco y escarpadas. Un territorio implacable.

—No hay mucha cosa por aquí —comentó Clayton.

—Sigue siendo tierra salvaje —convino Martin—. No lo será siempre, pero aún lo es. —Titubeó antes de añadir—: Hay estudios psicológicos, y algunas encuestas supuestamente científicas que dicen que la gente se siente a gusto y está a favor de las zonas salvajes siempre y cuando estén limitadas en su extensión. Declaramos bosques estatales y áreas de acampada, y luego apenas los tocamos. Eso hace felices a los fanáticos de la naturaleza. La civilización gana terreno despacio, inadvertidamente. Eso ocurrirá aquí también. Dentro de cinco años, quizá diez. —Hizo un gesto con el brazo derecho—. Ahí delante hay una carretera que usaban los madereros. Ya no se talan árboles, por supuesto. Los ecologistas han ganado esa batalla. Pero el estado mantiene los caminos transitables para los excursionistas. Es un lugar estupendo para la caza y la pesca. Además, resulta cómodo. Se tarda sólo tres horas en llegar en coche desde Nueva Washington, y menos todavía desde Nueva Boston y Nueva Denver. Están en vías de crear todo un sector económico nuevo. Se puede ganar un montón de pasta con la naturaleza controlada.

—Fue así como la encontraron, ¿verdad? ¿Un par de pescadores?

El inspector asintió.

—Un par de ejecutivos de seguros que se habían dado un día libre para buscar truchas salvajes. Encontraron más de lo que esperaban.

Tomó una salida de la autopista, y el coche de pronto iba dando tumbos y cabeceando como una barca en un mar picado. El polvo se arremolinaba tras ellos, y la grava repiqueteaba contra la parte inferior del vehículo como una ráfaga de disparos. A causa de los bandazos, los dos hombres se quedaron callados. Avanzaron así durante unos quince minutos. Clayton se disponía a preguntar cuánto faltaba cuando el inspector detuvo el coche en un pequeño apartadero.

—A la gente le gusta —dijo Martin—. Para mí es un coñazo, pero a la gente le gusta. Yo por mí mandaría asfaltar el puto camino, pero me dicen que, según los psicólogos, la gente prefiere la sensación de aventura que les da el ir botando. Les hace creer que los treinta de los grandes que se gastaron en su cuatro por cuatro valieron la pena.

Clayton bajó del coche y de inmediato vio un sendero angosto que discurría entre matorrales y árboles. A la orilla del apartadero, allí donde arrancaba el camino, había una placa de madera color castaño con un mapa plastificado.

—Ya estamos llegando —dijo el inspector.

—¿Él la dejó aquí?

—No, más lejos. A un kilómetro y medio de aquí, tal vez un poco menos.

El sendero bordeado de árboles había sido despejado, por lo que no costaba caminar por él. Era justo lo bastante ancho para que los dos hombres pudieran andar uno al lado del otro. Bajo sus pies, el suelo del bosque estaba recubierto de agujas de pino marrones. De cuando en cuando se oía un correteo, cuando espantaban a alguna ardilla. Un par de mirlos protestaron por su presencia con un canto discordante y se alejaron aleteando ruidosamente entre los árboles.

El inspector se detuvo. Aunque hacía algo de fresco a la sombra, sudaba a mares, como el hombretón que era.

—Escuche —dijo.

Clayton se detuvo también y sólo alcanzó a distinguir el murmullo de agua que corría.

—El río está a unos cincuenta metros. Suponemos que los dos tipos debían de estar encantados. No es una excursión tremenda, pero llevaban botas de pescador e iban cargados con cañas, mochilas y todas esas cosas. Además, ese día hacía bastante calor. Más de veintiún grados. Póngase en su lugar. Así que iban a toda prisa, seguramente sin fijarse mucho en lo que pudieran encontrar por el camino.

El inspector hizo un gesto hacia delante, y Clayton reanudó la marcha.

—Janet Cross —dijo Martin entre dientes, un paso por detrás del profesor—. Así se llamaba.

El sonido del río se hacía más intenso conforme se acercaban, hasta que Clayton prácticamente no oía otra cosa. Atravesó un último grupo de árboles y de pronto se vio en lo alto de un ribazo, unos dos metros por encima del agua que burbujeaba y corría en unos rápidos salpicados de rocas. Parecía sinuosa, viva. Era un agua veloz, vigorosa, que bajaba con ímpetu por una cuenca estrecha como un pensamiento rabioso. El sol se reflejaba en la superficie, tiñéndola de una docena de tonos distintos de azul y verde veteados de espuma blanca

Martin se detuvo a su lado.

—Un lugar de primera para los pescadores. Hay truchas casi en todas partes. Son difíciles de pescar, según me cuentan, porque van a toda pastilla y se mueven mucho. Además, si uno resbala en una de esas rocas, bueno, digamos que se lía una buena. Pero no deja de ser un sitio estupendo.

—¿Y el cadáver?

—El cadáver, sí. Janet. Buena chica. Siempre son buenas chicas, ¿no, profesor? Todo sobresalientes. Iba a matricularse en la universidad. Tengo entendido que también era gimnasta. Quería estudiar el desarrollo en la primera infancia. —El inspector levantó los brazos despacio y apuntó a una roca grande y plana situada en la margen—. Justo allí.

La roca medía al menos tres metros de ancho y parecía el tablero de una mesa inclinado ligeramente hacia donde ellos se encontraban. Jeffrey pensó que el cuerpo casi debía de parecer allí enmarcado o engastado, como un trofeo.

—Los dos pescadores... joder, al principio creyeron que ella sólo estaba tomando el sol desnuda. Una primera impresión, ¿sabe? Porque estaba ahí, abierta de brazos, cómo decirlo, como en un crucifijo. En fin, le gritaron algo y ella no reaccionó, de modo que uno se acercó caminando por el agua, subió de un salto, y lo demás ya se lo imaginará. —Sacudió la cabeza—. Ella debía de tener los ojos abiertos. Los pájaros se los habían sacado. Pero el cuerpo no presentaba más daños causados por animales. Y el estado de descomposición era mínimo; llevaba allí entre veinticuatro y cuarenta y ocho horas antes de que aparecieran esos tipos. Dudo que vuelvan a pescar mucho en este tramo del río.

Jeffrey bajó la vista y advirtió que la roca en la que habían encontrado el cadáver estaba a cierta distancia de la orilla. Descansaba sobre una base de grava, en menos de treinta centímetros de agua. Dominaba una charca de modestas dimensiones; un par de peñas más grandes en la cabecera de la charca dividían la energía del río, lanzando el agua más furiosa hacia el ribazo opuesto y creando una corriente más lenta tras la roca plana.

Clayton no sabía mucho de pesca, pero sospechaba que la roca era un lugar privilegiado. Desde su borde posterior se podía lanzar fácilmente el anzuelo hasta el otro lado de la charca. Pensó que el hombre que había dejado el cuerpo allí seguramente se había fijado en eso también.

—Cuando rastrearon ustedes la zona... —empezó a decir, pero el inspector lo interrumpió.

—Todo roca. Roca y algo de agua. No hay huellas. Además, la tarde anterior había llovido. Tampoco hubo la suerte de que se encontraran trozos de ropa enganchados en alguna espina. Revisamos toda la zona hasta el lugar donde hemos dejado el coche, con lupa, como suele decirse. Tampoco había huellas de neumáticos. No teníamos nada excepto un cadáver, justo aquí, como si hubiera caído directamente del cielo.

Martin tenía la mirada fija en la orilla opuesta, en el sitio exacto.

—Yo iba con el primer equipo que llegó aquí, así que sé que la escena no sufrió ningún tipo de contaminación. —Sacudió la cabeza. Hablaba en tono neutro, inexpresivo—. ¿Alguna vez ha visto algo que le recuerde a una pesadilla? No me refiero a un sueño que haya tenido o a una fantasía. Ni siquiera a una de esas situaciones de *déjà vu* que todos conocemos. No, yo estaba justo ahí, de pie, y allí estaba ella, y fue como si estuviera reviviendo una pesadilla que había tenido una vez y que creía haber olvidado hacía tiempo. La vi con los brazos extendidos y las piernas juntas, sin sangre ni señales de lucha evidentes. Entonces supe, en cuanto recuperé el aliento, que no íbamos a encontrar una puta pista que nos sirviera. Y cuando nos acercamos, supe que iba a ver ese dedo cortado... y supe, profesor, justo en ese momento lo que tenía que saber, es decir, quién lo hizo. —La voz del inspector se apagó, ahogada por el ruido de la corriente impetuosa que pasaba junto a ellos.

Jeffrey no confiaba demasiado en su propia voz, y desde luego fue lo bastante sensato para no hacer algún comentario de listillo. Al observar a Martin contemplando la roca plana, supo que el agente veía aún el cuerpo de la chica tendido allí con la misma nitidez con que lo había visto aquel día.

—Él quería que encontraran el cadáver —dijo Clayton.

—Eso pensé yo también —respondió Martin—. Pero ¿por qué aquí?

—Buena pregunta. Seguramente tenía una razón.

—Un lugar aislado, pero no precisamente oculto. Por estos pagos habría podido encontrar algún sitio donde nadie la descubriese nunca. O, al menos, donde pasara suficiente tiempo antes de que la descubriesen como para quedar reducida a una pila de huesos. Joder, podría haberla tirado al río. Desde el punto de vista forense, eso incluso habría tenido más sentido, si lo que pretendía era evitar que hallásemos algún indicio revelador que lo relacionara con la víctima. En cambio la trajo hasta aquí, lo que, por muy menuda que fuera ella y muy fuerte que sea él, sería un buen tute, y dispuso su cadáver como si se tratara de un plato especial del día.

—Él debe de ser considerablemente más fuerte de lo que parece a simple vista —señaló Jeffrey—. ¿Cuánto pesaba ella? ¿Unos cincuenta kilos, tal vez?

—Era delgada. Bajita y delgada. Seguramente cincuenta es demasiado para ella.

Jeffrey dejaba que sus ideas se derramasen en forma de palabras.

—La transportó por el camino un kilómetro y medio y luego la colocó aquí porque quería que la encontrasen justo así. No es que la haya dejado aquí tirada sin más. Quería transmitir un mensaje.

Martin movió la cabeza afirmativamente.

—Yo pensé lo mismo, pero no es el tipo de opinión que conviene expresar en voz alta. Por razones políticas, no sé si me entiende. —Se cruzó de brazos y se quedó mirando la roca plana y el flujo incesante de agua que se rizaba en torno a sus bordes.

Jeffrey estaba de acuerdo con las palabras del inspector. Le vino a la memoria una frase de un político muy conocido en Massachusetts, que decía que todos los políticos son locales, y se preguntó si lo mismo valía para el asesinato. Comenzó a analizar la escena en su mente y luego a sumar, a restar, a reflexionar profundamente sobre lo que revelaba de sí mismo un hombre capaz de cargar con un cuerpo a través del bosque desierto, sólo para depositarlo sobre un pedestal en el que lo encontrarían al cabo de uno o dos días.

No lo dijo en voz alta, pero pensó: «Es un hombre cuidadoso. Un hombre que hace planes y luego los pone en práctica con precisión y seguridad. Un hombre que comprende exactamente cuáles serán las repercusiones de sus actos. Un hombre que conoce la ciencia de la detección y la naturaleza de la medicina forense, pues sabe cómo evitar dejar información sobre sí mismo junto a la víctima. Lo que deja es un mensaje, no un rastro.»

A continuación añadió, de nuevo en su fuero interno: «Un hombre peligroso.»

—Los dos tipos que la encontraron, los pescadores... ¿a qué conclusión llegaron?

—Les dijimos que había sido un suicidio. Se quedaron hechos polvo.

En ese momento sonó el busca que el inspector llevaba al cinto, con un pitido electrónico que parecía ajeno a los árboles y los ruidos acuáticos del río. Martin lo miró con expresión de extrañeza por un instante, como si le costara volver al presente desde sus recuerdos. Entonces lo apagó y, casi en el mismo movimiento, extrajo un teléfono móvil del bolsillo de su americana. Marcó un número en silencio y de inmediato se identificó. Luego escuchó atentamente, asintiendo con la cabeza.

—De acuerdo —dijo—. Vamos para allá. Calculo que tardaremos una hora y media. —Cerró el teléfono de un golpe—. Es hora de marcharnos —anunció—. Han encontrado a nuestra fugitiva.

Jeffrey advirtió que las cicatrices de quemaduras en las manos del inspector se habían puesto rojas.

—¿Dónde? —preguntó.

—Ya lo verá.

—¿Y?

Martin se encogió de hombros con amargura.

—Le he dicho que la han encontrado. No he dicho que haya vuelto por su propio pie a casa para abrazar a sus padres enfadados pero rebosantes de alegría.

Dio media vuelta y echó a andar rápidamente por el sendero en dirección al camino y al apartadero donde habían dejado el coche. Clayton lo siguió a toda prisa, y el murmullo de la corriente se extinguió a su espalda.

El profesor vislumbró el resplandor de las luces a más de un kilómetro de distancia. Los reflectores parecían desgarrar el manto de oscuridad. Bajó la ventanilla y alcanzó a oír la impasible disonancia de los generadores eléctricos que colmaba la noche. Habían atravesado a toda velocidad y sin detenerse una extensión desértica, en dirección oeste, hacia la frontera con California. El inspector no habló durante el trayecto salvo para informarle de que se dirigían de nuevo a una zona no urbanizada del estado. Sin embargo, la topografía había cambiado; las colinas rocosas y los árboles habían cedido el paso a un matorral llano. Era el tipo de paisaje que los escritores del Oeste loaban tan elocuentemente, pensó Clayton; a sus ojos inexpertos de la Costa Este les parecía un territorio en el que Dios debió de distraerse momentáneamente mientras se dedicaba a crear el mundo.

A varios cientos de metros de los generadores y los reflectores, había un control de carretera solitario. Un policía uniformado del Servicio de Seguridad, de pie junto a un conjunto de conos de tráfico color naranja y varias señales luminosas, les indicó por gestos que se detuvieran, y al ver el adhesivo rojo en la ventanilla del coche les hizo señas de que siguieran adelante.

El agente Martin paró el vehículo de todos modos. Bajó el cristal de la ventana.

—¿Qué le están diciendo a la gente? —preguntó sin rodeos.

El agente asintió, le dedicó un breve saludo y respondió:

—Que un escape en una cañería de distribución ha anegado la carretera. Estamos desviando a todos los vehículos a la Sesenta. Por suerte, de momento sólo han sido un puñado.

—¿Quién la ha encontrado?

—Un par de topógrafos. Siguen aquí.

—¿Son residentes del estado o forasteros con permiso?

—Forasteros.

Martin hizo un gesto de afirmación y arrancó.

—Mantenga la boca cerrada —le avisó a Clayton—. Es decir, puede hacer preguntas en caso necesario, para llevar a cabo su trabajo, pero no llame la atención más de la cuenta sobre sí mismo. No quiero que nadie pregunte quién es usted. Y si lo hacen, simplemente les diré que es un especialista. Ésa es la clase de descripción genérica que suele satisfacer a todo el mundo, pero que en realidad no significa gran cosa si uno se para a pensar sobre ello.

Jeffrey no contestó. El coche salió disparado hacia delante, y luego el inspector se detuvo tras un par de furgonetas sin ventanas, blancas y resplandecientes, que lucían el logotipo del Servicio de Seguridad en los costados, pero ningún otro distintivo. Jeffrey echó un vistazo a los vehículos y supo qué eran: unidades de análisis de la escena del crimen. En un estado en el que supuestamente no se cometían crímenes, claro está, no les interesaba dar a conocer su presencia. Clayton se sonrió. Era un pequeño acto de hipocresía, sin duda, pero supo valorarlo. Sospechaba que habría otros en el estado cincuenta y uno en los que él no habría reparado. Se apeó del coche del inspector. La noche empezaba a refrescar, de modo que se subió el cuello de la chaqueta.

Otro agente les hizo señas y apuntó con el dedo.

—Cuatrocientos metros más allá —dijo, señalando hacia el origen de las luces.

Martin se adelantó a zancadas rápidas, y Clayton tuvo que trotar para seguirle el ritmo.

Los haces de los grupos de luces de arco voltaico hendían la oscuridad. Jeffrey vio enseguida que había varios equipos trabajando en el área delimitada por las luces. Distinguió tres grupos de búsqueda distintos que examinaban cuidadosamente la tierra arenosa y la roca en busca de fibras, huellas de pies o de neumáticos o cualquier otra pista que pudiera indicar quién había pasado por ahí antes. Clayton los observó por unos instantes, como un entrenador presente en las pruebas de selección de un equipo. Le pareció que se movían demasiado deprisa. No tenían suficiente paciencia, y probablemente tampoco suficiente experiencia. Si había algo allí que pudieran pasar por alto, lo pasarían por alto. Volvió la mirada hacia otro equipo que trabajaba en torno al cadáver, ocultándoselo a la vista en un principio. Este grupo estaba en lo alto de una meseta pequeña y polvorienta. Entre ellos avistó a un hombre que iba en mangas de camisa pese al fresco de la noche, agachado, con unos guantes de látex blancos que, cuando los iluminaba algún rayo procedente de los palpitantes reflectores, brillaban con un resplandor que parecía de otro mundo. Jeffrey supuso que era el jefe de forenses.

Siguió al agente Martin, que mientras tanto estaba reconociendo el terreno. Un pensamiento fugaz y doloroso le vino a la cabeza: «Es lo que debería haberme esperado. De hecho, quizá me lo esperaba.»

Sacudió la cabeza mientras caminaba hacia delante. «No encontrarán nada», se dijo.

Los agentes de seguridad se apartaron para dejar pasar a los dos hombres, y Clayton atisbó por primera vez el cadáver casi en el mismo momento en que el inspector profería una obscenidad breve y rotunda.

La adolescente estaba desnuda. La habían colocado sobre una superficie extensa, llana y pedregosa. Estaba boca abajo, con el rostro en sombra, los brazos extendidos ante ella y las rodillas encogidas debajo del torso. Esta posición le recordó a Jeffrey el modo en que los musulmanes se postraban cuando rezaban en dirección a La Meca. Advirtió que ella también estaba orientada hacia el este.

Al mirarla más de cerca vio que le habían grabado algo en la piel de la espalda descubierta. Después de muerta, advirtió: no había sangre en torno a los bordes de los cortes. De hecho, apenas había sangre en ningún sitio; sólo una mancha oscura que se había formado bajo el pecho de la chica, un residuo de la muerte y, él lo sabía, simplemente el último insulto líquido. La habían matado en otro sitio y luego la habían llevado allí.

Se fijó en sus manos y vio que le faltaba el índice de la mano izquierda. No el derecho, como en el caso de las otras víctimas, sino el izquierdo. Esto ocasionó que enarcara una ceja involuntariamente. No pudo determinar de inmediato qué otros daños había sufrido el cuerpo. No alcanzaba a verle el rostro; estaba apoyado contra el suelo, bajo sus brazos extendidos.

«Una súplica», pensó.

—¿Causa de la muerte? —preguntó Martin en voz alta y autoritaria a un técnico de guantes blancos, señalando el torso—. ¿Cómo la han matado?

El técnico se inclinó y le mostró una pequeña zona rojiza en la base del cráneo de la joven, donde su cabellera larga y castaña estaba apelmazada por la sangre.

—El agujero de entrada —dijo el hombre—. Ahora veremos el de salida, por el otro lado. Parece ser grande. Lo bastante grande, al menos. Nueve milímetros, seguramente. Quizás una .357. Sabremos más cuando le demos la vuelta. Tal vez la bala siga allí.

Jeffrey contempló la figura tallada en su espalda y la reconoció. Retrocedió un paso. Las luces lo hacían sentirse acalorado, sofocado. Quería refugiarse en la oscuridad, donde estaría más fresco y podría respirar. Se alejó unos metros del cadáver, luego se volvió hacia todos los hombres allí agolpados. Se agachó para tocar la tierra arenosa y frotó unos granos entre sus dedos. Cuando alzó la vista, vio que Martin se dirigía hacia él.

—No es nuestro hombre, maldita sea —espetó el inspector—. Dios santo, qué desastre. Resultará ser un novio o quizás el vecino cuyos niños cuidaba la chica o algún pervertido del instituto que da clase de gimnasia o trabaja de conserje y consiguió burlar de alguna manera los controles de inmigración, maldita sea, pero no es nuestro hombre. ¡Mierda! ¡Esto no tendría que pasar! Aquí no. Alguien la ha cagado de verdad.

Jeffrey se reclinó contra una roca grande.

—¿Por qué cree que no ha sido nuestro hombre? —preguntó.

Martin clavó en él la mirada por un momento antes de contestar.

—Joder, profesor, usted lo ve tan claro como yo. Posición del cuerpo distinta. Causa de la muerte, un disparo: eso es distinto. Algo grabado en la espalda, eso es distinto. Y el puto dedo que falta es de la otra mano. En las otras tres, era el de la mano derecha. En ésta, es el de la izquierda.

—Pero la mataron en otro sitio y la trajeron aquí. ¿Qué hacían los topógrafos que la han encontrado?

Martin frunció el entrecejo por un instante.

—Mediciones preliminares para la construcción de una nueva ciudad —contestó—. Hoy es el primer día que vienen. Llevaban toda la mañana trabajando en ello y estaban a punto de dejarlo por hoy, pero han decidido hacer algunas mediciones más, y entonces la han encontrado. Guy la ha visto directamente a través del visor. ¿Y qué?

—Pues que en algún sitio habrá un calendario de trabajo, ¿no? ¿O algo que indicase a la gente que ellos vendrían tarde o temprano?

—Así es. Salió en los periódicos. Siempre ocurre, cuando se inicia la planificación de una nueva ciudad. También se anuncia en las vallas electrónicas.

—¿Sabe qué es eso que lleva grabado en la espalda? —preguntó Clayton.

—Ni idea. Algún tipo de figura geométrica.

—Una estrella de cinco puntas.

—Sí, vale, eso ya lo he visto. ¿Y qué?

—Suele relacionarse con el demonio y con cultos satánicos.

—¿De veras? Tiene razón. ¿Cree que estarán celebrando algún aquelarre desenfrenado por aquí? ¿Desnudos y aullándole a la luna y follando entre ellos y hablando de degollar gallinas y gatos? ¿Algún tipo de chaladura del sur de California? Es todo lo que necesito saber.

—No, aunque es posible, incluso probable, que el asesino diera por sentado que usted lo interpretaría así. Hacer las averiguaciones correspondientes le llevaría tiempo y energía. Mucho tiempo y mucha energía.

—¿Adónde quiere llegar, profesor?

Jeffrey titubeó, mirando al cielo. Parpadeó ante aquella inmensidad entre azul y negra, tachonada de estrellas. «Debería aprender astronomía —pensó—. Me gustaría saber dónde están Orión y Casiopea y todo lo demás. Así, al contemplar la bóveda celeste tendría la sensación de que lo entiendo todo, de que existe el orden y la armonía en el firmamento.»

Bajó la vista y miró al inspector.

—Es nuestro hombre —aseguró Jeffrey—. Simplemente está siendo astuto.

—Explíqueme por qué.

—Las otras eran ángeles, con los ojos abiertos a Dios y los brazos abiertos para recibirlo. Ésta lleva la marca de Satán en la espalda y le reza a la tierra. Y le falta un dedo de la mano izquierda, la mano del diablo. La derecha es la mano del cielo, al menos según algunas tradiciones. Lo único que ha hecho es darles la vuelta a algunos elementos. Son los mismos, pero distintos. El cielo y el infierno. ¿No es ésa la dualidad entre la que nos debatimos siempre? ¿No es precisamente lo que usted intenta impedir justo aquí?

Martin soltó un resoplido de disgusto.

—Todo eso me suena a palabrería religiosa —dijo—. Chorradas sociorreligiosas. Dígame: ¿por qué con una pistola y no con un cuchillo, como en los otros casos?

—Porque no es el asesinato lo que lo excita —respondió Jeffrey con frialdad—. Dudo que le importe el instrumento que utiliza para cargarse a las chicas. Es el acto en su totalidad: raptar a la niña y poseerla, física, emocional, psicológicamente, y luego dejarla en algún sitio donde la encuentren. ¿Qué emoción tiene pintar un cuadro si luego uno no se lo muestra a nadie? ¿Qué satisfacción proporciona escribir un libro que uno no dejará que nadie lea?

Se le ocurrió otra pregunta. «¿Cómo deja uno su impronta en la historia si muchos otros ya han dejado una igual a lo largo de tantos siglos?»

—¿Cómo lo sabe? —inquirió Martin, despacio—. ¿Cómo puede estar tan seguro?

«Lo sé porque lo sé», dijo Jeffrey para sí, pero no se atrevió a responder a la pregunta en voz alta.

Ya era pasada la medianoche cuando Martin dejó a Clayton delante del edificio de las oficinas del estado. Habían intercambiado frases del tipo «duerma un poco, nos pondremos con ello por la mañana», y luego el inspector se había alejado en el coche, dejando al profesor solo frente a la imponente estructura de hormigón. Los edificios de las multinacionales estaban cerrados de noche, y sólo alguna que otra luz iluminaba el nombre y el logotipo de la empresa. Los aparcamientos estaban vacíos; a lo lejos se divisaba el tenue resplandor del centro de Nueva Washington, pero incluso esta mínima señal de humanidad se veía neutralizada por el silencio que envolvía al profesor. Encorvó los hombros, en parte para protegerse del aire frío que lo había perseguido durante toda la noche, y en parte por la sensación de aislamiento que lo invadió.

Dio la espalda a la oscuridad y entró a paso rápido por las puertas de las oficinas del estado. En el centro del vestíbulo había un puesto de seguridad e información, con un solo agente uniformado tras un gran mostrador. Le iluminaba el rostro el brillo de una pantalla de televisión pequeña. Saludó a Clayton con un gesto de la mano.

—Trabajando hasta tarde, ¿no? —comentó, sin esperar en realidad una respuesta—. ¿Me echa una firma en el registro?

—¿Quién gana? —preguntó Jeffrey.

La hoja que le tendió el guardia estaba en blanco. No había habido otras visitas a altas horas de la noche. Su nombre sería el único que figurase en aquella página.

—Van empatados —respondió el hombre. No especificó qué equipos estaban jugando mientras recuperaba el sujetapapeles del registro de entradas y volvía a concentrarse en el partido.

Por un momento Jeffrey acarició la idea de darle conversación, pero al valorar su grado de agotamiento decidió que, por muy solo que se sintiera, era preferible dormir a conocer las opiniones del guardia de seguridad sobre la vida, el deporte y el deber, fueran las que fuesen. Caminó penosamente hasta el ascensor, subió hasta la planta en que se encontraba su despacho, y avanzó despacio por el pasillo mientras las pisadas de sus zapatillas resonaban en el corredor desierto.

Colocó la mano en el sistema de apertura electrónico, y el cerrojo de la puerta se descorrió con un chasquido seco. La empujó para abrirla, entró en el despacho y se encaminó hacia el dormitorio contiguo, intentando despejar su mente de lo que había visto y oído ese día, así como de sus hipótesis al respecto. Se dijo que había muchas cosas que debía poner por escrito, pues era importante tomar nota de sus observaciones e ideas, para que, cuando llegara el momento de presentar los argumentos de la acusación ante los tribunales, él tuviese la ventaja de contar con una exposición clara de todo lo que había asimilado. Como remate de los deberes que se había fijado para el día siguiente, Clayton cayó en la cuenta de que había obtenido información pertinente para su pizarra. Recordó las dos columnas que había trazado, y se volvió para echar una ojeada a la pizarra mientras se dirigía hacia la habitación.

Lo que vio lo hizo pararse en seco.

Se recostó contra la pared, respirando agitadamente.

Miró en torno a sí con rapidez, para comprobar si faltaba algo, y luego sus ojos se posaron de nuevo en la pizarra. «Debe de ser fruto de la casualidad —pensó—. Alguien del personal de limpieza, tal vez. Tiene que haber una explicación sencilla.»

Pero no se le ocurría ninguna excepto la más evidente.

Jeffrey dio un silbido lento y prolongado y se dijo: «No hay lugar seguro.»

Permaneció así, contemplando la pizarra durante varios minutos, sin despegar la vista de un espacio vacío. La categoría: «Si el asesino es alguien a quien no conocemos» había sido borrada.

Moviéndose despacio, como si estuviera a oscuras y temiera tropezar con algo, se acercó a la pizarra. Jugueteó con un trozo de tiza y dio media vuelta bruscamente, como si creyera que alguien lo observaba. A continuación, luchando contra la vorágine que se había desatado en su interior, volvió a escribir con todo cuidado las palabras borradas, sin dejar de repetir para sus adentros: «Procuremos que nadie aparte de ti y de mí sepa que has estado aquí.»

10

Las preocupaciones de Diana Clayton

Diana Clayton miró a su hija y pensó que, aunque había mucho que temer, en cierto modo era importante no mostrar abiertamente su miedo, por muy profundo que fuera. Se sentó imperturbable en un rincón del raído sofá de algodón blanco en su sala de estar pequeña y decididamente estrecha, bebiendo con parsimonia de una botella de cerveza fría de importación. Cuando la apartó de sus labios, se la apoyó en el muslo y se puso a deslizar los dedos arriba y abajo por el cuello de la botella, un movimiento que en la mujer más joven habría resultado auténticamente provocativo, pero que en ella sólo delataba los restos de su nerviosismo.

—No hay manera de saber realmente si hay una conexión —dijo de pronto—. Puede haber sido cualquiera.

Susan estaba de pie. Se había dejado caer en un sillón, luego había cruzado la habitación para sentarse en una mecedora de respaldo rígido; después, al no sentirse cómoda allí, se había levantado de nuevo y caminado de un lado a otro de la habitación con un estilo que recordaba la dolorosa frustración de un pez grande que forcejea contra un sedal tirante.

—Claro —dijo en un tono sarcástico y empleando un lenguaje que sabía que, más que ofender a su madre, la inquietaría—. Puede haber sido cualquiera. Sólo un tipo cualquiera que casualmente nos siguió a ese pobre gilipollas y a mí a los aseos de mujeres, que casualmente llevaba encima un cuchillo de caza y que, al hacerse cargo de la situación de inmediato, decidió usarlo contra ese pobre imbécil, cosa que hizo con gran pericia y entusiasmo. Después, convencido de que me había rescatado de un destino peor que la muerte, salió a toda prisa porque sabía que no era momento para largas presentaciones y porque al fin y al cabo tampoco tiene mucho don de gentes normalmente. —Lanzó una mirada dura al otro extremo de la sala—. Venga ya, mamá. Tiene que haber sido él. —Exhaló despacio—. Sea quien sea. —La hija sostuvo en alto la página del bloc en que constaba el mensaje críptico del hombre—. «Siempre he estado contigo» —dijo con hosquedad—. Es una suerte que haya estado allí esta noche.

A Diana le pareció que las palabras de su hija reverberaban en el reducido espacio de la habitación.

—Ibas armada —señaló—. ¿Qué habría ocurrido?

—Ese pobre borracho cabrón iba a echar la puta puerta abajo de una patada, y yo iba a pegarle un tiro entre los ojos o entre las piernas, lo que fuera más apropiado según las circunstancias.

Susan masculló un par de palabrotas y se dirigió a la ventana para escrutar la oscuridad del exterior. Apenas veía nada, de modo que ahuecó las manos en torno a sus sienes para bloquear la luz de la sala y apretó la cara contra el cristal. La noche refulgía con el bochorno resultante de la tormenta que había estallado esa tarde y que no había dejado tras de sí más que algunas hojas de palmera caídas en la calzada, los baches y otras concavidades de la calle encharcados, y un calor residual que la tormenta parecía haber intensificado, reforzándolo o imprimiéndole más fuerza. Dejó que sus ojos escudriñasen la penumbra, no muy segura en ese momento de si prefería ver la desolación, que ponía de relieve su aislamiento, o la silueta de un hombre al moverse furtivamente entre las sombras, acechando justo al borde de su patio, que es lo que creía más probable.

No vio a nadie, lo que no la convenció de nada. Al cabo de un momento extendió el brazo y tiró de la persiana, que bajó con un breve repiqueteo.

—Lo que de verdad me molestaba —dijo pausadamente, volviéndose hacia su madre—, conforme más vueltas le daba, no era lo que había ocurrido sino la manera en que había ocurrido.

Diana asintió con la cabeza para animar a su hija a continuar, creyendo que eso era precisamente lo que la molestaba también.

—Prosigue —dijo la mujer mayor.

—Verás, actuó sin vacilar ni por un momento —dijo Susan—, o al menos, esa impresión me dio. Ahí está ese borracho, sabe Dios con qué intenciones en la cabeza, pero como mínimo la de violarme, insultándome y aporreando la puerta. Luego oigo que se abre la otra puerta, y al cabrón apenas le da tiempo de decir «¿Y tú quién coño eres?» y entonces, ¡zas!, ese cuchillo o navaja o lo que sea que tiene en la mano está listo para entrar en acción. Cuando él entró en los aseos, ya sabía lo que iba a hacer, y no perdió ni un segundo en calibrar la situación, ni en preocuparse, preguntarse qué estaba pasando, pensárselo dos veces o hacer algún amago o tal vez simplemente amenazar al tipo. Debió de dar un paso al frente y ¡pum!

Susan avanzó un paso hacia el centro de la sala y describió un arco rápidamente con el brazo, como si asestara una cuchillada.

—«Pum» no es la expresión adecuada —murmuró—. No hubo un «pum». Todo sucedió más deprisa.

Diana se mordió con fuerza el labio antes de hablar.

—Piensa —dijo—. ¿Había algo allí que pudiera indicar que el crimen fue una cosa distinta de la que tú describes? ¿Había algo...?

—¡No! —la interrumpió Susan. Luego hizo una pausa y se quedó pensativa, visualizando la escena en el servicio de señoras del bar. Recordaba el color carmesí de la sangre que formó un charco debajo del muerto y el contraste tan fuerte con el linóleo de tonos claros del suelo—. Le robó —añadió despacio—. Al menos, su cartera estaba desplegada y tirada en el suelo, a su lado. Eso es algo. Y tenía la bragueta abierta.

—¿Algo más?

—Que yo recuerde, no. Salí de allí con bastante rapidez.

Diana reflexionó sobre la cartera vacía.

—Creo que deberíamos llamar a Jeffrey —aseveró—. Él sabría decirnos con certeza qué pasó.

—¿Por qué? Esto es mi problema. Sólo conseguiremos asustarlo. Innecesariamente.

Diana abrió la boca para decir algo, pero luego cambió de idea. Contempló a su hija, intentando ver más allá de su expresión de rabia y sus hombros tensos, y un enorme y lúgubre abatimiento se apoderó de ella, pues comprendió que en otro tiempo había estado tan obsesionada con salvarlos físicamente que no había sido consciente de otras cosas que también había que salvar. «Daños colaterales —se dijo—. La tormenta derriba un árbol que cae encima de un cable de alta tensión, que a su vez cae en un charco y carga el agua de una electricidad letal que mata al hombre que pasea a su perro sin sospechar nada cuando escampa y aparecen las estrellas en el cielo. Eso es lo que les ha ocurrido a mis hijos —pensó con amargura—. Los salvé de la tormenta, pero nada más.»

La duda imprimió dureza a su voz.

—Jeffrey es un experto en homicidios. En toda clase de homicidios. Y, si de verdad nos están amenazando (cosa que no sabemos con seguridad pero que es una posibilidad real), tiene derecho a saberlo, porque quizá posea conocimientos que nos ayuden en esa situación también.

Susan soltó un resoplido.

—Tiene su propia vida y sus propios problemas. Deberíamos estar seguras de que necesitamos ayuda antes de pedírsela.

Pronunció estas palabras como estableciendo una verdad irrebatible, como demostrando algo, aunque su madre no sabía muy bien qué.

Diana se disponía a replicar algo, pero notó una punzada repentina y aguda en las entrañas y tomó una bocanada anhelosa del aire de la habitación para mitigarla. El dolor fue como una descarga que estremeció su organismo, poniéndole las terminaciones nerviosas de punta. Esperó a que la oleada se estabilizase y luego remitiese, cosa que ocurrió al cabo de unos momentos. Se recordó a sí misma que al cáncer que la corroía por dentro le preocupaban poco los sentimientos, y desde luego le importaban un bledo los otros problemas que pudiera tener. Era justo lo contrario del homicidio que su hija había presenciado esa noche. Era lento y cruelmente paciente. Podía causar tanto dolor como el cuchillo del hombre, pero se tomaría su tiempo antes. No habría nada rápido en ello, aunque pudiera resultar tan singularmente letal como una cuchillada o un tiro.

Se sentía un poco mareada, pero se recuperó con una serie de respiraciones profundas, como las de un buceador que se dispone a sumergirse.

—De acuerdo —dijo con cautela—. ¿Qué te dice esa cartera abierta que viste?

Susan se encogió de hombros y, antes de que pudiera responder, su madre prosiguió:

—Lo que tu hermano te diría es que vivimos en un mundo violento en que hay demasiado poco tiempo y demasiadas pocas ganas como para que alguien realmente llegue a resolver un crimen. La función de la policía es intentar mantener el orden, cosa que hace de forma algo despiadada. Y cuando se comete un crimen que tiene una solución fácil, lo solucionan, porque así consiguen que la rutina continúe su accidentada marcha. Pero casi siempre, a menos que el muerto sea importante, hacen caso omiso de él y simplemente lo entierran como una víctima más de esta época anárquica. Y el asesinato de algún ejecutivo de segunda categoría obseso y medio borracho no me parece un caso al que la policía vaya a darle mucha importancia. Además, aunque supongamos por un momento que algún inspector se interesaría en el caso, ¿qué es lo que encontraría? Una cartera abierta y una cremallera de pantalón bajada. Un homicidio por robo, y ya está. Bingo. Y su conclusión sería que había algunas chicas del oficio en ese bar que no es precisamente de clase alta, y que una de ellas, o su chulo, se cargó al tipo. Y para cuando ese inspector agobiado de trabajo se dé cuenta de que eso que parece tan obvio no fue lo que pasó en realidad, el interés por el asunto se habrá enfriado mucho ya y tendrá pocas ganas de hacer otra cosa que archivarlo debajo de una pila de casos. Sobre todo cuando descubra que no había ninguna cámara de seguridad que grabase imágenes útiles de todas las idas y venidas. En fin, esto es lo que tu hermano te diría que el asesino consiguió con sólo embolsarse el dinero del hombre y dejar la cartera ahí tirada. Así de sencillo.

Susan la escuchó, y luego vaciló antes de responder.

—Todavía podría acudir yo misma a la policía.

Diana negó con la cabeza enérgicamente.

—¿Y cómo crees que nos ayudarán si les pones en bandeja a una sospechosa perfecta del asesinato? Me refiero a ti, porque ni en broma se van a creer que había alguien más que te vigilaba de forma anónima, a escondidas; alguien sin una cara, un nombre o algo que lo identifique salvo un par de mensajes crípticos que te dejó delante de nuestra casa, y que resulta ser lo bastante hábil para quitar de en medio a alguien que se presenta y te amenaza. Es como una especie de ángel guardián excepcionalmente diabólico.

Entonces Diana se interrumpió de golpe.

La cabeza le daba vueltas y el dolor le atenazaba el cuerpo.

Había un frasco de píldoras en la mesa de centro que tenía delante. Lenta y pausadamente extendió el brazo hacia él y lo sacudió para dejar caer dos cápsulas sobre la palma de su mano. Se las tragó y las bajó con el resto amargo y tibio de cerveza que quedaba en el fondo de la botella.

Pero lo que de verdad le dolía no era que la enfermedad hiciese notar su presencia, sino las últimas palabras que había pronunciado: «un ángel guardián excepcionalmente diabólico». Y es que sólo se le ocurría una persona con las características necesarias para encajar en esta descripción.

«¡Pero está muerto, maldita sea! —gritó para sus adentros—. ¡Murió hace años! ¡Estamos libres de él!»

No dijo nada de esto en voz alta. En cambio, dejó que este temor súbito se instalara en su interior, en un lugar desagradablemente cercano a las punzadas constantes que la atormentaban.

Esa noche cenaron en relativo silencio, sin mencionar los mensajes ni el asesinato y, por supuesto, sin hablar más sobre lo que debían hacer. Luego se retiraron a sus respectivas habitaciones de la pequeña casa.

Susan se quedó a los pies de su cama, consciente de que estaba agotada y a la vez pletórica de energía. Era esencial que durmiese, pensó, pero no le resultaría fácil. Se encogió de hombros, se apartó de la cama y se dejó caer en su silla de trabajo. Toqueteó el teclado de su ordenador y se dijo que debía componer otro mensaje para quien ella creía que la había salvado.

Apoyó la cabeza en las manos y la meció adelante y atrás.

«Salvada por el hombre que me amenaza.»

Sonrió con ironía, pensando que seguramente aquello la divertiría mucho más si le estuviera pasando a otra persona. A continuación, alzó la cabeza y encendió el ordenador.

Jugueteó con palabras y frases, pero no encontró nada que le gustara, principalmente porque no sabía qué quería comunicar.

Llena de frustración, se apartó del escritorio y se dirigió a su armario. En la pared del fondo guardaba todas sus armas, el fusil de asalto, varias pistolas y cajas de cartuchos. En un estante adyacente había varias bobinas de hilo de pescar, un cuchillo para filetear en una funda y tres cajas transparentes con cebos de colores llamativos y moscas para tarpones, camarones artificiales, anzuelos con plumas de colores y cangrejos artificiales parduzcos que utilizaba cuando pescaba palometas. Cogió una caja y la agitó.

Le pareció curioso: las moscas que daban mejor resultado rara vez eran las que tenían un aspecto más real. A menudo el cebo que atraía al mejor pez sólo tenía una forma y un color vagamente similares a los del original; era un espejismo, no una realidad, que ocultaban un anzuelo de acero endurecido por el agua salada y mortífero.

Susan devolvió la caja al estante y alargó la mano para coger el largo cuchillo para filetear. Lo sacó de la funda negra de piel artificial y lo sujetó frente a sí. Deslizó el dedo por el borde romo. La hoja era angosta, ligeramente curva, como la sonrisa ufana de un verdugo en el momento de la muerte, y estaba afilada como cuchilla de afeitar. Le dio la vuelta al cuchillo y tocó delicadamente el filo con el dedo, procurando no moverlo hacia uno u otro lado, pues se haría un corte profundo. Mantuvo la mano en esta posición precaria durante varios segundos. Luego, de golpe, movió el cuchillo hacia arriba y lo blandió a pocos centímetros de su rostro.

«Algo así», se dijo. Lanzó una cuchillada al aire ante sí, con un gesto parecido al que había hecho en la sala de estar, delante de su madre. Sin embargo, ahora escuchó con atención mientras esa hoja, que era de verdad, hendía el aire inmóvil.

«No hace ruido —pensó—. Ni siquiera un susurro que te advierta que la muerte se acerca.»

Se estremeció, guardó el cuchillo en su funda y lo depositó en el estante. Luego, volvió a su ordenador. Escribió rápidamente:

«¿Por qué me sigues?

»¿Qué es lo que quieres?»

Luego añadió, en un tono casi lastimero:

«Quiero que me dejes en paz.»

Susan contempló las palabras que acababa de escribir y, tras respirar hondo, comenzó a traducirlas en un acertijo que pudiera publicar en su columna de la revista. «Mata Hari —le musitó a su álter ego—, busca algo realmente críptico y difícil que le lleve un tiempo descifrar, porque necesito unos días libres para decidir qué debo hacer a continuación.»

Diana yacía en el borde de la cama, meditando sobre el cáncer que le devoraba imparable las entrañas. Pensaba que era interesante, de una manera perversa, esta enfermedad extraña que se había aferrado a su páncreas en lo que a ella le parecía fruto de una decisión arbitraria y caprichosa. Después de todo, se había pasado buena parte de su vida preocupándose por muchas cosas, pero nunca se le había ocurrido imaginar que ese órgano situado en lo profundo de su cuerpo acabaría por revelarse como un traidor. Se encogió de hombros, preguntándose, como tantas veces antes, qué aspecto tendría en realidad su páncreas. ¿Sería rojo, verde, morado? Las minúsculas motas de cáncer ¿eran negras? ¿De qué le había servido antes de empezar a matarla lentamente? ¿Para qué lo necesitaba, de entrada? ¿Por qué necesitaba el resto de las cosas, el hígado, el colon, el estómago, los intestinos, los riñones? ¿Y por qué no se habían infectado? Intentó visualizar sus propios tejidos y órganos como una especie de máquina, un motor que no funcionaba bien a causa de la mala calidad del combustible. Por un instante, deseó poder introducir la mano en su cuerpo, arrancar el órgano díscolo y luego tirarlo al suelo y desafiarlo a que la matara. La llenaba de rabia, de una furia virulenta y atronadora, que un órgano oculto e insignificante pudiera arrebatarle la vida. «Debo tomar las riendas —se dijo—. Tengo que tomar el control.»

Recordó el momento en que se había hecho cargo de su futuro y pensó: «Debo hacer lo mismo con mi muerte.»

Se levantó y atravesó su pequeña habitación.

«La lluvia en los Cayos es torrencial —pensó—. Cae como una descarga repentina y violenta, como esta tarde, y entonces parece que el cielo esté furioso y desata un diluvio totalmente negro que ciega y sacude al mundo entero.» Había sido distinta la noche que había huido de su marido: caía una lluvia fría e inclemente que repiqueteaba alrededor de ella, inquietante, alimentando los temores que surgían en su interior. Carecía de la contundencia de las tormentas de los Cayos, que tan familiares habían llegado a resultarle con el tiempo; la noche que había escapado de su hogar, de su pasado y de todo vínculo que había tenido jamás con nadie o con nada durante sus primeros treinta años, había caído una lluvia de dudas.

En un rincón del armario de su dormitorio tenía un pequeño cofre de seguridad que rebuscó detrás de los lienzos, los viejos tubos de pintura y los pinceles. Dedicó unos segundos a reprenderse: «No hay razón para dejar de pintar —dijo—. Aunque te estés muriendo.»

No era consciente de que sus movimientos imitaban inadvertidamente los de su hija, pero mientras Susan sacaba un cuchillo de su armario, Diana cogía una caja pequeña llena de recuerdos bien guardados.

La caja era de un metal negro y barato. En otro tiempo se cerraba con un pequeño candado, pero Diana había perdido la llave y se había visto obligada a cortarlo con una lima. Ahora sólo tenía un simple cierre. Pensó que probablemente ocurriría lo mismo con la mayor parte de los recuerdos: por más que uno crea que los tiene guardados bajo llave, en realidad sólo están protegidos por una tapa de lo más frágil.

De pie junto a su cama, abrió la caja y esparció su contenido sobre el cubrecama, delante de sí. Hacía años que no metía ni sacaba nada de allí. Encima de todo había algunos papeles, una copia de su testamento —en el que repartía todas sus posesiones, que sabía que no eran muchas, a partes iguales entre sus hijos—, una póliza de un seguro por una cantidad bastante pequeña, y una copia de la escritura de la casa. Debajo de estos documentos había varias fotografías sueltas, una lista breve y escrita a máquina de nombres y direcciones, una carta de un abogado y una página de papel satinado arrancada de una revista.

Diana cogió primero la hoja de papel y se sentó pesadamente. En el margen inferior de la página había un número: el 52. Junto a él, escritas con una caligrafía primorosamente pequeña, estaban las palabras: «Boletín de la academia St. Thomas More. Primavera de 1983.»

En la página había tres columnas escritas a máquina. Las dos primeras tenían por encabezamiento «Bodas y nacimientos». La tercera se encontraba bajo la palabra «Necrológicas». No había más que una entrada en la columna, y Diana posó la mirada en ella:

Ha causado un hondo pesar a la Academia la noticia del fallecimiento reciente del ex profesor de Historia Jeffrey Mitchell. Muchos alumnos y colegas recuerdan al profesor Mitchell, violinista notable, por la energía, la diligencia y el ingenio que demostró durante los pocos años en que dio clases en la Academia. Todos los amantes de la historia y de la música clásica lo echarán en falta.

A Diana le vinieron ganas de escupir. La boca le sabía a bilis.

—Lo echarán mucho en falta todos aquellos a quienes no tuvo la oportunidad de matar —susurró con rabia para sí.

Sujetando la página de la revista, recordó las sensaciones que la habían asaltado el día que vio el artículo. Asombro. Alivio. Y luego, curiosamente, había esperado sentirse libre, eufórica, como si se hubiera quitado un peso enorme de encima porque la nota le decía que su peor temor —que la encontraran— ya no tenía razón de ser. Sin embargo, la angustia no la había abandonado. Por el contrario, la duda había perdurado en su interior. Las palabras le indicaban una cosa, pero ella no se permitía el lujo de creérselas del todo.

Dejó la hoja de papel y cogió la carta.

En la parte superior aparecía el membrete de un abogado que tenía un bufete pequeño en Trenton, Nueva Jersey. La destinataria era una tal señora Jane Jones, y la carta había sido enviada a un apartado de correos en el norte de Miami. Había conducido hacia el norte durante dos horas desde los Cayos con el único propósito de alquilar una casilla en la oficina de correos más grande y concurrida de la ciudad, sólo para recibir esa carta.

Querida señora Jones:

Tengo entendido que éste no es su nombre verdadero, y por lo general sería reacio a comunicarme con una persona ficticia, pero, dadas las circunstancias, intentaré cooperar.

El señor Mitchell, su marido, del que estaba separada, se puso en contacto conmigo dos semanas antes de su muerte. Curiosamente, me dijo que había presentido su muerte y que por eso quería asegurarse de disponer de forma adecuada de sus escasos bienes. Preparé un testamento para él. Legó una colección sustanciosa de libros a una biblioteca local, y los beneficios de la venta del resto de sus posesiones se donaron a la asociación de música de cámara de una iglesia local. Tenía algunas inversiones, así como unos ahorros modestos.

Me avisó de que tal vez llegaría un día en que usted buscase información sobre su muerte, y me indicó que revelara lo que sabía sobre su fallecimiento y que hiciese una declaración adicional.

Esto es lo que he averiguado respecto a su muerte: fue repentina. Murió al colisionar su coche con otro vehículo a altas horas de la noche. Ambos circulaban a gran velocidad, y chocaron de frente. Fue necesario consultar la ficha dental para identificar a las víctimas. La policía de la pequeña población de Maryland donde se produjo el suceso concluyó, basándose en los testimonios de supervivientes, que su marido interpuso su vehículo en la trayectoria del tractor remolque que circulaba en la dirección contraria. El caso se clasificó como el de un conductor suicida.

El cuerpo del señor Mitchell se incineró posteriormente, y las cenizas se enterraron en el cementerio de Woodlawn. No había tomado disposiciones previas sobre una lápida, sólo respecto a unos servicios funerarios mínimos. Hasta donde tengo conocimiento, nadie asistió al entierro. Él había dejado claro que no le quedaban parientes vivos ni amigos de verdad.

Durante nuestras breves conversaciones, nunca mencionó que tuviera hijos ni dio a entender en modo alguno que deseara dejarles algo.

La declaración que me pidió que tuviese lista para presentarle a usted en caso de que algún día se pusiera en contacto con este bufete es, de acuerdo con sus instrucciones, su legado para usted. Dicha declaración dice: «Para bien o para mal, en la riqueza o en la pobreza, en la salud o en la enfermedad, hasta que la muerte nos separe.»

Lamento no poder facilitarle más información.

El abogado había firmado la carta con rúbrica: H. Kenneth Smith. Ella había querido telefonearlo, pues le parecía que en la carta había más insinuaciones que respuestas, pero había resistido la tentación. En cambio, en cuanto hubo leído la misiva, dio de baja su apartado de correos sin indicar otra dirección para que le enviaran la correspondencia.

Ahora, depositó la carta en la cama junto a la nota necrológica de la academia St. Thomas More y se quedó mirando las dos cosas.

Le vinieron imágenes a la memoria. En cierto modo, sus hijos todavía parecían bebés cuando llegaron al sur de Florida. Eso había deseado ella; quería encontrar una manera de erradicar todos los recuerdos de los primeros tiempos en la casa de Nueva Jersey. Había hecho un esfuerzo consciente por cambiarlo todo: la ropa que llevaban, los alimentos que comían. Se había deshecho de toda tela, todo sabor y todo olor que pudiera recordarles el lugar del que habían huido. Incluso había cambiado su acento. Se había esmerado por adoptar algunos de los localismos que se usaban en los Cayos Altos. El habla *bubba*, como la llamaba la gente del lugar. Hizo todo cuanto pudo por conseguir que, al crecer, tuvieran la impresión de que llevaban allí toda la vida.

Metió la mano en la caja de seguridad y extrajo una lista escrita a máquina de nombres y un pequeño fajo de fotografías. Las manos le temblaron al ponérselas sobre el regazo. Hacía muchos años que no las miraba. Las sostuvo en alto, una por una.

Las primeras eran de sus padres, de su hermana y de su hermano, de cuando ellos mismos eran jóvenes. Las habían hecho en una playa de Nueva Inglaterra, y tanto los trajes de baño como las tumbonas, las sombrillas y las neveras portátiles se veían ahora pasados de moda y, por tanto, resultaban ligeramente ridículos. Había una foto de su padre con una caña larga, botas de pescador y una gorra con el dibujo de un pez espada echada hacia atrás de modo que le dejaba la frente al descubierto, luciendo una sonrisa de oreja a oreja y señalando la enorme lubina americana que sujetaba por las bránquias. «Ahora está muerto —pensó ella—. Debe de estarlo. Han pasado demasiados años. Ojalá lo supiera con seguridad, pero tiene que estarlo. Le enorgullecería saber que su nieta es una pescadora tan experta como lo era él. Le encantaría que ella lo llevara consigo, al menos una vez, en esa barca que tiene.»

Dejó esta fotografía a un lado y examinó otra, en la que aparecía su madre de pie junto a sus dos hermanos. Estaban cogidos del brazo, y saltaba a la vista que ella había logrado apretar el disparador justo en el momento en que alguien contaba el final de un chiste, porque los tres tenían la cabeza hacia atrás, riendo de forma inconfundible y desenfadada. Eso es lo que le gustaba a Diana de su madre, que parecía capaz de reírse de cualquier situación, por muy dura que hubiese sido. «Una mujer que plantaba cara a las malas noticias —pensó Diana—. Seguro que he salido a ella en lo tozuda. Seguramente ella también estará muerta dentro de poco, o quizá será muy mayor y tendrá problemas de memoria.» Al bajar la vista para mirar la fotografía por segunda vez, la invadió una sensación de soledad absoluta y, por un instante, deseó poder recordar el chiste que habían contado en ese momento. «No pediría ninguna otra cosa —pensó—; me conformaría con saber cómo era ese chiste.»

Exhaló un suspiro profundo. Contempló a sus hermanos y les susurró «lo siento» a los dos. Por un momento se preguntó si el hecho de que ella desapareciera había sido más duro para ellos. Cumpleaños, aniversarios, Navidades. Seguramente también bodas, nacimientos, entierros, los avatares habituales en la vida de una familia, le habían sido arrancados de un tajo psicológicamente letal. No les había dirigido ni una palabra a título de explicación, ni siquiera una sílaba para dar señales de vida. Era lo único que ella sabía con toda certeza que ocurriría la noche que había huido de Jeffrey Mitchell y de la casa en que había convivido con él.

Si quería una nueva vida para sí y para sus hijos, debía buscarla en algún sitio seguro. Y la única manera en que podía garantizar su seguridad era permanecer siempre a la sombra, pues de lo contrario él la encontraría. Lo sabía con toda certeza.

«Morí aquella noche. Y volví a nacer también.»

Dejó las fotografías y echó un vistazo a la lista escrita a máquina. Contenía los nombres y las últimas direcciones que conocía de sus parientes. Algún día sus hijos la heredarían, o eso esperaba. Creía que llegaría un día en que sería posible recuperar el contacto.

Pensaba que tal vez ese día llegaría pronto cuando recibió la carta del abogado. Una prueba de su muerte. Llevaba décadas guardada en la caja de metal. Y era lo que tanto había estado esperando. De pronto se preguntó por qué no había salido a la luz cuando la había recibido.

Sacudió la cabeza.

Porque una parte de ella no se lo creía. Una parte lo bastante importante como para que ella no pusiera en riesgo la vida de sus hijos ni la suya propia, por muy convincente que pareciera la carta del abogado.

En el fondo de la caja había un sobre pequeño de papel de Manila, el último objeto que quedaba. Lo retiró con cuidado, como si fuera frágil. Lo abrió despacio, por primera vez en muchos años.

Se trataba de otra fotografía.

En ella, Diana aparecía mucho más joven y sentada en un sillón. Frunció el entrecejo cuando se fijó en su cara. Parecía muy poquita cosa. Oculta tras unas gafas. Tímida e indecisa. Débil. Susan, con cinco años de edad, se aferraba a su regazo, toda ella energía contenida. Jeffrey, de siete años, estaba de pie a su lado, pero inclinado hacia ella, con expresión muy seria y preocupada, como si ya supiese de algún modo que había madurado mucho para su edad. Le sujetaba la mano con fuerza a su madre.

De pie a la espalda de los tres, tras el respaldo de la silla, ligeramente separado, estaba Jeffrey padre. La cámara, accionada por medio del disparador automático, estaba colocada frente a ellos, y, por haberse situado él unos centímetros por detrás de ellos, aparecía con las facciones borrosas.

Nunca quería que le hicieran fotos. Diana contempló su rostro por un momento. «Cabrón», pensó.

«Jeffrey sabría cómo», se dijo, dándose cuenta de repente. Él sabría cómo escanear la imagen y procesarla de modo que los rasgos quedaran más nítidos y mejor definidos. Después podrían envejecerlo digitalmente para saber qué aspecto tendría en la actualidad.

Interrumpió estos pensamientos.

—Pero si estás muerto —dijo en voz alta. El rostro de la fotografía no respondió.

Ella había hecho todo cuanto había podido, pensó. Había intentado, en la medida de sus posibilidades, seguirle la pista a él; leía diligentemente los boletines de la academia St. Thomas More, y se había suscrito en secreto al *Princeton Packet*, el semanario que publicaba noticias de Hopewell. Había acariciado la idea de contratar a un detective privado, pero, como siempre, había sido consciente de un hecho fundamental: la información puede fluir en dos direcciones. Todo paso que ella diera para saber de él, por muy sutil que fuera, podría acabar por volverse en su contra. Así pues, a lo largo de los años, se había limitado a seguir las pocas vías en las que se sentía relativamente segura. Se trataba sobre todo de medios a disposición del público, como periódicos y boletines. Seleccionaba las revistas de ex alumnos de todos los centros de enseñanza a los que él había asistido o en los que había impartido clases. Leía esquelas y diarios y prestaba especial atención a las transacciones de bienes inmuebles. Pero, en general, todo ello había resultado infructuoso, especialmente en los muchos años que habían transcurrido desde que el abogado le enviara aquella carta. Aun así, perseveró. Estaba orgullosa de ello. La mayoría de la gente habría concluido que estaba a salvo, pero ella no, ni por asomo.

Alzó la vista y se dirigió a su marido como si se encontrara en aquella habitación con ella. Que fuera un fantasma o un hombre de carne y hueso le daba igual.

—Creías que podrías engañarme. Pensabas en todo momento que yo haría precisamente lo que querías, lo que esperabas, lo que deseabas. Pero no lo hice, ¿verdad?

Sonrió.

«Eso debe de dolerte lo indecible», pensó.

«Si estás vivo, debe de ser una herida abierta y terrible para ti.

»Y si efectivamente estás muerto, espero que eso te haga rabiar en ese infierno con que te hayas encontrado, esté donde esté.»

Diana Clayton respiró hondo otra vez.

Se levantó y juntó los objetos esparcidos sobre su cama para guardarlos de nuevo en la caja de seguridad. Reflexionó sobre lo que le había ocurrido a su hija y sobre los mensajes que había recibido.

«Todo es un juego», pensó con amargura. Siempre era un juego.

En ese momento decidió llamar a Jeffrey, por mucho que se enfadara su hija. «Si quien está enviando los mensajes es quien yo me temo —se dijo—, si al cabo de todos estos años nos ha encontrado al fin, Jeffrey tiene derecho a saberlo, pues corre el mismo peligro que nosotras. Y tiene derecho a participar también en este juego.»

Se acercó a una mesita de noche y descolgó el auricular del teléfono. Vaciló por unos instantes y marcó el número de su hijo en Massachusetts.

Los tonos de llamada sonaron repetidamente y de forma exasperante. Contó diez, y luego esperó a que sonaran otros diez. Después colgó.

Se dejó caer sobre la cama.

Diana sabía que no podría dormir esa noche. Alargó el brazo para coger sus pastillas para el dolor y se tomó un par sin agua, tragando con dificultad, consciente de que no aliviarían el dolor que de verdad la embargaba por dentro, un miedo repentino, terrible, teñido de negro.

11

Un lugar de contradicciones

Jeffrey Clayton se removió incómodo en el banco de madera noble pulida de la iglesia mientras los fieles que lo rodeaban rezaban en silencio con la cabeza gacha. Hacía muchos años que no se encontraba en un templo durante la celebración de los oficios, y se sentía incómodo con el entusiasmo que veía en torno a sí. Estaba sentado en la última fila de la iglesia unitaria en la población donde había vivido la joven a quien mentalmente no podía identificar más que como la número cuatro.

La ciudad, llamada Liberty, todavía estaba en plena construcción. Había varias excavadoras inactivas alineadas en una extensión de tierra marrón claro que pronto se convertiría en la plaza principal de la ciudad. En otros puntos se alzaban pilas de vigas de metal y bloques de hormigón ligero.

El día anterior el ruido de las obras había sonado ininterrumpidamente: los pitidos y bramidos de las excavadoras, el zumbido agudo de la maquinaria, el rugido sordo de los motores diésel de los camiones. Hoy, sin embargo, era domingo, y las bestias del progreso guardaban silencio. Y en el interior de la iglesia, le parecía encontrarse en las antípodas de las sierras, los clavos y los materiales de construcción. Todo era nuevo y reluciente aquella mañana soleada, y rayos de luz coloreada se filtraban por un gran vitral que representaba a Cristo en la cruz, si bien el artesano había concebido un Salvador menos transido por el dolor de su muerte prematura que pletórico de dicha ante el paraíso que lo esperaba. El resplandor que iluminaba el dibujo de la corona de espinas de Jesús proyectaba destellos multicolores e iridiscentes sobre las paredes de un blanco inmaculado de la iglesia.

Jeffrey paseó la vista por la concurrencia. La iglesia estaba completamente llena y, salvo por él, no había más que familias. En su mayoría eran blancos, pero el profesor vio entre ellos algunos rostros negros, hispanos y asiáticos. Calculó que gran parte de los adultos eran ligeramente mayores que él, y que la media de edad de los niños era la correspondiente a los tres primeros años de la escuela secundaria. Había personas con bebés en brazos, y algunos adolescentes mayores que parecían más interesados los unos en los otros que en los oficios. Todos llevaban ropa bien lavada y planchada, e iban pulcramente peinados. Jeffrey recorrió con la mirada las caras de los niños, intentando descubrir a alguno a quien le molestara tener que llevar sus galas dominicales, pero, pese a unos pocos posibles candidatos —un chico con la corbata torcida, otro con los faldones de la camisa fuera del pantalón y un tercero que no dejaba de moverse en su asiento pese a que su padre le había echado el brazo sobre los hombros—, no logró encontrar a uno que fuera evidentemente un rebelde en potencia. «No hay ningún Huckleberry Finn por aquí», pensó.

Jeffrey deslizó la mano sobre el pulido banco de caoba marrón rojizo y se percató también de que la sobrecubierta negra del himnario apenas estaba gastada. Se volvió de nuevo hacia la vidriera de colores y pensó: «Debe de haber una lista de prioridades y un calendario de trabajo en algún sitio para que un artesano dedicara tanto tiempo a idear y elaborar tan meticulosamente esa imagen. Así que recibió el encargo, con sus dimensiones y otras especificaciones, meses antes de que la primera excavadora se pusiera en marcha, antes de que se construyesen el ayuntamiento, el supermercado o el centro comercial.»

El coro se puso en pie. Sus miembros llevaban una túnica de color burdeos intenso ribeteada de dorado. Sus voces inundaron la iglesia, pero él no les prestó mucha atención. Estaba esperando a que comenzara el sermón, y posó la vista en el pastor, que buscaba algo entre unas notas, sentado a un lado de la tribuna. Se puso de pie justo cuando las últimas notas del himno resonaban bajo las vigas antes de apagarse.

El pastor llevaba unas gafas colgadas al cuello de una cadena y de vez en cuando las levantaba para colocárselas sobre el tabique de la nariz. Curiosamente, gesticulaba sólo con la mano derecha, mientras que mantenía la izquierda rígida, a su costado. Era un hombre de baja estatura con una cabellera rala y más bien larga que parecía alborotada por la brisa, pese a que el aire en el interior de la iglesia estaba en calma. Su voz, sin embargo, era más imponente que su aspecto, y atronaba sobre las cabezas de los fieles.

—¿Cuál es el mensaje de Dios cuando dispone que se produzca un accidente que nos arrebata a un ser querido?

«Por favor, dígamelo», pensó Jeffrey cínicamente, pero escuchó con atención. Era por eso por lo que estaba en la iglesia.

Ese oficio en particular no estaba dedicado específicamente a la número cuatro. Se había celebrado un funeral íntimo y familiar en una iglesia católica a unos metros de allí, al otro lado del terreno aún polvoriento que, una vez regado y sembrado, se cubriría de verde a medida que avanzara la temporada de crecimiento. Le había insistido al agente Martin en la necesidad de grabar en vídeo a todos los que asistieran a los oficios celebrados por la chica asesinada, y de identificar todos los vehículos, incluidos los que pasaran junto a la iglesia aparentemente por otros motivos. Quería saber el nombre y los antecedentes de toda persona relacionada con el funeral de la joven, de todo aquel que mostrase interés en su muerte, por pequeño que fuera.

Esas listas se estaban preparando, y él planeaba cotejarlas con las de profesores, trabajadores, jardineros... cualquiera que pudiese haber tenido algún contacto con ella. Luego cotejaría de nuevo la lista, esta vez con la de todos los nombres recopilados durante la investigación del asesinato de la víctima número tres. Sabía que éste era un procedimiento bastante habitual para examinar los asesinatos en serie. Era un proceso frustrante que llevaba demasiado tiempo, pero ocasionalmente —al menos según la bibliografía sobre asesinos múltiples— la policía, en un golpe de suerte, identificaba un solo nombre que aparecía en todas las listas.

Depositaba pocas esperanzas en que esto sucediera.

«Las conoces, ¿verdad? —se preguntó de pronto en referencia a su imagen mental del asesino—. ¿Conoces todas las técnicas de rigor? ¿Conoces todas las vías tradicionales de investigación?»

La voz del pastor lo arrancó de sus reflexiones.

—¿Acaso los accidentes no son la manera que tiene Dios de elegir entre nosotros, de imponer su voluntad sobre nuestra vida?

Jeffrey había apretado los puños con fuerza. «Necesito saber cuál es la conexión —pensó—. ¿Qué te atrae hacia esas jóvenes? ¿Qué es lo que intentas decir?»

No se le ocurrió respuesta alguna a esa pregunta.

Jeffrey irguió la cabeza y empezó a prestar más atención al oficio. No había acudido a la iglesia en busca de inspiración divina. Su curiosidad era de naturaleza distinta. El día anterior había reparado en el letrero que anunciaba el sermón del domingo, titulado «Cuando sobrevienen los accidentes de Dios». Le había parecido curioso que eligiesen esa palabra: accidente.

¿Qué tenía que ver con la depravación cuyos frutos finales había contemplado hacía unos días?

Eso es lo que estaba ansioso por averiguar.

¿Qué accidente?

Se había guardado esta pregunta, sin compartirla con el agente Martin, que ahora aguardaba impaciente frente a la iglesia.

Jeffrey continuó escuchando. El pastor continuaba perorando con voz de trueno, y el profesor esperaba oír una sola palabra: asesinato.

—Así que nos preguntamos: ¿cuál es el designio de Dios cuando se lleva de nuestro lado a alguien tan joven y prometedor? Pues podéis estar seguros de que hay un designio...

Jeffrey se frotó la nariz. «Un designio cojonudo», pensó.

—... Y a veces comprendemos que, al acoger a los mejores de nosotros en su seno, en realidad nos está pidiendo a los que nos quedamos que redoblemos nuestra fe, renovemos nuestro compromiso y consagremos nuestra vida a hacer el bien y a propagar el amor y la devoción. —El pastor hizo una pausa, dejando que sus palabras fluyeran sobre los rostros levantados hacia él—. Y si seguimos ese camino que Él nos señala con tanta claridad, podremos, pese a nuestras penas y aflicciones, acercarnos y acercar a todos los que permanecen en este mundo a Él. ¡Eso es lo que nos exige, y debemos estar a la altura de ese reto!

La mano izquierda que el pastor mantenía pegada al costado apuntó ahora al cielo con afán, como señalando al ser que estaba en lo alto, escuchando la conclusión a la que había llegado. El pastor vaciló por segunda vez, para dar a sus palabras un mayor peso, y luego finalizó:

—Oremos.

Jeffrey agachó la cabeza, pero no para rezar.

«A partir de lo que no he oído he descubierto algo importante», se dijo. Algo que le formaba en el estómago un pequeño nudo de angustia extrema que no tenía nada que ver con los asesinatos que estaba investigando y sí mucho que ver con el lugar donde los estaba investigando.

El agente Martin estaba sentado a su escritorio, jugando a la taba. La bola botaba con un golpe sordo, y de vez en cuando el corpulento inspector fallaba, soltaba una palabrota y volvía a empezar, haciendo sonar las piezas contra la superficie metálica de la mesa.

—Una... dos... tres —farfullaba para sí.

Jeffrey se volvió hacia él desde donde estaba escribiendo en la pizarra.

—Hay que decir «uno, dos, tres, al escondite inglés» —le informó—. Apréndase bien la terminología.

Martin sonrió.

—Usted dedíquese a su juego —repuso—, que yo me dedicaré al mío. —Arrastró todas las piezas con un movimiento repentino del brazo para dejarlas caer sobre su mano derecha y dirigió su atención a lo que escribía Clayton.

Las dos categorías principales seguían en la parte superior de la pizarra. Jeffrey, no obstante, había añadido datos sueltos bajo el encabezamiento «Similitudes», detalles sobre la posición del cuerpo de cada víctima, el emplazamiento y los dedos índices cortados. La víctima número cuatro, por supuesto, presentaba varios problemas en este apartado. Jeffrey había notado cierto escepticismo por parte de Martin, cierta resistencia a considerar —como consideraba él— que las diferencias en la cuidadosa colocación del cadáver y el hecho de que le faltara el dedo índice izquierdo y no el derecho, como a las otras víctimas, apuntaban a un mismo asesino. El inspector había demostrado su faceta más tozuda al negar con la cabeza y decir: «Las semejanzas son semejanzas, y las diferencias son diferencias. Usted pretende que lo diferente sea semejante. La cosa no funciona así.»

El lado de la pizarra con la anotación «Si el asesino es alguien a quien no conocemos» tenía considerablemente menos información. Clayton no le había contado al inspector que la habían borrado y él la había vuelto a escribir; que alguien había violado la seguridad de la oficina.

Clayton no había tomado ninguna medida para ocultar los documentos sobre los asesinatos —informes de la escena del crimen, resultados de autopsias, declaraciones de testigos y cosas por el estilo— que atestaban los ficheros del despacho. La mayor parte de ellos existían también como archivos informáticos, y Jeffrey suponía que cualquiera con la capacidad para abrir la cerradura electrónica de la oficina también podría acceder a cualquier texto guardado en el ordenador.

En cambio, había pasado por una papelería local y había comprado una libreta pequeña encuadernada en cuero. En una era de blocs electrónicos inteligentes y comunicaciones a alta velocidad, la libreta casi parecía una antigüedad, pero tenía la cualidad excepcional de ser lo bastante modesta para caber en el bolsillo de su chaqueta, de modo que podía llevarla consigo en todo momento. Por lo tanto, era privada y no dependía de un circuito eléctrico o una clave informática para ser segura. Estaba llenándose rápidamente de las inquietudes y observaciones de Jeffrey, que parecían poner de relieve una duda que aún no había conseguido formular pero que empezaba a tomar cuerpo en su interior.

En una de las primeras páginas, había escrito: «¿Quién ha borrado la pizarra?» y debajo había anotado cuatro posibilidades:

1. Un empleado de limpieza, por error.
2. Alguien de la esfera política, p. ej. Manson, Starkweather o Bundy.
3. Mi padre, el asesino.
4. El asesino, que no es mi padre pero quiere hacerme creer que lo es.

De hecho, ya había descartado la primera posibilidad tras encontrar el horario de limpieza del edificio y entrevistarse brevemente con el personal de turno. Le habían revelado dos datos interesantes: que el agente Martin les había dado instrucciones de que toda limpieza en la oficina se llevase a cabo exclusivamente bajo su supervisión directa, y que el Servicio de Seguridad podía invalidar prácticamente cualquier sistema de cierre controlado por ordenador en cualquier parte del estado.

También había descartado a los políticos, al menos en teoría. Aunque el mensaje implícito en la borradura era justamente el que ellos querían que aceptara, era demasiado pronto en la investigación para ejercer ese tipo de presión sobre él. Sabía que la presión no tardaría en llegar. Siempre llegaba; a los políticos casi lo único que les importaba era que todo sucediese en el tiempo previsto. Y dudaba que esa presión fuera tan sutil como el sencillo acto de borrar algo que él había escrito en la pizarra.

Lo que, claro está, dejaba dos posibilidades. Las mismas que lo asediaban desde el principio.

Como siempre, lo rondaban innumerables preguntas, muchas de las cuales había garabateado en su libreta a altas horas de la noche. Si el asesino, fuera quien fuese, se había molestado en hacer algo como borrar unas palabras de una pizarra, ¿qué significaba?

Había respondido a esta pregunta en su libreta con una sola palabra, escrita con un lápiz negro y subrayada tres veces: «Mucho.»

—Bueno, ¿y ahora qué, profesor? ¿Más entrevistas? ¿Quiere ir a hablar con el forense para contar con información de primera mano de cómo murió la última? ¿Qué tiene usted en mente?

Martin sonreía, pero con una expresión que Clayton había aprendido a relacionar con la ira. Asintió con la cabeza.

—No es mala idea. Vaya a ver al forense y dígale que necesitaremos su informe definitivo esta tarde. Despliegue todas sus dotes de persuasión. El hombre parece un poco reticente.

—No está acostumbrado a estas tareas. Los forenses del estado suelen dedicarse más bien a asegurarse de que todos los colegiales estén vacunados y de que el Departamento de Inmigración no deje entrar enfermedades infecciosas alegremente procedentes del resto del país o del extranjero. Las autopsias de víctimas de asesinato no forman parte de su rutina. Al menos habitualmente.

—Pues vaya a encender una fogata.

—¿Y usted a qué se dedicará, profesor, mientras yo estoy fuera incordiando con mi insistencia característica?

—Me quedaré aquí enumerando a grandes rasgos todos los aspectos forenses de cada asesinato, para que podamos centrarnos en las semejanzas.

—Eso suena fascinante —comentó el inspector mientras se levantaba de su silla—. Y también muy importante.

—Nunca se sabe —respondió Jeffrey—. En esta clase de investigaciones, el éxito surge a menudo a partir de algún elemento descubierto en el transcurso de horas de trabajo pesado y mecánico.

Martin sacudió la cabeza.

—No —replicó—, no lo creo. Eso es lo que ocurre en muchas investigaciones de asesinatos, por supuesto. Es lo que te enseñan en las academias. Pero aquí no, profesor. Aquí hará falta algo más. —El inspector se encaminó hacia la puerta, pero se detuvo—. Por eso está usted aquí. Para averiguar qué es ese «algo más». Procure no olvidarlo. Y trabaje en ello, profesor.

Jeffrey asintió, pero Martin ya había salido. El profesor esperó unos minutos, luego se puso de pie rápidamente, cogió su libreta y su chaqueta y se marchó, sin la menor intención de hacer lo que le había dicho a Martin que haría, y con una idea clara de lo que necesitaba averiguar.

Las oficinas del *New Washington Post* se encontraban cerca del centro de la ciudad, aunque Jeffrey no estaba seguro de que «ciudad» fuese la palabra más adecuada para describir la zona céntrica. Desde luego no se parecía a ningún barrio urbano que hubiese visitado; era un lugar donde reinaba un orden casi rígido disfrazado de organización rutinaria. La cuadrícula de calles era uniforme, el césped y las plantas que crecían junto a la calzada estaban bien cuidados. Las aceras eran amplias y proporcionadas, casi como un paseo. Apenas se hallaba presente la mezcolanza de diseño y deseo que caracteriza a la mayor parte de las ciudades. Y el desorden frenético causado por el apiñamiento de lo moderno y lo antiguo estaba del todo ausente.

Nueva Washington era un lugar meticulosamente planificado, esbozado, medido y modelado antes de que se excavara una sola palada de tierra. No es que todo fuera igual. En apariencia, al menos, no lo era. Diferentes diseños y formas distinguían cada manzana. No obstante, el hecho de que todo fuera tan nuevo lo abrumaba. Aunque arquitectos distintos habían proyectado edificios diferentes, saltaba a la vista que, en algún momento, todos los planos habían pasado por las manos de la misma comisión y de este modo la ciudad había impuesto, más que la uniformidad, una visión común. Eso es lo que le resultaba opresivo.

Sin embargo, también reconocía que esta repugnancia seguramente sería transitoria. Al caminar por Main Street, advirtió que la acera estaba limpia de toda basura del día anterior, y cayó en la cuenta de que no tardaría mucho en acostumbrarse al nuevo mundo creado en Nueva Washington, aunque sólo fuera porque era un sitio pulcro, no recargado y tranquilo.

Y seguro, se recordó Jeffrey. Siempre seguro.

La recepcionista del vestíbulo de las oficinas del periódico le sonrió cuando entró por unas puertas batientes de cristal. En una pared había números destacados del periódico ampliados a un tamaño gigantesco, con unos titulares que pedían atención a gritos. Esto no le pareció a Clayton una entrada atípica de un periódico, pero lo que le sorprendió fue la selección de ampliaciones. En otras publicaciones lo habitual era ver ediciones famosas del pasado que reflejaban una mezcla de éxitos, desastres e iniciativas, todo ello de gran importancia para el país —Pearl Harbor o el día de la victoria en la Segunda Guerra Mundial, el asesinato de Kennedy, el crac de la bolsa, la dimisión de Nixon, la llegada del hombre a la Luna—, pero aquí los titulares eran absolutamente optimistas y considerablemente más restringidos al ámbito local: SE ALLANA EL TERRENO PARA NUEVA WASHINGTON, LA CATEGORÍA DE ESTADO ES PROBABLE, ANEXIÓN DE TERRITORIO NUEVO EN EL NORTE, SE CIERRAN ACUERDOS CON OREGÓN Y CALIFORNIA.

«Sólo noticias buenas», pensó Jeffrey.

Apartó la vista de la pared y le devolvió la sonrisa a la recepcionista.

—¿Tiene morgue su periódico?

La mujer abrió los ojos como platos.

—¿Que si tiene qué?

—Un departamento de archivo, donde se guardan ediciones anteriores.

La recepcionista era joven e iba bien peinada y mejor vestida de lo que cabría esperar de una persona de su edad y posición.

—Ah, por supuesto —respondió rápidamente—. Es que no había oído a nadie emplear esa expresión. La que se refiere al depósito de gente muerta.

—En los viejos tiempos, así es cómo llamaban a los archivos de los periódicos —le explicó él.

Ella sonrió de nuevo.

—No te acostarás sin saber una cosa más. Cuarta planta, a la derecha. Que pase un buen día.

Encontró el archivo sin mayor dificultad, al fondo de un pasillo que salía de la sala de redacción. Se detuvo por un momento a contemplar a los hombres y mujeres trabajando ante sus mesas, frente a monitores de ordenador. Había una fila de pantallas de televisión sintonizadas con las cadenas de noticias por cable, colgadas del techo sobre una mesa de redacción central. La sala estaba en silencio, salvo por el omnipresente tecleteo de los ordenadores y alguna que otra voz que estallaba en carcajadas. Los teléfonos emitían zumbidos bajos. Todo le pareció elegante y eficiente, desprovisto de todo el encanto del periodismo de otros tiempos. No tenía el aspecto de un sitio propicio para la pasión, para lanzar cruzadas, para la rabia ni la indignación. No había nadie remotamente similar a Hildy Johnson o el señor Burns de *Primera Plana*. No se respiraba un ambiente de ajetreo. El lugar era como cínicamente se imaginaba las oficinas de una compañía de seguros grande; unos oficinistas grises procesando información para homogeneizarla con vistas a su difusión.

El archivero era un hombre de mediana edad, unos años mayor que Jeffrey y con un ligero sobrepeso, que resollaba un poco al hablar, como si trabajara constantemente bajo los efectos de un resfriado o del asma.

—El archivo está cerrado al público ahora mismo —dijo—, a menos que haya concertado una cita. El horario general está expuesto en la placa de la derecha. —Hizo un gesto con la mano como para despachar al visitante.

Jeffrey extrajo su pasaporte de identificación provisional.

—Se trata de un asunto oficial —aseguró en el tono más profesional del que fue capaz. Sospechaba que el archivero era el tipo de persona que adoptaba una actitud protectora de su territorio durante unos momentos pero que acababa por ceder e incluso por mostrarse servicial.

—¿Oficial? —El hombre se quedó mirando el pasaporte—. ¿Oficial de qué tipo?

—Seguridad.

El archivero alzó la vista con curiosidad.

—Le conozco —dijo.

—No, no lo creo —repuso Jeffrey.

—Sí, estoy seguro —insistió el hombre—. Segurísimo. ¿Ha estado antes por aquí?

Jeffrey se encogió de hombros.

—No, nunca. Pero necesito ayuda para encontrar unos archivos.

El hombre volvió a mirar el pasaporte, luego al visitante y finalmente asintió con la cabeza. Le señaló al profesor un asiento desocupado frente a una pantalla de ordenador y arrimó una silla para sentarse junto a él. Jeffrey se percató de que el hombre parecía estar sudando, aunque el ambiente era fresco en la sala. Además, el archivero hablaba en voz baja pese a que no había nadie más por ahí, actitud que a Jeffrey le pareció de lo más normal en un bibliotecario.

—Muy bien —dijo el hombre—. ¿Qué necesita?

—Accidentes —contestó Jeffrey—. Accidentes en los que se hayan visto envueltos mujeres jóvenes o adolescentes. En los últimos cinco años, más o menos.

—¿Accidentes? ¿De tráfico, quiere decir?

—De lo que sea. De tráfico, ataques de tiburones, impactos de meteoritos, lo que sea. Toda clase de accidentes sufridos por mujeres jóvenes. Sobre todo casos en los que la chica haya permanecido desaparecida durante algún tiempo antes de que la encontraran.

—¿Desaparecida? ¿Así, zas, sin más?

—Exacto.

El archivero puso los ojos en blanco.

—Extraña petición —gruñó—. Palabras clave. Siempre se necesitan palabras clave. Así es como está archivado en la base de datos. Identificamos palabras o frases comunes y luego las registramos electrónicamente. Cosas como «ayuntamiento» o «Super Bowl». Probaré con «accidente» y «adolescente». Deme más palabras clave.

Clayton reflexionó por un instante.

—Pruebe con «fugitiva» —dijo—. También con «desaparecida» y «búsqueda». ¿Qué otras palabras emplean los periódicos para describir los accidentes?

El archivero movió afirmativamente la cabeza.

—«Suceso» es una de ellas. Además, se aplica automáticamente un adjetivo a casi todos los accidentes, como «trágico». Lo introduciré también. ¿Los últimos cinco años, dice? En realidad, sólo llevamos una década en circulación. Ya puestos, podemos hacer la búsqueda desde el principio.

El archivero pulsó varias teclas. Al cabo de unos segundos el ordenador había procesado la orden, y para cada palabra clave había una respuesta con el número de artículos en que aparecía. Al escribir «Detalles» en el teclado, el ordenador mostraba el titular, la fecha y la página del periódico en que cada uno de ellos se había publicado. El archivero le enseñó cómo abrir los artículos para leerlos y cómo dividir la pantalla para cotejar dos textos.

—Bueno, todo suyo. —El archivero se levantó—. Estaré por aquí, por si tiene alguna duda o necesita ayuda. Conque accidentes, ¿no? —Clavó una vez más los ojos en Jeffrey—. Sé que he visto su cara antes —comentó antes de alejarse arrastrando los pies.

Jeffrey hizo caso omiso de él y se concentró en la pantalla de ordenador. Estudió los artículos metódicamente sin encontrar nada que le pareciera útil hasta que se le ocurrió lo obvio e introdujo un par de palabras clave: «muerte» y «letal».

Esto dio como resultado una lista más manejable de setenta y siete artículos. Los examinó y descubrió que cubrían veintinueve incidentes distintos acaecidos a lo largo del período de diez años. Se puso a leerlos de principio a fin, uno por uno.

No tardó mucho en darse cuenta de lo que tenía delante. En el transcurso de una sola década, veintinueve mujeres —la mayor de ellas una joven de veintitrés años recién licenciada que iba a visitar a su familia, y la menor una niña de doce que se dirigía a su clase de tenis— habían fallecido como consecuencia de algún suceso en el estado número cincuenta y uno. Ninguno de esos «accidentes» había sido uno de esos actos corrientes de un Dios caprichoso que podría colocar a una adolescente en bicicleta ante un coche en marcha cualquier tarde. En cambio, Jeffrey leyó historias de mujeres jóvenes que habían desaparecido misteriosamente en viajes de acampada, o que habían decidido de pronto fugarse de casa mientras realizaban alguna actividad de lo más normal, o que nunca habían llegado a su destino, una clase o cita de rutina. Había algunos titulares estrambóticos que aseguraban que perros salvajes o lobos reintroducidos en las zonas forestales por ecologistas obsesionados por conservar el medio ambiente habían atacado a un par de aquellas jóvenes. Una serie de sucesos se había producido al aire libre: despeñamientos, ahogamientos en ríos e hipotermias desafortunadas que habían acabado con varias. Según los artículos, unas cuantas estaban deprimidas, y se insinuaba que habían huido de su familia para quitarse la vida, como si se tratara de una decisión absolutamente normal en una adolescente, a diferencia de los impulsos autodestructivos sistemáticos como por ejemplo la bulimia o la anorexia.

El *Post* informaba de todos los casos con el mismo estilo aburrido. Artículo uno: CHICA DESAPARECE INESPERADAMENTE (página tres). Artículo dos: LAS AUTORIDADES INICIAN LA BÚSQUEDA (página cinco, una sola columna, a la izquierda, sin foto). Artículo tres: RESTOS DE CHICA DESCUBIERTOS EN ZONA RURAL SIN URBANIZAR. LA FAMILIA LLORA A LA VÍCTIMA DEL ACCIDENTE.

Había unos pocos textos que se apartaban de este enfoque tan poco imaginativo, casos que en vez de terminar con la triste variante JOVEN ENCONTRADA finalizaban con un LAS AUTORIDADES DAN POR TERMINADA LA BÚSQUEDA INFRUCTUOSA. Ni uno solo de los sucesos había aparecido en primera plana junto con las noticias de empresas nuevas que se trasladaban al estado número cincuenta y uno. Ninguna crónica ahondaba en el tema más allá de las declaraciones de los portavoces del Servicio de Seguridad. Ningún reportero intrépido mencionaba semejanzas entre un incidente y alguno que se hubiera producido anteriormente. Ningún periodista había confeccionado tampoco una lista como la que estaba elaborando él.

Esto le sorprendió. Si él había reparado en el número de casos similares, a un periodista tampoco le habría costado mucho descubrirlo. La información se encontraba en su propio archivo digitalizado.

A menos, claro está, que lo hubieran descubierto pero hubiesen optado por no publicarlo.

Jeffrey se reclinó en su silla de oficina, con la vista fija en la pantalla de ordenador. Por un momento deseó que la sala de redacción por la que había pasado estuviera realmente repleta de empleados de una compañía de seguros, porque al menos ellos estarían al corriente de las tablas actuariales con los porcentajes de probabilidades que tenía una chica adolescente de morir a causa de alguna de estas presuntas calamidades.

«Ni de casualidad —se dijo—. Y por qué no también abducciones extraterrestres», se mofó, acordándose de que ésta era la misma comparación que el agente Martin había hecho.

Lo repitió para sí, en un susurro: «Ni de coña.»

Se preguntó cuántas de aquellas muertes se habían producido tal como informaba el periódico. Supuso que un par. Seguramente alguna de aquellas adolescentes se había fugado realmente de casa, y alguna realmente se había suicidado, y tal vez había sobrevenido realmente algún accidente de acampada. Quizás incluso dos. Calculó rápidamente. Un diez por ciento equivaldría a tres muertes. Un veinte por ciento, a seis. Esto aún dejaba veinte muertes a lo largo de una década. Al menos dos por año.

Continuó meciéndose en la silla.

A los asesinos metódicos de la historia les habría parecido un balance razonable para una inversión de energía homicida. No espectacular, pero aceptable. En el polo opuesto, los asesinos psicópatas sedientos de sangre sin duda considerarían insuficiente este número desde su posición privilegiada en el infierno. Ellos preferirían la cantidad y la satisfacción instantánea. La voracidad de la muerte. Por supuesto, resultaba mucho más fácil pillarlos gracias a sus excesos.

Sin embargo, los asesinos constantes, silenciosos y entregados que ocupaban la siguiente esfera infernal asentirían con la cabeza en señal de admiración hacia un hombre que controlaba sus impulsos y sabía contenerse. Eran como el lobo que elige a los caribúes enfermos o heridos de la manada, procurando no matar a demasiados para no poner en peligro su fuente de sustento.

Jeffrey se estremeció.

Comenzó a imprimir las crónicas de los casos que creía que encajaban en esa pauta, y mientras tanto comprendió por qué lo habían mandado llamar. Las autoridades estaban quedándose sin excusas creíbles.

Perros salvajes y lobos. Mordeduras de serpiente y suicidios. Al final alguien se negaría a creerlo, y eso supondría un problema considerable. Se sonrió, como si una parte de él lo encontrara divertido.

«No tienen a dos víctimas», pensó.

«Tienen a veinte.»

Entonces la sonrisa se le borró de los labios cuando se planteó la pregunta obvia: «¿Por qué no me lo dijeron desde un principio?»

La impresora que tenía al lado comenzó a escupir las páginas con los artículos. Los papeles se apilaban en la bandeja mientras esperaba. Al alzar la mirada vio al archivero del periódico caminando hacia él con un ejemplar del *Post*.

—Sabía que le había visto antes —resolló el hombre con aire ufano—. Pues ¿no salió en la primera página de la sección «Noticias del estado» la semana pasada? Es usted una celebridad.

—¿Qué?

El hombre le tiró el periódico, y Jeffrey bajó la vista. Ahí estaba su fotografía, de dos columnas de ancho y tres columnas de alto, en la parte inferior de la primera página de la segunda sección. El titular encima de la imagen y del artículo que la acompañaba rezaba: LAS AUTORIDADES CONTRATAN ASESOR PARA INCREMENTAR LA SEGURIDAD. Clayton echó una ojeada a la fecha del periódico: era del día que había llegado al estado número cincuenta y uno.

Leyó:

... En su continuo afán por preservar y mejorar las medidas de protección de los ciudadanos del estado, el Servicio de Seguridad ha encomendado al reputado profesor Jeffrey Clayton, de la Universidad de Massachusetts, que lleve a cabo una inspección a gran escala de los planes y sistemas actuales.

Clayton, que según un portavoz espera cumplir pronto los requisitos para instalarse en el estado, es un experto en diversos procedimientos y estilos criminales. En palabras del portavoz, «todo esto forma parte de nuestros esfuerzos incesantes por adelantarnos a las intenciones de los criminales e impedir que lleguen hasta aquí. Si saben que no tienen la menor posibilidad de vencer en su juego aquí, es muy probable que se queden donde están, o que se vayan a algún otro sitio...».

Había algo más, incluida una frase que le atribuían y que él nunca había pronunciado, algo sobre lo mucho que le complacía estar allí de visita, y las ganas que tenía de volver en el futuro.

Dejó el periódico, sobresaltado.

—Se lo he dicho —señaló el archivero. Echó un vistazo a las hojas de papel que salían de la impresora—. ¿Esto tiene algo que ver con el motivo por el que está aquí?

Jeffrey asintió con la cabeza.

—Este artículo —dijo—, ¿qué difusión tuvo?

—Se publicó en todas nuestras ediciones, incluida la electrónica. Todo el mundo puede leer las noticias del día en el ordenador de su casa sin mancharse los dedos de tinta de periódico.

Jeffrey asintió de nuevo, mirando su fotografía en aquella plana del diario. «Vaya con la confidencialidad —pensó—. Nunca tuvieron la intención de mantener en secreto mi presencia aquí. Lo único que quieren ocultar al público es el auténtico motivo por el que estoy aquí.»

Tragó saliva y sintió que una grieta serena, glacial y profunda se abría en su interior. Pero al menos ahora sabía por qué estaba allí. No le vino a la mente justo la palabra «cebo», pero lo invadió la desagradable sensación de ser una lombriz que se retorcía en un anzuelo mientras alguien la sumergía despiadadamente en las frías y oscuras aguas en que nadaban sus depredadores.

Cuando salió a la calle, la puerta doble del periódico se cerró detrás de Jeffrey con un sonido como de succión. Por un momento, quedó cegado por el sol del mediodía, que se reflejaba en la fachada de cristal de un edificio de oficinas, y apartó la vista de la fuente de luz, llevándose instintivamente la mano a la frente para protegerse los ojos, como si temiese sufrir algún daño. Echó a andar por la acera y apretó el paso, moviéndose con rapidez. Antes, se había desplazado hasta el centro desde las oficinas del Servicio de Seguridad en autobús. No era una distancia muy grande, apenas unos tres kilómetros. Caminó más deprisa mientras los pensamientos se le agolpaban en la cabeza, y al cabo de un rato corría.

Iba esquivando el tráfico de peatones de la hora del almuerzo, sin hacer caso de las miradas o los insultos ocasionales de algún que otro oficinista que se veía obligado a apartarse de un salto para dejarlo pasar. La espalda de la chaqueta se le inflaba, y su corbata se agitaba al viento que él mismo generaba. Echó la cabeza hacia atrás, aspiró una gran bocanada de aire y corrió con todas sus fuerzas, como si estuviese en una carrera, intentando dejar atrás a los demás competidores. Sus zapatos crujían contra la acera, pero desoyó sus quejidos y pensó en las ampollas que le saldrían después. Comenzó a mover los brazos como pistones, para ganar velocidad, y al cruzar una calle con el semáforo en rojo oyó un pitido furioso tras de sí.

A estas alturas ya no prestaba atención a su entorno. Sin aminorar el paso, enfiló el bulevar para alejarse del centro en dirección al edificio de las oficinas del estado. Notaba el sudor que le corría desde las axilas y le humedecía la parte baja de la espalda. Escuchaba su respiración, que desgarraba roncamente el límpido aire del Oeste. Ahora estaba solo en medio del mundo de las sedes empresariales. Cuando avistó la torre de las oficinas del estado, se detuvo bruscamente para quedarse jadeando a un lado de la calle.

Pensó: «Vete. Vete ahora mismo. Coge el primer vuelo. Que se metan el dinero por donde les quepa.»

Sonrió y negó con la cabeza. No iba a hacer eso.

Apoyó las manos en las caderas y se puso a dar vueltas, intentando recuperar el resuello. «Demasiado tozudo —pensó—. Demasiado curioso.»

Recorrió unos metros, intentando relajarse. Se detuvo ante la entrada del edificio y alzó la vista para contemplarlo.

«Secretos —se dijo—. Aquí se guardan más secretos de los que imaginabas.»

Por un instante se preguntó si él mismo era como el edificio; una fachada sólida y poco llamativa que escondía mentiras y medias verdades. Sin dejar de mirar el edificio, se recordó algo que era evidente: no hay que confiar en nadie.

De un modo extraño, esta advertencia le infundió ánimos, y aguardó a que su pulso volviera a la normalidad antes de entrar en el edificio. El guardia de seguridad levantó la mirada de sus monitores de videovigilancia.

—Oiga —dijo—, Martin le está buscando, profesor.

—Pues aquí estoy —respondió Jeffrey.

—No parecía muy contento —continuó el guardia—. Claro que nunca se le ve demasiado contento, ¿verdad?

Jeffrey asintió con la cabeza y prosiguió su camino. Se enjugó el sudor que le empapaba la frente con la manga de la chaqueta.

Imaginaba que se encontraría al inspector caminando furioso de un lado a otro del despacho cuando cruzase el umbral, pero la habitación estaba vacía. Echó una ojeada alrededor y vio un aviso de mensaje en la pantalla de su ordenador. Abrió su cliente de correo electrónico y leyó:

Clayton, ¿dónde diablos anda? Se supone que debe mantenerme informado de su paradero las veinticuatro horas del día. En todo puto momento, profesor. Sin excepciones. Incluso cuando vaya al cagadero. He salido a buscarle. Si regresa antes que yo, encontrará el informe preliminar de la autopsia de la última presunta víctima en el archivo «nuevamuerta 4» de su ordenador. Léalo. Vuelvo enseguida.

Jeffrey se disponía a examinar dicho archivo cuando se percató de que el indicador de mensajes en la parte superior de la pantalla señalaba que había recibido otro. «¿Qué más quejas tiene, inspector?», se preguntó mientras desplazaba el texto hacia abajo para abrir el segundo mensaje.

Pero todo resto de irritación se disipó de inmediato en cuanto lo leyó. No constaba de firma ni encabezamiento, sólo de una serie de palabras que parpadeaban en verde sobre un fondo negro. Lo leyó entero dos veces antes de retroceder unos centímetros de la pantalla, como si la máquina fuese peligrosa y capaz de echarle la zarpa.

Decía: DE BEBÉ, LO QUE MÁS TE GUSTABA ERA JUGAR A TAPARTE LA CARA, REAPARECER DE PRONTO Y GRITAR: «¡TE PILLÉ!» CUANDO ERAS UN POCO MAYOR, TU JUEGO FAVORITO ERA EL ESCONDITE. ¿TE ACUERDAS TODAVÍA DE CÓMO SE JUEGA A ESO, JEFFREY?

Jeffrey intentó contener el súbito torrente de emociones que penetró a través de todos los años de soledad que había acumulado en torno a sí. Sintió una agitación por dentro, una mezcla de miedo, fascinación, terror y excitación. Todos estos sentimientos se arremolinaban en su interior, y luchó por mantenerlos a raya. No se permitió pensar en otra cosa que en una respuesta dirigida a sí mismo y a nadie más; menos aún a sus empleadores. Sospechaba que su presa —aunque de pronto no estaba seguro de que éste fuera el término más apropiado para designar al hombre a quien buscaba— ya conocía esa respuesta.

«Sí —dijo para sus adentros—, me acuerdo de cómo se juega.»

12

Greta Garbo por dos

Cuando creían que estaban solas en el mundo, ambas desarrollaron una curiosa sensación de seguridad, convencidas de que podían brindarse apoyo, camaradería y protección la una a la otra. Ahora que estaban menos seguras de su aislamiento, la rutina de su relación se había visto trastocada; de pronto madre e hija estaban nerviosas, casi con desconfianza mutua, a todas luces temerosas de lo que las esperaba fuera de las paredes de su pequeña casa. En un mundo que a menudo parecía haber sucumbido a la violencia habían conseguido erigir unas barreras sólidas, tanto emocionales como físicas.

Ahora Diana y Susan Clayton, cada una por su cuenta, sentían que esas barreras empezaban a desmoronarse debido a la presencia no definida del hombre que enviaba los anónimos, como un pilar de hormigón medio sumergido, batido constantemente por las olas, disolviéndose poco a poco, descascarillándose, desintegrándose y desapareciendo bajo el mar gris verdoso. Ninguna de las dos entendía del todo la naturaleza de su miedo; era cierto que un hombre las acechaba, pero la índole de este acecho las confundía.

Diana se negaba a compartir su temor más absurdo con su hija; pensaba que necesitaba más pruebas, lo que en sí era una media verdad. Ante todo, se negaba a escuchar la intuición que la había impulsado a sacar la caja de metal de su armario para buscar las endebles pruebas que tenía de la muerte de quien había sido su marido. Intentaba convencerse de que lo que contenía la caja eran datos concretos, pero eso provocaba en ella una lucha interior, la sensación que embarga a quien se debate entre lo que quiere creer y lo que le da miedo creer.

Los días posteriores al incidente del bar, la madre se había sumido en un silencio exterior, mientras una cacofonía de ruidos discordantes, dudas y malestar retumbaba en su interior.

El fracaso de sus intentos por ponerse en contacto con su hijo no habían hecho sino agravar esa inquietud. Había dejado varios mensajes en su departamento de la universidad, había hablado con una cantidad mareante de secretarias, ninguna de las cuales parecía saber con exactitud dónde se encontraba, aunque todas le aseguraron que pronto le pasarían el recado y entonces él devolvería la llamada. Una incluso llegó a decir que pegaría una nota con cinta adhesiva a la puerta de su despacho, como si eso fuera una garantía de éxito.

Diana se resistía a presionar más, porque pensaba que ello conferiría a su petición un toque de urgencia, casi de pánico, y no quería dar esa impresión. No le habría importado reconocer que estaba nerviosa, incluso alterada, desde luego preocupada. Pero el pánico le parecía un estado extremo, y esperaba hallarse aún lejos de él.

«Todavía no se ha producido ninguna situación que no podamos manejar», se dijo.

Pero a pesar de la actitud falsamente positiva de esta insistencia, ahora recurría a menudo —mucho más que antes— a la medicación para tranquilizarse, para conciliar el sueño, para olvidar las preocupaciones. Y le había dado por mezclar sus narcóticos con dosis generosas de alcohol, pese a que el médico le había advertido de que no lo hiciera. Una pastilla para el dolor. Una pastilla para aumentar el número de glóbulos rojos, que estaban perdiendo inútil y microscópicamente su batalla contra sus homólogos blancos en las profundidades de su organismo. No tenía la menor esperanza en que la quimioterapia diera resultado. También tomaba vitaminas para mantenerse fuerte. Antibióticos para evitar infecciones. Colocaba las pastillas en fila y evocaba imágenes históricas: la ofensiva de Pickett. Un esfuerzo valeroso y romántico contra un ejército bien atrincherado e implacable. Estaba destinado a fracasar desde antes de comenzar.

Diana regaba el montón de píldoras con zumo de naranja y vodka. «Al menos —se decía, no sin ciertos remordimientos—, el zumo de naranja se fabrica aquí y seguramente me hará bien.»

Más o menos al mismo tiempo, Susan Clayton se dio cuenta de que estaba tomando precauciones que antes desdeñaba. Durante los días siguientes al incidente en el bar, no subía ni bajaba en ascensor a menos que hubiera varias personas más. No se quedaba a trabajar hasta tarde en la oficina. Siempre que iba a algún sitio, pedía a alguien que la acompañara. Se preocupaba de cambiar su rutina diaria lo máximo posible, buscando la seguridad en la variedad y la espontaneidad.

Esto le resultaba difícil. Se consideraba una persona obstinada y no precisamente espontánea, aunque los pocos amigos que tenía en el mundo seguramente le habrían dicho que se equivocaba de medio a medio en su valoración de sí misma.

Cuando conducía de casa a la oficina y viceversa, ahora Susan había adquirido la costumbre de moverse entre los carriles rápidos y los lentos; durante unos minutos circulaba a ciento cincuenta kilómetros por hora y de pronto aminoraba la marcha hasta casi avanzar a paso de tortuga, pasando de un extremo al otro de una manera que creía que frustraría incluso al perseguidor más tenaz, pues al menos a ella la frustraba.

Llevaba una pistola en todo momento, incluso por casa, después de llegar del trabajo, escondida bajo la pernera de los vaqueros, sujeta al tobillo. Sin embargo, no engañaba a su madre, que sabía lo del arma, aunque le parecía más prudente no comentar nada al respecto, y que, por otra parte, aplaudía en su fuero interno esa precaución.

Ambas mujeres miraban con frecuencia por la ventana, intentando vislumbrar al hombre que sabían que andaba por ahí, en algún sitio, pero no veían nada.

Mientras tanto, las preocupaciones que embargaban a Susan se intensificaban por su incapacidad para idear un acertijo apropiado para enviar su siguiente mensaje. Juegos de palabras, acrósticos literarios, crucigramas... nada de eso le había resultado útil. Quizá, por primera vez, Mata Hari había fracasado.

Esto le daba cada vez más rabia.

Después de pasarse varias tardes muy tensa, sentada en casa con un bloqueo mental incontrolable, con la fecha de publicación cada vez más próxima, dejó caer la libreta y el lápiz al suelo de su habitación, le asestó una palmada a la pantalla de su ordenador, envió varios libros de consulta a un rincón de una patada y decidió salir a navegar en su lancha.

Caía la tarde, y el potente sol de Florida empezaba a perder su dominio sobre el día. Su madre había cogido un bloc grande de papel de dibujo y estaba abstraída, haciendo un bosquejo con carboncillo, sentada en un rincón de la habitación.

—Maldita sea, mamá, necesito tomar un poco el aire. Voy a dar una vuelta en la lancha y a ver si cojo un par de pescados para la cena. No tardo.

Diana alzó la vista.

—Pronto oscurecerá —señaló, como si ésa fuera una razón para no hacer nada.

—Sólo me alejaré media milla, a un lugar resguardado que conozco. Está casi en línea recta desde el embarcadero. Me llevará poco rato, y necesito ocuparme en algo que no sea quedarme por aquí pensando en cómo responderle a ese cabrón diciéndole algo que lo expulse de nuestras vidas.

Diana dudaba que hubiese algo que su hija pudiese escribir para alcanzar esa meta. Pero la animó ver la actitud decidida de su hija; le resultaba reconfortante. Se despidió con un leve gesto de la mano.

—Un poco de mero fresco no vendría mal —comentó—. Pero no tardes. Vuelve antes de que anochezca.

Susan le dedicó una amplia sonrisa.

—Es como hacer un pedido a la tienda de comestibles. Estaré de vuelta dentro de una hora.

Aunque se acercaban los últimos meses del año, hacía un calor veraniego al final del día. En Florida las altas temperaturas pueden llegar a ser sobrecogedoras. Esto ocurre sobre todo en verano, pero en ocasiones llegan rachas de viento del sur en otras estaciones del año. El calor tiene una presencia que debilita el cuerpo y enturbia la mente. Se avecinaba una noche de ese tipo: serena, húmeda, inmóvil. Susan era una pescadora avezada, una experta en las aguas a cuya orilla había crecido. Cualquiera puede mirar al cielo y prever la violencia que pueden desatar de pronto los nubarrones y las trombas, con sus vientos huracanados y su velocidad de tornado.

Pero a veces los peligros del agua y de la noche son más sutiles y se ocultan bajo un cielo en el que no corre una brizna de aire.

Antes de soltar amarras vaciló por un segundo, luego se sacudió la sensación de riesgo, recordándose que no tenía nada que ver con lo que estaba haciendo, una excursión de lo más común, y sí mucho que ver con el miedo residual que el hombre y sus mensajes le habían inspirado. Pilotó la lancha por la estrecha vía de agua hacia la bahía, y luego empujó el acelerador a fondo. Los oídos se le llenaron de ruido y el viento le azotó el rostro de repente.

Susan se encorvó contra la velocidad, disfrutando con el embate y el zarandeo que traía consigo, pensando que había salido a ese mundo que conocía tan bien precisamente para librarse de su ansiedad.

Decidió de inmediato pasar de largo la zona resguardada de la que le había hablado a su madre, e hizo un viraje brusco, notando cómo el casco largo y angosto se hincaba en la superficie azul claro mientras se dirigía a un lugar más lejano y productivo. Sintió que sus cadenas quedaban atrás, en tierra firme, y casi le entristeció llegar a su destino.

Después de apagar el motor, dejó la embarcación cabeceando sobre las olas diminutas durante un rato. Luego, con un suspiro, se concentró en la tarea de pescar la cena. Soltó un ancla pequeña, cebó un anzuelo y lo lanzó. Al cabo de unos segundos notó un tirón inconfundible.

Media hora después, había llenado hasta la mitad una nevera portátil con pagros y meros más que suficientes para cumplir con la promesa que le había hecho a su madre. La pesca había surtido en ella el efecto que esperaba; le había despejado la cabeza de temores y le había conferido fuerzas. De mala gana, recogió el sedal. Guardó su equipo, se levantó, paseando la mirada en derredor, y cayó en la cuenta de que tal vez había estado allí más tiempo de la cuenta. Allí de pie, le pareció que los últimos rayos grises del día se extinguían en torno a ella, escurriéndosele entre los dedos. Antes de que pusiera rumbo a su casa, se vio envuelta en la oscuridad.

Esto le causó desasosiego. Sabía cómo regresar, pero también que ahora le sería mucho más difícil. Cuando el último resplandor se desvaneció, estaba atrapada en un mundo transparente, silencioso, viscoso y resbaladizo, y donde antes se encontraba la frontera habitual entre tierra, mar y aire, ahora había una masa informe, negra y cambiante. De pronto se puso nerviosa, consciente de que había traspasado el límite de la prudencia, con lo que el mundo que amaba se había convertido súbitamente en un lugar inquietante y tal vez incluso peligroso.

Su primer impulso fue el de llevar la lancha directa a tierra y arrancar a correr durante unos minutos hasta encontrar algún punto de referencia entre los diferentes tonos de sombras que tenía ante sí. Hubo de obligarse a reducir la velocidad, pero lo logró.

Más adelante entrevió las sinuosas siluetas de un par de islotes y recordó que había un canal estrecho entre ellos que la conduciría a aguas más despejadas. Una vez allí, podría avistar luces a lo lejos, quizás alguna casa o faros en la carretera; cualquier cosa que la guiase a la civilización.

Siguió adelante despacio, intentando encontrar el paso entre los dos islotes. A duras penas consiguió distinguir parte de la maraña formada por las ramas de los árboles del manglar mientras se acercaba, temerosa de encallar antes de salir a aguas más profundas. Trató de tranquilizarse, diciéndose que lo peor que podía ocurrir es que tuviera que pasar una noche incómoda en la lancha batallando contra los mosquitos. Gobernaba la embarcación con cuidado, deslizándose hacia delante mientras el motor burbujeaba a su espalda. Su confianza en sí misma aumentó cuando se introdujo en el espacio entre los islotes. Se estaba felicitando por haber dado con el canal cuando el casco de la lancha tropezó con la arena lodosa de un bajío invisible.

—¡Mierda! —gritó, consciente de que se había desviado demasiado hacia uno u otro lado. Metió marcha atrás, pero la hélice ya rozaba el fondo, y fue lo bastante inteligente para apagar el motor por completo antes de que se soltara.

Maldijo la noche, furiosa, dejando que su invectiva le brotara de los labios, una sucesión ininterrumpida de «mierdas» y «hostias putas», pues el sonido de su voz la reconfortaba. Después de cagarse durante un rato en Dios, las mareas, el agua, los traicioneros bancos de arena y la oscuridad que lo había hecho todo imposible, se interrumpió y escuchó por unos momentos el sonido de las olas pequeñas que chapaleaban contra el casco. Luego, sin dejar de hablarle en voz alta a su lancha, activó el mecanismo eléctrico que izó el motor con un zumbido agudo. Esperaba que esto bastara para quedar a la deriva, pero no fue así.

Maldiciendo y quejándose en todo momento, Susan empuñó la pértiga y empujó con ella para intentar desencallar la embarcación. Le pareció que ésta se movió un poco, pero no lo suficiente. Seguía varada. Volvió a colocar la pértiga en su soporte y se desplazó a un lado de la lancha. Contemplando el agua que la rodeaba calculó a ojo que debía de tener sólo unos quince centímetros de profundidad. El calado de la embarcación medía veinte. Sólo se mojaría hasta los tobillos. Pero tenía que bajar, colocar ambas manos contra la proa y empujar con todas sus fuerzas. Necesitaba sacudir la lancha para liberarla de la arena. Y si eso no daba resultado, pensó, bueno, se quedaría atrapada allí hasta que, al amanecer, la marea empezara a subir y el agua del mar fluyese por encima del bajío, haciendo subir la embarcación hasta desembarrancarla. Por un instante, mientras se encaramaba a la borda, lista para abandonar la seguridad de la lancha, contempló la posibilidad de esperar y dejar que la naturaleza se encargara del trabajo duro. Sin embargo, se reprendió a sí misma por ser tan remilgada, y con un movimiento resuelto saltó al agua.

Templada como un baño, ésta se arremolinó en torno a sus pantorrillas. El fondo bajo sus zapatos era un lodo blando. Al instante se hundió unos cuantos centímetros. De nuevo prorrumpió en imprecaciones, un torrente constante de palabrotas. Apoyó el hombro en la proa y, tras respirar hondo, se puso a empujar. Soltó un gruñido a causa del esfuerzo.

La lancha no se movió.

—Oh, venga —imploró Susan.

Volvió a apretar el hombro contra la proa, intentando esta vez empujar hacia arriba para mecer la embarcación. La frente se le perló de sudor. Se le escapó un fuerte gemido, y notó que los músculos de la espalda se le tensaban como un cordón al ceñir la cintura de unos pantalones, y la lancha se deslizó hacia atrás unos centímetros.

—Mejor —dijo.

Lo intentó otra vez, aspirando hondo y aplicando presión con todo su empeño. El fondo plano de la barca raspó el fondo al recular unos quince centímetros más.

—Un avance, joder —masculló ella.

Un empujón más y pondría la lancha a flote.

No sabía cuántas fuerzas le quedaban, pero estaba decidida a gastarlas en ese intento. La arena del fondo le había succionado los pies y le llegaba a una altura considerable de las piernas. Tenía una marca en el hombro por apretarlo contra la lancha. Empujó de nuevo y soltó un gritito cuando la barca retrocedió con un chirrido y luego quedó libre. Susan trastabilló a causa del impulso y perdió el equilibrio. Jadeando, se tambaleó hacia delante mientras la lancha se alejaba de ella, flotando. El agua salada le mojó el rostro cuando cayó de rodillas. La embarcación se acercó un poco, como un cachorro temeroso de que lo castiguen, y se quedó cabeceando sobre la superficie a unos tres metros de donde estaba ella.

—Mierda, mierda —refunfuñó, disgustada por haberse mojado, pero en realidad encantada de haber logrado desencallar. Se puso de pie, se sacudió de la cara y las manos toda el agua de mar que pudo y, tras liberar los pies del cieno del bajío, echó a andar en dirección a la barca.

Sin embargo, allí donde esperaba encontrar el fondo blando bajo los pies, no había nada.

Susan se precipitó de nuevo hacia delante, perdió el equilibrio y se zambulló en el agua oscura. Supo al instante que se había metido en el canal. Alzó la cara para hacerla emerger de aquella extensión de negrura y respiró una gran bocanada de aire. Los dedos de sus pies buscaron un fondo donde apoyarse, pero no lo encontraron. El agua oscura parecía arrastrarla hacia abajo. Exhaló con fuerza, luchando contra una oleada repentina de pánico.

La lancha se mecía sobre la superficie tranquila, a poco más de tres metros.

No se permitió imaginar realmente su situación, en el agua, sin hacer pie, a oscuras, mientras una corriente suave alejaba de ella a velocidad constante la seguridad que representaba la lancha. Mantuvo la sangre fría, aspiró profundamente el aire sedoso de la noche y dio varias brazadas rápidas y vigorosas por encima de la cabeza, pataleando con fuerza, levantando pequeñas explosiones de fósforo blanco tras sí. La embarcación flotaba provocadoramente delante de Susan, que nadó enérgicamente hasta alcanzar el costado, extender los brazos y asirse a la borda con ambas manos.

Permaneció un rato así, sujeta de un flanco de la lancha, con la mejilla apretada contra la lisa fibra de vidrio de la embarcación como una madre contra la mejilla de un niño perdido. Los pies le colgaban en el agua, casi como si ya no formaran parte de ella. Fue entonces cuando se dio cuenta de lo terriblemente cansada que estaba. Se quedó un momento allí, reposando. A continuación reunió las pocas fuerzas que le quedaban, se aupó y pasó una pierna por encima de la borda, intentando aferrarse a la lancha con el vientre. Durante un segundo permaneció allí en precario equilibrio, luego se agarró con más firmeza, se impulsó con la pierna que aún tenía en el agua y finalmente rodó por el suelo de la barca.

Susan se quedó tendida, mirando al cielo, intentando recuperar el resuello.

Notaba que la adrenalina le palpitaba en las sienes, y que el corazón le latía desbocado en el pecho. Se apoderó de ella una sensación de agotamiento mucho mayor de la que correspondía a la energía que había empleado, un cansancio que tenía más que ver con el miedo que con el esfuerzo.

En lo alto, las estrellas titilaban con benevolencia. Las contempló y dijo en voz alta:

—Nunca, nunca, nunca, nunca bajes de la lancha de noche. Nunca pierdas el contacto. Nunca dejes que se te escape. Nunca, nunca jamás dejes que esto vuelva a ocurrir.

Se incorporó trabajosamente, con la espalda contra la borda. Cuando recobró el aliento, al cabo de un momento, se puso en pie, temblando.

—Muy bien —dijo en voz alta—. Vuelve a intentarlo. Encuentra el canal, maldita sea, no la arena. Avante, despacio.

Le vinieron ganas de reír, pero se recordó a sí misma que todavía no había recorrido el canal.

—Aún no hemos salido de ésta —murmuró.

Se dejó caer junto al tablero de mandos y, cuando se disponía a darle al contacto, una gran masa de agua gris negruzca saltó a su lado, salpicándole el rostro y las manos y arrancándole un grito de sorpresa. Se oyó un golpe sordo cuando una aleta impactó contra el costado de la lancha, un estallido de energía blanca y espumosa a unos centímetros de su cabeza.

La explosión la derribó de su asiento sobre la cubierta de la lancha.

—¡Dios santo! —exclamó.

El agua se arremolinó alrededor de la barca y luego quedó quieta.

El corazón le dio un vuelco.

—¿Qué demonios eres? —gritó, poniéndose de rodillas con dificultad.

La única respuesta a su pregunta fue el silencio y el retorno de la noche.

Escudriñó las corrientes pero no vio rastro del pez que había emergido junto a la lancha. De nuevo se esforzó por calmarse. «Dios mío —pensó—, ¿qué era eso que estaba en el agua conmigo? ¿Un tiburón tigre grande, o un pez martillo? Cielo santo, debe de haber estado allí, justo al borde del bajío, buscando su cena, y yo metida en el agua, junto a él, chapoteando. Joder.» De pronto imaginó al pez debajo de ella todo el rato, observándola, esperando, sin saber qué era ella exactamente, pero acercándose a pesar de todo. Susan exhaló rápidamente, soltando el aire con fuerza.

Se estremeció, intentando desterrar el miedo que aún tenía en su interior. Era consciente de que no podía hacer nada más y, con la mano ligeramente trémula, bajó despacio el motor, le dio al encendido y empujó la transmisión hacia delante. Casi sin acelerar, viró en la dirección que creía que la llevaría a la orilla.

«Llegaremos a casa esta noche —se dijo—, y luego se acabó la pesca durante un tiempo.» Mientras avanzaba a una velocidad apenas superior al gateo de un bebé por un suelo desconocido para él, reflexionó sobre el hecho de que su madre no seguiría a su lado mucho tiempo y de que ella tendría que empezar a prepararse para esa realidad cuanto antes. No obstante, no tenía la menor idea de cómo prepararse.

Diana Clayton había estado absorta en su bosquejo, y cuando la luz perdió intensidad en torno a ella, de modo que le costaba ver los últimos trazos y sombreados del dibujo, alzó la mirada para pulsar el interruptor de la luz y se percató de que su hija estaba tardando mucho en regresar.

Su primer impulso fue acercarse a la ventana, pero en los últimos días se había sorprendido a sí misma mirando hacia fuera en demasiadas ocasiones, como si ya no confiase en el mundo que le era familiar. Esta vez no se comportaría como una anciana decrépita y agonizante, que es como se veía a sí misma, y confiaría en que su hija sería capaz de volver a casa sana y salva. De modo que, en lugar de echar un vistazo al exterior, recorrió deprisa la casa, encendiendo las luces, muchas más de las que habría encendidas en circunstancias normales. Al final, no quedaba una sola bombilla en todas las habitaciones de la casa que no estuviese despidiendo luz. Incluso encendió las de los armarios.

Cuando regresó a donde estaba dibujando, posó la vista en el boceto en carboncillo y de pronto preguntó en voz alta:

—¿Qué querías de mí?

El rostro que había esbozado en el bloc sonreía con los labios apretados y una expresión en los ojos que denotaba que sabía algo que nadie más sabía, una especie de diversión arrogante que ella sólo podía reconocer como perversa.

—¿Por qué me escogiste a mí?

En el dibujo él aparecía como un hombre joven, y ella se consideraba a sí misma una mujer envejecida por la enfermedad. Se preguntó si el mal que padecía él lo había avejentado tan precipitadamente también, pero por alguna razón lo dudaba. Era más probable que su enfermedad actuase como una especie de elixir de Ponce de León, pensó ella con rabia. Tal vez, con los años, los carrillos se le hubiesen puesto más carnosos, y ahora tuviese entradas en el pelo. Quizá se le habían profundizado las arrugas de la frente y de las comisuras de la boca y los ojos. Pero eso sería todo. Seguiría siendo fuerte y siempre seguro de sí mismo.

No le había dibujado las manos. Acordarse de ellas le provocaba escalofríos. Él tenía dedos largos y delicados que escondían una gran fuerza física. Tocaba el violín bastante bien y sabía arrancar del instrumento sonidos de lo más evocadores.

Siempre tocaba solo, en una habitación que tenía en el sótano, donde tanto ella como los niños tenían prohibida la entrada. Las notas del instrumento se colaban por toda la casa como el humo, y más que un sonido eran como un olor, una sensación de frío.

Diana cerró los ojos y le rechinaron los dientes cuando pensó que esas manos habían tocado su cuerpo. De forma profunda e íntima. Sus atenciones hacia ella eran curiosamente infrecuentes, pero cuando se producían, eran insistentes. Sus relaciones sexuales no consistían en la unión de dos personas, sino simplemente en que él la utilizaba cuando tenía ganas.

Diana sintió un nudo en la garganta.

Sacudió la cabeza enérgicamente, en desacuerdo consigo misma.

—Estás muerto —dijo en alto, plantando cara al boceto—. Te mataste en un accidente de tráfico, y espero que te doliese.

Cogió el bloc de dibujo, clavó la mirada en la caricatura que tenía ante sí y luego cerró la libreta. Pensó que su hija había heredado la forma de la boca, y su hijo, la de la frente. Los tres tenían la misma barbilla. Ella esperaba que los ojos —y lo que habían visto— fueran sólo de él. «Yo era joven y me sentía sola —recordó—. Era callada y retraída, y no tenía amigos. Nunca fui popular ni bonita, así que los chicos no me rondaban ni me llamaban para salir. Llevaba gafas, y el pelo recogido y aplastado hacia atrás, y nunca me maquillaba, ni era graciosa, divertida, o atlética, ni tenía ninguna otra cualidad que me hiciese atractiva a los ojos de nadie más. Tenía mala coordinación y no sabía hablar de otra cosa que de mis estudios, no tenía nada que decir sobre nada ni sobre nadie. Y antes de que él apareciera, yo creía que eso era todo lo que me ofrecería la vida, y en más de una ocasión pensé que tal vez acabaría con todo antes de que hubiera comenzado. Deprimida y con tendencias suicidas. ¿Por qué? —se preguntó de repente—. Porque mi propia madre era una mujer apocada, de espíritu débil, adicta a las pastillas para adelgazar, y mi padre era un profesor de universidad entregado a su trabajo, un poco frío, un poco distante, que la quería pero la engañaba y, cada vez que lo hacía, se avergonzaba más y se distanciaba más de nosotras. Vivíamos en una casa llena de secretos y yo no estaba ansiosa por averiguar verdades. Cuando crecí, estaba deseando marcharme y, al hacerlo, descubrí que el mundo exterior tampoco tenía gran cosa que ofrecerme.»

Bajó la vista al bloc de dibujo, que había resbalado al suelo.

«Excepto tú.»

De pronto se agachó para recoger el bloc y lo abrió por la página del retrato.

—¡Los salvé! —gritó sin pararse a tomar aire—. ¡Maldita sea, los salvé y me salvé a mí misma de ti!

Diana Clayton se levantó parcialmente y lanzó el bloc al otro extremo de la habitación, donde golpeó la pared y cayó dando vueltas al suelo. Ella se desplomó en la silla, se reclinó y cerró los párpados. «Me muero —pensó—. Me muero, y ahora, cuando merezco algo de paz, me veo privada de ella. —Abrió los ojos y los posó en el boceto, que le devolvía la mirada—. Por culpa tuya.»

Se puso de pie, cruzó la habitación despacio y recogió el bloc. Le quitó el polvo, lo cerró, luego juntó los carboncillos y el trapo que había utilizado para difuminar las sombras, lo llevó todo al armario de su dormitorio y lo arrojó a un rincón, esperando que allí quedara oculto.

Retrocedió un paso y cerró de un golpe la puerta del armario. «No pensaré más en ello —se exigió—. Todo terminó aquella noche. De nada sirve acordarse de estas cosas.»

Sin creer una sola de las mentiras que acababa de decirse, Diana regresó a la sala de estar de su refugio a esperar a que su hija volviese a casa con la cena prometida. Aguardó en silencio, envuelta en aquel brillo intenso, hasta que oyó el sonido familiar de las pisadas de su hija acercándose por el camino de entrada en la oscuridad del exterior.

Los filetes de pescado frescos, salteados con un poco de mantequilla, vino blanco y limón estaban deliciosos y las reanimaron a las dos. Madre e hija se tomaron una copa de vino por cabeza con la cena e intercambiaron algunos chistes subidos de tono, lo que llevó risas a una casa en la que hacía tiempo que no se oía ninguna. Diana no comentó nada del retrato que había bosquejado. Susan no explicó por qué había llegado tan tarde. Durante una hora, las dos se las arreglaron para que las cosas parecieran casi como eran antes, una ilusión aceptable.

Una vez que los platos estuvieron lavados y guardados, Diana se retiró a su habitación y Susan a la suya, donde encendió el ordenador y retomó la frustrante tarea de idear un acertijo para el hombre que creía que la acechaba. Este pensamiento la hizo sonreír, pero sin una pizca de humor: la idea de que el hombre podía perfectamente estar justo al otro lado de la puerta, o bajo su ventana, o merodeando en las sombras junto a cualquiera de las palmeras que montaban guardia en el patio..., pero que, aunque se encontrara al alcance de la mano, su forma de comunicarse era mediante juegos de palabras ingeniosos.

Se le ocurrió algo e insertó una tabla en la pantalla del ordenador. Dentro, escribió:

¿Fuiste tú quien me salvó?
¿Qué es lo que quieres?
Yo quiero que me dejes en paz.

Contempló el mensaje por un momento y vio que lo que tenía eran dos preguntas y una afirmación. Separó los dos elementos del mensaje, de modo que quedó, por un lado:

¿Fuiste tú quien me salvó?
¿Qué es lo que quieres?

Y, por otro:

Yo quiero que me dejes en paz.

Decidió que podía revolver y cifrar el primer par de frases. Comenzó a trasponer las letras y al cabo de un rato obtuvo este resultado:

¿Si ven tufo sume tequila?
¿Quisque queso leeré?

Le gustaban los anagramas. Meditó sobre la última frase del mensaje y le vino una idea a la mente. Sonrió una vez, impresionada por su astucia, y susurró para sí:
—No has perdido del todo tus facultades, Mata Hari.
Escribió:

En la antigua isla del toro cometes un error que te hace vomitar y te recuerda la frase más famosa que ella dijo nunca.

Quedó complacida. Envió por correo electrónico el texto a su oficina, sólo una hora antes de que se cerrara el plazo para remitir material a la revista, y seguramente minutos antes de que algún editor agobiado se pusiese en contacto con ella, presa del pánico. A continuación, apagó su ordenador y se fue a la cama con la satisfacción del deber cumplido. Se durmió al instante y, por primera vez en días, no soñó nada.

Susan despertó unos segundos antes de que sonara la alarma de su despertador. Apagó el aparato antes de que comenzase a pitar, se levantó y se fue directa a la ducha. Después de secarse se vistió rápidamente, ansiosa por llegar a su oficina y ver las pruebas de imprenta de la columna del concurso de esa semana y lo que traería consigo. Recorrió el pasillo de puntillas, abrió la puerta de la habitación de su madre y echó un vistazo sigilosamente. Diana aún dormía, lo que su hija supuso que era algo bueno, pues imaginaba que el reposo la ayudaría a recuperarse. Si la enfermedad la debilitaba era en buena parte porque el dolor le arrebataba horas de descanso, de modo que la carga del agotamiento se sumaba a la serie de sufrimientos que la aquejaban.

Susan vio en la mesita de noche los frascos de pastillas que eran una constante en lo que quedaba de la vida de su madre. Moviéndose sin hacer ruido, se acercó, los juntó y se los llevó a la cocina.

Estudió las etiquetas con atención, luego extrajo la dosis matinal indicada de cada envase y las alineó en un plato de porcelana blanca como un pelotón al que van a pasar revista. Media docena de píldoras para empezar el día. Una roja, una ocre, dos blancas, dos cápsulas de dos colores distintas. Unas eran pequeñas, otras grandes. Permanecían en posición de firmes, esperando órdenes.

Susan se dirigió a la nevera, sacó un poco de zumo de naranja recién exprimido, sirvió un vaso y esperó que su madre no lo llenase de vodka después de beberse la mitad. Colocó el vaso junto a las pastillas. A continuación sacó un cuchillo, encontró un melón cantalupo y uno dulce, los cortó en rodajas con cuidado y dispuso elegantemente los trozos en forma de media luna en otro plato. Por último, encontró una hoja de papel y escribió una nota prosaica:

Me alegro de que hayas dormido un poco. Me he ido a trabajar temprano. Aquí te dejo el desayuno y las medicinas para hoy. Nos vemos por la noche. Podemos terminarnos el pescado para cenar.

Besos,

Susan

Paseó la vista por la cocina para comprobar que todo estuviera en su sitio, decidió que sí, y salió de la casa por la puerta trasera.

Cerró con llave y alzó la mirada al cielo. Ya estaba azul y soleado. Unas pocas nubes blancas y bulbosas vagaban sin rumbo fijo. «Un día perfecto», pensó.

Aproximadamente una hora después de que su hija se marchara, Diana Clayton despertó sobresaltada.

El sueño todavía le empañaba la visión, y ahogó un grito de terror, lanzando golpes al aire con los dos puños a la vez.

Tosió con fuerza y cayó en la cuenta de que estaba incorporada en la cama. Miró alrededor con los ojos desorbitados, temiendo ver a alguien escondido en un rincón. Aguzó el oído como si estuviera en condiciones de percibir el sonido de la respiración del intruso y distinguirlo de sus propios jadeos entrecortados. Quería inclinarse para echar un vistazo debajo de la cama, pero le faltó valor para ello. Fijó la vista en la puerta del armario, creyendo que quizás el intruso se ocultaba allí, pero luego recordó que tras esa puerta se escondían ya bastantes horrores, en el interior de la caja de metal o esbozados en el bloc de dibujo, y se dejó caer sobre las almohadas, respirando agitadamente.

Había sido el sueño, se dijo. En el último sueño que había tenido esa noche, estaba con su hija y, al bajar la mirada, descubría que a ambas les habían cortado de pronto la garganta, como al hombre del bar. Esta visión la había devuelto a la vigilia bruscamente. Se llevó la mano al cuello y notó el sudor resbaladizo que le goteaba por entre los senos.

Esperó a que su respiración volviera a la normalidad y a que el golpeteo de su corazón en el pecho remitiese antes de bajar los pies de la cama. Deseaba que hubiese una pastilla contra el miedo y, al volverse, advirtió que su provisión de frascos no estaba en su mesita de noche. Por un momento esto le causó confusión. Se levantó, se echó un albornoz blanco de algodón sobre los hombros y caminó con pasos suaves sobre el entarimado del suelo hacia la cocina. Avistó la hilera de frascos casi antes de que le diera tiempo de preocuparse.

También vio las rodajas de melón, se llevó una a la boca y reparó en el zumo y en la nota. Leyó lo que su hija le había escrito y sonrió. «He sido una egoísta —pensó— al retenerla a mi lado. Es una hija especial. Los dos son hijos especiales, cada uno a su manera. Siempre lo han sido. Y ahora que son adultos, siguen siendo especiales para mí.»

En el plato que tenía delante había una docena de pastillas bien ordenadas. Se disponía a cogerlas. Acostumbraba a ponérselas todas en la mano, metérselas en la boca como un puñado de cacahuetes y bajarlas con un trago de zumo.

No estaba segura de qué fue lo que la impulsó a detenerse. Quizás el traqueteo que oyó y que no identificó de inmediato. Algo que se rompía, pensó. ¿Qué podía romperse?

Miró a través de la ventana al azul brillante del cielo. Vio que una de las palmeras se cimbreaba movida por la enérgica brisa matinal. Oyó de nuevo aquel ruido, que esta vez sonó más próximo. Dio un par de pasos por la cocina y vio que la puerta trasera parecía estar abierta. Era lo que producía el traqueteo, cuando la corriente tiraba de ella y luego la cerraba de golpe.

Eso no era normal, y frunció el ceño.

«Susan siempre cierra con llave cuando se va temprano», pensó.

Atravesó la cocina y se paró en seco.

El pestillo estaba echado, pero la puerta no estaba cerrada. Al examinarlo más de cerca descubrió que alguien había usado un destornillador o un martillo de orejas pequeño para arrancar la madera en torno al pestillo. Como solía ocurrirle a este material en los Cayos de Florida, la exposición constante al calor, la humedad, la lluvia y el viento había hecho estragos en el marco de la puerta, ablandándolo, desgastándolo, casi pudriéndolo. Haría las delicias de un ratero.

Diana reculó, como si la prueba de que habían forzado la puerta fuese infecciosa.

«¿Estoy sola?»

Se puso muy alerta. «La habitación de Susan», se dijo. Se dirigió hacia allí entre caminando y corriendo, temiendo que alguien se abalanzase hacia ella de pronto. Cruzó la habitación a toda prisa, abrió violentamente la puerta del armario y cogió una de las pistolas que su hija tenía sobre un estante. Dio media vuelta en la posición de disparar que Susan le había enseñado, amartillando el pequeño revólver y quitando el seguro con el mismo movimiento.

Estaba sola.

Diana escuchó atentamente pero no oyó nada, al menos nada que indicase que el intruso seguía por allí. Con una cautela exagerada en todo momento, fue de una habitación a otra, revisando cada armario y rincón, debajo de las camas, cualquier hueco donde pudiera esconderse un hombre. Nadie había tocado nada. Todo estaba en su sitio. No había el menor indicio de que alguien más hubiera estado en la casa, por lo que empezó a relajarse.

Regresó a la cocina y se acercó a la puerta a fin de inspeccionar el marco con más atención. Tendría que llamar a un carpintero ese mismo día, pensó, para que viniera y lo arreglara de inmediato. Sacudió la cabeza y, por unos instantes, sostuvo el frío metal de la pistola contra su frente. El susto de muerte que se había llevado un momento antes quedó rápidamente reducido a una irritación moderada mientras repasaba mentalmente la lista de carpinteros que ofrecían servicios de urgencia. Examinó de nuevo la madera arrancada.

—La madre que los parió —masculló en voz alta.

Seguramente había sido un vagabundo. O quizás unos adolescentes que habían dejado el instituto. Había oído que un par de chicos emprendedores de la zona habían amasado una cantidad considerable de dinero a los diecisiete años robando televisores, cadenas de música y ordenadores durante el día, mientras las familias estaban en el colegio o trabajando. Las marcas de rascaduras en el marco revelaban que el que había forzado el cerrojo era un aficionado. Había clavado una palanca de metal en la madera y había aplicado la fuerza bruta. Había obrado con prisas, sin el menor cuidado. Debía de pensar que no había ninguna persona en la casa y que un poco de ruido no alertaría a nadie.

Diana concluyó que los allanadores debieron de llegar un rato después de que se marchara Susan. Probablemente ya habían recorrido media casa cuando oyeron que ella se despertaba y habían salido huyendo.

Se sonrió y levantó la pistola.

Si lo hubieran sabido... Ella no se consideraba una guerrera, y desde luego no sería rival para un par de jóvenes. Contempló el arma. Tal vez habría equilibrado las cosas, pero sólo si hubiese podido cogerla a tiempo. Intentó imaginarse corriendo por la casa perseguida por dos adolescentes. Difícilmente resultaría ganadora de esa carrera.

Diana negó con la cabeza.

Suspiró y se esforzó por no pensar en lo cerca que había estado de morir. No había sucedido nada. Aquello no había sido más que una molestia, y además una molestia común y corriente, no sólo en los Cayos y en las ciudades, sino en todas partes. Un momento peliagudo y significativo de rutina en que nada había pasado. Un fiasco apenas digno de mención o de atención, pero que podría haberle costado la vida. Ellos habían oído el ruido que hacía al levantarse y se habían espantado, por fortuna, pues si se hubieran adentrado un poco más en la casa, seguramente habrían decidido matarla, además de robarle.

Imaginó al par de jóvenes. Cabello largo y grasiento. Pendientes y tatuajes. Manchas de nicotina en los dedos. «Gamberros», pensó. Se preguntó si esta palabra seguía siendo de uso común.

Diana se apartó de la puerta y se dirigió de nuevo a la mesa de la cocina. Depositó la pistola en el tablero y se llevó a la boca otro trozo dulce de melón. Los jugos azucarados le infundieron nuevo vigor. Cogió el vaso de zumo de naranja y extendió otra vez la mano hacia las pastillas que su hija le había dejado.

Entonces se detuvo.

Su mano vaciló en el aire a pocos centímetros de las píldoras.

«¿Qué sucede?», se preguntó de repente.

Una oleada de frío le recorrió el cuerpo.

Contó las pastillas. Doce.

«Son demasiadas —pensó—. Lo sé. Por lo general no son más de seis.»

Cogió los frascos, leyó la etiqueta de cada uno y contó de nuevo.

—Seis —dijo en alto—. Deberían ser seis.

Había doce en el plato.

—Susan, ¿te has equivocado?

No parecía posible. Susan era una persona muy cuidadosa, ordenada, sensata. Y le había preparado su medicación muchas veces.

Diana se acercó a un rincón de la cocina donde había un ordenador pequeño conectado a la línea telefónica. Introdujo el código de la farmacia más cercana y, unos segundos después, apareció en la pantalla la imagen del farmacéutico.

—¡Eh, buenos días, señora Clayton! ¿Cómo se encuentra hoy? —la saludó el hombre con un marcado acento.

Diana respondió a su saludo con un gesto de la cabeza.

—Bastante bien, Carlos. Sólo tengo una pregunta sobre mis medicamentos...

—Tengo sus datos aquí mismo. ¿Qué sucede?

Ella miró las pastillas.

—¿Está bien así? Dos megavitaminas, dos analgésicos, cuatro clomipraminas, cuatro renzac...

—¡No, no, no, señora Clayton! —la interrumpió Carlos—. Las vitaminas están bien, incluso lo de tomar el doble de analgésicos, pero no se acostumbre. Seguramente se quedará dormida enseguida. Pero la clomipramina y el renzac son muy fuertes. ¡Son medicinas muy potentes! Eso es demasiado. ¡Una de cada! ¡Ni una más, señora Clayton! ¡Esto es muy importante!

Una sensación fría y pegajosa se apoderó de su estómago.

—O sea que cuatro de cada una sería...

—¡Ni se le ocurra! Con cuatro de cada se pondría muy enferma.

—¿Cómo de enferma? —lo cortó ella.

El farmacéutico hizo una pausa.

—Probablemente la mataría, señora Clayton. Cuatro de golpe sería muy peligroso.

Ella no respondió.

—Sobre todo si las mezcla con esos analgésicos, señora Clayton. La dejarían K.O. y entonces no se enteraría de los efectos dañinos de la clomipramina y el renzac. Menos mal que ha llamado, señora Clayton. Si alguna vez tiene alguna duda sobre estas medicinas (ya sé que es difícil mantener siempre la cuenta de todas) no dude en llamar, señora Clayton. Y si no me encuentra, no se tome nada. Tal vez el analgésico, pero nada más. Esos fármacos para el cáncer, señora Clayton, son *muy fuertes.** Muy fuertes.

A Diana le temblaba la mano ligeramente.

—Muchas gracias, Carlos —consiguió balbucir—. Has sido de mucha ayuda. —Pulsó unas teclas y cerró la conexión. Con delicadeza, devolvió las pastillas de más a sus frascos respectivos, intentando ahuyentar la imagen del rostro otrora familiar del hombre que había entrado en la casa, leído la nota de su hija y visto al ins-

---

* En castellano en el original. (*N. del T.*)

tante la oportunidad que presentaba. Esto debía de parecerle una broma colosal. Debió de marcharse sonriendo de oreja a oreja, quizás incluso riéndose a carcajadas al salir a la calle después de disponer una dosis letal de los medicamentos que en teoría la mantenían con vida sobre la mesa del desayuno, listos para que ella se los tomara.

13

Te pillé

Jeffrey Clayton, paralizado en su asiento, sin saber muy bien de entrada qué hacer, seguía contemplando el mensaje en la pantalla del ordenador cuando el agente Martin irrumpió por la puerta, furioso y con el rostro congestionado.

—Te pillé —murmuró Clayton para sí mientras el inspector daba un portazo y acto seguido prorrumpía en improperios.

—¡Clayton, hijo de puta, le expliqué las normas! ¡Tenemos que ir juntos siempre, como culo y mierda! ¡Nada de excursioncitas sin llevarme a mí también! Maldita sea, ¿adónde ha ido? Le he estado buscando por todas partes.

El profesor no respondió de inmediato a la pregunta ni a la rabia de Martin. Dio media vuelta en su silla y clavó la vista en el inspector. Entendía los motivos de su ira. Después de todo, ¿de qué sirve una carnada si uno no la vigila más o menos constantemente, de modo que, cuando la presa surja de las profundidades en que se esconde y quede al descubierto, uno esté preparado para aprovechar la oportunidad? Su propia furia ante el hecho de que lo utilizaran de ese modo le formó un nudo en la garganta, pero tuvo la capacidad de contenerla. Supo por instinto que no le convenía desvelar que había averiguado la auténtica razón por la que se encontraba allí, en el estado número cincuenta y uno. Por otra parte, la prueba de que el plan de Martin no era una tontería estaba allí, bien a la vista, en el monitor sobre el escritorio. Por un momento pensó en ocultar el mensaje que había recibido, pero sin haber tomado una decisión consciente, alzó la mano lentamente e hizo un gesto hacia las palabras que tenía delante.

—Está aquí —dijo Jeffrey en voz baja.

—¿Qué? ¿Quién está aquí?

Jeffrey señaló. A continuación se levantó, se acercó a la pizarra y, mientras el inspector se sentaba en su silla para leer el texto en la pantalla del ordenador, borró la mitad que tenía el título: «Si el asesino es alguien a quien no conocemos.»

—No lo necesitaremos —comentó, más para sí que para Martin. Se percató de que estaba borrando lo que ya había sido borrado, como un mensaje para él, que se había negado a asimilar. Cuando se volvió, advirtió que las marcas de quemaduras en el cuello y las manos del inspector habían enrojecido y se ponían más oscuras por momentos.

—Carajo —farfulló Martin.

—¿Puede averiguar desde dónde se envió? —preguntó Jeffrey de pronto—. El mensaje llegó a través de una línea telefónica. Deberíamos poder rastrear el número del que proviene.

—Sí —respondió Martin, ansioso—. Sí, maldita sea, creo que puedo hacer eso. Es decir, debería poder. —Se encorvó sobre el teclado y comenzó a pulsar teclas—. Las autopistas electrónicas son complicadas, pero casi siempre circulan en ambas direcciones. ¿Cree usted que él lo sabe?

Jeffrey creía que era posible, pero no estaba seguro.

—No lo sé —dijo—. Seguramente algún genio de los ordenadores de catorce años del instituto local no sólo lo sabe, sino que podría hacerlo en diez segundos. Pero ¿hasta dónde llegan sus conocimientos de informática? No hay forma de saberlo. Pruebe a ver qué descubre.

Martin continuó tecleando, y vaciló por un momento.

—Ahí está —dijo de repente—. Creo que ya tenemos al maldito cabrón. —Soltó una risotada desprovista de humor—. Ha sido más fácil de lo que pensaba —aseguró el inspector. Levantó los dedos del teclado y los agitó en el aire—. Magia —afirmó.

Jeffrey se inclinó sobre su hombro y vio que el ordenador mostraba un número de teléfono bajo las palabras «origen del mensaje». El agente colocó el cursor sobre el número e introdujo otra orden. A continuación el ordenador le pidió una contraseña, que Martin escribió.

—Es para que el sistema de seguridad nos dé acceso a la información —explicó.

Mientras hablaba, el ordenador arrojó una respuesta, y Clayton vio aparecer un nombre y una dirección debajo del número de teléfono.

—Te tenemos, cabronazo —dijo de nuevo Martin con aire triunfante—. ¡Lo sabía! ¡Ahí tiene a su puto papaíto! —exclamó, enfadado.

Clayton leyó los datos:

Propietario: Gilbert D. Wray; copropietaria/esposa: Joan D. Archer; hijos residentes: Charles, 15, Henry, 12; dirección: Cottonwood Terrace, 13, Lakeside.

Se quedó mirando la dirección. Le resultaba extrañamente familiar.

Había información adicional sobre la ocupación del hombre, que era asesor empresarial, y de la madre, que figuraba simplemente como ama de casa. Constaba la fecha de su llegada al estado número cincuenta y uno, seis meses atrás, y su domicilio anterior, un hotel de Nueva Washington. Antes de eso, la familia había vivido en Nueva Orleáns. Jeffrey se lo señaló al inspector. Martin, que ya estaba cogiendo el teléfono, repuso rápidamente:

—Eso es normal. La gente vende su casa y se muda aquí, se aloja en un hotel mientras formaliza su situación migratoria y consigue una casa nueva. ¡Vamos, joder!

La persona al otro extremo de la línea debió de contestar en ese momento, porque el inspector dijo:

—Aquí Martin. Nada de preguntas. Quiero que un equipo de Operaciones Especiales se reúna conmigo en Lakeside. Ahora mismo. Prioridad máxima.

La impresora instalada junto al ordenador emitió un zumbido, y cuatro hojas de papel salieron por la rendija. El inspector las cogió, las contempló brevemente y se las pasó a Clayton. La primera imagen era una foto de carnet de un hombre de poco más de sesenta años, cuello recio, el cabello muy corto, al estilo militar, y gruesas gafas de pasta negra. La siguiente fotografía era de una mujer más o menos de la misma edad, de rostro demacrado y una nariz ligeramente desviada, como la de un boxeador. También había retratos de los dos hijos. El mayor destilaba una rabia y una hosquedad apenas disimuladas. Debajo de cada imagen constaban la estatura, el peso, las señas particulares y un historial médico moderadamente detallado, los números de la Seguridad Social y de carnet de conducir. También figuraban los números de cuentas bancarias e informes de crédito, así como los expedientes académicos de los chicos. Jeffrey cayó en la cuenta de que había información suficiente para que cualquier policía competente investigase a la persona o diese con ella, si se dictaba una orden de búsqueda.

—Salude a su padre —dijo Martin con brusquedad—. Salúdelo y luego despídase.

Mientras Jeffrey contemplaba las fotos con expresión vacía, sin dar la menor muestra de reconocer a nadie, el inspector se levantó de la silla y cruzó el despacho hacia un archivador de seguridad que estaba en un rincón. Batalló con la combinación por un momento antes de abrir un cajón, introducir la mano y sacar una metralleta Ingram negra y reluciente.

—De fabricación americana —dijo—, aunque algunos de los otros agentes prefieren modelos extranjeros. No entiendo por qué. Yo no. Me gusta que mis armas estén hechas en Estados Unidos, como Dios manda. —El inspector sonrió de oreja a oreja mientras insertaba con un sonoro «clic» un cargador lleno de balas de calibre .45, rechonchas, de aspecto diabólico, con punta de teflón, y se echaba el arma al hombro con un gesto rebosante de seguridad.

La subcomisaría del Servicio de Seguridad de Lakeside tenía un diseño tradicional, al estilo de Nueva Inglaterra; por fuera una oficina de policía de ladrillo rojo, con contraventanas blancas, y por dentro un observatorio moderno e informatizado, un mundo de taquillas de acero gris y ordenadores de plástico beige, todo ello bajo fluorescentes empotrados en el techo y sobre unas moquetas marrones, gruesas, de resistencia industrial, que amortiguaban todos los sonidos. Las ventanas que daban al exterior no eran más que accesorios decorativos, pues el sistema auténtico que se seguía en la subcomisaría para observar el mundo que se hallaba fuera de las paredes era electrónico. Ordenadores, monitores de videovigilancia y dispositivos sensores. Martin aparcó en una zona trasera oculta y se dirigió a toda prisa a la entrada, donde se abrieron unas puertas con un zumbido para franquearle el paso a un pequeño vestíbulo donde se encontraba reunido el equipo de Operaciones Especiales, esperándolo.

El equipo constaba de seis miembros, cuatro hombres y dos mujeres. Iban vestidos de paisano. Las mujeres lucían modernos atuendos de corredoras de colores vivos. Uno de los hombres llevaba un traje conservador azul marino y corbata; otro, un chándal gris raído que había humedecido para que pareciera que había estado haciendo ejercicio. Los otros dos hombres iban vestidos como técnicos de compañía de teléfonos, con tejanos, camisas de trabajo, cascos y cinturones portaherramientas de cuero. Todos estaban ocupados con sus armas cuando Jeffrey los vio, acoplando el cerrojo a sus Uzis, comprobando que los cargadores estuviesen llenos. Advirtió, asimismo, que todas las armas podían llevarse ocultas: el ejecutivo guardó la suya en un maletín; las dos mujeres escondieron las suyas en cochecitos de bebé parecidos, y los operarios en sus juegos de herramientas.

Martin repartió al equipo copias de las fotografías. Se acercó a una pantalla de ordenador y al cabo de unos segundos había introducido la dirección y había aparecido en el monitor una representación topográfica en tres dimensiones de la finca situada en el número 13 de Cottonwood Terrace. Otra orden dio como resultado planos arquitectónicos de la casa. Una tercera entrada produjo una imagen de satélite de la vivienda y su terreno. Los agentes de seguridad se reunieron en torno a ellas y, momentos después, habían decidido dónde se apostaría cada miembro del equipo.

—Llevaremos a cabo un acercamiento estándar de alta precaución —dijo Martin.

—¿Algún modelo en particular? —preguntó uno de los agentes disfrazados de técnicos.

—El modelo tres —respondió Martin enérgicamente.

Todos los integrantes del equipo asintieron. Martin se volvió hacia Clayton y le explicó:

—Se trata de un modelo de asalto habitual. Varios objetivos, una sola ubicación, diversas salidas. Probabilidad moderada de que dispongan de armas. El riesgo para los agentes es medio. Hemos ensayado estas operaciones un huevo de veces.

El jefe del equipo, el hombre del traje azul, tosió mientras estudiaba el plano de la casa en la pantalla y se arregló la corbata como si se preparase para asistir a una reunión de ejecutivos. Hizo una sola pregunta:

—¿Detenemos o eliminamos?

Martin miró de reojo a Clayton.

—Los detenemos. Por supuesto —contestó.

—Bien —dijo uno de los operarios, moviendo el mecanismo de su pistola atrás y adelante con un chasquido irritante—. ¿Y qué nivel de fuerza estamos autorizados a utilizar en el transcurso de esta detención?

Martin respondió atropelladamente:

—El máximo.

—Ah. —El técnico movió la cabeza afirmativamente—. Lo suponía. ¿Y de qué se acusa a nuestro objetivo?

—De crímenes del nivel máximo. Rojo uno.

Esta respuesta ocasionó que algunas cejas se arquearan.

—¿Crímenes de nivel rojo? —preguntó una de las mujeres—. Que yo sepa, nunca he participado en la detención de un criminal de nivel rojo. Desde luego no del nivel rojo uno. ¿Qué hay de su familia? ¿Son también de nivel rojo? ¿Cómo lidiamos con ellos?

Martin tardó unos instantes en contestar.

—No hay pruebas concluyentes de su implicación en actividades criminales, pero debemos dar por sentado que tienen conocimiento y han prestado apoyo. Después de todo, son la familia de ese cabrón. —Miró a Clayton, que no respondió—. Eso los convierte en cómplices de un nivel rojo. Deben ser detenidos también. Tenemos muchas preguntas que hacerles. Así que neutralicemos a todo aquel que se encuentre en la casa, ¿de acuerdo?

El jefe del equipo asintió y comenzó a repartir chalecos antibalas. Una de las mujeres observó que era día de colegio y que seguramente los chicos estaban en clase, por lo que quizá podrían ir a buscarlos allí. Sin embargo, una comprobación informática de la lista de asistencia del instituto de Lakeside reveló que ninguno de los dos había ido a clase. El agente Martin se conectó también con la base de datos de armas, y descubrió que no había ninguna registrada a nombre del sujeto Wray ni de su esposa, Archer. Realizó otras consultas rápidas sobre los tipos de vehículo y los horarios de trabajo. El ordenador mostró que el sujeto trabajaba desde su despacho en casa, cosa que Martin señaló al equipo como indicio de que seguramente se hallaba en su hogar en ese momento. Comprobó rápidamente si el sujeto Wray había llevado a cabo planes de viaje, pero su nombre no figuraba en las listas de las líneas aéreas ni de trenes de alta velocidad. Tampoco encontró en los registros del Departamento de Inmigración pruebas de que hubiese salido o entrado al estado en coche recientemente. Cuando el ordenador arrojó todos esos resultados negativos, Martin se encogió de hombros.

—Al carajo con todo esto —dijo—. Por lo visto es un tipo de lo más hogareño. Vayamos a por él, que ya averiguaremos lo demás después.

Martin, al levantarse de su asiento, le alargó a Jeffrey una pistola de nueve milímetros cargada.

—Bueno, profesor —le dijo con sarcasmo mientras le tendía el arma—, ¿está seguro de que quiere participar en esta pequeña juerga? Ya se ha ganado su sueldo, o al menos parte de él. ¿Prefiere pasar esta vez?

Jeffrey negó con la cabeza y levantó la pistola, como para calcular su peso. En su fuero interno le agradecía a Martin que le hubiese dado la semiautomática. Las metralletas que llevaban los agentes lo hacían saltar todo en pedazos, y él prefería dejar tanto a las personas como el escenario intactos en el número 13 de Cottonwood Terrace.

—Quiero verlo.

Martin sonrió.

—Por supuesto. Ha pasado mucho tiempo.

Jeffrey adoptó un tono académico.

—Podemos aprender mucho de esto, inspector. —Apuntó con la mano a la Ingram que colgaba del hombro de Martin por medio de una correa—. Procuremos no olvidarlo.

El detective hizo un gesto de indiferencia.

—Claro. Lo que usted diga. Pero contribuir al progreso de la ciencia no es mi prioridad. —Sonrió de nuevo—. Aun así, comprendo su preocupación. Ésta no es exactamente la clase de reencuentro familiar que yo habría elegido, pero en fin, uno no puede limpiar su propia sangre, ¿verdad?

Martin giró sobre los talones, le hizo una seña al equipo y salió a paso veloz de la silenciosa subcomisaría. El sol empezaba a ponerse al oeste, y cuando Jeffrey se volvió hacia él, tuvo que protegerse los ojos del deslumbrante resplandor final. Al cabo de pocos minutos, media hora como máximo, habría oscurecido. Primero lo envolvería todo un manto gris que se iría desvaneciendo para dejar paso a la noche. Debían moverse con rapidez para aprovechar la luz que quedaba.

El equipo se distribuyó en dos vehículos. Sin una palabra, Jeffrey se colocó en el asiento junto a Martin, que ahora tarareaba sin venir al caso una vieja melodía que Clayton reconoció, *Cantando bajo la lluvia*. No llovía, y Clayton no estaba muy seguro de que hubiese motivos para estar tan alegre. El inspector aceleró y los neumáticos chirriaron cuando salieron del aparcamiento de la subcomisaría. A Clayton se le ocurrió entonces que la detención seguramente era un asunto de menor importancia para el inspector. Por un momento recordó intrigado la conversación que había escuchado sobre los niveles de los crímenes.

—Bueno, ¿y qué demonios significa eso de «crimen de nivel rojo»? —preguntó.

Martin tarareó unos compases más antes de contestar.

—Del mismo modo que las diferentes zonas de viviendas se clasifican por colores, lo mismo ocurre con las actividades antisociales en el estado. El color define la respuesta del estado. El rojo, obviamente, es el más alto. O el peor, supongo. Es poco frecuente por aquí. Por eso los miembros del equipo estaban tan sorprendidos.

—¿Qué es un crimen rojo?

—De índole económica, por lo general. Como desfalcar dinero de tu empresa. O social, como que un adolescente consuma drogas en el centro social. Son delitos lo bastante graves para que el delincuente reaccione violentamente a la detención. De ahí la necesidad de actuar en equipo. Pero en la historia del estado, sólo se han cometido una docena de homicidios más o menos, y siempre han sido entre cónyuges. Todavía tenemos problemas con los casos de atropellamiento en que el conductor se da a la fuga, que, según el viejo sistema judicial, se consideran homicidio sin premeditación. También son crímenes rojos, pero de nivel más bajo. Dos o tres.

Jeffrey movió la cabeza afirmativamente, consciente de las mentiras que acababa de oír, pero sin decir nada al respecto.

—Lo que ocurre —prosiguió el inspector— es que se supone que el Departamento de Inmigración debe detectar esa propensión a la violencia y al alcoholismo por medio de tests psicológicos que realiza a quienes solicitan permiso para residir en el estado. También ha habido casos de adolescentes que se pelean, por chicas o durante partidos de baloncesto en el instituto, donde hay una fuerte rivalidad. Eso puede resultar en crímenes de nivel rojo.

—Pero mi padre...

—Deberíamos tener un color especial sólo para él. Escarlata, tal vez. Eso le daría un bonito toque literario, ¿no cree?

—¿Y la detención? ¿A qué se refería el jefe del equipo con «eliminar»? Me parece que ha preguntado algo...

Martin no respondió enseguida. Se puso a tararear de nuevo y se interrumpió en medio de un verso.

—Clayton, no sea ingenuo. El meollo de la cuestión es que su viejo no se va. Si alguien tiene que recurrir a la fuerza letal, pues que lo haga. Ya ha vivido usted esto antes en otros casos. Conoce las reglas. En esta situación, no se diferencian una mierda de las de Dallas, Nueva York, Portland o cualquiera de esos sitios donde a los malos les gusta joderle la vida a la gente. Lo entiende, ¿verdad? Así que, en cuanto usted me lo pida, lo dejaré a un lado de la carretera para que se quede esperándome en esta bonita zona verde a la agradable sombra de un árbol, matando el tiempo mientras yo voy a aprehender al cabrón de su padre. Si quiere echarse atrás, no tiene más que decirlo. Si no, pasará lo que tenga que pasar.

Jeffrey cerró la boca y no hizo más preguntas. En cambio, contempló las sombras que proyectaban los altos pinos en los patios bien cuidados de aquel mundo residencial tranquilo, remilgado y perfecto.

El inspector Martin detuvo el coche a media manzana de la casa. Se puso un auricular de radio, realizó una comprobación rápida con los miembros del equipo de Operaciones Especiales y ordenó a todos que ocuparan sus puestos. Los dos operarios debían situarse frente a un cuadro de conmutación telefónica al norte de la casa; el ejecutivo y el hombre del chándal en el extremo sur. Las dos mujeres con cochecitos de bebé cubrían la parte posterior mientras paseaban despacio, aparentemente enfrascadas en chismorreos superficiales. Martin y Clayton debían llegar en coche hasta la puerta principal y llamar a la puerta mientras el equipo se acercaba. Sería una operación sencilla, rápida, de libro. Si la ejecutaban debidamente, ni siquiera los vecinos se darían cuenta de que se estaba llevando a cabo una detención hasta que llegaran las unidades de refuerzo. Cuatro vehículos del Servicio de Seguridad con agentes uniformados aguardaban órdenes, alineados a una manzana de distancia.

—¿Listo? —preguntó Martin, pero avanzó sin esperar respuesta.

A Jeffrey se le aceleró la respiración.

Era consciente de que, en algún rincón recóndito de su ser, lo castigaban los sentimientos. También era consciente de que su excitación creciente prevalecía sobre todas las dudas que se planteaba y eclipsaba sus emociones. Notaba una frialdad extraña, casi como la de un niño en el momento en que descubre que Papá Noel no existe y no es más que un mito inventado por los adultos. Rebuscó en su interior tratando de encontrar algún sentimiento razonablemente concreto al que aferrarse, pero fue en vano.

Se sentía como si apenas le corriese sangre por las venas, helado y rígido.

El inspector enfiló con el coche un camino de acceso circular que conducía a una casa moderna de dos plantas y cuatro habitaciones que, como la población de la que venían, imitaba el estilo colonial de Nueva Inglaterra. El mundo era de un color gris poco definido, y la claridad a su alrededor se apagaba a ojos vistas, de modo que los faros de los coches de policía sin marcar, más que iluminar la casa, simplemente se fundían con la penumbra del ocaso.

El interior de la casa estaba a oscuras. Clayton no veía nada que se moviera dentro.

Martin frenó bruscamente.

—Vamos allá —dijo, apeándose con presteza.

Se echó la metralleta a la espalda de manera que alguien que estuviera mirando por la ventana no alcanzase a verla, y se acercó a toda prisa a la puerta principal.

—¡Estoy frente a la puerta! —susurró a su micrófono—. Iniciad la aproximación.

Le indicó por señas a Clayton que se colocara a un lado y dio unos golpes contundentes a la puerta con los nudillos.

Con el rabillo del ojo, Jeffrey vio a los otros miembros del equipo abalanzarse hacia la casa. Martin llamó de nuevo, con fuerza. Esta vez gritó:

—¡Servicio de Seguridad! ¡Abran!

Seguía sin oírse sonido alguno procedente del interior.

—¡Mierda! —exclamó Martin. Echó un vistazo por la ventana que estaba junto a la puerta—. ¡Todos adentro!

El inspector retrocedió un paso y le asestó una patada a la puerta principal, que retumbó como un cañonazo. La puerta se bamboleó y se combó, pero no se vino abajo.

—¡Joder! —Se volvió hacia Clayton—. ¡Vaya al coche a buscar el puto rompepuertas! ¡Ahora!

Mientras Jeffrey se dirigía hacia el vehículo para recoger el mazo con que derribarían la puerta, oía a los miembros del equipo gritar a lo lejos, y al mismo tiempo el crepitar de sus voces a través del auricular que llevaba el inspector, lo que producía algo parecido a un efecto estereofónico como el de un sistema de altavoces. Martin se arrancó el receptor de la oreja y gesticuló exageradamente hacia Jeffrey.

—¡Vamos, maldita sea!

Clayton agarró el ariete de hierro del asiento trasero y se lo llevó al inspector.

—¡Deme eso de una puta vez! —gritó Martin, arrebatándoselo a Jeffrey. Reculó un par de pasos frente a la puerta y, enfurecido, tomó impulso con el mazo hacia atrás, para acto seguido estamparlo contra la madera. Esta vez salieron volando astillas. Martin gruñó por el esfuerzo y descargó un segundo mazazo. La puerta se abrió de repente con gran estrépito. El rompepuertas cayó al suelo con un golpe sordo, y Martin deslizó la metralleta hacia delante, atravesando el umbral de un salto.

—¡Estoy dentro! —gritó—. ¡Estoy dentro!

Jeffrey entró a pocos centímetros de él.

Martin arrimó bruscamente la espalda a una pared, girando mientras cubría el vestíbulo oscuro con su arma, accionando a la vez el mecanismo de carga de la metralleta, que emitió un fuerte chasquido metálico.

Y resonó.

Ese eco fue la primera impresión que se llevó Jeffrey. Lo dejó perplejo, hasta que entendió qué significaba. Se dejó caer junto al inspector.

—Puede tranquilizarse —le musitó—. Dígales a los demás que entren por la puerta principal.

Martin no dejaba de apuntar con el cañón del arma a diestro y siniestro.

—¿Qué?

—Dígales que vengan aquí y que bajen las armas. Aquí no hay nadie excepto nosotros.

Jeffrey se enderezó y comenzó a buscar a tientas un interruptor de luz. Tardó unos segundos en encontrar uno, conectado a las lámparas correderas del techo, y las encendió. El resplandor que los envolvió les permitió ver lo que Clayton ya había intuido: la casa estaba vacía. No sólo no había personas, sino tampoco muebles, alfombras, cortinas ni vida.

Martin dio unos pasos vacilantes hacia delante, y sus pisadas sobre el entarimado repercutieron en el espacio vacío, al igual que el sonido de su arma momentos antes.

—No lo entiendo —dijo.

Jeffrey no respondió, pero pensó: «Bueno, inspector, ¿de verdad imaginaba que sería tan sencillo? Un par de averiguaciones con el ordenador y ¡bingo! Ni en broma.»

Los dos hombres entraron en la sala de estar vacía. A su espalda, oían los ruidos del equipo de Operaciones Especiales, que se había congregado a la entrada principal. El jefe del equipo, con su traje, entró en la habitación.

—Nada, ¿no?

—Por ahora, no —respondió Martin—, pero quiero que se registre este sitio por si hay indicios de actividad.

—Rojo uno —dijo el hombre trajeado—. Sí, claro.

Martin lo fulminó con la mirada, pero el jefe del equipo hizo caso omiso de él.

—Pediré que se anule el envío de refuerzos. Les diré que vuelvan a sus patrullas habituales.

—Gracias —dijo Martin—. Joder.

Jeffrey caminó despacio por la sala vacía. «Aquí hay algo —pensó—. Hay una lección que aprender. Este vacío es tan significativo como cualquier otra cosa. Sólo hay que saber cómo interpretarlo.»

Cuando hacía estas reflexiones, oyó voces procedentes del vestíbulo. Al volverse vio que Martin estaba de pie, en el centro de la sala de estar, con la metralleta colgando al costado y el rostro enrojecido de rabia. El inspector se disponía a decirle algo cuando el jefe del equipo asomó la cabeza.

—Oigan, ¿quieren hablar con uno de los vecinos? Han venido alegremente por el camino particular para ver qué demonios era todo este jaleo.

—Sí, yo sí quiero —contestó Jeffrey enseguida y pasó junto a Martin, que soltó un resoplido y lo siguió a la puerta.

Un hombre de mediana edad con pantalones color caqui, un suéter morado de cachemira y una correa por la que llevaba sujeto un terrier pequeño y escandaloso que saltaba de un lado a otro a sus pies estaba hablando con dos de los miembros del equipo. Una de las mujeres con atuendo de corredora alzó la vista mientras se desabrochaba el chaleco antibalas.

—Oiga, Martin —dijo—, seguramente le interesará oír esto.

El inspector se acercó.

—¿Qué sabe usted sobre el propietario de esta casa? —preguntó.

El hombre se volvió e intentó hacer callar al perrito, sin resultado.

—No tiene propietario —repuso—. Lleva casi dos años en venta.

—¿Dos años? Eso es mucho tiempo.

El hombre asintió.

—En este barrio por lo general las casas no permanecen vacías más de seis meses. Ocho, como máximo. Es una urbanización muy agradable. Salió una reseña en el *Post*, justo después de que estuviera terminada. Muy buen trazado, muy bien comunicada con el centro, muy buenos colegios.

Jeffrey se aproximó también.

—Pero ¿dice que el caso de esta casa es distinto? ¿Por qué?

El vecino se encogió de hombros.

—Me parece que muchos creen que está gafada. Ya sabe lo supersticiosa que puede ser la gente. Por estar en el número trece y todo eso. Les dije que bastaría con que cambiaran el número.

—¿Gafada? ¿En qué sentido, exactamente?

El hombre asintió.

—No sé si es la palabra más adecuada. No es que esté embrujada ni nada por el estilo, sólo que da mal rollo. Y no entiendo por qué a los demás nos tiene que afectar un pequeño incidente.

—¿Qué pequeño incidente? —inquirió Jeffrey.

—A todo esto, ¿qué hacen ustedes aquí? —inquirió el hombre con brusquedad.

—¿Qué pequeño incidente? —insistió Jeffrey.

—La niña que desapareció. Salió en los periódicos.

—Cuénteme.

El hombre suspiró, dio un tirón a la correa cuando el perrito se puso a olisquearle la pierna a un miembro del equipo de Operaciones Especiales y se encogió de hombros.

—La familia que vivía aquí, bueno, se mudó a otro sitio después de la tragedia. Cuando la gente se entera de eso, se desanima. Hay muchas otras casas bonitas en la manzana o en Evergreen, aquí al lado, así que nadie quiere quedarse con la que tiene un pasado sórdido.

—¿Qué pasado sórdido? —preguntó Jeffrey, cuya paciencia estaba llegando a su límite.

—Una familia agradable. Robinson, se llamaban.

—Sin duda. ¿Y?

—Una tarde, justo después de cenar, la niña se alejó por ahí detrás. Estamos al borde de una zona natural protegida muy grande, con mucho bosque y mucha fauna salvaje. A sus catorce años, debería haber tenido el sentido común de quedarse cerca de casa, sobre todo después de la hora de la cena. Nunca he entendido por qué no lo hizo. El caso es que ella se aleja, los padres empiezan a gritar su nombre, todos los vecinos salen con linternas, e incluso llega un helicóptero del Servicio de Seguridad, pero nadie encuentra ni rastro de ella. Ya nadie volvió a verla. No se hallaron pruebas de nada, pero la mayoría de la gente supuso que se la llevaron los lobos, o tal vez unos perros salvajes. Algunos piensan que fue un animal tipo Pie Grande. Yo no, por supuesto. No creo en esas tonterías. Me imagino que simplemente huyó por despecho hacia sus padres tras alguna discusión. Ya sabe cómo son los adolescentes. Entonces se marcha, se pierde y fin de la historia. Hay algunas cuevas en las estribaciones, así que todo el mundo supuso que fue allí adonde se llevaron su cadáver o la devoraron o lo que sea, pero, joder, se necesita un ejército para peinar toda la zona. Al menos, eso dijeron las autoridades. Mucha gente se fue del barrio después de eso. Creo que tal vez soy el único que queda en el vecindario que se acuerda de aquello. No me afectó mucho. Mis hijos ya son mayores.

Jeffrey retrocedió y se reclinó en una de las paredes blancas y desnudas de la casa. Ahora recordaba dónde había visto esa dirección antes: aparecía en una de las crónicas del *Post* que había recopilado. Conservaba en la mente la imagen vaga y esquiva de una niña sonriente con aparatos en los dientes. La foto también se había publicado en el periódico.

El hombre volvió a encogerse de hombros.

—Los agentes inmobiliarios deberían callarse esa parte de la historia cuando enseñan la casa. Es un lugar agradable. Debería haber gente viviendo aquí. Otra familia. Supongo que tarde o temprano la habrá.

El hombre tiró de nuevo de la correa del perro, aunque esta vez el terrier estaba sentado en el suelo sin hacer ruido.

—Y, joder, si se queda vacía, se desvalorizan las casas de todos los demás.

—¿Ha visto a alguien por aquí recientemente? —preguntó Martin de pronto.

El vecino negó con la cabeza.

—¿A quién creían que encontrarían aquí?

—¿Albañiles, quizás? ¿Agentes inmobiliarios, jardineros, cualquier persona? —inquirió Clayton.

—Pues no lo sé. Tampoco me habría llamado la atención ver a alguien así.

El inspector Martin puso las fotografías impresas por ordenador de Gilbert Wray, su esposa e hijos ante las narices del hombre.

—¿Le resultan familiares? ¿Ha visto a estas personas alguna vez?

El hombre las contempló por unos instantes y luego sacudió la cabeza.

—No —contestó.

—¿Y los nombres? ¿Le dicen algo?

El hombre hizo una pausa y luego volvió a negar con la cabeza.

—No me suenan de nada. Oiga, ¿de qué va todo esto?

—¿A usted qué cojones le importa? —espetó Martin, quitándole con un movimiento brusco las fotos al hombre.

El terrier se puso a ladrar y a abalanzarse agresivamente hacia el corpulento inspector, que se limitó a bajar la vista hacia el perro.

A Jeffrey le pareció que Martin se disponía a formular otra pregunta, cuando uno de los miembros del equipo lo llamó desde el interior de la casa.

—¡Agente Martin! Creo que tenemos algo.

El inspector le indicó por gestos a una de las agentes femeninas, que estaba de pie a un lado, que se acercara.

—Tómele declaración a este tipo. —Y añadió, con un deje de amargura—: Y gracias por su colaboración.

—De nada —respondió el vecino con aire altivo—. Pero sigo queriendo saber qué pasa aquí. También tengo mis derechos, agente.

—Claro que los tiene —dijo Martin con hosquedad.

A continuación, con Clayton siguiéndolo a paso veloz, se encaminó hacia el agente que lo había llamado. Su voz procedía de la zona de la cocina.

Era uno de los hombres disfrazados de técnicos de la compañía de teléfonos.

—He encontrado esto —dijo.

Señaló una encimera de piedra gris pulida situada enfrente del fregadero. Encima había un ordenador portátil pequeño y barato conectado a un enchufe en la pared y a la toma de teléfono que estaba al lado. Junto a la máquina había un temporizador sencillo, de los que se conseguían en cualquier tienda de artículos electrónicos. En la pantalla del ordenador brillaban una serie de figuras geométricas que se movían constantemente, formándose y reformándose en una danza digital irregular, cambiando de color —de amarillo a azul, verde o rojo— cada pocos segundos.

—Con esto me envió el mensaje —murmuró Jeffrey.

El agente Martin hizo un gesto afirmativo.

Jeffrey se acercó al ordenador cautelosamente.

—Ese temporizador —dijo el técnico—, ¿cree que está conectado a una bomba? Tal vez deberíamos llamar a los artificieros.

Clayton negó con la cabeza.

—No. Puso el temporizador aquí para poder dejar esto de modo que enviase el mensaje automáticamente cuando él ya estuviera lejos. Aun así, una unidad de recogida de pruebas debería analizar el ordenador y rastrear toda la zona para buscar huellas digitales. No las encontrarán, pero es lo que habría que hacer.

—Pero ¿por qué lo ha dejado aquí, donde podíamos encontrarlo? Podría haberle enviado el mensaje desde cualquier sitio público.

Jeffrey echó una ojeada al temporizador.

—Se trata de otra parte del mismo mensaje, supongo —respondió, aunque, desde luego, no estaba suponiendo nada en realidad. La elección de ese lugar en particular había sido de todo punto deliberada, y él tenía una idea bastante sólida de cuál era el mensaje. Su padre había estado allí antes, tal vez no dentro de la casa, pero sin duda en los alrededores; con los animales salvajes a los que culparían de la desaparición de la niña, se dijo con sarcasmo. Aquello le debió de parecer tremendamente divertido. Jeffrey pensó que a muchos de los asesinos con los que había estado en contacto a lo largo de los años les haría mucha gracia saber que las autoridades del estado número cincuenta y uno estaban mucho más preocupadas por ocultar las actividades del criminal que por el criminal en sí. Exhaló despacio. Todos los asesinos que había conocido y estudiado en su vida adulta lo habrían considerado algo maravillosamente irónico. Tanto los más fríos como los más desequilibrados, calculadores o impulsivos. Todos sin excepción se habrían desternillado, se habrían revolcado en el suelo con las manos en la barriga y lágrimas en las mejillas, riéndose a carcajadas de lo hilarante que resultaba todo aquello.

Clayton bajó la mirada hacia la pequeña pantalla de ordenador y contempló las figuras móviles y cambiantes. «Algunos asesinos son así —pensó con frustración—. Justo cuando llegas a la conclusión de que son de cierta forma y cierto color, se transforman lo suficiente para desconcertarte.» Presa de una rabia súbita, extendió el brazo rápidamente y pulsó la tecla Intro del ordenador para librarse de las irritantes imágenes que se arremolinaban ante sus ojos. Las figuras geométricas danzantes se esfumaron al instante y en su lugar apareció, con fondo negro, un solo mensaje que parpadeaba en amarillo.

Te pillé.
¿Te habías creído que soy idiota?

14

Un personaje histórico interesante

Una vez más, el agente Martin precedió a Clayton a través del laberinto antiséptico de cubículos en la oficina central del Servicio de Seguridad del estado número cincuenta y uno. Su presencia causó cierto revuelo; los empleados sentados frente a sus mesas, al teléfono o mirando su pantalla de ordenador, interrumpían lo que estaban haciendo para observar a los dos hombres que atravesaban la sala, de modo que dejaban a su paso una estela de silencio. Jeffrey imaginó que tal vez ya se había corrido la voz del asalto abortado a la casa vacía. O quizá la gente se había enterado de por qué estaba él allí, en el nuevo estado, y eso lo había convertido, si no en una celebridad, sí al menos en objeto de cierta curiosidad. Notaba que las miradas se posaban en ellos al pasar.

La secretaria que custodiaba la puerta del despacho del director, sin decir nada, les indicó con un gesto que entraran.

Al igual que en la ocasión anterior, el director estaba sentado a su mesa, meciéndose suavemente en su silla. Tenía los codos apoyados en la superficie pulida y brillante de madera y las puntas de los dedos juntas, lo que le confirió un aspecto de depredador cuando se inclinó hacia delante. A la derecha de Jeffrey, sentados en el sofá, estaban los otros dos hombres que se hallaban presentes en la primera reunión: el calvo y mayor a quien Clayton había bautizado como Bundy, que llevaba la corbata aflojada y cuyo traje parecía ligeramente arrugado, como si hubiera dormido en el sofá; y el hombre más joven y elegantemente vestido de la oficina del gobernador, a quien había dado el apodo de Starkweather. Éste apartó la vista cuando Jeffrey hizo su entrada.

—Buenos días, profesor —saludó el director.

—Buenos días, señor Manson —respondió Jeffrey.

—¿Le apetece un café? ¿Algo de comer?

—No, gracias —dijo Jeffrey.

—Bien. Entonces podemos pasar directamente a los asuntos de trabajo. —Señaló las dos sillas colocadas frente al amplio escritorio de caoba, invitándoles a sentarse.

Jeffrey ordenó unos papeles sobre su regazo y luego miró al director.

—Me alegro de que haya podido venir para ponernos al día sobre sus progresos —comenzó Manson.

—O falta de progresos —farfulló Starkweather, cortándolo, lo que ocasionó que el director lo fulminase con la mirada. Como la vez anterior, el agente Martin estaba sentado impertérrito, aguardando a que le hicieran alguna pregunta para abrir la boca, desplegando todo el instinto de conservación de un funcionario experimentado.

—Oh, creo que está usted siendo muy injusto, señor Starkweather —dijo el director—. Tengo la impresión de que el buen profesor sabe bastantes más cosas que cuando llegó aquí...

Jeffrey asintió con la cabeza.

—La cuestión que debemos dilucidar es, como siempre, cuál es la mejor manera de aprovechar los conocimientos del profesor. ¿Cómo puede sernos útil? ¿Qué ventajas tiene para nosotros? ¿Estoy en lo cierto, profesor?

—Sí —respondió.

—Y estoy en lo cierto al pensar que hemos tomado al menos una decisión crítica, ¿verdad, profesor?

Jeffrey titubeó, se aclaró la garganta y asintió de nuevo.

—Sí —dijo despacio—. Por lo visto, nuestro objetivo guarda, en efecto, relación conmigo.

No era capaz de pronunciar la palabra «padre», pero el señor Bundy lo hizo en su lugar:

—¡Así que el cabrón enfermo que lo está jodiendo todo es su padre!

Jeffrey se volvió parcialmente en su asiento.

—Eso parece. Aun así, yo no descartaría un engaño extremadamente astuto. Es decir, quizás alguien que tuvo un trato personal con mi padre reunió información y detalles que él conocía. Pero las probabilidades de que ocurra algo así son sumamente escasas.

—¿Y, qué sentido tendría, al fin y al cabo? —preguntó Manson. Tenía una voz balsámica, suave, como el lubricante sintético, que contrastaba en sumo grado con el tono bravucón y frenético de los otros dos hombres. Jeffrey pensó que Manson debía de ser un tipo que sabía imponerse, a juzgar por el modo en que se contenía—. Es decir, ¿por qué fraguar un engaño semejante? No, creo que podemos dar por sentado sin temor a equivocarnos que el profesor ha cumplido al menos con la primera tarea que le encomendamos: ha identificado con exactitud la fuente de nuestros «problemas». —Manson hizo una pausa tras la que añadió—: Le doy la enhorabuena, profesor.

Jeffrey asintió, pero pensó que habría sido más correcto afirmar que la fuente de sus problemas lo había identificado con exactitud a él, una posibilidad que ellos podrían haber previsto razonablemente después de publicar su nombre y fotografía en el periódico de manera tan ostentosa. No comentó esto en voz alta.

—Yo creía que había venido a encontrar a ese hijo de puta para que pudiéramos encargarnos de él —señaló Starkweather—. Me parece que las felicitaciones podrían esperar a que llegase ese momento.

Bundy, el hombre del traje arrugado, se mostró de acuerdo enseguida.

—Entender no es lo mismo que progresar —dijo—. Me gustaría saber si estamos más próximos a identificar a ese hombre para que podamos detenerlo y seguir adelante con nuestras vidas. ¿O hace falta que le recuerde que, cuanto más tardemos, mayor será la amenaza para nuestro futuro?

—¿Se refiere a su futuro político? —preguntó Jeffrey con un deje de sarcasmo—. ¿O quizás a su futuro económico? Claro que probablemente van muy unidos.

Bundy se removió en el sofá y se inclinó hacia delante, irritado, y se disponía a replicar cuando Manson alzó la mano.

—Caballeros, le hemos dado muchas vueltas a esta cuestión. —Se volvió parcialmente hacia Clayton y al mismo tiempo cogió un abrecartas de los de antes que estaba sobre el escritorio. El mango era de madera tallada y la hoja reflejaba la luz del sol. Manson apretó el borde agudo contra la palma de su mano, como para poner a prueba el filo—. Nunca hemos considerado que sería una detención fácil, ni siquiera con la inestimable ayuda del buen profesor. Y seguirá siendo una misión difícil, a pesar de lo que hemos descubierto, incluso aquí, donde la ley nos da tanta ventaja. Aun así, hemos hecho grandes avances en poco tiempo, ¿no es cierto, profesor?

—Creo que eso es exacto, sí.

Pensó que en esa sala se estaba abusando un poco de la palabra «cierto», pero tampoco lo dijo en voz alta.

Manson sonrió y se encogió de hombros, mirando a los otros dos hombres.

—Esta investigación, profesor... ¿Recuerda algún caso parecido en los anales de la historia? ¿En la bibliografía sobre esta clase de asesinos? ¿O en esos archivos del FBI con los que está usted tan familiarizado, tal vez?

Jeffrey tosió, intentando concentrarse. No esperaba esta pregunta y de pronto se sintió como uno de los alumnos a los que les ponía un examen oral sin previo aviso.

—Percibo elementos de otros casos, de casos famosos. Después de todo, Jack *el Destripador* supuestamente se puso en contacto con la policía y la prensa. David Berkowitz enviaba sus mensajes como el Hijo de Sam. Ted Bundy (no se ofenda, señor Bundy) tenía la habilidad de confundirse con su entorno, como un camaleón, y sólo pudieron detenerlo cuando perdió todo el control sobre su compulsión. Estoy seguro de que se me ocurrirían otros...

—Pero se trata sólo de similitudes, ¿no? —preguntó Manson—. ¿Se le ocurre algún asesino que haya dado a conocer su identidad... y, encima, a su propio hijo?

—No me viene a la memoria ningún ejemplo en que los hijos hayan sido utilizados para dar caza al asesino, no. Pero a lo largo de la historia ha habido asesinos que tenían... bueno, «tratos» con sus perseguidores en la policía, o bien con los periodistas que les daban publicidad.

—Ése no es precisamente el caso que tenemos entre manos, ¿verdad?

—No, por supuesto que no.

—¿Y eso a qué conclusión le lleva, profesor?

—Parece indicar varias cosas. Cierta megalomanía. Cierto egotismo. Pero, sobre todo, parece indicar que el sujeto ha creado muchas capas, un manto de información errónea, que ocultan el vínculo entre lo que fue y lo que es ahora. Me refiero únicamente a su identidad actual, es decir, su trabajo, su casa, su vida. El núcleo esencial de su personalidad no ha cambiado, o en todo caso ha cambiado a peor. Sin embargo, su fachada, su vida de cara a la sociedad, será distinta. También su apariencia física. Imagino que habrá introducido cambios en su aspecto. Y debe de creer que no corre el menor peligro al hacer lo que ha hecho hasta ahora. —Se quedó callado unos instantes y agregó—: «Arrogancia» es la palabra que me viene a la mente.

—Bueno, y entonces ¿qué se supone que debemos hacer? —preguntó Bundy, casi gritando—. ¡Ese cabrón enfermo no deja de matar, y no podemos hacer nada para impedirlo! Si se corre la voz, apaga y vámonos. La gente se marchará del estado en desbandada. Será como la fiebre del oro, pero a la inversa.

Nadie dijo una palabra.

«Todo gira en torno al dinero —pensó Jeffrey—. La seguridad es dinero. La protección es dinero. ¿Qué precio tiene poder salir de tu casa sin poner una alarma o sin cerrar siquiera las puertas con llave?»

La habitación permaneció en silencio un momento más, y entonces Jeffrey habló.

—Dudo que la gente siga tragándose el cuento de que a sus hijas adolescentes se las llevaron los lobos.

Starkweather soltó un resoplido.

—Se tragarán todo lo que les digamos —aseveró.

—O perros salvajes, o accidentes en excursiones. ¿No se les están acabando las explicaciones creíbles, o incluso semicreíbles?

Starkweather no dio propiamente una respuesta. En cambio, dijo:

—Siempre me han parecido penosas esas historias de perros.

—¿Cuántos asesinatos ha habido? —exigió saber Jeffrey con voz suave—. He encontrado posibles indicios de más de veinte. ¿Cuántos son?

—¿Cuándo ha averiguado eso? —estalló Martin.

Clayton se limitó a encogerse de hombros. El silencio volvió a imponerse en la sala.

Manson giró en su silla, que emitió un leve chirrido, para mirar por la ventana, dejando que la pregunta flotara en el aire. Jeffrey oyó a Martin mascullar una obscenidad entre dientes, y supuso que estaba dedicada a él.

—No sabemos cuántos exactamente —contestó Manson al fin, sin apartar la vista de la ventana—. Como mínimo, tres o cuatro. Como máximo, veinte o treinta. ¿Importa mucho el número? Los crímenes no son similares por la disposición y aspecto de los cadáveres, sino por las características de la víctima y el estilo de los secuestros. Sin duda sabrá usted comprender, profesor, lo excepcional que es la situación en que nos encontramos. Los asesinos en serie se identifican por el origen de su interés o por los resultados de su depravación. Es ese elemento secundario el que nos llevó hasta usted y a nuestras conclusiones sobre los tres cuerpos con los brazos extendidos, colocados en una posición tan parecida y provocadora. Pero luego están las otras desapariciones, de naturaleza tan semejante. Sin embargo, los cadáveres se encuentran (cuando se encuentran) dispuestos... ¿cómo expresarlo? Con estilos diferentes. Como el más reciente, que usted cree obra del mismo hombre, aunque hay quienes... —sin moverse en su asiento, le dirigió una breve mirada por encima del hombro al agente Martin— no están de acuerdo. Aquella joven desapareció de forma parecida, y luego la encontraron en posición de rezar. Eso es de todo punto diferente. Plantea muchas dudas. —Manson se volvió rápidamente hacia Jeffrey—. Todo tiene su explicación, profesor, pero debe usted descubrir cuál es. Hay asesinatos y desapariciones, y todos creemos fervientemente que están causadas por un solo hombre. Pero ¿cuál es la pauta? Si lo supiéramos, podríamos tomar medidas. Denos las respuestas, profesor.

De nuevo se apoderó de la habitación el silencio, roto al cabo de un rato por Bundy, que suspiró desalentado antes de hablar.

—Así que supongo que esta última identidad, la del tal Gilbert Wray, la de su esposa, Joan Archer, y sus hijos son todas ficticias, ¿no? No nos aportan nada. Seguimos donde estábamos, ¿verdad?

El agente Martin respondió a esa pregunta, con voz monótona de policía.

—Después del asalto frustrado a la casa de Cottonwood, hicimos más pesquisas en el Departamento de Inmigración y descubrimos que muchos de los informes y documentos oficiales de la familia Wray faltan o no existen. La investigación preliminar parece indicar que los datos de estas supuestas personas se introdujeron en las bases de datos desde un terminal desconocido situado dentro del estado previendo que nosotros nos dirigiríamos a ese lugar en particular. Es posible que nuestro objetivo creara esas identidades y las instalase en los sistemas informáticos como maniobra de distracción. Tal vez lo hizo días, o quizás horas, antes de que llegásemos a la casa de Cottonwood. A juzgar por esta y otras informaciones que hemos recabado... —en este punto, el inspector hizo una pausa y echó un vistazo rápido a Jeffrey— cabe suponer que tiene acceso en un grado significativo a la red de ordenadores del Servicio de Seguridad y conoce nuestras contraseñas actuales.

Jeffrey recordó su propia sorpresa al percatarse de que habían borrado la pizarra de su propio despacho.

—Creo que podemos decir sin temor a equivocarnos que nuestro objetivo posee los conocimientos necesarios para violar casi cualquiera de los sistemas de seguridad implementados en el estado —dijo, sin respaldar su afirmación con un ejemplo concreto. Señaló una pila de papeles sobre el escritorio de Manson—. Yo no daría por sentado que esos documentos han estado fuera de su alcance, señor Manson. Tal vez ha hurgado en los cajones de su escritorio.

Manson asintió con gravedad.

—Maldición —exclamó Starkweather—. Lo sabía. Lo he sabido desde el principio.

—¿Qué ha sabido? —preguntó Jeffrey al joven político.

Starkweather se encorvó con rabia.

—Que el cabrón es uno de nosotros.

Este comentario provocó un silencio de varios segundos en la sala.

A Jeffrey se le ocurrieron de inmediato un par de preguntas, pero no las formuló en alto. No obstante, tomó buena nota de las palabras de Starkweather.

Manson se meció en su silla y soltó un silbido entre los dientes.

—¿De dónde, profesor, supone usted que nuestro objetivo sacó ese nombre? Gilbert D. Wray. ¿Significa algo para usted?

—Repítalo —dijo Jeffrey con brusquedad. Manson no contestó. Se limitó a inclinarse hacia delante en su silla.

—¿Qué? —inquirió Bundy, como si hablara en nombre de Manson.

—El nombre, maldita sea. Dígalo de nuevo, rápido.

El hombre del traje arrugado se rebulló en el sofá.

—Gilbert D. Wray. Wray se pronuncia como «rayo» en inglés. ¿No había una actriz en los viejos tiempos, hace casi un siglo, que se llamaba Kay Wray, creo? No, Fay Wray. Eso es. Salía en la primera versión de *King Kong*. Era rubia y recuerdo que se hizo famosa por su forma de gritar. ¿Hay otra forma de pronunciar su nombre?

Jeffrey se reclinó en su silla. Negó con la cabeza.

—Le pido disculpas —murmuró, dirigiéndose a Manson—. Tendría que haber reconocido el nombre en cuanto lo he visto, pero no lo había pronunciado en voz alta. Qué tonto he sido.

—¿Reconocerlo? —preguntó Manson—. ¿A qué se refiere?

Jeffrey sonrió, pero por dentro sintió náuseas.

—Gilbert D. Wray. Si uno lo dice con un ligero toque afrancesado, se parece a Gilles de Rais, ¿no?

—¿Y ése quién es? —preguntó Bundy.

—Un personaje histórico interesante —contestó Jeffrey.

—¿Ah, sí? —dijo Manson.

—Y Joan D. Archer. Los hijos llamados Henry y Charles. Y vinieron aquí de Nueva Orleáns. Qué obvio. Tendría que haberme dado cuenta en el acto. Pero qué idiota soy.

—¿Haberse dado cuenta de qué?

—Gilles de Rais fue una figura importante en la Francia del siglo XIII. Se convirtió en un famoso caudillo militar en la lucha contra los invasores ingleses. Fue, según nos dice la historia, mariscal y uno de los más fervientes seguidores de Juana de Arco. Santa Juana, también conocida como la Doncella de Orleáns. ¿Y las facciones enfrentadas? Como dos niños enrabietados, Enrique de Inglaterra y el delfín, Carlos de Francia.

Una vez más, todos callaron en la habitación por un momento.

—Pero ¿eso qué tiene que ver...? —empezó Starkweather.

—Gilles de Rais —lo interrumpió Jeffrey—, además de un militar excepcionalmente brillante y, un noble adinerado, fue también uno de los más terribles y prolíficos infanticidas que se han conocido. Se creía que había asesinado a más de cuatrocientos niños en ritos sexuales sádicos dentro de las murallas de su propiedad, antes de que lo descubriesen y finalmente lo decapitasen. Era un hombre enigmático. Un príncipe del mal, que luchó con devoción y un valor inmenso como mano derecha de una santa.

—Cielo santo —se admiró Bundy—. Acojonante.

—Gilles de Rais desde luego lo era —comentó Jeffrey en voz baja—, aunque seguramente presentó un dilema fascinante a las autoridades competentes del más allá. ¿Qué se hace exactamente con un hombre así? Tal vez cada siglo o así le den un día libre del tormento eterno. ¿Es ésa recompensa suficiente para un hombre que en más de una ocasión le salvó la vida a una santa?

Nadie respondió a su pregunta.

—Bueno, ¿y qué le sugiere que el sujeto haya utilizado ese nombre? —quiso saber Starkweather, enfadado.

Jeffrey no contestó al momento. Había descubierto que disfrutaba con el desasosiego del político.

—Creo que a nuestro objetivo, es decir, a mi padre... bueno, le interesan las cuestiones morales y filosóficas relacionadas con el bien y el mal absolutos.

Starkweather se quedó mirando a Jeffrey con una rabia considerable derivada de la frustración, pero no dijo nada. Jeffrey, sin embargo, rellenó esa pausa momentánea.

—Y a mí también —añadió.

Durante unos segundos, Jeffrey pensó que su aseveración marcaría el final de la sesión. Manson había bajado la barbilla hacia el pecho y parecía estar sumido en profundas reflexiones, aunque continuaba acariciándose la palma con la hoja del abrecartas. De pronto, el director de seguridad plantó el arma sobre el escritorio, que dio un chasquido como la detonación de una pistola de pequeño calibre.

—Creo que me gustaría hablar con el profesor a solas durante un rato —dijo.

Bundy hizo ademán de protestar, pero enseguida cambió de idea.

—Como quiera —dijo Starkweather—. Nos pondrá al corriente de nuevo dentro de unos días, como máximo una semana, ¿de acuerdo, profesor? —Esta última frase encerraba tanto una orden como una pregunta.

—Cuando quieran —dijo Jeffrey.

Starkweather se puso de pie e hizo un gesto a Bundy, que se levantó con dificultad del acolchado sofá y salió en pos del hombre de la oficina del gobernador por la puerta lateral.

El agente Martin también se había levantado.

—¿Quiere que yo me quede o que me vaya? —preguntó.

Manson apuntó a la puerta.

—Esto no nos llevará más de unos minutos —dijo.

Martin asintió con la cabeza.

—Esperaré justo al otro lado de la puerta.

—Me parece muy bien.

El director aguardó a que el agente saliese para proseguir en voz baja sin inflexiones:

—Me preocupan algunas de las cosas que dice, profesor, pero sobre todo lo que da a entender de forma implícita.

—¿En qué sentido, señor Manson?

El director se levantó de su asiento tras el escritorio y se acercó a la ventana.

—No tengo suficiente vista —comentó—. No es exactamente lo que quisiera, y eso siempre me ha molestado.

—Perdón, ¿cómo dice?

—La vista —repitió, señalando la ventana con un gesto del brazo derecho—. Abarca las montañas que están al oeste. Es un paisaje bonito, pero creo que preferiría tener vistas a construcciones, o a edificios en obras. Acérquese, profesor.

Jeffrey se puso de pie, rodeó el escritorio y se colocó al lado de Manson. El director parecía más bajo visto de cerca.

—Es muy hermoso, ¿no? Una vista panorámica. De postal, ¿no?

—Estoy de acuerdo.

—Es el pasado. Es antiguo. Prehistórico. Desde aquí se divisan árboles que datan de hace siglos, formaciones que se originaron hace millones de años. En algunos de aquellos bosques hay lugares que el hombre nunca ha pisado. Desde donde me encuentro, puedo mirar hacia fuera y contemplar la naturaleza casi como era cuando las primeras personas cruzaron el continente pasando muchas penalidades.

—Sí, eso veo.

El director dio unos golpecitos en el cristal.

—Lo que ve es el pasado. También es el futuro.

Apartó la mirada, le indicó por señas a Jeffrey que volviese a ocupar su asiento y se sentó a su vez.

—¿Cree usted, profesor, que Estados Unidos ha perdido un poco el norte, que los consabidos ideales de nuestros antepasados se han desgastado? ¿Desvanecido? ¿Olvidado?

Jeffrey movió la cabeza afirmativamente.

—Es una opinión cada vez más generalizada.

—Allí donde usted vive, en la América que se desintegra, reina la violencia. Se ha perdido el respeto, el espíritu familiar. Nadie aprecia la grandeza que tuvimos, ni la que podemos alcanzar, ¿verdad?

—Se enseña. Forma parte de la historia.

—Ah, pero enseñarla y vivirla son cosas muy distintas, ¿no?

—Desde luego.

—Profesor, ¿cuál cree que es la razón de ser del estado número cincuenta y uno?

Jeffrey no respondió.

—En otro tiempo, Estados Unidos fue una tierra de aventura. Rebosaba seguridad y esperanza. América era un lugar para soñadores y visionarios. Eso se acabó.

—Muchos estarían de acuerdo con usted.

—Así que, la cuestión, para aquellos que esperan que nuestros siglos tercero y cuarto de existencia sean tan grandiosos como los dos primeros, es cómo recuperar ese orgullo nacional.

—El Destino Manifiesto.

—Exacto. No he vuelto a oír esa expresión desde mis tiempos de estudiante, pero es precisamente lo que necesitamos. Lo que debemos restituir. Al fin y al cabo, ya no se puede importar, como hicimos en otras épocas, acogiendo a las mejores mentes del mundo en este crisol inmenso que es nuestro país. Ya no se puede inculcar una sensación de grandeza concediendo más libertades a las personas, porque es algo que se ha intentado y lo único que se ha conseguido con ello es una mayor desintegración. En un par de ocasiones conseguimos avivar la esperanza y la gloria, así como un sentimiento de destino y unidad nacionales participando en una guerra mundial, pero eso ya no es factible porque hoy en día las armas son demasiado potentes e impersonales. En la Segunda Guerra Mundial combatieron individuos dispuestos a sacrificarse por unos ideales. Eso ya no es posible ahora que el armamento moderno permite que los conflictos sean antisépticos, robóticos, que las batallas las libren ordenadores y técnicos a distancia, teledirigiendo dispositivos que surcan los cielos. Así pues, ¿qué nos queda?

—No lo sé.

—Nos queda fe en una sola cosa, y todos aquí, en el estado número cincuenta y uno, nos consagramos por entero a hacerla realidad. Es la fe en que la gente redescubrirá sus valores, el espíritu de sacrificio y de superación, y volverán a ser pioneros, si se les da una tierra tan virgen y prometedora como lo fue este país en otro tiempo. —Manson se inclinó hacia delante en su asiento, con las manos abiertas—. No deben tener miedo, profesor. El miedo da al traste con todo. Hace doscientos años, la gente que se encontraba donde estamos nosotros, contemplando esas mismas montañas y esos mismos paisajes, sabía afrontar los desafíos y las dificultades. Y superó el miedo a lo desconocido.

—Cierto —dijo Jeffrey.

—El reto hoy en día es superar el miedo a lo conocido. —Manson hizo una pausa, reclinándose en su asiento—. Así pues, ése es el ideal en el que se basa nuestro estado: el de un mundo dentro del mundo. Un país dentro de un país. Fabricamos oportunidades y seguridad. Ofrecemos de nuevo lo que en otra época se daba por sentado en este país. ¿Y sabe qué ocurrirá después?

Jeffrey sacudió la cabeza.

—Se propagará. Hacia el exterior. A paso constante, inexorable.

—¿Qué me está diciendo?

—Le estoy diciendo que lo que tenemos aquí se impondrá lento pero seguro en el resto del país. Quizás hayan de sucederse varias generaciones para que el proceso se complete, como en el pasado, pero al final nuestro estilo de vida acabará con el horror y la depravación que conocen quienes viven fuera de este estado. Ya están surgiendo comunidades justo al otro lado de nuestras fronteras que empiezan a adoptar algunas de nuestras leyes y principios.

—¿Qué leyes y principios?

Manson se encogió de hombros.

—Ya conoce muchos de ellos. Restringimos algunos de los derechos que establece la Primera Enmienda. Se respeta la libertad de culto. La libertad de expresión... bueno, no tanto. ¿Y la prensa? Nos pertenece. Limitamos algunos de los derechos reconocidos por la Cuarta Enmienda; ya no se puede cometer un delito y comprar la libertad por medio de algún abogado astuto. ¿Y sabe qué, profesor?

—¿Qué?

—La gente renuncia a ello sin rechistar. La gente está dispuesta a ceder su derecho a la libertad a cambio del sueño sin garantías de un mundo donde no tengan que cerrar con llave la puerta de su casa cuando se van a dormir. Y los que estamos aquí apostamos a que hay muchos más como nosotros fuera de nuestras fronteras, y a que nuestro sistema se extenderá poco a poco por todo el país.

—¿Como una infección?

—Más bien como un despertar. Un país arrancado de un largo sopor. Nosotros simplemente nos hemos levantado un poco más temprano que los demás.

—Hace que parezca algo atractivo.

—Lo es, profesor. Permítame preguntarle: ¿cuándo ha apelado usted, en persona, a alguna de esas garantías constitucionales? ¿Cuándo ha pensado: «Ha llegado el momento de ejercer los derechos que me otorga la Primera Enmienda»?

—No recuerdo haberlo hecho nunca. Pero no estoy seguro de que no los quiera, en caso de que algún día los necesite. Tengo mis dudas acerca de renunciar a las libertades fundamentales...

—Pero si esas mismas libertades le esclavizan, ¿no estaría mejor sin ellas?

—Es una pregunta complicada.

—Pero si la gente ya está accediendo a vivir encarcelada. Reside en comunidades amuralladas. Contrata servicios de seguridad. Va por ahí armada. La sociedad es poco más que una serie de vallas y cárceles. Para cerrar el paso al mal, uno tiene que recluirse. ¿Eso es libertad, profesor? Las cosas no funcionan así aquí. De hecho, ¿sabía, profesor, que somos el único estado del país con leyes eficaces de control de armas? Aquí ningún supuesto cazador posee un rifle de asalto. ¿Sabía que la Asociación Nacional del Rifle y su viejo grupo de presión en Washington nos detestan?

—No.

—¿Lo ve? Cuando le digo que hemos derogado derechos constitucionales, usted me toma automáticamente por un conservador de derechas. Al contrario. No necesito adherirme a ninguna tendencia política porque puedo buscar las soluciones desde cualquier extremo del espectro político. Aquí en el estado cincuenta y uno, la Segunda Enmienda de la Constitución se interpreta literalmente y no como algún miembro de un *lobby* con los bolsillos llenos se empeña en interpretarla, pese a que todo indique lo contrario. Y podría seguir hablándole de esto, profesor. Por ejemplo, en el estado número cincuenta y uno no hay leyes que restrinjan los derechos reproductivos de la mujer. Pero es un tema muy polémico. Por consiguiente, el estado regula el aborto. Establecemos directrices. Directrices razonables. De este modo, no sólo evitamos que el debate sobrepase los límites de esta cuestión, sino que protegemos a los médicos que prestan este servicio.

—Veo que también es usted filósofo, señor Manson.

—No, soy pragmático, profesor. Y creo que el futuro está de mi parte.

—Quizá tenga razón.

Manson sonrió.

—¿Ahora entiende la amenaza que supone su padre, el asesino?

—Empiezo a hacerme una idea —respondió Jeffrey.

—Lo que está consiguiendo es sencillo: aprovecha los fundamentos mismos del estado para hacer el mal. Se burla de todo aquello en lo que creemos. Nos hace quedar como hipócritas incompetentes. No sólo atenta contra esas adolescentes, sino contra la esencia de nuestras ideas. Nos utiliza para perjudicarnos a nosotros mismos. Es como levantarse una mañana y descubrir un tumor canceroso en los pulmones del estado.

—¿Cree que un solo hombre puede representar un peligro tan grande?

—Ah, profesor, no lo creo: estoy seguro. La historia nos enseña que es posible. Y su padre, el otrora historiador, lo sabe. Un hombre, actuando sin ayuda de nadie, con una visión única y retorcida, y la dedicación necesaria para materializarla, puede ocasionar la caída de un gran imperio. Ha habido muchos asesinos solitarios a lo largo de la historia, profesor, que han logrado cambiar el curso de los acontecimientos. Nuestra propia historia está llena de Booths y Oswalds y Sirhan Sirhans cuyos disparos han matado ideales, además de hombres. Debemos impedir que su padre se convierta en uno de esos asesinos. Si no lo detenemos, asesinará nuestro proyecto. Él solo. Hasta ahora, hemos tenido suerte. Hemos conseguido acallar la verdad sobre sus actividades...

—¿Y aquello de «la verdad os hará libres»?

Manson sonrió y negó con la cabeza.

—Ése es un concepto pintoresco y anticuado. La verdad no trae consigo más que sufrimiento.

—¿Por eso está tan controlada aquí?

—Por supuesto. Pero no en aras de un ideal orwelliano consistente en proporcionar información falsa a las masas. Nosotros somos... bueno, selectivos. Y, por supuesto, no deja de haber rumores. Pueden ser peores que cualquier verdad. Hasta ahora, parece que hemos conseguido evitar que se hable sobre las actividades de su padre. Esta situación no durará, ni siquiera aquí, donde el estado guarda sus secretos más eficientemente que las autoridades del resto del país. Pero, como le he dicho, soy pragmático. El único secreto que está verdaderamente a salvo es el que está muerto y enterrado. El que ha pasado a la historia.

—La seguridad es frágil.

Manson suspiró profundamente.

—He disfrutado con esta conversación, profesor. Hay otros asuntos que reclaman mi atención, aunque ninguno es tan urgente. Encuentre a su padre, profesor. Muchas cosas dependen de que lo consiga.

Jeffrey asintió con la cabeza.

—Haré lo que pueda —dijo.

—No, profesor. Debe conseguirlo. A cualquier precio.

—Lo intentaré —aseguró Jeffrey.

—No. Lo conseguirá. Lo sé, profesor.

—¿Cómo puede estar tan seguro?

—Porque estamos hablando de muchas cosas, de capas y capas de verdades e intrigas, profesor, pero hay una cosa sobre la que no me cabe la menor duda.

—¿Cuál es?

—Que un padre y un hijo compiten siempre por el mismo objetivo, profesor. Ésta es su lucha. Siempre lo ha sido. Tal vez la mía sea diferente. Pero la suya... bueno, surge del fondo de su ser, ¿no es cierto?

Jeffrey se dio cuenta de que respiraba agitadamente.

—Y el momento ha llegado, ¿no es así? ¿Cree que puede llegar al final de su vida sin enfrentarse a su padre?

Jeffrey notó que la voz le salía áspera.

—Creía que ese enfrentamiento sería puramente psicológico. Una lucha contra un recuerdo. Creía que él había muerto.

—Pero no ha resultado ser así, ¿verdad, profesor?

—No. —Jeffrey tuvo la sensación de que la lengua empezaba a fallarle.

—De modo que la lucha adquiere dimensiones distintas, ¿no?

—Eso parece, señor Manson.

—Padres e hijos —prosiguió Manson en un tono suave, ligeramente cantarín, como si todo lo que decía se le antojase tremendamente divertido—. Siempre forman parte del mismo rompecabezas, como dos piezas que se encajan por la fuerza en un espacio que no acaba de tener la forma adecuada. El hijo pugna por aventajar a su padre, y éste intenta limitar a su hijo.

—Quizá necesite ayuda —barbotó Jeffrey.

—¿Ayuda? ¿Y quién puede prestársela en la más elemental de las batallas?

—Hay dos componentes más en la maquinaria, señor Manson. Mi hermana y mi madre.

El director sonrió.

—Muy cierto —dijo—, aunque sospecho que tendrán sus propias batallas que librar. Pero haga lo que deba, profesor. Si necesita pedir refuerzos, por favor, no dude en hacerlo. En esta lucha, goza usted de una libertad total y absoluta.

Por supuesto, Jeffrey supo al instante que esta última aseveración era mentira.

El agente Martin no le preguntó a Jeffrey de qué había hablado con su supervisor. Los dos hombres recorrieron pensativos el edificio, uno al lado del otro, como si analizaran la tarea que tenían ante sí. Cuando se encontraban cerca de su despacho, una secretaria con un sobre de papel de Manila salió de un ascensor. Tuvo que esquivar con sumo cuidado a una docena de niños de cuatro años atados entre sí con una cuerda naranja fluorescente, un grupo de la guardería que se dirigía al patio de juegos. La joven secretaria sonrió, se despidió de los niños con un gesto y luego se encaminó a paso rápido hacia los dos hombres.

—Esto es para usted, agente —dijo sin más preámbulos—. Urgente, confidencial, todas esas cosas. Un par de detalles interesantes. No sé si le ayudarán en el caso que está investigando, pero los del laboratorio lo han despachado con prisas y sin formalidades. —Le tendió el sobre a Martin—. De nada —dijo ante el silencio del inspector. Tras evaluar a Jeffrey con una mirada rápida, dio media vuelta y se alejó en dirección a los ascensores.

—¿Y eso es...? —preguntó el profesor mientras observaba a la joven desaparecer con un zumbido neumático.

—Un informe preliminar del laboratorio sobre el ordenador que requisamos en Cottonwood. —El inspector rasgó el sobre—. Mierda —farfulló.

—¿Qué pasa?

—No hay huellas identificables, ni fibras capilares. Si el tipo hubiera cogido el maldito trasto con las manos sudadas, quizás habríamos podido obtener una muestra de ADN. No ha habido suerte. El maldito trasto estaba limpio.

—El tipo no es idiota.

—Sí, lo sé. Ya nos lo ha dejado claro, ¿recuerda?

Jeffrey lo recordaba.

—¿Qué más?

Martin continuó estudiando el informe.

—Bueno —dijo, al cabo de un momento—. Aquí hay algo. Quizá su viejo no sea el asesino perfecto, después de todo.

—¿Por qué lo dice?

—Dejó intacto el número de serie del ordenador. Los del laboratorio han hecho algunas pesquisas.

—¿Y?

—Pues que el número corresponde a una remesa de ordenadores enviada por el fabricante a varias tiendas del sureste. Ya es algo. Por lo visto, a su viejo no le convencían demasiado las condiciones de la garantía, pues nunca mandó por correo el papel firmado.

—Sabía que no se lo quedaría durante tanto tiempo.

El agente Martin sacudió la cabeza.

—Seguramente pagó el puto trasto en efectivo.

—Supongo que sí.

Martin enrolló el informe y se golpeó la pierna con él.

—Ojalá descubriésemos una cosa, un solo detalle, que el mamón de su padre pasara por alto.

Los dos hombres se hallaban ante la puerta de su despacho, a punto de entrar. Martin desplegó de nuevo el informe y se quedó mirándolo mientras abría la cerradura de la puerta. Alzó la vista hacia Jeffrey.

—¿Qué motivos supone que tenía el cabrón para irse a comprar el ordenador hasta el sur de Florida? Al fin y al cabo, hay muchos sitios más cercanos, y nos costaría el mismo trabajo seguirle la pista hasta allí. ¿Cree que a lo mejor estuvo allí de vacaciones? ¿Por negocios, tal vez? Esto nos dice algo, ¿no?

—¿Dónde? —preguntó Jeffrey de pronto.

—El sur de Florida. Allí es adonde enviaron los ordenadores con esos números de serie. Al menos, según la empresa fabricante. Debe de haber unas cien tiendas en esa zona a las que pudieran enviar ese ordenador, casi todas al sur de Miami. Homestead. Los Cayos Altos. ¿Por qué? ¿Significa algo para usted?

Significaba algo. Sólo había una razón por la que su padre podía haber comprado el ordenador en ese lugar y después optado por no hacer algo tan obvio como borrar el número de serie grabado en la parte posterior del aparato, bien a la vista. Quería dejarle a su hijo un medio de averiguar lo que había hecho. Significaba que, después de todos esos años, los había encontrado. El padre de quien habían huido, a quien creían muerto, había hecho acudir a su hijo hasta su propia puerta y había descubierto dónde se ocultaban su ex esposa y su hija.

Jeffrey, presa de una desesperación repentina y profunda, se preguntó si les quedaba algún secreto.

Apartó a Martin de un empujón para pasar, haciendo caso omiso del súbito torrente de preguntas del inspector, y se dirigió al teléfono para llamar a su madre y prevenirla. No sabía, claro está, que ella estaba mirando cómo un carpintero de la localidad cortaba madera diligentemente para reparar el marco de la puerta y el cerrojo, ansiosa por comunicarle a él exactamente la misma advertencia que él estaba a punto de hacerle.

15

Lo robado

En su cubículo de la oficina, Susan Clayton se preguntaba cuánto tardaría él en resolver su último acertijo. Había pensado que enviar el mensaje cifrado le daría algo de tiempo para descansar y decidir qué debían hacer a continuación ella y su madre. Pero se había equivocado; estar esperando una respuesta sólo la ponía aún más nerviosa. La empujaba a hacer cálculos inciertos: había enviado el último apéndice a su columna periódica por correo electrónico la noche anterior; la revista llegaría a los quioscos al final de esa semana, y más o menos al mismo tiempo se pondría a disposición de los suscriptores que la leían por ordenador. Las preguntas que ella había formulado como enigmas no eran tan difíciles; a él le llevaría un día, quizá dos, descifrarlas y aclararlas. Luego elaboraría una respuesta.

Pero el modo en que le haría llegar dicha respuesta era un enigma indescifrable para ella.

Estaba acurrucada en un rincón de su espacio de trabajo, alerta al sonido de cualquiera que se acercara. Les había indicado a los guardias de seguridad del edificio y a los recepcionistas de la oficina que grabaran con las cámaras de vídeo a todo aquel que preguntara por ella y que confiscaran cualquier documento de identificación que presentaran, ya fuera falso o no. Cuando le preguntaron por qué, ella respondió que tenía problemas con un ex novio. Era una mentira inofensiva que parecía prevenir casi cualquier posible mal.

Intentó persuadirse de que el miedo era como una prisión y que, cuanto más temiese a aquel hombre, más ventajas tendría éste sobre ella.

El problema era: ¿qué quería él?

No en un sentido general, sino específico.

Susan creía que, si supiese la respuesta, podría hacer algo, o al menos tomar alguna medida útil. Sin embargo, sin una noción firme de las reglas del juego, no tenía la menor idea de cómo jugar, y menos aún de cómo ganar. Con una sequedad en los labios que habría debido atribuir al miedo, se dio cuenta de que tampoco sabía qué era lo que estaba en juego.

Pensó en su álter ego. Mata Hari sabía lo que arriesgaba al jugar a ser espía.

Si perdía ese juego el único resultado posible era la muerte.

Había jugado y había perdido. Susan aspiró hondo y despacio, y en ese momento deseó haber elegido otro seudónimo. «Penélope», pensó. Mantuvo a raya a los pretendientes con su estratagema de tejer y destejer, hasta el día que Ulises volvió a casa. Éste habría sido un álter ego con connotaciones menos peligrosas para ella.

Se acercaba la hora del almuerzo, y se volvió hacia la ventana. Vio las calles del centro de Miami inundarse de oficinistas. Le recordó un documental que había visto sobre un río africano durante la temporada seca; el nivel del agua había descendido lo suficiente para que los animales sedientos se acercasen peligrosamente a los cocodrilos que acechaban en el lecho lodoso. El documental mostraba el equilibrio entre la necesidad y la muerte, un mundo de riesgo. A Susan la había fascinado el vínculo entre los depredadores y las presas.

Ahora, mientras miraba desde su ventana, se le ocurrió que el mundo estaba más próximo a este terror natural que nunca; los trabajadores de las oficinas salían de las mismas en grupos y se dirigían a los restaurantes del centro, exponiéndose a los peligros que pudiera encerrar la calle de día. Estaban a salvo en casi todo momento. Salían a la calle soleada, disfrutaban de la brisa, pasaban de los mendigos sin techo sentados con la espalda contra las frías paredes de hormigón, como cuervos sobre un cable. «No se les pasa por la cabeza que puedan estar en presencia de una rabia demencial y homicida que bulle por dentro —pensó ella—. A la hora del almuerzo el mundo pertenece al sol, a las autoridades, a las personas adaptadas al sistema. "¿Sales a comer?" "Claro." No tiene mayor secreto.»

Por supuesto, de vez en cuando alguien salía a comer y acababa muerto. Como los animales obligados por las circunstancias a beber a unos pocos metros de las fauces de los cocodrilos.

«Selección natural —se dijo—. La naturaleza nos hace más fuertes eliminando a los débiles y los tontos de la manada. Como animales.»

Se estaba formando un corro en el centro de su oficina. Oyó las voces que se alzaban para discutir. ¿A un chino o a un bufé de ensaladas? ¿Por cuál de ellos estaríais dispuestos a jugaros el pellejo? Por un momento ella acarició la idea de unirse a ellos, pero se lo pensó dos veces.

Se agachó para comprobar si la pistola automática que llevaba en el bolso estaban cargada. Había una bala en la recámara, y el percutor estaba echado hacia atrás. Sin embargo, el seguro estaba puesto, pero bastaban un leve movimiento del pulgar y una ligera presión en el gatillo para que el arma disparase. El día anterior, con un destornillador y unas pequeñas pinzas de joyero, había afinado la fuerza de tensión de todas sus armas. Ahora sólo se requería poco más de un toque para dispararlas todas, incluido el fusil automático que colgaba al fondo de su armario. Pensó: «No queda tiempo, en este mundo, para preguntarse si está uno haciendo lo correcto. Sólo hay tiempo para apuntar y disparar.»

El grupo del almuerzo y el vocerío que armaban se apretujaron en el interior de un ascensor. Susan aguardó un momento más y luego, colgándose el bolso del hombro, se colocó de manera que pudo deslizar la mano derecha en el interior y agarrar la culata de la pistola, se puso de pie y se marchó sola. Comprendió que de ese modo sería vulnerable a riesgos de todo tipo, pero se percató de que, en aquel mundo de peligro constante e imprevisible, ella había desarrollado una extraña inmunidad, pues en realidad sólo había una amenaza que significara algo para ella.

El calor, como el aliento insistente de un borracho, la golpeó en cuanto salió del edificio de oficinas. Se detuvo por un momento observando las ondas de aire vaporoso que desprendía la acera de hormigón. Después echó a andar, incorporándose al torrente de oficinistas, sin soltar la culata del arma. Vio que había agentes de policía en todas las esquinas, ocultos tras cascos de color negro mate y gafas de espejo. «Protegen a los productivos», pensó. Vigilaban a los empleados que seguían la rutina de su vida. Cuando pasó junto a un par de ellos, oyó crepitar en sus radiocomunicadores la voz metálica e incorpórea de una operadora de la policía que informaba a los agentes de las operaciones que se estaban llevando a cabo en diferentes partes de la ciudad.

Ella se paró, alzó la mirada hacia uno de los edificios y vio el sol reflejarse en su fachada de cristal como una explosión. «Vivimos en una zona de guerra —se dijo ella—. O en un territorio ocupado.» A lo lejos se oía el ulular de una sirena de policía que se alejaba rápidamente, perdiendo intensidad.

A seis calles del edificio había un pequeño establecimiento que vendía sándwiches. Se encaminó hacia allí, aunque no estaba segura de si de verdad tenía hambre o simplemente necesitaba estar sola en medio de las multitudes en movimiento. Decidió que probablemente esto último. No obstante, Susan Clayton era de la clase de persona que necesitaba una justificación artificial para sus actos, aunque fuera con el fin de enmascarar algún deseo más profundo. Se decía a sí misma que tenía hambre y necesitaba ir a buscar algo para comer, cuando en realidad lo que quería era salir del espacio reducido y opresivo de su cubículo, por muy grande que fuera el riesgo que entrañaba. Era consciente de este fallo en su interior, pero tenía poco interés en esforzarse por cambiar.

Al caminar se fijó en los balbuceos de los pordioseros, alineados contra las paredes de los edificios, resguardados del sol de mediodía en la exigua sombra. Había cierta constancia en su mendicidad: «¿Lleva algo de suelto?» «¿Veinticinco centavos?» «¿Puede echarme una mano?»

Como prácticamente todo el mundo, hacía caso omiso de ellos.

En otros tiempos había albergues, programas de asistencia, iniciativas de la comunidad para ayudar a los indigentes, pero esos ideales se habían desvanecido con los años. La policía, a su vez, había dejado de «limpiar» las calles: los resultados no compensaban los esfuerzos. No había donde encerrar a los detenidos. Además, era peligroso, a su manera: había demasiadas enfermedades, infecciosas y contagiosas. Enfermedades causadas por la suciedad, la sangre, la desesperación. Como consecuencia, casi todas las ciudades tenían en su seno otras ciudades, sitios en la sombra donde los sin techo buscaban cobijo. En Nueva York, eran los túneles de metro abandonados, al igual que en Boston. Los Ángeles y Miami tenían la ventaja del clima; en Miami se habían apoderado del mundo bajo las autopistas y lo habían llenado de refugios temporales de cartón y chapas de hierro oxidadas y rincones sórdidos; en Los Ángeles, los acueductos ahora eran como campamentos de *okupas*. Algunas de esas ciudades en la sombra existían ya desde hacía décadas y casi merecían la denominación de barrio, así como figurar en algún mapa, al menos tanto como las zonas residenciales amuralladas de las afueras.

Cuando Susan caminaba a paso ligero por la acera, un hombre descalzo que llevaba de forma incongruente un grueso abrigo de invierno marrón, al parecer ajeno al calor sofocante de Miami, le salió al paso para exigirle dinero. Susan se apartó de un salto y se volvió hacia él para plantarle cara.

Él tenía la mano extendida, con la palma hacia arriba. Le temblaba.

—Por favor —dijo—, ¿tiene algo de suelto que pueda darme?

Ella se quedó mirándolo. Vio las llagas supurantes que tenía en los pies bajo una capa de mugre.

—Un paso más y le vuelo la cabeza, maldito cabrón —le espetó.

—No iba a hacerle nada —le aseguró él—. Necesito dinero para... —titubeó por unos instantes— comer.

—Para beber, más bien. O chutarse. Que le den —dijo. No le dio la espalda al hombre, que parecía reticente a abandonar la sombra del edificio, como si dar un paso hacia el sol de justicia que bañaba la mayor parte de la acera fuera precipitarse desde un acantilado.

—Necesito ayuda —alegó el hombre.

—Todos la necesitamos —repuso Susan e hizo un gesto con el brazo izquierdo hacia la pared—. Vuelve a sentarte —dijo, manteniendo el arma firmemente asida con la mano derecha. Se dio cuenta de que el río de oficinistas se desviaba para esquivarla, como si fuera una roca en medio de una corriente de agua.

El sin techo se llevó la mano a la nariz oscurecida por la suciedad y manchada de rojo por el cáncer de piel. Su mano continuaba presa del temblequeo de alcohólico y le brillaba la frente, recubierta en un sudor rancio que le pegaba al cráneo mechones de cabello gris.

—No tenía mala intención, yo —dijo—. ¿Acaso no somos todos hijos de Dios bajo su inmenso techo? Si me ayudas ahora, ¿acaso no vendrá Dios a ayudarte en un momento de necesidad? —Señaló al cielo.

Susan no le quitaba ojo.

—Puede que sí —contestó— y puede que no.

El hombre pasó por alto su sarcasmo y siguió insistiendo, con una cadencia rítmica en la voz, como si los pensamientos que se arremolinaban tras su locura fueran agradables.

—¿Acaso no nos espera Cristo a todos más allá de esas nubes? ¿No nos dejará beber de su cáliz y nos dará a conocer el auténtico júbilo, haciendo desaparecer todas nuestras penas mundanas en un instante?

Susan permaneció callada.

—¿Es que no están por llegar sus milagros más grandes? ¿No volverá Él a esta tierra algún día para llevarse a todos y cada uno de sus hijos con sus grandes manos a las puertas del paraíso?

El hombre le sonrió a Susan, mostrándole sus dientes picados. Tenía los brazos cruzados sobre el pecho, como si acunase en ellos a un niño, meciéndolo adelante y atrás.

—Ese día llegará. Para mí. Para ti. Para todos sus hijos en la tierra. Sé que ésta es la verdad.

Susan advirtió que el hombre había vuelto la mirada hacia arriba, como si estuviera dirigiendo sus palabras al cielo de un azul excepcional sobre su cabeza. Su voz había perdido la aspereza de la enfermedad y la desesperación, que habían cedido el paso a la jovial euforia de la fe. «Bueno —pensó ella—, si uno tiene que vivir engañado, las fantasías de este hombre al menos son benignas.» Con cautela, metió la mano izquierda en el bolso y rebuscó hasta dar con un par de monedas sueltas que llevaba en el fondo. Las sacó y se las tiró al hombre. Cayeron y tintinearon sobre la acera, y él arrancó rápidamente la vista del cielo y la bajó para buscarlas en el suelo.

—Gracias, gracias —dijo el hombre—. Que Dios te bendiga.

Susan se alejó y echó a andar a toda prisa por la calle, dejando atrás al hombre, que seguía murmurando en un sonsonete. Cuando se encontraba a unos tres o cuatro metros de él, le oyó decir:

—Susan, te cederá la paz.

Al oír su nombre dio media vuelta bruscamente.

—¿Qué? —gritó—. ¿Cómo sabes...?

Pero el hombre volvía a estar recostado contra el edificio, encogido, balanceándose adelante y atrás en una ensoñación extraña y enloquecida que sólo significaba algo para él.

Ella dio un paso hacia él.

—¿Cómo sabes mi nombre? —inquirió.

Pero el hombre mantenía la vista al frente, vacía, como si estuviera ciego, farfullando para sí. Susan se esforzó por distinguir sus palabras, pero sólo alcanzó a entender: «Pronto Jesús nos abrirá las puertas mismas del cielo.»

Ella vaciló por un momento y luego se volvió de espaldas al hombre.

¿«Susan, te cederá la paz» o «Jesús antecederá a la paz»?

El hombre podría haber dicho cualquiera de las dos cosas.

Susan reanudó la marcha, asaltada por las dudas, volvió ligeramente la cabeza hacia atrás y vio que él había desaparecido. De nuevo dio media vuelta, caminó deprisa hacia donde el hombre estaba acurrucado hacía un momento, escudriñando la calle, intentando localizarlo. No veía nada salvo el torrente de empleados de oficina. Era como si hubiese tenido una alucinación.

Por unos instantes permaneció inmóvil, llena de un terror impreciso. Luego se sacudió la sensación, del mismo modo que un perro se sacude las gotas de lluvia, y prosiguió su camino para comerse el almuerzo que no le apetecía.

Cuando el hombre tras el mostrador la atendió, pensó en tomar yogur con frutas, pero cambió de idea y pidió un bocadillo de jamón y queso suizo con mucha mayonesa. El dependiente pareció dudar.

—Oye, que sólo se vive una vez —comentó ella.

Él sonrió, le preparó el bocadillo rápidamente y lo metió junto con un botellín de agua en una bolsa de papel.

Susan caminó a lo largo de seis manzanas más con su almuerzo, hasta un parque enclavado junto a un centro comercial, justo frente a la bahía. Había dos agentes de policía montados a caballo a la entrada del parque, observando a la gente que llegaba. Uno tenía su fusil automático atravesado sobre la silla de montar y estaba inclinado hacia delante, como una caricatura moderna de alguna vieja novela barata de vaqueros. Ella casi esperaba que la saludara levantándose el sombrero, pero él se limitó a mirarla desde detrás de sus gafas de sol, sometiéndola al mismo examen visual que a los demás. Susan supuso que, para tener derecho a entrar en el parque y sentarse a comerse un bocadillo a pocos metros de donde el agua de la bahía Biscayne lamía los pilotes de madera, uno debía ser un miembro claramente respetable de la sociedad. Los marginados y los sin techo tenían vedada la entrada a la hora del almuerzo. Por la noche seguramente la cosa cambiaba. Lo más probable es que entonces fuese un suicidio para alguien como ella internarse en el pequeño parque, a no más de treinta metros de la orilla del mar. Los árboles frondosos y los bancos que tan acogedores parecían en el calor del día debían de adquirir un aspecto totalmente distinto tras la puesta de sol; se convertirían en sitios donde esconderse. Eso era lo complicado de la vida, pensó ella: la extraña dualidad que presentaban todas las cosas. Lo que parecía un lugar seguro al mediodía se volvía peligroso ocho horas después. Era como las mareas en los Cayos Altos, que ella conocía tan bien. En un momento cubrían una zona entera de agua, haciéndola segura para la navegación. Al momento siguiente, bajaban llevándose la seguridad con el reflujo. La gente, pensó, debía de ser muy parecida.

Encontró un banco donde podría sentarse sola a comerse su bocadillo y contemplar la gran extensión de agua, plantando cara al exceso de calorías y de grasa que podía obstruirle las arterias. Soplaba una brisa lo bastante fuerte para rizar ligeramente la bahía, de manera que daba la impresión de que el brillo del agua estaba vivo. Vio un par de buques cisterna zarpar del puerto de Miami. Eran unos barcos fondones, de aspecto torpe, que se abrían paso por los concurridos canales como un par de abusones de pocas luces en un patio de colegio.

Susan tomó un trago del botellín de agua, que se estaba poniendo tibia rápidamente a causa del calor. Por un momento, creyó que podría quedarse allí sentada ajena a todo; a sí misma, a lo que le estaba pasando. Sin embargo, el sonido de una sirena que se acercaba a toda prisa y el tableteo insistente de unas aspas la arrancaron de su ensoñación. Se volvió hacia atrás y vio un helicóptero de la policía que volaba bajo sobre el borde de la bahía, con la sirena encendida. Susan avistó a un par de adolescentes que corrían a lo largo de la orilla, desde el centro hacia el parque. En el mismo vistazo, divisó a los dos agentes montados a caballo galopar para interceptar a los chicos.

La detención fue rápida. El helicóptero se quedó inmóvil en el aire, y los jinetes acorralaron a los fugitivos, como si estuvieran en un rodeo. Si los dos jóvenes iban armados, no lo demostraron. En cambio, se pararon y levantaron las manos, de cara a los policías. Susan alcanzó a ver que los dos adolescentes sonreían como si no tuviesen nada que temer, y la persecución y el arresto les resultaran tan familiares como la salida del sol todas las mañanas. Desde donde ella se encontraba, vio que uno de ellos tenía la camisa y los pantalones manchados de sangre de color rojo cobrizo. Pensó que, en algún lugar, el propietario de esa sangre yacería agonizante, o al menos, con heridas tan graves que ya no sentiría dolor.

Apartó la vista, aplastó lo que quedaba de su almuerzo en la bolsa y lo tiró en una papelera cercana. Luego, se sacudió las migas de la ropa. Dejó vagar la mirada por el parque. Debía de haber una docena de personas más, algunas de ellas comiendo, otras simplemente paseando. Casi todos observaban con paciencia y en silencio la escena que se desarrollaba justo al otro lado de la cerca del parque, como si se tratara de un espectáculo montado para entretenerlos. Susan se levantó del banco y se volvió de nuevo hacia la detención. Varias lanchas de la policía con luces destellantes se habían unido a la operación. Había también una unidad canina, y un pastor alemán tiraba con fuerza de su correa, ladrando, gruñendo y enseñando los dientes. De pronto, el helicóptero se elevó y, tras inclinarse y virar con una elegancia casi propia del ballet, se alejó bajo el resplandor del sol. El martilleo de sus aspas se apagó en los oídos de Susan, al igual que los ladridos del perro, que dejaron paso al repiqueteo solitario de sus propios zapatos contra el pavimento caliente.

Susan se encaminó de regreso a la oficina, pero dio un rodeo para permanecer cerca de la bahía durante el mayor trecho posible antes de tener que enfilar tierra adentro. Iba por una calle lateral pequeña, una superficie edificable que al parecer habían pasado por alto los contratistas y promotores inmobiliarios que habían sembrado gran parte del centro de rascacielos y complejos hoteleros de todo tipo, llenando la zona de bloques y muros de hormigón, de modo que las pocas calles que quedaban estaban rodeadas de cemento. Flotaba en la brisa un olor acre a líquido limpiador, mezclado con el aire salobre que circulaba sobre la bahía; Susan supuso que un equipo de presos de una cárcel del condado estaba limpiando alguna pared cubierta de pintadas con una manguera de alta presión y disolvente. Era una tarea propia de Sísifo: una vez limpia, la pared se convertía en un blanco nuevo para los mismos vándalos, que tenían la afición de eludir las patrullas nocturnas. Eran notablemente eficientes.

Continuó caminando por la calle, pero se detuvo a media manzana, delante de una construcción considerablemente más baja y vieja, casi una casa, pensó, encajonada entre la parte posterior de un complejo hotelero y un edificio de oficinas. Era todo un anacronismo, un vestigio elegante del viejo Miami, que inspiraba recuerdos de una época en que la ciudad era sólo un pueblo cenagoso con una población creciente y demasiados mosquitos, y no una metrópoli moderna, electrificada y resplandeciente de neón. La construcción se alzaba sobre una pequeña extensión de césped bien cuidado. Un camino bordeado de hileras de flores conducía a la puerta principal. Había un porche amplio que ocupaba todo el ancho del edificio y una imponente puerta doble que se le antojó tallada a mano en madera de pino del condado de Dade, el material de construcción preferido un siglo atrás, una madera que, cuando se secaba, era dura como el granito y aparentemente inmune a las termitas más decididas. Las anchas ventanas con celosías tenían postigos de madera horizontales que las protegían del sol. El edificio en sí, de sólo dos plantas, se hallaba coronado por tejas rojas bruñidas que parecían estar cociéndose a la luz del mediodía.

Susan se quedó mirándolo, pensando que, en medio de todo el hormigón y el acero que componían el centro, era una antigualla; algo incongruente, fuera de lugar y curiosamente hermoso, porque denotaba cierta independencia respecto a la edad en un mundo consagrado a lo inmediato y al instante presente. Cayó en la cuenta de que apenas veía ya cosas tan antiguas, como si hubiese un prejuicio tácito contra las cosas construidas para durar un siglo o más.

Susan dio un paso hacia delante, preguntándose quiénes serían los ocupantes de un edificio semejante, y vio una pequeña placa de latón en uno de los pilares que sostenían el porche. Al acercarse, leyó: EL ÚLTIMO LUGAR. RECEPCIONISTA EN EL INTERIOR.

Vaciló, luego abrió la puerta doble despacio. Dentro reinaba un ambiente fresco y sombreado. Un par de ventiladores de madera colgaban de un techo alto, girando perezosamente pero sin parar. Unas prominentes molduras de madera marrón enmarcaban las paredes blancas, y el suelo estaba cubierto por un entarimado pulido del color de las hojas de arce en noviembre. A su derecha, una escalinata amplia y suntuosa subía hasta un descansillo, y a su izquierda, había un escritorio de caoba con una antigua lámpara de banquero en una esquina y una pantalla de ordenador solitaria en la otra. Una mujer de mediana edad y cabello crespo y entreverado de gris que le brotaba del cráneo como pensamientos extraños y repentinos alzó la vista hacia ella cuando entró.

—Hola, querida —la saludó.

Su voz sonó como con eco. A Susan le pareció similar al sonido de alguien que hablara en una biblioteca de investigación. Volvió a mirar en torno a sí, buscando a algún guardia de seguridad. Tampoco vio cámaras espía instaladas en los rincones, ni dispositivos de vigilancia electrónica, detectores de movimiento, sistema de alarma o armas automáticas. En cambio, imperaba un silencio sombrío pero no absoluto, pues se percibían las notas distantes de una sinfonía, procedentes de algún lugar situado en el interior del edificio.

—Hola —respondió.

La mujer le hizo señas de que se acercara. Susan caminó sobre una alfombra oriental azul y roja.

—¿Es usted quien requiere nuestros servicios o tiene a otra persona en mente?

—¿Disculpe...?

—¿Es usted quien se muere o alguien próximo a usted?

Susan se quedó perpleja.

—No, yo no —barbotó.

La mujer sonrió.

—Ah —dijo—. Me alegro. Se la ve muy joven, y cuando ha entrado, la he mirado y he pensado que sería demasiado injusto que alguien tan joven como usted tuviera que estar aquí, porque sospecho que aún le queda mucho por vivir. Eso no significa que no haya aquí bastante gente joven. Sí que la hay. Y, por mucho que nos esforcemos en facilitarles las cosas, es difícil evitar la sensación de que los han estafado. Creo que es más fácil para todos los implicados aceptarlo cuando quien fallece es una persona mayor. ¿Qué es lo que dice la Biblia? ¿Que la plenitud de la edad es a los setenta años?

—¿Esto es una residencia para enfermos terminales? —preguntó Susan.

La mujer asintió con la cabeza.

—¿Qué creía usted que era, querida?

Susan se encogió de hombros.

—No sé... Me parecía algo tan distinto, desde fuera... Antiguo. Algo procedente del pasado y no del futuro.

—Morirse tiene que ver con el pasado —señaló la mujer—, con recordar dónde has estado. Apreciar los momentos que han quedado atrás. —Suspiró—. Cada vez resulta más difícil, ¿sabe?

—¿El qué?

—Morir en paz, satisfecho, con dignidad, amor y respeto. Hoy en día da la impresión de que la gente muere por razones equivocadas. —La mujer sacudió la cabeza y suspiró de nuevo—. La muerte parece apresurada y dura actualmente —añadió—. En absoluto apacible. Salvo para quienes están aquí. Nosotros nos encargamos de que su muerte sea... bueno, apacible.

Susan, casi sin darse cuenta, se mostró de acuerdo.

—Eso que dice tiene sentido.

La mujer volvió a sonreír.

—¿Le gustaría echar un vistazo? Ahora sólo tenemos un par de clientes. Hay algunas camas desocupadas. Y seguramente habrá una más esta noche. —La mujer ladeó la cabeza en dirección al lugar de donde provenían los lejanos compases musicales—. La *Sinfonía Pastoral* —comentó—. Pero los conciertos de Brandeburgo funcionan igual de bien. Y la semana pasada había una mujer que escuchaba a Crosby, Stills and Nash una y otra vez. ¿Los recuerda usted? Son de antes de que usted naciera. Unos viejos roqueros, de los setenta y los ochenta sobre todo. Escuchaba principalmente *Suite Judy Blue Eyes* y *Southern Cross*. La hacían sonreír.

—No quisiera molestar a nadie —objetó Susan.

—¿Le gustaría quedarse a ver películas? Esta tarde proyectaremos algunas comedias de los hermanos Marx.

Susan negó con la cabeza.

La mujer no parecía tener mucha prisa.

—Como desee —dijo—. ¿Está segura de que no hay nadie que...?

—Mi madre se muere —soltó Susan.

La recepcionista asintió despacio. Se produjo un breve silencio.

—Tiene cáncer —añadió Susan.

Otro silencio.

—Inoperable. La quimioterapia no dio mucho resultado. Experimentó una mejoría temporal, pero la enfermedad se ha reagravado y la está matando.

La mujer permaneció callada.

Susan notó que se le humedecían los ojos. Era como si una zarpa grande y cruel le estuviese retorciendo y arrancando las entrañas.

—No quiero que muera —jadeó—. Siempre ha estado ahí y no tengo a nadie más. Excepto a mi hermano, pero vive lejos. Sólo estoy yo...

—¿Y?

—Me quedaré sola. Siempre hemos estado juntas, y ahora no podremos...

Susan estaba de pie en una posición incómoda frente al escritorio. La mujer le indicó una silla con un gesto, y Susan, tras una breve vacilación, se dejó caer en ella, aspiró una sola vez y dio rienda suelta al llanto. Sollozó incansablemente durante varios minutos, mientras la mujer de cabello electrizado esperaba con una caja de pañuelos de papel en la mano.

—Tómese todo el tiempo que necesite —le dijo la mujer.

—Lo siento —gimió Susan.

—No tiene por qué —replicó la mujer.

—Yo no hago estas cosas —aseguró Susan—. Yo no lloro. Nunca había llorado. Lo siento.

—¿Así que es una mujer dura? ¿Y cree que eso es importante?

—No, es sólo que, no sé...

—Ya nadie exterioriza sus sentimientos. ¿No ha pensado alguna vez, cuando va conduciendo de vuelta a casa, que nos estamos volviendo inmunes al dolor y la angustia, que la sociedad sólo valora el éxito? El éxito, ser una persona dura.

Susan movió afirmativamente la cabeza. La mujer sonrió una vez más. Susan reparó en la forma irónica en que se le torcían las comisuras de los labios, como si percibiese la tristeza que encierra el humor y las lágrimas que hay detrás de cada carcajada.

—La dureza está sobrevalorada. Ser frío no es lo mismo que ser fuerte —aseveró la mujer.

—¿En qué etapa viene la gente...? —Susan señaló las escaleras.

—Cerca del final. A veces hasta tres o cuatro meses antes del fallecimiento, pero por lo general entre dos y cuatro semanas antes. Pasan aquí sólo el tiempo necesario para alcanzar la paz interior. Recomendamos que los temas exteriores los solucionen antes.

—¿Exteriores?

—Testamentos y abogados. Fincas y herencias. Una vez aquí, a la gente, más que sus bienes materiales, sus acciones o su dinero, le interesa su legado espiritual. Me ha salido un discurso más religioso del que pretendía. Pero así es como funcionan las cosas, al parecer. Su madre... ¿Cuánto tiempo le queda?

—Seis meses. No, eso es demasiado poco. Un año, tal vez. Quizás un poco más. No le gusta que yo hable con los médicos, dice que la afecta mucho. Y cuando, a pesar de todo, hablo con ellos, me cuesta arrancarles una respuesta directa.

—¿No será porque ni siquiera ellos están seguros?

—Supongo.

—A veces parece que confiamos en que la muerte será precisa, dada su inevitabilidad. Pero no lo es. —Sonrió—. Puede ser imprevisible y caprichosa. Y puede ser cruel. Pero no controla nuestra vida, sólo nuestra muerte, y por eso estamos aquí.

—Ella se niega a hablar de lo que le pasa —continuó Susan—, excepto para quejarse del dolor. Creo que quiere estar sola, excluirme, porque cree que de ese modo me protege.

—Vaya. Eso no me parece muy sensato. La mejor manera de afrontar la muerte es con el consuelo que aportan amigos y familiares. Le recomendaría encarecidamente que tomara usted cartas de forma más activa y le dijera a su madre que su deceso es un momento que debe compartir con usted. Y, por lo que me cuenta, parece que todavía les queda tiempo para ello.

—¿Qué debo hacer?

—Poner en orden su relación con su madre, y ayudarla a hacerse cargo de la tarea de morir. Luego, cuando el momento se acerque, tráigala aquí para que ambas asuman los sentimientos que comporta la muerte, se digan lo que tengan que decirse y recuerden lo que tengan que recordar.

Susan asintió. La mujer abrió un cajón de tono oscuro y extrajo una tarjeta y un folleto de papel satinado que semejaba una revista.

—Esto aclarará algunas de sus dudas —aseguró—. ¿Hay algún sitio adonde su madre quiera ir, algún lugar que desee visitar, algo específico e importante que quiera hacer? Le aconsejo que lo hagan a la máxima brevedad, antes de que ella se ponga más débil y enferma. En ocasiones, un viaje, una experiencia, un logro ayudan a hacer más llevadero el fallecimiento.

—Lo tendré en cuenta —dijo Susan. Respiró hondo—. Un viaje, una experiencia, un logro. Mientras todavía le queden fuerzas.

—Suena como un mantra del Lejano Oriente, ¿verdad? —La mujer rio brevemente.

—Pero tiene sentido. Algo...

—Algo en lo que concentrarse, aparte del dolor y el miedo a lo desconocido.

—Un viaje, una experiencia, un logro. —Susan se acarició la barbilla con el índice—. Se lo diré.

—Bien. Y entonces estaré encantada de volver a hablar con usted. Cuando se acerque el momento. Usted sabrá cuándo —agregó la mujer—. Las personas sensibles, como creo que es usted, siempre saben cuándo.

—Gracias —dijo Susan, poniéndose de pie—. Me alegro de haber entrado. —Titubeó de nuevo—. Me he fijado en que la puerta ni siquiera tiene cerradura...

La mujer sacudió la cabeza.

—Aquí no nos asusta la muerte —dijo tajantemente.

Cuando Susan salió de debajo del alero del porche, el sol que se reflejó en el borde de la azotea de un rascacielos cercano la deslumbró por un momento. Se colocó la mano en la frente, como un marinero que escudriña el horizonte, y vio al marginado con el que había hablado antes tambaleándose inquieto en la acera delante de la clínica, aparentemente esperándola. Cuando la vio, el hombre abrió mucho los brazos, como si estuviese clavado en una cruz, y desplegó una amplia sonrisa.

—¡Hola, hola! ¡Aquí estás! ¡Saludos! —gritó, como una representación extrañamente jovial de Jesús disfrutando con su crucifixión.

Ella se detuvo, sin responder. Notaba el peso de la pistola dentro de su bolso.

—¡Algún día todos subiremos la escalera al cielo! —le gritó él.

—*Stairway to Heaven*. Led Zeppelin. El álbum sin título. Mil novecientos setenta y uno —murmuró Susan para sí. Bajó los escalones de la clínica despacio y avanzando hacia el hombre de la acera.

»¿No crees —le contestó en voz un poco más alta— que deberías tratar de tener fantasías un poco más originales al menos? Las tuyas son demasiado manidas.

El sin techo tenía la cabeza echada hacia atrás. Su abrigo marrón llegaba casi hasta el suelo. Ella advirtió que sus pantalones raídos estaban sujetos a la cintura con un trozo de tela mugriento, hecho jirones y multicolor.

—Jesús nos salvará a todos...

—Si tiene tiempo. Y ganas. Cosa que a veces dudo...

—Nos tenderá la mano a todos y cada uno...

—Si no le importa ensuciársela.

—... Y hará llegar su palabra a nuestros oídos ansiosos.

—Suponiendo que estemos dispuestos a escuchar. Yo tampoco contaría con ello.

De pronto, el hombre dejó caer los brazos a sus costados. Inclinó la cabeza hacia delante, y Susan percibió un brillo en sus ojos que interpretó como señal de una locura corriente e inocua.

—Su palabra es la verdad. Él me lo ha dicho.

—Me alegro por ti —comentó Susan, e hizo ademán de apartar al hombre de su camino para echar a andar por la calle.

—¡Pero si él está aquí! —exclamó el marginado.

—Claro —dijo Susan, escupiendo la palabra por encima del hombro—. Claro que lo está. Jesús ha decidido que el lugar ideal para iniciar el segundo advenimiento es Miami. Yo lo elegiría también.

—¡Pero está aquí de verdad, y me ha insistido en que te transmita un mensaje sólo a ti!

Susan, que se había alejado unos pasos del hombre, se paró en seco y se volvió.

—¿A mí?

—¡Sí, sí, sí! ¡Es lo que intentaba decirte! —El hombre sonreía, dejando al descubierto sus dientes ennegrecidos y cariados—. ¡Jesús me ha pedido que te diga que nunca estarás sola y que él siempre estará aquí para salvarte! ¡Dice que has vagado durante años en unas tinieblas terribles porque no lo conocías, pero que eso cambiará pronto! ¡Aleluya!

Susan notó una oscuridad súbita y gélida en su interior.

«¿Fuiste tú quien me salvó?»

«¿Si ven tufo sume tequila?»

«¿Qué es lo que quieres?»

«¿Quisque queso leeré?»

Dos preguntas en clave, respondidas por un indigente que parecía estar siguiéndola. Sacudió la cabeza.

—¿Jesús te ha dicho eso? ¿Cuándo?

—Hace sólo unos minutos. Apareció en un fuerte destello de luz blanca. Me deslumbró, Señor, me deslumbró el esplendor de su presencia, y me sobrecogió también, y yo aparté la vista, pero él me tendió la mano y supe lo que era la paz; justo en ese momento, me invadió una paz inmensa y absoluta, y él me encomendó una tarea que me aseguró que era crucial, que facilitaría su segundo advenimiento a este mundo. Dijo que ayudaría a allanar el terreno. A despejar el camino, dijo. Me trajo a este sitio, y luego me pidió que fuera su voz. Y además me dio dinero. ¡Veinte pavos!

—¿Qué te ha dicho?

—Me ha dicho que buscara a su hija especial y respondiera a sus dos preguntas.

Susan notó un temblor en la voz. Tenía ganas de gritar, pero las palabras le salieron más bien en algo parecido a un susurro, sin aliento, evaporándose, secándose por el calor del día.

—¿Ha añadido algo? ¿Ha dicho algo más?

—¡Sí, lo ha hecho! —El marginado se rodeó el torso con los

brazos, presa de la dicha y el éxtasis—. ¡Me ha convertido nada menos que en su mensajero en esta tierra! ¡Oh, qué gran alegría! —El indigente arrastró los pies adelante y atrás, casi como si bailara.

Susan pugnó por mantener la calma.

—¿Y cuál es el mensaje, el que tienes que transmitirme?

—Ah, Susan —dijo el hombre, pronunciando esta vez su nombre de manera inequívoca—. ¡A veces sus mensajes son misteriosos y extraños!

—Pero ¿qué ha dicho?

El indigente se tranquilizó y agachó la cabeza, como si se concentrase.

—No lo he entendido, pero él me ha hecho repetirlo una y otra vez hasta que me lo he aprendido bien.

—¿Qué? —Le costaba evitar que el pánico se reflejara en su voz.

—Me ha pedido que te dijera: «Quiero lo que se me robó.» —El sin techo hizo una pausa, moviendo los labios como si hablara para sí—. Sí —dijo, sonriendo de nuevo—. Lo he dicho bien. Estoy seguro. No quisiera equivocarme, porque entonces tal vez no volvería a elegirme.

—¿Eso es todo? —preguntó ella, con voz temblorosa.

—¿Qué otra cosa necesitamos? —repuso el indigente con una estridente risotada de satisfacción y alegría. Se volvió de espaldas a ella y se alejó por la calle, entre saltitos y traspiés, como un niño, hacia las aguas azul satinado de la bahía. Alzó la voz en un himno de su propia invención, alabando el segundo advenimiento de un hombre que él creía bajado del cielo, pero que Susan sospechaba procedente de algún lugar mucho más inhóspito.

Tenía ganas de sentarse y reflexionar con detenimiento, analizar lo que había oído, pero en cambio huyó rápidamente de allí. Mientras caminaba a toda prisa se volvió hacia atrás para intentar atisbar al hombre que la había rondado, pero no vio más que la calle repentinamente desierta. A lo lejos había coches, policías, personas. Aspiró hondo una bocanada de aire sobrecalentado y arrancó a correr para refugiarse en el falso consuelo y la seguridad de la masa anónima.

16

El hombre que encubrió la mentira

Cuando oyó la voz de su hijo por teléfono, a Diana Clayton la invadieron oleadas paralelas de alegría y miedo. La primera era fruto del afecto normal de una madre por su hijo que está demasiado lejos. El segundo era un sentimiento más complicado, con tintes de una angustia que ella creía enterrada hacía mucho tiempo y que ahora eclosionaba en su interior como brotes. La raíz de este miedo era la conciencia de que nada de lo que ellos habían llegado a considerar parte de su vida estaba del todo bien y había muchas cosas que cambiar.

—¿Mamá? —dijo Jeffrey.

—Jeffrey —respondió ella—, gracias a Dios. He estado intentando localizarte desesperadamente.

—¿De verdad?

—Sí. Te he dejado un montón de mensajes en la oficina, y en el contestador de tu casa. ¿No los has recibido?

—No, ni uno solo.

Jeffrey tomó nota mentalmente de este hecho, que le pareció curioso, y luego cayó en la cuenta de que sólo era una muestra de lo eficientes que eran las fuerzas de seguridad del estado número cincuenta y uno. Enchufó rápidamente el teléfono al conector del ordenador, y unos segundos después, el rostro de su madre apareció en la pantalla ante él. Le dio la impresión de que estaba demacrada, inquieta. Ella debió de notar su reacción, porque dijo:

—He perdido peso. Es inevitable. Estoy bien.

Él sacudió la cabeza.

—Lo siento. Tienes buen aspecto.

Los dos dejaron pasar esa mentira piadosa.

—¿Te duele mucho? ¿Qué dicen los médicos?

—Oh, que les den por saco a los médicos. No tienen idea de nada —contestó Diana—. ¿Y qué mas da un poco de dolor? No es peor que cuando me rompí la pierna ese verano cuando tenías catorce años. Me caí del maldito tejado, ¿te acuerdas?

Se acordaba. Había aparecido una gotera, y ella había trepado con un cubo de brea para intentar taparla, había resbalado y se había caído. Él la había llevado en coche a la sala de urgencias del hospital pese a que faltaban dos años para que pudiera sacarse el carnet de conducir.

—Claro que me acuerdo. ¿Y te acuerdas de la cara que puso el médico, después de enyesarte la pierna, cuando te preguntó cómo ibas a volver a casa, y yo tenía las llaves del coche?

Madre e hijo se rieron ante el recuerdo compartido.

—Se habría imaginado que nos estrellaríamos antes de llegar a la siguiente manzana y nos tendrían que llevar de nuevo a urgencias.

Diana Clayton sonrió, asintiendo con la cabeza.

—Siempre fuiste un buen conductor —dijo.

Jeffrey negó con la cabeza.

—Lento y prudente. Don Soso. No soy tan bueno como Susan. A ella se le dan muy bien las máquinas.

—Pero conduce demasiado deprisa.

—Es su estilo.

Diana asintió de nuevo.

—Es verdad. Casi todo el tiempo tiene que contenerse, para ser paciente y reflexiva y cuidadosa y precisa. Debe de resultarle terriblemente aburrido a veces. Por eso busca emociones fuertes en la vida. Es algo distinto.

Jeffrey no respondió. Se limitó a fijar la vista en la imagen del rostro de su madre que tenía delante. Pensó que había sido un error no prestarle más atención. Se impuso un silencio momentáneo entre los dos.

—Creo que tengo un problema —dijo él al cabo—. Tenemos un problema.

Diana frunció el entrecejo. Respiró hondo y pronunció la frase que había esperado no tener que decir nunca:

—Él no ha muerto. Y nos ha encontrado.

Jeffrey hizo un movimiento afirmativo.

—¿Ha...? —empezó a preguntar.

—Ha estado aquí —lo cortó su madre—. Dentro de casa, mientras yo dormía. Ha estado siguiendo a Susan y enviándole juegos de palabras y acertijos. Ella le ha respondido de la misma manera. No sé exactamente qué quiere, pero ha estado jugando con nosotras... —Titubeó antes de añadir—: Tengo miedo. Tu hermana es más fuerte que yo, pero tal vez también tenga un poco de miedo. Aún no lo sabe. Es decir, al principio yo esperaba que no se tratase de él. No podía creerlo, después de todos estos años. Pero ahora estoy segura de que es... —Se interrumpió y miró la imagen de su hijo, ante sí—. ¿Cómo lo sabías? —preguntó de repente, con voz aguda y entrecortada—. Creía que sólo yo lo sabía. O sea, ¿cómo ha...? ¿Se ha comunicado contigo también?

Jeffrey asintió despacio.

—Sí.

—Pero ¿cómo?

—Cometió una serie de crímenes, y me han contratado para ayudar a investigarlos. Yo tampoco creía que se tratara de él. Me pasó lo mismo que a ti. Fue como si me hubiesen dejado vivir engañado durante todos estos años.

—¿Qué clase de crímenes?

—La clase de crímenes de la que tú nunca hablabas.

Diana cerró los ojos por un momento, como intentando ahuyentar la visión que evocaba la conversación.

—Y ahora, se supone que debo encontrarlo para que la policía de aquí lo detenga —prosiguió su hijo—. Pero, en vez de eso, parece ser que él me ha encontrado a mí.

—Te ha encontrado. Oh, Dios mío. ¿Estás en un lugar seguro? ¿Estás en casa?

—No, no estoy en casa. He venido al Oeste.

—¿Adónde?

—Al estado cincuenta y uno. Estoy en Nueva Washington. Aquí es donde él ha estado cometiendo esos crímenes.

—Pero yo creía...

—Sí, lo sé. Se supone que aquí no pasan esas cosas. Al menos eso pensaba yo cuando me trajeron. Ahora no estoy tan seguro.

—Jeffrey, ¿qué me estás diciendo? —preguntó Diana Clayton. Su hijo vaciló antes de contestar.

—Creo —dijo despacio, midiendo cada una de sus palabras, pues su creencia no emanaba de su cabeza, sino del corazón— que él me ha atraído hasta aquí. Que todo lo que ha hecho tenía el propósito de hacerme venir a su territorio. Que él sabía que podía fabricar muertes que impulsaran a las autoridades a buscarme y traerme aquí. Siento que formo parte de un juego cuyas reglas apenas empiezo a entender.

Diana aguantó la respiración un segundo, luego soltó el aire lentamente, dejándolo silbar entre sus dientes.

—Juega a ser la muerte —dijo de pronto.

Tras ella, Diana oyó el sonido de una llave que entraba en la cerradura de la puerta principal y, unos segundos más tarde, unos pasos y una voz.

—¡Mamá!

—Tu hermana acaba de llegar —dijo Diana—. Vuelve temprano.

Susan entró en la cocina y vio al instante la imagen de su hermano en la pantalla de vídeo. Como siempre, un batiburrillo de emociones sacudió su corazón.

—Hola, Jeffrey —saludó.

—Hola, Susan —contestó él—. ¿Estás bien?

—Creo que no —respondió ella.

—¿Qué ocurre? —preguntó Diana.

—Él está aquí. De nuevo. Se ha puesto en contacto conmigo. El hombre que ha estado enviando los anónimos...

—No es un hombre —la interrumpió bruscamente Diana. Su hija la miró con los ojos desorbitados, sorprendida—. Sé de quién se trata.

—Entonces...

—No es un hombre —repitió la madre—. Nunca ha sido un hombre. Es vuestro padre.

El silencio se apoderó de todos. Susan se dejó caer en una silla junto a la mesa de la cocina, respirando con inspiraciones breves, como un bombero que se arrastra por un apartamento inundado de humo.

—¿Lo sabías y no dijiste nada? —preguntó, y el dejo de furia asomaba a sus palabras—. ¿Creías que podía ser él y pensabas que yo no debía saberlo?

Empezaron a brotar lágrimas en las comisuras de los ojos de Diana.

—No estaba segura. No lo sabía de cierto. No quería ser como el pastorcillo del cuento, que gritaba: «¡Que viene el lobo!» Estaba tan convencida de que había muerto... Creía que estábamos a salvo.

—Pues no murió y no lo estamos —replicó Susan con amargura—. Supongo que nunca lo hemos estado.

—La pregunta es —terció Jeffrey—: ¿qué es lo que quiere? ¿Por qué nos ha encontrado ahora? ¿Qué es lo que cree que podemos darle? ¿Por qué no sigue simplemente adelante con su vida...?

—Yo sé lo que quiere —dijo Susan de súbito—. Me lo ha dicho. Bueno, no él en persona, pero me lo ha dicho. Y tampoco ha sido muy explícito, pero...

—¿Qué?

—Quiere lo que se le robó.

—¿Que quiere qué?

—Lo que se le robó. Ése es su último mensaje para nosotros.

De nuevo se quedaron callados, meditando sobre la frase. Fue Jeffrey quien habló primero.

—Pero ¿qué demonios? O sea, ¿qué es lo que se le robó, exactamente?

Diana empalideció e intentó disimular el temblor de su voz al responder.

—Es sencillo —dijo—. ¿Qué se le robó? Le robaron a sus hijos. ¿Quién fue el ladrón? Yo. ¿De qué lo privé? De una vida. Al menos, de la vida que se había inventado. Así que se vio obligado a inventarse otra, supongo.

—Pero ¿qué crees que significa eso? —inquirió Susan.

—En pocas palabras, quiere vengarse, me imagino —contestó Diana en voz baja.

—No digas barbaridades. ¿Vengarse de Jeffrey y de mí? ¿Qué hicimos...?

—No, eso no tiene sentido —la interrumpió su hermano—, salvo por lo que respecta a mamá. Seguramente ella está en grave peligro. De hecho, creo que todos lo estamos, probablemente de formas distintas y por razones diferentes.

—«Quiero lo que se me robó» —murmuró Susan—. Jeffrey, tienes razón. Su relación, por llamarla de alguna manera, con cada uno de nosotros es distinta. Son asuntos aparte. Para él, quiero decir. Mamá es un tema, tú otro, y yo el tercero. Tiene planes distintos para cada uno. —Hizo una pausa, alzó la mirada y vio que su hermano asentía en señal de conformidad—. Sólo hay un modo de enfocar esto —continuó—. Pongamos que los tres somos piezas de un puzle, un puzle psicológico, y cuando se nos junta, se obtiene una imagen coherente. Nuestro problema, obviamente, es averiguar cuál es esa imagen de antemano, y cómo encajan las piezas entre sí... —Aspiró profundamente— ... Antes de que se nos adelante y las haga encajar él.

Jeffrey se frotó la frente con una mano, sonriendo.

—Susan, recuérdame que nunca juegue a las cartas contigo. O al ajedrez. O incluso a las damas. Creo que tienes toda la razón.

Diana se había enjugado las lágrimas de los ojos. Habló otra vez con suavidad, repitiéndose.

—Juega a ser la muerte. Ése es su juego. Y ahora, nosotros somos las piezas.

La verdad de esta afirmación era evidente para los tres.

Jeffrey alzó la voz, y le pareció que sonaba como cuando planteaba una pregunta a sus alumnos en clase.

—Supongo que no tendría sentido intentar escondernos de nuevo —dijo despacio—. Tal vez podríamos vencerlo en su juego separándonos, partiendo en tres direcciones distintas...

—Ni de coña —soltó Susan con brusquedad.

—Susan tiene razón —agregó Diana, volviéndose hacia la pantalla—. No —dijo—, dudo que sirviera de algo, aunque pudiéramos. Esta vez debemos hacer otra cosa. Seguramente lo que yo debería haber hecho hace veinticinco años.

—¿Qué es? —preguntó Susan.

—Jugar mejor que él —respondió su madre.

Una sonrisa de hierro se dibujó en el rostro de Susan; no una expresión de diversión o placer, sino de cruel determinación.

—A mí me parece razonable. De acuerdo. Si no vamos a ocultarnos, entonces, ¿dónde nos enfrentaremos a él? ¿Aquí? ¿O habremos de volver a Nueva Jersey?

Una vez más, los tres guardaron silencio.

—Jeffrey, tú eres el experto en esa clase de preguntas —señaló su hermana.

Jeffrey titubeó.

—Enfrentarse al propio padre no es lo mismo que enfrentarse a un asesino, aunque sean la misma persona. Debemos decidir cuál es nuestro propósito. Enfrentarnos a nuestro padre o enfrentarnos a un asesino.

Las dos mujeres no contestaron. Él aguardó un momento y luego añadió con un arranque de certeza:

—La guarida de Grendel.

Diana parecía confundida.

—No acabo de entender...

Pero el rostro de Susan se torció en una media sonrisa irónica. Dio unas palmadas en un aplauso modesto, sólo burlón en parte.

—Lo que quiere decir, madre, es que, si quieres destruir el monstruo, debes esperar a que venga hacia ti y luego apresarlo, y, pase lo que pase, no soltarlo, aun cuando él te arrastre hacia su propio mundo, porque es allí donde tu lucha empezará y terminará.

Todos se quedaron callados durante unos segundos, hasta que Susan levantó ligeramente la mano, como una colegiala no del todo segura de su respuesta pero que no quiere dejar escapar la oportunidad de participar en clase.

—Sólo tengo una pregunta más —dijo, con algo menos de confianza en la voz—. Así que los tres lo rastreamos y damos con él antes de que él dé con nosotros. Le ganamos por la mano, digamos. Luego le plantamos cara. Como asesino o como padre. ¿Cuál es nuestro objetivo exacto? Es decir, ¿qué hacemos cuando se produzca ese reencuentro?

Ninguno de ellos tenía aún la respuesta a esta pregunta.

Susan y Diana convinieron en tomar el siguiente vuelo al Oeste, que salía de Miami a la mañana siguiente. En el ínterin, Jeffrey pidió a su madre que le enviara copias digitalizadas de la carta que le había remitido el abogado y de la nota necrológica de su marido aparecida en el boletín de la academia St. Thomas More. Él sólo les dijo que se encargaría de que alguien fuera a recogerlas al aeropuerto de Nueva Washington y de conseguirles alojamiento. De inmediato delegó esas tareas en el agente Martin.

—De acuerdo —dijo el inspector—. Cuando termine de hacerle de secretario, ¿qué va a hacer usted?

—Estaré fuera un día, tal vez dos. Asegúrese de que mi madre y mi hermana están a salvo, y su llegada no debe airearse bajo ningún concepto. Volarán con nombres falsos, y usted deberá colarlas por sus sofisticados puestos de Inmigración sin que una pantalla de ordenador o burócrata detecte nada. Eso incluye la expedición de sus pasaportes temporales. No deben introducirse datos en los ordenadores. Ni uno solo. Todo el puto sistema es vulnerable, y no quiero que nuestro objetivo se entere de la llegada de una madre y una hija. Reconocería las edades, el origen y demás, y nos tomaría la delantera antes de que tuviéramos oportunidad siquiera de planear nuestro ataque.

El inspector soltó un gruñido de asentimiento. No le gustaba, pero claramente estaba de acuerdo. Jeffrey pensó que seguramente Robert Martin no rechistaba porque había concluido que con tres señuelos aumentarían las probabilidades de atraer a su presa. Además, la perspectiva de elaborar un plan de acción debía de parecerle seductora.

—Mi hermana irá armada. Bien armada. Eso tampoco representará un problema.

—Mi tipo de chica.

—Lo dudo mucho.

—Y usted, profesor, ¿adónde irá?

—Voy a emprender un viaje sentimental.

—¿Luz de luna y música romántica? ¿Rasgueo de guitarras de fondo? ¿Y adónde le llevará eso, si puede saberse?

—Tengo que volver al lugar de donde vengo —dijo Jeffrey—. Durante poco tiempo, pero necesito ir allí.

—No estará pensando en regresar a ese vertedero que usted llama universidad —señaló Martin con escasa delicadeza—. Eso no forma parte de nuestro acuerdo. Debe permanecer aquí mientras dure la investigación, profesor.

Jeffrey respondió en un tono suave pero acre.

—No es de ahí de donde vengo. Es donde trabajo. Voy a volver al lugar de donde vengo.

—Bueno, sea como sea —dijo Martin, encogiéndose de hombros como si el asunto no le interesara—, debería llevarse a una amiga consigo. —El inspector introdujo la mano en un cajón del escritorio y sacó una pistola semiautomática de nueve milímetros que arrojó a Jeffrey con una risita.

Logró dormirse de forma discontinua durante el vuelo hacia el este, y sólo despertó de unos sueños que parecían empeñados en convertirse en pesadillas cuando el avión empezó a descender hacia el aeropuerto internacional de Newark. Amanecía, y la crudeza del invierno del noreste amenazaba con llegar en el transcurso de las siguientes semanas. Una bruma gris oscuro de contaminación se cernía sobre la ciudad, repeliendo los rayos de luz matutinos que intentaban penetrar y llegar hasta el suelo. A través de la ventanilla, el mundo le parecía a Jeffrey un lugar hecho de hormigón y asfalto, denso, compacto, cercado con acero y ladrillo, rodeado de tela metálica y alambre de espino.

Cuando el avión viró despacio hacia el norte de la ciudad, divisó huellas de disturbios, varias manzanas carbonizadas, en ruinas y abandonadas. Desde el aire alcanzó a distinguir las líneas donde policías y guardias nacionales asediados habían formado filas para detener las oleadas de ataques incendiarios y saqueos tan nítidamente como podía ver las zonas que habían dejado reducirse a cenizas. Mientras los reactores reducían gas y el tren de aterrizaje bajaba con un golpe sordo, descubrió que curiosamente echaba de menos los espacios abiertos y los trazados bien definidos del estado cincuenta y uno. Expulsó este pensamiento de su mente, restregándose los ojos para despejarlos de la somnolencia del vuelo y encorvó los hombros como preparándose para el frío.

Había mucho tráfico cuando salió del aeropuerto en el coche que había alquilado. El atasco llegaba hasta la autopista, y luego había retenciones intermitentes a lo largo de treinta kilómetros, de modo que para cuando llegó a Trenton, la capital del estado, coincidió con la hora punta de la mañana.

Tomó la salida de Perry Street, la rampa que pasaba junto al bloque de hormigón ligero y cristal del *Times* de Trenton. Unas manchas de hollín grandes y negras surcaban el costado del viejo e impasible edificio y aumentaban de tamaño cerca de la zona de carga, donde una cola de camiones destartalados de color azul marino y amarillo aguardaba la tirada de la mañana. Fuera había media docena de conductores reunidos en torno a una hoguera encendida en un viejo bidón de metal, esperando la señal para empezar a cargar.

Jeffrey giró y avanzó unas manzanas hacia el parlamento, acercándose lo suficiente para ver la cúpula dorada que lo remataba relucir al sol. A medio camino tuvo que pasar por un control policial, una barricada con alambre de púas y sacos terreros que separaba una zona de plagas urbanas y estructuras de edificios quemadas y cerradas con tablas de las casas adosadas reconstruidas por los planes de renovación de la ciudad. La presencia policial era dispersa, pero constante; lo suficiente para asegurarse de que no surgieran oleadas de descontento que recorriesen las calles en que se había gastado dinero, avanzando con furia hacia el parlamento. Clayton encontró un sitio donde aparcar y continuó el camino a pie.

El bufete del abogado estaba a sólo una manzana de los edificios legislativos, en una anticuada casa de piedra rojiza reacondicionada que conservaba una elegancia propia de otra época en su exterior. La entrada era una puerta falsa, y para pasar tuvo que esperar a que un guardia de seguridad de aspecto huraño y aburrido pulsara el timbre dos veces para abrirle tanto la puerta exterior como la interior.

—¿Tiene cita? —inquirió, consultando un sujetapapeles.

—Vengo a ver al señor Smith —respondió Jeffrey.

—¿Tiene cita? —repitió el guardia.

—Sí —mintió Jeffrey—. Jeffrey Clayton. A las nueve de la noche.

El guardia examinó la lista con detenimiento.

—Aquí no —repuso y acto seguido desenfundó una pistola de gran calibre con la que encañonó al profesor.

Jeffrey hizo caso omiso del arma.

—Debe de tratarse de un error —dijo.

—Aquí no cometemos errores —dijo el hombre—. Márchese ahora mismo.

—¿Y si llama a la secretaria del señor Smith? Eso puede hacerlo, ¿verdad?

—¿Por qué habría de hacerlo? No figura usted en la lista.

Jeffrey sonrió, se llevó la mano lentamente al bolsillo interior de la chaqueta y sacó su pase de seguridad temporal del estado cincuenta y uno. Supuso que el hombre no repararía en la fecha de caducidad estampada en el anverso, y que en cambio se fijaría en la placa y el símbolo del águila dorada.

—El motivo por el que debe hacer lo que le pido —dijo despacio, tendiéndole el pase— es que, si no lo hace, volveré aquí con una orden judicial, un equipo de registro y una unidad de Operaciones Especiales, y arrasaremos la oficina de su jefe, y cuando él averigüe al fin quien la cagó de mala manera causándole un marrón de cojones, sabrá que fue el gilipollas de la puerta principal. ¿Le parece una razón convincente?

El guardia de seguridad levantó el auricular.

—Está aquí una especie de policía que quiere ver al señor Smith sin cita previa —dijo—. ¿Quiere salir a hablar con el tipo? —Colgó y le informó—: La secretaria vendrá enseguida. —Continuó apuntando al pecho de Jeffrey con la pistola—. ¿Va usted armado, hombre de la S.S.? —Al ver que Jeffrey negaba con la cabeza, pues había dejado su pistola en la guantera del coche, el guardia le indicó que pasara por un detector de metales—. Eso ya lo veremos —dijo. Pareció decepcionado cuando la alarma del aparato no se disparó—. No llevará una de esas nuevas pistolas de plástico de alta tecnología, ¿verdad? —preguntó, pero antes de que Jeffrey pudiera responder, una mujer salió de un despacho interior. Joven y remilgada, llevaba una camisa blanca ceñida de hombre abrochada hasta la garganta, que Jeffrey, en un arrebato de humor interno irrespetuoso, interpretó como señal de que ella se acostaba con el abogado, que engañaba a su esposa anodina y adicta al club de campo. Seguramente las prendas de corte conservador y poco provocativo eran para disimular sus actividades auténticas. Esta fantasía lo hizo sonreír, pero dudaba que estuviera equivocado.

—¿Señor?

—Clayton. Jeffrey Clayton.

El guardia de seguridad le alargó la tarjeta de identificación del estado cincuenta y uno.

—¿Y qué le trae por aquí desde las prometedoras y felices tierras del Oeste? —El sarcasmo de la mujer era de una claridad meridiana.

—Hace unos años el señor Smith representó a un hombre que ahora es objeto de una investigación importante en nuestro territorio.

—Toda comunicación y trato entre el señor Smith y sus clientes es estrictamente confidencial.

Jeffrey sonrió.

—Claro que lo es.

—Así que no creo que pueda ayudarle. —Le devolvió la identificación.

—Como quiera —dijo Jeffrey—, pero, por otro lado, yo habría pensado que a lo mejor a un abogado le gustaría tomar esa decisión por sí mismo. Claro que, si usted cree que él preferiría ver su nombre en una citación, o en los titulares de un periódico local, sin previo aviso, bueno, allá usted.

De una forma curiosa, Jeffrey lo estaba pasando bien. Ir de farol no era su estilo, ni algo que hiciera a menudo.

La secretaria clavó en él la mirada, como intentando detectar el engaño en alguna curva de su sonrisa o arruga de su barbilla.

—Sígame —dijo—. Veré si puede dedicarle dos minutos. —Giró sobre sus talones y añadió—: Eso serían ciento veinte segundos. Ni uno más.

Lo guió a una antesala. Estaba repleta de muebles victorianos caros e incómodos. La alfombra era oriental, grande y tejida a mano. En un rincón había un viejo reloj de pie que más o menos marcaba la hora con un sonoro tictac. La secretaria le señaló un sofá de respaldo rígido y se retiró tras un escritorio, distanciándose a toda prisa de Jeffrey. Cogió un teléfono y habló rápidamente por el auricular, ocultándole al profesor sus palabras, luego colgó y se quedó callada. Al cabo de un momento, una puerta grande de madera se abrió y apareció el abogado. De una delgadez cadavérica, tenía una mata de pelo entrecano recogida en una cola de caballo que se precipitaba por la espalda de su entallada camisa azul. Sus tirantes de cuero sujetaban unos pantalones grises de raya fina cosidos a mano. Llevaba unos zapatos italianos tan lustrosos que resplandecían. Su mano grande, huesuda y fuerte estrechó enérgicamente la del profesor.

—¿Y qué clase de problemas podría usted causarme, señor Clayton? —preguntó el abogado con los labios fruncidos.

—Todo depende, claro —respondió Jeffrey.

—¿De qué?

—De lo que haya hecho usted.

El abogado sonrió.

—Entonces es evidente que no tengo por qué preocuparme. Pregúnteme lo que quiera, señor Clayton.

Jeffrey le tendió al hombre la carta que le había enviado a Diana.

—¿Le resulta familiar?

El abogado leyó la carta despacio.

—Apenas. Es muy vieja. Recuerdo vagamente el caso... un terrible accidente de tráfico, tal como informé. Cuerpos calcinados hasta el punto de quedar irreconocibles. Unas muertes trágicas.

—Él no murió.

El abogado vaciló por un momento.

—Eso no es lo que consta aquí.

—No murió, y menos aún en un accidente de tráfico suicida.

El abogado se encogió de hombros.

—Ojalá me acordara de ello. Es de lo más curioso. ¿Usted cree que ese hombre sobrevivió de algún modo, pese a que yo asistí a su entierro? Al menos debí de asistir, porque eso fue lo que escribí. ¿Cree que acostumbro a ir a entierros falsos?

—Ese hombre, como usted lo llama, era mi padre.

El abogado enarcó una ceja fina y gris.

—¿De veras? Aun así, que un padre muera joven, pese a lo que crea la mayoría de los hijos, no es un crimen.

—Tiene razón. Pero lo que él ha estado haciendo sí que lo es.

—¿A qué se refiere exactamente?

—A homicidios.

El abogado guardó silencio por unos instantes.

—Un muerto implicado en asesinatos. Qué interesante. —Sacudió la cabeza—. Me parece que no tengo información adicional para usted, señor Clayton. Cualquier conversación o correspondencia que haya mantenido con su padre es confidencial. Tal vez esa confidencialidad no tenga razón de ser si él murió. Eso sería discutible. Pero si, como usted afirma de pronto, él sigue vivo, entonces, por supuesto, la confidencialidad continúa vigente, incluso después de todos estos años. Sea como fuere, todo esto es historia antigua. Extremadamente antigua. Ni siquiera creo que conserve el expediente todavía. Mi bufete ha crecido y cambiado considerablemente desde la época en que le escribí eso a su madre. Así que creo que se equivoca usted y, aunque no fuera así, no podría ayudarle. Que usted lo pase bien, señor Clayton, y buena suerte. Joyce, acompaña al caballero a la puerta.

La secretaria remilgada cumplió la orden con singular entusiasmo.

El terreno de la academia St. Thomas More estaba rodeado por una valla de hierro forjado de casi cinco metros de altura que habría tenido una función puramente decorativa de no ser por el letrero que advertía que estaba electrificada. Jeffrey supuso que la valla se prolongaba también unos dos metros bajo tierra. Un guardia lo recibió en la puerta y lo escoltó al interior de la academia. Caminaron por un sendero bordeado de árboles que discurría entre imperturbables edificios de ladrillo rojo. En primavera, pensó Jeffrey, la hiedra debía de recubrir de verde los costados de los dormitorios y las aulas; pero ahora que el invierno se avecinaba, las enredaderas marrones habían quedado reducidas a unos tallos y zarcillos adheridos a las paredes de ladrillo como tentáculos fantasmagóricos. Desde los escalones del edificio de la administración se dominaba una amplia extensión de campos de deportes color verde claro con zonas de tierra marrón allí donde el césped se había levantado por el uso. El guardia llevaba un *blazer* azul y una corbata roja, y Jeffrey se fijó en el bulto de un arma automática bajo la chaqueta. Era un hombre hosco y callado, y cuando una campana de iglesia repicó para marcar el fin de la hora de clase, hizo pasar a Jeffrey por unas puertas anchas de cristal. Al otro lado, torrentes de alumnos empezaron a salir de las aulas, y los pasillos desiertos se congestionaron de pronto con la aglomeración de estudiantes.

La ayudante del director era una mujer mayor, con el pelo azul cardado en forma de casco y unas gafas de concha apoyadas en la punta de la nariz. Su actitud amigable pero eficiente hizo pensar a Jeffrey que, en un mundo sacudido por los cambios, las viejas instituciones educativas eran lo que más tardaba en cambiar. No estaba seguro de si eso era bueno o malo.

—Profesor Jeffrey Mitchell, cielo santo, creo que hacía años que no oía ese nombre. Décadas. ¿Y dice que era su padre? Cielo santo, ni siquiera recuerdo que estuviera casado.

—Lo estuvo. Estoy buscando a alguien que lo conociera y que

tal vez recuerde su muerte. Yo apenas lo conocí. Mis padres se divorciaron cuando yo era muy joven.

—Ah —dijo la mujer—. Un caso demasiado frecuente. Y ahora usted...

—Sólo intento llenar algunas lagunas de mi vida —dijo Jeffrey—. Siento haberme presentado sin avisar...

La mujer adoptó más o menos la misma expresión con que debía de mirar a algún alumno que hubiera suspendido un examen a causa de la gripe; comprensiva, pero no del todo cordial.

—Yo tampoco lo tengo muy fresco en la memoria —aseguró—. Recuerdo a un joven prometedor. A un joven apuesto muy prometedor, con un intelecto envidiable. Su campo era la historia, me parece.

—Sí, eso creo.

—Por desgracia, quedamos muy pocos que podamos recordar algo. Y su padre sólo estuvo aquí unos años, si no me equivoco. Sólo lo traté durante unas semanas, antes de que renunciara a su puesto, y no demasiado a fondo. Su marcha coincidió con mi llegada. Además, yo estaba aquí, en administración, y él era profesor. Y, veinticinco años es mucho tiempo, incluso en una institución como ésta...

—Pero... —Jeffrey había percibido cierta vacilación en su voz.

—Tal vez debería hablar con el viejo señor Maynard. Ya está casi retirado, pero todavía da una clase de Historia de Estados Unidos. Si la memoria no me falla, era jefe del departamento cuando su padre estaba aquí. De hecho, fue jefe del departamento durante más de treinta años. Quizás él tenga información sobre su padre.

El profesor de Historia estaba sentado a un escritorio, mirando por una ventana del primer piso uno de los campos de juego, cuando Jeffrey llamó a la puerta y entró en la pequeña aula. Maynard era un anciano de cabello cano muy corto, barba entreverada de canas y nariz de boxeador, rota en más de una ocasión, aplastada y deforme. Tenía aspecto de gnomo y, cuando Jeffrey entró, giró en su asiento casi como un niño jugando en una silla para adultos. Al percatarse de que su visitante no era un alumno, esbozó una sonrisa, ruborizado, con una mirada tímida que contrastaba con su apariencia de bulldog.

—¿Sabe? A veces, al contemplar los campos de deportes, me acuerdo de algunos juegos concretos. Veo a los jugadores tal como eran. Oigo el sonido del balón, voces, silbidos y aclamaciones. Envejecer es terrible. Los recuerdos se imponen sobre las realidades. Son un triste sucedáneo. Bueno... —escrutó con detenimiento a Jeffrey—, me resulta conocido, pero no del todo. Por lo general reconozco a todos mis ex alumnos, pero a usted no acabo de situarlo.

—No fui alumno suyo.

—¿No? Entonces, ¿en qué puedo ayudarle? —inquirió.

—Me llamo Jeffrey Clayton. Estoy buscando información...

—Ah —dijo el profesor, asintiendo con la cabeza—. Eso está bien. Quedan tan pocas...

—Perdón, ¿cómo dice?

—Personas que busquen información. Hoy en día, la gente se contenta con aceptar lo que le dicen. Sobre todo los jóvenes. Como si buscar el conocimiento por sí mismos fuera una tarea anticuada e inútil. Lo único que quieren es aprender lo que necesitan para aprobar algún test estándar, para acceder a alguna universidad de prestigio, conseguir un buen trabajo que no les exija mucho esfuerzo, dinero, algo de éxito y comprarse una casa grande en un barrio seguro, un coche espacioso y muchos lujos. Nadie quiere aprender, porque el aprendizaje intoxica. Pero tal vez usted sea distinto, ¿no, joven?

Jeffrey se encogió de hombros con una sonrisa.

—Nunca he visto una relación directa entre el conocimiento y el éxito.

—Aun así, viene en busca de información. Eso es excepcional. ¿Qué clase de información?

—Sobre un hombre que usted conoció.

—¿De quién se trata?

—De Jeffrey Mitchell. Fue profesor de su departamento.

Maynard se meció en su asiento, con los ojos clavados en su visitante.

—Esto es de lo más curioso —dijo—, pero no del todo inesperado, ni siquiera después de tantos años.

—¿Se acuerda de él?

—Pues sí, me acuerdo. —Continuó mirando a Jeffrey. Instantes después, añadió—: Presumo que es usted pariente del señor Mitchell, ¿no es así?

—En efecto. Era mi padre.

—Ah, debí imaginarlo. Veo un parecido notable en las facciones, y también en la complexión. Él era alto y delgado, como usted. Esbelto y atlético. Un hombre que ejercitaba tanto la mente como el cuerpo. ¿Toca usted el violín también? ¿No? Ah, es una lástima. Él tenía bastante talento. En fin, hijo de ese hombre a quien conocí pero no demasiado bien, ¿qué información es la que viene a buscar?

—Él falleció...

—Eso me contaron. Eso leí.

—En realidad, no murió.

—Ah, qué interesante. ¿Y vive todavía?

—Sí.

—¿Y tiene usted contacto con él?

—No lo he visto desde que era niño. Desde los nueve años. Hace ya veinticinco.

—¿Así que, como un huérfano, o, más bien, como un niño trágicamente cedido en adopción, usted ha emprendido la búsqueda del hombre que le abandonó?

—Quizás «abandono» no sea la palabra más adecuada. Pero sí, en cierta forma sí.

El profesor de Historia puso los ojos en blanco, giró en su silla, dirigió otra larga mirada a los campos de juego por la ventana y luego se volvió de nuevo hacia Jeffrey.

—Joven, le recomiendo que no se embarque en ese viaje.

Jeffrey, de pie ante el escritorio, titubeó.

—¿Y por qué no? —preguntó.

—¿Espera sacar algún provecho de esa información? ¿Llenar algún hueco en su vida?

Jeffrey no creía que eso fuera precisamente lo que buscaba, pero supuso que había al menos algo de cierto en ello. Lo asaltó la duda al pensar que quizá le convenía determinar con claridad qué quería averiguar. Pero en lugar de expresar esto en voz alta, dijo:

—¿Lo recuerda?

—Por supuesto. Me causó una impresión extraña.

—¿Cuál?

—La de que era un hombre peligroso.

Por unos instantes Jeffrey se quedó sin palabras.

—¿En qué sentido?

—Era un historiador de lo más insólito.

—¿Por qué lo dice?

—Porque a la mayoría de nosotros simplemente nos intrigan los caprichos de la historia. Por qué sucedió esto, por qué pasó lo otro. Es un juego, ¿sabe? Como calcar un mapa en un papel que no es lo bastante traslúcido.

—Pero ¿es que él era distinto?

—Sí. Al menos eso me parecía.

—¿Y entonces?

El hombre mayor vaciló y luego se encogió de hombros.

—Le encantaba la historia porque... le recuerdo que es sólo una impresión mía... tenía la intención de utilizarla. Para sus propios fines.

—No le entiendo.

—La historia a menudo es una compilación de los errores del hombre. Mi sensación era que su padre tenía sed de conocimiento porque estaba decidido a no cometer los mismos errores.

—Comprendo... —empezó a decir Jeffrey.

—No, no lo comprende. Su padre impartía clases de historia europea, pero ése no era su auténtico campo.

—¿Y cuál era?

El hombrecillo sonrió de nuevo.

—Es sólo una opinión. Una intuición. En realidad no tengo pruebas. —Hizo una pausa y suspiró—. Me estoy haciendo viejo. Ya sólo doy una clase. De último curso. A los alumnos les da igual mi estilo. Descarnado. Agresivo. Provocador. Pongo en tela de juicio las teorías, las convenciones. Ése es el problema cuando eres historiador, ¿sabe? El mundo actual no te gusta mucho. Sientes nostalgia por los viejos tiempos.

—Decía usted que su auténtico campo era...

—¿Qué sabe usted de su padre, señor Clayton?

—Lo que sé no me gusta.

—Qué respuesta tan diplomática. Perdone que lo diga con tanta crudeza, señor Clayton, pero su padre me dio una gran alegría cuando me dijo que se iba. Y no es porque fuera un mal profesor, pues no lo era. Seguramente fue uno de los mejores que he conocido jamás. Y también muy popular. Pero ya habíamos perdido a una alumna. Una joven desafortunada secuestrada en el campus y sometida a un trato de lo más brutal. Yo no quería que hubiera una segunda.

—¿Cree que él tuvo algo que ver?

—¿Qué sabe usted, señor Clayton?

—Sé que la policía lo interrogó.

El anciano sacudió la cabeza.

—¡La policía! —resopló—. No sabían qué buscar. Verá, un historiador sabe. Sabe que todos los sucesos son la combinación de muchos factores: la mente, el corazón, la política, la economía, el azar y la coincidencia. Las fuerzas caprichosas del mundo. ¿Lo sabe usted, señor Clayton?

—En mi especialidad, las cosas también funcionan así.

—¿Y cuál es su especialidad, si me permite la indiscreción? —preguntó el hombre mayor, frotándose la punta de su nariz rota.

—Doy clases sobre conductas criminales en la Universidad de Massachusetts.

—Ah, qué interesante. Entonces su especialidad es...

—Mi especialidad es la muerte violenta.

El viejo profesor sonrió.

—También era la de su padre.

Jeffrey se inclinó hacia delante, formulando una pregunta con su lenguaje corporal. El historiador se balanceó en su asiento.

—Lo cierto es que llegué a preguntarme por qué —prosiguió el anciano— a lo largo de los años nunca apareció nadie que buscara respuestas sobre Jeffrey Mitchell. Y, conforme pasaba el tiempo, a veces me tomaba la libertad de pensar que ese famoso accidente de tráfico se había producido de verdad y que el mundo se las había arreglado para esquivar una bala pequeña pero mortal. Es un tópico. No debería caer en los tópicos, ni siquiera ahora que soy viejo y no soy tan útil aquí ni en ningún otro sitio como en otra época. Un historiador debe dudar siempre, dudar de las respuestas fáciles. Dudar de la idea de que la suerte tonta y ciega le ha traído buena fortuna al mundo, porque rara vez lo hace. Dudar de todo, pues sólo a través de la duda, sazonada con un poco de escepticismo, puede uno albergar la esperanza de descubrir las verdades de la historia...

—Mi padre...

—¿Quería ahondar en la muerte? ¿Tenía curiosidad sobre el asesinato, la tortura, todas las ocasiones en que aflora la cara más oscura de la naturaleza humana? Él era el hombre al que había que consultar. Toda una enciclopedia del mal: los autos de fe, la Inquisición, Vlad *el Empalador*, los cristianos en las catacumbas, Tamerlán el Conquistador, la quema de herejes durante la guerra de los Cien Años. Éstas son las cosas que él sabía. ¿Qué parte del riñón de la mujer envió Jack *el Destripador* a las autoridades junto con su famoso desafío? Su padre lo sabía. ¿El arma preferida de Billy *el Niño*? Un revólver Colt calibre cuarenta y cuatro, no muy distinto del Charter Arms Bulldog cuarenta y cuatro que David Berkowitz, *el Hijo de Sam*, utilizaba. ¿La fórmula exacta del Zyklon B? Su padre también la conocía, así como la temperatura de los hornos de Auschwitz. ¿Cuántos hombres murieron en los primeros momentos después de que sonaran los silbatos en el Somme y ellos saltaran el parapeto? Él lo sabía. ¿Limpieza étnica y campos de exterminio serbios? ¿Tutsis y hutus en Ruanda? Él había memorizado perfectamente los pormenores de todas esas atrocidades. Sabía cuántos latigazos se necesitaban para matar a un hombre condenado en los campos de concentración zaristas de la Rusia prerrevolucionaria, y sabía cuánto tardaba en caer la cuchilla de la guillotina, y te contaba, con una sonrisita muy suya, que *monsieur* Guillotin, el inventor del aparato, les aseguró de forma tajante y poco sincera a las autoridades francesas cuando estaban contemplando la posibilidad de emplear su ingenio que las víctimas de aquella máquina infernal notarían poco más que «un ligero cosquilleo en la nuca». Él contaba todas estas cosas y muchas más. —El anciano tosió—. Si quiere conocer a su padre, entonces debe conocer a la muerte.

Jeffrey hizo un leve gesto con la mano, como para disipar el olor de los recuerdos que flotaban ante él.

—¿Le daba miedo?

—Por supuesto. Una vez se jactó ante mí de que si algo nos enseña la historia es lo fácil que resulta matar.

—¿Se lo dijo usted a la policía?

El profesor de Historia sacudió la cabeza.

—¿Decirles qué? ¿Que su sospechoso parecía estar familiarizado con los detalles históricos de la vida y muerte de los asesinos del mundo moderno, desde el más célebre hasta el más insignificante? ¿Qué demuestra esto?

—Seguramente la información les habría resultado útil.

—La chica fue asesinada. A varias personas de aquí, entre ellas su padre, las interrogaron. Pero él no fue el único. Sometieron a interrogatorio a un par de profesores más, un conserje, un empleado del comedor y el entrenador del equipo femenino de *lacrosse* de la escuela. Como a los demás, lo dejaron libre sin cargos, porque no había pruebas contra él. Sólo sospechas. Al poco tiempo, de buenas a primeras, renunció a su empleo. Unas semanas después, recibimos la chocante noticia de su muerte. Su presunta muerte, según dice usted. Pero noticia al fin y al cabo. Esto suscitó una conmoción menor. Una sorpresa momentánea. Un poco de curiosidad, tal vez, dado el extraño momento en que se produjo. Pero surgieron pocas preguntas y menos respuestas todavía. En cambio, todo el mundo siguió adelante con su vida. Es lo que ocurre invariablemente en colegios como éste. Pase lo que pase en el mundo, la escuela sigue adelante como antes y como hará siempre.

Jeffrey pensó que había similitudes entre la escuela y el estado para el que trabajaba. Ambos creían que, cada uno a su manera, podían aislarse del resto del mundo. Ambos tenían los mismos problemas para mantener viva esa ilusión.

—¿Por casualidad recuerda lo que él dijo cuando renunció?

El viejo señor Maynard asintió con la cabeza y se inclinó hacia delante.

—Tuve dos encuentros con él. Todavía los tengo grabados en la memoria, incluso después de todas estas décadas. Así debe ser un historiador, ¿sabe, señor Clayton? Tiene que tener ojo para los detalles, como un periodista.

—¿Y bien?

—Nos reunimos dos veces. La primera fue poco después de las averiguaciones policiales. Me topé con su padre en la tienda de autoservicio de la localidad. Ambos teníamos que comprar algunas cosas. La tienda existe todavía, en la misma calle, enfrente de la escuela. Vende cigarrillos, periódicos, leche, refrescos y comida en un estado peor que incomible, ya sabe...

—Sí.

—Hizo algunas bromas, primero sobre la lotería estatal, luego sobre la policía. Al parecer no tenía un gran concepto de ella. ¿Sabe, señor Clayton, que su padre mostraba por lo general una actitud indiferente y despreocupada? Escondía mucho de sí mismo tras esa fachada desenvuelta. Desde luego, lograba disimular su sentido de la precisión y la exactitud. Más bien como un científico, supongo. Podía mostrarse divertido o tímido, pero en el fondo era frío y calculador. ¿Es usted así, señor Clayton?

Jeffrey no respondió.

—Era un hombre que daba mucho miedo. Tenía un aire disoluto, lascivo. Como un tiburón. Recuerdo que la conversación que mantuvimos aquella tarde me heló la sangre. Fue como hablar con un zorro hambriento frente a la puerta de un gallinero y que alguien me asegurase que no había por qué preocuparse. Luego, una semana después, se presentó de improviso en mi despacho. Fue algo de lo más inesperado. Sin apenas saludarme, anunció que se marcharía la semana siguiente. No me dio realmente una explicación, aparte de que había heredado un dinero. Le pregunté por la policía, pero él simplemente se rio y dijo que dudaba que hubiera que preocuparse por ellos. Cuando lo interrogué sobre sus planes, me dijo... y esto lo recuerdo con toda claridad... dijo que tenía que buscar a unas personas. «Buscar a unas personas.» Tenía mirada de cazador. Empecé a pedirle más detalles, pero giró sobre sus talones y salió de mi despacho. Cuando, más tarde, fui al suyo, ya se había ido. Había vaciado sus armarios y estanterías. Telefoneé a su domicilio, pero ya le habían desconectado la línea. Creo que al día siguiente, fui en coche a su casa, que estaba vacía, con un letrero de SE VENDE delante. En pocas palabras, se había marchado. Yo apenas había tenido tiempo de asimilar su desaparición cuando nos llegó la noticia de su muerte.

—¿Cuándo ocurrió?

—Bueno, recuerdo que fue una suerte para nosotros, porque faltaba sólo una semana para las vacaciones de Navidad, de modo que sólo tuvimos que dar unas pocas clases en su lugar. Estábamos entrevistando a posibles sustitutos suyos cuando nos informaron de la colisión. Nochevieja. Alcohol y exceso de velocidad. Por desgracia, nada excesivamente fuera de lo normal. Esa noche cayó una lluvia desagradable y gélida en toda la Costa Este que dio lugar a muchos accidentes, entre ellos el de su padre. Al menos eso se nos hizo creer.

—¿Por casualidad se acuerda de cómo se enteró del accidente?

—Ah, excelente pregunta. ¿Un abogado, tal vez? Mi memoria no es tan precisa respecto a ese punto como quisiera.

Jeffrey movió la cabeza afirmativamente. Eso tenía sentido para él. Sabía qué abogado había hecho esa llamada.

—¿Y su entierro?

—Eso fue curioso. A ningún conocido mío se le dio la menor indicación sobre la hora, el lugar o lo que fuera, por lo que nadie asistió. Podría usted ir al archivo de microfilmes del *Times* de Trenton a comprobarlo.

—Eso haré. ¿Se acuerda de cualquier otra cosa que pueda serme de ayuda?

El viejo historiador desplegó una sonrisa irónica.

—Pero, mi pobre señor Clayton, dudo haberle dicho nada que pueda serle de ayuda, y sí muchas cosas que pueden perturbarlo. Algunas que pueden provocarle pesadillas. Y, desde luego, unas cuantas que le inquietarán hoy, y mañana, y seguramente durante mucho tiempo. Pero ¿algo que le ayude? No, no creo que esta clase de conocimientos ayude a nadie, y menos aún a un hijo. No, habría sido usted mucho más sensato y afortunado si nunca hubiera hecho estas preguntas. Es raro, pero a veces esas terribles lagunas de ignorancia son preferibles a la verdad.

—Tal vez tenga razón —respondió Jeffrey con frialdad—, pero yo no tenía esa opción.

Jeffrey percibió el olor denso del humo, pero no pudo determinar de dónde provenía. El cielo del mediodía era un manto marrón de bruma y contaminación, y lo que se quemaba, fuera lo que fuese, contribuía a hacer más deprimente el mundo.

Se detuvo a unas manzanas de la casa donde había vivido sus primeros nueve años, en la calle principal de la pequeña ciudad, célebre por un crimen cometido muchos años atrás. Cuando estudiaba, había pasado un tiempo en una biblioteca de la universidad, hojeando decenas de libros sobre el secuestro, buscando fotografías de su ciudad natal en aquella época anterior. Hacía décadas había sido un lugar pertinazmente tranquilo, una zona rural dedicada a la agricultura y la privacidad, un microcosmos del mundo benévolo y tradicional de la América de pueblo, que con toda seguridad era lo que había atraído al mundialmente conocido aviador a Hopewell en un principio. Era un sitio que le daba la sensación ilusoria de estar en un refugio, sin alejarlo de la corriente política en que se hallaba inmerso. El aviador era un hombre poco corriente, a quien parecía alterarle y atraerle a la vez la fama que le había valido su proeza transatlántica. Como es natural, el revuelo que causó el secuestro cambió todo eso. Lo cambió de un día para otro, debido a la invasión de la prensa que cubrió el caso y el circo mediático que se armó en torno al juicio contra el acusado, celebrado en la misma calle, en Flemington; lo cambió de manera más sutil en los años siguientes al dar a Hopewell una reputación extraña basada en una sola acción perversa. Fue como un tinte insoluble en el agua, algo de lo que la ciudad ya no podría librarse, por muy idílica que fuera. Y, con el paso de los años, el carácter del pueblo también había cambiado. Los granjeros vendieron sus tierras a los promotores inmobiliarios, las parcelaron y construyeron viviendas de lujo para los ejecutivos de Filadelfia y Nueva York que creían poder escapar de la vida urbana al mudarse a otro sitio, pero no muy lejos. La localidad sufría las consecuencias de su proximidad a las dos ciudades. Pocas cosas había en el mundo, pensó Jeffrey, más potencialmente devastadoras para un territorio que el quedar a mano.

Su propia casa había sido más antigua, una reliquia reformada que databa de la época del secuestro, aunque estaba situada en una calle lateral cerca del centro de la ciudad, y la finca del aviador, de hecho, estaba a varios kilómetros de allí, en plena campiña. Jeffrey recordó que su casa era grande, espaciosa, llena de rincones oscuros y zonas de luz inesperadas. Él dormía en una habitación frontal de la primera planta, que tenía una forma semicircular, victoriana. Intentó visualizar el dormitorio, y lo que le vino a la memoria fue su cama, una librería y el fósil de algún antiguo crustáceo prehistórico que había encontrado en el lecho de un río cercano y que, en la precipitación con que se marcharon, olvidó meter en la maleta y lamentó durante años haber dejado. La piedra tenía un tacto fresco que lo fascinaba. Le había gustado deslizar los dedos sobre el relieve del fósil, casi esperando que cobrara vida bajo su mano.

Ahora, arrancó el coche, diciéndose que sólo estaba allí para obtener información. Este viaje a la casa de la que habían huido no era más que una búsqueda a ciegas.

Avanzó en el coche por su calle, luchando en todo momento por desterrar sus recuerdos.

Cuando se detuvo, y antes de alzar la vista, se recordó a sí mismo: «No hiciste nada malo», lo que se le antojó un mensaje más bien extraño. Luego se volvió hacia la casa.

Veinticinco años constituyen un filtro incómodo, al igual que la distinción entre tener nueve años y tener treinta y cuatro. La casa le parecía más pequeña y, a pesar del tenue sol que batallaba contra el cielo gris, más luminosa. Más radiante de lo que esperaba. La habían pintado. El tono gris pizarra que recordaba en el revestimiento de tablas y el negro de los postigos habían cedido el paso a un blanco con adornos verde oscuro. El gran roble que antes se erguía en el patio y proyectaba su sombra sobre la fachada frontal había desaparecido.

Bajó del coche y vio a un hombre agachado, ocupándose de unos arbustos junto a los escalones de la puerta principal con un rastrillo en las manos. No muy lejos de él había un letrero de SE VENDE. El hombre volvió la cabeza al oír cerrarse la portezuela de Jeffrey y alargó el brazo para coger algo que el profesor supuso que sería un arma, aunque no alcanzó a ver nada. Se acercó al hombre despacio.

El hombre, de unos cuarenta y tantos años, era fornido y tenía un poco de barriga. Llevaba unos tejanos con la raya bien planchada y una anticuada chaqueta de piloto con el cuello forrado de piel.

—¿Puedo ayudarle? —preguntó cuando el profesor se aproximó.

—Probablemente no —respondió Jeffrey—. Yo viví aquí durante poco tiempo, cuando era niño, y casualmente pasaba por aquí, de modo que he decidido echar un vistazo a mi viejo hogar.

El hombre asintió, más tranquilo al ver que Clayton no representaba una amenaza.

—¿Quiere comprarla? Se la vendo a buen precio.

Jeffrey negó con la cabeza.

—¿Vivió usted aquí? ¿Cuándo?

—Hace unos veinticinco años. ¿Y usted?

—Nah, no llevo tanto tiempo. Nos la vendió hace tres años una pareja que sólo llevaba aquí dos, tal vez tres. Ellos se la habían comprado a otra gente que sólo estaba de paso. Este sitio ha tenido muchos propietarios.

—¿De veras? ¿Y cómo se lo explica usted?

El hombre se encogió de hombros.

—No lo sé. Mala suerte, supongo.

Jeffrey le dirigió una mirada inquisitiva.

El hombre volvió a encogerse de hombros.

—Lo cierto es que nadie que yo haya conocido ha tenido suerte aquí. A mí acaban de trasladarme. Al puto Omaha. Dios santo. Tendré que sacar de su ambiente a los niños, a la mujer y hasta al perro y el gato de los cojones para mudarme a ese sitio donde sabe Dios qué hay.

—Lo siento.

—El tipo que estaba antes tuvo cáncer. Antes de eso, había una familia con un chico al que atropelló un coche en esta misma calle. Oí a alguien decir que le parecía recordar que se había cometido un asesinato en la casa, pero bueno, nadie sabía nada, e incluso yo consulté los periódicos viejos pero no encontré nada. Esta casa está gafada. Al menos no me han dado la patada en el curro. Eso sí que habría sido mala suerte.

Jeffrey clavó la vista en el hombre.

—¿Un asesinato?

—O algo así. Yo qué sé. Como ya le he dicho, nadie sabía nada. ¿Quiere echar una ojeada?

—Tal vez sólo un rato.

—Deben de haber remodelado el lugar tres veces o quizá cuatro desde que usted vivió aquí.

—Seguramente tiene razón.

El hombre guió a Jeffrey por la puerta principal hasta un pequeño recibidor y luego lo llevó en una visita rápida por la planta baja: la cocina, una habitación que se había añadido más recientemente, la sala de estar y un cuarto reducido que Jeffrey recordaba como el estudio de su padre y en el que ahora había una cadena de música y un televisor que ocupaba toda una pared. La mente de Jeffrey se puso a trabajar a todo tren, intentando resolver matemáticamente una ecuación que había permanecido latente en lo más profundo de su ser. Todo le parecía más limpio de lo que recordaba. Más iluminado.

—Mi mujer —comentó el hombre—, ella es la única a quien le gusta tener arte moderno y dibujos al pastel en las paredes. ¿En qué habitación dormía usted?

—En la primera planta, a la derecha. Una de las paredes era circular.

—Ya. Mi despacho en casa. Instalé unos cuantos estantes para libros y mi ordenador. ¿Quiere verlo?

A Jeffrey lo asaltó un recuerdo: él estaba escondido en su alcoba, con la cabeza sobre la almohada. Hizo un gesto de negación.

—No —respondió—. No hace falta. No es tan importante.

—Como quiera —dijo el propietario—. Joder, me he acostumbrado a enseñar la casa a agentes inmobiliarios y a sus clientes, así que se me da bastante bien hacer de vendedor. —El hombre sonrió y se dispuso a acompañar a Jeffrey a la puerta—. Le debe de dar una sensación algo extraña, después de tantos años, ahora que tiene un aspecto tan diferente y todo eso.

—Una sensación un poco extraña, sí. La veo más pequeña de lo que la recordaba.

—Es lógico. Usted era más pequeño entonces.

Jeffrey asintió con la cabeza.

—De hecho, yo diría que la única habitación que está igual es el sótano. Nadie se explica por qué.

—Perdón, ¿cómo dice?

—Ese cuartito tan raro que está en el sótano, pasada la caldera. Joder, apuesto a que la mitad de la gente que vivió en este lugar ni siquiera sabía de su existencia. Nosotros lo descubrimos porque vino un técnico del control de termitas y cayó en la cuenta cuando estaba dando golpes a las paredes. Apenas se ve la puerta. De hecho, ni siquiera había una maldita puerta cuando él lo encontró. El sitio estaba tapiado con Pladur y yeso, pero cuando el tipo de los bichos le arreó un porrazo, sonó a hueco, así que a él y a mí nos entró la curiosidad y echamos abajo el tabique.

Jeffrey se quedó de piedra.

—¿Una especie de habitación secreta? —preguntó.

El hombre extendió las manos a los lados.

—No lo sé. Tal vez lo fue en otro tiempo. ¿Algo así como un zulo, tal vez? Hace mucho que no bajo a echarle un vistazo. ¿Quiere verlo?

Jeffrey movió la cabeza afirmativamente.

—Vale —dijo el hombre—. No está muy limpio eso de ahí abajo. Espero que no le importe.

—Enséñemelo, por favor.

Detrás de las escaleras había una puerta pequeña que, si la memoria no le fallaba a Jeffrey, comunicaba con el sótano. No recordaba haber pasado mucho tiempo allí abajo. Era un sitio polvoriento, oscuro, intimidador para un niño de nueve años. Se detuvo en lo alto de las escaleras mientras el propietario bajaba con ruidosas pisadas. «Algo más», pensó. ¿Otra razón? Un cerrojo en la puerta. Un recuerdo caprichoso le vino a la cabeza; notas apagadas de violín, ocultas. Secretas, como la habitación.

—¿Sólo se puede bajar por aquí? —preguntó.

—No, hay una entrada fuera, también, en un costado. Una trampilla y un hueco, donde antiguamente había una carbonera. Hace mucho que ya no la hay, claro está. —El hombre accionó un interruptor, y Jeffrey vio cajas apiladas y un caballito de balancín—. No uso este sitio más que para guardar trastos —añadió el hombre.

—¿Dónde está la puerta?

—Por aquí, detrás del quemador de fuel, nada menos.

Jeffrey tuvo que apretujarse para pasar junto al calentador, que se encendió con un golpe sordo justo en ese momento. La puerta a la que se refería el hombre era una lámina de aglomerado que tapaba un pequeño agujero cuadrado en la pared que llegaba desde el suelo hasta la altura de los ojos de Jeffrey.

—Yo puse ahí esa tabla de madera cutre —señaló el hombre—, como ya le he dicho, antes había Pladur, como en la pared. Apenas se notaba que estuviera ahí. Llevaba años tapiado. A lo mejor fue en otro tiempo un depósito de carbón que se reacondicionó. Había sitios así en muchas casas. Los cerraron cuando las minas de carbón dejaron de funcionar.

Jeffrey deslizó la tabla a un lado y se agachó. El propietario se inclinó hacia delante y le alargó una linterna que estaba sobre un cuadro eléctrico cercano. Unas telarañas cubrían la entrada. El profesor las apartó y, ligeramente encorvado, entró en la habitación.

Medía aproximadamente dos metros y medio por tres y medio, y el techo, a unos tres metros, estaba recubierto con una capa doble de material de insonorización. En el centro, colgaba un solo portalámparas, sin bombilla. No había ventanas. Olía a moho, a tumba. Se respiraba un aire como el del interior de una cripta. Las paredes estaban pintadas con un grueso baño de blanco radiante que reflejaba la luz de la linterna a su paso. El suelo era de cemento gris.

La habitación estaba vacía.

—¿Ve lo que le decía? —comentó el propietario—. ¿Para qué carajo sirve un sitio como éste? Ni siquiera como almacén. Cuesta demasiado entrar y salir. ¿Habrá sido alguna vez una bodega de vino? Tal vez. Frío hace. Pero no sé... Alguien lo usó para algo en otro tiempo. ¿Usted recuerda algo? Joder, para mí es como una celda de Alcatraz, salvo porque apuesto a que allí los presos tenían ventanas.

Jeffrey recorrió despacio las paredes con el haz de la linterna. Tres de ellas estaban desnudas. En la otra había un par de anillas pequeñas, de unos ocho centímetros de diámetro, sujetas en cada extremo.

Enfocó las anillas con la luz.

—¿Tiene idea de para qué pueden servir? —le preguntó al propietario—. ¿Sabe quién las instaló?

—Ya, las vi cuando vino el de control de plagas. Ni la más remota idea, amigo mío. ¿A usted se le ocurre alguna posibilidad?

Se le ocurría, pero no la expresó en voz alta. De hecho, sabía exactamente para qué se habían utilizado. Alguien atado a esas anillas parecería, suspendido contra esa pared blanca, la silueta de un ángel en la nieve. Se acercó y pasó el dedo sobre la pintura blanca y lisa junto a las anillas. Se preguntó si descubriría en el yeso de la pared hendiduras y muescas rellenadas con masilla y cubiertas después de pintura; el tipo de marcas que dejan las uñas en momentos de pánico y desesperación. Dudaba que la pintura lograse superar un examen a fondo realizado por la policía científica; con toda seguridad había partículas microscópicas de alguna víctima. Pero veinticinco años antes, el agente Martin había sido incapaz de reunir pruebas suficientes, de modo que ni siquiera el juez más comprensivo había podido dictar una orden de registro. Décadas después, el fumigador había dado con la habitación cuando buscaba el foco de una plaga, sin saber que había hallado una de dimensiones totalmente distintas. Jeffrey se preguntó si la policía del estado de Nueva Jersey habría sido siquiera la mitad de astuta. Lo dudaba. Dudaba que tuviesen idea de lo que buscaban.

Jeffrey se agachó y deslizó el dedo por el frío suelo de cemento. La luz no puso de manifiesto mancha alguna. Ni el menor resto de alguna sustancia rojiza. ¿Cómo se las había arreglado él? Tendría que haber habido sangre y demás vestigios de la muerte por todas partes. Jeffrey respondió a su propia pregunta: lo había forrado todo con láminas de plástico. Se podían conseguir en cualquier ferretería y tirar en cualquier vertedero. Se puso a olfatear, intentando percibir el rastro revelador de un disolvente, pero el olor no había sobrevivido al paso de las décadas.

Se volvió despacio, para abarcar con la vista la reducida habitación. Allí no había gran cosa, pensó. Entonces comprendió que eso era de esperar.

Allí arrodillado recordó la voz de su padre diciéndole después de una cena silenciosa y cargada de tensión que se llevara su plato y sus cubiertos al fregadero, los enjuagara y los metiera en el lavavajillas. «Debes limpiar siempre lo que ensucies», el tipo de admonición que todos los padres hacen a sus hijos.

Sin embargo, en el caso de su padre, encerraba un mensaje que iba mucho más allá.

El profesor se enderezó. Por lo que había visto, no podía juzgar si aquel pequeño cuarto había presenciado un horror o cientos. La primera posibilidad le parecía más probable, pero no podía descartar la segunda.

De pronto le vino a la cabeza el nombre de alguien, aparte de su padre, que quizá podría aclarar esa incógnita.

Cuando se disponía a salir de la sala, Jeffrey sintió un escalofrío repentino, como si estuviese a punto de darle fiebre, y una punzada en el estómago, casi un anuncio de náuseas. Cayó en la cuenta de que había descubierto muchas cosas en muy poco tiempo, y en ese momento concibió un odio enorme e indefinible hacia sí mismo por ser capaz de entenderlo todo.

El archivo del *Times* de Trenton se parecía muy poco al despacho moderno e informatizado del *New Washington Post*. Estaba situado en un cuarto lateral estrecho y aislado, no muy lejos de un espacio cavernoso, de techo bajo, lleno de viejos escritorios de acero y sillas de oficina cojas, que albergaba la redacción de noticias del periódico. Una pared lejana estaba ocupada por ventanas, pero las recubría una gruesa capa de mugre y polvo gris, por lo que daba la impresión de que la sala se hallaba sumida en un atardecer perpetuo. En el archivo había filas y filas de ficheros de metal, un par de ordenadores obsoletos y una máquina de microfilmes. Un empleado joven, con los pómulos picados a causa de una dura batalla contra el acné juvenil, insertó sin decir una palabra el viejo microfilme que le pidió Jeffrey.

El profesor leyó toda la información en el periódico sobre el asesinato de la joven alumna de la academia St. Thomas More, y era tal y como había imaginado: detalles escabrosos sobre el hallazgo del cadáver en el bosque, aunque en menor número que en los informes de la policía científica. Se citaban las frases de rigor de agentes de la ley, incluida una de un joven inspector Martin, que declaraba haber interrogado a varios sospechosos y estar siguiendo varias pistas prometedoras, lo que en lenguaje policial quería decir que estaban totalmente atascados. En ningún momento se mencionaba el nombre de su padre. Se incluía una semblanza muy vaga de la víctima, con material extraído de anuarios escolares y comentarios absolutamente previsibles de sus compañeros, que la pintaban como una chica callada, que no se hacía notar mucho, que parecía bastante agradable y no tenía ni un enemigo en el mundo, como si el hombre que la atacó hubiese actuado movido por un odio específico, pensó Jeffrey, cuando la realidad era mucho más general.

A continuación intentó encontrar alguna crónica sobre el accidente de coche. Jeffrey consideraba el *Times* de Trenton una especie híbrida de periódico: lo bastante grande para hacer un intento serio de ahondar en los entresijos del mundo, lo bastante importante, desde luego, para centrarse en los asuntos del estado que se decidían a una manzana de distancia, en los despachos del parlamento, pero no lo bastante grande para pasar por alto un accidente de tráfico que arrebatase la vida a un vecino de la localidad, sobre todo si tenía el valor añadido de ser espectacular.

Buscó con diligencia en las páginas de sucesos pero no encontró ni una palabra sobre el tema. Finalmente, en la sección de necrológicas del día 3 de enero, dio con una nota breve:

Jeffrey Mitchell, de 37 años, ex profesor de historia en la academia St. Thomas More de Lawrenceville, perdió la vida de forma inesperada el 1 de enero. El señor Mitchell conducía un vehículo que se estrelló en Havre de Grace, Maryland. Murió en el acto, según la policía local. Se celebrarán exequias privadas en la funeraria O'Malley Brothers en Aberdeen, Maryland.

Jeffrey releyó la necrológica varias veces. No tenía la más remota idea de qué estaba haciendo su padre en Nochevieja en una pequeña ciudad rural de Maryland. Havre de Grace. Refugio de perdón. Esto hizo que se parase a pensar. Intentó ponerse en la piel de un director de periódico agobiado de trabajo, con media redacción pasando las fiestas navideñas en familia. En circunstancias normales, cabría esperar que un director, al ver una nota necrológica como ésa, pensara que allí había una noticia. Pero ¿estaría dispuesto a gastar recursos humanos enviando a alguien a ciento cincuenta kilómetros al sur sólo por esa posibilidad? Tal vez no. Tal vez lo dejaría correr.

Jeffrey revisó las ediciones sucesivas del periódico, buscando algún artículo que aportase nueva información sobre el caso, pero fue en vano. Se reclinó en su asiento, dejando que la máquina zumbara ociosa ante él. Lo desanimaba pensar que probablemente tendría que viajar a Maryland para buscar una funeraria que con toda seguridad ya había cerrado e intentar encontrar un informe policial que debía de haber quedado enterrado por los años. Refugio de perdón. Dudaba que la ciudad tuviese un periódico propio, lo que quizá podría proporcionarle datos útiles. Aberdeen, una población más grande, seguramente sí que lo tenía, aunque no acertaba a imaginar si le serviría de algo o no. Se humedeció los labios con la lengua y pensó en la persona situada a pocas manzanas de allí, en su bien equipado bufete, que podría responder a sus preguntas.

Se disponía a apagar la máquina cuando echó un último vistazo a la página que tenía delante, en la pantalla. Un artículo breve en la esquina inferior derecha de la página de noticias del estado le llamó la atención. El título rezaba: ABOGADO COBRA EL PREMIO GORDO DE LA LOTERÍA.

Hizo girar el botón de enfoque para ver con mayor nitidez el artículo y leer los pocos pero jugosos párrafos:

La ganadora anónima del tercer bote más grande en la historia de la lotería del estado ha saltado a la palestra al enviar al abogado de Trenton H. Kenneth Smith a la oficina central de la lotería a recoger su premio de 32,4 millones de dólares.

Smith mostró a los funcionarios un boleto ganador firmado y autenticado —el primer billete premiado tras seis semanas de sorteos en las que se ha acumulado el bote— y declaró a los periodistas que la ganadora deseaba permanecer en el anonimato. Los funcionarios de la administración de lotería tienen prohibido divulgar información sobre una persona agraciada con el premio gordo sin su autorización.

El premio para la afortunada ganadora será un cheque anual durante veinte años con un valor total de 1,3 millones de dólares, una vez deducidos los impuestos estatales y federales. Smith, el abogado, rehusó hacer comentarios sobre la ganadora, salvo que es una persona joven que valora su privacidad y que teme el acoso de aprovechados y estafadores.

Los funcionarios de la administración de lotería han calculado que el premio de la semana que viene será de poco más de dos millones de dólares.

Jeffrey se inclinó en su silla, agachando la cabeza hacia la pantalla de la máquina de microfilmes, diciéndose: «Ahí está.» Sonrió al pensar lo fácil que debió de resultarle al abogado emplear pronombres femeninos al negarse a revelar la identidad de quien se había llevado el premio. Era un engaño nimio e inocuo que confería una falsa credibilidad a muchas cosas. ¿Qué otras mentiras se habían urdido en torno al asunto? El accidente de tráfico a las afueras de la ciudad. Una funeraria que probablemente jamás existió. Jeffrey estaba convencido de que podría encontrar algunas verdades en aquella maraña de embustes, pero el objetivo fundamental era sencillo: simular la muerte de Jeffrey Mitchell y fabricar la vida de una persona que no sería distinta, pero que estaría provista de un nombre y una identidad nuevos, así como de fondos más que suficientes para perseguir un deseo antiguo y perverso por los medios que quisiera. Jeffrey se acordó de lo que el profesor de Historia le dijo: «Había heredado un dinero...» Se trataba de una herencia de otro tipo.

Jeffrey no sabía cuántas personas habían muerto a manos de su padre, pero le pareció irónico que cada una de esas muertes estuviese subvencionada por el estado de Nueva Jersey.

El hijo del asesino se rio a carcajadas ante esta idea, lo que ocasionó que el empleado con la cara picada volviese la mirada hacia él.

—¡Eh! —exclamó éste cuando Jeffrey se levantó y salió del archivo dejando la máquina encendida.

El profesor decidió intentar conversar de nuevo con el abogado, aunque esta vez sospechaba que le convendría esgrimir argumentos más contundentes.

Unos pocos olmos descuidados crecían en la calle donde se encontraba el bufete, y la oscuridad empezaba apoderarse de sus ramas desnudas. Una farola de vapor de sodio emitió un breve zumbido cuando su temporizador la encendió, y arrojó un círculo de luz difusa a media manzana. La hilera de casas de ladrillo rojo acondicionadas como oficinas comenzó a sumirse en penumbra mientras grupos de empleados salían a la calle. Jeffrey vio guardias de seguridad escoltar a más de un puñado de oficinistas, con armas automáticas en las manos. En cierto modo era como contemplar a un perro pastor al cargo de un rebaño.

Sentado en su coche de alquiler, acariciaba el guardamonte de su pistola de nueve milímetros. Suponía que no tendría que aguardar mucho rato a que apareciera el abogado. Esperaba que el hombre, como correspondía a su arrogancia, saliera solo, pero no confiaba demasiado en esa posibilidad. El letrado H. Kenneth Smith no habría alcanzado el éxito que parecía haber conseguido si no fuera prudente.

La expectación y el miedo atenazaron a Jeffrey cuando tomó conciencia de que el paso que iba a dar acabaría por llevarlo más cerca de su padre.

No había tardado mucho en deducir la rutina vespertina del abogado. Una exploración rápida del barrio entre el parlamento y el bufete una hora antes le había revelado un único aparcamiento ocupado sobre todo por coches de lujo último modelo y un letrero que decía: ALQUILER MENSUAL DE PLAZAS. NO HAY TARIFAS POR DÍA. No había vigilante en el aparcamiento; en cambio, estaba cercado por una valla de tela metálica de tres metros y medio de altura con alambre de espino en lo alto. El acceso y la salida estaban regulados por una puerta corredera controlada a distancia por un sensor óptico. Asimismo, había una entrada estrecha en la valla. Se accionaba con un mando de infrarrojos; la gente apuntaba, pulsaba el botón y la cerradura se abría con un zumbido.

A Jeffrey le cabían pocas dudas de que el abogado dejaba su coche en el aparcamiento. La jugada sería interceptar al hombre en el lugar donde fuera más vulnerable, un lugar nada fácil de identificar. Seguramente entre las funciones del corpulento portero figuraba la de acompañar a su patrón hasta que se encontrase a salvo, sentado al volante. Jeffrey suponía que el guardia dispararía sin dudarlo contra cualquiera a quien juzgase peligroso, sobre todo en el trayecto entre el bufete y el aparcamiento. Una vez dentro de la zona de estacionamiento, el abogado quedaría protegido por la valla y fuera de su alcance. Jeffrey movió hacia atrás el mecanismo de carga de la pistola para introducir una bala en la recámara y concluyó que tendría que abordarlos en la calle, justo antes de que llegaran al aparcamiento. En ese momento estarían concentrados en lo que tenían delante y tal vez no se darían cuenta si alguien se les acercaba rápidamente por detrás. Reconoció que no era un buen plan, pero era el único que había podido idear con tan poca antelación.

En caso necesario, trataría al guardia de seguridad como lo habría hecho el agente Martin: como un mero obstáculo que se interponía entre él y la información que deseaba. No estaba del todo seguro de si le pegaría de verdad un tiro al hombre, pero necesitaba la colaboración del abogado, y temía que dicha colaboración tendría un precio.

Aparte de comprometerse intelectualmente a usar el arma —un compromiso, hubo de admitir, muy distinto del acto real de apretar el gatillo—, no contaba más que con el factor sorpresa. Esto le disgustaba y se sumaba a la inquietante mezcla de emoción y rabia que bullía en su interior.

Sacudió la cabeza y se puso a tararear desafinada y nerviosamente mientras vigilaba la puerta principal del bufete.

El atardecer envolvía el coche y la primera de las sirenas de la policía de la tarde había pasado a sólo una manzana de allí cuando Jeffrey vislumbró al guardia de seguridad, que se asomó a la puerta falsa y echó una ojeada cautelosa a uno y otro lado de la calle. En cuanto el hombre se volvió en otra dirección, Jeffrey bajó del coche y se refugió en las sombras que se formaban al borde del pasadizo. Mientras observaba, oculto tras varios coches aparcados, un árbol y la oscuridad, sujetando con fuerza la pistola junto a su pierna, vio al abogado, al guardaespaldas y a la secretaria salir del edificio. Hacía fresco, y los tres, arrebujados en sus abrigos, caminaban deprisa contra el viento, que arreciaba y levantaba los papeles tirados en el suelo, que se arremolinaban sobre la acera. Jeffrey le dedicó un breve agradecimiento al frío, pues hacía que estuvieran menos atentos a lo que ocurría a sus espaldas y los mantenía con la vista al frente.

Él estaba justo al lado del aparcamiento. El trío atravesaba rápidamente la penumbra creciente de la tarde, sin reparar en que él avanzaba en paralelo por la otra acera. Intentaba moverse con paciencia, a una distancia suficiente de ellos para no ser lo primero que vieran si se volvían bruscamente. Apretó el paso ligeramente, pensando que tal vez había dejado que se alejaran demasiado. Sin duda el agente Martin habría sabido con exactitud a qué distancia debía permanecer; lo bastante lejos para que no lo descubrieran, pero lo bastante cerca para poder, en el momento crítico, aproximarse con rapidez y eficiencia. Se dijo que probablemente su padre también habría sabido qué técnica usar.

Cuando el abogado y su pequeño séquito se hallaban cerca del aparcamiento, Jeffrey vio adónde se dirigían: los únicos tres vehículos que quedaban, aparcados juntos en fila. El primero era un cuatro por cuatro con neumáticos gruesos y una barra antivuelco de cromo muy bruñido que relucía a la luz de los reflectores. A su lado había un sedán más modesto y, en la plaza más apartada, un espacioso coche de lujo europeo negro.

Jeffrey atajó por una calle, detrás de ellos, por el borde de la sombra proyectada por una farola. Había amartillado la pistola y quitado el seguro. Oía su propia respiración entrecortada y jadeante, y veía las vaharadas de vapor que brotaban de su boca como humo. Sujetó con fuerza el arma y notó que los músculos de su cuerpo se tensaban con aquella combinación de emoción y miedo que quizá le habría parecido deliciosa de no haber estado tan concentrado en las tres personas que caminaban media manzana por delante. Aceleró de nuevo para reducir la distancia.

La voz que oyó a su lado lo pilló por sorpresa.

—Eh, tío, ¿adónde vas con tanta prisa?

Jeffrey giró sobre sus talones, a punto de perder el equilibrio. En el mismo movimiento, alzó la pistola para colocarse en posición de disparar.

—¿Quién eres? —le espetó a una figura que se fundía con las sombras.

—No soy nadie, tío —respondió ésta después de un breve titubeo—. Nadie.

—¿Qué quieres?

—Nada, tío.

—Sal a la luz para que te vea.

Un hombre negro, con pantalones oscuros y una chaqueta de cuero negra que lo cubría como una segunda piel, emergió de un rincón resguardado de la luz de las farolas. Separó los brazos, con las manos bien abiertas.

—No iba a hacer nada malo —aseguró el hombre.

—Y un cuerno —repuso Jeffrey, apuntándole al pecho con el arma—. ¿Dónde llevas la pistola o la navaja? ¿Qué ibas a utilizar?

El hombre retrocedió un paso.

—No sé de qué me hablas, tío. —Pero sonrió, como reconociendo su mentira.

Jeffrey le sostuvo la mirada al hombre, que seguía sin bajar los brazos pero se apartaba cada vez más de él, deslizándose sigilosamente por la calle.

—Hoy es tu día de suerte, jefe —dijo el hombre con cierta cadencia en la voz, como si recalcara la frase final de un chiste—. Esta noche no vas a caer. Más vale que te andes con cuidado mañana y pasado, jefe. Pero esta noche, estás de suerte, tío. Vivirás para ver la luz del sol. —Con una risotada, se llevó despacio la mano al bolsillo de su chaqueta de cuero y sacó una navaja automática grande que despidió un destello cuando la abrió. Sonrió de nuevo, cortó una rebanada del aire nocturno con una sola cuchillada y, acto seguido, dio media vuelta y se alejó con la actitud de alguien que sabe que ha perdido una ocasión pero que si algo sobra en el mundo son las segundas oportunidades.

Jeffrey no dejó de encañonarle la espalda con la pistola, pero notó que le temblaba la mano. Recordó que había vacilado, por lo que, en efecto, había tenido suerte, pues la vacilación habría podido costarle la vida. Exhaló lentamente y, en cuanto el hombre se desvaneció en las tinieblas de la noche, se volvió otra vez hacia el abogado, la secretaria y el guardia de seguridad.

No estaban a la vista, de modo que Jeffrey arrancó a correr hacia delante, maldiciendo los segundos que había perdido. Se hallaba a unos treinta metros del aparcamiento cuando vio de repente que los faros de los tres vehículos se encendían, casi a la vez.

Aflojó el paso y se guareció en las sombras, sin dejar de avanzar. Bajó el arma y expulsó el aire despacio para normalizar el ritmo de su corazón. Encorvó la espalda y bajó la barbilla sobre su pecho. No quería que lo reconocieran, ni atraer la atención por esconderse. Decidió seguir andando hasta dejar atrás el aparcamiento, persuadiéndose de que por la mañana tendría otra oportunidad, como el atracador que le había robado unos segundos preciosos.

Observó el cuatro por cuatro del guardia, que arrancó con un rugido del motor. Tras reducir la marcha para pasar junto al sensor óptico que abrió la puerta de par en par, el coche avanzó, frenó junto al bordillo y luego aceleró por la calle con un chirrido de neumáticos. Jeffrey suponía que los otros dos vehículos lo seguirían de cerca, uno detrás de otro, pero no fue así.

De pronto, los faros del coche de la secretaria se apagaron. Un momento después, ella se apeó. Escudriñó la calle en una y otra dirección y rápidamente se acercó al automóvil del abogado por el lado del pasajero. La puerta se abrió y ella subió.

En el mismo instante, Jeffrey, movido por un impulso en el que nunca antes había confiado, entró en el aparcamiento cuando la puerta corredera estaba cerrándose. Arrimó la espalda contra una pared de ladrillo rojo, no muy seguro de lo que había visto.

Exhaló con un lento silbido.

Sólo alcanzaba a atisbar las siluetas de las dos personas en el interior del coche del abogado, fundidas en un prolongado abrazo.

Clayton aprovechó la ocasión y salió disparado hacia delante, con sus músculos de corredor activados por el repentino apremio. Acortó la distancia rápidamente, moviendo los brazos como pistones, y consiguió llegar al costado del automóvil antes de que el abogado y la secretaria se separasen. En un microsegundo repararon en su presencia y, sorprendidos, se apartaron el uno del otro; luego él agarró la pistola por el cañón y rompió con la culata la ventanilla del conductor, cuyos vidrios rotos llovieron sobre los dos amantes.

La mujer chilló y el abogado gritó algo incomprensible, tendiendo a la vez la mano hacia la palanca de velocidades.

—No toque eso —le advirtió Jeffrey.

La mano del abogado vaciló sobre el pomo de la palanca y luego se detuvo.

—¿Qué es lo que quiere? —preguntó con voz aguda y trémula a causa del asombro. La secretaria se había encogido, retirándose de la pistola de Jeffrey, como si cada centímetro que retrocediera fuese fundamental para su supervivencia—. ¿Qué es lo que quiere? —inquirió de nuevo, más en tono de súplica que de exigencia.

—¿Que qué es lo que quiero? —respondió Jeffrey pausadamente—. ¿Que qué es lo que quiero? —Sentía que la adrenalina le corría por los oídos. El miedo que percibía en el semblante del abogado, tan arrogante unas horas antes, y el pánico de la secretaria remilgada le resultaban embriagadores. En ese momento, pensó, tenía más control sobre su propia vida que nunca antes—. Lo que quiero es lo que usted podría haberme dado hoy mismo sin tanto jaleo y de forma mucho más amable —dijo con frialdad.

Tal como sospechaba en parte, había un segundo sistema de alarma, oculto en la carpintería de la entrada del bufete. Palpó el alambre sensor justo debajo de un resalto de pintura. Jeffrey dedujo que se trataba de una alarma silenciosa conectada con la policía de Trenton o, si no era de fiar, con algún servicio de seguridad.

Se volvió hacia la secretaria y el abogado.

—Desconéctenla —ordenó.

—No sé muy bien cómo —repuso la secretaria.

Jeffrey sacudió la cabeza. Apartó la vista y la posó despreocupadamente en la pistola que sostenía en la mano, como para comprobar que no se tratase de un espejismo.

—¿Está loca? —preguntó—. ¿Cree que no voy a usar esto?

—No —contestó el abogado—. Parece usted un hombre razonable, señor Clayton. Trabaja para una agencia del gobierno. Ellos seguramente no aprobarían el uso de un arma como base para una orden de registro.

El abogado y la secretaria estaban de pie con las manos enlazadas tras la cabeza. El profesor advirtió que cruzaban una mirada rápida. La impresión inicial causada por su aparición se había mitigado. Empezaban a recobrar la calma y, junto con ella, la sensación de control. Jeffrey reflexionó por un momento.

—Quítense la ropa, por favor —dijo.

—¿Qué?

—Lo que oyen. Quítense la ropa ahora mismo. —Para dar mayor énfasis a sus palabras, encañonó a la secretaria.

—No toleraré bajo ningún concepto...

Jeffrey alzó la mano para acallar al hombre.

—Hombre, señor Smith, si era más o menos lo que pensaban hacer cuando yo les he interrumpido tan inoportunamente. Sólo cambiarán las circunstancias y tal vez el escenario. Y quizás esto afecte un poco al placer que sentirán.

—No lo haré.

—Sí que lo hará, y ella también, o, para empezar, le pegaré un tiro a su secretaria en el pie. Quedará lisiada y le dolerá horrores. Pero sobrevivirá.

—No lo hará.

—Ah, un escéptico. —Dio un paso hacia delante—. Detesto que se ponga en duda mi sinceridad. —Apuntó con el arma, luego se detuvo y miró a la secretaria a los ojos, muy abiertos por el miedo—. ¿O a lo mejor prefiere que le dispare a él en el pie? En realidad a mí me da igual...

—Dispárele a él —dijo ella enseguida.

—¿Puedo dispararles a los dos?

—No, a él.

—¡Un momento! —El abogado miraba con ojos desorbitados la pistola—. De acuerdo —dijo. Se aflojó la corbata.

La secretaria dudó unos instantes y empezó a desabrocharse la camisa. Ambos se detuvieron cuando se quedaron en ropa interior.

»Debería bastar con esto —dijo el abogado—. Si es verdad que usted sólo necesita información, no hay por qué obligarnos a perder la dignidad.

—¿La dignidad? ¿Le preocupa perder la dignidad? Debe de estar de guasa. Totalmente —replicó Jeffrey—. Me parece que la desnudez conlleva una vulnerabilidad interesante, ¿no creen? Si uno no lleva ropa, es menos probable que dé problemas. O corra riesgos. Rudimentos de psicología, señor Smith. Y ya le he dicho quién es mi padre, así que supongo que comprenderá usted que, aunque yo sepa sólo la mitad de lo que sabe él sobre la psicología de la dominación, eso es mucho. —Jeffrey guardó silencio mientras el abogado y la secretaria dejaban caer sus últimas prendas al suelo—. Bien —dijo—, y ahora, ¿cómo desactivo la alarma?

La secretaria había bajado una mano inconscientemente para taparse la entrepierna, mientras mantenía la otra en la cabeza.

—Hay un interruptor detrás del cuadro de la pared —dijo con gravedad, fulminando con la mirada a Jeffrey y luego a su amante.

—Vamos progresando —comentó Jeffrey con una sonrisa.

La secretaria tardó sólo unos minutos en encontrar la carpeta indicada en un archivador de roble tallado a mano situado en un rincón del despacho del abogado. Atravesó la habitación, con los pies descalzos sobre la suave moqueta, arrojó el dossier sobre el escritorio, delante del abogado y se retiró a una silla colocada contra la pared, donde hizo lo posible por hacerse un ovillo. El abogado estiró el brazo para coger la carpeta, y su piel rechinó contra el cuero del sillón. Parecía menos incómodo que la joven, como si se hubiese resignado a ir desnudo. Abrió el expediente, y Jeffrey, decepcionado, advirtió que era extremadamente delgado.

—No lo conocía demasiado —dijo Smith—. Sólo nos vimos en un par de ocasiones. Después de eso, hablamos una o dos veces por teléfono a lo largo de los años, pero eso fue todo. En los últimos cinco años no he sabido de él. Aunque eso es comprensible...

—¿Por qué?

—Porque hace cinco años el estado acabó de pagarle el premio de la lotería. Las ganancias se terminaron. Bueno, es un decir. No tengo información sobre el modo en que invirtió el dinero, pero intuyo que lo hizo inteligentemente. Su padre me pareció un hombre muy cuidadoso y sereno. Tenía un plan y lo llevó a cabo del modo más minucioso.

—¿Qué plan?

—Yo cobraba el dinero del premio. Luego, tras descontar mis honorarios, por supuesto, ingresaba ese dinero en la cuenta de su padre, protegida de miradas curiosas por la confidencialidad entre abogado y cliente, y de ahí la enviaba a bancos en paraísos fiscales del Caribe. Ignoro qué ocurría después. Seguramente, como ocurre en la mayor parte de las operaciones de blanqueo, el dinero se transfería, previo pago de una modestísima comisión, a una cuenta a nombre de algún individuo o empresa inexistentes. Finalmente, acababa por volver a Estados Unidos, pero para entonces su relación con la fuente original se había dispersado a conciencia. Yo lo único que hacía era dar un empujoncito al asunto. No tengo idea de hasta dónde llegaba.

—¿Cobraba usted bien por ello?

—Cuando uno es joven, sin muchos recursos, y un hombre le dice que le pagará cien mil dólares al año sólo por dedicar una hora a hacer operaciones bancarias... —El abogado encogió sus hombros desnudos—. Bueno, era un buen negocio.

—Hay algo más, su muerte.

—Su muerte se fraguó sólo en el papel.

—¿A qué se refiere?

—No se produjo accidente alguno. Sí hubo, no obstante, un informe sobre el accidente. Reclamación al seguro. El pago de una incineración. Avisos enviados a los periódicos y a la escuela donde había trabajado. Se tomaron todas las medidas posibles para dar visos de realidad a un suceso que nunca ocurrió. Se conservan copias de esos papeles en el dossier. Pero no hubo muerte.

—¿Y usted le ayudó a hacer todo eso?

El abogado volvió a encogerse de hombros.

—Decía que quería empezar de cero.

—Explíquese.

—Nunca dijo directamente que quisiera convertirse en otra persona. Y yo me guardé mucho de hacerle preguntas, aunque cualquier imbécil se habría dado cuenta de lo que estaba pasando. ¿Sabe? Hice unas pequeñas averiguaciones sobre su pasado, y descubrí que no estaba fichado por la policía, y desde luego su nombre no constaba en ninguna base de datos oficial, al menos en ninguna de las que consulté. Dígame, señor Clayton, ¿qué tendría que haber hecho? ¿Rechazar el dinero? Un hombre que aparentemente no tiene motivos para ello, un hombre respetado entre los de su profesión, sin una necesidad evidente por razones delictivas o sociales, quiere dejar atrás su vida y empezar una nueva en algún otro sitio. En un lugar distinto. Y está dispuesto a pagar una suma fabulosa por ese privilegio. ¿Quién soy yo para interponerme en su camino?

—¿No se lo preguntó?

—En mi breve reunión con su padre, me llevé la impresión clara de que no era responsabilidad mía interrogarlo respecto a sus motivos. Cuando mencionó a su ex esposa y dejó una carta para ella, saqué el tema a colación, pero él se crispó y me pidió que me limitara a hacer aquello por lo que me pagaba, un cometido con el que me siento de lo más cómodo. —Señaló la habitación con un gesto amplio—. El dinero de su padre me ayudó a crear todo esto. Fue lo que me permitió empezar. Le estoy agradecido.

—¿Puedo rastrear su nueva identidad?

—Imposible. —El abogado sacudió la cabeza.

—¿Por qué?

—¡Porque ese dinero no era negro! ¡Estableció un sistema de blanqueo para fondos que no lo necesitaban! ¡Y es que lo que intentaba proteger no era el dinero, sino a sí mismo! ¿Entiende la diferencia?

—Pero seguro que Hacienda...

—Yo pagaba los impuestos, tanto estatales como federales. Desde su punto de vista, no había delitos perseguibles. No por ese lado. Ni siquiera acierto a imaginar dónde acababa todo, ni qué uso se le daba al dinero muy lejos de aquí, con qué propósito, para conseguir qué objetivo. De hecho, la última vez que su padre contactó conmigo fue hace veinte años. Aparte de lo que ya le he contado, fue la única ocasión en que me pidió algo.

—¿Qué le pidió?

—Que viajara a Virginia Occidental y fuera a la penitenciaría del estado. Debía representar a una persona en una vista para la condicional. Conseguí que se la concedieran.

—¿Y esta persona tenía un nombre?

—Elizabeth Wilson. Pero no podrá ayudarle.

—¿Por qué no?

—Porque está muerta.

—¿Y eso?

—Seis meses después de quedar en libertad, se emborrachó en un bar de la pequeña ciudad de provincia donde vivía y se fue con unos degenerados. Alguna prenda suya apareció en el bosque, ensangrentada. Las bragas, creo. Ignoro por qué su padre quiso ayudarla, pero fueran cuales fuesen sus motivos, todo quedó en agua de borrajas. —El abogado parecía haber olvidado su desnudez. Se levantó y rodeó el escritorio, con el dedo en alto para subrayar sus palabras—. A veces lo envidiaba —admitió—. Era el único hombre verdaderamente libre que he conocido. Podía hacer cualquier cosa. Construir lo que fuera. Ser quien quisiera. A menudo me parecía que el mundo estaba a su disposición.

—¿Tiene usted alguna idea de en qué consistía ese mundo?

El abogado se paró en seco, en medio de la habitación.

—No —dijo.

—Pesadillas —respondió Jeffrey.

El abogado titubeó. Bajó la vista hacia la pistola que sujetaba Jeffrey.

—¿De modo —preguntó despacio— que de tal palo, tal astilla?

17

La primera puerta sin cerrar

Diana y Susan Clayton avanzaban por la pasarela de la aerolínea con su equipaje de mano, un número considerable de medicamentos, unas armas que les sorprendió que les dejaran llevar consigo y una dosis indeterminada de ansiedad. Diana miró el río de pasajeros elegantes de clase preferente que la rodeaban, confundida momentáneamente por las luces brillantes y de alta tecnología del aeropuerto, y cayó en la cuenta de que era la primera vez en más de veinticinco años que salía del estado de Florida. Nunca había visitado a su hijo en Massachusetts; de hecho, él nunca la había invitado. Y como se había aislado tan eficazmente del resto de su familia, no había nadie más a quien visitar.

Susan también era una viajera poco experimentada. Su excusa en los últimos años era que no podía dejar sola a su madre. Pero la verdad era que sus viajes se desarrollaban en la satisfacción intelectual de los pasatiempos que ideaba o en la soledad de sus paseos en la lancha. Cada expedición de pesca era una aventura única para ella. Aun cuando navegaba en aguas conocidas, siempre encontraba algo diferente y fuera de lo común. Lo mismo pensaba sobre las creaciones de su álter ego, Mata Hari.

Subieron al avión en Miami abrumadas por la sensación de que se aproximaban al desenlace de una historia que nunca les habían dicho que tuviese que ver con ellas, pero que dominaba sus vidas de manera tácita. Sobre todo Susan Clayton, tras enterarse de que el hombre que la acechaba era su padre, estaba embargada por una extraña emoción de huérfana que había desplazado muchos de sus miedos: «Por fin sabré quién soy.»

Sin embargo, mientras los reactores del avión las acercaban al desconocido nuevo mundo del estado cincuenta y uno, la confianza que suele acompañar a la emoción perdió fuerza, y para cuando viraron para iniciar el descenso a las afueras de Nueva Washington, las dos estaban sumidas en un silencio preñado de dudas.

«El conocimiento es algo peligroso —pensó Susan—. El conocimiento sobre uno mismo puede ser tan doloroso como útil.»

Aunque no expresaban estos temores en voz alta, ambas eran conscientes de la tensión que se había acumulado en su interior. Diana en especial, con la angustia incipiente que una madre experimenta ante todo lo que escapa a su comprensión inmediata, sentía que sus vidas se habían vuelto inestables, que se hallaban a la deriva ante una tormenta que se avecinaba, haciendo girar desesperadamente la llave en el contacto, escuchando el chirrido del motor de arranque mientras el viento burlón arreciaba alrededor. Cerró los ojos cuando el tren de aterrizaje golpeó la pista, deseando poder recordar un solo momento en que Jeffrey y Susan eran pequeños y los tres vivían solos, pobres pero a salvo, en su pequeña casa de los Cayos, ocultos de la pesadilla de la que habían escapado. Quería pensar en un día normal, rutinario, corriente, en que no hubiese ocurrido nada digno de mención. Un día en el que las horas transcurriesen sin más, inadvertidas y sin nada de especial. Pero los recuerdos de ese tipo parecían huidizos y de pronto imposibles de aprehender.

Cuando las dos se encontraban en la pasarela, sin saber muy bien adónde dirigirse, el agente Martin se separó de la pared del fondo del pasillo, donde había estado reclinado sobre un letrero grande y optimista que decía BIENVENIDOS AL MEJOR LUGAR DEL MUNDO. Debajo había unas flechas que indicaban INMIGRACIÓN, CONTROL DE PASAPORTES Y SEGURIDAD. El inspector cubrió con tres zancadas la distancia que lo separaba de ellas, disimulando su frustración por verse obligado a realizar una tarea que consideraba más propia de un chófer, y, con una sonrisa amplia y probablemente transparente, saludó a madre e hija.

—Hola —dijo—. El profesor me ha enviado a recogerlas.

Susan lo observó con desconfianza. Estudió su identificación durante un rato que al inspector le pareció un segundo o dos demasiado largo.

—¿Dónde á Je frey? —preguntó Diana.

El agente Martin le dedicó una sonrisa cuya falsedad detectó Susan esta vez.

—Pues lo cierto es que yo esperaba que usted me lo dijera. La única información que me dio fue que volvía al lugar de donde había venido.

—Entonces se ha ido a Nueva Jersey —dijo Diana—. Me pregunto qué estará buscando.

—¿Seguro que no lo sabe? —inquirió Martin.

—Ahí es donde nacimos los dos —le explicó Susan al inspector—, donde nacieron muchas cosas. Lo que ha ido a buscar es alguna pista que indique dónde van a terminar todas estas cosas. Yo habría pensado que esta conclusión resultaría obvia, sobre todo para un policía.

El agente Martin frunció el entrecejo.

—Usted es la que inventa juegos, ¿verdad?

—Veo que ha hecho los deberes. Así es.

—Esto no es un juego.

Susan desplegó una sonrisa forzada.

—Sí que lo es —replicó—. Lo que ocurre es que no es un juego muy agradable —añadió con sarcasmo.

El inspector no contestó y se impuso un momento de silencio entre ellos.

—Y ahora —dijo Susan al cabo—, ¿nos llevará a algún sitio?

—Sí. —Martin señaló a los pasajeros de clase preferente que hacían cola diligentemente ante los controles de Inmigración—. He hecho algunas gestiones, de modo que podemos saltarnos el papeleo habitual. Las llevaré a un lugar seguro.

Susan rio con cinismo.

—Excelente. Siempre he querido conocer ese lugar. Si es que existe.

El inspector se encogió de hombros y recogió una de las maletas que Diana había dejado caer al suelo. Extendió la mano hacia la de Susan también, pero ella declinó la oferta con un gesto.

—Mis cosas las llevo yo —dijo—. Siempre lo he hecho.

El agente Martin suspiró y sonrió.

—Bueno, como quiera —dijo con más jovialidad fingida, y decidió que, a juzgar por su primera impresión, Susan Clayton no le caía muy bien. Ya sabía que su hermano no le caía bien, e intuía que no se formaría una opinión en un sentido u otro sobre Diana Clayton, aunque tenía curiosidad por saber cómo era una mujer que se había casado con un asesino. La esposa de un homicida. Los hijos de un homicida. Por un lado, no le interesaban demasiado; por otro, sabía que eran imprescindibles para que él alcanzara sus propósitos. Alargó el brazo hacia delante, apuntando a la salida, recordándose a sí mismo que, al final, le importaría un comino si la familia Clayton entera moría resolviendo el problema que aquejaba al estado cincuenta y uno.

El agente Martin llevó a las Clayton en una rápida visita guiada por Nueva Washington. Les enseñó las oficinas del estado, pero no por dentro, y menos aún el espacio que compartía con Jeffrey. Él les daba explicaciones animadamente mientras recorrían en coche las calles de la ciudad y los bulevares del ajardinado distrito financiero. Las paseó por algunas de las urbanizaciones más cercanas, todas ellas zonas verdes, y al final acabaron ante una fila algo aislada de casas adosadas, a la orilla de unos barrios residenciales más exclusivos y a una distancia considerable de las empresas del centro.

Las casas adosadas —diseñadas a imitación de las que había en ciertas partes de San Francisco, con adornos abarrocados y enredaderas con flores— estaban en una calle sin salida al pie de unas estribaciones escabrosas, a unos kilómetros de las montañas que se alzaban al oeste. Había una piscina comunitaria y media docena de canchas de tenis al otro lado de la calle, así como un pequeño parque salpicado de toboganes y columpios diseñados para niños de corta edad. Detrás de las casas adosadas había unos terrenos de dimensiones modestas con césped en los que apenas cabía una mesa, unas sillas, un hoyo para barbacoas y una hamaca. Una valla de madera maciza de tres metros de altura delimitaba la parte trasera de cada patio. Más que como protección contra los ladrones, la valla se había construido para evitar que los niños pequeños se despeñaran por un profundo barranco que se abría en los límites de la urbanización. Al otro lado había una extensión de terreno no edificado, cubierto de matorrales, malas hierbas y artemisas de ramas nudosas.

La última casa de la fila era propiedad del estado.

El agente Martin giró para entrar con el coche en un aparcamiento pequeño.

—Hemos llegado —anunció—. Aquí estarán cómodas.

Se acercó a la parte posterior del vehículo, sacó las bolsas que pertenecían a Diana, y le dejó el maletero abierto a Susan. Echó a andar por la corta acera hacia la casa cuando oyó a Susan preguntar:

—¿No va a cerrar los seguros de las puertas?

Él se volvió y negó con la cabeza.

—Ya se lo dije a su hermano. Aquí no hace falta cerrar el coche con seguro, ni echar la llave a la puerta de la calle, ni obligar a los niños a llevar dispositivos localizadores, ni activar el sistema de alarma cada vez que uno entra o sale de casa. Aquí no. De eso se trata. Ésa es la belleza de este sitio. Uno no tiene que cerrar sus puertas con llave.

Susan se detuvo y dejó que su mirada se deslizara por la calle sin salida, inspeccionando la zona con cautela.

—Nosotras las cerramos —repuso. Sus palabras parecían fuera de lugar entre los sonidos de peloteo procedentes de las canchas de tenis y el jolgorio distante pero inconfundible de niños que jugaban.

Al inspector no le llevó mucho tiempo enseñarles la casa a las dos mujeres. Había una cocina comunicada con un comedor que se prolongaba en una pequeña sala de estar. Al lado estaba la habitación de medios audiovisuales, que contenía un ordenador, una cadena de música y un televisor. Había otro ordenador en la cocina, y un tercero en uno de los tres dormitorios de la planta superior. Toda la casa estaba amueblada con un estilo anodino, un poco superior al de un buen hotel, pero un poco inferior a aquello en lo que invertiría una familia. El agente Martin explicó que el estado alojaba en esa casa a los ejecutivos que preferían no quedarse en ninguno de los hoteles.

—Pueden conseguir lo que necesiten por medio del ordenador —le dijo a Susan—. Hacer un pedido de comestibles. Una película. Una pizza. Lo que sea. No se preocupen por los gastos, lo cargaré todo en una de las cuentas del Servicio de Seguridad. —Martin encendió uno de los ordenadores—. Ésta es su contraseña —indicó mientras escribía KARO—. Ahora pueden pedir que les traigan lo que quieran hasta la puerta de su casa. —El tono jovial de su voz parecía enmascarar una mentira—. Muy bien —agregó al cabo de un momento—. Las dejo para que se instalen. Pueden comunicarse directamente a través del ordenador. Su hermano podrá también, cuando regrese, pero sospecho que se pondrá en contacto antes. Entonces podremos reunirnos todos y decidir cuál es el siguiente movimiento.

El agente Martin retrocedió un paso. Diana estaba de pie junto al ordenador y, haciendo un floreo, sacó un catálogo de una tienda de comestibles. La pantalla parpadeó y en ella apareció el mensaje: ¡BIENVENIDO A A&P!, y después con un carrito de supermercado digital empezó a avanzar por el Pasillo Uno / Frutas y verduras frescas. Susan, suspicaz, no quitaba ojo a Martin, que pensó: «No te fíes de ésa.»

—Estaremos bien —aseguró Susan.

Al salir, Martin oyó a su espalda un sonido al que no estaba acostumbrado: el de un cerrojo al correrse.

Susan recorrió la casa adosada mientras su madre utilizaba el ordenador para hacer un pedido de provisiones y concertar la entrega con el servicio local de reparto. La joven se alegró al oírla pedir algunos artículos que normalmente habrían considerado lujos: queso Brie, cerveza importada, un Chardonnay caro, un chuletón. Susan inspeccionó la pequeña casa como un general inspeccionaría un posible campo de batalla. Le parecía importante tomar buena nota de dónde lucharía, si se viera obligada a ello. Debía localizar el punto más estratégico, el sitio desde donde pudiera tender una emboscada.

Diana, mientras tanto, se percató de lo que hacía su hija y decidió prepararse también. Tras completar el pedido de comestibles con el ordenador, solicitó al servicio de entrega una descripción de la persona que les llevaría la compra. Pidió también que le describieran el vehículo de reparto. Sin embargo, en cuanto desconectó la línea, se apoderó de ella la fatiga residual del vuelo y de la tensión generada por la situación que las había llevado hasta allí. De modo que, en lugar de prepararse, se sentó pesadamente y contempló a su hija, que exploraba despacio la casa.

Susan advirtió que los cerrojos de las ventanas de la planta baja eran anticuados y probablemente poco eficaces. La puerta de la calle tenía una sola cerradura y ninguna cadena que la reforzara. No había sistema de alarma. La puerta posterior era corredera como las que suelen dar a los patios y no tenía más que un pestillo que en realidad no estaba diseñado para proteger contra nada. Encontró una escoba en un armario trastero, apoyó el mango contra una pared y, con una patada rápida, lo partió, separándolo de la cabeza. Colocó el palo entre el marco de la corredera y la puerta, dejándola tosca pero firmemente asegurada. Cualquiera que quisiera entrar por ahí se vería obligado a romper el vidrio.

La planta superior, pensó Susan, debía de resultar más inaccesible para los intrusos. No había visto una forma fácil de llegar hasta las ventanas de arriba sin una escalera. En la parte trasera de la casa adosada había un pequeño enrejado con flores que llegaba hasta el balcón del dormitorio principal, pero dudaba que soportara el peso de un adulto, y los tallos de las rosas que trepaban por la estructura de madera tenían espinas muy puntiagudas. Las casas contiguas la inquietaban un poco; creía que era posible que alguien se acercase por el tejado, pero comprendió que no podía tomarse ninguna precaución contra eso. Por suerte, la pendiente era pronunciada, por lo que supuso que alguien que intentase allanar la casa intentaría entrar primero por los accesos más evidentes de la planta baja.

Susan abrió la cremallera de su pequeña bolsa de lona y extrajo tres armas diferentes. Había dos pistolas: una Colt .357 Magnum cargada con balas cilíndricas de punta plana, que ella consideraba un instrumento sumamente eficaz a distancias cortas, y una semiautomática ligera Ruger .380, con nueve balas en el cargador y una en la recámara. Llevaba también una metralleta Uzi totalmente automática que había obtenido de manera ilegal en los Cayos de manos de un narcotraficante retirado a quien le gustaba intercambiar con ella trucos de pesca y que nunca se desanimaba cuando ella rechazaba sus habituales invitaciones a salir con él. Este pretendiente le había dado la Uzi tal y como, en una época anterior, habría podido obsequiarla con flores o una caja de bombones. Ella colocó la correa de la metralleta en torno a una percha y la colgó en el ropero del dormitorio del primer piso, tras taparla con una sudadera.

En el pasillo de la planta superior había un armario para la ropa blanca; ella puso la automática, amartillada y lista para disparar, entre dos toallas, en el estante de en medio. Escondió la Magnum en la cocina, tras una fila de libros de recetas. Le enseñó a su madre dónde estaba cada arma.

—¿Te has fijado —preguntó Diana en voz baja y juguetona— que no hay guardias armados por aquí? En Florida parece que estén por todas partes. Aquí no.

No obtuvo respuesta.

Las dos mujeres fueron a la sala de estar y se repantigaron una frente a la otra, ahora que el agotamiento debido al viaje y a los nervios empezaba a hacer mella también en Susan. Diana Clayton, por supuesto, notaba el dolor de su enfermedad que la corroía por dentro. Llevaba un tiempo adormecido, como a la expectativa de en qué modo le afectarían estos extraños acontecimientos. Y ahora, tras comprobar que este cambio de aires no suponía una amenaza para él, de pronto se había decidido a recordarle su presencia. Una punzada le recorrió el vientre, y se le escapó un gemido.

Su hija alzó la vista.

—¿Te encuentras bien?

—Sí, no pasa nada —mintió Diana.

—Deberías descansar. Tomarte una pastilla. ¿Seguro que estás bien?

—Sí, pero me tomaré un par de pastillas.

Susan se dejó resbalar de su silla y quedó sentada junto a las rodillas de su madre, acariciándole la mano a la mujer mayor.

—Te duele, ¿verdad? ¿Qué puedo hacer?

—Hacemos lo que podemos.

—¿Crees que tal vez no deberíamos haber venido?

Diana se rio.

—¿Dónde podríamos estar, si no? ¿Esperándolo en casa, ahora que nos ha encontrado? Éste es justo el sitio donde quiero estar. Me duela o no me duela. Pase lo que pase. Además, Jeffrey dijo que nos necesitaba. Todos nos necesitamos entre nosotros. Y tenemos que llevar este asunto a su conclusión, sea la que sea. —Sacudió la cabeza—. ¿Sabes, cielo? En cierto modo llevo veinticinco años esperando este momento. No quisiera traicionarme a mí misma ahora.

Susan titubeó.

—Nunca nos contaste nada de nuestro padre. Ni siquiera recuerdo que habláramos de él una sola vez.

—Pues claro que hablábamos de él —repuso su madre con una sonrisa—. Miles de veces. Cada vez que hablábamos de nosotros mismos. Cada vez que teníais un problema, una aflicción o incluso sólo una pregunta, hablábamos de vuestro padre. Es sólo que no erais conscientes de ello.

Tras una vacilación, Susan preguntó:

—¿Por qué? Es decir, ¿qué te impulsó a abandonarlo entonces?

Su madre se encogió de hombros.

—Ojalá pudiera decírtelo. Ojalá hubiese habido un momento concreto. Pero no lo hubo. Fue por el tono de su voz, la manera en que hablaba. El modo en que me miraba por la mañana. El modo en que desaparecía, y luego yo lo encontraba en el baño, lavándose las manos obsesivamente. O en la cocina, hirviendo un cuchillo de caza en una cacerola. ¿Era la expresión de sus ojos, la dureza de sus palabras? Una vez encontré un material pornográfico horrible, violento, y él me gritó que nunca, jamás, fisgara en sus cosas. ¿Fue por su olor? ¿El mal puede olerse? ¿Sabes que el hombre que identificó al nazi Eichmann era ciego... pero se acordaba de la colonia del arquitecto de la muerte? En cierto modo, a mí me pasaba lo mismo. No era nada, y sin embargo era todo. Huir fue la cosa más difícil que he hecho jamás, y a la vez la más sencilla.

—¿Por qué no te lo impidió?

—Creo que él dudaba que yo fuera capaz de conseguirlo. Creo que no se imaginaba realmente que yo fuera a marcharme, llevándome a tu hermano y a ti conmigo. Creo que estaba convencido de que daríamos media vuelta al llegar a la esquina, o tal vez al llegar al límite de la ciudad, desde luego antes de llegar al banco para sacar dinero. Nunca imaginó que yo seguiría conduciendo sin mirar atrás en ningún momento. Era demasiado arrogante para pensar que yo haría eso.

—Pero lo hiciste.

—Lo hice. Había mucho en juego.

—¿Ah, sí?

—Tú y tu hermano.

Diana sonrió con ironía, como si ésta fuera la aclaración más obvia del mundo, y luego se llevó la mano al bolsillo y sacó un frasco pequeño de pastillas. Lo agitó para que le cayesen dos en la palma de la mano, se las metió en la boca y se las tragó con esfuerzo, sin agua.

—Creo que voy a echarme un rato —anunció. Haciendo un esfuerzo consciente por caminar sin trastabillar o cojear a causa de la enfermedad, atravesó la sala y subió por las escaleras.

Susan permaneció en su silla. Esperó a oír el sonido de la puerta del baño y después la de la habitación al cerrarse. Luego echó la cabeza atrás, cerró los ojos e intentó visualizar al hombre que las acechaba.

¿De cabello cano, en vez de castaño? Recordaba una sonrisa, una mueca cínica y burlona que la asustaba. «¿Qué nos hizo? Algo. Pero ¿qué?» Maldijo la imprecisión de su memoria porque sabía que algo había sucedido pero había quedado sepultado por años de negación. Se imaginó a sí misma años atrás, una niña poco femenina con cola de caballo, uñas sucias y tejanos, corriendo por una casa grande. Recordaba que había un estudio. Allí es donde estaría él. En la mente de Susan, ella era pequeña, apenas con edad suficiente para ir a la escuela, y se encontraba ante la puerta del estudio. En esta ensoñación, intentó obligar a su imagen a abrir la puerta y mirar al hombre que estaba dentro, pero no logró reunir valor suficiente para ello. Abrió los ojos de repente, jadeando, como si hubiera estado aguantando la respiración bajo el agua. Tragó aire a grandes bocanadas y sintió que el corazón le latía a toda velocidad. No se movió hasta que hubo recuperado su ritmo normal.

Susan llevaba así sentada unos minutos cuando sonó el teléfono. Se levantó rápidamente, atravesó la sala de una zancada y descolgó el auricular.

—¿Susan? —Era la voz de su hermano.

—¡Jeffrey! ¿Dónde estás?

—He estado en Nueva Jersey. Estoy a punto de emprender el viaje de regreso. Sólo me queda una persona con quien entrevistarme, y está en Tejas. Pero eso dependerá de si quiere verme, y no estoy muy seguro de que quiera. ¿Estáis bien mamá y tú? ¿Qué tal el vuelo?

Susan activó la conexión con el ordenador y el rostro de Jeffrey apareció en la pantalla. Su aire entusiasmado la sorprendió.

—El vuelo ha ido bien —respondió ella—. Me interesa más lo que has averiguado.

—Lo que he averiguado es que me temo que será imposible localizar a nuestro padre por medios convencionales. Os lo explicaré con más detalle cuando os vea. Pero nos quedan los medios no convencionales, es decir, lo que supongo que las autoridades de allí ya habían deducido cuando acudieron a mí. Quizá no lo sabían a ciencia cierta, pero a efectos prácticos es lo mismo. —Hizo una pausa y luego preguntó—: Bueno, ¿cómo pinta el futuro, en tu opinión?

Susan se encogió de hombros.

—Llevará un tiempo acostumbrarse. En este estado todo es tan relamido y correcto que me hace preguntarme qué pasaría si uno eructara en un sitio público. Seguramente le pondrían una multa. O lo detendrían. Casi me pone los pelos de punta. ¿A la gente le gusta?

—Vaya si le gusta. Te sorprendería todo aquello a lo que la gente está dispuesta a renunciar por algo más que la ilusión de la seguridad. También te sorprendería la rapidez con que uno puede acostumbrarse a ello. ¿Martin se ha mostrado servicial?

—¿El increíble Hulk? ¿Dónde encontraste a ese tipo?

—En realidad, él me encontró a mí.

—Bueno, pues nos ha dado una vuelta por ahí y luego nos ha metido en esta casa para que te esperásemos aquí. ¿Cómo se hizo esas cicatrices que tiene en el cuello?

—No lo sé.

—Seguro que eso tiene historia.

—No sé si tengo muchas ganas de pedirle que nos la cuente.

Susan se rio. Jeffrey pensó que era la primera vez en años que oía a su hermana reírse.

—Sí que parece un tipo superduro.

—Es peligroso, Susie. No te fíes de él. Seguramente es la segunda persona más peligrosa con la que tendremos que lidiar. No, pensándolo bien, la tercera. A la segunda la voy a ir a ver antes de reunirme con vosotras.

—¿Quién es?

—Alguien que quizá me eche una mano, o quizá no. No lo sé.

—Jeffrey... —Susan titubeó—. Necesito saber algo. ¿Qué has averiguado sobre... —se interrumpió antes de continuar— sobre nuestro padre? Eso no suena bien. ¿Sobre papá? ¿Sobre nuestro papaíto querido? Dios santo, Jeffrey, ¿cómo debemos considerarlo?

—No lo consideres una persona a la que te unen lazos de sangre. Considéralo simplemente un ser a quien estamos excepcionalmente capacitados para enfrentarnos.

Susan tosió.

—No es mala idea. Pero ¿qué has descubierto?

—Que es culto, taimado, inmensamente rico y del todo despiadado. La mayoría de los asesinos no encajan en ninguna de esas categorías excepto la última. Unos pocos encajan en dos de ellas, lo que dificulta en gran medida su captura. Nunca he oído hablar de un homicida que tenga tres de esas características, y mucho menos las cuatro.

Esta aseveración dejó a Susan helada. Notó que se le secaba la garganta y pensó que debía hacer alguna pregunta inteligente o un comentario profundo, pero se había quedado sin palabras. Se sintió aliviada cuando Jeffrey preguntó:

—¿Cómo está mamá?

Susan miró sobre su hombro las escaleras que conducían a la habitación donde se encontraba su madre reposando y, con un poco de suerte, durmiendo.

—Lo lleva bastante bien por el momento. Sufre dolores, pero se la ve menos impedida, lo que me parece una contradicción extraña. Creo que, curiosamente, esta situación le da fuerzas. Jeffrey, ¿tienes idea de lo enferma que está?

Ahora le tocó a su hermano el turno de quedarse callado. Se le ocurrieron varias respuestas, pero sólo fue capaz de decir:

—Mucho.

—Así es. Mucho. Terminal.

Los dos guardaron silencio entonces, intentando asimilar esta palabra.

Jeffrey veía el pasado de su padre como un retablo de cemento fresco alisado con mano experta y fraguado por el paso de los años. Y veía el pasado de su madre como un lienzo impregnado de colores vivos. Y ésa, concluyó, era la diferencia entre los dos.

Susan sacudió la cabeza.

—Pero ella quiere estar aquí. De hecho, como ya te he dicho, casi da la impresión de que todo esto la vigoriza. Durante el viaje, todo el día de hoy, parecía llena de vida.

Jeffrey meditó durante unos segundos y entonces le vino una idea a la cabeza.

—¿Crees que mamá podría quedarse sola? —preguntó—. No durante mucho tiempo. Sólo un día.

Susan no respondió de inmediato.

—¿Qué estás pensando?

—No sé si te gustaría acompañarme en una entrevista. Te dará una idea mejor de aquello a lo que nos enfrentamos. Y también te dará una idea un poco más aproximada de cómo me gano la vida.

Susan, intrigada, arqueó una ceja.

—Suena interesante. Pero no tengo muy claro lo de dejar sola a mamá... —Oyó un ruido a su espalda y al darse la vuelta vio a su madre, al pie de la escalera, observándola a ella y la imagen de Jeffrey en la pantalla.

Diana despejó las dudas de los dos.

—Hola, Jeffrey —saludó, sonriendo—. Me ha parecido oír tu voz y he creído que soñaba, así que cuando me he dado cuenta de que no era así, he bajado. Ya estoy deseando que los tres volvamos a estar juntos. —Se volvió hacia su hija y al pensar en todas las palabras duras que Susan y Jeffrey habían compartido en años anteriores casi le pareció divertido que recuperasen su relación gracias al hombre de quien habían huido hacía tanto tiempo—. Ve con él —dijo—. Por un día no me pasará nada. Me lo tomaré con calma y ya está. Descansaré un poco. Quizá dé un paseo. A lo mejor le pido a alguien que me lleve a conocer un poco mejor el estado. Sea como fuere, creo que me gusta estar aquí. Es un sitio muy limpio. Y tranquilo. Me recuerda un poco mi infancia.

Esto sorprendió a Susan.

—¿En serio? —Asintió con la cabeza—. De acuerdo. Si estás segura... —Vio que su madre le quitaba importancia al asunto con un gesto—. ¿Qué hago? —le preguntó Susan a su hermano.

—Vuelve al aeropuerto por la mañana y toma el primer vuelo a Dallas, Tejas. Allí, coge un vuelo de enlace a Huntsville. Salen temprano. Nos encontraremos allí cuando llegues. La clave de ordenador que el agente Martin os ha dado deberá bastar para pagar los vuelos y cualquier otra cosa. No lleves contigo demasiadas cosas. Y, sobre todo, nada de armas.

—De acuerdo. ¿Qué hay en Huntsville, Tejas?

—Un hombre a quien ayudé a detener hace un tiempo.

—¿Está en la cárcel?

—En el corredor de la muerte.

—Bueno —comentó ella tras una breve pausa—, supongo que al menos su futuro está claro.

En su despacho de la jefatura de seguridad, el agente Robert Martin reprodujo una grabación de la conversación telefónica entre hermano y hermana que acababa de finalizar. Examinó el rostro de Jeffrey en su monitor de vídeo en busca de algún indicio de que el profesor hubiese adquirido información que pudiese conducirlos hasta su presa. Al escuchar al joven hablar con su hermana, Martin llegó a la conclusión de que Jeffrey había averiguado, en efecto, algún dato que él necesitaba. Aun así, el inspector resistió el fuerte impulso de arrancárselo agresivamente. Acabaría por descubrir lo que necesitaba saber, pensó, siempre y cuando mantuviese los ojos y los oídos bien abiertos.

Paró la cinta de la conversación y dio al ordenador la orden de que transcribiese toda la información que madre e hija introdujesen en los teclados de la casa. Al cabo de pocos minutos, tal como esperaba, vio que hacían reservas de avión. Unos momentos después, comprobó que habían contactado con un servicio de coches para que les enviaran uno temprano por la mañana al día siguiente. También se estaban grabando las conversaciones que se mantenían en el interior de la casa, pero decidió que no había necesidad de escucharlas.

Martin se reclinó en su asiento. «El increíble Hulk», pensó irritado. Se percató de que se estaba toqueteando las cicatrices del cuello.

Todavía le dolían. Siempre le habían dolido.

Un psicólogo le había explicado un día lo que era el dolor fantasma: una persona a la que han amputado una pierna puede tener la sensación de que el miembro que le falta le duele. Un médico le había dado a entender que el ardor que notaba en sus cicatrices podía encajar en esa categoría. La herida ya no era física, sino mental, pero el dolor era el mismo. Pensaba que tal vez desaparecería cuando el hermano que se las había causado —lanzándole grasa de tocino hirviendo de una sartén por encima de la mesa, al final de una discusión— muriese, pero eso no había sucedido. Su hermano había muerto apuñalado en el patio de una prisión hacía más de una década, y las cicatrices aún le dolían. Con los años, se había resignado a la sensación, al escozor y a la idea de que llevaba un recuerdo grabado en la piel que le inspiraba odio y pena a partes iguales.

Fijó la vista en el ordenador para contemplar el rostro de Jeffrey Clayton.

«Casi ha dado en el blanco, profesor. Soy el hombre más peligroso con el que topará jamás —dijo para sí—. Ni el segundo ni el tercero, y desde luego no estoy por debajo de su viejo en la lista. Estoy en el primer puesto. Y se acerca rápidamente el día en que se lo demostraré, a usted y a su padre.»

Robert Martin sonrió. La única diferencia entre su hermano muerto y él mismo era que él tenía una placa, lo que elevaba su propensión a la violencia a un nivel totalmente distinto.

Martin se apartó del ordenador. Tomó nota de la hora a la que estaba previsto que llegara a la casa el coche del servicio de transporte, con la intención de acudir a presenciar la partida de Susan Clayton.

La pantalla ondeó ante él, como el aire vaporoso sobre una autopista en un día de mucho calor. Ya había introducido una sola orden, mediante la que autorizaba al estado a pagar todos los gastos efectuados por KARO.

Para recalcar esto, había identificado KARO como Diana y Susan Clayton de Tavernier, Florida, en un memorándum interno. Había enviado una copia del mismo por correo electrónico a sus jefes del Servicio de Seguridad así como al Departamento de Inmigración y Control de Pasaportes. Esto permitiría a las dos mujeres viajar libremente a lo largo y ancho del estado cincuenta y uno.

Se sonrió. Emitir el memorándum era, por supuesto, justo lo que Jeffrey le había pedido que no hiciera.

El agente Martin no sabía cuánto tiempo tardaría el hombre a quien buscaba en descubrir que su esposa e hija se alojaban en una casa adosada propiedad del estado. Incluso era posible que ya lo supiese, pensó Martin, pero dudaba que ni siquiera un asesino tan competente como el padre de Jeffrey estuviese tan alerta. Entre veinticuatro y cuarenta y ocho horas, calculó. «En cuanto averigüe esto —se dijo Martin— e intercepte parte de su correspondencia electrónica, seguirá obrando con cautela, pero también con curiosidad. Y la curiosidad, lenta pero segura, prevalecerá sin duda alguna. Pero no le bastará con leer los mensajes de ordenador, ¿verdad?

No, él sentirá la necesidad de verlas. Entonces irá a la casa adosada y las espiará. Pero tampoco le bastará con eso, ¿verdad? No. Sentirá la necesidad de hablar con ellas. Cara a cara. Y luego, después de eso, quizás incluso sienta la necesidad de tocarlas.

»Y cuando lo haga, yo estaré ahí. Aguardando.»

El agente Martin se puso en pie: KARO. Kar-nada.

No era un buen juego de palabras, pensó. Pero era un juego de palabras al fin y al cabo.

A continuación se preguntó si una cabra atada en medio de la selva rompía a balar por miedo al tigre que se acercaba o por frustración, porque sabía que su insignificante vida sería sacrificada sólo para que el cazador escondido en la espesura pudiera apuntar bien a su presa y abatirla con un solo disparo.

El agente Martin salió del despacho, con la sensación, por primera vez en semanas, de que había ganado ventaja.

Todavía estaba oscuro como boca de lobo cuando el inspector salió de su hogar y se encaminó a la casa adosada donde madre e hija dormían. Había poco tráfico en las horas previas al alba —la vida en el estado cincuenta y uno era menos ajetreada que en otros lugares, y los horarios de oficina, más del gusto de los residentes—, así que atravesó a buen ritmo las urbanizaciones que aún se hallaban en silencio. Apenas miraba los vehículos que ocasionalmente se cruzaban con el suyo, o aquellos cuyos faros se colaban hasta su retrovisor. Supuso que faltaban noventa minutos largos para el amanecer, así que tomó la salida y enfiló despacio la calle cerrada donde se encontraban las Clayton.

Había elegido con sumo cuidado la casa adosada. El estado poseía varias casas en zonas diferentes, pero no todas tenían tantos micrófonos ocultos ni un terreno tan propicio como ésa. La abrupta pendiente que se abría en la parte posterior de la urbanización y la elevada valla al borde del barranco impedirían de forma bastante eficaz que alguien se acercara desde aquella dirección. Dudaba sobre todo que el hombre a quien buscaba intentase acceder por allí; requeriría una forma física que no creía que aquel hombre mayor conservase todavía. Ése no parecía ser el estilo del asesino; el padre de Jeffrey no era el tipo de homicida que subyugaba a sus víctimas valiéndose de la fuerza bruta; parecía más bien de los que las vencían por medio de la inteligencia y las seducían, de modo que, cuando al fin se daban cuenta de que el hombre a quien estaban mirando a los ojos pretendía hacerles el mayor daño posible, ya era demasiado tarde para resistirse y luchar.

Martin condujo durante un minuto más, ascendiendo por unas colinas. Estuvo a punto de pasarse del camino de tierra que buscaba y tuvo que pisar a fondo el freno y dar un volantazo para tomar la curva. El coche de paisano comenzó a dar tumbos al avanzar sobre las piedras sueltas y la grava, y las ruedas iban dejando una estela de humo que se perdía de vista engullida por la noche.

El camino estaba lleno de baches y pequeños surcos excavados por la lluvia, de modo que redujo la velocidad, soltó una maldición y vio que sus faros subían y bajaban bruscamente. Delante de él, una liebre se espantó y desapareció en los arbustos. Un par de ciervos se quedaron paralizados por unos instantes al ver las luces, que daban un brillo rojo a su mirada, antes de internarse en los matorrales de un salto.

Martin dudaba que hubiese muchas otras personas que conociesen ese camino, y suponía que muy pocas lo habían recorrido en los últimos años. Observadores de aves y excursionistas, tal vez. Motos de trial y todoterrenos los fines de semana. No había muchos otros posibles motivos para aventurarse por allí. El camino lo había abierto un equipo de topógrafos que iba a explorar la zona en busca de terrenos edificables, pero al final dictaminaron que eran poco aptos. Resultaría difícil subir agua y materiales de construcción hasta allí, y la vista no era lo bastante espectacular para compensar el esfuerzo.

Los neumáticos hicieron crujir la tierra arenosa cuando paró el coche. Apagó el motor y permaneció sentado un par de minutos mientras sus ojos se adaptaban a la oscuridad. En el asiento del pasajero, Martin llevaba dos pares de prismáticos, unos normales, para cuando amaneciese, y unos más grandes, pesados, color verde oliva, de visión nocturna, para uso militar. Se puso las correas de ambos al cuello. A continuación agarró una linterna pequeña que emitía una luz tenue y rojiza, una mochila que contenía un bollo relleno de fruta y un termo de café solo, y echó a andar.

Alumbraba su camino con el haz de la linterna, temeroso sobre todo de topar con una serpiente de cascabel dormida. El lugar al que se dirigía estaba a sólo unos cien metros de donde había dejado el coche, pero la topografía era accidentada, abundaban las rocas y cavidades con arcilla poco compacta que resultaban tan resbaladizas como el hielo en un lago congelado. Más de una vez tropezó, luchó por recuperar el equilibrio y siguió adelante.

Martin tardó casi quince minutos en recorrer el trecho entre traspiés y resbalones, pero su recompensa quedó patente cuando llegó al final del angosto sendero. Se hallaba al borde de un risco de tamaño considerable con vista a la piscina comunitaria y las canchas de tenis. Desde donde estaba, abarcaba toda la hilera de casas adosadas. Y, lo que era más importante, dominaba con toda claridad la última vivienda de la fila. Gracias a la altura del peñasco, alcanzaba a ver incluso una parte del patio trasero.

Se apoyó en el borde de una roca grande y plana y se llevó los prismáticos de visión nocturna a los ojos. Barrió la zona rápidamente para detectar cualquier movimiento que se produjese en la calle, más abajo, pero no percibió nada. Bajó los anteojos, abrió el termo y se sirvió una taza de café. El líquido se fundió con la noche; era como si tomase unos sorbos de aire, de no ser porque le quemaba la garganta. Hacía fresco, y ahuecó las manos en torno al termo para calentárselas.

Entre un trago y otro, tarareaba. Primero melodías de espectáculos de Broadway que nunca había visto. Después, conforme pasaban los minutos, sonidos anónimos que fluían formando frases musicales de origen indeterminado que se desvanecían en la negrura que lo rodeaba, sin llegar nunca a mitigar la soledad de su espera.

El frío y lo intempestivo de la hora conspiraron para desconcentrarlo, pero logró vencer la distracción. La noche parecía hacer ruidos; un susurro entre las hierbas y la maleza, el movimiento repentino de unas piedras. De cuando en cuando volvía la cabeza hacia atrás y escudriñaba con los prismáticos la zona que tenía justo a la espalda. Avistó un mapache y luego una zarigüeya, animales nocturnos que aprovechaban los últimos minutos que quedaban hasta el amanecer.

Martin exhaló despacio, se llevó la mano bajo la chaqueta y palpó la presencia reconfortante de la pistola semiautomática que llevaba en una sobaquera. Maldijo una o dos veces en alto, dejando que las palabrotas estallasen como la llama de una cerilla en la oscuridad que lo rodeaba. Despotricó contra el tiempo, la soledad y la sensación de inestabilidad que le producía estar encaramado en un risco como un ave de presa. Se sentía incómodo y ligeramente nervioso. No le gustaban las zonas rurales del estado. En las zonas urbanas no había esa oscuridad que lo aterraba. Pero se había alejado apenas unos cien metros de terrenos edificados, internándose en un espacio más primitivo, y esto le hacía darse la vuelta bruscamente cada vez que oía el más leve chasquido o rumor.

El agente Martin miró hacia el este.

—Venga, joder, la mañana. Ya sería hora.

No era tan optimista como para suponer que su presa se presentaría la primera noche. Eso sería una suerte excesiva, se dijo. Sin embargo, confiaba en no tener que esperar mucho a que apareciera el padre de Jeffrey. Martin había estudiado todos los otros casos, buscando coincidencias temporales que lo llevasen a elegir un momento sobre otro, pero no había sacado nada en limpio. Los secuestros se habían producido tanto de día como de noche, tanto temprano como tarde. Las condiciones meteorológicas iban desde calurosas y húmedas hasta frías y lluviosas. Aunque sabía que había pautas en esos crímenes, esas pautas residían en las muertes, no en el rapto de las víctimas, de modo que no encontró nada que lo orientase. No podía basarse más que en su propio criterio. Planeaba volver al peñasco la noche siguiente, desde la medianoche hasta el alba.

Desde luego, no tenía la menor intención de informar a Jeffrey sobre dónde iba a estar.

El inspector se encogió e hizo el propósito de traer consigo una chaqueta que abrigase más y un saco de dormir la noche siguiente. Y más comida. Y algo menos pegajoso que el bollo, que le había dejado los dedos pringados de una jalea desagradable que lamía como un animal. Se secó las manos con un fajo de pañuelos de papel y los tiró a un lado. Cambió de posición, incómodo, pues la roca dura contra la que estaba recostado se le clavaba en el trasero.

Consultó su reloj y advirtió que eran casi las cinco y media. El coche que habían pedido debía de llegar a las seis menos diez. El vuelo de Susan Clayton salía a las siete y media. Tal como esperaba, vio una luz del pasillo encenderse en la casa adosada.

Casi al mismo tiempo, vislumbró los tenues rayos del amanecer que despuntaban sobre la colina. Extendió la mano ante su cara y, por primera vez, pudo entrever las cicatrices que tenía al dorso. Dejó los prismáticos de visión nocturna y cogió los normales. Miró a través de ellos y soltó una imprecación ante el mundo gris y poco definido que le mostraron. Se percató de que se hallaba atrapado en ese momento escurridizo que precede a la salida del sol y en el que ni los anteojos de visión nocturna ni los normales resultaban del todo adecuados.

Era un momento indeciso, y no le gustaba.

Las primeras luces y el coche llegaron casi a la vez, mientras él aguzaba la vista para observar.

Vio a Susan Clayton, que llevaba sólo una bolsa pequeña y se pasaba la mano por el pelo todavía húmedo, salir de la casa adosada justo cuando el coche se acercaba por la calle. Al mirar su reloj comprobó que el coche llegaba cinco minutos antes de lo acordado. Ella aguardó en la acera mientras el vehículo se aproximaba despacio.

Robert Martin dio un respingo y se incorporó de golpe.

Soltó el aire con brusquedad, con todo el cuerpo repentinamente tenso.

—¡No! —exclamó, casi gritando. Luego susurró con una certeza súbita y aterradora—. Es él.

Estaba demasiado lejos para prevenirla a voces, y tampoco estaba seguro de que lo haría si pudiera. Intentó poner en orden sus pensamientos e impuso una frialdad de hierro a sus actos, haciendo acopio de fuerzas. No esperaba que se le presentara la oportunidad tan rápidamente, pero al parecer había llegado el momento, y al pensar en ello ahora, le parecía obvio. Un pedido a un servicio de coches por ordenador. Era la suplantación más sencilla imaginable. Ella subiría al primer coche que apareciera, sin prestar atención, sin pensar en lo que hacía.

Y, sobre todo, sin fijarse en el conductor.

Vio que el coche reducía la velocidad y se detenía. Susan Clayton se acercó a la puerta justo cuando el conductor sacaba parte del cuerpo de detrás del volante. Martin mantuvo los prismáticos enfocados en el hombre, que llevaba encasquetada una gorra de béisbol que le daba sombra en la cara. Martin soltó otro taco, maldiciendo la densidad gris del aire que lo rodeaba y hacía que lo viese todo borroso. Se apartó los anteojos de la cara, se frotó los ojos con fuerza por unos instantes y luego reanudó su observación. El hombre parecía de espaldas anchas, fuerte y, lo que era más significativo, tenía lo que al inspector le parecieron unos mechones de cabello cano que le sobresalían por debajo de la gorra. El conductor se quedó a un costado del coche, como inseguro respecto a si Susan Clayton necesitaba ayuda con su maleta o si él debía rodear el automóvil para abrirle la portezuela. A ella no le hizo falta ninguna de las dos cosas. A continuación, el conductor se agachó para subir de nuevo al vehículo, pero, antes de que se perdiera de vista tras el volante, Martin pudo atisbarlo durante una fracción de segundo; lo suficiente, pensó. La edad justa, la estatura justa y el momento justo.

Era justo la persona.

Martin echó una última ojeada para comprobar el color y la marca del coche. Lo vio girar en redondo en la zona de aparcamiento, y tomó nota del número de matrícula.

Luego, cuando el automóvil enfiló la calle sin salida, para alejarse despacio por donde había venido, Martin dio media vuelta y arrancó a correr hacia su coche.

El inspector atravesó a toda prisa los arbustos y la maleza como un jugador de fútbol americano con el balón. Saltó por encima de una roca y avanzó trabajosamente sobre trozos sueltos de pizarra, luchando contra todo cuanto se interponía en su camino. Le daba igual el estrépito que hacía, así como los animales pequeños que se espantaban y salían huyendo mientras él seguía adelante a toda velocidad. Ya estaba visualizando el recorrido del coche que había recogido a Susan, intentando prever en qué dirección viraría el conductor y cuándo llegaría el momento en que se desviaría por sorpresa de la ruta hacia el aeropuerto. «Le dirá que se trata de un atajo, y ella no sabrá lo suficiente para percatarse de la verdad.» Martin, resollando por el esfuerzo de su carrera, sabía que debía darles alcance antes de que el asesino tomase ese desvío. Tenía que estar allí, pisándole los talones, justo en el instante en que el padre de Jeffrey virase hacia la muerte.

El inspector sentía que sus pulmones estaban a punto de estallar, y tomó bocanadas del aire enrarecido de la mañana. Notaba que el corazón le golpeaba con fuerza en el pecho. Divisó su coche ante sí, una figura desdibujada en la penumbra, y aceleró, sólo para tropezar con una piedra suelta que lo precipitó de bruces sobre la tierra.

—¡Hostia puta!

Martin atronó el aire con una retahíla de obscenidades. Se puso de pie, con el sabor de la tierra arenosa en la boca. Una punzada le traspasó el tobillo; se lo había torcido y empezaba a inflamarse debido a la caída. Tenía el pantalón desgarrado y notó que la sangre le resbalaba por la pierna desde una desolladura larga y ardorosa en la rodilla. Hizo caso omiso del dolor y continuó la marcha. Sin molestarse siquiera en sacudirse el polvo, salió disparado hacia delante, intentando no perder ni un segundo más.

—¡Maldita sea! —exclamó mientras metía con brusquedad las llaves en el contacto.

—¿Qué prisa tiene, inspector? —preguntó una voz susurrante justo detrás de su oreja derecha.

Robert Martin profirió un grito, casi un alarido, no una palabra, sino un sonido ininteligible que expresaba un miedo súbito y absoluto. El cuerpo se le tensó, como una amarra que sujeta un barco a un muelle cuando el viento y un oleaje repentino empujan el casco. No veía las facciones de la persona que había aparecido a su espalda, pero, aun presa del pánico que lo asaltó en ese momento, supo de quién se trataba, de modo que dejó caer las llaves del coche con la intención de coger su automática.

Su mano se encontraba a medio camino de la funda cuando la voz del hombre sonó de nuevo.

—Toque esa arma y será hombre muerto.

Su tono frío y despreocupado hizo que la mano del inspector quedase paralizada en el aire, delante de él. Entonces reparó en la navaja que tenía contra el cuello.

El hombre habló de nuevo, como para responder a una pregunta que no se había formulado.

—Es una cuchilla de afeitar de las de antes con un mango auténtico de marfil tallado, inspector, que compré a un precio considerable hace no mucho en una tienda de antigüedades, aunque dudo que el anticuario tuviera la menor idea del uso que yo pensaba hacer de ella. Es un arma excepcional, ¿sabe? Pequeña, cómoda de empuñar. Y afilada. Ah, muy afilada. Le seccionaría la yugular con un simple movimiento de la muñeca. Dicen que es una forma desagradable de morir. Es el tipo de arma que ofrece posibilidades interesantes. Y posee cierta sofisticación que ha sobrevivido al paso de los siglos. Algo que no ha podido mejorarse en décadas. No tiene nada de moderno, salvo el tajo que le abrirá a usted en la garganta. Así pues, debe preguntarse: «¿Es así como quiero morir, ahora mismo, justo en este instante, habiendo llegado tan lejos en mi investigación, sin despejar ninguna de mis incógnitas?» —El hombre hizo una pausa—. ¿Y bien? ¿Es así, inspector?

De pronto, Robert Martin tenía los labios secos y fruncidos.

—No —respondió con voz entrecortada.

—Bien —dijo el hombre—. Y ahora, no se mueva, mientras le quito el arma.

Martin notó que la mano libre del hombre serpenteaba en torno a él, alargándose hacia la automática. La navaja permaneció inmóvil, fría y apretada contra su cuello. El hombre forcejeó por un segundo, luego sacó la pistola de la funda de Martin. El inspector posó la mirada en el retrovisor, intentando vislumbrar al hombre que tenía detrás, pero el espejo estaba torcido, en una posición que no era la habitual. Martin trató de hacerse una idea de la talla del hombre que estaba a su espalda, pero no veía nada. Sólo estaba la voz, serena, impasible, sosegada, que penetraba la penumbra del amanecer.

—¿Quién es usted? —preguntó Martin.

El hombre rio brevemente.

—Esto es como el viejo juego infantil de las veinte preguntas. ¿Es animal, vegetal o mineral? ¿Es más grande que una panera? ¿Más pequeño que una furgoneta? Inspector, debería hacer preguntas cuya respuesta no conozca de antemano. Sea como fuere, soy el hombre a quien usted lleva todos estos meses buscando. Y ahora me ha encontrado, aunque me parece que no exactamente como había previsto.

Martin intentó relajarse. Estaba desesperado por verle el rostro al hombre que tenía detrás, pero incluso el más leve cambio de postura ocasionaba que la navaja le apretase más la garganta. Dejó caer las manos sobre el regazo, pero la distancia entre sus dedos y el revólver de refuerzo que llevaba en una pistolera en torno al tobillo se le antojaba maratoniana, inalcanzable e infranqueable.

—¿Cómo sabía que yo estaba aquí? —espetó Martin.

—¿Cree que se puede llegar tan lejos como yo siendo un tonto, inspector? —La voz respondió a la pregunta con otra pregunta.

—No —contestó Martin.

—De acuerdo. ¿Cómo sabía que estaba usted aquí? Hay dos respuestas. La primera es sencilla: porque yo no estaba lejos cuando usted recibió a mi hija y mi esposa en el aeropuerto, y les seguí en su tranquilo paseo por nuestra hermosa ciudad, y sabía que en realidad no dejaría usted que se quedasen solas esperándome. Sabiendo esto, ¿no tenía más sentido anticiparme a sus movimientos y no a los de ellas? Claro que nunca imaginé que tendría tanta suerte. No sospechaba que usted acudiría por su propio pie al tipo de lugar que yo habría elegido para nuestro encuentro, de haber tenido opción. Un estupendo paraje desierto, silencioso, olvidado. Ha sido toda una suerte para mí. Aunque, por otro lado, ¿no es la suerte una consecuencia habitual de una buena planificación? Yo creo que sí. En fin, inspector, ésa es una respuesta a su pregunta. La respuesta más compleja, por supuesto, es ligeramente más profunda. Y esa respuesta es que me he pasado toda mi vida como adulto tendiendo trampas para que la gente caiga en ellas inadvertidamente. ¿Pensaba usted que no reconocería una trampa tendida para mí de forma tan tentadora?

La cuchilla dio una sacudida contra la garganta de Martin.

—Sí —tosió éste.

—Pues se ha demostrado que se equivocaba, inspector.

Martin soltó un gruñido. Se removió de nuevo en su asiento.

—Le gustaría verme la cara, ¿verdad?

Los hombros de Martin permanecían rígidos.

—¿Ha soñado usted con nuestro primer y único encuentro, hace tantos años? ¿Ha intentado imaginar cómo he cambiado desde aquella charla que mantuvimos entonces?

—Sí.

—No se dé la vuelta, inspector. Piense en sí mismo. Usted era más esbelto, más joven y atlético. ¿Por qué no habría de presentar los mismos signos de la edad? Menos pelo, tal vez. Más papada. Más barriga. Estos cambios serían previsibles, ¿no?

—Sí.

—¿Y buscó fotografías antiguas en el lugar donde yo trabajaba, o tal vez en viejos carnets de conducir, para procesarlos digitalmente? ¿No le pasó por la cabeza que tal vez una máquina podría ayudarle a averiguar mi aspecto actual?

—No había fotografías. Al menos, no pude encontrar ninguna.

—Vaya, qué lástima. Aun así, siente curiosidad por otros motivos, ¿no es cierto? Cree que me he operado, ¿verdad?

—Sí.

—Y tiene toda la razón respecto a eso. Naturalmente, aún he de pasar la prueba de fuego. Hay personas que deberían reconocerme. Deberían reconocerme tan pronto como me vean, en el momento en que me huelan, en el instante en que me oigan. Pero ¿me reconocerán? ¿Serán capaces de ver más allá de los años que han pasado y de las mejores atenciones quirúrgicas? ¿Detectarán las alteraciones en la barbilla, los pómulos, la nariz, lo que sea? ¿Qué continúa igual? ¿Qué es distinto? ¿Serán capaces de ver lo que ha cambiado en vez de lo que sigue inalterado? Ah, he aquí una pregunta interesante. Y es una partida que aún está por jugarse.

A Martin le costaba respirar. Tenía la garganta seca, los músculos tensos y un temblor en las manos. La sensación de la navaja contra el cuello era como estar atado por una cuerda irrompible e invisible. La voz del asesino era cadenciosa y suave; sus palabras denotaban que era una persona culta, pero, lo que era mucho peor, su tono delataba al asesino que había en su interior y lo envolvía, opresivo, como un calor implacable en un día de verano. Martin sabía que la delicadeza, la fluidez de las frases del asesino eran algo que ya había empleado antes, para reconfortar en voz queda a alguna víctima al borde del terror. La tranquila certeza de su lenguaje resultaba desconcertante; no casaba con la violencia subsiguiente y evocaba algo distinto, algo mucho menos terrible que lo que iba a ocurrir en realidad. Como las lágrimas del cocodrilo, la serenidad del asesino era una máscara que encubría lo que estaba destinado a suceder después. Martin luchaba con todas sus fuerzas contra el miedo; pensó que él mismo era un hombre de acción, un hombre que sabía recurrir a la violencia. En su fuero interno, insistió en que era un digno rival del hombre cuya navaja le hacía cosquillas en el cuello. Era el terreno que él dominaba y con el que se sentía cómodo. Se recordó a sí mismo lo peligroso que era. «Eres tan homicida como él.» Se prometió no morir sin plantar batalla.

«Te dará una oportunidad. No la dejes escapar.»

Martin se armó de valor, esperando.

Sin embargo, adivinar cuál sería su siguiente paso y cuándo lo daría parecía imposible.

—¿Tiene miedo de morir, inspector? —preguntó el hombre.

—No —respondió Martin.

—¿De veras? Yo tampoco. Es de lo más curioso. Algo raro, ¿no cree? Un hombre tan familiarizado con la muerte como yo sigue teniendo preguntas. Es extraño, ¿no le parece? Todo el mundo combate el proceso de envejecimiento a su manera, inspector. Algunos solicitan los servicios de los cirujanos. Yo los veía cuando iba a operarme. Claro que mis motivos eran distintos. Otros invierten en viajes a balnearios caros para darse baños de lodo y masajes dolorosos. Algunos hacen ejercicio, siguen algún régimen o se ponen a dieta de anémonas marinas y posos de café o alguna tontería por el estilo. Algunos se dejan crecer el pelo hasta los hombros y se compran una motocicleta. Detestamos lo que nos pasa y la inevitabilidad de todo, ¿verdad?

—Sí —contestó Martin.

—¿Sabe cómo me las arreglo para mantenerme joven, inspector?

—No.

—Matando.

Su tono era frío, pero animado. Duro, pero seductor.

El hombre se quedó callado, como meditando sobre sus palabras. Luego añadió:

—El ansia ha remitido, tal vez, con el paso de los años, pero las habilidades han aumentado. La necesidad es menor, pero la tarea resulta más fácil. —Vaciló de nuevo antes de decir—: El mundo es un sitio curioso, inspector. Está lleno de rarezas y contradicciones de toda clase.

Martin deslizó la mano de su regazo hacia la cintura, acercándola unos centímetros al arma que tenía justo encima del pie derecho. Recordaba la forma de la pistolera. El revólver estaba sujeto por una sola correa. Había un broche que a veces se atascaba cuando no se había tomado la molestia de engrasarlo. Tendría que abrirlo antes de empuñar la culata. Se preguntó si el seguro estaba puesto, y en ese momento fue incapaz de recordarlo. Achicó los ojos por un instante, esforzándose por hacer memoria, pero este detalle importante escapaba a su conciencia, y se maldijo para sus adentros por ello. La navaja continuaba apretada contra su cuello, y Martin comprendió que, a menos que la posición de ésta cambiara, cuando él se inclinara hacia delante para alcanzar el revólver supletorio, con toda probabilidad se degollaría a sí mismo.

—Le gustaría matarme, ¿no es así, inspector?

Martin guardó silencio e hizo un leve encogimiento de hombros antes de responder.

—Por supuesto.

El asesino se rio.

—En eso consistía todo el plan, ¿no, inspector? Jeffrey debía encontrarme, pero tendría sentimientos encontrados. Vacilaría. Lo asaltarían dudas, porque, al fin y al cabo, soy su padre. De modo que no reaccionaría, al menos de inmediato. No lo haría sino en el momento crucial. Pero usted estaría allí para intervenir en ese preciso instante y acabaría conmigo sin pensárselo, sin titubear y sin el menor remordimiento... —Titubeó y agregó—: No había ninguna detención prevista, ¿verdad? Nada de cargos, abogados ni juicios, ¿no? Y, sobre todo, nada de publicidad. Usted simplemente extirparía el problema de este estado de modo instantáneo y eficaz, ¿estoy en lo cierto?

Robert Martin no quería responder. Se lamió los labios, pero fue como si la fría presión de las palabras del asesino hubiese absorbido toda la humedad de su interior.

La navaja dio otra sacudida bajo su barbilla, y él notó una leve punzada.

—¿Estoy en lo cierto? —repitió el asesino.

—Sí —contestó Martin con un hilillo de voz.

Se impuso otro momento de silencio antes de que el asesino continuase.

—Era una respuesta previsible. Pero dígame una cosa. Usted ha hablado con él. Supongo que ha llegado a conocerlo un poco. ¿Cree usted que Jeffrey estaría dispuesto a matarme también?

—No lo sé. No tenía la menor intención de dejar esa decisión en sus manos.

El hombre de la navaja reflexionó sobre ello.

—Ha sido una respuesta sincera, inspector. Se lo agradezco. Estaba previsto desde el principio que usted fuese el asesino en esta historia, ¿verdad? El papel de Jeffrey debía ser limitado. Clave pero limitado. ¿Me equivoco?

A Martin le pareció que mentir sería un error.

—Es evidente que no se equivoca.

—Usted no es un policía en realidad, ¿no, inspector? Es decir, quizá lo fue alguna vez, pero ya no. Ahora no es más que un matón a sueldo del estado. Alguien que se dedica a recoger los estropicios, ¿verdad? Una especie de servicio de limpieza especializado.

El agente Martin se quedó callado.

—Me he leído su expediente, inspector.

—Entonces no tiene por qué hacerme todas estas preguntas.

La voz soltó una única y áspera carcajada.

—Me ha pillado —dijo. Aguardó un instante antes de continuar—. Pero mi mujer y mi hija, ¿cómo encajan ellas en esta ecuación? Su marcha de Florida me cogió por sorpresa. Era allí donde iba a organizar mi reencuentro con ellas.

—Eso fue idea de su hijo. No estoy muy seguro de qué quiere que hagan.

—¿Tiene idea de cuánto las he echado de menos en los últimos años, de lo mucho que he deseado que volvamos a estar juntos? Incluso en la vejez, un tipo malvado como yo necesita el consuelo de su familia.

Martin sacudió la cabeza levemente.

—No me venga con gilipolleces sentimentales. No me lo creo.

El asesino se rio de nuevo.

—Vaya, inspector, al menos no es usted tonto. Bueno, un poco tonto sí, pues de lo contrario no habría venido sin fijarse en que un coche le seguía. Y desde luego ha sido lo bastante tonto para no cerrar con llave las puertas de su coche. ¿Por qué no lo ha hecho, inspector?

—Nunca lo hago. Aquí no. Este mundo es seguro.

—Ya no lo es, ¿o sí?

Martin no respondió, y de pronto la navaja le presionó la garganta con un poco más de fuerza. Él notó que una gota de sangre le resbalaba por el cuello hasta mancharle el cuello de la camisa.

—No lo entiende, ¿verdad, inspector? Nunca lo ha entendido.

—¿Entender qué?

—Matar es una cosa. Mucha gente lo hace. Es una constante en la vida actual. Incluso el hecho de matar con total impunidad, libertad y regularidad. No es difícil cometer un asesinato sin sufrir las consecuencias. Ni siquiera es algo que llame mucho la atención, ¿no es cierto?

—Sí. Su hijo me comentó algo muy parecido.

—¿En serio? Chico listo. Pero, inspector, póngase en mi lugar. No debería costarle mucho, después de todo, es lo que hacen los policías, ¿no? Regla número uno: aprender a pensar como un asesino. Reproducir esas pautas mentales. Prever esos arranques de emoción. Asimilar los propios pensamientos a los de él. Si uno consigue entender lo que impulsa al asesino a matar, debería poder encontrarlo, ¿verdad? ¿No es eso lo que se enseña? ¿No lo dicen en todos los cursos? ¿No es una lección transmitida por todos los inspectores viejos, en edad de jubilarse, a todos los recién llegados prometedores que ascienden desde los rangos inferiores?

—Sí.

—¿Y nunca se le ha ocurrido que a la inversa funciona igual de bien? Lo único que tiene que hacer a su vez un asesino realmente competente y eficiente es aprender a pensar como un policía. ¿No lo había pensado, inspector?

—No.

—No pasa nada. No es usted el único con esta ceguera. Pero a mí sí que se me ocurrió, hace muchos años. —El hombre de la navaja vaciló—. Y tenía usted razón. Por aquel entonces, herví ese primer par de esposas después de quitárselas a aquella joven.

Las manos de Robert Martin se tensaron. La luz del amanecer empezaba a inundar el coche, pero él continuaba sin poder ver la cara del hombre. Sentía el aliento del asesino en el cogote, pero eso era todo.

—¿Se arrepiente de no haberme dado caza un poco más diligentemente hace veinticinco años?

—Sí. Sabía que era usted, pero no había pruebas para incriminarle.

—Y yo sabía que usted sabía que era yo. Desde luego, la diferencia entre otras personas como yo y yo es que yo no tengo miedo. Nunca. Siempre he estado muy lejos del perfil del asesino típico, inspector. Soy blanco, culto, inteligente y sé expresarme. Era un profesional del mundo académico. Casado, con una familia estupenda. Ellos, claro está, eran la pieza clave. El camuflaje perfecto. Me daban un cariz de normalidad. La gente es proclive a creerse cualquier cosa sobre un soltero... incluso la verdad. Pero ¿un hombre con una familia aparentemente cariñosa y bien avenida? Ah, un hombre así puede salirse con la suya haga lo que haga. Aunque cometa una docena de asesinatos. —Tosió una vez—. Y, por supuesto, yo lo hice.

El asesino se quedó callado de nuevo. Martin cayó en la cuenta de que el hombre lo estaba pasando bien. La ironía de la situación casi lo hizo sonreír. El padre de Jeffrey era como cualquier otro profesor de universidad: enamorado, cautivado por el campo en que se ha especializado. Si de él dependiera, no hablaría de otra cosa. El problema, claro está, estribaba en que su especialidad era la muerte.

De pronto, las palabras del asesino se tiñeron de amargura. Martin percibió la ira que hacía vibrar el aire viciado justo detrás de su oreja derecha.

—Maldita sea esa arpía. Ojalá arda para siempre en el infierno. Cuando me los robó, me robó mi tapadera. ¡Robó lo que yo había creado! ¡Me robó la perfección que había en mi vida! Es la única vez que he tenido miedo, ¿sabe? Cuando tuve que explicarle a usted por qué se fueron. Durante unos minutos, temí que usted se oliese la verdad. Pero no lo hizo. No era lo bastante inteligente.

De repente el inspector tuvo frío. Se estremeció sin querer.

—Debería haberlo sido —respondió—. Lo sabía. Simplemente no actué en consecuencia.

—Atado de pies y manos por el sistema, ¿no, inspector? Las leyes, las normas, las convenciones sociales, ¿no es cierto?

—Sí.

—Pero aquí la cosa no funciona exactamente igual, ¿verdad?

—No.

—Y ésa es la razón de ser de este nuevo estado, ¿no?

—Sí.

—Y mi razón de ser también.

—No le sigo.

—Déjeme explicarle, inspector. En realidad no es tan complicado. El mundo está repleto de asesinos. Asesinos de todas las formas, tamaños y estilos. Hay quienes matan por la emoción de hacerlo, quienes matan por motivos sexuales, quienes matan por dinero o por toda clase de razones. La muerte actúa a diario, no, cada hora... no, minuto a minuto. Segundo a segundo. La muerte violenta es algo común y corriente, habitual. Ya no nos escandalizamos, ¿verdad? ¿Depravación? Vaya cosa. ¿Sadismo? Nada nuevo. De hecho, utilizamos la violencia y la muerte como entretenimiento. Nos excita. Está presente en nuestro cine, nuestra literatura, nuestro arte, nuestra historia, nuestras almas... Es —dijo el asesino, tomando aire— nuestra auténtica aportación al mundo.

Martin se retorció ligeramente en su asiento. Se preguntó si en algún momento del sermón tendría la oportunidad de agacharse para coger la pistola de refuerzo. Sin embargo, casi como respuesta a esto, la navaja de afeitar se apretó una vez más contra su garganta, y el asesino se inclinó hacia delante, de modo que sus palabras sonaron cálidas contra su cuello.

—Verá, agente Martin, cuando me vaya al infierno, quiero que sea entre aplausos y aclamaciones. Quiero que una guardia de honor integrada por asesinos, por todos los destripadores, carniceros y maníacos, se ponga firmes en señal de respeto. Quiero ganarme un lugar en la historia, junto a ellos... ¡Me niego —susurró el asesino con frialdad— a ser olvidado!

—¿Y cómo pretende impedirlo? —inquirió Martin.

El asesino soltó un resoplido.

—Este estado —respondió despacio—. Este territorio que aspira a convertirse en el estado número cincuenta y uno de la Unión más poderosa que ha conocido la historia. ¿Qué es? Una ubicación geográfica, pero sus fronteras reales son filosóficas, ¿no?

»La prueba de esa afirmación, inspector, está aquí mismo. Somos nosotros. Usted y yo y los seguros de las puertas desafortunadamente abiertos que me han permitido colarme aquí detrás para esperarle. ¿Está usted de acuerdo conmigo?

—Sí.

—Bien, inspector, dígame una cosa. ¿Quién figurará en los libros de historia, la pandilla de políticos y empresarios que concibieron este mundo anacrónico, este lugar que pretende asegurar nuestro futuro invocando al pasado o... —Martin casi podía ver la sonrisa del hombre— el hombre que lo destruya?

Martin barbotó una objeción:

—No lo conseguirá —dijo. Le pareció que sus palabras daban pena.

—Oh, sí, claro que lo conseguiré, inspector. Porque el concepto de seguridad personal es muy frágil. De hecho, ya lo habría conseguido, de no ser porque sus esfuerzos por encubrir el alcance de mis actos han sido extraordinariamente exhaustivos... y también un poco ridículos. O sea, ¿perros salvajes? Venga ya. Por otro lado, gracias a eso se me ocurrió otra manera de participar en este juego. Para lo que requería, claro está, la presencia de mi hijo. Mi hijo casi famoso. Mi hijo conocido y respetado. Por lo que respecta a nuestra batalla personal, con el destino político de este estado en juego, ¿de verdad cree que los medios de comunicación de los otros cincuenta estados pasarían por alto esta noticia? ¿Acaso no es ésta una lucha que despierta instintos primarios, atávicos, abrumadoramente inherentes a la condición humana? Padre contra hijo. Es por eso por lo que hice que le trajera usted aquí, inspector. —El padre de Jeffrey respiró hondo—. Desde el principio confié en que usted lo encontraría y lo traería hasta mí, inspector. Y, por hacer precisamente lo que predije que haría, le estoy agradecido.

Martin sintió que le resultaba imposible respirar. Miró por el parabrisas y vio la mañana que había irrumpido en el mundo ante sus ojos. Todas las piedras, los arbustos, las pequeñas cavidades y hendiduras del suelo que le habían parecido tan traicioneras en la oscuridad y las tinieblas cuando había llegado ahora aparecían nítidas, iluminadas, inofensivas.

—¿Qué quiere de mí? —preguntó. Acercó todo lo posible la mano a su pierna y el revólver supletorio. Alzó la rodilla ligeramente, intentando reducir la distancia entre la mano y el arma. Pensaba alzar a la vez la izquierda para agarrar la navaja. Suponía que se haría un corte, pero si se movía de forma lo bastante repentina y veloz, podría evitar que la herida fuese mortal. Abrió los dedos y tensó los músculos, preparándose para entrar en acción.

—¿Que qué quiero de usted, inspector? Quiero que transmita un mensaje.

Martin vaciló.

—¿Qué?

—Quiero que le lleve un mensaje a mi hijo. Y a mi hija. Y a mi ex esposa. ¿Cree que será capaz, inspector?

Martin no cabía en sí de asombro. Fue como si le quitaran un gran peso de encima. «¡No va a matarme!»

—Quiere que les transmita un mensaje...

—Es usted el único a quien puedo confiarle esta tarea, inspector. ¿Será usted capaz?

—¿De llevarles un mensaje? Por supuesto.

—Bien. Excelente. Levante la mano izquierda, inspector.

Martin obedeció. El asesino le tendió un sobre grande, blanco, tamaño carta.

—Cójalo. Agárrelo con fuerza.

Martin volvió a hacer lo que le pedían. Asió el sobre con la mano y aguardó más instrucciones. Transcurrió un par de segundos, y, a su espalda, en el asiento trasero, sonó el chasquido tan familiar de una bala al introducirse en la recámara de su semiautomática.

—¿Es éste el mensaje que quiere que les lleve? —preguntó.

—Es una parte —contestó el asesino—. Hay un segundo elemento.

18

La excursión matinal

A Diana la habían despertado los leves ruidos que había hecho su hija antes del alba tras levantarse: el chorro de la ducha, un golpecito de la puerta de la alacena, la puerta de la calle cerrándose con autoridad. Durante unos segundos había contemplado la posibilidad de levantarse también para despedirse de Susan, pero la somnolencia le resultaba demasiado seductora, así que había suspirado, se había dado la vuelta para tenderse de costado y se había dormido durante varias horas más. Tuvo sueños felices de su infancia.

La mujer mayor se había instalado en el dormitorio principal de la casa adosada. Después de sacar los pies de la cama, mover los dedos de los pies y desperezarse, se echó una manta sobre los hombros y salió al pequeño balcón caminando con los pies descalzos. Permaneció allí un rato, simplemente respirando el aire de la mañana. Era de un frescor casi cortante, le daba la sensación de estar inspirando el filo de una navaja. El aire estaba en calma, pero el frío penetró en su fino camisón y le puso la carne de gallina. El sol de principios de invierno bañaba el paisaje que se extendía ante ella de una claridad y una nitidez que ella nunca había visto en el húmedo mundo del sur de Florida. Le llegaban los aromas de las montañas lejanas, y alzó los ojos hacia los grandes y blancos cúmulos en lo alto, recortados contra el cielo azul, impulsados hacia el este por la corriente de aire, como buscando perezosamente alguna cumbre nevada en la que posarse.

La recorrió un escalofrío. «No me costaría nada aclimatarme a este lugar», pensó.

Aspiró el aire a grandes bocanadas como si fuera medicinal y dejó vagar la mirada por el terreno. La casa no era lo bastante elevada para tener vistas a la ciudad. En cambio, contempló el matorral del barranco que se abría detrás de la valla de la casa, de color marrón terroso, salpicado del verde de algún que otro arbusto. Se puso a escuchar y percibió las voces y los sonidos rítmicos de las pelotas de tenis golpeadas con más delicadeza que entusiasmo, por lo que dedujo que las mujeres de la urbanización habían salido a las canchas a hacer algo de ejercicio matinal.

Simplemente respirando aire limpio y escuchando, Diana reflexionó sobre lo extraño que le parecía que hubiese tan poco ruido. Incluso en los Cayos siempre se oían ruidos; camiones en la carretera 1, las hojas afiladas como espadas de las palmeras que luchaban inútilmente contra la brisa. Había dado por sentado que el resto del mundo era siempre ruidoso. Desde luego, Miami y las otras grandes ciudades estaban siempre saturadas de sonidos. El tráfico, sirenas, disparos, malhumor y frustración que degeneraban en rabia. En el mundo moderno, pensó, el sonido implicaba violencia.

Pero esa mañana no oía más que los sonidos de la normalidad, que ella reconocía como la poderosa visión tras el estado cincuenta y uno. Había supuesto que esa normalidad le resultaría aburrida o irritante, pero no era así. Era reconfortante para ella. Si hubiera acompañado a su hija unos días antes en su visita casual a la residencia para enfermos terminales, Diana habría descubierto que los silencios selectivos de dicho lugar eran muy semejantes a los que percibía esa mañana.

Regresó al dormitorio pero dejó la puerta corredera del balcón abierta, invitando al aire fresco a reunirse con ella en el interior. No es algo que hubiese hecho en su propia casa. Se vistió deprisa y bajó a la cocina.

Susan le había dejado bastante café en la cafetera para servirse una taza, cosa que hizo, y después añadió leche y azúcar para contrarrestar el sabor amargo de la bebida. No tenía hambre, y aunque sabía que debía comer algo, decidió dejarlo para después.

Diana se llevó su taza de café a la sala de estar y reparó en un sobre metido a medias en la ranura para el correo en la puerta de la calle. Esto le extrañó, y se acercó para coger la carta.

El sobre era de papel blanco, y en él no constaba dirección alguna.

Diana titubeó. Por primera vez esa mañana, recordó por qué estaba allí, en el estado cincuenta y uno. Y, también por primera vez aquel día, recordó que estaría sola, probablemente hasta la tarde.

A continuación, como consideraba que la cautela era compañera de la debilidad, rasgó el sobre para abrirlo.

Dentro había una sola hoja, también de papel blanco. La desplegó y leyó:

Buenos días, señora Clayton:

Siento no haber podido llevarla yo mismo a visitar otra vez Nueva Washington hoy, pero la tarea que compartimos requiere mi presencia en otro lugar.

Huelga decir que es usted dueña de su tiempo, pero yo le recomendaría encarecidamente que disfrutara de nuestro aire del Oeste con una caminata corta y rápida. La mejor ruta es la siguiente:

Salga de su casa, tuerza a la izquierda y avance, manteniendo siempre la piscina y las canchas de tenis a su derecha, hasta el final de la calle. Doble a la derecha por Donner Boulevard. ¿No es curioso el número de calles y plazas que llevan en el Oeste el nombre de esa desafortunada expedición?* Camine en la misma dirección a lo largo de un kilómetro. Comprobará que la calle asfaltada por la que circula termina aproximadamente medio kilómetro más adelante. Sin embargo, a cincuenta metros del final verá un camino de tierra que se aleja hacia la derecha. Tome ese camino.

Continúe andando por el camino de tierra aproximadamente un kilómetro más. Es cuesta arriba, pero verá usted recompensada su constancia. La vista desde la cima —que está sólo doscientos metros más adelante— es única. Y, una vez allí, descubrirá algo que a su hijo Jeffrey le resultará de especial interés.

Atentamente,

ROBERT MARTIN,
agente especial del Servicio de Seguridad

* Se refiere a un grupo de pioneros que, al dirigirse hacia el Oeste en la década de 1840, quedaron atrapados a causa de la nieve y se vieron obligados a recurrir al canibalismo. (*N. del T.*)

La carta estaba escrita a máquina, al igual que la firma.

Diana se quedó mirando las indicaciones y decidió que una caminata por la mañana sería agradable y que le vendría bien el ejercicio; además, la carta que sujetaba entre las manos, más que una sugerencia o recomendación, se le antojaba una orden.

Sin embargo, no estaba segura de lo que esa orden implicaba. También la desconcertaba la última frase. Intentó imaginar qué avistaría desde la colina que se alzaba sobre las casas adosadas que pudiera ser de interés para Jeffrey. No se le ocurrió nada que aclarase esta duda.

Releyó la carta de principio a fin y luego miró el teléfono, pensando en ponerse en contacto con el agente Martin para preguntarle a qué se refería exactamente. De nuevo recordó por qué estaba allí, en el estado cincuenta y uno, y recordó también qué otra persona se encontraba allí.

Diana regresó a la cocina y dejó la jarra de la cafetera en el fregadero. Sin un momento de vacilación, se acercó al armario donde Susan había ocultado el revólver. Lo sacó de su escondite, lo sopesó en la mano, abrió el tambor para asegurarse de que la pistola estuviese totalmente cargada y acto seguido fue en busca de sus zapatillas.

Hacía casi dos años que ella no tenía la oportunidad de tocar a su hermano. Su voz, acompañada por la imagen en un videoteléfono, había ayudado a restarle importancia a todo ese tiempo hasta el instante en que el pequeño avión de enlace se inclinó de forma pronunciada, bajó los *flaps* y el tren de aterrizaje, y cayó en la cuenta de que él estaría allí, esperándola.

Susan descendía hacia un mundo de recelos.

Deseaba poder recordar qué era exactamente lo que había causado su distanciamiento, pero no le venía a la mente un momento o suceso concretos. No había sido una discusión ni una disputa con gritos, lágrimas o lo que fuera lo que había enfriado las cosas entre ambos. Más bien, reconoció ella, había sido un proceso insidioso, algo que se había erigido despacio, como una pared, con la argamasa de la duda y los ladrillos de la soledad. Cuando ella intentaba analizar sus sentimientos, no encontraba nada firme, salvo la peligrosa creencia de que él la había dejado para que se valiese por sí misma y cuidase sola de su madre.

Mientras el pequeño avión tomaba contacto con la pista, Susan se dijo que lo que sucedería en los siguientes días no tendría nada que ver con la relación entre ella y su hermano, de modo que relegó sus sentimientos a un rincón aparte en su interior, pensando que allí estarían a buen recaudo y no interferirían en nada hasta después. Para una mujer capaz de apreciar las sutilezas de los rompecabezas más complicados, esta conclusión era curiosamente corta de miras.

Jeffrey la esperaba al pie de la escalera. Lo acompañaba un Ranger de Tejas larguirucho que más bien semejaba una caricatura de su profesión. Llevaba gafas de espejo, un sombrero de vaquero de ala ancha y unas botas puntiagudas y labradas con adornos elaborados. Además, el Ranger llevaba un arma automática al hombro, y un cigarrillo sin encender le sobresalía de la comisura de los labios.

Hermano y hermana se abrazaron tímidamente. Luego, guardando las distancias, se miraron el uno al otro por un momento.

—Has cambiado —comentó Susan—. ¿Te han salido canas o es cosa mía?

—No tengo ni una —replicó Jeffrey. Desplegó una sonrisa—. ¿Has adelgazado?

Esta vez le tocó a Susan sonreír.

—Ni un kilo, maldita sea.

—Entonces, ¿has engordado? —preguntó él.

—Ni un kilo, gracias a Dios —contestó Susan.

Jeffrey le soltó los brazos.

—Tenemos que irnos —dijo—. No nos queda mucho tiempo si queremos volver esta tarde.

El Ranger hizo un gesto hacia la salida.

—Las autoridades de este estado me deben algunos favores —explicó Jeffrey en respuesta a una pregunta no formulada—. De ahí que me proporcionen seguridad y un conductor rápido.

Susan se fijó en el arma del hombre.

—Es un Ingram, ¿no? En el cargador caben veintidós cartuchos calibre 45 de alto impacto. Lo vacía en menos de dos segundos, ¿verdad?

—Sí, señora —respondió el Ranger, sorprendido.

—Personalmente prefiero la Uzi —dijo ella.

—Sólo que a veces se encasquillan, señora —señaló él.

—La mía no —repuso ella—. ¿Cómo es que no lleva el cigarrillo encendido?

—Señora, ¿es que no sabe que fumar es peligroso?

Susan se rio y le propinó a Jeffrey un puñetazo en el hombro.

—El Ranger tiene sentido del humor —dijo—. Venga, vámonos.

Subieron al vehículo del Ranger y al cabo de unos minutos avanzaban por el terreno polvoriento y llano del sur de Tejas excediéndose del límite de velocidad en más de 150 kilómetros por hora.

Por unos instantes, Susan se quedó mirando por la ventanilla, contemplando el mundo que se estiraba hacia atrás, alejándose de ellos, y se volvió hacia su hermano.

—¿Quién es el hombre a quien vamos a ver?

—Se apellida Hart. Logré atribuirle directamente dieciocho asesinatos. Con toda probabilidad cometió otros de los que no estoy enterado y que él no se ha molestado en contarle a nadie más. Seguramente no se acuerda de todos, de cualquier modo. Yo colaboré en su detención. Se encontraba eviscerando a una víctima cuando llegamos. No se tomó demasiado bien la intrusión. Se las arregló para hacerme un tajo como la copa de un pino en la pierna con un cuchillo de caza más bien grande antes de desmayarse a causa de su propia hemorragia. Uno de los agentes a los que mató le había pegado dos tiros. Balas de nueve milímetros, de alta velocidad, recubiertas de teflón. Yo habría pensado que bastarían para abatir un rinoceronte, pero él no cayó. El caso es que lo atendieron rápidamente en la sala de urgencias y consiguió salvar el pellejo y mudarse al corredor de la muerte.

—No le queda mucho, profesor —lo interrumpió el Ranger—. El gobernador va a firmar sentencias de muerte pasado mañana, y en Austin se rumorea que el viejo Hart será el número dos en la lista de éxitos. Al muy cabrón, con perdón, señora, ya no le quedan argucias legales a las que recurrir, de todos modos.

—Tejas, como muchos otros estados, ha acelerado el proceso de apelación de penas de muerte —le informó Jeffrey a su hermana.

—Eso agiliza mucho las cosas —dijo el Ranger, con la voz cargada de sarcasmo—. No es como en los viejos tiempos en que uno podía pasar diez años o más en una celda, aun cuando hubiese matado a un poli.

—Por otro lado, esa rapidez no es tan conveniente si pillan al hombre equivocado —observó Susan.

—Caray, señora, eso no pasa casi nunca.

—¿Y si pasa?

El Ranger se encogió de hombros y sonrió.

—Nadie es perfecto —dijo.

Susan se dirigió a su hermano, que se divertía con el rumbo que había tomado la conversación.

—¿Por qué crees que ese tipo nos ayudará? —preguntó.

—No estoy seguro de que nos ayude. Hace cerca de un año concedió una entrevista al *Dallas Morning News* en la que declaró que quería matarme. El periodista me envió una copia del vídeo de la entrevista. Me alegró el día, como ya te imaginarás.

—¿Y como quiere matarte, crees que nos ayudará?

—Sí.

—Una lógica interesante.

—Para él tendrá todo el sentido del mundo.

—Ya lo veremos. ¿Y qué información esperas obtener de ese hombre?

—El señor Hart posee una característica que creo que comparte con... —Jeffrey titubeó, buscando de nuevo la palabra precisa— nuestro objetivo.

—¿Qué característica es ésa?

—Se construyó un lugar especial. Para sus asesinatos. Y creo que el hombre que buscamos ha hecho lo mismo en otro sitio. Se trata de un fenómeno poco común pero no inédito. En la bibliografía forense sobre asesinatos apenas se habla de esa clase de lugares. Sólo quiero saber qué debo buscar y cómo buscarlo... y ese hombre puede decírnoslo. Tal vez.

—Si él quiere.

—Exacto. Si él quiere.

Diana llevaba un rompevientos ligero para abrigarse del fresco de la mañana, pero pronto descubrió que el sol, al ascender en el cielo, estaba disipando el frío residual de la noche. Apenas se había alejado media manzana de la casa cuando tuvo que quitarse la chaqueta y atársela a la cintura por las mangas. Llevaba a la espalda una mochila pequeña, que contenía su identificación, un analgésico, una botella de agua mineral y el Magnum .357. En la mano llevaba la carta con las indicaciones.

A su derecha divisó a unos niños que jugaban en el parque infantil. Se detuvo a mirarlos por unos momentos y luego continuó andando por el camino. Levantaba con los pies pequeñas nubes de polvo marrón claro. A su izquierda, una mujer joven salió de una de las casas adosadas empuñando una raqueta de tenis. Diana calculó que debía de tener la misma edad que su hija. La mujer la vio y la saludó con un gesto de la mano, casi como si la conociera. Un momento de familiaridad entre desconocidas. Diana devolvió el saludo y siguió caminando.

Al fondo de la calle dobló a la derecha, siguiendo las instrucciones. Vio una sola placa marrón que le indicó que se encontraba, en efecto, en Donner Boulevard. A pocos metros pudo comprobar que las casas alineadas eran las últimas construcciones de la zona, y que el bulevar en el que se hallaba no llevaba a ningún sitio. Además, estaba más descuidado que las otras calles. Tenía algunos baches, y la acera por la que circulaba estaba agrietada, desconchada y deformada por los hierbajos que crecían entre bloques de hormigón mal encajados.

Diana prosiguió su excursión a través de la mañana hasta que llegó al sendero de tierra que arrancaba a su derecha. Tal como le informaba la carta, alcanzaba a ver el final de Donner Boulevard. La calle desembocaba en un montón de tierra apilada a paladas contra una elevación del terreno. Había una sola valla con unas luces amarillas parpadeantes y un letrero rojo grande que rezaba FINAL DE LA CALZADA, lo cual era una redundancia.

Se detuvo, abrió la botella de agua y tomó un pequeño trago antes de echar a andar por el camino de tierra. Llevó a cabo un breve inventario interior. Le faltaba un poco el aliento, pero no era nada grave. No estaba cansada; de hecho, se sentía fuerte. Una fina capa de sudor le cubría la frente, pero no era nada que indicase que el agotamiento estuviese acechando en algún sitio, a punto de atacar de improviso. El dolor en el vientre había remitido, como para permitirle el placer de dar una caminata por la mañana. Diana sonrió y pensó: «Desde luego, le gusta tomarse su tiempo.»

Se volvió en derredor por un momento, disfrutando de la soledad y la tranquilidad.

Luego siguió adelante, pisando la tierra suelta y arenosa, y emprendió lentamente el ascenso por el camino abandonado.

El corredor de la muerte en Tejas, como en casi todos los estados, no era un corredor. El nombre pervivía, pero el emplazamiento había cambiado. El estado había construido una cárcel con el fin específico de matar a criminales violentos. Se encontraba en una extensión rasa de terreno de una finca ganadera, aislada de ciudades y pueblos, y su única vía de acceso era una carretera de dos carriles de asfalto negro que atravesaba las llanuras. La cárcel misma era un edificio grande y ultramoderno cercado por tres vallas concéntricas de tela metálica y alambre de espino. En cierto modo, la prisión parecía una residencia universitaria grande, o un hotel pequeño, salvo porque las ventanas apenas eran más que unas rendijas de sólo quince centímetros de ancho, abiertas en las paredes de hormigón del edificio. Había una zona de gimnasia y una biblioteca, varias salas de visitas de alta seguridad y una docena de filas con veinte celdas cada una. Todas estaban ocupadas y eran contiguas a una cámara central que a primera vista parecía una sala de hospital pero no lo era. Había una camilla con grilletes y una máquina de matar. Cuando llegaba el momento de la ejecución de un reo, lo ataban de pies y manos y le insertaban en una vena del brazo izquierdo una sonda intravenosa que se prolongaba por el suelo hasta una caja en la pared. Dentro había tres recipientes pequeños que se hallaban conectados al tubo. Sólo uno de ellos contenía una sustancia letal. Tres funcionarios del estado, a una señal del celador, pulsaban otros tantos botones, y los tres envases despedían sus fluidos a la vez. Este sistema seguía el mismo principio que los pelotones de fusilamiento en los que se daba a uno de sus integrantes una bala de fogueo. De este modo, nadie sabía de cierto si su interruptor era el que había liberado el veneno.

El agente tóxico también había mejorado. Se había hecho más eficaz. Los reos debían cerrar los ojos y contar hacia atrás desde cien. Por lo general morían antes de llegar al noventa y cinco. De vez en cuando, alguno contaba hasta noventa y cuatro. Nadie había sobrevivido más allá del noventa y dos.

El interior de la prisión era igualmente moderno. Todos los rincones estaban vigilados por cámaras de circuito cerrado. El lugar tenía un aire sumamente pulido y antiséptico; era como entrar en un mundo que imitaba el alambre de espino de las vallas: eficiente, reluciente como el acero y mortal.

Un guardia de la cárcel escoltó a Jeffrey y Susan Clayton a una de las salas de visitas. Había dos sillas en cada extremo de una mesa de metal. Nada más. Todo estaba atornillado al suelo. En un lado de la mesa, atornillada a la superficie, había una anilla de acero.

—Es inteligente —comentó Jeffrey mientras esperaban—, muy inteligente. Tirando más a excepcional que a normal. Dejó la escuela en octavo curso porque los otros chicos se burlaban de sus genitales deformes. Durante diez años no hizo otra cosa que leer. Luego, durante otros diez, no hizo otra cosa que matar. No lo subestimes en ningún momento.

Una puerta lateral se abrió con el chasquido electrónico de un cerrojo desactivado, y otro guardia, acompañado por un hombre enjuto y nervudo, con aspecto de hurón, los brazos recubiertos de tatuajes y una mata de pelo blanco que le caía sobre los ojos rojos de albino, entró en la sala. Sin una palabra, el guardia sujetó la cadena de las esposas del preso a la anilla de la mesa. Acto seguido, se enderezó y dijo:

—Todo suyo, profesor. —Tras saludar con un movimiento de cabeza a Susan Clayton, se marchó.

El reo, que iba vestido con un mono, era delgado, con el pecho hundido y unas manos incongruentemente grandes, como garras, y que le temblaron ligeramente cuando se agachó para encenderse un cigarrillo. Susan advirtió que tenía un ojo caído, mientras que el otro parecía alerta, con la ceja enarcada mientras la observaba.

Mantuvo la vista fija en Susan durante varios segundos. Luego se volvió hacia Jeffrey.

—Hola, profesor. No esperaba volver a verle. ¿Qué tal la pierna? —La voz del hombre sonaba curiosamente aguda, casi como la de un niño. A ella le pareció que disimulaba bastante bien la ira.

—Se me curó enseguida. No llegaste a tocar la arteria. Ni los ligamentos.

—Es lo que me contaron. Lástima. Tenía prisa. Habría necesitado un poco más de tiempo. —El hombre sonrió de un modo extraño, torciendo el borde de la boca hacia arriba como si tuviera un tic, y devolvió su atención a Susan—. ¿Y tú quién eres?

—Mi ayudante —respondió Jeffrey rápidamente.

El asesino se quedó callado unos instantes al detectar la mentira en lo precipitado de la respuesta.

—No lo creo, Jeffrey. Tiene sus ojos. Una mirada fría. Un poco como la mía, de hecho. Me da escalofríos y ganas de acurrucarme por el miedo. También tiene algo de su barbilla, pero el mentón sólo denota obstinación y perseverancia, a diferencia de los ojos, que dejan al descubierto su alma. Oh, percibo una semejanza muy clara. A cualquiera con unas mínimas dotes de observación le resultaría evidente. Y las mías, como sin duda ya sabe, profesor, son significativamente más agudas.

—Es mi hermana Susan.

El asesino sonrió.

—Hola, Susan. Soy David Hart. No nos dejan dar la mano, eso sería infringir las normas, pero puedes llamarme David. Tu hermano, por otro lado, ese sucio cerdo mentiroso, debe llamarme señor Hart.

—Hola, David —dijo Susan con tranquilidad.

—Mucho gusto, Susan —respondió el asesino, pronunciando su nombre con un tono cantarín que resonó en la sala—. Susan, Susie, Susie-Q. Qué nombre tan bonito. Dime, Susan, ¿eres una puta?

—Perdona, ¿cómo dices?

—Bueno, ya sabes —continuó el asesino, alzando la voz con cada palabra—, una prostituta, una mujer de la vida, o del partido. Una ramera, una buscona, una damisela, una furcia. Ya sabes a qué me refiero: una mujer que cobra por chuparles la pureza a los hombres, para arrebatarles la esencia. Una asquerosa basura portadora de enfermedades, infecciosa y repugnante. Un parásito. Una cucaracha. Dime, Susan, ¿es eso lo que eres?

—No.

—Entonces, ¿qué eres?

—Invento juegos.

—¿Qué clase de juegos?

—Juegos de palabras. Acertijos. Anagramas. Crucigramas.

El asesino meditó por un momento.

—Qué interesante —dictaminó—. ¿Así que no eres una puta?

—No.

—Me gustaba matar putas, ¿sabes? Abrirlas en canal desde...
—Hizo una pausa y sonrió—. Pero seguro que tu hermano ya te lo
habrá contado.

—Sí.

La ceja de David Hart se arqueó de nuevo, y su rostro se defor-
mó con su sonrisa característica y torcida.

—Él es una puta, y me gustaría abrirlo en canal también. Eso me
produciría una gran satisfacción. —El asesino se interrumpió, tosió
una vez y añadió—: Ah, qué diablos, Susie. Seguramente también
me gustaría rebanarte desde la entrepierna hasta la barbilla. No tiene
sentido que intente disimularlo. Rajarte sería un placer. Un gustazo.
Cargarme aquí a tu hermano, bueno, sería más como un asunto de
trabajo. Una obligación. Un ajuste de cuentas. —Se volvió hacia Jeffrey—. Y bien, profesor, ¿qué hace usted por aquí?

—Quiero su ayuda. Ambos la queremos.

El asesino negó con la cabeza.

—Que le den por el culo, profesor. Fin de la entrevista. Se acabó la charla.

Hart se levantó unos centímetros de su asiento, gesticulando
con la mano esposada hacia un espejo en una pared. Obviamente se
trataba de un espejo unidireccional, y al otro lado habría funcionarios de prisiones observando la entrevista.

Jeffrey no se movió.

—Hace no mucho declaró a un periodista que quería matarme
porque yo era quien le había localizado. Le dijo que, de no haber
sido por mí, no quedaría una sola prostituta en la ciudad. Y, gracias
a mí, hay decenas de ellas ejerciendo su oficio impunemente, de
modo que su obra quedó inconclusa... Y por eso, por haberme in-
terpuesto entre usted y sus deseos, yo merecía morir. —Jeffrey hizo
una pausa, estudiando el efecto que sus palabras producían sobre el
asesino—. Pues bien, señor Hart, tiene una ocasión de hacerlo, la
única que tendrá.

El asesino se quedó inmóvil, medio inclinado sobre el asiento,
por un instante.

—¿Mi oportunidad de matarle? —Extendió los brazos y sacudió las cadenas—. Una idea maravillosa. Pero dígame, profesor,
¿por qué lo dice?

—Porque ésta es una oportunidad.

El asesino guardó silencio. Sonrió. Se sentó.

—Le escucharé —dijo—, durante unos segundos. Por deferencia hacia su preciosa hermana. ¿Seguro que no eres una puta, Susan?

Como ella no contestó, Hart sonrió de nuevo y se encogió de hombros.

—De acuerdo, profesor. Dígame cómo puedo matarle ayudándole.

—Muy sencillo, señor Hart. Si, gracias a su ayuda, consigo encontrar al hombre que busco, él querrá hacerme lo mismo que quiere hacerme usted, señor Hart. Es tan inteligente como usted y exactamente igual de mortífero. El riesgo es que yo lo neutralice antes de que él me neutralice a mí. Ambas cosas son posibles. Pero ahí tiene su oportunidad, señor Hart. Es la mejor que se le presentará en el poco tiempo que le queda. O lo toma o lo deja.

El asesino se meció adelante y atrás en la silla de metal, pensando.

—Una propuesta insólita, profesor. Me resulta de lo más intrigante. —Contempló la punta de su cigarrillo—. Muy astuto. Yo puedo ayudarle, y de ese modo exponerle a un peligro. Acercarle un poco más a la llama, ¿no? El reto para mí, si me permite el atrevimiento, es proporcionarle la información justa para que usted tenga éxito y fracase a la vez. —Hart respiró hondo, resollando. Sonrió una vez más—. De acuerdo. La entrevista continúa. Tal vez. ¿Qué conocimientos poseo yo que usted quiera averiguar?

—Usted cometió todos sus crímenes en un solo emplazamiento. Creo que el hombre que busco hace lo mismo. Queremos información sobre el lugar de los asesinatos. Cómo lo eligió. Qué características de él son importantes. Cuáles son los elementos imprescindibles, los rasgos esenciales. Y por qué necesitaba un único lugar. Eso es lo que necesitamos saber.

El asesino reflexionó sobre ello.

—¿Cree que, si le explico por qué creé un lugar especial para mí, usted podrá extrapolar esa información a un plan para encontrar el escondrijo de su hombre?

—Correcto.

Hart asintió con la cabeza.

—De modo que para encontrar a ese hombre quiere que este preso le abra su corazón. —Soltó una risita—. Es un juego de palabras, Susan, inventora de pasatiempos, ¿o no?

Cuando Diana Clayton hubo avanzado sólo cincuenta metros, tropezó pero consiguió recuperar el equilibrio antes de caer de bruces sobre la tierra y las piedrecillas del camino. Se detuvo, ligeramente sofocada, y arrastró los pies por la terrosa superficie del mundo que se extendía debajo de ella, manchándose la punta de las zapatillas de un color polvoriento, gris parduzco. Respiró hondo un par de veces, luego volvió la mirada hacia el ancho cielo sobre su cabeza, como escrutando la bóveda azul en busca de la respuesta a una pregunta que no había planteado aún. El resplandor del sol le emborronaba la visión, y notó que la capa de sudor en su frente era ahora el doble de gruesa. Se enjugó la humedad y la vio relucir por unos instantes en el dorso de su mano.

Se recordó a sí misma que era vieja. Que estaba enferma.

Luego se preguntó por qué seguía adelante. Si su objetivo era hacer ejercicio, ya lo había cumplido. Una parte de ella le decía que dar media vuelta y olvidarse de la vista, aunque fuera tan espectacular como el agente Martin recalcaba en su mensaje, era una opción más que razonable.

Y entonces, casi con la misma rapidez, otra parte de ella se negó.

Se llevó la mano al bolsillo para buscar la carta plegada, como si su cansancio pudiera contrarrestarse al releerla, pero cambió de idea. La pistola que llevaba en la mochila pesaba mucho más de lo que esperaba, y se preguntó por qué la había traído consigo. Estuvo a punto de dejarla sobre alguna roca y recogerla en el camino de vuelta, pero decidió no hacerlo.

Diana no sabía exactamente qué la impulsaba a alcanzar el destino sobre el que el agente Martin le había escrito. Tampoco sabía qué era aquello tan importante que según él debía ver. Pero reconoció cierta terquedad y determinación que afloraban en su interior y pensó que eso no tenía nada de malo, de modo que reanudó la marcha, tras darse el gusto de tomar otro trago de agua tibia embotellada.

Se dijo que el mundo del estado cincuenta y uno era nuevo, y que ella no permitiría que la frustración, el agotamiento, la enfermedad o la pusilanimidad la vencieran en su primer día entero en ese mundo.

Le costaba caminar sobre la arena suelta, y profirió una larga y sonora retahíla de maldiciones, llenando el aire transparente que la rodeaba de obscenidades que la ayudaban a mantener el ritmo.

—Puta tierra —espetó—. Malditas piedras. Asqueroso camino de mierda.

Sonrió mientras avanzaba trabajosamente, siempre ascendiendo. Diana Clayton empleaba rara vez estas palabras, de modo que dejarlas escapar de sus labios era para ella como hacer algo exótico, algo prohibido. Tropezó de nuevo, aunque de forma más leve que antes.

—¡Hostia puta! —Se rio para sus adentros. Alargaba cada palabra, dando un paso adelante con cada sílaba de cada imprecación.

El camino torcía a la izquierda y bajaba de pronto, perdiéndose de vista como un niño travieso.

—Ya no debe de faltar mucho —dijo en alto—. Él dijo un kilómetro. Ya no puede quedar lejos.

Continuó andando por el sendero, e intuyó que ya se encontraba muy por encima de la tranquila calle residencial de la que había salido. Por un instante se acordó de su casa en los Cayos y pensó que no era tan distinto aquel lugar, donde una urbanización chabacana y pintada de rosa construida al borde de la carretera con centros comerciales y tiendas de camisetas de repente cedía el paso al mar, que imponía su presencia y le recordaba que la naturaleza salvaje, pese a los esfuerzos apresurados y decididos del hombre por evitarlo, se hallaba a sólo unos segundos de distancia. Aquí ocurría algo similar. Infundía en ella una sensación de soledad que la reconfortaba. Le gustaba estar sola, y creía que ésta era una de las pocas cualidades realmente efectivas que le había transmitido a su hija.

Inspiró profundamente y cantó unos compases de una vieja canción.

—*Marchamos hacia Pretoria, Pretoria...*

El sonido de su voz, rasgada por el cansancio, pero aun así más o menos afinada, repercutía ligeramente entre las rocas, que lo lanzaban al aire muy por encima de su cabeza.

—*Cuando Johnny vuelva marchando a casa, hurra, hurra. Cuando Johnny vuelva marchando a casa, hurra, hurra. Cuando*

Johnny vuelva marchando a casa, lo recibiremos con gritos de alegría y celebraremos cuando Johnny vuelva a casa... —Avivó el paso y comenzó a balancear los brazos—. *Despegamos, hacia el inmenso e inexplorado azul. Subimos muy alto, por el cielo...* —Echó la cabeza hacia atrás y se puso derecha—. ¡De frente, marchen! —bramó—. Marcando el paso: uno-dos-tres-cuatro. Uno-dos. Tres-cuatro... —Al llegar al final de la curva, se detuvo—. Uno-dos... —susurró.

El coche estaba aparcado a un lado del camino, unos cincuenta metros más adelante.

Era un sedán oficial blanco, de cuatro puertas, el mismo en que el agente Martin había ido a recogerlas a Susan y a ella al aeropuerto. Ella vio la pegatina roja que le daba acceso ilimitado.

¿Por qué había conducido por ese sendero para encontrarse con ella? Se quedó de pie donde estaba, mientras las preguntas se le agolpaban en la cabeza. Luego, al darse cuenta de que no averiguaría las respuestas sin acercarse, las dudas fueron reemplazadas por el miedo.

Despacio, introdujo la mano en la mochila y sacó la pistola.

Quitó el seguro con el pulgar.

Después, tras mirar en torno a sí y reconocer lo mejor que pudo el terreno desde donde se encontraba, aguzando el oído para comprobar si había alguien más allí, pero sin oír otra cosa que sus propios y roncos jadeos, retrocedió muy lentamente y con mucho cuidado, como si de pronto estuviera caminando en un reborde muy estrecho y resbaladizo junto a un precipicio.

—De acuerdo —dijo Hart—, primero hábleme un poco del hombre a quien busca. ¿Qué sabe de él?

—Es mayor que usted —respondió Jeffrey—, es sexagenario y lleva muchos años haciendo esto.

El asesino asintió con la cabeza.

—Ya de entrada esto resulta interesante.

Susan alzó la vista. Estaba tomando apuntes, intentando transcribir no sólo las palabras del asesino, sino también las inflexiones y el énfasis en su voz, pues pensaba que quizás eso acabaría por resultar más revelador. Una cámara de vídeo instalada en una de las paredes estaba grabando la sesión, pero ella no confiaba en que la tecnología captase lo que ella podía oír, sentada a sólo unos metros del hombre.

—¿Por qué te parece interesante? —preguntó.

Hart le dedicó una de sus sonrisas torcidas.

—Tu hermano lo sabe. Sabe que el perfil medio del asesino en serie, el que los científicos como él llevan décadas retocando, se aleja bastante de los hombres mayores. Encajamos mejor los jóvenes, como yo. Somos fuertes, con espíritu de entrega. Hombres de acción. Los mayores tienden a ser más contemplativos, Susan. Prefieren pensar en matar. Fantasear sobre el asesinato. No tienen tanta energía para hacerlo en la vida real. Así que, desde el principio, el hombre a quien buscáis debe de estar impulsado por fuerzas poderosas, deseos profundos. Porque, de lo contrario, probablemente ya estaría retirado de la circulación desde hace diez años, quizá quince. Lo habría capturado y aniquilado el asesino en serie más grande de todos... —Hart lanzó una mirada rápida al espejo unidireccional—, o tal vez se habría suicidado, o simplemente se habría cansado y optado por jubilarse. Permanecer activo mientras otros hombres cobran su pensión, ah, eso sólo lo haría un hombre con recursos. —El asesino extendió las manos esposadas y sacó otro cigarrillo del paquete que tenía ante sí, sobre la mesa—. Pero eso ya lo sabe, profesor... —Hart se inclinó hacia delante, se puso el cigarrillo entre los labios y encendió una cerilla—. Un vicio asqueroso —comentó—. Me gustan los vicios asquerosos.

Jeffrey habló con voz fría y clara. Tenía la distante sensación de estar en un zoológico, contemplando a través de un cristal los ojos de una mamba negra africana. Encontrarse tan cerca de un ser tan letal le infundía una extraña paz interior.

—Sus víctimas han sido jóvenes.

—Frescas —dijo el asesino.

—Secuestradas sin testigos...

—Un hombre muy cuidadoso y con un gran control de la situación.

—Fueron encontradas en sitios aislados, pero no ocultos. Colocadas de forma especial.

—Ah, un hombre con un mensaje. Quiere que su obra esté a la vista.

—Sin dejar la menor pista sobre los escenarios de los crímenes.

El asesino resopló.

—Claro que no. Es un juego, ¿verdad, Susan? La muerte siempre es un juego. Si estamos enfermos, ¿no nos medicamos para vencer a la Parca? ¿Acaso no instalamos airbags en nuestros coches y nos ponemos el cinturón de seguridad, intentando prever cómo ella puede acercarse sigilosamente y pillarnos desprevenidos?

Susan asintió.

—Yo soy la muerte —aseveró Hart en voz baja—. Vuestra presa es la muerte. Jugad a ese juego. Por eso te ha traído aquí tu hermano, supongo. Debes presenciar el juego, y tomar parte en él. —El asesino devolvió su atención a Jeffrey—. Consiguió usted atraparme de manera muy astuta. Me quito el sombrero, profesor. Yo ya me esperaba operaciones de vigilancia, señuelos, toda clase de trampas de las que suele tender la policía. Jamás se me ocurrió que simplemente utilizarían a esas mujeres con localizadores ocultos como carnaza. Fue un toque de genialidad, profesor. Y tan cruel... vaya, casi tan cruel como yo. No podía usted suponer que la primera activase el dispositivo de forma tan eficaz. Tal vez ni siquiera la tercera. Ni la quinta. Esto siempre me ha intrigado, profesor. ¿Cuántas mujeres exactamente estaba usted dispuesto a sacrificar antes de acudir a detenerme?

Jeffrey titubeó y al final respondió:

—Las que hiciera falta.

El asesino sonrió de oreja a oreja.

—¿Cien?

—En caso necesario.

—No le dejé otra alternativa, ¿verdad?

—Ninguna que yo pudiera determinar.

David Hart soltó otra risita.

—Disfrutaba usted matándolas tanto como yo, ¿no, profesor?

—No.

Hart sacudió la cabeza.

—De acuerdo, profesor. Claro que no.

Se impuso un breve silencio en la sala. Susan tenía ganas de mirar a su hermano, de intentar adivinar qué le pasaba por la cabeza exactamente, pero no quería apartar la mirada del asesino que tenía delante, pues temía que de alguna manera el torrente de palabras se agrietara y se partiera, como una roca expuesta a un calor excesivo. «Nos dirá lo que queremos saber», pensó.

El asesino irguió el cuello.

—Verá, en primer lugar, tiene que haber un vehículo.

—¿De qué tipo? —inquirió Susan.

—Un vehículo de carga. Debe ser lo bastante grande para transportar a la víctima, y de aspecto común y corriente para pasar inadvertido. Debe ser fiable, para poder llegar hasta esos lugares dejados de la mano de Dios. ¿Con tracción a las cuatro ruedas?

—Sí, es muy probable —contestó Jeffrey.

—Debe estar acondicionado para usos especiales, con ventanillas de vidrio ahumado.

Jeffrey movió afirmativamente la cabeza. No era un camión, pensó, porque llamaría la atención en una zona residencial de las afueras. Tampoco un elegante cuatro por cuatro familiar, porque tendría que apretujar el cadáver en el asiento trasero, o levantarlo bastante alto para meterlo en el maletero. ¿Qué se adaptaba mejor a sus necesidades? Sabía la respuesta a su propia pregunta interior. Había varios tipos de minifurgonetas fabricadas con tracción integral. Eran automóviles ideales para vivir en los barrios periféricos, muy habituales en comunidades donde los padres solían llevar a equipos de niños a partidos de béisbol de la liga infantil.

—Continúe —lo animó Jeffrey.

—¿Encontró la policía huellas de neumáticos?

—Se identificaron varios, pero no dos o más que coincidieran entre sí.

—Ah, eso me dice algo.

—¿Qué?

—¿No se le ha ocurrido, profesor, que tal vez el hombre cambia los neumáticos de su vehículo con cada aventura, porque sabe que el dibujo de la superficie se puede rastrear?

—Sí, se me ha ocurrido.

El asesino sonrió.

—Ése es el primer problema. El transporte. El siguiente es el aislamiento. ¿Su presa es un hombre rico?

—Sí.

—Ah, eso ayuda. Enormemente. —Hart se volvió una vez más

hacia Susan—. Yo no contaba con el lujo de sumas ilimitadas de dinero, así que me vi obligado a elegir un sitio abandonado.

—Hábleme de esa elección —pidió Jeffrey.

—Hay que andarse con cuidado, tener la seguridad de que nadie lo verá ni lo oirá. De que uno pasará desapercibido. De que sus idas y venidas no atraerán la atención de nadie. Hay muchos requisitos. Me pasé varias semanas buscando antes de encontrar el lugar ideal.

—¿Y luego?

—Un hombre cauteloso conoce bien su territorio. Medí y memoricé. Estudié cada centímetro del almacén antes de llevar ahí mi... esto... mi equipo.

—¿Y la seguridad?

—El sitio debe ser seguro por sí mismo, pero yo instalé varias trampas y sistemas de alarma caseros... un alambre a la altura de los tobillos aquí y allá, latas con clavos, ese tipo de cosas. Por supuesto, yo sabía cómo evitarlas. Pero un profesor torpón y dos agentes que tropezaban a cada paso armaron un alboroto tremendo cuando entraron. Ese ruido les costó muy caro, Susan.

—Eso tenía entendido.

Hart soltó otra carcajada.

—Me caes bien, Susan. ¿Sabes? Que tenga ganas de abrirte en canal no significa que quiera dejarle ese placer único y delicioso a otro. Bien, Susan, he aquí una pequeña advertencia de tu admirador. Cuando encontréis a vuestro hombre, no hagas ruido. No hagas el menor ruido, y sé muy cautelosa. Y da por sentado siempre, siempre, Susie-Q, que estará esperándote en la sombra más próxima. —El asesino bajó la voz ligeramente, de modo que su timbre infantil y chillón dio paso a una frialdad que la sorprendió—. Y tu hermano podrá decirte, por experiencia, que no debes dudar. Ni por un segundo. Si se te presenta una oportunidad, aprovéchala, Susan, porque nosotros somos muy rápidos cuando llega el momento de matar. Te acordarás de lo que te he dicho, ¿verdad?

—Sí —contestó ella, y la voz se le quebró casi imperceptiblemente.

Hart asintió.

—Bien. Ahora te he dado una pequeña posibilidad de sobrevivir. —Se volvió de nuevo hacia Jeffrey—. Pero usted, profesor, aunque ya sabe estas cosas, confío en que vacile y eso le cueste la vida. Usted también está interesado en ver. Eso es lo que le mueve, ¿verdad? Quiere mirar, contemplar cómo se desarrollan los acontecimientos, en toda su gloria y excepcionalidad. Es usted un hombre de observación, no de acción, y cuando llegue el momento, quedará atrapado en su propia vacilación y eso le acarreará la muerte. Reservaré un sitio en el infierno para usted, profesor.

—Yo le capturé.

—Ah, no, profesor. Usted me encontró. Y de no ser por los dos disparos del agente moribundo y la desafortunada pérdida de sangre que experimenté, no le habría hecho la herida en el muslo, sino en otra parte. —El asesino se señaló el pecho, describiendo una larga línea en el aire con su dedo índice, semejante a una garra.

Jeffrey se percató de que había bajado la mano sin darse cuenta hacia el punto de la pierna en que Hart le había clavado el cuchillo.

Recordó que se había quedado helado, incapaz de moverse de donde estaba, mientras el asesino perdía el conocimiento a sus pies, después de lanzar un solo golpe con el cuchillo de caza, que le había hecho un corte profundo.

A Jeffrey le vinieron ganas de levantarse y marcharse en ese momento. Se puso a inventar una excusa que darle a su hermana. Pero en ese mismo instante tomó conciencia de que no había averiguado aún lo que necesitaba saber. Pensó que quizá tenía esos conocimientos al alcance de la mano, de modo que se removió incómodo en su asiento. Le hizo falta una gran fuerza de voluntad para no ponerse en pie y huir de la pequeña sala.

El asesino no había reparado en la respiración agitada de Jeffrey, pero Susan sí, aunque no se volvió hacia su hermano, pues sabía que entonces Hart se fijaría en él.

—Bueno —barbotó en cambio—, así que necesitaba seguridad y aislamiento.

Hart la escrutó.

—Privacidad, Susan. Privacidad absoluta. —Sonrió—. Tienes que poder concentrarte, sin el menor riesgo de que surja una distracción, por leve que sea. Debes polarizar toda tu atención, todas tus energías en ese único lugar. ¿No es cierto, profesor?

—Sí.

—Verás, Susan, el momento que buscas es especial, único, arrollador. Funde todo tu ser en un momento glorioso. Os pertenece a ti y a ella y a nadie más. Pero, al mismo tiempo, sabes que, como todas las grandes conquistas que se han llevado a cabo en la larga y tediosa historia del mundo, ésta no está exenta de peligros: fluidos, huellas digitales, fibras capilares, muestras de ADN... todos esos detalles que las autoridades recogen de forma tan prosaica y competente. Así que el lugar que elijas debe facilitarte el control de todos estos detalles. Pero, al mismo tiempo, no puedes hacer de la aventura algo, eh... antiséptico. Eso le quitaría toda la emoción. —Hart hizo una nueva pausa, enarcando una sola ceja—. ¿Entiendes todo esto, Susan? ¿Comprendes lo que te digo?

—Empiezo a entenderlo.

—Bailas al son de tus propias melodías —dijo el asesino.

Susan asintió con la cabeza, pero Jeffrey se puso muy tieso en su silla.

—Repita eso —dijo.

Hart se volvió hacia él.

—¿Qué?

Pero Jeffrey agitó la mano como para quitarle importancia.

—No, no pasa nada. —Se levantó, haciendo un gesto hacia el espejo unidireccional—. Hemos terminado. Gracias, señor Hart.

—Yo no he terminado —replicó Hart despacio—. Terminaremos cuando yo lo diga.

—No —dijo Jeffrey—. Ya he averiguado lo que necesitaba. Fin de la entrevista.

El asesino lo miró con ojos desorbitados por un instante, y Susan por poco reculó ante la fuerza de ese odio repentino. Las esposas traquetearon contra su sujeción metálica. Dos fornidos guardias de la cárcel entraron en la sala. Ambos echaron un solo vistazo al hombre retorcido que estaba sentado a la mesa, rojo de rabia, y uno de ellos se dirigió a un pequeño intercomunicador instalado en la pared para pedir con toda naturalidad un «equipo especial de escolta». A continuación, se volvió hacia los Clayton.

—Por lo visto se ha alterado —les dijo—. Sería conveniente que salieran ustedes dos primero.

Susan vio que al asesino se le hinchaba una vena en la frente. Se había doblado hacia delante, pero tenía los músculos del cuello rígidos a causa de la tensión.

—¿Qué he dicho, profesor? —preguntó Hart—. Me he esforzado por no hablar de más.

—Me ha dado una idea.

—¿Una idea? Profesor —dijo Hart, apenas alzando la cabeza—, le veré en el infierno.

Jeffrey posó la mano en la espalda de su hermana para empujarla suavemente hacia la puerta. Vio a una unidad de media docena de guardias de prisiones acercarse por un pasillo contiguo, armados con porras y protegidos con casco, visera y chaleco antibalas. Las punteras metálicas de sus botas repiqueteaban contra el suelo de linóleo pulido.

—Tal vez —contestó Jeffrey, deteniéndose a la salida—, pero usted llegará allí antes que yo.

Hart soltó otra risita, esta vez desprovista de humor. Susan supuso que era el mismo sonido que unas cuantas jóvenes habían oído en sus últimos momentos en este mundo.

—Yo no contaría con ello —repuso—. Me parece que corre usted que se las pela hacia allí. Rápido, profesor. Dese prisa.

Los guardias de la cárcel entraron, abriéndose paso entre ellos.

—Larguémonos de aquí —dijo Jeffrey, asiendo a Susan del codo y guiándola por el pasillo.

A su espalda, oyeron un estridente bramido de rabia, y varias voces muy altas. Una sarta de obscenidades proferidas a grito limpio atravesó el aire. Se oyeron unos pies que se arrastraban y el choque repentino y violento de cuerpos.

Llegó hasta sus oídos otro alarido, de furia y a la vez de dolor.

—Lo han rociado con *spray* lacrimógeno —dijo Jeffrey.

El sonido cesó súbitamente mientras salían por una puerta lateral electrónica. El Ranger de Tejas larguirucho que los había llevado hasta allí estaba esperándolos, sacudiendo la cabeza.

—Vaya, ese pobre tipo está fatal —comentó el Ranger—. He estado mirando por la ventana de observación, señorita. Me ha parecido que mantenía usted la sangre fría en un par de momentos peliagudos. Si alguna vez quiere dejar su trabajo y unirse a los Rangers de Tejas, cuenta con mi voto, no lo dude.

—Gracias —dijo Susan. Respiró hondo y de pronto se puso rígida. Se volvió hacia su hermano—. Tú lo sabías, ¿verdad?

—¿Sabía qué?

—Sabías que él se negaría a verte, salvo para escupirte en la cara, tal vez. Pero también sabías que no resistiría la tentación de jactarse ante mí. Por eso querías que te acompañara, ¿verdad? Mi presencia le soltaría la lengua. —La voz le temblaba ligeramente.

Él movió la cabeza afirmativamente.

—Parecía una apuesta apropiada.

Susan exhaló un largo y lento suspiro.

—De acuerdo —le susurró a su hermano—. ¿Qué demonios ha dicho?

—«Bailas al son de tus propias melodías.»

Susan asintió.

—Vale, lo he oído. Pero ¿qué has deducido de ello?

Iban caminando a paso rápido por la cárcel, como si cada segundo fuera tan peligroso como importante.

—¿Te acuerdas de cuando éramos pequeños, de la norma? Nunca debíamos molestarlo cuando estuviese ensayando. Abajo, en el sótano.

—Sí. ¿Por qué ahí? ¿Por qué no en su estudio, o en la sala de estar? Se llevaba el violín al sótano para tocar. —De repente, la voz de Susan reflejaba su comprensión—. Así que lo que buscamos es...

—Su sala de música.

El Profesor de la Muerte apretó los dientes.

—Sólo que no es música lo que toca ahí dentro.

Diana Clayton se hallaba a medio camino del coche cuando divisó la figura desplomada sobre el volante. Se detuvo, intentando de nuevo percibir algún sonido. Luego avanzó cautelosamente. Tenía la impresión de que el sol de pronto calentaba más, y se protegió los ojos del resplandor metálico del vehículo.

La adrenalina le palpitaba en los oídos y el corazón le latía con fuerza. Se enjugó el sudor de los ojos y sintió que debía contener la respiración. Tuvo que obligarse a permanecer alerta por si había alguien más, pero no podía apartar la vista de la figura de dentro del coche. Intentó recordar qué otros cadáveres había visto, pero cayó en la cuenta de que a todas las víctimas de violencia fortuita o accidentes de carretera con las que había topado en su vida sólo había alcanzado a verlas fugazmente: un bulto bajo una sábana, un atisbo de piel flácida en una bolsa antes de que cerraran la cremallera. Nunca antes se había acercado a una persona muerta, y menos aún sola. Nunca había sido la primera —o segunda— en enfrentarse a la realidad de una muerte violenta.

Intentó imaginar qué haría su hijo.

«Sería muy cuidadoso», se dijo. Querría dejar intacta la escena del crimen, porque podría haber pruebas de lo sucedido desperdigadas por ahí. Estaría atento a cualquier matiz o alteración relacionados con el asesinato, porque esos detalles podían revelarle algo. Leería la zona como un monje lee un manuscrito.

Avanzó lentamente, sintiéndose del todo inepta para la tarea que se le presentaba.

Se encontraba a unos tres metros cuando vio que el cristal de la ventanilla del conductor estaba hecho añicos, y los pedazos esparcidos fuera del coche. Los pocos fragmentos que aún quedaban en su sitio estaban salpicados de carmesí y trocitos de hueso gris y masa encefálica.

Aún no alcanzaba a verle la cara al hombre. Estaba apoyada en la columna de dirección, apretada hacia abajo. Diana habría deseado poder identificarlo por la forma de los hombros o el corte y el color de su ropa, pero no podía. Comprendió que tendría que acercarse mucho más.

Sujetó el revólver con más fuerza. Dio la vuelta despacio, escudriñando una vez más la zona.

Moviéndose como un padre que entra en la habitación de un niño dormido, Diana se aproximó al costado del coche. Echó un vistazo rápido al asiento de atrás y comprobó que estaba vacío. Luego, obligó a sus ojos a posarse en el cadáver.

Colgando de la mano derecha del hombre había una pistola semiautomática de gran calibre. La izquierda sujetaba un sobre manchado de sangre.

Se acercó un poco más. El hombre tenía los ojos abiertos, y Diana soltó un grito ahogado.

Retrocedió bruscamente en el momento en que lo reconoció.

Se apartó del coche con paso vacilante, un poco como un asistente a una fiesta que se da cuenta de que se ha tomado algunas copas de más, y se reclinó contra una roca cercana, sin despegar la vista del muerto. No le hacía falta sacarse la nota del bolsillo para recordar lo que decía. Ya no creía que fuera el muerto quien le había escrito la carta recomendándole una agradable y rápida caminata matinal.

Sabía quién la había escrito, y también quién era el autor del cuadro que tenía ante sí. Pensar en ello le dejó un regusto ácido y amargo, de modo que buscó la botella de agua en la mochila. Tomó un trago rápido, tras enjuagarse la boca. Recordó que, según la carta, contemplaría una vista única. Supuso que, en cierto modo, la muerte era algo común y único a la vez.

19

Introducción a la arquitectura de la muerte

En el aire de la tarde se respiraba una sequedad tensa que presagiaba un abrupto descenso de las temperaturas durante las siguientes horas de la noche. Jeffrey y Susan Clayton lo notaron cuando los acompañaron al lugar donde su madre había descubierto el cadáver del agente Martin ese día, por la mañana. No les habían proporcionado detalles de la muerte cuando aterrizaron y otro agente del Servicio de Seguridad los recibió en el aeropuerto; sólo les habían comunicado que se había producido «un accidente».

Al avistar la salida de la autopista que conducía a su casa adosada, Susan le susurró esa información a su hermano. Había un par de coches del Servicio de Seguridad aparcados a cierta distancia, en la misma calle, allí donde su madre había abandonado Donner Boulevard durante su caminata matinal. Dos agentes uniformados controlaban el acceso, pero no estaban muy ocupados. No había una multitud de gente inquieta o curiosa. De inmediato dejaron pasar al agente que escoltaba a los dos hermanos. Éste había permanecido meditabundo y callado durante todo el trayecto desde el aeropuerto, sin mostrar el menor interés por entablar conversación. Su coche avanzó dando tumbos por la accidentada superficie del camino a lo largo de unos cien metros y luego se detuvo derrapando.

Media docena de vehículos estaban aparcados allí cerca, desperdigados por el viejo camino de construcción. Jeffrey vio las mismas furgonetas de la policía científica que en el lugar donde se había encontrado el cadáver de la última víctima. Reconoció muchos de los rostros que iban y venían por allí, como si no estuvieran seguros de qué debían hacer; una actitud insólita en un escenario del crimen.

—Yo me quedo aquí —dijo el agente—. Ellos le querrán a usted ahí arriba. —Señaló hacia la actividad que se desarrollaba ante ellos.

—¿Dónde está mi madre? —preguntó Susan, en un tono que rayaba en la exigencia.

—Allí arriba. Se supone que tiene una declaración que hacer, pero me han dicho que sólo pensaba hablar cuando llegaran ustedes. Mierda —masculló el agente—, Bob Martin era amigo mío. Hijo de puta.

Jeffrey y Susan bajaron del coche. Jeffrey se detuvo, se arrodilló y palpó la superficie de tierra suelta, dejando que un puñado se le escurriera entre los dedos, como algún campesino de la época de la Depresión en la zona azotada por tormentas de arena, observando la causa de su ruina en su mano.

—Es un mal lugar —comentó—. Seco, ventoso. Será difícil encontrar pruebas, o pistas.

—¿Algún otro lugar habría sido mejor?

—Un lugar húmedo. Hay sitios donde la tierra sencillamente retiene los detalles de todo lo que sucede sobre ella. Cuenta la historia entera. Se puede aprender a leer esas zonas, como palabras en una página. Éste no es uno de esos sitios. En los lugares como éste, mucho de lo que se escribe se borra casi al instante. Maldita sea. Vayamos a buscar a mamá.

Vislumbró a Diana, que estaba apoyada contra el costado de un furgón del estado, bebiendo café caliente de un termo. En el mismo momento, Diana Clayton se dio la vuelta, advirtió que los dos se acercaban y agitó la mano para saludarlos con un entusiasmo que parecía conjugar la alegría de ver a sus hijos con la sobriedad de la situación. A Jeffrey le sorprendió su aspecto. Le dio la impresión de que la palidez se extendía por todo su cuerpo. En la pantalla de videoteléfono, no se apreciaban los efectos devastadores de la enfermedad. Ahora, la veía delgada, frágil, como si sus músculos y tendones fueran lo único que evitaba que se cayera a trozos. Intentó disimular su sorpresa, pero Diana la detectó de inmediato.

—Oh, Jeffrey —le reprochó en tono burlón—, no tengo tan mala cara, ¿no?

Él sonrió, sacudiendo la cabeza y acercándose con los brazos abiertos.

—No, no, para nada. Estás estupenda.

Se abrazaron, y Diana susurró la verdad al oído de su hijo:

—Es como si llevase la muerte en mi interior.

Sin soltarse de sus brazos, se inclinó hacia atrás y lo miró con detenimiento. Luego levantó una mano de su codo y le acarició la mejilla.

—Mi niño guapo —dijo con suavidad—. Siempre has sido mi niño guapo. Seguramente sea conveniente recordarlo en los días que nos esperan. —Diana se volvió, saludó a Susan, que se había quedado atrás, y le hizo señas de que se uniera al abrazo—. Y mi niña perfecta —dijo. Una lágrima asomaba a la comisura de su ojo derecho.

—Oh, mamá —protestó Susan, con una voz similar a la de una adolescente, como si las muestras de afecto la avergonzaran pero en el fondo le gustaran.

Diana retrocedió un paso, forzándose a sonreír y a reprimir su emoción.

—Detesto lo que nos ha reunido —aseguró—, pero me encanta que los tres volvamos a estar juntos.

Los tres permanecieron callados un momento, y luego Jeffrey levantó la vista.

—Tengo trabajo —dijo—. ¿Cómo?

Diana le puso en la mano la carta con las indicaciones que había recibido. Susan leyó por encima de su hombro.

—Seguí las instrucciones. Todo me parecía de lo más inocente, hasta que subí hasta aquí y encontré al pobre agente Martin allí, en su coche. Se había pegado un tiro. O esa impresión me dio. No me acerqué demasiado...

—¿No viste a nadie más?

—Si te refieres a... a él, no. —Diana titubeó y luego añadió—: Pero sentí que estaba aquí. Intuía su presencia. Tal vez percibí su olor. Me pareció que me observaba durante todo el rato que estuve aquí arriba, pero por supuesto no había nadie. Sea como fuere, no podía hacer nada, así que llamé a las autoridades y luego me quedé esperando a que vosotros regresarais. Debo decir que todo el mundo ha sido muy amable, sobre todo el señor que está al cargo...

Jeffrey se dio la vuelta, con la carta todavía abierta en la mano, y vio al funcionario a quien llamaba Manson de pie junto al coche del agente, mirando el cadáver.

Susan seguía leyendo.

—Es imposible que el agente Martin escribiera eso —señaló en voz baja—. Ése no puede ser su estilo. Ni su forma de redactar. Es demasiado críptico, demasiado generoso con las palabras. —Hizo una pausa—. Ya sabemos quién lo escribió.

Jeffrey asintió.

—Me pregunto por qué quería que yo subiese hasta aquí —dijo Diana.

—Tal vez para que vieras de lo que es capaz —respondió Susan.

Jeffrey asintió de nuevo.

—Quedaos por aquí, Susie, mamá. Quizá necesite vuestra ayuda. —Y echó a andar hacia el coche del agente Martin.

Manson tenía la mirada fija en los vidrios salpicados de sangre y desparramados junto a la ventanilla del conductor cuando Jeffrey se acercó. Se volvió y una sonrisa lánguida de político se le dibujó en los labios. Acto seguido, metió la mano en el bolsillo de su americana y extrajo un par de guantes de látex que agitó en el aire en dirección a Jeffrey.

—Tenga. Ahora podré contemplar al famoso Profesor de la Muerte realizando su auténtico trabajo.

Jeffrey se puso los guantes sin decir una palabra.

—Por supuesto, de cara al público, no hay nada que contar. En todo caso, no gran cosa —continuó Manson—. Abatido por las dificultades laborales recientes, sin el apoyo de una familia, un empleado del estado leal y entregado decidió tristemente quitarse la vida. Incluso aquí, donde tantas cosas funcionan bien, es poco lo que podemos hacer respecto a las depresiones ocasionales. Sólo sirven para recordarnos al resto de nosotros lo afortunados que somos en realidad...

—No se suicidó, y usted lo sabe.

Manson negó con la cabeza.

—A veces, profesor, nuestro mundo requiere dos interpretaciones distintas de los hechos. Está la obvia, por supuesto, que es la que acabo de exponerle. Y luego está la menos obvia. Esta interpretación es, cómo decirlo... ¿más confidencial? Debe quedar entre nosotros. —Miró a los técnicos de la policía científica—. Su trabajo aquí consiste únicamente en analizar cualquier cosa que usted estime útil para su investigación. Por lo demás, se trata de un suicidio a todos los efectos, y así lo considerará el Servicio de Seguridad. Una tragedia. —Manson se apartó del costado del coche. Con una ligera inclinación y un movimiento amplio del brazo, le indicó a Jeffrey que se acercara—. Dígame qué ocurrió, profesor. Dígame exactamente qué ve. Y dígamelo sólo a mí.

Jeffrey pasó al lado del conductor y abrió la portezuela. Sus ojos recorrieron el interior rápida pero minuciosamente. Reparó en los dos pares de prismáticos que había sobre el asiento. Luego dirigió su atención al cuerpo del agente Martin. Notó una sensación de frialdad en su interior, casi como si estuviese en una galería, examinando un cuadro de un pintor mediocre. Cuanto más se detenía en la observación del lienzo que tenía ante sí, más evidentes le parecían los defectos del retrato. El cuerpo del agente estaba marcadamente ladeado hacia la izquierda, impulsado por el impacto del disparo. Tenía los ojos y la boca abiertos de manera macabra, como en una mueca de sorpresa ante la muerte. La herida en sí, enorme, le había destrozado buena parte del cráneo, lo que confería a la expresión del rostro manchado de sangre un aire aún más inquietante, como de gárgola.

Inclinado sobre el asiento, advirtió que tenía en la mano izquierda un sobre también ensangrentado y con trocitos de masa encefálica viscosa y clara. La mano derecha, que sujetaba sin apretar la enorme pistola de nueve milímetros, descansaba sobre el asiento, laxa. Continuó escrutando el cadáver con la vista y se fijó en el desgarrón en los pantalones de Martin, a la altura de la rodilla, y vio que el raspón en la pierna había estado sangrando antes de la muerte. Se inclinó aún más y levantó la pernera desde el tobillo. En vez de la daga plana que llevaba la tarde que se habían conocido en la sala de conferencias de la universidad, ahora había allí una pistola de calibre .38 y cañón corto en una funda tobillera de cuero.

Soltó la pernera.

«No mucha gente lleva dos armas distintas consigo cuando va a suicidarse», pensó.

Miró de nuevo los ojos de Martin.

«¿Cuál fue el último pensamiento que te pasó por la cabeza?

—se preguntó—. ¿Cómo alcanzar esa pistola? ¿Cómo defenderte? —Sacudió la cabeza—. No tenías la menor posibilidad.»

A través de la ventana, Jeffrey lanzó una mirada a Manson, que se había apartado de la escena del crimen. No dijo nada, pero pensó: «Así que ahora que el asesino que en teoría iba a resolver tu problema después de que yo le entregara a mi padre ha caído en una trampa y se ha pegado un tiro. No era lo bastante agudo, lo bastante inteligente, lo bastante mortífero.»

Vio que Manson hacía una mueca, como si se le hubiera ocurrido lo mismo en ese momento.

«Y ahora tienes que depositar todas tus esperanzas de solucionar el problema en alguien a quien no puedes controlar. Y seguro que eso te resulta considerablemente menos agradable, ¿verdad? No tan desagradable como lo que ocurrirá si no encuentro a mi padre, pero aun así desagradable.»

Esbozó una sonrisa al imaginar la respuesta a esa pregunta.

Jeffrey, de pie pero agachado, registró por encima el asiento trasero y no encontró nada muy evidente, aunque sabía que era allí donde se había sentado su padre, el asesino. Aún le quedaba la tenue esperanza de que se encontrase alguna fibra textil microscópica o algún cabello. Quizás incluso alguna huella digital. Pero lo dudaba. Y dudaba aún más que, pese a lo que había dicho Manson, le permitiesen ordenar una inspección integral del coche.

Jeffrey se enderezó y se llevó la mano a un bolsillo interior para sacar un pequeño estuche de piel que contenía algunos utensilios de metal. Cogió unas relucientes pinzas de acero y volvió a inclinarse hacia el interior del coche por encima del asiento del pasajero. De manera delicada pero firme, retiró el sobre de los dedos inertes de Martin. Con cuidado de no tocarlo, vio, escritas en el exterior con trazos gruesos de lápiz, las iniciales J. C.

Empezó a abrir el sobre, pero se detuvo.

Se volvió hacia su hermana, que estaba a unos veinte metros, y le hizo señas. Ella lo vio, movió la cabeza afirmativamente y dejó a Diana, que todavía estaba tomando sorbos de café.

—¿Qué ocurre? —preguntó Susan cuando se acercó.

Jeffrey se percató de que ella mantenía la mirada apartada del interior del coche. Pero entonces se inclinó y echó un vistazo. Se irguió al cabo de un momento.

—Desagradable —comentó.

—Era un hombre desagradable.

—Y tuvo un final desagradable. Aun así...

—Tenía esto en la mano. Tú eres la experta en palabras. He creído que debíamos leerlo juntos.

Susan examinó con cuidado el sobre y las iniciales J. C.

—Bueno —dijo—, me parece que no cabe duda de quién es el destinatario, a no ser que Jesucristo figure en la lista de correos de nuestro querido padre. Ábrelo.

Manejando las pinzas con cuidado, como un cirujano residente que aún no confía en su pulso, Jeffrey levantó la solapa del sobre. Para su disgusto, comprobó que lo habían cerrado con cinta adhesiva y no con saliva. Los dos hermanos vieron dentro una sola hoja de papel blanco común y corriente doblada. Jeffrey la sujetó por el borde y la desplegó sobre el capó del coche.

Por un momento, ambos permanecieron callados.

—Vaya, que me aspen —dijo Susan entre dientes.

El papel estaba en blanco.

Jeffrey frunció el entrecejo.

—No lo entiendo —dijo en voz baja.

Volvió la hoja del revés y vio que el dorso también estaba en blanco. Sujetó el papel a contraluz frente al sol poniente, buscando señales de palabras escritas con jugo de limón o alguna otra sustancia que quizá resultaría visible bajo una luz fluoroscópica.

—Tendré que llevar esto a algún laboratorio —dijo—. Hay técnicas para hacer aparecer palabras ocultas. Luz negra, láser... unas cuantas. Me pregunto por qué querría ocultar lo que ha escrito...

Susan negó con la cabeza.

—No lo entiendes, ¿verdad?

—¿Entender qué?

—La hoja en blanco. Ése es su mensaje para ti.

Jeffrey aspiró una bocanada rápida del aire cada vez más frío que los rodeaba.

—Explícate —pidió con suavidad.

—Una hoja en blanco dice tanto como una que está llena de palabras. Seguramente dice más. Da a entender que no sabes nada, que para ti él es desconocido, una incógnita. Da a entender que debes aprender de lo que ves, no de lo que te dicen. ¿Qué significa un hijo para su padre? Empiezas desde cero y luego vas forjando la personalidad de ese niño. Muchas cosas. El lienzo virgen que aguarda la primera pincelada del pintor. Las primeras palabras de un escritor en una hoja en blanco. Todo es simbólico. Lo que no dice es mucho más contundente que lo que podría haber dicho. Simbolismo, simbolismo, simbolismo.

Su hermano asintió despacio.

—El investigador maneja datos concretos... —dijo.

—Pero el asesino maneja imágenes.

Jeffrey volvió a respirar el aire fresco de aquella apacible tarde.

—Y el profesor, el maestro... —apuntó.

—Debe ser capaz de conjugar ambas cosas —terminó Susan.

Jeffrey volvió la espalda al coche y avanzó unos pasos por el camino de tierra. Susan vaciló, dejó que se alejara por unos instantes y rápidamente echó a trotar tras él.

Los dos normalizaron el paso hasta avanzar a un ritmo regular, en silencio, sumidos en sus meditaciones. Susan notó que el miedo se adueñaba de ella mientras observaba a su hermano luchar contra sus propios sentimientos encontrados.

—Lo que deberíamos hacer es largarnos pitando de aquí —dijo, parándose en seco.

—No —replicó ella—. Nos ha encontrado. Ya no podemos volver a escondernos.

—¿Y qué se supone que debemos hacer? ¿Detenerlo? ¿Matarlo? ¿Pedirle que nos deje en paz?

—No lo sé.

—Es perverso.

—Lo sé.

—Y forma parte de nosotros. O tal vez nosotros formamos parte de él.

—¿Y?

—No lo sé, Susan.

De nuevo se quedaron callados.

Jeffrey apartó la vista de su hermana y la posó en el camino.

—¿Qué demonios estaban haciendo aquí arriba? —preguntó de pronto.

Entonces vislumbró un objeto pequeño y negro en la tierra suelta y arenosa. Era semejante a una piedra, pero de una redondez demasiado perfecta para ser obra de la naturaleza. Lo recogió y le quitó el polvo. Era la tapa de una lente de los prismáticos. Miró hacia atrás, al coche, y continuó andando, con su hermana a la zaga.

Zancada a zancada, doblaron la curva y luego descendieron por el sendero.

—¿Qué estaba buscando aquí? —preguntó Jeffrey.

Susan se detuvo. Señaló al frente, y Jeffrey vio extenderse a sus pies la urbanización de casas adosadas.

—A nosotras —contestó—. El bueno del agente nos espiaba a nosotras. ¿Por qué?

Jeffrey meditó por unos instantes.

—Porque esperaba que su presa apareciera. Por eso estaba aquí arriba. —Escudriñó la zona, y cerca de una roca vio el envoltorio arrugado de celofán del bollo que se había comido el agente Martin—. Aguardaba aquí, observando. Luego, por alguna razón, dio media vuelta y regresó a toda prisa por el camino. Yo diría que corría todo lo que podía, porque tiene un rasponazo en la pierna que sin duda se debe a que tropezó y cayó. Probablemente allí donde he encontrado la tapa de la lente.

—¿Tenía prisa por suicidarse?

—No. Creía haber visto algo, pero fue a descubrir otra cosa.

—¿Una trampa?

—Un hombre que tiende una trampa suele estar lleno de una seguridad falsa que en la mayor parte de los casos le impide ver la trampa que otros le han tendido a su vez. Subió aquí solo para espiar, aunque en realidad no estaba solo. Se me ocurre un par de posibilidades. Intentó huir. Tal vez. Sube al coche, pero para entonces ya tiene una pistola apuntándole a la cabeza. Tal vez. O quizá su asesino estaba esperándolo dentro del coche. Tal vez. El caso es que después muere. De hecho, lo matan. Un disparo y el asesino le pone en la mano la pistola, la pistola del propio agente. Así de sencillo. El estado es lo bastante proclive a la artificiosidad engañosa para declarar que se suicidó...

Jeffrey pensó en las jóvenes desaparecidas que oficialmente habían sido víctimas de perros salvajes. No lo expresó en voz alta. Se dijo en su fuero interno que matar en un lugar que se dedicaba tan activamente a encubrir la verdad debía de ser todo un lujo para el asesino. Alzó la vista y la dirigió a lo lejos, a las crestas de las montañas iluminadas por los últimos rayos de sol del día, que teñían el verde fértil de un rojo espectacular y radiante. Una región del mundo que aguardaba a que se escribiera una historia nueva en ella. El lugar del país donde se vivía con mayor seguridad era también donde se mataba con mayor seguridad.

Dudaba que Manson apreciase esa ironía de buen grado.

—No necesitamos conocer los detalles exactos... —Susan hablaba despacio, y Jeffrey se volvió para escucharla—. A veces el mensaje reside en la yuxtaposición de acontecimientos. O de ideas. Lo que quiere que sepamos es cómo controla los pormenores de la muerte.

Jeffrey asintió.

—Tiende trampas elaboradas. Quiere hacerte creer una cosa, justo hasta el momento en que te des cuenta de que está pasando algo totalmente distinto que está bajo su control.

—Exacto. Los mejores acertijos siempre son laberintos. Siempre hay pistas e indicios que apuntan en la dirección equivocada. —Susan titubeó y dejó que una mueca se deslizara por las comisuras de su boca. Había una dureza en su mirada que Jeffrey nunca había visto antes—. Se me ocurre otra cosa —dijo ella.

—¿Qué?

—¿No te das cuenta de cómo se comunica con nosotros?

Jeffrey sacudió la cabeza.

—Creo que no te sigo.

La voz de Susan pareció empequeñecerse en el aire que los envolvía, como si la brisa arrastrase y aporrease cada palabra.

—A mí me ha escrito por medio de acertijos. Juegos de palabras. Es decir, me ha hablado en el lenguaje que conozco. Mata Hari, la reina de los enigmas. A ti te habla de otra manera. Te transmite sus mensajes en tu lenguaje: el de la violencia y el asesinato. «El Profesor de la Muerte.» Son acertijos de otro tipo, pero acertijos al fin y al cabo. ¿No es eso típico de un padre? ¿Adaptar la forma de comunicación a las habilidades propias de cada hijo?

De pronto Jeffrey sintió náuseas.

—Joder —susurró.

—¿Qué pasa?

—Hace siete años, poco después de que empezara a dar clases en la universidad, una de mis alumnas desapareció. No la conocía demasiado, para mí era sólo otra cara en un aula muy grande. La encontraron en una postura similar a la de la chica que asesinaron cuando de niños nos fuimos de Nueva Jersey, e igual a la de la primera víctima de aquí, del estado cincuenta y uno. Fue por esta conexión por lo que el agente Martin contactó conmigo y me hizo venir aquí...

—Pero en realidad no fue el agente Martin quien dispuso que vinieras —dijo Susan despacio—, sino él.

—¿Y él sabía que yo acabaría por traeros a ti y a mamá?

Susan hizo otra pausa.

—Creo que lo mejor es suponer que sí. Tal vez ésa era la razón de que me enviara esos mensajes.

Los dos guardaron silencio por un momento.

—La pregunta sigue siendo: ¿por qué? —dijo Susan.

—No conozco la respuesta. Aún no —murmuró Jeffrey—. Pero sí sé una cosa.

—¿Cuál?

—Que más nos vale dar con él antes de que responda a la pregunta por nosotros.

Diana se retiró a la habitación pequeña donde había un catre, a descansar, lo que no le resultaría fácil. No era sólo que el dolor hubiese elegido ese momento para recordarle su presencia, sino la naturaleza inquietante de la muerte del policía, sumada a sus temores sobre lo que las horas o días siguientes les deparasen a sus hijos y a ella; todo ello conspiraba para mantenerla dando vueltas en la cama. Sabía que en la habitación contigua sus dos hijos intentaban averiguar cómo descubrir la amenaza que se cernía sobre los tres, y sintió una punzada de frustración por verse excluida del proceso.

Los hermanos estaban sentados ante los terminales de ordenador en el despacho principal, identificando los factores que debían investigar.

—En los planos —dijo Jeffrey— aparecería marcada como sala de música.

—¿Y por qué no como un estudio, o una sala audiovisual?

—No. Sala de música. Porque habrá querido revestirla de material para insonorizar.

—También lo necesitaría para una audiovisual.

—De acuerdo. Tienes razón. Busquemos eso también.

—Pero la ubicación dentro de la casa es esencial —añadió Susan—. Si alguien toca el piano, por ejemplo, o incluso el violonchelo, querría que ocupase una posición central. En la planta principal, tal vez junto al cuarto de estar o el salón. Algo así. Porque, ¿sabes?, no querría ocultar lo que hace, simplemente contar con un espacio privado. Nosotros buscamos un tipo de separación distinto.

Jeffrey asintió.

—Aislamiento. Una habitación apartada de las zonas de la casa donde se hace más vida. No enterrada, pues debe ser de fácil acceso, pero casi. Y tal vez con algún tipo de salida secreta también.

—¿Crees que quizá construyó un pabellón de invitados y lo destinó para su música? —preguntó ella.

—No, no necesariamente. Un pabellón de invitados me parece un sitio más vulnerable. Recuerda lo que tu amigo el señor Hart dijo sobre el control del entorno. Y en Hopewell, utilizó el sótano, que estaba apartado pero no separado. Hay otro elemento que influye en esto...

—¿Cuál?

—La psicología del asesinato. Las muertes que él ha llevado a cabo forman parte de él, de su ser más íntimo. Están próximas a su esencia. Él quiere tenerlas cerca en todo momento.

—Pero diseminó los cadáveres por todo el estado...

—Los cadáveres no son más que desechos. Productos residuales. No tienen nada que ver con lo que él es ni con lo que hace. Lo que ocurre en esa habitación...

—Es lo que lo convierte en lo que es —dijo Susan, completando la frase—. Eso lo entiendo. Es más o menos lo que tu amigo Hart dijo. —Suspiró, mirando a su hermano—. Debe de ser doloroso para ti —agregó en voz baja.

—¿El qué?

—Que te resulte tan fácil pensar en estas cosas.

Como él no contestó de inmediato, ella supuso que le había planteado una pregunta difícil. Finalmente, Jeffrey hizo un gesto de asentimiento.

—Estoy asustado, Susie. Tengo un miedo terrible.

—¿De él?

Jeffrey sacudió la cabeza.

—No. De ser como él.

Ella se disponía a negarlo rápidamente, pero se obligó a callar, y al hacerlo se le escapó un leve jadeo.

Jeffrey abrió un cajón y sacó despacio una pistola semiautomática de gran tamaño. Pulsó el botón para soltar el cargador, que cayó al suelo, y tiró hacia atrás del cerrojo para hacer saltar de la recámara la bala, que también rebotó con un ruido metálico sobre la mesa antes de caer silenciosamente en la alfombra.

—Tengo varias armas —dijo.

—Todo el mundo las tiene —arguyó su hermana.

—No. Yo soy distinto. Yo no me permito disparar —dijo—. Nunca he apretado un gatillo.

—Pero has participado en tantas detenciones...

—Nunca he disparado. Sí, he apuntado, claro. Y he lanzado amenazas. Pero ¿apretar el gatillo? Nunca. Ni siquiera en prácticas.

—¿Por qué no?

—Tengo miedo de que me guste. —Se quedó callado durante un rato. Depositó el arma en el borde de la mesa, frente a sí—. Nunca jugueteo con cuchillos —prosiguió—. Son una tentación demasiado obvia. ¿A ti nunca te ha molestado esa sensación?

—Nunca.

—¿Y no te asaltaría ni una duda? ¿No vacilarías?

—No... —respondió ella, con menos convicción—. Claro que nunca lo había visto desde esa perspectiva.

Jeffrey asintió.

—Da que pensar, ¿no?

—Un poco.

—Susie, si llega el momento, no dudes. Dispara. No me esperes. No confíes en que reaccione, en que actúe con decisión. Tú siempre has sido la impetuosa de los dos...

—Sí, ya —repuso ella con cinismo—. La que se quedó en casa con mamá mientras tú te fuiste a hacer algo con tu vida...

—Pero lo has sido. Siempre. La que corría riesgos. Yo era Don Empollón. Don No Tengo Vida Excepto el Trabajo y los Libros. No cuentes conmigo cuando ya no quede otra salida que pasar a la acción. ¿Entiendes lo que te digo?

Susan movió afirmativamente la cabeza.

—Por supuesto.

Pero interiormente tenía sus dudas.

Los dos guardaron silencio hasta que Jeffrey volvió su silla de cara a la pantalla de ordenador.

—Muy bien —dijo, con una brusquedad que denotaba determinación—. Veamos si todas estas normas y reglas que rigen en este flamante mundo del mañana nos sirven para dar con él.

Pulsó algunas teclas, y al cabo de un momento aparecieron en pantalla las palabras: PROYECTOS ARQUITECTÓNICOS APROBADOS / ESTADO 51.

Revisar los planos de viviendas era una tarea monótona. Habían limitado la búsqueda a casas construidas en zonas azules, porque dudaban que las de barrios más modestos contaran con los mismos elementos de privacidad. Sin embargo, no era una apuesta exenta de riesgo, pues Jeffrey sabía que al asesino le produce cierta satisfacción realizar sus actividades a una distancia peligrosamente próxima a sus vecinos. La bibliografía sobre el asesinato, le recordó a su hermana, estaba repleta de historias de vecinos indolentes que habían oído gritos desgarradores procedentes de una casa contigua y no les habían hecho ningún caso o bien los habían atribuido a alguna causa inocua pero inverosímil como un perro o un gato. El aislamiento, observó, podía ser psicológico, no era necesariamente físico. Aun así, sabían, por el viaje de Jeffrey a Nueva Jersey, que su padre tenía mucho dinero, por lo que se ciñeron a las casas más caras y diseñadas a medida.

En el ordenador había archivos y planos de todos los chalets, apartamentos, casas adosadas, centros comerciales, iglesias, colegios, gimnasios y jefaturas de seguridad construidos en el estado. También contenía información sobre los proyectos de remodelación de los edificios antiguos de acuerdo con la normativa estatal, que se habían puesto en práctica a medida que se incorporaban nuevos territorios al estado. Jeffrey no dedicó mucho tiempo a esta categoría; sospechaba que su padre había llegado al estado cincuenta y uno con un plan muy definido, y había buscado una pizarra en blanco sobre la que empezar a escribir. Estaba seguro de que sería una casa nueva, que dataría del primer o segundo año del estado en ciernes, la época en que empezaba a cobrar forma, impulsado por las fuerzas del dinero y el ansia de seguridad.

El problema era que había casi cuatro mil viviendas de superlujo en el estado. Al descartar todas las casas construidas después de la primera desaparición confirmada de una joven víctima, consiguieron reducir esa cifra hasta setecientas y pico.

A Jeffrey esto le pareció irónico. «Es un hombre calculador —pensó—, y a la vez espontáneo. Es adaptable, pero rígido al mismo tiempo.

»Él no habría matado a nadie aquí sin antes estar totalmente preparado, sin haber implementado correctamente todas las medidas estructurales de seguridad. Querría que sus conocimientos sobre el estado y su funcionamiento fuesen exhaustivos. Los preparativos de un asesinato deben de ser tan fascinantes y emocionantes como el acto en sí. Y cuando por fin lo llevó a cabo, con soltura y precisión, debió de sentirse eufórico.»

Pensó en el violín en manos de su padre: practicaba arpegios, escalas, movimientos, digitaciones, tocaba una y otra vez cada nota hasta que sonaba perfecta... y entonces, sólo entonces, interpretaba la sinfonía entera de principio a fin.

Jeffrey abrió otro juego de planos en pantalla. Intentó recordar si algún hijo de un gran músico —cualquier músico cuya obra hubiese sobrevivido al paso de los siglos— había igualado en talento a su padre. No se le ocurrió ninguno. Pensó en artistas, escritores, poetas, directores de cine, y no le vino a la mente ningún caso en que el hijo hubiese superado al padre.

«¿Soy como todos?», se preguntó.

Contempló los planos que flotaban en la pantalla ante él. Le pareció una casa magnífica. Amplia, de formas y espacios elegantes, habitaciones que reflejaban con optimismo el futuro, no el pasado, como muchas de las viviendas en el estado cincuenta y uno.

Pulsó una tecla y relegó los planos al olvido del almacenamiento informático. No era ésa. Le echó una mirada furtiva a su hermana. Ella también estaba sacudiendo la cabeza y pasando a otro juego de planos.

Los dos hermanos se pasaron horas trabajando juntos.

Cada vez que uno de ellos encontraba unos planos con una habitación que podía encajar en sus hipótesis, identificaban la casa.

Acto seguido, consultaban el mapa de situación para ver su posición respecto a otras viviendas de la misma urbanización. Luego, el ordenador generaba una imagen tridimensional del edificio. Si la habitación en cuestión seguía cumpliendo los requisitos necesarios de emplazamiento, aislamiento y accesibilidad, buscaban entre la información de la empresa constructora si se habían instalado materiales que pudiesen amortiguar el sonido en la estancia.

Mediante este proceso descartaron casi todas las casas. Aquellas pocas con habitaciones que podían utilizarse tanto para hacer música como para cometer asesinatos las seleccionaban y dejaban a un lado.

Varias horas después de la medianoche, habían conseguido reducir la lista de posibles viviendas a cuarenta y seis.

Susan estiró los brazos.

—Ahora —dijo—, la cuestión es cómo averiguar, sin tener que llamar a la puerta de cada maldita casa, cuál pertenece a nuestro padre. ¿Tenemos otro criterio de eliminación?

Antes de que Jeffrey pudiera responder a la pregunta de su hermana, oyó un ruido a su espalda. Giró en su asiento y vio a su madre de pie en el vano de la puerta.

—Deberías estar descansando —dijo él.

—Se me ha ocurrido una cosa. Dos cosas, de hecho —contestó Diana. Cruzó la habitación a grandes zancadas, se detuvo y posó la vista en el dibujo esquemático que mostraba la pantalla del ordenador que Susan tenía enfrente.

—¿De qué se trata? —preguntó Susan.

—Primero de todo, estamos aquí porque él quiere que lo encontremos y tiene tres asuntos pendientes. Eso ya nos lo ha demostrado.

—Continúa —la animó Jeffrey despacio—. ¿A qué te refieres?

—Bueno, ha intentado matarme una vez. Su rencor hacia mí debe de ser simplemente una rabia fría y primaria. Yo le robé a sus hijos. Y ahora, en cierto modo, los dos me habéis traído a él. Me matará y disfrutará con mi muerte. —Diana se interrumpió cuando una imagen la asaltó. «Debe de estar tan ansioso por matarme como un hombre sediento por beberse un vaso de agua en un día caluroso», pensó.

—Entonces debes irte —dijo Susan—. Hemos sido unos estúpidos al hacerte venir...

Diana negó con la cabeza.

—Es aquí donde debo estar —insistió—. Pero lo que tiene planeado para vosotros dos es diferente. Susan, creo que para ti representa una amenaza menor.

—¿Para mí? ¿Por qué?

—Porque fue él quien te salvó en ese bar. Y tal vez haya habido otros momentos de los que no sepamos nada. Para la mayoría de los padres hay algo de especial en las hijas, por muy detestables que sean ellos. Se muestran protectores. Se enamoran de ellas, a su manera. Creo que, pese a lo retorcido que es, desea que tú lo quieras también. Así que no creo que quiera matarte. Me parece que quiere ganarse tu apoyo. Ésa era la intención tras los juegos en los que te ha involucrado.

Susan soltó un resoplido de negación, pero no expresó su disconformidad con palabras. Habría sido una protesta poco convincente.

—Falto yo —dijo Jeffrey—. ¿Qué crees que tiene pensado para mí?

—No estoy del todo segura. Los padres y los hijos compiten entre sí. Muchos padres aseguran querer que sus hijos lleguen más lejos en la vida que ellos, pero creo que la mayoría miente cuando dice eso. No todos, pero casi. Prefieren poner de manifiesto su superioridad, del mismo modo que el hijo aspira a reemplazar al padre.

—Todo eso me parece pura palabrería freudiana —comentó Susan.

—Pero ¿debemos pasarlo por alto? —repuso Diana.

De nuevo, Susan se abstuvo de responder.

Diana suspiró.

—Creo que estás aquí para librar la más elemental de las luchas —dijo—. Para demostrar quién es mejor, el padre o el hijo. El asesino o el investigador. Ése es el juego en el que nos hemos visto envueltos sin darnos cuenta. —Extendió la mano y la posó sobre el hombro de Jeffrey—. Lo que no sé exactamente es cómo se gana esta competición.

Con cada palabra Jeffrey se sentía como un niño, cada vez más pequeño, insignificante y débil. Temía que la voz le temblase y se le entrecortase, y experimentó un gran alivio cuando no fue así. Pero, en el mismo instante, tomó conciencia de una rabia en su interior, una ira que había mantenido reprimida, oculta y olvidada durante toda su vida. Esta furia empezó a bullir en su interior, y notó que los músculos de los brazos y del abdomen se le tensaban.

«Ella tiene razón —pensó—. Sólo libraré una batalla en mi vida; será ésta, y debo ganarla.»

—¿Has dicho que se te había ocurrido otra cosa, mamá? ¿Otra idea? —preguntó Jeffrey.

Diana frunció el entrecejo. Se volvió hacia el plano de la casa que quedaba en la pantalla del ordenador y apuntó a las dimensiones con un dedo huesudo.

—Es grande, ¿verdad?

—Sí —dijo Susan.

—Y aquí hay normativas, ¿no?

—Sí —dijo Jeffrey.

—La casa es demasiado grande para una sola persona, y el estado no admite hombres solteros salvo en circunstancias muy especiales. Al fin y al cabo, ¿qué éramos nosotros hace veinticinco años? Camuflaje. Una fachada que creaba la ilusión de normalidad. La ficción del hogar de clase media feliz. ¿No os imagináis lo que él tiene aquí?

Tanto Susan como Jeffrey permanecieron callados.

—Tiene una familia. Como nosotros. —Diana hablaba en voz baja, como una conspiradora—. Pero esta familia debe diferenciarse de nosotros en algo fundamental. —Diana clavó en Jeffrey una mirada oscura y firme—. Él se habrá buscado una familia que lo ayude —dijo. Se interrumpió, y una expresión de asombro le asomó a la cara, como si sus propias palabras la hubiesen sorprendido—. Jeffrey, ¿es posible semejante cosa?

El Profesor de la Muerte repasó rápidamente su lista mental de asesinos. Le pasaron por la cabeza varios nombres: Kallinger, *el Zapatero de Filadelfia*, que se llevaba consigo a su hijo de trece años en sus truculentas correrías sexuales; Ian Brady y Myra Hindley y los asesinatos de los páramos en Inglaterra; Douglas Clark y su amante Carol Bundy, en California; Raymond Fernandez y la terrible sádica sexual Martha Beck, en Hawai. Le vinieron al pensamiento estudios y estadísticas.

—Sí —dijo pausadamente—. No sólo es posible. Seguramente es probable.

20

El decimonoveno nombre

A media mañana, Manson mandó llamar a Jeffrey a su despacho. El profesor, su madre y su hermana habían pasado lo poco que quedaba de la noche en su oficina, echando alguna cabezada ocasional, pero sobre todo intentando identificar los factores que restringirían la búsqueda de la casa donde vivía su padre a los lugares más probables. La hipótesis de su madre de que su marido se había hecho con una segunda familia los había sumido a los tres en un estado de confusión teñida de desesperación. Jeffrey, en particular, era consciente de los peligros inherentes a la idea de que el hombre que los acechaba tenía cómplices; pero también consideraba que constituía una oportunidad. Examinó mentalmente los casos de asesinos en serie que formaban parte de los vastos conocimientos que había acumulado del tema. Y se preguntó si esos satélites del mundo de su padre, esos lugartenientes, independientemente de su número, serían tan astutos y competentes como él. Dudaba que su padre hubiese cometido errores; no estaba tan seguro de que cupiese esperar lo mismo de su nueva esposa. O de sus nuevos hijos, en realidad.

Las suelas de sus zapatos repiqueteaban sobre el suelo pulido mientras se dirigía hacia el despacho del director de seguridad. «¿Qué ofrecen ellos? —se preguntó—. La respuesta: seguridad. Obediencia a las reglas del estado cincuenta y uno. La ilusión de la normalidad, lo mismo para lo que se nos utilizó a nosotros en el pasado.» ¿Qué más? Tenía la certeza de que su padre estaba decidido a impedir que lo traicionasen de nuevo, como lo había traicionado su madre. Por tanto,

Jeffrey tendía a pensar que la persona reclutada por su padre, fuera quien fuese, interpretaba un papel activo en la planificación y ejecución de sus perversiones.

«Una mujer con problemas graves —pensó—, pero eficiente.

»Una sádica, como él. Una asesina, como él.

»Pero no una persona independiente, ni creativa. No una persona capaz de poner en tela de juicio los deseos de mi padre ni por un momento.

»Una mujer leal y abnegada.

»Encontró a una persona así y la trajo consigo para iniciar una nueva vida juntos», decidió. Como un par de peregrinos diabólicos que hubiesen desembarcado en Massachusetts cuatrocientos años atrás.

Pero ¿dónde la había encontrado?

Esta última pregunta intrigó a Jeffrey. Sabía que su padre, como muchos otros asesinos en serie, tendría un sexto sentido a la hora de elegir a sus víctimas en medio de una multitud, y que se sentiría atraído con una precisión perversa hacia las débiles, indecisas y vulnerables. Pero elegir a una compañera... eso era harina de otro costal. Y algo que valía la pena examinar.

Jeffrey interrumpió sus pensamientos. «¿Y qué es lo que han creado?», se preguntó.

Abrió la puerta que daba al enorme laberinto de cubículos del Servicio de Seguridad y contempló el hervidero de actividad incesante. Entonces sonrió, porque se le había ocurrido una idea.

Cruzó la sala a paso veloz, saludando animadamente a alguna que otra secretaria o técnico informático que alzaba la vista y lo reconocía.

Se detuvo frente al despacho del director, y la secretaria-recepcionista le hizo señas de que entrase.

—Lleva una hora esperándole —le informó—. Pase directamente.

Jeffrey asintió, dio un solo paso al frente y, como si le hubiera venido algo a la cabeza, se volvió hacia la secretaria.

—Oiga —dijo con toda naturalidad—, quería pedirle un pequeño favor. Necesito un documento para esta reunión con el director, pero no he tenido tiempo de conseguirlo. ¿Podría imprimirme uno desde su ordenador?

La secretaria sonrió.

—Por supuesto, profesor Clayton. ¿De qué se trata?

—Quiero una lista de todos los empleados del Servicio de Seguridad, con la dirección del domicilio de cada uno.

La secretaria pareció arredrarse.

—Señor Clayton, son casi diez mil personas en todo el estado. ¿Quiere los datos de los que trabajan en todas las subcomisarías y oficinas del Servicio de Seguridad? ¿Y los empleados de seguridad que trabajan para Inmigración? ¿También quiere una lista de ellos? Porque eso sería más...

—Oh —la cortó Jeffrey, sin dejar de sonreír—. Lo siento. Sólo de las mujeres, por favor. Y únicamente aquellas con acceso a las claves de los ordenadores. Eso seguramente reducirá la lista.

—Más del cuarenta por ciento de los empleados del Servicio de Seguridad son mujeres —señaló la secretaria—, y casi todas conocen algunas de las contraseñas y códigos de los ordenadores.

—Aun así, necesito la lista.

—Eso tardará un tiempo, incluso en la impresora de alta velocidad...

Jeffrey se quedó pensando.

—¿Cuántos niveles diferentes de claves de seguridad existen? Es decir, conforme aumenta el grado de confidencialidad de la información del Servicio de Seguridad, ¿cuántos controles hay?

—Doce, desde los códigos de entrada, que sólo permiten consultar información rutinaria de la red de seguridad, hasta los más altos, que dan acceso a los ordenadores de todo el mundo, el de mi jefe incluido. Pero en los dos niveles superiores se requieren claves y códigos individuales, para proteger los documentos reservados.

—Muy bien, pues. Imprima sólo los nombres de las mujeres con autorización para los tres niveles más altos. No, que sean cuatro. En principio, alguien de esa categoría debe tener conocimientos avanzados de informática, ¿no?

—Sí, sin duda alguna.

—Bien. Ésos son los nombres que me interesan.

—A pesar de todo, me llevará un rato. Y una petición de ese tipo... bueno, seguramente no pasará inadvertida. Es probable que las personas cuyo nombre figura en esa lista se enteren de que un ordenador de esta oficina ha solicitado su nombre y dirección. ¿Es algo secreto? ¿Tiene algo que ver con el motivo por el que está usted aquí?

—La respuesta es tal vez. Procure que la recopilación de los datos parezca lo más rutinaria posible, ¿de acuerdo?

La secretaria asintió, con los ojos muy abiertos, al percatarse de las implicaciones de lo que Jeffrey le estaba pidiendo.

—¿Cree que alguien de dentro del Servicio de Seguridad...? —empezó, pero él la cortó.

—Yo no sé nada. Sólo tengo mis sospechas. Y ésta es una de ellas.

—Tendré que decírselo a mi jefe.

—Espere al fin de nuestra reunión. No conviene darle más esperanzas de la cuenta.

—¿Y si solicito los nombres tanto de hombres como de mujeres? —preguntó ella—. Tal vez eso llamaría menos la atención, ¿no? Puedo añadir a la petición una nota diciendo que el Servicio de Seguridad, concretamente la oficina del director, está contemplando la posibilidad de mejorar uno de los niveles de acceso. Es algo que hacemos de vez en cuando...

—Eso estaría bien. Una gestión que parezca lo más normal y corriente posible. De lo contrario... bueno, más vale ni pensar en lo que pasaría. Se lo agradecería mucho. Y también que el asunto no salga de este despacho.

La secretaria lo miró como si estuviera loco por insinuar que ella podía revelar información sobre su trabajo o el de su jefe a nadie, incluido su marido, amante o mascota. Sacudió la cabeza e hizo un gesto hacia la puerta del director.

—Hace rato que le espera —dijo con brusquedad.

Dentro del despacho, Manson volvía a estar sentado en su silla giratoria, de cara a su ventanal panorámico.

—¿Sabe? Es curioso, profesor Clayton —dijo el director sin volverse—, pero a los poetas les encantan el alba y el ocaso. A los pintores les gusta el atardecer. A los amantes les gusta la noche. Son las horas románticas del día. En cambio, a mí me gusta el mediodía. El resplandor del sol. El momento en que el mundo está en plena actividad, y uno ve cómo se construye, ladrillo a ladrillo... —apartó la vista de la ventana— o idea a idea.

Extendió el brazo por encima de su escritorio, cogió un vaso de una bandeja, y lo llenó de agua con una jarra de metal reluciente. No le ofreció a Jeffrey.

—¿Y a usted, profesor? ¿Qué parte del día le gusta más?

Jeffrey reflexionó por un momento.

—Las altas horas de la noche. Poco antes del alba.

El director sonrió.

—Curiosa elección. ¿Por qué?

—Es cuando todo está más tranquilo. Una hora secreta. La que se adelanta a todas las cosas que empiezan a cobrar forma con la claridad de la mañana.

—Ah. —El director asintió—. Debí suponerlo. Es la respuesta de alguien que busca la verdad. —Manson bajó la mirada por un momento para posarla en un papel que descansaba justo en medio del escritorio, ante él. Jugueteó con la esquina de la hoja, pero no compartió su contenido con Jeffrey—. Dígame, señor buscador de la verdad, ¿cuál es la verdad sobre la muerte del agente Martin?

—¿La verdad? La verdad es que o lo engañaron o lo siguieron hasta una trampa tendida detrás de la que había preparado él creyendo que resolvería el dilema del estado. Estaba allí, en lo alto de ese peñasco, vigilando la casa adosada en la que había instalado a mi madre y a mi hermana, como un pescador pendiente del corcho de su caña. Supongo que no cumplió la orden que le di, respecto a mantener en secreto la presencia y el paradero de ellas dos...

—Es una suposición acertada. Informó de su llegada al Departamento de Inmigración y el Servicio de Seguridad.

—¿A través de la red de ordenadores?

—Así es como se hacen estas cosas...

—Con su aprobación, imagino...

El director titubeó, y su breve silencio resultó de lo más elocuente.

—No me costaría nada mentir —dijo—. Podría decir que el agente Martin actuaba por su cuenta, lo que, en gran medida, sería una afirmación cierta. También podría decir que sus actos eran iniciativas suyas. Eso también sería verdad.

—Pero no podría esperar que yo me lo creyese del todo.

—Puedo ser muy persuasivo. Quizá sólo sembraría en usted la sombra de una duda.

—Nunca estuvo previsto que el agente Martin me ayudara en la investigación. Sus dotes de inspector eran limitadas. Desde el principio debía ser el hombre que apretara el gatillo cuando llegara el momento. Lo sé desde hace algún tiempo.

—Ah, ya me parecía que se comportaba de un modo demasiado evidente, pero en cambio bordó su interpretación de un erradicador de problemas del estado, por así llamarlo. Era el mejor que teníamos, aunque supongo que el adjetivo «mejor» sería discutible.

—Pero ahora han asesinado a su asesino.

—Sí. —El director vaciló de nuevo, con una sonrisa—. Ahora me temo que tendrá usted que ganarse su sueldo de verdad, pues no cuento con reservas inagotables de agentes Martin...

—¿No hay más asesinos?

—Yo no diría eso...

Jeffrey miró fijamente al director.

—Entiendo —dijo—. Lo que quiere decir es que el sustituto del agente Martin no será tan destacado. Mientras yo sigo buscando a la presa, alguien me vigilará sin que me dé cuenta.

—Eso sería una suposición razonable, pero confío —dijo Manson con frialdad— en que usted se ocupará de mi problema, tal como yo me ocupo del suyo, porque son el mismo. —El director tomó otro sorbo del vaso de agua sin despegar la vista de Clayton—. Todo esto tiene un regusto medieval fascinante, ¿verdad? O me trae su cabeza o me dice adónde debo ir a buscarla yo mismo. ¿Lo entiende? Estamos hablando de una justicia que funciona aún más rápidamente de lo que es habitual. Esto es lo que debe hacer, profesor. Encuéntrelo. Mátelo. Y si no se ve capaz de hacerlo, simplemente localícelo, y nosotros lo mataremos por usted. —El director bajó de nuevo los ojos. Sonrió, luego alzó la mirada hacia Jeffrey con los párpados entornados y expresión severa—. No nos queda tiempo.

—Tengo algunas ideas. Hipótesis que podrían proporcionarnos pistas.

—No nos queda más tiempo.

—Bueno, creo que...

Manson descargó un manotazo sobre el escritorio que retumbó como un disparo.

—¡No! ¡No nos queda más tiempo! ¡Encuéntrelo ya! ¡Mátelo de una vez!

Jeffrey guardó silencio por un momento.

—Les advertí —dijo con una serenidad exasperante— de que las investigaciones de este tipo requerían su tiempo...

El labio superior de Manson se curvó hacia arriba, como el de un animal al mostrar los dientes. Sin embargo, moderó la intensidad de su rabia para explicarle lenta, pausadamente:

—Dentro de aproximadamente dos semanas, se votará en el Congreso de Estados Unidos la concesión de la categoría de estado para nosotros. Esperamos que el resultado de esa votación sea mayoritariamente favorable. Contamos con cuantiosos apoyos empresariales. Grandes sumas de dinero han cambiado de manos. Pero este apoyo, pese a la actividad de los grupos de presión, los sobornos y la influencia que hemos podido alcanzar, no deja de ser frágil. Después de todo, se pedirá a los miembros del Congreso que concedan la condición de estado a una región que restringe de facto algunos derechos importantes. «Derechos inalienables», los llamaban nuestros antepasados. Negamos esos derechos porque llevan a la anarquía y la delincuencia que campan por sus respetos en todo el país. Esto pone en una situación difícil a esos idiotas del Congreso. Usted lo entiende, sin duda, ¿no, profesor?

—Sí, entiendo que la situación es delicada.

—No somos un territorio nuevo, profesor. Somos una idea nueva implantada en una parte del territorio viejo.

—Sí.

—Y cuando obtengamos la categoría de estado de forma oficial, en igualdad de condiciones, el país entero dará un paso hacia delante. Un paso irreversible en una dirección clara e importante. Será el inicio del proceso que los llevará a ser como nosotros. No a nosotros a ser como ellos. ¡No sé si me explico con suficiente claridad, profesor!

—Sí, entiendo...

—¡Así que imagínese cómo afectaría a la votación lo que está pasando ahora! —Manson empujó la hoja de papel, que se deslizó desde el centro del escritorio hacia Jeffrey. El borde se agitó brevemente como si fuera a elevarse en el aire, pero Jeffrey lo atrapó antes de que saliera volando.

El papel era una carta dirigida a Manson.

Mi querido director:

En octubre de 1888, Jack *el Destripador* le envió a George Lusk, presidente del Comité de Vigilancia de Whitechapel, un pequeño obsequio, a saber, un trozo de un riñón humano. Como parte de su diversión, el Destripador remitió también una misiva a uno de los mejores periódicos de Fleet Street, prometiéndoles una oreja de su próxima víctima. No cumplió su promesa, aunque sin lugar a dudas lo habría hecho, de haber querido.

Tanto su carta al periódico como su regalo para el señor Lusk tuvieron el efecto que cabía esperar. La agitación y el pánico se adueñaron de la ciudad de Londres. En esos días no se hablaba de otra cosa que del Destripador y de lo que haría a continuación.

Interesante, ¿no le parece?

Así que imagínese qué efecto tendrían los siguientes nombres y fechas si los enviara al auténtico *Washington Post* —no al de mentirijillas que tenemos en Nueva Washington— o al *New York Times*, y quizás a un par de cadenas de televisión.

Eso es lo que pienso hacer en un futuro muy próximo.

Lo interesante de esta carta es que no contiene amenaza alguna. Tampoco es un intento burdo de hacerle chantaje o extorsionarle. No tiene usted nada que yo quiera. Al menos, nada con lo que pueda comprarme. Ésta es sólo mi manera de demostrarle su absoluta impotencia.

Quizá sepa, también, que nunca capturaron al Destripador. Pero todo el mundo recuerda quién es.

Debajo de la última frase había escritos diecinueve nombres de mujeres jóvenes, seguidos de un mes, un día y un lugar. Con un vistazo rápido, Jeffrey comprobó que estos datos se correspondían con las fechas de desaparición de las chicas y el lugar donde alguien aparte del asesino las vio vivas por última vez. Pero antes de que acabara de examinar todos los nombres de la lista, sus ojos se fijaron en la última línea. Al final de la lista figuraba el vigésimo nombre, en negrita: **PROFESOR JEFFREY CLAYTON DE LA UNIVERSIDAD DE MASSACHUSETTS**. Estaba marcado con un asterisco, que remitía a una sarcástica nota al pie: FECHA Y LUGAR POR CONFIRMAR.

Manson observaba con atención el semblante de Jeffrey.

—Creo que esa última línea debería ser un aliciente añadido —comentó enérgicamente.

Jeffrey no contestó.

—Me parece que ambos nos enfrentamos a un peligro considerable —continuó Manson—, aunque el suyo entraña un elemento personal que lo hace un poco más provocador.

Jeffrey se disponía a replicar, pero el director de seguridad lo interrumpió.

—Oh, ya sé lo que va a decir. Amenazará de nuevo con huir. Dirá que todo esto no vale la pena. Querrá poner tierra por medio, llevarse a su madre y a su hermana e intentar esconderse otra vez. Pero su padre despierta tanta admiración como repulsión... al igual que el Destripador, supongo. Y es que, al incluirle a usted en esa lista, con independencia de cuáles sean sus intenciones verdaderas, ha sembrado una duda intrigante en su cabeza. Una duda que quedará grabada para siempre, ¿no es así? Me refiero a que da igual dónde trate usted de ocultarse, pues siempre dudará, cada vez que reciba el correo o suene el teléfono o alguien llame a su puerta, ¿no? —El director sacudió la cabeza y prosiguió—: Es un recurso tosco, pero efectivo, ¿sabe? Si él envía esa carta, y usted no lo encuentra, bueno, podrá despedirse de su carrera profesional, ¿no?

—Sí —respondió Jeffrey al fin—. Supongo que sí.

—Hay otra cosa que me llama la atención —continuó el director—. A su padre le gusta jugar fuerte la baza psicológica, ¿verdad? Al incluirle en esa lista y hacerla pública, podría decirse que su vida quedaría marcada para siempre. Vaya a donde vaya, haga lo que haga. ¿Cree que alguien volverá a verle como Clayton, el especialista, el profesor universitario? ¿O simplemente le conocerán como el hijo del asesino, y se preguntarán, como yo me pregunto ahora, qué peso tienen en usted esos genes que le corren por las venas? —Manson se meció en su silla, contemplando a Clayton, que estaba atenazado por la angustia—. ¿Sabe, profesor? —dijo despacio—, si lo que nos jugamos no fuera tan importante (miles de millones de dólares, todo un estilo de vida, una filosofía para el futuro), este asunto me parecería de lo más fascinante. ¿Puede el hijo borrar la mitad de sí mismo matando al padre? —Se encogió de hombros—. Seguro que hay alguna tragedia griega truculenta que nos daría la respuesta. O algún relato bíblico. —El director de seguridad esbozó una sonrisa forzada—. Estoy un poco pez en tragedias griegas. Y digamos que he descuidado un poco mi estudio de la Biblia en los últimos meses. ¿Y usted, profesor?

—Haré lo que tenga que hacer.

—Estoy seguro de ello. Y con diligencia, además. ¿No le parece interesante que él deje claro que aún no ha enviado la carta? Sólo se me ocurre una razón para eso.

—¿Cuál?

—Quiere darle a usted una posibilidad. Esto supone para nosotros tanto una ventaja como una maldición.

—¿Por qué?

—¿No lo ve, profesor? Si usted da con él y alcanzamos nuestro objetivo, habremos salvado todo aquello por lo que tanta gente ha trabajado con tanto ahínco. Si no, si la fecha y lugar de su fallecimiento se añaden al final de esa lista, la noticia aparecerá en la portada de todos los periódicos. Me temo que eso convertiría a su padre en una figura como la de Jack *el Destripador*, ¿no cree?

Jeffrey se abismó en sus pensamientos. Su imaginación trabajaba de forma febril, como una calculadora al abordar un problema complicado, barajando cifras y factores, ahondando en la complejidad de una fórmula matemática para llegar a una conclusión.

—Sí —dijo—, y en eso consiste este juego. Si consigue derrotarnos, a usted y a mí, conseguirá descollar entre los demás. Se habrá ganado un lugar en la historia.

Manson asintió.

—Es un juego bastante ambicioso. ¿Tiene usted una ambición comparable?

Jeffrey plegó la lista y se la guardó en el bolsillo de la camisa.

—Eso ya lo veremos, ¿no? —respondió.

La secretaria del director lo esperaba con la lista ya impresa, que le tendió a Jeffrey cuando éste salió del despacho interior. El profesor sopesó el grueso fajo de papeles en una mano.

—Aquí debe de haber unos mil nombres —señaló.

—Mil ciento veintidós, para ser exactos. Los cuatro niveles de acceso superiores. —Le entregó un segundo listado, de igual tamaño—. Mil trescientos cuarenta y siete. Todos ellos hombres.

—Una pregunta rápida —dijo Jeffrey—. La dirección de correo electrónico del director. ¿Quién la conoce y sabría cómo enviarle un memorando o un mensaje?

—Tiene dos cuentas distintas. Una es para recibir comentarios y sugerencias generales. La segunda es mucho más confidencial.

—El mensaje que ha recibido...

—¿De su objetivo? —lo cortó la secretaria—. En realidad, lo abrí yo y se lo envié directamente, sin que nadie más se enterase.

—¿A qué cuenta llegó?

La secretaria sonrió.

—Habría sido muy significativo que llegara a la cuenta privada, ¿verdad? Sólo los dos niveles de seguridad superiores conocen esa dirección. Eso le habría facilitado un poco el trabajo. Desafortunadamente, ha llegado a la cuenta general. Esta mañana. Consta como hora de envío las 6.59. De hecho, eso resulta interesante...

—¿Por qué?

—Bueno, yo suelo sentarme a mi escritorio hacia las siete de la mañana, y una de mis primeras tareas es ocuparme del correo enviado durante la noche. Por lo general, esto sólo me lleva unos minutos; me limito a reenviar los comentarios y sugerencias a los subdirectores correspondientes o al defensor del ciudadano del Servicio de Seguridad. Para ello me basta con pulsar un par de teclas. El caso es que ahí estaba el mensaje, en cabeza de todos los recibidos, por encima de los habituales «Necesitamos un aumento» y «¿Por qué no cambia Seguridad la combinación de colores de tal o cual subcomisaría?»...

—De modo —dijo Jeffrey despacio— que quienquiera que lo haya enviado sabía qué es lo primero que hace usted al llegar por la mañana, y en qué momento.

—Soy madrugadora —dijo la secretaria.

—Y él también —respondió Jeffrey.

Susan estaba estudiando minuciosamente los casos de jóvenes secuestradas y asesinadas cuando su hermano regresó de su reunión con el director de seguridad. Había esparcido fotografías de escenas del crimen e informes de localización por el suelo, en torno a su escritorio, creando un entorno macabro. Diana se encontraba fuera del círculo de la muerte, con los brazos cruzados, como intentando impedir que algo se le escapara del interior. Ambas alzaron la vista cuando Jeffrey entró.

—¿Algún progreso? —preguntó Susan de inmediato.

—Tal vez —contestó su hermano—. Pero también malas noticias.

Lanzó una mirada fugaz a Diana, que en un instante leyó sus ojos, su voz y su postura.

—¡Ni se te ocurra excluirme! —exclamó—. Algo te inquieta, Jeffrey, y tu primera maldita preocupación es buscar el modo de protegerme. Ni hablar.

—Es duro para mí —murmuró Jeffrey.

—Es duro para todos —terció su hermana.

—Tal vez. Pero mirad esto...

Les alargó a las dos mujeres la copia impresa del mensaje de correo electrónico que el director de seguridad había recibido esa mañana.

—Es mi nombre el que aparece al final, no el tuyo, mamá —dijo Jeffrey—. Supongo que al menos eso es una suerte. Tú no figuras en la lista.

Susan continuó mirando la carta.

—Aquí hay algo que no cuadra —comentó—. ¿Puedo quedarme con esto?

Jeffrey asintió.

—Hablando de cosas más positivas, se me ha ocurrido una idea. Una posibilidad, supongo...

—¿Cuál? —preguntó Susan, levantando la vista.

—He estado pensando en lo que dijo mamá. Lo de la nueva esposa de nuestro querido papaíto. Y me he preguntado: ¿qué buscaría él en una mujer?

—Dios santo, ¿a alguien como él? —inquirió Susan.

Diana se quedó callada.

Jeffrey hizo un gesto de afirmación.

—La bibliografía sobre los asesinos en serie da cuenta de un pequeño porcentaje de ellos que actúan por parejas. Por lo general se trata de un par de psicópatas que, mediante algún proceso indefinible y espantoso, se ponen en contacto el uno con el otro. La conjunción de sus personalidades refuerza y alimenta la complacencia de sus perversiones asesinas compartidas...

—Deja de hablar como un maldito profesor —lo interrumpió Susan—. Ve al grano.

—Pero ha habido numerosos casos de parejas formadas por un hombre y una mujer.

—Eso ya lo dijiste anoche. ¿Y qué?

—Pues que, en casi todos los casos, es la perversión del hombre la que impulsa la relación. La mujer es un apéndice. Pero, conforme su relación se hace más estrecha, más disfruta ella con la tortura y el asesinato, hasta que los dos acaban por ser compañeros en el sentido más real y profundo.

—¿Ah, sí?

—Sé adónde quiere llegar —intervino Diana con suavidad—. La mujer lo está ayudando...

—Correcto. ¿Y para qué necesita ayuda? —Jeffrey hizo un gesto amplio en torno a sí—. Necesita ayuda para acceder a esto. Es aquí donde tenía que colarse, tanto física como electrónicamente. Es aquí donde ha estado observándome, desde el principio. Creo que la nueva esposa trabaja para el estado. Para el Servicio de Seguridad. —Dejó caer el listado impreso sobre el escritorio, con un leve golpe sordo—. Es una suposición tan buena como cualquier otra. Y tenemos un tiempo limitado.

Susan asintió.

—Triangulación —susurró.

—¿Cómo dices?

—Es como se averiguaba la posición de un barco en el mar por medio de radiobalizas. Si uno conoce la dirección de tres líneas diferentes, puede determinar su posición en cualquier punto de la superficie terrestre. La clave, por supuesto, está en descubrir las tres señales. En cierto modo, eso es lo que estamos intentando.

—Sabemos qué tipo de casa buscar —se sumó Diana—, qué clase de espacio necesita para lo que hace...

—Y ahora debemos añadir a eso un nombre de esta lista... —señaló Jeffrey.

Susan titubeó y luego soltó:

—¿Y te acuerdas de lo que dijo Hart en la cárcel? ¡Un vehículo! El tipo de vehículo adecuado para transportar a una víctima de secuestro. Una minifurgoneta. Con ventanas de vidrio ahumado.

Jeffrey se puso a trabajar con el ordenador.

—Eso no será un problema —dijo.

Susan cogió la lista impresa de empleados del Servicio de Seguridad. Comenzó a leer desde la parte superior de la primera página y se detuvo. Bajó los papeles y agarró el mensaje de correo electrónico que había llegado esa mañana. Sus ojos recorrieron las fotografías de mujeres muertas.

—Algo no encaja —dijo—. Lo noto. —Miró a su madre, luego a su hermano—. Nunca me equivoco —aseguró—. Es como en aquellos dibujos de las revistas infantiles en los que hay que buscar errores. Como un payaso con dos pies izquierdos, o un futbolista con una pelota de béisbol, cosas así. —Escrutó de nuevo las imágenes de las víctimas—. Nunca me equivoco —repitió.

Jeffrey pulsó algunas teclas del ordenador, y de la impresora que estaba sobre otro escritorio empezó a brotar otra lista, esta vez de automóviles. Se volvió hacia su hermana.

—¿Qué es lo que ves? —preguntó.

—Todo es un rompecabezas, ¿verdad? —preguntó ella.

—Como todos los asesinatos. Y más aún los asesinatos en serie.

—La posición de los cadáveres —dijo Susan—, ¿por qué es importante?

—No lo sé. Siluetas de ángeles en la nieve. Cuando los asesinos se toman tantas molestias para presentar sus crímenes de una manera determinada, casi siempre es porque pretenden hacer una reflexión psicológica. En otras palabras, significa algo...

—Ángeles en la nieve. Ésa es la postura que ocasionó que te trajeran aquí, ¿verdad?

—Sí.

—Y se presta a especulaciones, ¿no es cierto? ¿No te hizo dedicar tiempo a intentar descifrar el significado de esa postura?

—Sí, durante las primeras semanas que pasé aquí. Eso contribuyó a mi renuencia a creer...

—Y entonces apareció un cadáver...

—Que en cierto modo representaba lo contrario. Como una pequeña prueba.

Susan se reclinó en su asiento, contemplando a las mujeres muertas.

—No significa nada. Lo significa todo. —De pronto se volvió hacia su madre—. Tú lo conocías —dijo con amargura—, tan bien como el que más. ¿Ángeles en la nieve? ¿Jóvenes tendidas como si estuvieran crucificadas? ¿Él alguna vez...? —Le faltaron fuerzas para terminar la frase.

Pero Diana supo lo que le estaba preguntando.

—No, hasta donde recuerdo. Y cuando estábamos juntos, siempre era algo frío y sin pasión. Y rápido. Como una obligación. Un deber laboral, tal vez. Totalmente desprovisto de placer.

Jeffrey abrió la boca para responder, pero cambió de idea. Miró de nuevo las fotografías, colocándose al lado de su hermana.

—Quizá tengas razón. Podría ser simplemente un engaño. —Respiró hondo y meneó la cabeza, como intentando negar lo que estaba pensando, pero en vano—. Eso sería muy astuto —dijo lentamente—. No hay un solo investigador en el mundo, ni psicólogo, en realidad, que no se obsesionaría con las posturas tan características de los cadáveres de las víctimas. Es el tipo de cosas que estamos entrenados para analizar. Ocuparía todo nuestro pensamiento precisamente porque es un acertijo, después de todo, y nos sentiríamos impulsados a resolverlo...

Susan movió la cabeza afirmativamente.

—Pero ¿y si la solución es que lo que parece tan significativo en realidad no significa nada?

Jeffrey aspiró con brusquedad.

—Estoy harto de todo —murmuró despacio. Cerró los párpados—. Los dedos índices, eso es todo lo que quería realmente. Eso bastaba para recordárselo. Para él, lo importante es hacer. El resto sólo forma parte de sus engaños y ocultamientos. —Exhaló largamente, con un silbido, y extendió el brazo para posarlo sobre el brazo de su hermana—. ¿Lo ves? Somos capaces.

—¿Capaces de qué? —preguntó Susan, con voz vacilante, porque justo en ese momento había comprendido exactamente lo mismo que su hermano.

—De pensar como él —contestó Jeffrey.

Diana soltó un grito ahogado. Sacudió la cabeza enérgicamente.

—Sois míos —dijo—, no de él. No lo olvidéis.

Jeffrey y Susan se volvieron hacia su madre, sonrientes, tratando de reconfortarla. Sin embargo, una debilidad en sus ojos reflejaba el miedo ante lo que estaban descubriendo sobre sí mismos.

Diana se percató de ello, al borde del pánico.

—¡Susan! —exclamó con dureza—. ¡Guarda esas fotografías! Y no quiero oír una palabra más sobre... —Se interrumpió. Cayó en la cuenta de que lo único sobre lo que podían hablar era justo aquello que la aterraba.

Susan se inclinó para recoger pausadamente las imágenes y los informes de las mujeres muertas e introducir las fotos en sobres de papel de Manila, cada documento con sus instantáneas correspondientes. Guardaba silencio inquieta, aún consternada, aunque no estaba segura de por qué.

Cogió la última fotografía y la metió en su carpeta.

—Ya está. Mamá, he terminado. —De pronto, miró a su hermano con los ojos desorbitados, embargada por el miedo.

Él la vio y, sin saber por qué, se adueñó de él la misma angustia repentina.

Por unos instantes, Susan se quedó inmóvil, y Jeffrey casi podía ver su cerebro trabajando intensamente. Entonces su hermana giró sobre sus talones y se puso a contar.

—Algo no cuadra, algo no cuadra, oh, Jeffrey, Dios mío... —gimió.

—¿Qué?

—Veintidós carpetas. Veintidós jóvenes muertas o desaparecidas.

—Así es, ¿y?

—En el mensaje hay diecinueve nombres.

—Sí. Estadísticamente, siempre había calculado que entre el diez y el veinte por ciento de las víctimas podían atribuirse a otras causas que no fueran el homicidio...

—¡Jeffrey!

—Lo siento. No hablaré como un profesor, vale. ¿Qué es lo que ves?

Susan agarró el mensaje impreso que descansaba sobre el escritorio. Soltó un gruñido.

—La número diecinueve —musitó, doblándose como si alguien le hubiera propinado un puñetazo en la barriga—. El nombre que aparece justo por encima del tuyo.

Jeffrey se fijó en el nombre y el número que tenía a su izquierda.

—Oh, no —dijo. De pronto, alargó el brazo, cogió los expedientes de las víctimas y comenzó a revolver los papeles.

—¿Qué pasa? —preguntó Diana, con el mismo miedo en la voz que ya se había apoderado de los otros dos.

—El nombre número diecinueve no está en esta pila. Y la fecha es trece guión once. No consta el año. Eso es hoy. Como lugar aparece simplemente Adobe Street. No lo había visto —dijo, con un ligero temblor en los labios—, porque no podía ver otra cosa que mi nombre, debajo.

21

Desaparecida

Jeffrey y Susan estaban en la esquina de Adobe Street, situada en una comunidad modesta llamada Sierra, una hora y media al norte de Nueva Washington. Un conductor del Servicio de Seguridad, apoyado contra un coche a media manzana de allí, los observaba mientras ellos inspeccionaban la calle lentamente. Durante un rato, Jeffrey se había preguntado si ese agente sería también el nuevo asesino designado para seguirlos de cerca, esperando el momento en que descubriesen a su padre. Pero lo dudaba. «El sicario sustituto estará oculto —pensó—. Oculto y en el anonimato.» Siguiéndolos, aguardando el instante oportuno para aparecer. Supuso que las personas capacitadas para ello no abundaban precisamente en el estado cincuenta y uno, aunque no resultarían tan difíciles de encontrar en los otros cincuenta. Los policías del nuevo mundo eran sobre todo oficinistas y burócratas, y su trabajo se asemejaba más al de los contables y administrativos. Imaginaba que por eso la pérdida del agente Martin planteaba tantos problemas.

Se dio la vuelta bruscamente, como para sorprender al doble del agente Martin acechándolos en algún rincón. No vio a nadie, y se dio cuenta de que eso era justo lo que esperaba. Manson no era uno de esos políticos que cometen el mismo error dos veces.

A unos metros de los dos hermanos había un hombre y una mujer de mediana edad. Arrastraban los pies nerviosamente, sin quitar ojo a los Clayton ni hablar entre sí. Eran el director y la subdirectora del instituto de Sierra. El director era una caricatura de los de su especie: de baja estatura, espalda encorvada y calva incipiente, con el tic nervioso de frotarse las manos como si tuviera frío. No dejaba de aclararse la garganta, intentando captar su atención, pero no decía una palabra, aunque de vez en cuando miraba al hombre del Servicio de Seguridad, como esperando que el policía le explicara por qué los habían sacado a los dos de su rutina escolar y los habían llevado hasta esa calle que quedaba a medio kilómetro.

La calle en sí era poco más que un tramo polvoriento de asfalto negro de sólo dos manzanas de largo. Que se hubieran molestado en ponerle un nombre parecía una exageración. En mitad de la segunda manzana había un garaje de acero corrugado pintado de blanco radiante y verde intenso, los colores del instituto de Sierra, supuso Susan. En una parte del tejado había dibujado un árbol enorme con brazos, piernas, cara y unos dientes de aspecto feroz, con la leyenda ABETOS AGUERRIDOS DEL INSTITUTO DE SIERRA.

Jeffrey y Susan avanzaron despacio por la calle, recorriéndola con la mirada, buscando algún indicio de lo que había sucedido esa mañana. La calle terminaba en una verja de metal amarilla que cerraba el paso a un estrecho camino de tierra. No había ninguna otra barrera ni cosa parecida, aparte de unos montículos de grava y la valla. Jeffrey se fijó en un objeto de color vivo remetido junto a uno de los pilares de hormigón que sujetaban los postes de la entrada. Al acercarse vio que era una carpeta de plástico rojo. La levantó por una esquina y advirtió que contenía una media docena de páginas impresas. Sin abrir la boca, le enseñó la carpeta a su hermana.

Los dos volvieron sobre sus pasos y examinaron el garaje. Era aproximadamente del tamaño de una cancha de baloncesto, y más o menos de la altura de un piso y medio. No tenía ventanas, y las grandes puertas dobles de batiente de la fachada estaban cerradas con candado. Rodearon el edificio. Jeffrey no despegaba la vista del suelo, pensando que tal vez habría huellas de neumáticos, pero la zona estaba recubierta de polvo y barrida por el viento.

Cuando salieron de detrás del edificio, el director de la escuela dio unos pasos hacia ellos.

—Éste es el cobertizo donde guardamos nuestro equipo pesado —dijo—. Un par de tractores, accesorios cortacésped y una quitanieves que nunca utilizamos, mangueras y sistemas de riego por aspersión. Todas las cosas para el mantenimiento de los campos de fútbol y rugby, como las máquinas para marcar las líneas. Algunos de los entrenadores guardan aquí otros trastos, como porterías de fútbol y una jaula de bateo.

—¿Y el candado?

—Unas cuantas personas conocen la combinación, especialmente los encargados de mantenimiento. En realidad se cierra con candado sólo para evitar que algún alumno demasiado entusiasta decida llevarse prestado un tractor en una noche loca de sábado.

Jeffrey echó un vistazo en derredor. El camino de tierra protegido por la verja discurría por entre una densa arboleda.

—¿Adónde se va por allí? —preguntó, señalando.

—Ese camino lleva a los campos de deportes situados detrás de la escuela —respondió el director, frotándose las manos vigorosamente—. La verja está ahí para impedir pasar a los vehículos de los alumnos. Eso es todo. De hecho, nunca hemos tenido problemas, pero ya se sabe, con los adolescentes más vale prevenir que curar.

—No me cabe duda —dijo Jeffrey.

La subdirectora, una mujer que llevaba pantalones color caqui y un *blazer* azul, con unas gafas colgadas al cuello de una cadena de oro, se acercó. Le sacaba unos quince centímetros al director, y hablaba con una firmeza en la voz que denotaba sentido de la disciplina.

—Se supone que no deben ir al colegio por aquí. No es que haya una norma contra ello precisamente, pero...

—Es un atajo, ¿no?

—Algunos de los chicos que viven en la urbanización marrón, no muy lejos, atajan por aquí en vez de dar toda la vuelta, como en teoría deberían. Sobre todo si se les hace tarde. Quiero decir que preferiríamos que llegaran puntuales al instituto...

Susan bajó la vista hacia un bloc de notas.

—Kimberly Lewis... ¿a qué hora tenía que llegar ella a la escuela hoy?

La subdirectora abrió un maletín de cuero barato y extrajo un dossier amarillo. Lo abrió, leyó rápidamente y dijo:

—El timbre de la mañana suena a las siete y veinte. A primera hora debía ir a la sala de estudio, de siete y veinte a ocho y cuarto. A las ocho y veinte tenía clase de historia avanzada de Estados Unidos. No se presentó.

Susan asintió.

—Hoy tenía que entregar un trabajo, ¿no?

La subdirectora se mostró sorprendida.

—Pues sí.

Antes de proseguir, Susan observó la carpeta que Jeffrey había encontrado junto a la verja.

—Un trabajo sobre el Convenio de 1850. Por lo que respecta a la sala de estudio, ella era alumna del último curso, ¿verdad? ¿Tenía la obligación de estar allí?

—No. Es alumna de cuadro de honor, y como tal está exenta de la hora de estudio...

—¿O sea que es probable que se desplazase al instituto más tarde que el resto del alumnado?

—Hoy, sí. Casi todos los demás ya estarían en clase.

—Y entre los encargados de mantenimiento, ¿quién estaría aquí?

—De hecho, hoy están en el vestuario masculino, pintando. Ya hacía tiempo que eso se había programado. Tuvimos que enviar un aviso de que hoy el vestuario permanecería cerrado, hasta que se secara la pintura. Así que aquí no habría nadie. El material de pintura se guarda en el cuarto de mantenimiento de la escuela.

Susan miró a su hermano y advirtió que cada detalle se le clavaba como un estilete, provocándole un dolor nuevo y único. Varios factores pequeños se habían conjugado para brindarle una oportunidad al asesino. Ella, por otra parte, notaba un frío inconfundible y absoluto dentro de sí, como si cada dato no hiciera sino alimentar la rabia que se acumulaba en su interior. No era una sensación distinta de la que la había invadido al contemplar las fotos de jóvenes asesinadas.

—Bien —dijo Jeffrey, interviniendo en la conversación—. Ella no se presentó a clase. ¿Qué sucedió entonces? —inquirió con cierta dureza en el tono.

—Bueno, no recibí todos los informes de inasistencia hasta media mañana —respondió la subdirectora—. El procedimiento establecido consiste en llamar a casa del alumno que no nos ha comunicado la razón de su ausencia. Poco después del mediodía, llamé a la residencia de los Lewis...

—Nadie contestó, ¿verdad?

—Bueno, los dos padres trabajan, y no quise molestarlos en sus oficinas. Pensaba que Kim cogería el teléfono. Supuse que estaba enferma. Hemos tenido varios casos de una gripe que deja a los chicos fuera de combate. Básicamente se pasan el día durmiendo hasta que se curan...

—Nadie contestó, ¿verdad? —preguntó de nuevo Jeffrey, alzando la voz.

La subdirectora le dedicó una mirada de indignación.

—Correcto —dijo.

—Y luego, ¿qué hizo?

—Bueno, decidí volver a llamar más tarde, cuando ella se hubiera despertado.

—¿Llamó al Servicio de Seguridad para decirles que una alumna suya había faltado a clase y no había dado señales de vida?

El director se acercó bruscamente.

—Oiga, señor Clayton, ¿por qué íbamos a hacer eso? La inasistencia no es un asunto de seguridad, sino de disciplina escolar. Es un asunto interno del instituto.

Jeffrey titubeó, pero su hermana respondió en su lugar.

—Depende precisamente del tipo de inasistencia del que estemos hablando —dijo con amargura.

—Bueno —la subdirectora soltó una risita irónica—, Kimberley Lewis no es la clase de alumna que se mete en líos. Saca sobresalientes y es muy popular.

—¿Tiene amigas? ¿Un novio, tal vez? —preguntó Susan.

La subdirectora pareció dudar unos momentos.

—No, no tiene novio este año. Es una buena chica en todos los sentidos, con todos los números para ingresar en una universidad de primera categoría.

—Ya no —repuso Susan en voz baja de manera que sólo su hermano pudiese oírla.

—¿Tuvo novio el año pasado? —inquirió Jeffrey, con una curiosidad repentina.

La subdirectora vaciló de nuevo.

—Sí. El año pasado. Mantuvo una relación intensa, pese a que recomendamos a nuestros alumnos que procuren evitarlas. Por fortuna, el joven en cuestión iba un curso por delante de ella. Se marchó a la universidad y la relación se extinguió sola, supongo.

—¿A usted no le caía bien el chico? —quiso saber Jeffrey.

Susan volvió la mirada hacia él.

—¿Qué más da? —preguntó con suavidad—. Sabemos lo que ocurrió aquí, ¿no?

Jeffrey levantó la mano para cortar la respuesta de la subdirectora y, a continuación, tomó a su hermana del brazo y se la llevó aparte, a unos metros de donde estaban.

—Sí —murmuró—, sabemos lo que ocurrió aquí. Pero ¿cuándo se decidió él por esta chica? ¿Qué información tenía sobre ella? Quizás el ex novio sepa algo. Tal vez la relación que la subdirectora cree que se extinguió sola no se hubiera roto del todo. Sea como sea, es algo que deberíamos investigar un poco.

Susan asintió.

—Estoy impaciente —se disculpó.

—No —replicó su hermano—, estás centrada.

Se acercaron de nuevo a las dos autoridades escolares.

—¿No le caía bien el chico? —repitió Jeffrey.

—Era un joven difícil pero sumamente brillante. Se fue a una universidad del este.

—¿Difícil en qué sentido?

—Cruel —aclaró la subdirectora—, manipulador. Siempre me daba la impresión de que se mofaba de nosotros. No me entristecí cuando terminó el instituto. Sacaba buenas notas y resultados excepcionales en las pruebas, y era el principal sospechoso de un misterioso incendio declarado en el laboratorio la primavera pasada. Más de una docena de animales de laboratorio, conejillos de Indias y ratas blancas, se quemaron vivos. En fin, al menos ya no está por aquí. Seguramente triunfará a lo grande en alguno de los otros cincuenta estados. No creo que éste sea para él.

—¿Conserva su expediente académico?

La subdirectora hizo un gesto de asentimiento.

—Quiero verlo. Tal vez tenga que hablar con él.

El director metió baza otra vez.

—Necesito una autorización del Servicio de Seguridad para facilitarle esa información —aseveró pomposamente.

Jeffrey sonrió con malicia.

—¿Y si envío mejor a una unidad de agentes para que venga a buscarlo? Podrían entrar marchando en su oficina. Sería la comidilla de todo el alumnado durante días.

El director fulminó al profesor con la mirada. Dirigió la vista al conductor del Servicio de Seguridad, que se limitó a asentir con la cabeza.

—Lo recibirá —dijo el director—. Se lo enviaré por correo electrónico.

—El expediente entero —le recordó Jeffrey.

El director movió afirmativamente la cabeza, con los labios apretados como para reprimir alguna que otra obscenidad.

—Bien, ya hemos respondido a sus preguntas. Ahora díganos qué está pasando.

Susan tomó la palabra, hablando con una severidad poco común en ella, pero que creía que quizá necesitaría en un futuro cercano.

—Muy sencillo —dijo, e hizo un gesto en torno a sí—. ¿Lo ven? Echen un buen vistazo alrededor.

—Sí —dijo el director en un tono de exasperación que había perfeccionado en su trato con alumnos díscolos, pero que no impresionó a Susan—. ¿Qué se supone que estoy viendo exactamente?

—Su peor pesadilla —contestó ella con brusquedad.

Los dos permanecieron callados durante los primeros minutos de trayecto de vuelta a Nueva Washington, en el asiento trasero del coche estatal mientras el agente aceleraba en dirección a la autopista. Susan abrió el trabajo de final de trimestre de la alumna desaparecida y leyó algunos párrafos, intentando formarse una imagen de la chica en sí a través del texto, pero no fue capaz. Lo que leyó le hablaba en tono sombrío de estados esclavistas y estados libres y del acuerdo que permitió que aquéllos ingresaran en la Unión. Se preguntó si había algo de irónico en ello.

Fue la primera en romper el silencio.

—Muy bien, Jeffrey, tú eres el experto. ¿Está viva aún Kimberly Lewis?

—Probablemente no —comentó su hermano, cabizbajo.

—Eso me imaginaba —murmuró Susan. Exhaló con frustración—. Y ahora, ¿qué? ¿Esperamos a que el cadáver aparezca en algún sitio?

—Sí, por duro que parezca. Simplemente debemos retomar lo que estábamos haciendo. Aunque se me ocurre una posible circunstancia que significaría para ella una oportunidad de sobrevivir.

—¿Cuál?

—Creo que existe una pequeña posibilidad de que ella forme parte del juego. Quizá sea el premio. —Soltó el aire despacio—. El ganador se lo lleva todo. —En voz baja, con un profundo pesimismo, añadió—: Resulta doloroso —dijo lentamente—. Tiene diecisiete años, y tal vez ya esté muerta, sencillamente porque él quiere burlarse de mí, demostrar que, aunque el Profesor de la Muerte le sigue la pista, sigue siendo lo bastante poderoso para secuestrar a alguien delante de nuestras narices, incluso después de avisarnos de antemano de lo que iba a hacer. Pero yo he sido demasiado estúpido y egocéntrico para darme cuenta. —Sacudió la cabeza y continuó—: Otra posibilidad es que la chica esté encadenada en una habitación en algún sitio, esperando que alguien acuda a salvarla. Y el único alguien somos nosotros, y heme aquí diciendo: «Debemos andarnos con cautela, tomarnos nuestro tiempo.» —Soltó un gruñido—. Qué valiente soy —comentó con cinismo.

—Dios santo —dijo Susan pausadamente, arrastrando las sílabas, como cobrando conciencia del dilema—. ¿Qué vamos a hacer?

—¿Qué podemos hacer aparte de lo que estamos haciendo? —preguntó Jeffrey entre dientes—. Cotejar la lista de viviendas con la de empleados de seguridad, y luego comprobar cuáles de ellos poseen un vehículo que sirva para transportar víctimas. A ver qué descubrimos.

—Supón que, mientras nos ocupamos de todo eso, la joven señorita Kimberly Lewis sigue con vida.

—Está muerta —soltó Jeffrey—. Está muerta desde el momento en que salió por la puerta esta mañana, tarde y sola, apenas con tiempo suficiente para atajar por una calle desierta. Ella no lo sabía, pero ya estaba muerta.

Susan no respondió al principio, pero se permitió albergar la esperanza remota de que su hermano estuviese equivocado. Luego agregó con suavidad:

—No, creo que deberíamos actuar, cuanto antes. Tan pronto como identifiquemos una casa que reúna las características que buscamos. Actuar en ese momento. Porque si esperamos un solo minuto de más, quizá lleguemos un minuto tarde, y nunca nos lo perdonaríamos. Jamás.

Jeffrey se encogió de hombros.

—Tienes razón, por supuesto. Actuaremos con la mayor rapidez posible. Eso es seguramente lo que él quiere. Sin duda es la razón por la que la pobre Kimberly Lewis se ha visto metida en todo esto. No es debido a ninguna perversión o deseo, sino simplemente un estímulo para que yo actúe de manera impulsiva e imprudente. —Jeffrey parecía resignado—. Lo ha conseguido, supongo.

A Susan le vino una idea a la cabeza que casi la hizo pararse en seco.

—Jeffrey —susurró—. Si él la ha raptado para incitarte a actuar, cosa que parece factible aunque no estemos seguros de ello, porque no estamos seguros de nada, entonces, ¿no sería lógico pensar que hay algo en su secuestro que puede indicarte dónde buscarla?

Jeffrey abrió la boca para responder, luego vaciló. Sonrió.

—Susie, Susie, la reina de los acertijos. Mata Hari. Si salgo bien librado de ésta, debes venir e impartir una de mis clases avanzadas conmigo. El Ranger de Tejas tenía razón; serías una investigadora de narices. Creo que tienes toda la razón. —Extendió el brazo y le dio a su hermana unas palmaditas afectuosas en la rodilla—. Lo más difícil de este asunto es que cada conclusión que nos acerca un poco más a nuestro objetivo empeora las cosas. —Sonrió de nuevo, esta vez con tristeza.

Los dos guardaron silencio durante el resto del viaje de regreso a las oficinas del Servicio de Seguridad. Susan decidió sacar todo su armamento de la casa adosada, donde lo tenía escondido, y de mala gana resolvió que, durante lo que quedaba de su estancia en el estado cincuenta y uno, llevaría encima un arsenal suficiente para solucionar de una vez por todas los acertijos psicológicos que les acosaban a ella y a su familia.

Diana Clayton observó a su hijo, que repasaba a conciencia la lista de empleados del Servicio de Seguridad. Notaba que la frustración crecía en su interior a medida que examinaba un nombre tras otro. Las mujeres con acceso a las claves de seguridad eran en su mayoría secretarias y ejecutivas de baja categoría. En la lista figuraba también alguna que otra encargada de logística y unas cuantas agentes.

Parte del problema de Jeffrey residía en que los límites entre los niveles de seguridad informáticos no eran precisos. Estaba convencido de que alguien con acceso al nivel ocho probablemente tendría alguna clave del nivel nueve; así es como funcionaban casi todas las burocracias. Además, pensó Jeffrey, si la nueva esposa de su padre era realmente astuta, permanecería en un nivel intermedio y averiguaría cómo acceder a los niveles más altos. Esto la ayudaría a mantener sus actividades en la sombra.

Mientras su hijo trabajaba, Diana apenas hablaba. Había insistido en que Susan y él la pusieran al corriente de lo que había sucedido en la escuela, y eso habían hecho, de forma somera y a grandes rasgos. Ella no los había presionado para que le contaran más detalles. Era consciente de que temían por ella y probablemente la consideraban el eslabón más débil. También comprendía que su presencia, sumada al hecho de que, según creía, era un objetivo prioritario del hombre con quien se había casado, los ponía a todos en una situación de vulnerabilidad. Aun así, se aferraba en su fuero interno a la idea de que podía resultar necesaria. Se recordó a sí misma que, veinticinco años atrás, cuando los dos eran niños, había sido necesario que ella actuara, por ellos, y lo había hecho. Y se acercaba rápidamente el momento en que quizá tendrían que recurrir a ella una vez más.

De modo que se reservó su opinión y se quedó callada, sin entrometerse, cosa que no le resultaba fácil en absoluto. Ni siquiera había protestado cuando Susan había anunciado que se iría con el coche y el conductor a la casa adosada a buscar algo de ropa y medicamentos que se habían dejado allí, entre algunas otras cosas que no había especificado pero que su madre ya se imaginaba.

Jeffrey había llegado hasta la letra efe, subrayando en amarillo todos los nombres cuyo domicilio estuviese situado en una urbanización de color verde. A continuación, cotejaba el nombre marcado con la lista de cuarenta y seis casas que habían identificado como posibles emplazamientos. Por el momento, había encontrado trece coincidencias, que dejó a un lado para examinarlas con mayor detenimiento cuando hubiese completado la labor mecánica de analizar la lista. En aras de la minuciosidad, y porque albergaba dudas respecto a la lista de cuarenta y seis, a veces seleccionaba un nombre y consultaba de nuevo en el ordenador la lista maestra de miles de planos de casas construidas por encargo para buscar el diseño en planta de la vivienda de la mujer en cuestión, sólo para asegurarse de no pasar por alto ninguna posibilidad. Esto alargaba el proceso, y él intentaba no pensar que le estaba robando ese tiempo a una chica aterrorizada de diecisiete años.

Mientras estaba trabajando, el ordenador que tenía al lado emitió tres pitidos.

—Debe de ser correo electrónico —le dijo a su madre—. Ábrelo por mí, ¿quieres? —Apenas alzó la vista.

Diana se colocó ante el teclado del ordenador e introdujo una contraseña. Leyó por unos instantes y luego se volvió hacia su hijo.

—¿Tú le has pedido un expediente al instituto de Sierra?

—Sí, el del novio. ¿Es eso lo que han enviado?

—Sí, junto con la nota de un tal señor Williams, que debe de ser el director, escrita en términos no muy amistosos...

—¿Qué dice?

—Te recuerda que utilizar documentos académicos confidenciales de manera no autorizada o divulgarlos sin permiso constituye una infracción de nivel amarillo penada con una multa considerable y trabajos comunitarios...

—Qué imbécil —dijo Jeffrey, sonriendo—. ¿Algo más?

—No...

—Pues imprímelo. Le echaré un vistazo dentro de un rato.

Diana obedeció. Leyó las primeras líneas.

—El joven señor Curtin parece un chico de lo más excepcional... —comentó, mientras la impresora comenzaba a zumbar.

Jeffrey seguía escrutando el listado de nombres.

—¿Por qué? —preguntó distraídamente.

—Pues parece haber sido un muchacho difícil. El número de sobresalientes sólo es equiparable a los problemas de disciplina: interrumpía en clase, gastaba bromas pesadas, estuvo acusado de hacer pintadas racistas, aunque no se demostró. Es el principal sospechoso de provocar un incendio en el laboratorio. No se presentaron cargos. Lo expulsaron unos días por llevar una navaja al instituto... Yo creía que en teoría esas cosas no pasaban en este estado. Le dijo a un compañero de clase que tenía una pistola en su taquilla, pero el registro consiguiente dio un resultado negativo. La lista sigue y sigue...

—¿Cuál dices que es su apellido?

—Curtin.

—¿Y su nombre de pila?

—Qué curioso —dijo Diana—. Es igual que el tuyo, sólo que escrito de otra manera. G-E-O...

—Geoffrey Curtin —dijo Jeffrey despacio—. Me pregunto...

—Aquí hay un informe del psicólogo escolar que recomienda que reciba tratamiento y que se le someta a una serie de tests psicológicos. También hay una nota que dice que los padres se negaron a autorizar ningún tipo de test...

Jeffrey giró en su silla y se inclinó hacia su madre.

—¿Puedes deletrear el apellido?

—C-U-R-T-I-N.

—¿Constan los nombres de los padres?

Diana asintió.

—Sí. El padre se llama... vamos a ver, aquí está. Sí: Peter. La madre se llama Caril Ann. Pero lo escribe con I-L al final. Es una ortografía poco común para ese nombre.

Jeffrey se puso de pie y caminó hasta situarse junto a su madre. Se quedó mirando el archivo que parpadeaba en pantalla mientras se imprimía al lado. Hizo un gesto lento de afirmación.

—Tienes razón —dijo con cautela—. Que yo recuerde, sólo lo había visto escrito así una vez.

—¿Dónde?

—En el caso de Caril Ann Fugate, la joven que acompañó a Charles Starkweather en las matanzas que perpetró por toda Nebraska en 1958. Once víctimas.

Diana se volvió hacia su hijo con los ojos muy abiertos.

—Y Curtin —prosiguió él prudentemente, como un animal que acabara de percibir un olor amenazador traído por una racha de viento caprichosa—, bueno, es la versión adaptada al inglés del alemán Kürten.

—¿Y eso significa algo?

Jeffrey asintió de nuevo.

—En Dúseldorf, Alemania, a finales del siglo XIX, Peter Kürten, el *Vampiro de Dúseldorf*, infanticida. Pervertido. Violador. Despiadado. *M*, aquella película tan famosa, estaba basada en él. —Jeffrey exhaló despacio—. Hola, papá —dijo—. Hola, madrastra y hermanastro.

22

Temeridad

Jeffrey trabajaba febril y rápidamente.

El domicilio de la familia Curtin estaba en el 135 de Buena Vista Drive, en el barrio residencial azul situado a las afueras de la ciudad de Sierra. Pese a su nombre, Buena Vista Drive no tenía, por lo que indicaban los mapas, ninguna vista digna de consideración; estaba construido en una zona boscosa, una zona urbanizada en medio de un paisaje eminentemente silvestre. La casa figuraba en el número treinta y nueve de la lista de posibles viviendas confeccionada por Jeffrey. Le llevó poco tiempo descubrir que Caril Ann Curtin era secretaria ejecutiva del subdirector de Control de Pasaportes, una división del Servicio de Seguridad. Era su tercer empleo en el aparato de gobierno del estado; la habían ascendido cada vez con referencias muy elogiosas a su ética profesional y su dedicación. Había alcanzado acceso al nivel undécimo de seguridad. En su autorización su marido constaba como un inversor retirado especializado en bienes inmuebles. También reflejaba que él había hecho contribuciones muy generosas al Fondo para el Estado Cincuenta y Uno, la rama financiera del grupo de presión del estado.

En el organigrama del gobierno del estado cincuenta y uno encontró la extensión del teléfono de Caril Ann Curtin. Sonaron tres tonos de llamada antes de que alguien contestara.

—Con la señora Curtin, por favor —dijo Jeffrey.

—Soy su ayudante. Me temo que hoy no vendrá. ¿Quiere dejarle un recado?

—No, gracias, ya volveré a llamar.

Colgó. Demasiado ocupada para ir a trabajar hoy. Seguramente se había pedido una baja por motivos personales, pensó él con una sonrisita burlona.

A continuación, Jeffrey buscó en el ordenador del Servicio de Seguridad el expediente laboral confidencial de la señora Curtin.

Al mismo tiempo, accedió al registro de vehículos motorizados y descubrió que la familia Curtin tenía tres: dos sedanes europeos último modelo y la minifurgoneta cuatro por cuatro más antigua que Jeffrey esperaba. Esto hizo que se parase a pensar; había confiado en que hubiese cuatro vehículos diferentes, uno para el padre, otro para la madre, otro para el hijo adolescente, como correspondía a toda familia acomodada de clase media alta que vivía en las afueras, y un cuarto, con un uso sumamente especializado. Tomó nota mentalmente de ello.

En otra rama del Servicio de Seguridad solicitó una lista de armas propiedad de los Curtin. De acuerdo con las leyes de control de armas del estado, los miembros de la familia estaban designados como «coleccionistas» y como «aficionados a la caza deportiva» —designaciones que a Jeffrey le parecieron irónicas, pues resultaban sorprendentemente precisas—, y su arsenal de armas tanto antiguas como modernas era nutrido.

Finalmente, pidió a Control de Pasaportes fotografías de cada uno de los miembros de la familia. Esta orden requería tiempo para cursarse, por lo que no obtuvo respuesta de inmediato. Le comunicaron que la autorización estaba en trámite, de modo que se puso a esperar.

No sabía cuál de las solicitudes que había hecho por ordenador encerraba la trampa, pero sabía que una de ellas contenía una, y tenía la fuerte sospecha de que era esta última. No se trataba de una aplicación difícil de programar, sobre todo para alguien conectado a los niveles superiores de la jerarquía estatal, como Caril Ann Curtin. Él sabía, que, en algún sitio, ella había introducido la instrucción de que se le notificase de manera automática si alguien pedía información sobre ella o algún miembro de su familia. Se trataba de una precaución rutinaria que cualquiera tomaría, especialmente si tenía mucho que ocultar en una sociedad en que se suponía que nada debía ocultarse. Cayó en la cuenta de que seguramente había activado la alarma, pero ya no veía modo alguno de dar marcha atrás. Intentó encubrir sus peticiones enmascarando la identidad de quien solicitaba la información, pero dudaba que estas medidas sirvieran para algo excepto para retrasar un poco el momento crítico.

Tenía clara una cosa: no quedaba mucho tiempo.

Sabía también que su padre no sólo se habría preparado para este día, sino que posiblemente lo había planeado. No se le ocurría otra explicación para el secuestro de la ex novia de su otro hijo. La elección de Kimberly Lewis estaba concebida como una provocación; daba pie a un reconocimiento y exigía una reacción. Cuanto más pensaba en ello Jeffrey, más lo inquietaba, porque una parte de él consideraba este secuestro en particular como un tipo de delito que el delincuente espera que quede impune. Estaba desprovisto del anonimato y el misterio que entrañaba la selección de las otras víctimas. Raptos. Los crímenes de su padre eran como relámpagos en una tarde húmeda de verano; instantáneos, únicos. Sin embargo, este crimen llevaba detrás intenciones muy diferentes.

Jeffrey se meció en su asiento ante el ordenador y pensó que probablemente nunca en la historia del crimen había un perseguidor sabido tanto sobre su presa como él sobre su padre, el asesino. Ni siquiera el famoso perfil del Unabomber elaborado por el FBI a mediados de la década de 1990, que parecía predecir prácticamente todos los rasgos de la personalidad del terrorista, contenía conocimientos tan íntimos como los que él había adquirido o recordaba en su base instintiva. Pero toda esa información y comprensión resultaban inútiles, porque su padre, el asesino, había conseguido ocultar un elemento esencial: su propósito.

Había sembrado indicios de que sus asesinatos tenían un móvil político: dar al traste con el nuevo estado. O tal vez el móvil era personal, mensajes dirigidos a su hijo, el profesor. Quizá formaban parte de una competición o de un plan. Naturalmente era posible que se tratase de ambas cosas a la vez o de ninguna de las dos. Había pruebas que respaldaban la idea de que los asesinatos eran fruto de la perversión o actos de naturaleza ritual. Podían ser producto del mal o del deseo. Eran actos solitarios para cuya ejecución había conseguido ayuda. Eran novedosos, y a la vez tan antiguos como la historia criminal escrita.

Eran como la partitura de una pieza de música moderna, pensó

Jeffrey. Evocaban el pasado con sonidos y prefiguraban el futuro. Eran al mismo tiempo arcaicos y futuristas.

Se preguntó qué debía hacer.

Luego se reprendió a sí mismo: «Deberías saberlo. Lo conoces, y a la vez sabes muy poco de él.» Las posibilidades se agolparon en su imaginación: él tendería su propia emboscada. Ellos ejecutarían a la joven. Desaparecerían.

Esta última posibilidad es la que más lo asustaba.

Jeffrey no lo dijo en voz alta, pero se había armado de valor para una decisión crítica. Fuera cual fuese el horror resultante de la relación entre la familia original y la nueva, él le pondría fin ese día. Bajaría el telón de una vez por todas. Alargó el brazo y cogió la pistola automática que descansaba sobre el escritorio. Acarició el guardamonte, intentando imaginar la sensación que produciría el arma al disparar. «Rematar» el asunto se dijo. Último capítulo. La estrofa final. La nota postrera.

Cayó en la cuenta de que el problema era que tal vez su padre deseaba lo mismo.

Dejó la pistola y se puso a trastear de nuevo con el ordenador. Al cabo de unos segundos, había abierto unos planos en tres dimensiones de la residencia de la familia Curtin. Procedió a estudiarlos, con la concentración y la entrega de un estudiante que empolla para un examen.

Lo que vio fue que la «sala de música» carecía de ventanas y era contigua a un espacio marcado como sala recreativa «familiar», en un sótano. Al parecer tenía una sola puerta, que daba al interior de la casa, lo que lo sorprendió. Lo examinó más de cerca. «No tiene sentido —pensó—, teniendo en cuenta el uso que le daba a ese cuarto.» Una vez concluido su trabajo, él no querría atravesar su casa con un cadáver a cuestas, por muy bien envuelto que estuviera. Sería una muestra irrefutable de que había perdido el control. Su padre era demasiado inteligente para eso.

El nombre de la empresa constructora figuraba en los planos. Jeffrey descolgó el auricular y llamó. Tardó unos minutos en conseguir que las recepcionistas transfiriesen la llamada al presidente de la empresa, que estaba en las obras de una nueva escuela primaria.

—¿Qué pasa? —preguntó el contratista, con el tono de un hombre que se había pasado el día ocupándose de pequeñas meteduras de pata y errores, y que tenía poca tolerancia o paciencia para con nadie más.

Jeffrey se identificó como un agente especial del Servicio de Seguridad, lo que sólo sirvió para mitigar ligeramente la bronquedad del hombre.

—Quería hacerle algunas preguntas sobre una casa que usted construyó hace más de seis años, en Buena Vista Drive, a las afueras de Sierra...

—¿Espera que me acuerde de una casa de hace tanto tiempo? Oiga, amigo, nos encargamos de muchos proyectos, no sólo de casas, sino también edificios y oficinas y colegios y...

—Seguro que se acuerda de esta casa —lo interrumpió Jeffrey—. La familia se llamaba Curtin. Fue un trabajo por encargo. De alta categoría.

—La verdad es que no me acuerdo. Oiga, siento no poder ayudarle, pero estoy muy ocupado...

—Esfuércese más —le dijo Jeffrey.

En ese momento, la puerta de su despacho se abrió, y entró su hermana, con una bolsa de tela que hizo un ruido metálico cuando la depositó en el suelo.

Diana se volvió hacia su hija.

—Los hemos encontrado —dijo en voz baja, crípticamente.

Susan soltó un jadeo y se disponía a responder cuando Jeffrey señaló enérgicamente la pila de documentos que salían de las impresoras.

—¿Qué demonios es lo que quiere saber, a todo esto? —preguntó con aspereza el contratista.

—Quiero saber qué modificaciones introdujo.

—¿Qué?

—Lo que quiero saber es en qué se diferencia la casa de los planos oficiales que enviaron al estado para su revisión arquitectónica y aprobación.

—Oiga, amigo, no sé de qué me habla. Eso va contra las leyes del estado. Podría perder la licencia para construir aquí...

—La perderá de todos modos —lo cortó Jeffrey de forma brusca y fría— si no me dice ahora lo que quiero saber. ¿Qué cambios no figuran en los planos? Y no me diga que no se acuerda, porque no es verdad. Yo sé que el hombre que le encargó esa casa le pidió

unas modificaciones que no aparecieran en ningún proyecto arqui-
tectónico. Y seguramente le pagó muy bien sólo para que imple-
mentase esos cambios sin registrarlos en los documentos oficiales.
Tiene dos opciones: si me lo cuenta ahora, lo consideraré un favor
y no le mencionaré la conversación a la junta de expedición de licencias. O bien puede contestarme con evasivas, y entonces su
licencia para construir a esos precios inflados artificialmente en el
estado cincuenta y uno, y enriquecerse más de lo que había soñado
jamás, será revocada antes del mediodía de mañana. —Jeffrey titubeó, y luego añadió—: Ya me ha oído. Es la amenaza más explícita
que he podido lanzar. Ahora, piénselo durante treinta segundos y
luego responda a mi puta pregunta.

El contratista reflexionó antes de contestar.

—No necesito los treinta segundos, qué cojones. ¿Quiere saber
qué diferencias hay? Vale. El estudio del sótano tiene una salida
oculta. Da al exterior. Mi gente hizo un trabajo de narices; cuesta
mucho de descubrir. También hay un sistema de seguridad camu-
flado como un aparato de aire acondicionado. Toda la instalación
está sobre un falso techo, y hay monitores de vídeo en el estudio
de la planta de arriba, detrás de una librería también falsa. Hay
sensores colocados por todo el terreno de la finca con detectores
de infrarrojos. Hubo que ir hasta Los Ángeles a recoger esos trastos. Aquí son ilegales. Y tampoco hacen falta, como le dije al tipo.
Supongo que se imaginó que esto iba a acabar convirtiéndose en
una ciudad sin ley. Una locura. Le aseguré que no necesitaba más
que una cerradura en la puerta, pero él seguía erre que erre. Al fin
y al cabo, ésa es la razón de ser de este lugar, ¿no? Pero él estaba
dispuesto a pagar, y a pagar bien. Joder, al principio nadie sabía si
este estado saldría adelante o no, así que le seguí el juego. Estoy
seguro de que no soy el único que hizo una cosa así en los primeros años. ¿Qué más? Ah, tampoco sale en los planos, pero hay un
cobertizo o pabellón de invitados del tamaño de un garaje pequeño a unos doscientos metros de la casa. La casa se alza en una colina, y el cobertizo está en la ladera, junto a unos tropecientos kilómetros cuadrados de terreno protegido no urbanizable. No sé
para qué se usa. Echamos los cimientos, levantamos la estructura,
colocamos el material aislante y las paredes. Él sólo quería que
incluyéramos en las especificaciones de la casa los materiales para

el acabado, y eso fue lo que hice. Nos dijo que él daría los últimos toques a su gusto.

—¿Algo más?

—No. Y es la única vez que he introducido cambios de este tipo. Ahora el estado envía a un inspector que lo revisa todo a fondo, planos en mano, antes de que se ocupe la vivienda. Pero esto era en los inicios, cuando las cosas eran bastante más laxas. Tal vez untó a algún inspector también. Se supone que eso no se puede, pero circulan historias. Bueno, ahí lo tiene, amigo, confío en que cumpla su promesa.

Jeffrey colgó, preguntándose distraídamente si el contratista estaría utilizando cemento de baja calidad para los cimientos de la escuela. Fuera como fuese, había averiguado lo que necesitaba saber.

Oyó que, tras él, su madre decía en voz suave:

—Jeffrey, Susan, estamos recibiendo las fotografías ahora.

Los tres se apiñaron frente a la impresora mientras la máquina runruneaba y finalmente escupía la fotografía de identificación de Geoffrey Curtin. Era un adolescente de estatura media, con ojos castaños hundidos y una mata de pelo negro apenas peinada. Tenía el rostro achatado, las mejillas y el mentón prominentes, y la boca torcida hacia abajo en la sonrisa forzada que había adoptado ante la cámara. Llevaba una perilla desaliñada. Entre los datos proporcionados por el estado constaba la dirección de su domicilio así como la de su residencia en la Universidad Cornell, en Ithaca, Nueva York.

Susan cogió la imagen y la observó con detenimiento. Antes de que pudiera decir nada, apareció una segunda fotografía, la de Caril Ann Curtin.

Era una mujer menuda, de una delgadez cadavérica, rostro enjuto y pómulos salientes que había heredado su hijo. Llevaba la cabellera rubia recogida hacia atrás en una cola de caballo de aspecto infantil, y unas gafas anticuadas, de montura metálica. No era bonita ni lo contrario; tenía una expresión intensa e inquietante. No sonreía, y esto le confería un aire de secretaria.

—¿Quién eres en realidad? —preguntó Diana, contemplando la fotografía.

Jeffrey se la arrebató de las manos. Sacudió la cabeza.

—Yo sé quién es —aseveró—. El abogado de Trenton me lo dijo, pero yo no seguí la pista que me dio. Es una mujer que murió en Virginia Occidental hace veinte años, poco después de salir de la cárcel de allí. Estúpido, estúpido, estúpido. Soy un estúpido.

Se disponía a continuar cuando la impresora comenzó a expulsar el tercer retrato, el de Peter Curtin.

Fue Diana quien habló primero.

—Hola, Jeff —murmuró—. Vaya, cómo has cambiado.

Durante los primeros segundos, los tres vieron algunas cosas distintas y otras que seguían siendo como antes. Ya fueran los ojos, de mirada penetrante, o la frente inclinada hacia arriba y rematada por una calva, o la barbilla, o las mejillas, o las orejas muy pegadas al rostro ovalado, o los labios desplegados ligeramente en una sonrisa burlona, todos vieron algo familiar, algún rasgo que compartían, o simplemente una imagen que habían relegado a algún rincón recóndito de su interior.

El hombre parecía más joven y vigoroso de lo que correspondía a sus sesenta y tantos años, lo que provocó que Diana Clayton sintiera una punzada en el corazón al pensar de pronto en el aspecto avejentado y próximo a la muerte que ella debía de ofrecer.

Jeffrey bajó la vista hacia la foto, temeroso de verse a sí mismo.

Susan fijó la mirada en la hoja blanca y satinada y notó que la invadía una rabia difícil de describir, pues entrañaba no sólo aborrecimiento hacia todo lo que el hombre había hecho, sino también la sensación de soledad y desesperación que la había embargado durante toda la vida. No habría sido capaz de determinar cuál de estas furias era más profunda.

Jeffrey se volvió hacia su madre.

—¿Realmente ha cambiado?

Ella asintió.

—Sí —respondió despacio—. Casi todas sus facciones han sido modificadas, apenas lo suficiente para que el conjunto parezca distinto. Salvo los ojos, por supuesto. Siguen siendo iguales.

—¿Lo habrías reconocido?

—Sí. —Respiró hondo—. No. Tal vez. —Diana suspiró—. Supongo que la respuesta es: no lo sé. Espero que sí. Pero tal vez no.

—No parece gran cosa —comentó Susan con dureza.

—Nunca lo parecen —contestó Jeffrey—. Estaría bien que la cara de las peores personas reflejara su maldad, pero no es así. Son de apariencia anodina y corriente, afable y poco llamativa, hasta el mismo instante en que se apoderan de tu vida y te llevan a la muerte. Y entonces sí que se convierten a veces en algo especial y diferente. De cuando en cuando se vislumbran atisbos, como los que vimos en David Hart, en Tejas, pero por lo general no es así. Pasan desapercibidos. Quizás eso sea lo más terrible de todo, que se parecen tanto.

—Vaya —dijo Susan con una risita desprovista de humor—, gracias por la lección, hermano mío. Y ahora, vayamos a por él.

—No tenemos por qué —replicó Jeffrey de forma cortante—. Basta con hacer una sola llamada al director del Servicio de Seguridad para que él lleve allí una unidad de Operaciones Especiales y haga saltar la casa en mil pedazos, junto con todo aquel que esté dentro. Podemos quedarnos sentados observando desde una distancia prudencial.

Diana miró a su hijo y negó con la cabeza.

—Nunca ha habido una distancia prudencial —repuso.

Susan hizo un gesto para mostrar que estaba de acuerdo con ella.

—¿Qué te hace pensar que el estado resolverá el problema de un modo satisfactorio para nosotros? —preguntó—. ¿Cuándo ha estado un gobierno a la altura de las expectativas?

—Éste es nuestro problema. Deberíamos solucionarlo a nuestra manera —aseguró Diana—. Me sorprende que se te haya ocurrido siquiera pensar lo contrario.

Jeffrey parecía desconcertado, sobre todo por la reacción de su hermana.

—Subestimas el peligro que corremos —dijo—. Qué diablos, no lo subestimas, lo estás pasando por alto. ¿Crees que él dudaría un segundo en matarnos?

—No —respondió ella—. Bueno, tal vez. Después de todo, somos sus hijos.

Los tres se quedaron callados por unos instantes, hasta que Susan prosiguió:

—Ha jugado con cada uno de nosotros, con el propósito de atraernos hasta su puerta. Hemos descubierto todas las pistas, interpretado todos los actos, mordido todos los anzuelos, y ahora, tras encajar todas las piezas, sabemos quién es él, y dónde vive, y quiénes son los miembros de su familia. Ahora que hemos llegado tan lejos, ¿crees que deberíamos dejar el asunto en manos del estado? No seas ridículo. El juego ha sido concebido para nosotros tres. Todos deberíamos jugar hasta el final.

Diana asintió.

—Me pregunto si él habrá previsto que mantendríamos esta conversación —dijo.

—Probablemente —respondió Jeffrey, desanimado—. Entiendo vuestro punto de vista. Admiro vuestra determinación. Pero ¿qué ganamos si nos enfrentamos a él en persona?

—La libertad —contestó Diana de forma enérgica.

Jeffrey pensó que su madre era romántica, y su hermana impetuosa. En cierto modo, envidiaba esas cualidades. Sin embargo, tenían una visión abstracta e idealizada de las habilidades de Peter Curtin, antes llamado Jeffrey Mitchell. Él tenía un conocimiento mucho más preciso de dichas habilidades, y por tanto más aterrador. Su madre y su hermana se habían estremecido al ver las fotografías, pero eso no era lo mismo que contemplar en persona el cuerpo destrozado de una víctima y entender implícitamente la rabia y el deseo que habían impulsado cada tajo y cada cuchillada en la carne. El hecho de que ahora contase con la ayuda de una compañera para realizar estos actos complicaba aún más las cosas. Y el hecho de que ambos hubiesen engendrado a un hijo añadía a la mezcla otro mal en potencia. No veía más que peligro en la situación hacia la que estaban precipitándose de cabeza. Era consciente, por otro lado, de que tal vez no hubiese alternativa.

Apoyó la cabeza sobre sus manos, presa de una fatiga repentina. Pensó: «Así es como estaba previsto desde un principio que terminara el juego.»

—No olvides el otro factor —dijo Susan de pronto—. Kimberly Lewis, alumna del cuadro de honor. Orgullo de unos padres confundidos que ahora mismo se preguntan qué demonios está pasando y dónde diablos está su hija.

—Está muerta. Y aunque no lo esté, debemos dar por sentado que lo está.

—¡Jeffrey! —protestó Diana.

—Lo siento, mamá, pero, por lo que respecta a esa joven, bueno, ¿es una chica con suerte? ¿Con mucha, mucha suerte? ¿El dios de la buena fortuna le sonreirá y hará llover sobre su cabeza la mejor y más inimaginable y más improbable de las suertes? Porque, si lo hace, entonces quizás ella salga de ésta con sólo las cicatrices suficientes para arruinar lo que le quede de vida. Pero, a los efectos que nos ocupan, daremos por sentado que ya está muerta. Aunque la oigáis pedir ayuda a gritos, dad por sentado que está muerta. De lo contrario, le daremos a él una ventaja que no podemos permitirnos.

—No sé si podré ser tan cínica —replicó su madre.

—Si no puedes, no tendremos la menor oportunidad.

—Lo entiendo —dijo ella—, pero...

Jeffrey la cortó alzando una mano. Clavó la mirada en su madre y luego en su hermana.

—De acuerdo —susurró—. Si queréis afrontar la realidad en lugar de una pura abstracción, debéis tener clara una cosa. Hemos de dejar atrás toda humanidad. Dejar atrás todo lo que nos convierte en lo que somos. No debemos llevar con nosotros nada más que armas y un objetivo común. Vamos a matar a ese hombre. Y debéis tener claro también que la nueva esposa y el nuevo hijo no son más que apéndices suyos, creados por él para ser como él. Son exactamente igual de peligrosos. ¿Te ves capaz de eso, madre? ¿Podrás olvidarte de quién eres y valerte sólo de las partes más oscuras de ti misma, de la ira y el odio? Son las únicas partes de nosotros que necesitamos. ¿Podrás hacerlo sin vacilar y sin el menor remordimiento o duda? Porque sólo tendremos una oportunidad. Ten bien claro que jamás se nos presentará otra. Así que, si nos adentramos en su mundo, debemos estar preparados para jugar según sus reglas y estar a su altura. ¿Serás capaz? —Miró a su madre, que no contestó—. ¿Puedes ser como él? —De repente se volvió hacia su hermana, exigiéndole la respuesta a la misma pregunta—. ¿Y tú?

Susan no quería responder a su pregunta. Pensaba que su hermano tenía razón en cada una de sus palabras. «Es consciente de lo temerarias que somos —se dijo—, pero a veces la temeridad es la única alternativa que te ofrece la vida.»

—Bien —dijo con una sonrisa forzada. Se humedeció los labios con la lengua. De pronto notó la garganta reseca, como si necesitara un poco de agua. Se acercó a la pantalla de ordenador, esperando que ni su madre ni su hermano se percatasen de lo nerviosa que estaba, y se puso a estudiar la distribución de la casa de Buena Vista Drive. Al mismo tiempo, llenó la habitación de una bravuconería totalmente injustificada.

»Ya lo veremos, ¿no? Y lo veremos esta noche.

23

La segunda puerta sin cerrar

Era bien entrada la noche cuando Jeffrey salió del enorme e impasible edificio de oficinas del estado, seguido por su madre y su hermana, en la que suponían que sería su última noche en el estado cincuenta y uno. Llevaba al hombro una talega mediana de color azul marino, al igual que su hermana. Diana sujetaba con la mano derecha un maletín de lona. Se tragó varios analgésicos subrepticiamente mientras salían a la oscuridad, esperando que ninguno de sus hijos se diese cuenta. Respiró hondo, paladeando el frío de la noche, al borde de la helada, y le pareció un sabor extraño y delicioso. Apartó por unos instantes la mirada de las colinas y las montañas que se elevaban al norte, y la dirigió a lo lejos, hacia el sur. «Un mundo desértico», pensó. Arena, polvo esparcido por el viento, plantas rodadoras y matorrales. Y calor. Un calor penetrante y aire seco. Pero esa noche no; esa noche era diferente, una contradicción entre la imagen y las expectativas. Frío en vez de calor.

Los aparcamientos estaban vacíos casi por completo; sólo quedaban los vehículos de los rezagados. Había muy pocas luces encendidas en los edificios de oficinas que tenían detrás. La mayor parte de la población activa del estado había cogido sus bártulos y se había ido a casa por la tarde, para cenar con la familia, charlar un poco, ver una película o una telecomedia en la tele, o quizás echarles una mano a los niños con los deberes. Luego, a la cama. A dormir, con la perspectiva de retomar la rutina al día siguiente. Reinaba un silencio seductor fuera del edificio de oficinas; oían el crujido de sus zapatos contra el cemento de la acera.

Jeffrey no tardó más que unos segundos en avistar su coche y al agente de seguridad que les habían asignado como conductor. Era el mismo que los había llevado al punto de Adobe Street donde Kimberly Lewis había desaparecido. Era un hombre taciturno, fornido, con el pelo muy corto y una mirada adusta y aburrida que ponía de manifiesto que habría deseado estar en algún otro lugar haciendo algo distinto. Jeffrey supuso que al agente le habían proporcionado una información mínima sobre quién era él y sobre la razón de su presencia en el estado cincuenta y uno. Como siempre, se figuró que, en algún sitio a su espalda, oculto a la vista, estaría el sustituto del agente Martin, siguiéndolos a una distancia conveniente, esperando a que ellos levantaran la mano para señalar al hombre a quien debía asesinar. Por un instante, Jeffrey volvió la mirada hacia arriba, como esperando ver un helicóptero acechando sobre sus cabezas, con las aspas girando con un latido sordo, de un modo silencioso. Se detuvo por un momento, intentando imaginar cómo les estaban siguiendo la pista. Sabía que el coche debía estar equipado con un sistema de localización electrónico. Había maneras de teñir la ropa con material infrarrojo que podía detectarse desde una distancia segura. Existían otras técnicas militares secretas, láseres y dispositivos de alta tecnología, pero dudaba que las autoridades del estado cincuenta y uno tuviesen acceso a ellos. Tal vez lo tendrían en un par de semanas, cuando cosieran una estrella nueva a la bandera de Estados Unidos, pero seguramente aún no, pues la votación todavía no se había llevado a cabo.

Jeffrey se fijó en el conductor. Un don nadie. Supuso que el hombre no tenía más órdenes que acompañarlos a todas partes e informar al director de todos sus movimientos. Al menos, era con lo que contaba.

Habían trazado un plan, pero era mínimo. Intentar ser más astuto que la araña que los había invitado a su red era probablemente una empresa desesperada de todos modos. En cambio, debían ir y esperar que su propia fuerza lograse romper los hilos preparados para enredarlos y reducirlos.

El conductor dio un paso adelante.

—Me han dicho que se quedarían aquí por la noche. Nadie ha autorizado otra salida.

—Si eso es lo que le han dicho, ¿por qué sigue aquí? —preguntó Susan rápidamente—. Abra el maletero, ¿quiere?

El conductor abrió el maletero.

—Es el procedimiento reglamentario —dijo—. Tengo que esperar la autorización final para irme. ¿Vamos a algún sitio?

—Volvemos a Sierra —indicó Jeffrey tirando su talega encima de la de su hermana.

—Debo dar parte —dijo el agente—, informar del destino y de las horas aproximadas de llegada y vuelta. Son las órdenes que tengo.

—Me parece que no —repuso Jeffrey. Desenfundó su nueve milímetros sin estrenar de su sobaquera en un movimiento fluido y apuntó con el cañón al agente, que reculó y levantó las manos—. Esta noche improvisaremos.

Susan se rio, pero con una carcajada que sonó falsa. Le propinó al agente un leve empujón por la espalda.

—Suba —le dijo—. Conduce usted, señor agente. Mamá, sube delante. Ha llegado el momento del reencuentro.

Jeffrey colocó la pistola en el asiento entre su hermana y él. Se puso sobre las rodillas el maletín que su madre había traído consigo. De un bolsillo interior de la chaqueta extrajo una linterna tamaño bolígrafo que emitía una luz roja para ver de noche sin deslumbrar. La encendió y sacó dos carpetas del maletín. Cada una contenía unas cinco hojas.

La primera era el dossier confidencial del Servicio de Seguridad sobre Caril Ann Curtin. Lo leyó por encima, buscando cualquier dato que pudiera darle algún indicio sobre el modo en que reaccionaría cuando le soltasen la verdad a la cara. Pero no era algo fácil de determinar: el dossier la revelaba como una funcionaria del estado diligente pero reservada. Había obtenido resultados muy favorables en las pruebas para ascensos e informes de rendimiento. Al parecer trabajaba eficientemente con sus compañeros, y los supervisores se referían a ella en términos muy elogiosos. Había poca información sobre su vida social, salvo un dato que inquietó a Jeffrey: Caril Ann Curtin pertenecía a un club de tiro femenino, en el que había ganado varios premios en competiciones con pistola. También según el dossier, participaba activamente en organizaciones religiosas y cívicas, era socia de varios gimnasios y había corrido un maratón en menos de cuatro horas el año anterior, en la carrera de Nueva Washington.

En lo referente a su vida anterior a su llegada al estado cincuenta y uno, el dossier era aún más escueto. Ella aseguraba haberse diplomado en Administración de Empresas en una academia de Georgia. Tenía una experiencia laboral limitada, pero que la cualificaba de sobra para ejercer como secretaria. En la carpeta había dos cartas de recomendación de ex empleadores que la ponían por las nubes. Una de ellas la había escrito el abogado de Trenton, detalle que el hombre había omitido en su conversación forzada con Jeffrey Clayton. La otra, supuso éste, era falsificada o comprada, pero sin duda satisfactoria para el estado en sus inicios, la época en que estaba cobrando forma. En apariencia, estaba capacitada, era perfecta. Su marido tenía dinero y era generoso con él. Una vez que hubo pasado a formar parte de la burocracia, ella había subido peldaños con la determinación de un salmón que vuelve a su hogar.

Jeffrey dejó esa carpeta a un lado y abrió la segunda.

Ese expediente era aún más corto. Era un listado de ordenador impreso del Centro Nacional de Información Criminal. El encabezamiento rezaba: «Elizabeth Wilson. Fallecida.»

Jeffrey sacudió la cabeza.

«Fallecida no —pensó—. Sólo renacida.»

El documento del banco de datos nacional describía a una joven que se había criado en el campo, en Virginia Occidental. Tenía todo un historial como delincuente juvenil por allanamiento, incendios provocados, agresión con lesión y prostitución. Había un informe breve del Departamento de Libertad Condicional de las autoridades del condado de Lincoln que mencionaba la existencia de unas pruebas no confirmadas de que había sufrido abusos sexuales constantes en su infancia por parte de su padrastro.

Elizabeth Wilson había acabado en la cárcel por homicidio sin premeditación a los diecinueve años. Le había sacado una navaja a un cliente que se negaba a pagarle después de mantener relaciones sexuales con ella. El hombre la había golpeado varias veces antes de darse cuenta de que ella lo había rajado desde el vientre hasta la cintura. Le concedieron la libertad condicional después de cumplir tres años de condena en la penitenciaría estatal de Morgantown. Según el informe, seis meses después de salir a la calle, había conseguido empleo en un bar de moteros en una zona rural del estado a unos cien kilómetros de la ciudad. Su primera noche de trabajo, había salido del establecimiento en compañía de un hombre, y no la habían vuelto a ver. La policía había descubierto ropa desgarrada y ensangrentada en una hondonada, pero no habían hallado ningún cadáver. Esto había ocurrido a finales del invierno, y el terreno resultaba casi impracticable. Ni siquiera una unidad con perros había sido capaz de reconocer el territorio. Posteriormente, la policía había interrogado a varios hombres que se hallaban presentes en el bar esa noche y que según testigos habían estado hablando con ella. Detuvieron a uno cuya camioneta tenía manchas de sangre en el asiento. El tipo de sangre coincidía con el de Elizabeth Wilson, y más tarde las pruebas de ADN revelaron que era suya. Al registrar la camioneta se encontró un cuchillo de caza grande metido bajo un panel roto del suelo. La hoja también presentaba manchas de sangre. A pesar de que declaró que esa noche estaba borracho y no se acordaba de nada, el hombre fue juzgado y condenado a cadena perpetua.

Jeffrey pensó que eso debió de resultarle divertido a su padre. Dejar un poco de sangre en el coche de un desconocido. El cuchillo también le pareció un detalle ingenioso. Se preguntó si su padre había aleccionado a Elizabeth Wilson mientras le extraía sangre unas horas antes aquella tarde; «llama la atención, coquetea, enzárzate en una discusión, luego márchate con un tipo que esté tan borracho que apenas se tenga en pie. Un hombre que luego sea incapaz de recordar un solo detalle».

Después, su padre se llevó a la joven cuya muerte había fabricado y la recreó, del mismo modo que se había reinventado a sí mismo antes. Esa noche, ella debió de ser como una recién nacida, desnuda, con la ropa hecha jirones y empapada en su propia sangre, tiritando a causa del frío y el miedo.

Jeffrey cerró la carpeta y pensó: «Seguro que ella se lo debe todo.»

Echó una mirada rápida a su hermana y luego a su madre.

«No tienen idea de lo peligrosa que puede ser esta mujer —se dijo—. No hay un solo detalle de su vida que no haya sido inventado por mi padre. Ella le tendrá tanta devoción como un feroz perro guardián. Quizás incluso más.»

Junto con el expediente, habían enviado una vieja fotografía. En ella aparecía un rostro joven y airado con expresión ceñuda, una boca torcida de dentadura mellada y una nariz rota que se había soldado mal, todo ello enmarcado por una cabellera rubia enmarañada y grasienta.

Jeffrey comparó mentalmente ese retrato con la fotografía del pasaporte de Caril Ann Curtin. Costaba creer que la joven que sostenía bajo su cara el número de identificación en la comisaría fuese la misma mujer adulta segura de sí misma que había demostrado su valía en tantas tareas oficiales. Le habían arreglado los dientes y suavizado el mentón. La nariz rota había sido reparada y remodelada. La había esculpido un experto, pensó Jeffrey, tanto física como emocional y psicológicamente. Como Henry Higgins a Eliza Doolittle. Sólo que, en este caso, se trataba del Henry Higgins de la muerte.

Jeffrey guardó de nuevo las dos carpetas en el maletín de lona, remetiéndolas entre el expediente escolar de Geoffrey Curtin y la fotografía de Peter Curtin. Los ordenadores no contenían información sobre él, salvo las referencias indirectas en los dossieres de su esposa e hijo.

En el coche había un teléfono del Servicio de Seguridad. Jeffrey lo cogió y comenzó a marcar un número. Hicieron falta tres intentos frustrantes para que pudiera ponerse en contacto con la Universidad Cornell. Se identificó y acto seguido pidió que lo pasaran con el encargado de seguridad. Tardaron unos segundos en localizar al hombre, pero cuando contestó, su voz sonó muy cercana pese a los cientos de kilómetros que los separaban.

—Aquí el jefe de seguridad, ¿cuál es el problema?

—Señor, necesito saber si un alumno de Cornell continúa alojado en la residencia.

—Dispongo de esa información. ¿Para qué la necesita?

—Se ha producido un accidente de tráfico aquí —mintió Jeffrey—, y seguimos buscando entre los restos del vehículo quemado. Es posible que se trate de parientes cercanos. Pero hemos recuperado cadáveres sin identificar. Nos sería útil poder descartar al menos a una persona...

—¿Cómo se llama el alumno?

—Geoffrey, con G, Curtin. Se escribe C-U-R-T-I-N...

—Deje que eche un vistazo, señor...

—Clayton. Agente especial Clayton.

—Cada vez recibimos más solicitudes de jóvenes del estado cincuenta y uno, ¿sabe? Son buenos chicos. Buenos estudiantes. Pero cuando llegan al campus lo pasan fatal durante las primeras semanas. Aquí las cosas son diferentes que allá... —El oficial de seguridad hizo una pausa y luego añadió—: Oiga, ¿seguro que me ha dado bien el nombre?

—Sí. Geoffrey Curtin, de Sierra, en el estado cincuenta y uno.

—Pues no me sale nadie con ese nombre.

—Vuelva a comprobarlo, si es tan amable.

—Ya lo he hecho. Aquí no consta nadie. Tengo la lista general, ¿sabe? Figuran todos los alumnos, profesores, empleados del campus... todas las personas relacionadas con la universidad. Él no aparece. Quizá debería telefonear a Ithaca College. A veces la gente se confunde, ¿sabe? Están muy cerca de nosotros.

Jeffrey, después de colgar, rebuscó en la carpeta del informe académico. Sujeta al documento había una copia de la carta de aceptación de Cornell, con una nota escrita a mano por el tutor en la parte superior, que decía: «Depósito enviado.»

Jeffrey se percató de que tanto su madre como su hermana lo observaban.

—No está allí —dijo—, que es donde se supone que debería estar. Eso podría significar que está aquí...

El agente taciturno farfulló desde el asiento delantero:

—Pruebe con Control de Pasaportes. Ellos sabrán si está o no en el estado.

Jeffrey asintió.

—Se supone que tengo que ayudarles —prosiguió el agente, entre dientes—, pero mire que amenazarme con una pistola...

Jeffrey realizó la llamada. Gracias a su autorización de seguridad, obtuvo una respuesta rápida: Geoffrey Curtin, de dieciocho años, con domicilio en Buena Vista Drive 135, Sierra, había salido del estado el 4 de septiembre con destino a Ithaca, Nueva York, y aún no había regresado.

—Bueno —dijo Susan—. ¿Qué opinas? ¿Está aquí o no?

—Creo que no, pero debemos ser prudentes.

—Me llaman doña Prudencia —bromeó Susan.

—No, no es cierto —replicó Diana con aire sombrío—. Nunca te han llamado así.

La calle principal de Sierra estaba atestada de coches que daban bocinazos, encendían y apagaban los faros, y zigzagueaban por la calzada de dos carriles. Había adolescentes apretujados dentro de los vehículos, agarrados a la parte posterior de camionetas o saludando desde ventanas abiertas, armando en conjunto un gran jaleo. En la plaza central de la ciudad ardía una hoguera cuyas llamas anaranjado rojizo se elevaban casi hasta diez metros de altura hacia el cielo azul negruzco. Un coche de bomberos estaba aparcado discretamente a unos cincuenta metros, y media docena de bomberos, con una manguera a sus pies, miraban, sonriendo de oreja a oreja, con los brazos cruzados, a una fila de chicos que serpenteaba en torno al fuego, sus siluetas recortadas contra el fuego, girando. Dos coches del Servicio de Seguridad, con sus luces estroboscópicas rojas y azules marcando el compás, también se encontraban cerca de la multitud. No sólo había adolescentes; la muchedumbre estaba integrada tanto por personas muy jóvenes que estaban trasnochando mucho más de lo que era habitual en ellos, como por adultos igual de entregados a la danza, si bien de forma menos vigorosa y quizá considerablemente más ridícula. Los radiocasetes de un puñado de coches trucados tocaban una música rítmica de bajos graves que retumbaba en el aire. Estos sonidos quedaron ahogados por la marcha interpretada por una orquesta de viento que apareció doblando una esquina, con los instrumentos brillando bajo las luces mezcladas de los coches y del fuego.

—La final del campeonato de fútbol americano entre institutos —les informó el agente desde el asiento delantero mientras se abría paso cuidadosamente por entre el gentío—. Debe de haber ganado Sierra hoy. Ahora podrán jugar en la Super Bowl juvenil del estado. No está mal. No está nada mal.

El agente le tocó la bocina a un descapotable lleno de adolescentes que se había detenido delante de ellos. Los chicos se volvieron, riendo y gesticulando de manera animada pero no agresiva. Con una sacudida y un chirrido de neumáticos, la chica que iba al volante logró apartar el coche de su camino.

—Saldremos de esto enseguida. Parece que todo aquel que es alguien en esta ciudad ha venido aquí esta noche.

—¿Cuánto tiempo más durará? —preguntó Susan.

El agente se encogió de hombros.

—Esa hoguera parece recién encendida. Y no veo que el equipo haya llegado todavía. Estarán esperándolos. Y también al entrenador. Y probablemente el alcalde y los concejales del ayuntamiento y Dios sabe quién más tendrán que coger un megáfono y decir algunas palabras. Me da la impresión de que la fiesta acaba de empezar. —El agente bajó la ventanilla y le gritó a una pequeña panda de chicas—. ¡Eh, señoritas! ¿Cómo ha quedado el marcador?

Las chicas se dieron la vuelta y miraron al agente como si acabara de llegar de Marte.

—Veinticuatro a veintidós —contestó una de ellas—. No he dudado ni por un momento. —Todas se rieron.

El agente sonrió.

—¿Quiénes son los siguientes?

—¿Las siguientes víctimas? —chillaron las chicas a la vez—. ¡Nueva Washington!

El agente volvió a subir la ventanilla.

—¿Lo ven? —dijo—. Algunas cosas nunca cambian. El fútbol americano juvenil, por ejemplo.

Jeffrey contempló a la multitud y pensó que era una suerte. Si alguien los seguía, le resultaría sumamente difícil no perderlos entre tanta gente.

El agente viró para salir de la calle principal y pasó por debajo de una pancarta que decía: MANIFESTACIÓN EN LA PLAZA POR LA CATEGORÍA DE ESTADO, 24 DE NOV.

Jeffrey se volvió en su asiento para mirar la calle que dejaban atrás y asegurarse de que nadie los siguiera. Las luces y el ruido empezaron a difuminarse a sus espaldas. Pasaron junto a grupos de personas que se dirigían a toda prisa al centro de la ciudad, luego salieron de Sierra y se adentraron rápidamente en la oscuridad de una carretera angosta. Los árboles llegaban hasta el borde mismo del asfalto, y sus troncos negros parecían bloquear los haces de los faros. En cuestión de minutos, el mundo que los rodeaba parecía haberse vuelto más cercano, estrecho, enmarañado y nudoso. Pasaron junto a varios caminos particulares de casas cuyas luces apenas resultaban visibles en lo más profundo del mundo boscoso en el que se estaban internando. Entonces Jeffrey rompió el silencio.

—Pare el coche. Ahora.

El agente obedeció. Los neumáticos hicieron crujir la grava en el margen de la carretera.

Jeffrey tenía la pistola en la mano.

—Todos abajo —dijo.

El agente vaciló, luego posó la vista en el arma. Se desabrochó el cinturón de seguridad y se apeó.

Jeffrey hizo lo mismo. Respiró hondo, echó un vistazo a la calzada como para intentar ver más allá del límite de los faros y se volvió hacia atrás.

—Muy bien —dijo—. Gracias por su ayuda. Siento ser tan poco cortés. Dígame ahora mismo: ¿cómo nos están siguiendo la pista?

El agente se encogió de hombros.

—Se supone que debo dar cuenta de su paradero a una unidad especial. Las veinticuatro horas del día.

—¿Qué clase de unidad?

—Especialistas en limpieza. Como Bob Martin.

Jeffrey asintió.

—¿Y si no reciben noticias suyas?

—Se supone que eso no debe ocurrir.

—De acuerdo. Entonces ha llegado el momento de que haga usted esa llamada.

—¿Aquí, donde Cristo perdió el gorro? —soltó el agente—. No lo pillo.

—No. —Jeffrey sacudió la cabeza—. Aquí no. ¿Está en condiciones de correr?

—¿Qué?

—¿Está en buena forma? ¿Puede correr?

—Sí —respondió el hombre—. Puedo correr.

—Bien. La ciudad no queda a más de siete u ocho kilómetros de aquí. No debería tardar más de media hora o quizá cuarenta y cinco minutos, con esos zapatos que lleva. Una hora, tal vez, porque llevará consigo esto... —Le entregó al agente el maletín.

El hombre continuó mirando a Jeffrey, con más frustración que rabia.

—En teoría no debo separarme de ustedes —se lamentó—. Ésas son mis órdenes. Me va a caer una buena.

—Dígales que yo le obligué. De hecho, es la verdad. —Jeffrey hizo un gesto con la pistola—. Además, estarán demasiado ocupados para echarle la bronca.

—¿Qué se supone que debo hacer con esto? —El agente agitó el maletín.

—No perderlo —dijo Jeffrey. Sonrió brevemente y prosiguió—: Esto es lo que hará cuando llegue a la ciudad. Da igual que se haya quedado sin aliento o que le hayan salido ampollas en los pies: vaya directamente a la subcomisaría local del Servicio de Seguridad. No se distraiga con la hoguera ni las celebraciones. Camine sin detenerse hasta la subcomisaría. Cuando llegue, llame a su unidad de asesinos. Luego, telefonee al director. No se ponga en contacto con su supervisor, ni con el comandante de guardia, no llame a su mujer ni a nadie más. Llame al director del Servicio de Seguridad. Da igual dónde esté o lo que esté haciendo; accederá a hablar con usted. Créame. Si lo hace, salvará su empleo. Porque durante los próximos minutos, usted se convertirá en la única persona en el mundo con quien él querrá hablar. ¿Lo entiende? Bien, cuando lo tenga al otro lado de la línea (a él y a nadie más, ni secretarias, ni ayudantes, nadie), cuéntele exactamente lo que ha sucedido esta noche. Y dígale al director que yo le he dado un maletín que contiene información sobre la identidad del hombre que me pidió que encontrara, así como su dirección y algunos detalles sobre su familia. Seguramente querrá saber adónde hemos ido, y usted le dirá que la dirección está en esos dossieres, pero que nos hemos adelantado porque en este punto su problema y el nuestro divergen. ¿Se acordará de decírselo, exactamente en estos términos?

Incluso a un costado del coche, a la luz indirecta de los faros, que alumbraban en otra dirección, Jeffrey advirtió que el agente había abierto mucho los ojos.

—¿«Divergir», dice? Esto es importante, ¿verdad? Debe de tener que ver con el motivo por el que usted está aquí, ¿no?

—Sí a ambas preguntas. Y tal vez para cuando llegue el final de la noche, todos hayamos encontrado respuestas —dijo Jeffrey. Escrutó la oscuridad que los envolvía—. Pero también es posible que las respuestas nos encuentren a nosotros.

Apuntó con el cañón de la pistola a la carretera, en dirección a la ciudad. El agente dudó por unos instantes, Jeffrey señaló de nuevo y entonces el hombre arrancó a correr despacio, sujetando el maletín contra su pecho.

Susan, que había bajado del coche, se encontraba de pie junto a la puerta abierta.

—Vaya, vaya, vaya. —Y se agachó para volver a subir.

La entrada a Buena Vista Drive estaba apenas un kilómetro más adelante. Según el mapa, sólo había tres casas muy espaciadas en la calle sin salida. La que ellos buscaban era la última de las tres, la más aislada. Jeffrey habría preferido sobrevolar el lugar en una avioneta o un helicóptero, pero había resultado imposible. En cambio, había tenido que estudiar los mapas topográficos del Servicio de Seguridad, que suponía que eran sólo tan precisos como el propietario y el contratista habían querido. En este caso concreto, tenía claro que probablemente no serían demasiado precisos. Le preocupaba el acercamiento, por los sensores ocultos de la alarma y, especialmente, por el pabellón separado que no aparecía en ningún mapa ni plano pero del que le había hablado el contratista. Se había devanado los sesos intentando imaginar la función de esa estructura, pero no había sacado nada en limpio. Sabía que era de importancia capital para su padre, pero no logró deducir exactamente por qué.

Esto le molestaba inmensamente.

Jeffrey detuvo el vehículo del Servicio de Seguridad a un lado de la carretera y apagó los faros justo fuera del camino de acceso de un solo carril al número 135. La única señal de que había una casa oculta en el corazón del oscuro bosque era un pequeño número en una placa de madera colocada junto a la calle sin salida. No había valla ni cercado, sólo un solitario camino particular que desaparecía entre los árboles.

Por unos momentos, los tres permanecieron sentados en la penumbra, en silencio. Su plan era simple, tal vez demasiado, pues dejaba muchas cosas en el aire.

Jeffrey debía coger las armas, caminar por el sendero de acceso hasta la casa y entrar por la parte delantera como pudiese, aunque para ello tuviera que llamar a la puerta. Daba por sentado que, poco después de iniciar su avance, las alarmas se dispararían, lo vigilarían a través de cámaras, y luego se enfrentarían a él. Ése era el objetivo de su aproximación; atraer sobre sí la atención de los ocupantes del número 135 de Buena Vista Drive. Si lo conseguía sin que lo desarmasen, mejor. Una vez dentro, Susan y Diana debían seguirlo lo más sigilosamente posible. Jeffrey creía que, en cuanto los ocupantes se hubiesen fijado en él, no estarían alertas a una segunda oleada. Susan y Diana debían rodear la casa hasta la parte posterior para intentar pillarlos por sorpresa. El contratista le había dicho que los monitores de videovigilancia estaban en la planta superior, de modo que Jeffrey sabía que debía mantener a los ocupantes de la casa abajo. Así de simple.

El asalto a la casa se basaba en un factor psicológico muy poco firme: Jeffrey esperaba que, al aparecer solo, su padre pensara que intentaba proteger a su madre y a su hermana, y que las había dejado en algún lugar lejano y seductoramente seguro. Con una actitud altruista. Dispuesto a plantar cara al padre —y a cualquier peligro que representase— él solo.

Ésa era una mentira que se consideraba capaz de vender.

La verdad, claro está, era justo lo contrario. Madre y hermana eran las abrazaderas de la trampa. Él sólo era el resorte.

Los tres bajaron del coche sin hacer ruido y se reunieron junto al maletero. Todos llevaban ropa oscura, tejanos, sudaderas y zapatillas para correr. Jeffrey abrió el maletero y de la primera de las dos talegas sacó tres chalecos antibalas recubiertos con Kevlar que rápidamente se pusieron sobre el torso. Susan tuvo que ayudar a su madre, que no estaba familiarizada con semejantes prendas.

—¿Esto funciona? —preguntó Diana—. Porque cómodo no es, para nada.

—Protege contra armas y munición convencionales, pero...

—Siempre hay un pero —comentó Diana con brusquedad—. ¿Y qué te hace pensar que tu padre tendrá algo remotamente convencional?

Esta pregunta arrancó una sonrisa nerviosa a Jeffrey.

—Creo que será prudente llevarlos, de todos modos. Considera estas cosas el regalo de despedida de nuestro querido y añorado agente Martin. Estaban en su taquilla de la oficina. —Esta muestra de humor negro les hizo sonreír a los tres. Jeffrey se inclinó sobre la segunda talega, abrió la cremallera y comenzó a sacar armas.

Ayudó a su hermana a colocarse la pistola en la sobaquera, luego comprobó la suya propia. A continuación, los dos empuñaron sendas metralletas y se pusieron en la cabeza gorros de lana negros de la Marina. Del fondo de la talega, Jeffrey extrajo dos pares de gafas de visión nocturna. Se colgó uno al cuello y le pasó el otro a su hermana. A continuación introdujo la mano y cogió dos palancas pequeñas. Sujetó una a su cinturón y la otra se la entregó a Susan.

A Diana le vinieron a la mente imágenes de los dos cuando eran niños y jugaban juntos, como si éste fuera una especie de juego perverso de policías y ladrones. Sin embargo, mientras ella se dejaba enternecer por esos recuerdos gratos, su hijo se volvió de pronto, le alargó un gorro parecido y la ayudó a sujetarse una pistola al pecho con una correa. Le dio el revólver que Susan había traído de Florida.

Jeffrey se quedó un momento con los brazos en torno a su madre. Le pareció más pequeña y frágil, más anciana de lo que jamás creía que sería, debilitada por la enfermedad y por todo lo ocurrido. Había poca luz, pero en la penumbra vislumbró las arrugas de preocupación en su frente.

Diana, por otro lado, permanecía ajena a todo esto.

Respiraba agitadamente, tomando bocanadas del aire frío, pensando que no había lugar en el mundo donde prefiriese estar. Por primera vez en semanas, y quizá meses, pudo hacer acopio de fuerzas en su interior y relegar su enfermedad a algún rincón, como si le cerrase la puerta en las narices a su mal. Se había pasado toda su vida adulta temiendo que el hombre a quien había llamado marido los acorralara y los hundiese a ella y a sus hijos, y le inspiraba una esperanza serena y una satisfacción inmensa pensar que esta noche era ella quien lo acosaría a él y no al revés, que iba armada y era peligrosa, por primera vez en la vida quizás incluso más peligrosa que él.

Susan comprobó el mecanismo de corredera de la pistola. Se volvió hacia su hermano.

—¿Y qué hacemos con la esposa y el hijo?

—Caril Ann Curtin es una víbora. No te lo pienses dos veces.

Diana sacudió la cabeza.

—Ella es una víctima, como nosotros. Peor aún. ¿Por qué habríamos de...?

—Tal vez lo fue alguna vez —la interrumpió Jeffrey—. Tal vez si ella hubiera huido cuando aún estaba a tiempo, como huiste tú con nosotros. Tal vez si hubiera puesto tierra de por medio cuando descubrió por qué la quería a su lado y por qué la aleccionaba y por qué estaba ella allí para apoyarlo. Tal vez podría haberse salvado entonces. La mujer a quien debe su nombre, Caril Ann Fugate, puso sobre aviso al policía del estado de Nebraska que topó de forma bastante fortuita con ella y Charles Starkweather. Salvar a ese agente de su amante probablemente la salvó ella de acabar en el patíbulo. De modo que tal vez, tal vez. Tal vez cuando lleguemos allí, ella decida salvarse. —Clavó en su madre una mirada intensa—. Pero no cuentes con ello. —Su tono era frío como el aire de la noche.

—¿Y Geoffrey? —insistió Diana—. ¿Tu tocayo? Sólo es un adolescente. ¿Qué sabemos de él realmente?

—¿Realmente? Nada. Nada con certeza. De hecho, espero que no esté aquí esta noche. Tendremos más posibilidades si somos tres contra dos. Tres contra tres podría resultar duro. De todos modos, supongo que no estará, pues tengo la impresión de que el Control de Pasaportes en este estado es bastante eficiente.

—Pero... —comenzó Susan. Hizo una pausa y terminó su frase—: Supón que es... que es peligroso. ¿Será como él o como nosotros?

—Bueno —contestó Jeffrey—, ésa es una distinción que todos tendremos que determinar esta noche, ¿no? —No quiso esperar a que su hermana respondiera antes de continuar—: Mira, se trata de un proceso. De un desarrollo. No es algo que ocurra sin más. Hace falta alimentarlo. Es como un experimento científico que tarda años en rendir fruto. Añades los elementos adecuados (crueldad, tortura, perversidad, abusos), en los momentos indicados, a medida que un niño crece, y obtienes algo perverso y retorcido. Mamá nos apartó de él justo cuando ese proceso estaba comenzando. ¿Me preguntas por el hijo nuevo? No lo sé. Ha estado ahí desde el principio. Esperemos que esté en la escuela.

—Sí, en la escuela. Pero no en la que se supone que debería estar —observó Susan con dureza.

—Nada es como se supone que debería ser —dijo Jeffrey—. Ni tú, ni yo, ni él, ni este estado entero. Calculo que quedan entre sesenta y noventa minutos para que llegue el Servicio de Seguridad. Vendrán helicópteros y unidades de Operaciones Especiales, con armas automáticas y gas lacrimógeno. Tendrán órdenes de erradicar el problema. Sería prudente no interponernos en su camino. Hagamos lo que hagamos, debemos hacerlo en el lapso de una hora. ¿Entendido?

Madre e hija asintieron.

Diana les recordó el otro factor:

—¿Y qué hay de Kimberly Lewis? Supongamos que está viva.

—La rescataremos. Si es posible. Pero debemos enfrentarnos primero a nuestro problema.

Esto preocupaba a Diana. Susan parecía comprenderlo mejor. Recibió esta orden de su hermano con un gesto de resignación.

—Haremos lo que podamos —dijo.

Jeffrey esbozó una sonrisa lánguida, echó un brazo a los hombros de su hermana y le dio un apretón. Luego se volvió y abrazó a su madre brevemente, sin nada más que una muestra de afecto momentánea y rutinaria, como si el viaje que se disponía a emprender fuese tan previsible y normal como parecía serlo el mundo que los rodeaba.

—Nos vemos allí delante —dijo, intentando inyectar serenidad y determinación a su voz—. Aseguraos de darme tiempo suficiente para atraer su atención.

Dicho esto, Jeffrey dio media vuelta y se alejó a paso rápido por el camino de acceso, con las armas terciadas, y la negrura de la noche lo engulló enseguida.

Los ojos de Jeffrey tardaron unos segundos en adaptarse a la oscuridad, pero cuando eso ocurrió alcanzó a entrever la forma del sendero, que serpenteaba entre filas densas de árboles cuyas copas se extendían sobre el angosto espacio y casi no dejaban que se filtrase la luz de la luna y las estrellas. Escuchó con atención la noche que lo rodeaba, el rumor ocasional de ramas que se frotaban una contra otra cuando soplaba una ráfaga de viento, mezclado con el sonido ronco de su propia respiración. Notaba una sequedad invernal en la garganta y al mismo tiempo una pegajosidad propia del verano en las axilas a causa del sudor provocado por el nerviosismo. Caminaba hacia delante, sintiéndose como un hombre a quien le habían pedido que inspeccionara su propia cripta.

Sospechaba que ya había activado una alarma dentro de la casa; los detectores debían de ser sensibles al calor y al volumen y hallarse ajustados de modo que no saltaran por alguna zarigüeya o mapache que pasaran por el bosque, aunque probablemente se disparasen si un ciervo de cola negra se aventuraba a acercarse demasiado a la casa. Sin embargo, Jeffrey sabía que esa noche no pasarían por alto la alarma atribuyéndola a un animal. Instaladas en lo alto de los árboles, en algún lugar, habría cámaras que captarían su avance por el camino. Aun así, se movía cautelosa y pausadamente, como si confiara en que nadie lo vería acercarse. «Esto es importante —pensó—. Mantener la ilusión. Hacerle creer que estoy solo y que no tengo ni el sentido común ni la experiencia para evitar caer en la trampa.»

El sendero torcía en ángulo recto hacia la derecha, y Jeffrey se quedó al abrigo de los últimos árboles que se alzaban al borde de una extensión de césped despejada y bien cuidada al pie de una loma. La casa se encontraba a unos cincuenta metros, justo en el centro de la suave elevación. No había matas, ni obstáculos, ni formas tras las que ocultarse al acercarse por ese último tramo de terreno. La luz de la luna bañaba la hierba, que despedía un brillo plateado como un estanque apacible.

La casa era de dos plantas y diseño del Oeste actualizado; moderna, amplia, con un exterior elegante y atractivo que denotaba que se había gastado dinero en detalles. Estaba totalmente a oscuras, sin atisbo de luz por ninguna parte.

Jeffrey exhaló despacio, parado al borde del claro, entornando los párpados y mirando al frente.

Intentó imaginarse la casa como una fortaleza, como un objetivo militar. Se llevó las gafas de visión nocturna a los ojos y comenzó a escrutar el exterior. Había arbustos bajo cada ventana de la planta baja. Supuso que no se trataría de arbustos comunes y corrientes; debían de estar repletos de espinas afiladas como cuchillos y resultar, por tanto, impenetrables. Además, estarían plantados en grava suave del tipo que hace un ruido inconfundible cuando se pisa.

A un lado vislumbró una galería acristalada, pero incluso ese recinto estaba rodeado por densas marañas de arbustos.

Jeffrey sacudió la cabeza. Había tres formas de entrar: por la puerta principal, por una puerta trasera o por la entrada oculta a la habitación en que Kimberly Lewis había aprendido que el mundo no era precisamente el sitio seguro y perfecto que le habían contado. Desde donde él estaba no veía la puerta de atrás, pero recordaba su ubicación en los planos; a un lado de la cocina. Sin embargo, ésa no sería su característica más destacada, pensó, sino un campo de disparo despejado tanto en el exterior como dentro.

Jeffrey bajó los prismáticos para continuar buscando algún otro punto de acceso a la casa aparte de las dos puertas, delantera y trasera, sabiendo que no lo encontraría. Se encogió de hombros y pensó que no era tan terrible: cuando uno va a enfrentarse a algo maligno, tal vez sea más conveniente desde el punto de vista psicológico atacar de frente en lugar de intentar acceder por detrás a hurtadillas. Por supuesto, esperaba que su hermana fuese lo bastante juiciosa para colarse por la parte posterior, tal y como habían acordado. Le preocupaba este detalle; Susan tenía algo de impredecible, y podía tomar una decisión diferente. De un modo extraño, Jeffrey contaba con ello.

Observó de nuevo la casa a oscuras.

Que no viera ninguna luz no significaba nada. No creía que su padre hubiese huido, o que se hubiese ido a dormir. Sabía que su padre se sentía cómodo en la oscuridad y que nunca perdía la paciencia cuando esperaba a que su presa acudiese a él.

Jeffrey sujetó el arma automática contra su pecho. Era básicamente una pieza de utilería. No tenía intención de utilizarla. Pero llegar armado a la casa formaba parte de la ilusión.

Una vez más, soltó el aire despacio. Había permanecido demasiado tiempo indeciso en la periferia del claro, al igual que en la periferia de su vida, y había llegado el momento de dar un paso al frente. Exhalando lentamente y doblado por la cintura, salió de entre los árboles y arrancó a correr a toda velocidad hacia la parte delantera de la casa. Un pensamiento fugaz le vino a la mente: durante toda su vida adulta había sido profesor y científico, había vivido en un mundo de planificación y resultados, de estudio y expectativas; y, en este momento, se había precipitado en un mundo muy distinto, un mundo de incertidumbre absoluta. Recordaba haberse adentrado en un lugar así una vez, en un almacén abandonado de Galveston, buscando a David Hart. Pero entonces lo acompañaba un par de agentes de sangre fría, y la ansiedad que lo había invadido no era más que una sombra de la tensión que estaba acumulando esa noche. Y esta vez, pese a la presencia de su hermana y su madre, que avanzaban sigilosamente en algún punto de la extensa oscuridad que tenía a su espalda, se sentía profundamente solo. Recordaba lo que le había dicho a su hermana hacía unos días: «Si quieres vencer al monstruo, debes estar dispuesto a descender hasta la guarida de Grendel.» Notaba que sus dedos apretaban con fuerza el metal del arma. Parecían resbaladizos a causa de la inquietud.

Comenzó a respirar agitadamente cuando se abalanzó hacia delante a la carrera.

La distancia pareció expandirse. Jeffrey oía el golpeteo de sus pies sobre la hierba brillante, que parecía cubierta de escarcha e inestable. Tragó saliva y, de pronto, como por sorpresa, la distancia se comprimió bruscamente, y se encontró a pocos metros de la puerta principal. Continuó corriendo y finalmente se arrojó contra la gruesa madera, con la espalda contra la casa, intentando encogerse todo lo posible, jadeando.

Por un instante, vaciló.

Estaba a punto de coger la palanca pequeña para forzar la puerta, pero algo lo hizo detenerse. Se acordó de la puerta de su apartamento, en Massachusetts, que él mismo había electrificado. Pensaba que cualquiera que quisiera entrar por la fuerza probaría primero con el pomo. De modo que, en lugar de reventar la cerradura con la palanca, extendió la mano y la posó en la manija de la puerta.

Giró con toda facilidad.

No estaba cerrada con llave.

Se mordió el labio, sin soltar el pomo. Alcanzó a oír el tenue sonido que hacía el mecanismo de la puerta al deslizarse. Empujó suavemente la madera maciza.

«Una invitación», pensó.

«Me esperan.»

Se quedó inmóvil por unos instantes, dejando que este último pensamiento lo llenase de fascinación y a la vez de terror. Cobró consciencia de que estaba abriendo algo más que la simple puerta de una casa; tal vez era también la puerta a todas las preguntas que se había planteado en la vida sobre sí mismo. Por un momento acarició la idea de dejar la puerta abierta tras de sí, pero sabía que eso no tenía sentido. Utilizando ambas manos para recuperar el equilibrio, la cerró sin hacer ruido, dejando fuera la luz de la luna y sumiéndose en una oscuridad aún más densa.

Dio unos pasos cautelosos hacia delante, dando la espalda a la puerta y empuñando la metralleta con las dos manos. Respiró hondo de nuevo y echó a andar lentamente, como un cangrejo, a través del vestíbulo. Se esforzó por visualizar el plano de la casa y repasar cada espacio mentalmente. La entrada comunicaba con la sala de estar, y ésta con el comedor y la cocina. Unas escaleras ascendían hacia la derecha hasta los dormitorios, entre los que se hallaba encajonado un pequeño despacho, sin duda donde él tenía los monitores de videovigilancia. Detrás de la escalera había una puerta que conducía al sótano. Dentro de la oscuridad reinaba una negrura absoluta; de repente lo asaltó el miedo a tropezar y caer sobre una mesa o una silla, derribar una lámpara o hacer añicos un jarrón, lo que delataría su presencia de forma torpe y desafortunada.

Se detuvo y tendió el brazo para palpar la pared, esperando que los ojos se le acostumbraran de nuevo. Buscó en sus bolsillos la linterna tamaño bolígrafo de luz roja que había utilizado antes en el coche. Estaba desesperado por encenderla, sólo para ver dónde se encontraba y orientarse. Pero sabía que revelaría su posición incluso con la luz más pequeña e insignificante.

«¿Dónde estará él?», se preguntó.

«¿En la planta de arriba? ¿Abajo?»

Dio un solo paso al frente, despacio, atento a cualquier sonido que pudiese ayudarlo en su búsqueda, muy concentrado. Se paró en seco y estiró el cuello hacia delante cuando percibió un sonido leve y áspero, un gemido o grito ahogado, procedente de algún lugar apartado y recóndito. Primero pensó que se trataba de la joven, que debía de estar abajo, en la sala de música. Avanzó otro paso, con la mano extendida ante sí, buscando la pared opuesta.

Entonces oyó un segundo ruido. Una oleada de frío nocturno le revolvió el estómago; fue un ligero chasquido tras su oreja derecha seguido del tacto repentino y aterrador del cañón de una pistola en la nuca, como una esquirla de hielo.

Luego, una voz, a medio camino entre un siseo y un susurro.

—Si te mueves, eres hombre muerto.

Se quedó paralizado.

Sonó un chirrido cuando la puerta oculta de un armario se abrió en la pared a la que él se había arrimado hacía unos segundos, y una figura vestida de negro salió al vestíbulo. La figura, la voz, la presión de la pistola contra el cuello, todo parecía formar parte de la noche.

—Las manos sobre la cabeza —le ordenó la voz a su espalda.

Jeffrey obedeció.

—Bien —dijo la voz, y luego, en un tono un poco más alto, añadió—: Ya lo tengo.

—Excelente. Quítale las gafas.

Como en una explosión, todas las luces de la casa se encendieron de golpe, y tuvo la sensación de que se le quemaban las retinas como si hubieran abierto un horno al rojo. Jeffrey parpadeó repetidamente mientras las imágenes se le agolpaban en los ojos. Muebles, obras de arte, piezas de diseño, alfombras. Las paredes blancas de la casa parecían resplandecer en torno a él. Se sintió mareado, casi como si le hubiesen asestado una bofetada fuerte. Apretó los párpados, como si la luz le doliese. Al abrirlos, vio ante sí unos ojos que por un segundo se le antojaron los suyos propios, como si estuviera mirándose en un espejo. Aspiró bruscamente.

—Hola, Jeffrey —dijo su padre con suavidad—. Llevamos toda la noche esperándote.

24

El último hombre libre

Al ver la súbita explosión de luz en el interior de la casa, Diana Clayton reprimió un grito y Susan profirió una exclamación, «¡Dios!», casi como si el espacio oscuro que tenían delante hubiese estallado en llamas de repente. Ambas mujeres se encogieron ante la claridad que se extendió a toda velocidad sobre el césped, amenazando con dejarlas al descubierto en la linde del bosque, no muy lejos de donde Jeffrey había hecho un alto pocos minutos atrás. Susan se quitó despacio del cuello la correa de las gafas de visión nocturna y las tiró a un lado.

—Ya no tiene sentido seguir cargando con esto —farfulló.

Diana se acercó arrastrándose, recogió las gafas y se las colgó del cuello. Las dos mujeres estaban tendidas boca abajo aspirando el olor húmedo y terroso a hojas secas y arbustos silvestres descuidados. La casa en el centro del claro seguía brillando con una intensidad sobrenatural, como burlándose de la noche.

—¿Qué está pasando? —preguntó la mujer mayor, de nuevo en susurros.

Susan sacudió la cabeza.

—O Jeffrey ha activado algún tipo de alarma interior que ha encendido todas las luces de la casa, o ellos han encendido todas las luces de la casa y han pillado a Jeffrey. De cualquier forma, él está dentro, y no hemos oído disparos, de modo que podemos suponer sin temor a equivocarnos que lo que tenía que pasar, fuera lo que fuese, ya ha empezado a ocurrir...

—Entonces tenemos que acercarnos a la parte de atrás —dijo Diana.

Susan asintió.

—Mantente agachada y haz el menor ruido posible. Vamos allá.

Empezó a abrirse paso rápidamente entre la maraña de arbustos y árboles. Iluminaba el sombrío sendero la luz artificial procedente de la casa, que se filtraba por la fronda. Por un momento, a Susan le pareció inquietante: el resplandor había eclipsado por completo la luz de la luna, haciéndola sentir como si ya no estuviesen solas y se cerniese sobre ellas el peligro constante de que las descubriesen. Avanzaba con agilidad, inclinada, corriendo de árbol en árbol como un animal nocturno temeroso del amanecer, esforzándose al máximo por permanecer oculta. Su madre la seguía trabajosamente, apartando matojos de su camino y soltando algún que otro improperio cuando la ropa se le enganchaba en una espina o una ramita la golpeaba en la cara. Susan aflojó el paso, por deferencia a las dificultades de su madre, pero sólo ligeramente; no sabía si les quedaba mucho tiempo o si ya era demasiado tarde, pero el corazón le decía que debía darse prisa, sin precipitarse, una distinción quizá demasiado sutil, pensó, habiendo vidas en juego.

Se detuvo por unos instantes, respirando agitadamente, pero no por el cansancio, con la espalda apoyada contra un árbol. Mientras esperaba a que Diana la alcanzara, reparó en un sensor de infrarrojos que hendía el aire delante de ella de forma invisible. El dispositivo era pequeño, de unos quince centímetros de largo, y semejaba un telescopio en miniatura. Sin embargo, ella sabía que era maligno y sabía por qué estaba allí. Lo había localizado por pura casualidad. Probablemente había cruzado el haz de media docena de aparatos parecidos mientras avanzaban por el bosque, pensó. De hecho, los tres ya habían previsto que eso ocurriera. Era el deber de su hermano mantener ocupada a la gente del interior de la casa y desviar su atención de la segunda oleada del asalto.

Diana se agachó a su lado, y Susan señaló el dispositivo.

—¿Tú crees que nos han visto? —preguntó Diana.

—No, creo que les interesa más Jeffrey. —No reveló lo que estaba pensando: si su hermano se equivocaba respecto a esto, tal vez los tres morirían esa noche.

Diana Clayton movió la cabeza afirmativamente.

—Déjame recuperar el aliento —musitó.

—¿Te encuentras bien, mamá? ¿Puedes seguir?

Diana tendió el brazo y le dio un suave apretón a la mano de su hija.

—Sólo me estoy haciendo un poco mayor, ¿sabes? No estoy tan en forma como tú para salir de excursión al bosque en plena noche. De acuerdo, vamos.

A Susan se le ocurrieron varias réplicas, y todas le parecieron ridículas, aunque se dio cuenta de que lo más ridículo de todo era que su madre enferma de gravedad estuviera atravesando penosamente un bosque laberíntico con pocas ideas en mente aparte del asesinato. Echó una mirada furtiva a Diana, como intentando calibrar la fuerza y la resistencia de la mujer mayor. Pero sabía que era imposible evaluar estas cualidades con un solo vistazo, que forma parte de la naturaleza de todos los hijos, por muy adultos que sean, creer que sus padres son más fuertes o más débiles, más virtuosos o más imperfectos de lo que son en realidad. Susan supuso que su madre tendría muchos recursos que ella ni siquiera sospechaba, y decidió confiar en ellos, fueran los que fuesen.

Apartó la mirada y la dirigió a la casa de su padre. De pronto cobró consciencia de que pocas semanas atrás el único sentimiento que le había inspirado su hermano era la confusión y que ahora estaba deslizándose por entre el musgo húmedo y los arbustos retorcidos, con un arma en las manos, mientras él se exponía al peor de los peligros y dependía de ella para inclinar la balanza a su favor. Se mordió con fuerza el labio y continuó caminando.

Diana la seguía, sorteando los obstáculos. Le vino a la cabeza un pensamiento de lo más extraño: Susan estaba más hermosa de lo que la había visto nunca. Entonces una rama salió impulsada hacia ella como un resorte y la esquivó. Soltó una obscenidad y reanudó su trabajosa marcha.

Con las armas bien sujetas, continuaron abriéndose camino entre los árboles, rodeando su objetivo, a paso lento pero inexorable, en dirección a la parte posterior, esperando que sus movimientos pasaran inadvertidos para los ocupantes de la casa.

Jeffrey estaba sentado en el borde de un lujoso sofá de piel oscura en el espacioso salón de su padre, rodeado de cuadros caros colgados en las paredes, una mezcla de colores modernistas vibrantes salpicados en lienzos blancos y obras más tradicionales, visiones estilo Frederic Remington del Viejo Oeste, con vaqueros, indios, colonos y carromatos cubiertos, en posturas idealizadas y nobles. Había varios objetos artísticos pequeños distribuidos por toda la estancia de techo bajo: jarrones y tazones indios; una lámpara de cobre batido a mano con una pantalla bruñida; alfombras auténticas tejidas por navajos en el suelo. Sobre una mesita de centro con superficie de cristal, junto a un grueso libro sobre Georgia O'Keeffe, había una serpiente de cascabel enroscada y momificada, con la boca abierta de par en par y los colmillos bien a la vista. Era el salón de un hombre rico, y pese al batiburrillo de diseños y estilos, rezumaba cultura y un gusto exquisito. Jeffrey dudaba que hubiese una sola reproducción en la casa.

Su padre estaba sentado en una butaca de madera y cuero, frente a él. El chaleco antibalas, la metralleta y la semiautomática de Jeffrey yacían en un montoncito a sus pies. Caril Ann Curtin se hallaba de pie, justo detrás de la butaca, con una mano sobre el hombro de su marido, y empuñando con la otra una pistola semiautomática pequeña, de calibre .22 o .25, supuso Jeffrey, y con un cilindro silenciador acoplado. «El arma de una asesina —pensó—. Un arma que mata con sigilo y un sonido apenas perceptible, como el de una botella al descorcharse.» Ambos iban de negro; su padre llevaba tejanos y un jersey de cuello vuelto de cachemira, y Caril Ann unos pantalones con trabillas y un suéter de lana tejido a mano. Por su aspecto y su porte, él aparentaba menos años de los que tenía. Era esbelto en extremo, se conservaba atlético; tenía la piel tersa, ligeramente tirante sobre los músculos nudosos. Tenía cierto aire de felino, una languidez de movimientos que sin duda entrañaba rapidez y fuerza. Tocó con la punta del pie las armas amontonadas en el suelo, y una leve expresión de repugnancia asomó a su rostro.

—¿Has venido a matarme, Jeffrey? ¿Después de todos estos años?

Jeffrey escuchó la voz de su padre, que evocó en él los tonos que había oído hacía mucho tiempo, como si de pronto, años después, lo asaltase el recuerdo de un mal momento al volante de un coche, una carretera resbaladiza, un patinazo, un volantazo que salvó la situación por los pelos.

—No, no necesariamente. Pero sí que he venido preparado para matarte —repuso despacio.

Su padre sonrió.

—¿Insinúas que habría habido alguna posibilidad de que no me abatieses a tiros si tu acercamiento más bien torpe hubiera pasado desapercibido?

—No me había decidido aún. —Al cabo de una pausa, Jeffrey añadió—: Sigo sin decidirme.

El hombre conocido ahora como Peter Curtin, y en otra época como Jeffrey Mitchell, entre otros nombres, seguramente, sacudió la cabeza y lanzó una mirada a su esposa, que no se inmutó y siguió observando al intruso de esa noche con el odio patente de un espectro.

—¿En serio? ¿De verdad creías que esta noche llegaría a su fin sin que uno de los dos muriese? Me cuesta imaginarlo.

Jeffrey se encogió de hombros.

—Tú creerás lo que quieras —espetó.

—Eso es totalmente cierto —respondió Peter Curtin—. Siempre he creído lo que he querido, y he hecho lo que he querido también. —Dirigió a su hijo una mirada acerada—. Yo soy, tal vez, el último hombre verdaderamente libre. Desde luego soy el último con el que te encontrarás.

—Eso depende de cómo definas la libertad —replicó Jeffrey.

—¿De verdad? Dime una cosa, Jeffrey, tú que has conocido este mundo nuestro. ¿Acaso no perdemos parte de nuestra libertad cada minuto que pasa? Tanto es así que, para intentar aferrarnos a lo poco que nos queda, nos recluimos entre muros y sistemas de seguridad, o nos venimos a vivir aquí, en este nuevo estado, que pretende erigir muros por medio de normas y reglas y leyes. Nada de eso puede detenerme. No, su libertad es una ilusión. La mía es real.

Pronunció estas palabras con una frialdad que llenó la habitación. Jeffrey pensó que debía responder algo, quizá discutir con él, pero en cambio se quedó callado. Esperó a que las comisuras de la boca de su padre, ligeramente curvadas en una sonrisa irónica, volvieran a adoptar una expresión neutra.

—Faltan tu madre y tu hermana —dijo Peter Curtin al cabo de un momento. A Jeffrey le pareció percibir un deje cantarín en su voz, teñida en parte de sarcasmo y en parte de suficiencia burlona—. He estado deseando que llegara el momento en que nos reuniésemos todos aquí. Si ellas estuviesen aquí, el reencuentro sería completo.

—No esperarías que las dejase venir conmigo, ¿verdad? —repuso Jeffrey enseguida.

—No estaba seguro.

—¿Exponerlas al peligro? ¿Y dejar que nos mataras a todos con sólo tres balas? ¿O crees que me parecería más inteligente ponerte un poco más difícil las cosas para liquidarnos?

Peter Curtin se agachó, recogió la nueve milímetros grande de Jeffrey y la sacó lentamente de la funda. Examinó el arma por unos instantes como si le pareciese un objeto curioso, o extraño, y luego, con toda naturalidad, introdujo una bala en la recámara, quitó el seguro y apuntó directamente al pecho de Jeffrey.

—Pégale un tiro de una vez —siseó Caril Ann Curtin. Le dio un apretón en el hombro a su esposo, para incitarlo, y los nudillos se le pusieron blancos en contraste con el negro del jersey—. Mátalo ya.

—No me has puesto las cosas especialmente difíciles para liquidarte a ti, ¿no? —preguntó su padre.

Jeffrey fijó la vista en el cañón de la pistola. Se debatía entre dos pensamientos furiosos y contradictorios. «No lo hará. Aún no. Aún no ha obtenido de mí lo que quiere. —Y luego, igual de abruptamente—: Sí, sí que lo ha obtenido. Ha llegado mi hora.»

Respiró hondo y contestó en el tono más desapasionado que le permitieron su garganta y sus labios resecos:

—¿No crees que, si hubiese dedicado tanto tiempo a planear mi aproximación a esta casa como tú dedicas a planificar tus asesinatos, sería yo quien estaría empuñando esa pistola, y no tú? —Eligió las palabras con cuidado, procurando que no le temblara la voz.

Peter Curtin bajó el arma. Su esposa emitió un gruñido, pero no se movió.

Cuando Peter Curtin sonrió, dejó al descubierto una dentadura reluciente y perfectamente regular. Se encogió de hombros.

—Formulas las preguntas como el profesor universitario que eres, con bonitas florituras retóricas. Ese tono debe de darte resultado en las aulas. Me pregunto si los alumnos se quedan pendientes de cada palabra tuya. Y las jovencitas, ¿se les acelera el pulso y se les humedece la entrepierna cuando entras pavoneándote en clase? Seguro que sí. —Se rio, alzó la mano y tocó con ella la de su mujer, que seguía posada sobre su hombro. Luego, de forma más fría y calculadora, prosiguió—: Haces presuposiciones sobre mis deseos que pueden o no ser ciertas. Tal vez no tenga intención de hacerles daño ni a Diana ni a Susan.

—¿De veras? —preguntó Jeffrey, enarcando una ceja—. No lo creo.

—Bueno, eso está por verse, ¿no? —replicó su padre.

—No volverás a encontrarlas —aseguró Jeffrey, insuflando convicción a su mentira.

Su padre sacudió la cabeza despacio.

—Claro que las encontraré, en el momento que quiera. He sido capaz de prever todas las decisiones que has tomado, Jeffrey, todos los pasos que has dado. Lo único que no sabía con certeza era si aparecerías tú solo o con ellas dos, dando tumbos y activando todas las alarmas del sistema. El problema reside en que no tenía idea de lo cobarde que eres, Jeffrey.

—He venido, ¿no es cierto?

—No tenías elección. O, mejor dicho, yo no te he dejado otra elección...

—Podría haber enviado una unidad de Operaciones Especiales.

—¿Y perderte este cara a cara? No, no lo creo. Ésa nunca fue una alternativa real, ni para ti, ni para tu madre ni para tu hermana.

—Están a salvo. Susan está cuidando de mamá. De todos modos, es una rival más que digna para ti. Y no las encontrarás. Esta vez no. Nunca más. Las he enviado a un lugar totalmente seguro...

Peter Curtin soltó una risotada, un sonido estridente e inhumano.

—¿Y qué lugar es ése, si no es indiscreción? Se supone que éste es el «último lugar seguro», y ya les he demostrado a todos lo grande que es esa mentira.

—No las encontrarás. Ahora están muy lejos de tu alcance. He aprendido lo suficiente de ti para conseguir eso.

—Yo diría más bien que te he demostrado en las últimas semanas que nada está lejos de mi alcance.

Peter Curtin sonrió de nuevo. Jeffrey aspiró profundamente y decidió responder con un contragolpe rápido.

—Tienes un gran concepto de ti mismo... —Titubeó levemente al contenerse para no emplear la palabra «padre». Se apresuró a llenar el silencio que había creado, añadiendo—: No es un fenómeno infrecuente en los asesinos como tú. Os gusta engañaros a vosotros mismos convenciéndoos de que de algún modo sois especiales. Únicos. Extraordinarios. No eres más que uno entre tantos. Pura rutina.

Una expresión sombría cruzó el rostro de Peter Curtin. Entrecerró los ojos ligeramente, como si su mirada penetrase más allá de las palabras de Jeffrey, directamente hasta su imaginación. Luego, casi tan rápidamente como había aparecido, esa expresión se esfumó y cedió el paso una vez más a la sonrisa y al tono divertido de su voz.

—Me tomas el pelo. Quieres hacerme enfadar antes de que esté listo para ello. Típico de un hijo, ¿no? Intentar descubrir alguna debilidad en su padre y aprovecharse de ella. Pero estoy descuidando mis modales. Lo único que has conocido de tu madrastra Caril Ann, hasta ahora, es su eficiencia. Caril Ann, querida, éste es Jeffrey, de quien tanto te he hablado...

La mujer no movió un músculo ni esbozó la menor sonrisa. Continuó mirando a Jeffrey Clayton con una furia no contenida.

—¿Y mi hermanastro? —inquirió Jeffrey—. ¿Por dónde anda?

—Ah, creo que eso lo descubrirás tarde o temprano.

—¿A qué te refieres?

—No está aquí. Está fuera... eh, estudiando.

Los dos hombres se sumieron en un breve silencio, sin despegar la vista el uno del otro. Jeffrey se notó el rostro congestionado, como si le hubiese subido la temperatura. El hombre sentado frente a él era un extraño y a la vez un conocido íntimo, una persona de la que lo sabía todo y a la vez nada. Como estudioso de los asesinos, como investigador, como el Profesor de la Muerte, sabía mucho; como hijo del hombre, sólo conocía el misterio de sus propias emociones. Experimentó una curiosa sensación de mareo al preguntarse qué tenían en común y qué los diferenciaba. Y, con cada inflexión en la voz de su padre, con cada uno de sus gestos, cada pequeño ademán, Jeffrey notaba una punzada de miedo al pensar que quizás él mismo hablase así, se comportase así, tuviese ese aspecto. Era como mirarse en un espejo deformante de una feria de atracciones e intentar determinar dónde empezaba y dónde acababa la distorsión. Jeffrey se sentía como si hubiera respirado del mismo aire o bebido del mismo vaso que un hombre aquejado de una enfermedad altamente virulenta e infecciosa. Y ya sólo quedaba el período de incubación para averiguar si el virus se estaba reproduciendo en su interior.

Aspiró con fuerza.

—No vas a matarme —dijo tajantemente.

Su padre sonrió otra vez. Saltaba a la vista que lo estaba pasando en grande.

—Tal vez sí —repuso— y, por otro lado, tal vez no. Pero esta vez has planteado una pregunta equivocada, hijo.

—¿Y cuál es la pregunta correcta? —quiso saber Jeffrey.

El hombre mayor arqueó una ceja, como extrañado por el tono de la respuesta de Jeffrey o por el hecho de que su hijo no conociese la respuesta.

—La pregunta es: ¿tengo que hacerlo?

A Jeffrey le pareció que de pronto hacía más calor en la sala. Se le habían secado los labios. Oyó su propia voz, pero las palabras se le antojaron ajenas, como si las pronunciase otro, una persona desconocida y distante.

—Sí —contestó—. Creo que deberías.

De nuevo su padre adoptó una expresión divertida.

—¿Y por qué?

—Porque ya nunca volverías a sentirte seguro. Nada te garantizaría que yo no esté ahí fuera, buscándote. Y nunca tendrás la certeza de que no vuelva a encontrarte. No puedes llevar a cabo tus acciones sin una sensación de seguridad. Una sensación de seguridad absoluta. Forma parte esencial de tu camuflaje. Y, sabiendo que yo estoy vivo, jamás te verías del todo libre de dudas.

Peter Curtin sacudió la cabeza.

—Claro que sí —dijo—. Puedo garantizar todas esas cosas.

—¿Cómo? —preguntó Jeffrey con aspereza.

Su padre no contestó. En cambio, se inclinó hacia una mesa de lectura cercana para coger un aparato electrónico pequeño que había sobre ella. Lo alzó de manera que Jeffrey pudiera verlo.

—Por lo general —dijo su padre— estas cosas son para parejas jóvenes con hijos recién nacidos. Creo que tu madre usó uno cuando nacisteis tú y tu hermana, pero no lo recuerdo con exactitud. Ha pasado mucho tiempo. El caso es que funcionan sorprendentemente bien. —Peter Curtin pulsó un interruptor y habló por el intercomunicador—. Kimberly, ¿estás ahí? ¿Me oyes? Kimberly, sólo quiero que sepas que tu única posibilidad ha llegado por fin.

Curtin oprimió otro botón, y Jeffrey oyó una vocecilla metálica y asustada entre interferencias.

—Por favor, que alguien me ayude, por favor...

Su padre apretó el interruptor, cortando la voz en medio de su súplica.

—Me pregunto si sobrevivirá —comentó con una carcajada—. ¿Podrás salvarla, Jeffrey? ¿Podrás salvarla a ella, a tu hermana, a tu madre y a ti mismo? ¿Eres lo suficientemente fuerte y astuto? —Sonrió de oreja a oreja otra vez—. Dudo que alguien pueda serlo lo bastante para salvaros a todos.

Jeffrey no abrió la boca. Su padre no apartaba la mirada de él.

—¿Te eduqué bien?

—Tú no tuviste nada que ver con mi educación.

Peter Curtin sacudió la cabeza.

—Yo he tenido muchísimo que ver con tu educación. —Volvió a alzar el intercomunicador.

—¿Y ella qué pinta en esto...? —empezó a protestar Jeffrey.

—Todo.

En medio del silencio que siguió, Caril Ann Curtin musitó de nuevo:

—Peter, deja que los mate a los dos ahora. Por favor. Te lo ruego. Todavía estamos a tiempo.

Pero Peter Curtin denegó su petición con un gesto de la mano.

—Vamos a medirnos en un juego, Jeffrey. Un juego de lo más peligroso. Y ella será la única pieza.

Jeffrey se quedó callado.

—Hay mucho en juego. Tu vida contra la mía. La vida de tu madre y tu hermana contra la mía. Tu futuro y el suyo contra mi pasado.

—¿Cuáles son las reglas?

—¿Reglas? No hay reglas.

—¿Pues en qué consiste el juego?

—Vaya, Jeffrey, me sorprende que no lo reconozcas. Se trata del juego más básico de todos. El juego de la muerte.

—No te entiendo.

Peter Curtin le dedicó una sonrisa sardónica.

—Por supuesto que lo entiendes, profesor. Es el juego que se juega en un bote salvavidas, por ejemplo, o en la ladera de una montaña cuando llega el helicóptero de rescate. Se juega en trincheras y en edificios en llamas. ¿Quién vive, quién muere? Consiste en tomar una decisión aun sabiendo las consecuencias catastróficas que puede tener para terceros. —Aguardó, como si esperase oír una respuesta, pero al no obtener ninguna, prosiguió—: Te diré cuál será el juego de esta noche. Si la matas, ganas. Ella muere, y tú ganas a cambio tu vida, la de tu hermana, la de tu madre y la mía, pues serás libre de quitármela. O, si lo prefieres, podrás entregarme a las autoridades. O simplemente obligarme a prometer que no volveré a matar, y yo cumpliré esa promesa. De este modo, podrías dejarme con vida sin mancharte las manos de sangre con el más edípico de los asesinatos. Pero la elección será tuya. Ocurrirá lo que tú quieras. Yo estaré a tu entera disposición. Y para ganar lo único que tienes que hacer es matarla... —en la habitación se respiraba un aire sofocante—, matarla por mí, Jeffrey.

El hombre mayor se interrumpió y observó el impacto de sus palabras en el semblante de su hijo. Alzó el intercomunicador, pulsó el botón del receptor y, por unos segundos, dejó que los desgarradores sollozos de la joven aterrorizada inundasen la sala.

El trecho entre el límite del bosque y la parte posterior de la casa era más corto que por la parte delantera, pero aún quedaba por cruzar una extensión considerable del claro iluminado. Susan Clayton contempló ese espacio con recelo; era más o menos la misma distancia a la que podía tirar una mosca artificial con precisión hacia un pez que nadase a velocidad moderada. Casi podía oír el zumbido del sedal por encima de su cabeza al lanzarlo hacia delante con un gruñido de esfuerzo, sobre las aguas azules y rizadas de su tierra. Esto era algo que sabía que se le daba bien, calibrar la fuerza necesaria para arrojar una pequeña ilusión hecha de plumas, acero y pegamento en la trayectoria de su presa. No estaba tan segura de su capacidad para calcular la velocidad a la que podía cruzar el claro.

Diana Clayton también estaba evaluando su posición.

No le veía demasiado sentido. Respiró lentamente, intentando poner en orden sus pensamientos. Ella y su hija se hallaban tiradas boca abajo sobre la tierra húmeda, con la vista al frente, pero su mente estaba en otro sitio, intentando recordar cada detalle de la vida que llevaba hacía un cuarto de siglo y, lo que es más importante, cada rasgo del hombre con quien había convivido.

—Puedo llegar hasta allí —susurró Susan—, pero sólo si no hay nadie vigilando. —Luego negó con la cabeza—. De lo contrario, me verán antes de que avance dos metros. —Hizo una pausa—. Supongo que no tengo elección.

Diana tendió la mano y agarró a su hija del antebrazo.

—Algo no va bien, Susie. Necesito que me ayudes un momento.

—¿Cómo?

—Bueno, para empezar, sabemos que hay dos puertas aquí detrás. La puerta trasera normal, que es la que vemos y da a la cocina. Es como cualquier otra puerta trasera. O al menos lo parece. Y luego hay una puerta oculta por la que se sale al exterior desde la sala de música. Debemos encontrarla. Tendría que estar por allí, a la izquierda, junto al garaje.

—Vale —dijo Susan—, nos moveremos en esa dirección.

—No, hay algo más que me inquieta. Deberíamos toparnos con el pabellón aislado. Ya sabes, el que según el contratista no aparece en los planos. Debería estar por aquí detrás, en algún lugar. Creo que nos convendría encontrarlo.

—¿Por qué? Jeffrey está dentro de la casa. Y él también...

—Porque —dijo Diana eligiendo sus palabras con cuidado— ¿cuál es exactamente el propósito de un sistema de alarma? ¿Por qué asegurarse de, si alguien se acerca por el bosque o por el camino particular, poder detectarlo? ¿Por qué instalar este sistema sofisticado e ilegal aquí en este estado? —Sacudió la cabeza—. Sólo se me ocurre una razón. Para ganar algo de tiempo. Para estar prevenido. No es para protegerse de nada, y menos aún de la policía. Se trata simplemente de un sistema de aviso que le permitirá sacar unos minutos de ventaja, ¿no? Para disponer de un poco de tiempo. ¿Por qué habría de querer eso?

La respuesta a esta pregunta era evidente. Susan contestó en voz baja, en un tono que ponía de manifiesto que había comprendido perfectamente.

—Sólo hay una razón. Porque, si alguien viniese a buscarlo, alguien que sabe quién es y qué ha estado haciendo, necesitaría tiempo para marcharse. Para huir.

Diana asintió.

—Eso es lo que me parece a mí —dijo.

—Una ruta de escape —continuó Susan, pensando en voz alta—. David Hart, el hombre a quien Jeffrey me llevó a ver en Tejas... él dijo que había que prever eso: una vía de entrada y otra de salida.

Diana se dio la vuelta y miró la oscuridad a su espalda.

—¿Qué dijo el contratista que había allí detrás?

Susan sonrió.

—Un páramo despoblado, sin urbanizar, desiertos y montañas. Una zona protegida. Un parque estatal. Se extiende kilómetros y kilómetros...

Diana escrutó la negrura de la noche, que parecía haberlas seguido lentamente hasta allí, pisándoles los talones mientras ellas avanzaban por el bosque.

—O tal vez —dijo con suavidad— sea la salida trasera del estado cincuenta y uno.

Las dos comenzaron a retroceder, apartándose del borde de la zona iluminada y alejándose oblicuamente de la casa, para escrutar la espesura que tenían detrás. El sotobosque parecía más denso allí, y sintieron como si muchas manos huesudas les tirasen de la ropa y les arañasen el rostro. Pese al fresco de la noche, ambas sudaban a causa del agotamiento y la tensión, y seguramente también del miedo. Susan se sentía como si estuviese intentando nadar en un lodazal fétido. Se abría paso agresivamente, luchando contra el bosque como si de un enemigo se tratara. La luz procedente de la casa era difusa, difícil, y su avance parecía sembrado de sombras y hoyos oscuros. Susan maldijo entre dientes, dio un paso, notó que el jersey se le enganchaba en un espino, le dio un tirón, perdió el equilibrio y se tambaleó hacia delante con un grito ahogado. Su madre la seguía, batallando contra las mismas dificultades.

—¡Susan! ¿Te encuentras bien? —le preguntó en un susurro.

Susan no respondió de inmediato. Estaba lidiando con varias cosas a la vez: la sorpresa de la caída, un arañazo que le había hecho una espina en la mejilla, un golpe en la rodilla contra una roca, y, lo que era más importante, el tacto de metal frío bajo su mano. En aquella penumbra apenas se veía nada, pero avanzó a tientas, haciendo caso omiso de las otras sensaciones, y de pronto notó un objeto puntiagudo que le hizo un corte en la palma. Soltó un gemido de dolor.

—¿Qué pasa? —inquirió Diana.

Susan no le contestó. Palpó aquella punta aguzada con cuidado, encontró una segunda y luego una tercera, todas ocultas bajo arbustos y matas.

—Carajo —dijo—. Mamá, ven, toca esto.

Diana se puso a cuatro patas junto a Susan. Dejó que su hija guiara su mano hacia delante hasta que ella también palpó la hilera de estacas que sobresalían del suelo.

—¿Tú qué crees que...?

—Vamos por buen camino —aseveró Susan—. Imagínate que vienes por aquí, pero no quieres que ningún vehículo te siga. Los neumáticos quedarían bonitos después de pasar por aquí, ¿no? Ve con cuidado, puede haber otras trampas.

Tres metros más adelante, Susan topó con una zanja poco profunda, pero capaz de romper los ejes de un coche, excavada en la tierra. Volvió la mirada atrás, hacia la casa. Resplandecía, a quizás unos cien metros de distancia, proyectando su luz hacia el cielo. Alcanzó a distinguir, a duras penas, una banda muy angosta de terreno despejado que atravesaba el bosque en dirección a la luz. Era un sendero, pensó, pero tan invadido por matojos y hierbas que, si uno no sabía exactamente adónde se dirigía, acababa atrapado en el sotobosque, como ellas. Sin embargo, si uno conocía bien el trayecto, podía moverse con rapidez por aquel terreno tan sumamente difícil.

—Ahí está —dijo su madre de pronto.

Susan se volvió y, tras dejar que los ojos se le acostumbrasen una vez más a la oscuridad, vio lo que Diana estaba señalando. Unos seis metros más adelante se alzaba un edificio pequeño, casi invisible entre los árboles y el follaje. Era de poca altura, de un solo piso, y alguien había plantado matas y helechos junto a los costados y en el tejado. Se acercaron lentamente al edificio. En la fachada había una puerta semejante a la de un garaje. Susan extendió el brazo hacia ella y se detuvo.

—Podría haber una alarma —dijo—, o quizás incluso alguna trampa.

No sabía si estaba en lo cierto respecto a esto, pero había muchas probabilidades de que así fuera. Y si era lo bastante inteligente para sospechar que habría algún dispositivo en la puerta, se dijo que más valía obrar en consecuencia.

Diana se había abierto paso trabajosamente hasta un costado.

—Aquí hay una ventana —dijo.

Susan se apresuró a situarse a su lado.

—¿Llegas a ver el interior?

—Sí. Apenas.

Susan apretó la nariz contra el frío cristal y echó un vistazo al interior del edificio. Exhaló un lento suspiro.

—Has dado en el blanco, mamá. Tenías razón.

Las dos mujeres vislumbraron la figura cuadrada de un vehículo cuatro por cuatro moderno y caro pintado con colores de camuflaje. Por lo que podían ver, estaba cargado con bolsas y maletas, preparado para partir.

Diana se apartó de la ventana.

—Tiene que haber un camino. No uno en muy buen estado, pero un camino al fin y al cabo. Debe de pasar por entre los árboles. Él tendrá una ruta trazada, una vía de escape...

—Pero ¿por qué no aviones, o helicópteros, tal vez?

Diana se encogió de hombros.

—Montañas, desfiladeros, bosques... ¿quién sabe? Debe de haber imaginado cómo lo perseguirían, y habrá tomado medidas al respecto. ¿Sabes qué? Seguramente habrá otro garaje, a kilómetros de aquí, con otro vehículo. Y quizás un tercero, cerca de la frontera con Oregón. O en el camino hacia California. Pensándolo bien, esto último es más probable. Es un estado donde uno puede desaparecer fácilmente. Y está a tiro de piedra de México, donde no te hacen tantas preguntas, sobre todo si eres rico.

Susan movió la cabeza afirmativamente.

—No tiene que ser perfecto, sólo imprevisible. Eso es todo lo que él necesita. Una pequeña grieta por la que escurrirse.

Susan se dio la vuelta hacia la casa, respirando hondo.

—Tengo que entrar —dijo—. Estamos tardando demasiado, y tal vez Jeffrey esté en un buen aprieto. —Se volvió hacia su madre, que estaba respirando el viento frío de la noche—. Tú quédate aquí —indicó— y espera a que pase algo.

Diana sacudió la cabeza.

—Debería ir contigo.

—No —repuso Susan—. Lo último que queremos es que él escape. Además, creo que podré moverme más deprisa y tomar decisiones más rápidamente si sé que estás a salvo aquí abajo.

Diana podía apreciar la lógica de aquello, aunque no le gustara. Susan señaló el sendero semioculto que discurría por el sotobosque hacia la casa.

—Ése es el camino. No le quites ojo.

Por un instante le vinieron ganas de abrazar a su madre, y decirle algo sensiblero y afectuoso, pero reprimió el impulso.

—Nos vemos dentro de un rato —dijo con entusiasmo fingido. A continuación giró sobre sus talones y echó a andar al paso más veloz que pudo de regreso hacia donde creía que se encontraba su hermano, pendiente del hilo psicológico más delgado.

Jeffrey tenía la garganta irritada, como si hubiese echado una carrera rápida en un día caluroso y seco. Se lamió los labios para humedecérselos, pero tenía la lengua igual de reseca.

—¿Y si me niego? —preguntó con voz quebradiza.

Su padre sacudió la cabeza.

—Dudo que te niegues, cuando pienses bien en la oferta que te estoy haciendo.

—No lo haré.

Peter Curtin se removió en su asiento, como si la respuesta de su hijo le pareciera inadecuada, incompleta.

—Es una decisión instintiva y poco meditada, Jeffrey. Reflexiona sobre la oferta con mayor detenimiento.

—No me hace falta.

Su padre frunció el entrecejo.

—Claro que sí —replicó en un tono entre burlón y exasperado, como si no estuviese seguro de cuál era el más apropiado—. La alternativa para mí, claro está, es simplemente hacerle caso a mi amada esposa aquí presente y aceptar el consejo que me ha estado dando con tanta insistencia. ¿Cuánto crees que me costaría, Jeffrey, decirle a Caril Ann: «Resuelve este dilema por mí»? Y ya sabes lo que haría.

Jeffrey echó una ojeada a la mujer de expresión dura, que permanecía rígida, deslizando de forma casi imperceptible el dedo sobre el gatillo de su pistola. Seguía fulminándolo con la mirada, conteniendo a duras penas su ira. Jeffrey supuso que, del mismo modo que su padre había previsto ese encuentro, ella también. Se preguntó qué le habría contado él a lo largo de los años, y qué experiencias homicidas había compartido con ella, a fin de prepararla para ese último acto. Despacio pero con firmeza, como quien encarniza a un perro. Ella mantenía los ojos fijos en él, y los músculos tensos bajo su suéter. Y, al igual que ese perro cuya esencia entera está contenida en una sola orden de su amo, ella aguardaba a que él pronunciara la palabra indicada. «Es una mujer —pensó Jeffrey— que ha desechado toda idea o sentimiento, y no ha dejado más que rabia en su interior. Y toda esa rabia está centrada en mí.» La fuerza de la mirada de Caril Ann era como la de un viento intenso y maligno.

—¿Sigues sin verlo claro? —preguntó su padre—. ¿Todavía dudas?

—No puedo hacerlo —contestó el hijo.

Peter Curtin movió la cabeza de un lado a otro, en una muestra exagerada de desilusión.

—¿Que no puedes? Qué ridiculez. Todo el mundo puede matar si le proporcionan los estímulos adecuados. Diablos, Jeffrey, los soldados matan obedeciendo órdenes endebles de los oficiales a quienes han aprendido a odiar. Y su recompensa es considerablemente menor que la que te ofrezco esta noche. Por cierto, Jeffrey, ¿qué sabes en realidad de esta chica?

—No gran cosa. Es alumna de último año de instituto. Tengo entendido que mantuvo una relación con tu otro hijo...

—Sí. Por eso la elegí. Por eso y por lo conveniente de su horario y su costumbre de atajar por una zona deliciosamente desierta de nuestra pequeña ciudad. De hecho, siempre me ha caído bien. Es agradable, está un poco confundida respecto a la vida, pero eso es normal en una adolescente. Es atractiva, de un modo fresco y puro.

Parece inteligente, no brillante ni excepcional, pero espabilada. Desde luego, con muchos números para que la acepten en una buena universidad. Aun así, no es fácil predecir qué clase de futuro la espera. Ahora bien, otras son más listas, más triunfadoras, pero Kimberly posee otra cualidad, tiene algo de aventurera. Es un poco rebelde... supongo que eso es lo que le atrajo a tu hermanastro de ella... lo que hace que sea más interesante que la mayoría de los adolescentes que este estado fabrica como en serie.

—¿Por qué me estás contando esto?

—Ah, tienes razón, no debería. Su forma de ser no forma parte de la ecuación. El hecho de que tenga una vida, sueños, esperanzas, deseos, lo que sea, bueno, eso no importa realmente, ¿verdad? ¿Qué característica de esta joven puede llevarte a plantearte siquiera que su vida puede valer más que la tuya, que la de tu hermana y tu madre, que las vidas de tantas otras jóvenes que seleccionaré en el futuro? A mí me parece la decisión más sencilla del mundo. Si la matas, te salvas a ti mismo. Y, como incentivo adicional, salvas a todas esas otras personas. Puedes poner fin a mi carrera, incluso a mi vida, como ya te he dicho. Matarla te resultaría rentable desde el punto de vista económico, estético y emocional. Una vida perdida, muchas vidas salvadas. Me parece un precio extremadamente reducido. —Peter Curtin le sonrió a su hijo—. Demonios, Jeffrey, si la matas serás famoso. Serás un héroe. Un héroe para este mundo moderno en que vivimos. Con defectos, pero decidido. Te aplaudirá prácticamente todo el mundo en todo el país, salvo tal vez los deudos de la joven Kimberly. Pero sus protestas sin duda serán mínimas. Y eso si se enteran de toda la verdad, cosa poco probable teniendo en cuenta lo eficientes que son las autoridades de este estado a la hora de encubrir la información desagradable. Así que de verdad no me explico que dudes ni por un instante.

Jeffrey no contestó.

—A menos... —prosiguió su padre despacio— que tengas miedo de lo que puedas descubrir sobre ti mismo. Eso podría ser un problema. ¿Tienes alguna ventana en lo más profundo de tu ser, Jeffrey, que no quieres abrir, ni siquiera un resquicio, por temor a lo que pueda entrar? O tal vez a lo que pueda salir... —Era evidente que Peter Curtin se estaba divirtiendo—. Ah, y supongo que eso haría que el precio de esta joven tan poco memorable se elevara un poco más de lo que habíamos previsto en un principio...

Ésta era una pregunta que Jeffrey no estaba dispuesto a responder.

Observó a las dos personas que tenía delante, fijándose en el brillo en los ojos de su padre y comparándolo con la mirada gélida de su esposa. Formaban una pareja curiosamente desigual en ese momento. La mujer estaba como agazapada, encogida, ansiosa por matar. Su padre, por otro lado, se mostraba relajado, generoso con las palabras, poco preocupado por el tiempo, complacido por el dilema que estaba planteando. Para él, el asesinato no era más que el postre; la tortura constituía el plato principal. Al oír el tono de mofa de su padre, a Jeffrey no le costó imaginarse lo duros que debieron de resultar los últimos minutos de vida de tantas personas.

La luminosidad de la estancia, el calor cada vez más intenso que lo envolvía, la presión constante que ejercía su padre con sus palabras cantarinas, todo ello se conjuraba para oprimirle el pecho como el agua en las grandes profundidades. Deseaba luchar por subir a la superficie para respirar. Se percató de que en ese momento estaba atrapado en la más elemental de las trampas, y de que el hombre sentado frente a él sabía que su hijo caería de cabeza en ella: el hecho de que la diferencia entre su padre y él fuera extremadamente sutil; a él le importaba la vida. A su padre no.

Él quería vivir.

A su padre, que había segado tantas vidas, le daba igual si moría o no esa noche. Sus prioridades eran muy distintas.

Jeffrey permaneció callado, intentando recuperar la compostura con cada bocanada de aquel aire sofocante.

«Tiempo —pensó bruscamente—. Necesitas ganar tiempo.»

Su mente se puso a trabajar a toda prisa. Su hermana debía de estar a punto de llegar, pensó, y su aparición tal vez volvería las tornas lo suficiente para liberarlo del nudo que su padre había atado en torno a su corazón. Y luego, al margen de la llegada de Susan, estarían las fuerzas del Servicio de Seguridad.

Cada segundo que pasaba los acercaba más y más a una situación límite.

Miró a su padre. «Vete por las ramas», pensó.

—¿Por qué habría de fiarme de ti?

Peter Curtin sonrió.

—¿Qué? ¿Desconfías de la palabra de tu propio padre?

—Desconfío de la palabra de un asesino. Eso es lo único que eres. Quizá yo haya venido cargado de preguntas, pero tú las has respondido ya. Ahora sólo me quedan dudas sobre mí mismo.

—¿No son todas esas cosas consustanciales a la vida? —inquirió Curtin—. ¿Y quién sabe más sobre el juego de la vida y la muerte que yo?

—Tal vez yo —respondió Jeffrey—. Y tal vez yo sepa que no se trata de un juego.

—¿Que no es un juego? Jeffrey, me sorprendes. Es el juego más fascinante de todos.

—Entonces, ¿por qué estás dispuesto a renunciar a él esta noche? Si, como dices, lo único que tengo que hacer es meterle una bala entre los ojos a una completa desconocida, ¿te limitarás a agachar la cabeza y aceptar el destino que yo elija para ti? Lo dudo. Creo que estás mintiendo. Creo que estás haciendo trampa. Creo que no tienes la menor intención de hacer otra cosa esta noche que matarme. ¿Y cómo voy a comprobar que Kimberly Lewis sigue con vida? Podrías estar accionando una grabación con ese intercomunicador que tienes. Quizá la hayas dejado como a todas las demás, abandonada, tirada por ahí, como un despojo, en medio del bosque, con los brazos extendidos, en algún sitio donde no la encontrarán...

Curtin alzó la mano rápidamente mientras un destello de ira le asomaba a los ojos.

—¡Nunca abandoné a ninguna! Ése no era el plan.

—¿El plan? Sí, ya —dijo Jeffrey con sarcasmo—. El plan era pasarlo bomba tirándotelas a todas y luego matarlas, como hacen todos los tipos retorcidos y...

Curtin movió de pronto la mano como si asestara una cuchillada. Jeffrey suponía que habría furia en la voz de su padre, pero en cambio oyó un tono frío e impasible.

—Me esperaba más de ti —dijo Curtin—. Una reacción más inteligente. Más educada. —Juntó las yemas de los dedos ante sí y miró por encima del puente que formaban sus manos, clavando la vista en su hijo—. ¿Qué concepto tienes de mí? —preguntó de pronto.

—Sé que eres un asesino...

—No sabes nada —lo interrumpió Curtin—. ¡No sabes nada! No sabes comportarte en presencia de la grandeza. No me tratas con respeto. No entiendes nada. —Sacudió la cabeza—. No se trata de matar por matar, ni mucho menos. Matar es lo más sencillo de todo. Matar por deseo, matar por diversión, matar por la razón que sea. Es lo más fácil, Jeffrey. Simplemente una distracción. Si uno lo estudia todo con detenimiento, apenas presenta dificultades. El reto está en crear algo a partir de la muerte... —hizo una pausa antes de añadir—: y es por eso por lo que soy especial. —El padre miró al hijo por un momento, como si éste hubiese tenido que cobrar conciencia de todo esto antes—. He sido prolífico, pero no soy el único. He sido brutal, pero eso tampoco es nada del otro mundo. ¿Sabías, Jeffrey, que llegó un día, hace varios años, en que me encontré de pie ante el cadáver de una chica sabiendo con toda certeza que podía alejarme tranquilamente de ese lugar y que nadie entendería jamás la profundidad del sentimiento de triunfo que me embargaba? Y en ese momento, Jeffrey, caí en la cuenta de que todo era demasiado fácil de lograr. Lo que yo consideraba mi razón para vivir amenazaba con aburrirme. En ese instante, contemplé la idea del suicidio. Barajé otras posibilidades descabelladas, atentados terroristas, matanzas, asesinatos políticos, y las descarté todas, porque sabía que entonces la gente no me tomaría en serio y se olvidaría de mí. Pero mis aspiraciones eran más elevadas, Jeffrey. Quería ser recordado... —Esbozó una nueva sonrisa—. Y entonces tuve noticia del estado cincuenta y uno; este nuevo territorio en el que se depositaban tantas esperanzas e ilusiones, con una visión auténticamente americana del futuro basada en un concepto absolutamente idealizado del pasado. ¿Y quién encajaba en esta visión mejor que yo?

Jeffrey guardó silencio.

—¿Quién permanece vivo en la memoria de la gente, Jeffrey, sobre todo aquí, en el Oeste? ¿Quiénes son los héroes? ¿Rendimos honores a Billy *el Niño*, con sus veintiuna víctimas, o a su despreciable ex amigo, Pat Garrett, que lo mató a tiros? Hay canciones sobre Jesse James, un asesino de lo más despiadado, pero no sobre Robert Ford, el cobarde que le disparó por la espalda. Las cosas siempre han sido así en Estados Unidos. Melvin Purvis nos interesa muy poco. Nos parece anodino y calculador. Por el contrario, las hazañas de John Dillinger se recuerdan después de todos estos años.

¿No sentimos vergüenza ajena cuando un parásito como Eliot Ness empapela a Al Capone? ¡Por evadir impuestos y sobornar al jurado! Qué patético. ¿Te acuerdas de quién llevó la acusación contra Charlie Manson? Vamos, Jeffrey: ¿no nos sentimos más intrigados por el hecho de que se haya demostrado que Bruno Richard Hauptmann no fue el culpable que apenados por el secuestro y asesinato del bebé de Lindbergh? ¿Sabías que en Fall River aún cantan las virtudes de Lizzie Borden, una mujer que asesinaba con un hacha, por Dios? Y podría seguir dándote ejemplos. Somos un país que venera a sus criminales, Jeffrey. Idealizamos sus fechorías y pasamos por alto sus barbaridades, sustituyéndolas por canciones, leyendas y algún que otro festival, como el día de D. B. Cooper, que se celebra en el noroeste del país.

—Los forajidos siempre han tenido cierto encanto...

—Exacto. Y eso es lo que yo he sido. Un forajido. Porque voy a robarle a este estado su cualidad más importante: la seguridad. Por eso es por lo que me recordarán. —Peter Curtin suspiró—. Ya lo he conseguido. Da igual lo que me pase esta noche. Verás: viva o muera, mi entrada en la historia está asegurada. La garantiza tu presencia y la atención mediática que recibirá esta noche antes de acabarse. —Se impuso un nuevo y breve silencio en la habitación, antes de que el asesino hablara de nuevo—. Ahora ha llegado el momento de que tomemos una decisión, Jeffrey. Tú formas parte de mí, lo sé. Ahora debes asumir esa parte que compartimos e inclinarte por la opción más obvia. Es la hora, Jeffrey. Es hora de que asimiles la auténtica naturaleza del asesinato. —Miró a su hijo—. Matar, Jeffrey, te hará libre.

Curtin se puso de pie. Extendió rápidamente el brazo hacia la pequeña mesa de lectura y abrió un cajón con un leve chirrido. Del interior sacó un cuchillo grande del ejército, que extrajo de una funda color caqui. El acero pulido de la hoja serrada relumbró a la luz de la sala. Curtin admiró el arma, acariciando el borde romo por unos instantes, antes de darle la vuelta y colocar el dedo contra el filo. Levantó la mano para mostrarle a Jeffrey el hilillo de sangre que le manaba del pulgar.

Aguardó alguna reacción por parte de su hijo. Jeffrey intentó mantener el semblante lo más inexpresivo posible, mientras por dentro sus emociones tiraban de él como la corriente de resaca en una playa en verano.

—¿Qué? —dijo Curtin, sonriendo una vez más—. ¿Creías que te dejaría sobrellevar esta experiencia con algo tan antiséptico como una pistola? ¿Que lo único que tendrías que hacer sería cerrar los ojos, rezar una oración y apretar el gatillo? ¿Una ejecución distante y limpia como la de un pelotón de fusilamiento? Eso no te ayudaría a encontrar el camino al conocimiento auténtico.

De repente, Curtin arrojó el cuchillo a través de la habitación. Destelló en el aire por un instante antes de caer con un golpe seco a los pies de Jeffrey, aún reluciente, como si estuviera vivo.

—Es la hora —repitió su padre—. No tengo paciencia para aplazar esto más.

25

La sala de música

Susan se detuvo una vez más al borde de la luz para inspeccionar la parte posterior de la casa. Paseó la mirada desde una esquina apartada hasta la puerta trasera visible, absorbiendo despacio todo lo que veía, y luego hasta el otro extremo de la casa. Como su hermano antes que ella, se fijó en la grava bajo las ventanas y vislumbró los espinos plantados a lo largo de todo el perímetro. Sus ramas se entrelazaban formando una maraña impenetrable que no se interrumpía más que en un tramo de sólo un metro de largo, justo enfrente de donde ella se encontraba. Comprendió al instante que ese hueco en la barrera debía de dar directamente al pasadizo que atravesaba el bosque y llegaba hasta el garaje oculto donde Diana esperaba pacientemente a que sucediera algo.

Por un instante, Susan se quedó mirando esa pequeña brecha. Tenía el aspecto de un descuido de jardinería, como si una planta se hubiera muerto y la hubiesen arrancado. Entonces se dio cuenta de lo que era: la otra puerta.

Desde donde estaba, no alcanzaba a determinar la forma o el tamaño de la puerta. No se apreciaba la menor fisura en la pared de la casa. Si el contratista no les hubiera hablado de la puerta, ella no habría creído que estuviera allí. No tenía la menor idea de dónde se hallaba escondido el pomo, ni de cómo se abría, y cayó en la cuenta, también, de que quizá no hubiese manera de abrir la trampilla desde el exterior. Sin embargo, le parecía mucho más probable que hubiese algún mecanismo de apertura oculto. El problema sería dar con él.

Y que no estuviese cerrado con llave.

«Se acaba el tiempo», pensó.

Susan echó un último vistazo a las ventanas, intentando avistar a su hermano o cualquier tipo de movimiento en el interior, algún indicio de lo que estaba ocurriendo, pero no vio atisbo de actividad. Tensó los músculos de los brazos, contrajo los de las piernas y le habló a su cuerpo, como si de un amigo se tratase, diciéndole:

—Muévete deprisa, por favor. Sin vacilar. Sin detenerte. Tú sigue adelante, pase lo que pase.

Respiró hondo, empuñó con fuerza su metralleta y, de pronto, sin ser consciente de haberse levantado y abalanzado hacia delante, se encontró corriendo medio agachada a través del claro iluminado. En ese momento no podía fijarse en otra cosa que en el terrible resplandor que parecía envolverla en calor y agredirla con una luminosidad que la hería como una cuchilla. El aire fresco del bosque quedó atrás y cedió el paso a un viento asmático, resollante y vaporoso. Tenía la sensación de que le pesaban los pies, como si estuvieran recubiertos de cemento, y cada vez que su zapato patinaba sobre la hierba húmeda con el más leve de los chirridos, a ella se le antojaba el ruido de una alarma. Creía oír gritos de alerta, sirenas que rompían a ulular. Una docena de veces percibió el estampido de un disparo, y una docena de veces se figuró que una bala impactaría contra ella mientras corría en el filo de la navaja entre la realidad y la alucinación. Extendió los brazos hacia la casa como una nadadora que se estuviera quedando sin aliento, esforzándose por alcanzar la pared al final de una carrera desesperada.

Y entonces, casi tan rápidamente como había arrancado a correr, llegó.

Susan se apresuró a guarecerse en una sombra tenue y se apretujó contra el revestimiento de tablas anchas de la pared, intentando encogerse para llamar la atención lo menos posible, después de haber corrido de forma tan patosa, torpe y ruidosa. El pecho le subía y bajaba agitadamente, tenía el rostro congestionado y jadeaba, aspirando el aire de la noche, intentando calmarse.

Aguardó por un momento, dejando que los tambores de la adrenalina dejaran de batirle en las orejas, y luego, cuando sintió que había recuperado, si no el control absoluto, sí al menos parte de él, dio media vuelta, se arrodilló sobre la tierra y comenzó a deslizar las manos por el exterior de la casa, intentando encontrar la trampilla que sabía que estaba allí.

Notó la textura rugosa de la madera bajo sus dedos, le pareció fría, y entonces encontró un resalto muy estrecho, oculto por los paneles que recubrían la pared. Continuó buscando y descubrió un par de bisagras escondidas bajo la madera. Animada por ello, procedió a probar cada panel, con la esperanza de que uno de ellos se alzara y dejara al descubierto algún picaporte que pudiera hacer girar. No había empezado aún a preguntarse qué haría si la trampilla se hallaba cerrada con llave. Todavía llevaba la palanca pequeña sujeta al cinturón, pero su utilidad era dudosa.

Probó todos los listones, pero no encontró ningún pomo.

—Maldita sea —siseó—, sé que estás por aquí en algún sitio. —Continuó tirando de cada pieza, en vano—. Por favor —dijo.

Se inclinó más y deslizó las manos por el espacio en que la estructura de madera de la casa se unía al hormigón de los cimientos. Allí, bajo el reborde de la madera, palpó una forma metálica, parecida a un gatillo. La toqueteó por unos instantes, luego cerró los ojos, como si temiese que el aparato explotase cuando lo apretara, pero sabiendo que no tenía elección.

—Ábrete, sésamo —musitó.

El mecanismo de apertura emitió un leve chasquido, y la puerta se soltó.

Titubeó de nuevo, durante el suficiente rato para respirar lo que pensaba que podía ser la última bocanada de aire seguro que saborearía en la vida y luego, con sigilo, empezó a abrir la puerta. Ésta soltó un crujido desagradable, como si trozos de madera pequeños se hubiesen astillado. Cuando la hubo levantado unos veinte centímetros echó un vistazo por encima del borde al interior de la casa.

Estaba contemplando un espacio a oscuras. La única luz de la habitación era la procedente de los focos del patio, que se colaba por la rendija que acababa de abrir. Había un pequeño descansillo de madera, y luego un modesto tramo de escaleras que bajaba hasta un suelo lustroso y reflectante, de un brillo casi plástico. Supuso que se trataría de algún material liso y sin poros. Fácil de limpiar. Las paredes de la habitación eran de un blanco radiante.

Susan tiró de la puerta a fin de abrirla un poco más, lo suficiente para poder pasar por ella, y con ello entró más luz adicional, que iluminó los rincones más apartados de la habitación. La voz sonó sólo un instante antes de que ella viese a la figura, acuclillada contra una pared.

—Por favor —oyó Susan—, no me mates.

—¿Kimberly? —respondió Susan—. ¿Kimberly Lewis?

El rostro que había permanecido oculto se volvió hacia ella, adoptando una expresión de esperanza.

—¡Sí, sí! ¡Ayúdame, por favor, ayúdame!

Susan advirtió que la joven estaba esposada de pies y manos, y sujeta por medio de una cadena de acero a una anilla encastrada en la pared. Había otras dos anillas sin usar, a la altura de los hombros y separadas entre sí. Kimberly se hallaba desnuda. Cuando se encogió al igual que un perro que teme que le peguen, se le marcaron las costillas, como si estuviese famélica.

Susan entró por la trampilla, bloqueando la débil luz por un instante, y luego se apartó de la puerta, dejando que un poco de claridad alumbrara las escaleras para que pudiera bajar a donde estaba la chica.

—¿Te encuentras bien? —dijo, y al momento le pareció una pregunta soberanamente estúpida—. Me refiero —se corrigió— a si estás herida.

La adolescente intentó agarrarse a las rodillas de Susan, pero la cadena le impedía moverse más de treinta centímetros o medio metro en cualquier dirección. Tenía las piernas manchadas de sangre seca y heces. Hedía a diarrea y a miedo.

—Sálvame, por favor, sálvame —repitió la joven, presa del pánico.

Susan se mantuvo fuera del alcance de sus manos. «Unas veces —comprendió—, hay que tenderle la mano a la persona que se ahoga. Otras, más vale guardar las distancias porque de lo contrario puede arrastrarte al fondo consigo.»

—¿Estás herida? —preguntó con severidad.

La adolescente soltó un sollozo y negó con la cabeza.

—Intentaré salvarte —dijo Susan, sorprendida por la frialdad de su propia voz—. ¿Hay alguna luz aquí dentro?

—Sí, pero no. El interruptor está en la otra habitación, fuera —contestó la chica, señalando con la barbilla a una puerta situada al fondo de la sala.

Susan asintió y recorrió con la vista el espacio que alcanzaba a ver. Había un rollo grande de lo que parecía ser lámina de plástico apoyado en una pared. El techo estaba recubierto de una gruesa capa de material de insonorización. A unos tres metros de donde Kimberly se hallaba encadenada, en el centro de la habitación, Susan vio una silla de madera y respaldo duro y un atril de tubos de acero con varias partituras abiertas en él.

Susan atravesó la estancia despacio. Posó con cuidado la mano en la puerta que daba al cuerpo principal de la casa. El pomo no giraba. La puerta estaba cerrada con llave. Vio una cerradura, pero no había manera de abrir desde el interior de la habitación.

«La llave debe de estar al otro lado —pensó—. Éste no es un cuarto del que se supone que nadie debe salir.» En ese momento no estaba segura de por qué su padre no había asegurado la trampilla oculta que se abría al mundo exterior. De pronto la asaltó la espeluznante idea de que él quería que ella entrara por allí.

Dejó escapar un jadeo, al borde del pánico.

«Sabe que estoy aquí. Me ha visto correr a través del claro. Y ahora estoy acorralada, justo donde él quería tenerme.»

Giró bruscamente y miró con ansia a la salida, mientras una voz interior la apremiaba a huir, a aprovechar el momento para salir corriendo mientras aún tuviese un asomo de posibilidad.

Pugnó por mantener el control de sus emociones. Sacudió la cabeza, insistiendo para sus adentros: «No, todo está bien. Has corrido y no te han visto. Sigues estando a salvo.»

Susan se volvió hacia Kimberly, y en ese mismo instante comprendió que la huida no era una opción. Por un momento se preguntó si éste era el último juego que su padre había ideado para ella, un juego letal, con una alternativa simple y también letal. Salvarse a sí misma, abandonando a Kimberly a su triste suerte, o quedarse y enfrentarse a lo que entrara por esa puerta que ahora estaba cerrada.

Susan notó que le temblaba el labio inferior a causa de la incertidumbre.

Una vez más, miró a la chica. Kimberly la observaba con una expresión lastimera en los ojos desorbitados.

—No te preocupes —le dijo Susan, sorprendida por su tono de seguridad, que le pareció fuera de lugar—. Todo saldrá bien. —Mientras hablaba entrevió una forma pequeña y negra a unos centímetros de las piernas de la adolescente, justo fuera de su alcance, en el suelo, junto a la pared.

—¿Qué es eso? —preguntó.

La chica se volvió con dificultad a causa de las esposas que la obligaban a permanecer en la misma posición.

—Un intercomunicador —susurró—. Le gusta escucharme.

Susan abrió mucho los ojos, presa de un miedo repentino.

—¡No digas nada! —musitó con vehemencia—. ¡No debe enterarse de que estoy aquí!

La joven se disponía a responder, pero Susan se plantó delante de ella de un salto y le tapó la boca con la mano. Se inclinó, combatiendo las náuseas que le producía el olor.

—Mi única baza es el factor sorpresa —murmuró entre dientes.

«Y ni siquiera estoy segura de eso», pensó.

Mantuvo la mano donde estaba hasta que la muchacha asintió en señal de que había comprendido. Entonces apartó la mano y se inclinó de nuevo hacia la oreja de Kimberly.

—¿Cuántos hay arriba? —susurró.

Kimberly levantó dos dedos.

«Dos más Jeffrey», pensó Susan.

Esperaba que siguiese vivo. Esperaba que su padre no hubiese estado escuchando por el intercomunicador cuando ella entró por la trampilla. Esperaba que él sintiese la necesidad de mostrarle su trofeo a su hermano, pues no se le ocurría otra cosa que hacer que esperar.

De pie junto a la adolescente, se fijó bien en dónde estaba la puerta que comunicaba con el resto de la casa. A continuación, se acercó a las escaleras, contando los pasos hasta la base. Había seis escalones en el tramo de escalera que ascendía hasta el descansillo. Colocó la mano contra la pared y subió hacia la salida.

Esto fue demasiado para la chica despavorida.

—¡No me dejes! —chilló.

Susan dio media vuelta, y el aire entre ellas se cargó de ira. Su mirada hizo callar a la chica. Luego extendió el brazo y, tras respirar hondo otra vez, empujó la trampilla para cerrarla, y la habitación se sumió en una negrura absoluta. Se giró con cuidado en el descansillo y volvió a poner la mano libre en la pared. Contó los peldaños mientras descendía hacia la oscuridad, y contó de nuevo los pasos mientras cruzaba la sala. El hedor de la adolescente la ayudó a encontrarla. Kimberly Lewis soltó un gemido, un sollozo de terror y a la vez de alivio al percatarse de que Susan había regresado a su lado.

Susan se acuclilló junto a la chica encadenada.

Se colocó con la espalda contra la pared, de cara al centro de la habitación. Al sopesar la metralleta en su mano, cayó en la cuenta de que no cumpliría su función esa noche. Estaba diseñada para disparar ráfagas de forma indiscriminada y matar todo aquello que estuviera a tiro. Comprendió que esto no le serviría de nada a menos que estuviera dispuesta a correr el riesgo de matar a su hermano junto con su padre y la mujer a quien llamaba esposa. En un principio le pareció un riesgo razonable, pero luego pensó que seguramente su hermano no lo asumiría si sus papeles se invirtieran. De modo que depositó esa eficaz máquina de matar en el suelo, a su lado, lo bastante cerca de ella para encontrarla si la necesitaba, y lo bastante cerca de las manos de Kimberly para brindarle una oportunidad de salvarse. Para reemplazarla, Susan desenfundó la pistola nueve milímetros de la sobaquera que llevaba bajo el chaleco. Hacía calor en la habitación, así que se quitó el gorro y sacudió la cabeza para soltarse el pelo. Kimberly se acurrucó lo más cerca de Susan que le permitían sus cadenas. La muchacha respiró agitadamente, aterrorizada por unos instantes, luego se relajó un poco, como reconfortada por la presencia de Susan. Ésta le tocó el brazo, intentando calmar los nervios de las dos. Luego le quitó el seguro a la pistola, introdujo una bala en la recámara y apuntó al espacio negro que tenía delante, donde calculaba que se encontraba la puerta. El arma le pesaba en las manos, como si de pronto el agotamiento se hubiera apoderado de ella. Apoyó los codos en las rodillas sin dejar de apuntar al frente con la pistola, y se quedó esperando, como un cazador en un escondite, a que llegara la presa, esforzándose por tener paciencia, por mantenerse firme, por estar preparada. Esperó estar haciendo lo correcto. No veía otra alternativa.

Jeffrey caminaba al paso de un hombre condenado a muerte.

Caril Ann Curtin iba justo detrás de él, apretándole el cañón silenciado de su pistola contra el pequeño hueco tras su oreja derecha, una presión que evitaba de forma muy eficaz que él intentara alguna tontería como girar de golpe e intentar forcejear. Cerraba la marcha su padre, como un sacerdote en una procesión, sólo que, en vez de una Biblia, llevaba en sus manos el cuchillo de caza. Caril Ann le daba un golpecito en el cráneo con la pistola cuando debía indicarle que cambiara de dirección.

La casa y su decoración parecían desenfocadas. Jeffrey notaba que estaba perdiendo por momentos el dominio de sus facultades debido al miedo por lo que estaba ocurriendo, y pugnó en su fuero interno por aferrarse al pensamiento racional.

Nada había sucedido como él esperaba.

Había previsto un enfrentamiento a solas entre él y su padre, pero eso no se había producido. Todo era turbio, confuso. No veía con claridad ningún sentimiento, emoción o propósito. Se sentía como un niño pequeño atemorizado en su primer día de clase, apartado a empujones de la seguridad de su casa y de todo aquello que había dado por sentado. Aspiró profundamente, buscando al adulto en su interior, luchando contra el niño.

Llegaron a las escaleras que conducían al sótano.

—Ahora toca bajar, hijo —dijo Curtin.

«Descenso al infierno», pensó Jeffrey.

Caril Ann le dio unos golpecitos firmes en la cabeza con el arma.

—Hay un cuento muy conocido, Jeffrey —prosiguió Curtin mientras bajaban por las escaleras—. *La dama o el tigre*. ¿Qué hay detrás de la puerta? ¿Muerte instantánea o placer instantáneo? ¿Y sabes que ese cuento tiene una continuación? Se titula *El disipador de las dudas*. Eso es lo que mi maravillosa esposa debería ser para ti. La disipadora de las dudas. Porque la indecisión se castiga con severidad en este mundo. La gente que no aprovecha las oportunidades queda atrás rápidamente.

Llegaron al sótano. Era un cuarto de juegos terminado y amueblado con un estilo moderno. Había un televisor de pantalla grande en una pared, y un cómodo sofá de piel enfrente, a pocos metros, desde donde verlo. Su padre se detuvo para recoger un mando a distancia de una mesa de centro. Lo apuntó al aparato, pulsó un botón, y la pantalla se llenó de rayas grises y blancas causadas por el ruido atmosférico.

—Vídeos caseros —dijo su padre.

Apretó otro botón, y apareció una grabación descolorida. Seguramente su padre había quitado el sonido del televisor, pues no se oía nada, lo que confería a las imágenes un aspecto aún más pavoroso. Jeffrey vio en la pantalla a una joven desnuda, colgada por las muñecas de unas anillas en la pared. Le imploraba a quien estaba manejando la cámara, con el rostro bañado en lágrimas y demudado de terror. El objetivo se acercó a sus ojos, que denotaban que se encontraba al límite de sus fuerzas por el agotamiento, el miedo y la desesperación. Jeffrey se atragantó al reconocer el rostro aún vivo de la última víctima, un rostro que sólo había visto en un cadáver. Su padre pulsó otro botón, y la imagen se congeló en la pantalla que ocupaba casi toda la pared.

—Todavía parece distante, ¿verdad? —preguntó su padre, con cierta rapidez que revelaba el placer que sentía—. Lejano e imposible. Irreal, aunque ambos sabemos que una vez fue muy real y muy intenso. Hiperrealista, tal vez.

Su padre apretó el mando otra vez, y la imagen desapareció.

Caril Ann le apretó el cañón de la pistola contra la cabeza para empujarlo por el cuarto de juegos hacia la puerta que daba a lo que Jeffrey sabía que era la sala de música.

Curtin sonrió.

—A partir de este momento, todas las decisiones, todas las elecciones, estarán en tus manos. Posees toda la información. Has recibido todas las lecciones. Sabes todo lo que necesitas saber sobre el asesinato excepto una cosa. Qué se siente al matar a alguien.

Curtin se colocó a un lado de la puerta y pulsó un interruptor. Acto seguido, introdujo la llave en la cerradura y le dio la vuelta. Como el ayudante de un cirujano, extendió el brazo, asió la mano derecha de Jeffrey y le puso en ella el mango del cuchillo de caza. Ahora que iba modestamente armado, Caril Ann hundió la punta de la pistola en su carne. Curtin se volvió hacia Jeffrey con una amplia sonrisa, disfrutando lo indecible con el sufrimiento que estaba provocando. Su rostro estaba radiante con la pasión del momento, y Jeffrey se dio cuenta de que años atrás su madre lo había salvado, pero él, como un niño insensato que se niega a creer en lo que todo el mundo considera que es bueno, nunca había acabado de entender que era libre, que estaba a salvo, y una combinación de terquedad, mala suerte e indecisión lo había retrotraído al momento en que, con nueve años de edad, volvió la mirada atrás hacia el hombre que ahora se encontraba a su lado. No habría debido mirar atrás, ni una sola vez en esos veinticinco años. En cambio, en toda su vida no había hecho otra cosa que mirar atrás y, al fin, lo que tenía detrás había acabado por darle alcance, y ahora estaba planeando arruinarle el futuro.

Deseaba plantarle cara, pero no sabía cómo.

—Caril Ann —dijo Curtin con brusquedad— disipará toda duda que pueda surgirte. —Una vez más, las miradas de padre e hijo se entrecruzaron sobre el abismo del tiempo y la desesperación—. Bienvenido a casa, Jeffrey —anunció al abrir la puerta de la sala de música.

El aislamiento acústico era muy eficaz; ni Susan ni la adolescente aterrada y sollozante acurrucada a su lado los habían oído acercarse a la habitación, de modo que, cuando la lámpara del techo se iluminó de golpe, ambas mujeres se sobresaltaron. Susan tuvo que morderse el labio con fuerza para reprimir un grito. El sudor le había resbalado hasta los ojos, que le picaban, pero no se movió salvo para afinar la puntería, alineando la vista con el punto de mira de la pistola.

Cerró el dedo en torno al gatillo cuando la puerta se abrió de repente, y contuvo el aliento. Oyó una sola palabra pronunciada por una voz que le llegaba de la memoria a través de décadas, pero la única figura que vio fue la de su hermano, que entró dando traspiés a causa de un empujón.

Él dirigió la vista al fondo de la habitación, y sus miradas se encontraron.

Susan cobró conciencia súbitamente de que había otras figuras, justo detrás de él, y en ese instante gritó:

—¡Jeffrey, tírate a la derecha!

Y acto seguido disparó su arma.

La duda puede medirse en unidades de tiempo minúsculas. Microsegundos. Jeffrey oyó la orden de su hermana y reaccionó en consecuencia, arrojándose al suelo para apartarse de la línea de tiro, pero no lo bastante deprisa, pues la primera bala de la nueve milímetros llegó zumbando y le desgarró la carne encima de la cadera, atravesándole la cintura.

Mientras rodaba por el suelo, con la visión teñida de rojo por el dolor, advirtió que Caril Ann había dado un paso al frente al instante y se había arrodillado, disparando a su vez su arma, que emitía unos sonidos sordos, apenas perceptibles, amortiguados por el silenciador. Pero cada disparo suyo provocaba como respuesta los estampidos más profundos de la nueve milímetros, cuyo gatillo apretaba Susan desesperadamente. Las balas hacían saltar astillas del marco de la puerta o levantaban pequeñas nubes de polvo al impactar en la pared.

Se oyó un alarido cuando un disparo dio en el blanco. Jeffrey no supo de dónde procedía. Luego, otro. El ruido del tiroteo lo ensordecía. Se dio la vuelta rápidamente, lanzándole una cuchillada a la mujer que tenía al lado, y la hoja se hundió en el antebrazo y la muñeca de la mano con que empuñaba la pistola. Caril Ann profirió un aullido de dolor y encañonó a Jeffrey, que se hallaba a sólo unos centímetros del arma, cuando la pistola de Susan emitió una última detonación que resonó en el pequeño cuarto y ahogó el sonido de las voces y el grito de terror del propio Jeffrey. Este disparo alcanzó a Caril Ann justo en la frente, y su rostro pareció estallar ante él, rociándolo de escarlata y haciendo que la mujer se inclinara hacia atrás.

El ruido y la muerte reverberaron en la habitación.

Jeffrey se dejó caer en el suelo, consciente de que estaba vociferando algo incomprensible, contemplando la cara destrozada de la mujer a quien nunca había conocido. Entonces se volvió hacia su hermana. Estaba muy pálida, paralizada en su compacta posición de disparo, sujetando aún la nueve milímetros, que tenía apoyada sobre las rodillas. La corredera se había desplazado hacia atrás una vez vaciado el cargador, pero ella seguía apretando el gatillo inútilmente. Jeffrey reparó en que la pared detrás de ella estaba manchada de rojo, y en que también le goteaba sangre en la sudadera.

—¡Susan!

Ella no respondió. Jeffrey se arrastró por el suelo hacia ella, con el brazo extendido. Sostuvo las manos en el aire sobre ella, vacilante, intentando determinar dónde la habían herido, casi con miedo a tocarla, como si de pronto se hubiese vuelto frágil y una presión excesiva pudiese hacerla añicos. Le pareció que una bala le había arrancado el lóbulo de la oreja antes de estamparse en la pared, a su espalda. Por lo

visto, otra la había alcanzado en la pierna —sus tejanos se estaban ti-
ñendo de granate rápidamente—, y una tercera le había dado en el
hombro, pero había rebotado en el chaleco antibalas del agente Martin. Al hablar, intentó inyectar seguridad en su voz.

—Estás herida —dijo—. Te pondrás bien. Conseguiré ayuda.
—Su propio costado le dolía como si le estuviesen aplicando un
cautín eléctrico al rojo vivo.

Susan estaba lívida, aterrorizada.

—¿Dónde está él? —preguntó.

—Aquí mismo —respondió la voz detrás de ellos.

Entonces la adolescente soltó un chillido, un solo grito de pánico acumulado, mientras Jeffrey se volvía para ver a su padre en cu-
clillas ante la puerta, justo encima del cuerpo retorcido de Caril
Ann Curtin. Había recogido la automática de su esposa, y ahora les
apuntaba a los tres.

Diana oyó el intercambio de disparos, y una oleada de miedo
intenso le recorrió todo el cuerpo. El silencio que siguió al breve
tiroteo fue igual de terrible, igual de alarmante. Dio un salto hacia
delante y arrancó a correr lo mejor que pudo a través de la oscuridad del bosque, en dirección a las luces de la casa. Cada ramita, cada
zarcillo, cada brizna de hierba que crecía en el sendero dificultaba
su avance. Tropezó, se enderezó y siguió adelante, intentando dejar
la mente en blanco y desterrar de su consciencia las visiones horri-
bles de lo que quizás había ocurrido. Mientras corría, empuñó la
pistola que su hija le había dado, quitó el seguro con el pulgar y se
preparó para utilizarla.

Llegó hasta el borde de la oscuridad y se detuvo.

El silencio que tenía delante era como una pared. Aspiró el aire
frío.

Peter Curtin miraba desde el otro extremo de la habitación a sus
dos hijos y a la adolescente desaparecida, que se estremecía y sollo-
zaba. Su mirada topó con la de Susan, y él sacudió la cabeza.

—Me equivoqué —dijo despacio—. Ahora resulta, Jeffrey, que
aquí la asesina es tu hermana.

Susan, agotada repentinamente a causa de las heridas y la tensión, levantó la pistola de nuevo, con el dedo en el gatillo.

—¿Serías capaz de matarme? —preguntó su padre.

Ella soltó la nueve milímetros, que cayó al suelo con un golpe metálico.

—En el ajedrez —dijo él, despacio, como si estuviera exhausto—, es la reina quien tiene el poder y realiza las jugadas clave. —Curtin asintió—. *Touché* —comentó con aire despreocupado—. Seguramente habrías podido encargarte de aquel tipo del aseo de caballeros sin mi ayuda. —Y añadió—: Subestimé tu capacidad.

El asesino alzó el arma e hizo ademán de apuntar.

En ese instante, Jeffrey comprendió que debía plantar batalla con algo que no fuera una pistola o un cuchillo. En un momento profundo de iluminación supo cómo pararle los pies al hombre que estaba al otro lado de la habitación.

Sonrió, a pesar de las heridas y el dolor.

Fue algo repentino, inesperado. Una expresión que desconcertó a su padre.

—Has perdido —afirmó el hijo.

—¿Perdido? —dijo el padre al cabo de un momento—. ¿En qué sentido?

—¿Has contado? —inquirió Jeffrey enérgicamente—. Contesta.

—¿Que si he contado?

—Dime, padre, ¿quedan tres balas en esa pistola? Porque si no, ha llegado tu hora. Morirás aquí mismo, en esta habitación que tú diseñaste. Me sorprende. ¿Trazaste los planos pensando en tu propia muerte, y no sólo en la de los demás? No parece propio de ti.

Curtin titubeó de nuevo.

Jeffrey prosiguió, embalado, casi riéndose.

—¿Exactamente cuántas veces ha disparado tu querida y abnegada esposa esa pistola? Veamos, en el cargador caben... ¿cuántas? ¿Siete balas? ¿Nueve? Creo que siete. Ahora bien, el arma era de tu mujer, así que ¿hasta qué punto estás familiarizado con ella? Y ella, ¿estaba acostumbrada a meter una octava bala en la recámara? Mira en torno a ti, puedes ver los agujeros en la pared. Susan está sangrando, ¿de cuántas heridas exactamente? ¿Cuántos disparos ha hecho tu esposa antes de que Susan le volara la cabeza?

Curtin se encogió de hombros.

—Tanto da —dijo.

—Oh, no, en absoluto —replicó Jeffrey—, porque ahora las reglas del juego parecen haber cambiado, ¿no es así?

Su padre no contestó de inmediato, y Jeffrey señaló con un gesto la Uzi, amartillada y lista junto a los pies de su hermana. Tendría que pasar por delante de ella para coger el arma. Kimberly Lewis estaba más cerca, y Jeffrey leyó en sus ojos que, aunque asustada, había reparado en la metralleta. Él sabía que, si uno de los dos intentaba agarrarla, su padre dispararía.

—Estoy seguro de que conoces bien este tipo de armas —continuó Jeffrey con voz monótona, fría y segura—. Es un arma de lo más tonta, en realidad. Lo hace saltar todo en pedazos. Es una especie de asesino poco selectivo, a diferencia de ti. Ni siquiera hace falta apuntar con ese trasto, sólo cogerlo, empezar a moverlo de un lado a otro y apretar el gatillo. Mata a diestro y siniestro. Lo deja todo hecho un asco. —Esperaba que la adolescente captara sus instrucciones.

—Eso ya lo sé —repuso Curtin con un deje de rabia en la voz—. Pero sigo sin entender qué tiene que...

—Bueno, tienes dos opciones —dijo Jeffrey, interrumpiéndolo y mofándose de las propias palabras de su padre—. Lo primero que debes plantearte es: «¿Puedo matarlos a todos? Porque si no me quedan tres balas, moriré en el acto.» ¿Y quién será el que te mate, padre? Si me disparas, queda Susan, cuya buena puntería ha quedado más que demostrada. Si nos disparas a los dos, será la pequeña Kimberly quien recoja la Uzi del suelo y te borre del mapa. ¿No sería ése un final ignominioso para tu grandeza? Acribillado por una adolescente aterrada. Eso seguramente les haría mucha gracia a los otros asesinos que arden en el infierno cuando te unas a ellos. Pero si casi puedo oírlos reírse en tu cara ahora mismo. En fin, padre, la decisión está en tus manos. ¿Qué será lo más conveniente? ¿A quién matarás? ¿Sabes?, ha habido muchos disparos en muy poco tiempo. Me pregunto si te quedan balas. Quizá te quede una sola. Tal vez deberías gastarla en ti mismo.

Jeffrey, Susan y la chica se quedaron inmóviles, como en un retablo viviente.

—Te estás marcando un farol —señaló Curtin.

—Hay una forma de averiguarlo. El historiador eres tú. ¿Quién tiene parejas de ases y ochos?

Curtin sonrió.

—«La mano del muerto.» Es un punto muerto muy interesante, Jeffrey. Me tienes impresionado.

El asesino bajó la vista al arma que empuñaba, aparentemente con la intención de determinar el contenido del cargador sopesándola como una fruta. Jeffrey acercó de forma casi imperceptible los dedos a la Uzi que estaba en el suelo. Susan también.

Curtin miró a su hijo.

—El asesino del río Green —dijo pausadamente—. ¿Te acuerdas de él? Y también está mi viejo amigo Jack, por supuesto. Veamos, ah, sí, el asesino del Zodíaco, en San Francisco. Y luego está el cazador de cabezas de Houston. Los Ángeles nos dio al Asesino de la Zona Sur... ¿Entiendes lo que intento decirte?

Jeffrey aspiró profundamente. Sabía exactamente a qué se refería su padre. Todos esos asesinos habían desaparecido, dejando a la policía desconcertada respecto a su identidad y su paradero.

—Te equivocas —repuso—. Yo te encontraré.

—No lo creo —respondió Curtin.

Luego, con paso firme y seguro, encañonándolos a los tres con la pequeña automática en todo momento, el asesino avanzó por la habitación. Subió por las escaleras hacia la trampilla, se detuvo, sonrió y, sin decir palabra, la abrió de un empujón y salió de un salto, mientras sus dos hijos se abalanzaban a la vez sobre la metralleta. Jeffrey fue más rápido, pero para cuando había recogido el arma y apuntado con ella al lugar donde se encontraba su padre hacía un momento, el asesino había desaparecido, dando un portazo tras de sí.

Susan tosió una vez. Intentó pronunciar la palabra «mamá» antes de desmayarse, pero no fue capaz. Jeffrey, también transido de dolor, notó un mareo que amenazaba con hacerle perder el conocimiento. Había gastado más energías en el farol de lo que pensaba. Sujetándose la herida del costado, avanzó trabajosamente, intentando ponerse de pie, preocupado sobre todo por su hermana, hasta que recordó que su madre también se hallaba por allí. Se arrastró hacia las escaleras, a punto de desvanecerse, como un borracho en la cubierta de un barco que se bambolea mucho. Dudaba que pudiera llegar hasta arriba, pero sabía que debía intentarlo. De pronto los oídos empezaron a pitarle debido a la extenuación, y se le desviaban los ojos. En algún lugar recóndito de su interior, esperaba que todos sobreviviesen a esa noche. Entonces, él también cayó hacia atrás y quedó tendido en el suelo de la sala de los asesinatos, precipitándose en la negrura de la inconsciencia.

Diana avistó la figura de un hombre que emergía de la trampilla oculta y la reconoció de inmediato. La fuerza de esa visión, tantos años después, la hizo retroceder, lo cual fue una suerte, porque de este modo quedó a la sombra de un árbol grueso y alto, protegida de toda luz residual. Advirtió que su ex marido se paraba en medio del césped para examinar el arma que llevaba en la mano. Lo vio extraer el cargador y lo oyó proferir una carcajada vehemente antes de tirar a un lado la pistola vacía. Luego, como un animal que husmea un olor en el viento, irguió la cabeza. Ella también estiró el cuello hacia delante, y en ese momento llegó a sus oídos el sonido lejano de una sirena de la policía que se aproximaba a toda velocidad y supo que el conductor había cumplido la misión que Jeffrey le había encomendado.

Se arrimó más al árbol y a la densa oscuridad del bosque. Vio a Peter Curtin volverse y echar a andar en dirección a ella, a paso rápido, pero sin pánico, con la eficiencia de un deportista que había practicado una jugada una y otra vez y a quien ahora, por fin, habían sacado al campo a ejecutar esa jugada concreta en plena tensión de la segunda parte del partido.

Parecía saber con toda precisión adónde se dirigía.

Ella sujetó el revólver con ambas manos y se preparó mentalmente. De pronto, oyó las pisadas de Curtin, el sonido de las ramas que se le enganchaban en la ropa, y después su respiración acelerada mientras caminaba a toda prisa hacia el garaje y el vehículo oculto.

Él se encontraba a sólo unos pasos, avanzando en paralelo al árbol tras el que Diana se escondía. Entonces ella salió de la sombra, justo detrás de él, alzando el revólver con las dos manos como Susan le había enseñado.

—¿Quieres morir ahora, Jeff? —susurró.

La fuerza de su tono, pese a lo bajo de su voz, fue como un golpe en la espalda que estuvo a punto de derribar a Curtin. Éste dio un traspié, luego recuperó el equilibrio y se detuvo por completo. Sin volverse hacia su ex esposa, levantó las manos vacías sobre su cabeza. Luego se volvió despacio para quedar cara a ella.

—Hola, Diana —dijo—. Hacía mucho tiempo que nadie me llamaba Jeff. Debería haber adivinado que estarías aquí, pero supuse que querrían dejarte en algún lugar significativamente más seguro.

—Estoy en un lugar más seguro —replicó Diana y tiró hacia atrás el percutor de la pistola—. He oído los disparos. Cuéntame qué ha ocurrido. No me mientas, Jeff, porque si no te mataré ahora mismo.

Curtin vaciló, como intentando decidir si debía arrancar a correr o embestirla. Observó el arma que ella tenía entre las manos y comprendió que cualquiera de las dos opciones sería letal.

—Están vivos —dijo—. Han ganado.

Ella guardó silencio.

—Estarán bien —aseguró, repitiéndose, como si de ese modo resultara más convincente—. Susan ha matado a mi otra esposa. Es una tiradora excepcional. Mantiene la sangre fría en circunstancias difíciles. Jeffrey también ha estado bien alerta en todo momento. Deberías sentirte orgullosa. Deberíamos sentirnos orgullosos. En fin, el caso es que los dos están heridos, pero sobrevivirán. Me imagino que volverán a sus clases y a sus pasatiempos en menos que canta un gallo. Ah, y en cuanto a mi pequeña invitada de la velada, Kimberly, ella está bien también, aunque queda por ver qué futuro la espera. Creo que esta noche ha resultado especialmente dura para ella.

Diana no contestó, y él clavó la mirada en el arma.

—Es la verdad —aseveró, encogiéndose de hombros. Sonrió—. Claro que podría estar mintiendo. Pero, entonces, ¿qué importancia tiene lo que diga, en un sentido u otro?

Diana apreció cierta lógica perversa en estas palabras.

El ulular de las sirenas se oía cada vez más cerca.

—¿Qué vas a hacer, Diana? —preguntó Curtin—. ¿Entregarme? ¿Pegarme un tiro aquí mismo?

—No —murmuró ella—. Creo que emprenderemos un viaje juntos.

Diana iba en el asiento trasero del vehículo cuatro por cuatro, con el cañón del revólver apretado contra el cuello de su ex marido mientras él conducía a través de la estrecha oscuridad del bosque. Las luces y sirenas que se aproximaban rápidamente a Buena Vista

Drive se desvanecieron enseguida a sus espaldas; estaban adentrándose en un mundo más negro y más antiguo que el que dejaban atrás. Los faros excavaban pozos de luz de formas caprichosas y retorcidas mientras Curtin avanzaba entre grupos de árboles, pasando por encima de rocas y aplastando arbustos. Iban por un terreno de lo más accidentado, algo que semejaba un camino sólo en su sentido más amplio, pero aun así un camino que Diana estaba totalmente segura de que el hombre sentado delante había trazado de antemano y recorrido al menos una vez para probar su ruta de escape.

Él le había pedido con nerviosismo que desamartillase el arma, temeroso de que un tumbo repentino la hiciera tocar el gatillo con la presión suficiente para disparar la Magnum, pero ella había respondido a su petición con una sola frase: «Deberías conducir con cuidado. Sería triste que perdieras la vida por un bache.»

Curtin había abierto la boca para replicar, pero enseguida había cambiado de idea. Se concentró en el camino que se materializaba ante ellos a medida que lo iluminaban los faros.

Continuaron adelante, en el coche que cabeceaba sobre el suelo irregular como un barco a la deriva en las aguas agitadas. El tiempo parecía escurrirse a través de la oscuridad. Diana escuchaba la respiración de su ex marido y recordó ese sonido de años atrás, cuando yacía en la cama por la noche, debatiéndose en la duda y el miedo, mientras él dormía. Aquel hombre le resultaba totalmente familiar, y pese a los cambios debidos al paso del tiempo y a las operaciones, y el peso de todo el mal que había hecho en el mundo, ella todavía lo entendía perfectamente.

—¿Adónde vamos? —preguntó él al cabo de varias horas.

—Al norte —contestó ella.

—Páramos —dijo él—. Eso es lo que hay al norte. El camino se hará más difícil.

—¿Adónde tenías pensado ir?

—Al sur —contestó el, y Diana le creyó.

—¿Tienes otro garaje? ¿Otro vehículo escondido en alguna parte?

Curtin asintió con una sonrisita nerviosa.

—Por supuesto. Siempre has sido astuta —dijo—. Podríamos haber formado un equipo invencible.

—No —repuso ella—, eso no es cierto.

—Sí, tienes razón. Siempre tuviste una debilidad que lo habría echado todo a perder.

Diana soltó un resoplido.

—Y eso es lo que he hecho. Lo he echado todo a perder. Sólo me ha llevado veinticinco años.

Curtin asintió de nuevo.

—Debería haberte matado cuando tuve la oportunidad.

Diana sonrió al oír esto.

—Vaya, qué típico de los espíritus débiles y cobardes. Lamentar las oportunidades perdidas...

Le apretó con fuerza el cogote con la pistola.

—Conduce —ordenó.

Echó una ojeada rápida por la ventanilla. El bosque había raleado, y el suelo era más rocoso y polvoriento, y estaba más cubierto de maleza. Al este se percibía un ligerísimo atisbo de luz que asomaba poco a poco sobre las colinas. Daba la impresión de que el vehículo se encontraba ahora a mayor altitud, que había ascendido por el terreno abrupto. El coche patinó al pasar sobre una roca de pizarra, y su dedo estuvo a punto de apretar el gatillo.

—Creo que ya estamos lo bastante lejos —dijo Diana—. Para el coche.

Curtin obedeció.

Se apearon y echaron a andar bajo los primeros tonos grises del alba, el marido delante, la mujer unos pasos por detrás, con la pistola. Diana vislumbró un brillo rojo con tintes amarillos a lo lejos, en el cielo, y lentamente el camino empezó a cobrar una forma más nítida con los primeros rayos de la luz matinal.

Los dos subían en silencio sobre una gran roca que se alzaba sobre un pequeño desfiladero. Parecía un sitio desierto, desprovisto de vida y apartado de todo recuerdo del mundo moderno. Diana respiró el olor a moho de una época antigua que batallaba con la frescura del día que empezaba a invadirlo todo en torno a ellos.

—Bastante lejos —dijo ella—. Creo que hemos llegado bastante lejos. ¿Te acuerdas de lo que dijimos cuando nos casamos? Lo escribiste en una carta una vez.

El hombre que ella había conocido como Jeffrey Mitchell, y que ahora se hacía llamar Peter Curtin, se detuvo y se dio la vuelta para mirar a su ex mujer. No respondió directamente a su pregunta.

—Veinticinco años —dijo en cambio y sonrió, con la mueca de una calavera. Se acercó a ella, abriendo los brazos, pero con el cuerpo algo encogido—. Ha pasado mucho tiempo. Hemos vivido muchas experiencias. Hay mucho de que hablar, ¿no?

—No, no lo hay —replicó ella.

Y entonces le disparó en el pecho.

El estampido de la pistola pareció rodar en el aire vacío del desfiladero, rebotar en las paredes y salir proyectado como un eco hacia la oscuridad agonizante del cielo. El hombre con quien se había casado se tambaleó hacia atrás, con los ojos muy abiertos por la sorpresa, y el jersey negro estropeado por el súbito estallido rojo. Abrió la boca para decir algo, pero las palabras se le atragantaron. Entonces dio un traspié, como una marioneta a la que de pronto le cortan los hilos, antes de caer hacia atrás y deslizarse por la pared de piedra. Se precipitó en el vacío por sólo un segundo y ella lo perdió de vista. Permaneció atenta hasta que oyó el sonido de su cuerpo golpeándose contra el duro suelo en algún lugar muy lejano.

Diana se sentó en una roca y soltó la pistola, que cayó por el precipicio con un traqueteo metálico. De repente se sintió agotada. «Vieja y cansada», pensó. Vieja, cansada y moribunda. Se llevó la mano al bolsillo y sacó un frasco de pastillas. Se quedó mirándolas por un momento, pensando lo raro que era que ni una vez desde que cayera la noche, hacía varias horas, había notado la menor punzada de dolor a causa de la enfermedad que la consumía por dentro. Pero sabía que ésta era tímida y, además, tan traicionera como el hombre a quien acababa de matar. Así, con un solo gesto enérgico y desafiante, vació todo el contenido del frasco sobre la palma de su mano, sujetó las píldoras con fuerza por un momento, se las llevó todas a la boca, echando la cabeza hacia atrás, y tragó con esfuerzo.

Entonces pensó en sus hijos y supo que, entre todas las cosas que le había contado su ex marido, lo único cierto era que estaban vivos y ahora serían libres. Tanto de él como de ella y su enfermedad. Y, por fin, supo que ella misma sería libre.

Esto le infundió una sensación cálida. Se recostó sobre la roca, que le pareció sorprendentemente confortable, como un lecho muy suave rodeado de cojines mullidos. Aspiró profundamente. El aire se le antojó tan fresco y agradable como el agua más fría y pura de manantial de montaña que había tomado en su infancia. Entonces Diana volvió despacio el rostro hacia la luz del sol naciente y esperó pacientemente a que su vieja compañera, la Muerte, la encontrase.

Epílogo

Examen parcial de Psicología Básica

Pasaron casi dos semanas antes de que un helicóptero del Servicio de Seguridad que efectuaba labores de búsqueda más allá de los límites de la zona protegida del norte del estado encontrara el cadáver de Diana Clayton. El descubrimiento se llevó a cabo temprano por la mañana del día en que estaba previsto que Jeffrey y Susan salieran del hospital de Nueva Washington en que estaban ingresados, y dos días después de que el Congreso de Estados Unidos votara por abrumadora mayoría a favor de la incorporación del estado cincuenta y uno a la Unión.

Jeffrey, incluso antes de recobrar las fuerzas, había librado una batalla frustrante con los médicos, exigiéndoles que le diesen el alta para poder acompañar a los equipos de búsqueda del Servicio de Seguridad que se dispersaban en abanico a partir de la casa situada en el 135 de Buena Vista Drive, ansioso por enterarse del desenlace de aquella noche, pero no se lo permitieron. Susan, que se recuperaba en cama, no sentía el mismo impulso, como si en su fuero interno conociera ya cada detalle de lo que había sucedido en las horas que siguieron al momento en que su padre huyó de la sala de música, y después de que los dos se desmayaran por la tensión, la pérdida de sangre y la impresión.

Curiosamente, el equipo del helicóptero había conseguido rescatar el cuerpo de Diana de la cresta del desfiladero, pero la estrechez del paso les había impedido descender al fondo del barranco en busca de los restos de Peter Curtin. Los habían localizado desde el aire, pero habría hecho falta un equipo con experiencia en escalada para recuperar el cadáver. Era un gasto que el director de seguridad Manson se negó a autorizar.

Se había presentado en el hospital el día del alta, rebosante de entusiasmo por la votación del Congreso, recién salido de una reunión para organizar una celebración en todo el estado ese fin de semana: fuegos artificiales, coches de bomberos con las sirenas encendidas, desfiles con orquestas de viento, *majorettes*, niños exploradores marchando por la calle principal de todas las ciudades nuevas, discursos grandilocuentes y palmaditas de felicitación en la espalda. Una fiesta como las de siempre, roja, blanca y azul, con perritos calientes, limonada y zarzaparrilla, al glorioso estilo Cuatro de Julio, pese a la inminente llegada del invierno.

—Por supuesto, ustedes no serán bienvenidos —les explicó animadamente a los dos hermanos—. Por desgracia, sus visados han caducado.

Manson les entregó sendos cheques a Jeffrey y a Susan.

—Aunque en realidad no teníamos un acuerdo —le dijo a ésta—, como con su hermano, nos ha parecido que era lo más justo.

—Compran mi silencio —replicó Susan—. Dinero para que mantenga el pico cerrado.

—Un dinero —señaló Manson con desparpajo— tan bueno para gastar como cualquier otro. Tal vez incluso mejor.

—Imagino que a la joven señorita Lewis también la compensarán por los daños sufridos y por su silencio, ¿no?

—Se le pagarán cuatro años de universidad y la terapia. Además, su familia pasará de una urbanización marrón a una verde, por cuenta del estado. Su padre tiene un nuevo puesto, con aumento de sueldo. Su madre, lo mismo. Ah, y de propina hemos añadido un par de coches para que puedan desplazarse a sus nuevos trabajos de forma más elegante. De hecho, los vehículos pertenecían al difunto padre de ustedes y a su malvada madrastra. El paquete incluía unos cuantos beneficios más, pero ha resultado extraordinariamente fácil vendérselo a su familia y a la propia joven. Al fin y al cabo, les gusta este lugar, y no deseaban marcharse. Desde luego no tenían la menor intención de decir o hacer algo que pudiera llevarnos a reconsiderar nuestra oferta.

—La gente seguirá haciéndose preguntas —insistió Susan.

—¿De verdad? —replicó Manson—. No, no lo creo. No querrán hablar de este tipo de cosas. No querrán creer que pueden ocurrir. Y menos aún aquí. Así que confío en que se quedarán callados. Tendrán alguna pesadilla que otra, tal vez, pero no abrirán la boca.

Manson se agachó y abrió un maletín. De él sacó un ejemplar de hacía dos días del *New Washington Post* y se lo tiró a Susan. Ella vio el titular: FUNCIONARIA DEL ESTADO PIERDE LA VIDA EN ACCIDENTE CON UN ARMA. Junto al artículo aparecía una fotografía de Caril Ann Curtin. Susan se quedó mirándola y luego se volvió hacia su hermano.

Jeffrey estaba sacudiendo la cabeza con la vista fija en el cheque que Manson le había entregado.

—El precio ha sido muy alto.

—Ah, les acompaño en el sentimiento. Pero tengo entendido que a su madre tampoco le quedaba mucho tiempo...

—Así es —lo cortó Jeffrey, con un ligero deje de ira en la voz—, pero ¿qué precio tienen seis meses? ¿O uno solo? ¿Una semana? ¿Un día? ¿Un minuto, tal vez? Cada segundo es precioso para un hijo.

Manson sonrió.

—Profesor, me parece que su madre ya ha respondido a la mayor parte de esas preguntas valientemente, y cuestionarlo todo sólo servirá para empañar su triunfo.

Jeffrey cerró los ojos por un momento. Luego, asintió en señal de conformidad.

—Es usted un hombre astuto, señor Manson —dijo—. A su manera, es tan listo como lo era mi padre.

Manson sonrió.

—Lo tomaré como un cumplido. ¿Se marcharán pronto? Hoy mismo estaría bien.

—Él nunca envió esa carta a los periódicos, ¿verdad? La que hizo que le invadiera el pánico. Y la carta que nos llevó hasta su casa. Pero tuvo usted suerte, ¿no es cierto? El peso de toda esa publicidad negativa nunca llegó hasta su puerta, ¿verdad?

—No —respondió Manson, sacudiendo la cabeza—. No llegó a echar la carta en el buzón. Hemos tenido suerte en ese aspecto.

—Me pregunto por qué no la envió —dijo Susan.

—Hay una razón —afirmó Jeffrey—. Había una razón para

todo, sólo que no sabemos con exactitud cuál es en este caso. —Se volvió hacia el político, que estaba sentado en un sillón poco confortable, pero cuya satisfacción por el modo en que se habían desarrollado los acontecimientos lo hacía inmune a la incomodidad—. Sabe que él habría ganado. Tenía la razón al cien por cien respecto a las repercusiones que habría tenido la carta. Se habrían pasado ustedes los siguientes seis meses inventando excusas y mintiéndoles a todos los medios de comunicación del país. Respecto a la votación en el Congreso, no sé qué decirle...

—Ah —contestó Manson con un ligero gesto de la mano—, eso ya lo sabía. Lo sabía desde el principio. La opinión pública es voluble. La seguridad es frágil. Sólo se pueden encubrir y distorsionar las cosas hasta cierto punto antes de que la verdad salga a la luz o, peor aún, antes de que algún mito, rumor o lo que llaman leyenda urbana acabe por imponerse. Creo que ésta es la única incógnita que queda, por lo que a mí respecta, profesor. ¿Por qué, después de tomarse tantas molestias para hacerles venir a usted, a su hermana y a su difunta madre, y después de hacer tanto por torpedear el reconocimiento de este estado, vaciló a la hora de poner la guinda en el pastel? Una guinda que le habría garantizado el éxito, con independencia de si moría o seguía vivo. Me resulta de lo más intrigante, ¿a usted no?

—A mí me preocupa —dijo Jeffrey.

Manson sonrió. Se levantó de su asiento, desperezándose.

—Bien —dijo en un tono que daba por finalizada la conversación—, ésa es una preocupación que puede usted llevarse consigo. —Se despidió de Susan Clayton con un movimiento de cabeza y, sin tenderles la mano a ninguno de los dos, salió de la habitación.

No muy lejos de Lake Placid, en el corazón de las montañas Adirondack, hay un lugar conocido como la laguna de los Osos, al que se llega cruzando en canoa el lago Saint Regis superior, dejando atrás los troncos tallados a mano de las grandes y antiguas casas que salpican la orilla, hasta que uno encuentra un pequeño sitio donde desembarcar entre la hilera de pinos y abetos verde oscuro que montan guardia. Desde allí hay que cargar con la canoa a pie a lo largo de poco menos de un kilómetro hasta llegar a otra masa de agua más pequeña y cenagosa recubierta de troncos agrisados y esqueléticos de árboles caídos, y asfixiada por los lirios acuáticos y el silencio. Esta segunda masa de agua no tiene nombre. Es poco profunda, inquietante. Una charca turbia y oscura por la que se pasa rápidamente. Luego hay que volver a cargar con la embarcación por tierra, no más de doscientos metros sobre agujas de pino y el polvo blanco de las primeras nevadas que llegan a esa parte del mundo del norte, trayendo consigo el frío, vientos del Ártico y la promesa de un invierno crudo, porque allí todos los inviernos lo son. Al final del segundo trecho a pie, comienza la laguna de los Osos. La orilla es rocosa, una faja de granito gris que conduce al bosque frondoso y verde, y circunda un agua clara y cristalina, profunda y repleta de las formas relucientes de las truchas arco iris que nadan suspendidas en un mundo opaco. Es un lugar con pocos términos medios, de una belleza gélida, en el que reina el silencio salvo por la risotada etérea y ocasional del somorgujo. Las águilas pescadoras surcan el aire frío y azul sobre la laguna, a la caza de alguna trucha imprudente que se acerque demasiado a la superficie.

La idea de llevar allí las cenizas de Diana se le ocurrió a Susan.

Los dos hermanos habían encontrado a un viejo guía de pesca dispuesto a acompañarlos. Era una mañana despejada, llena de escarcha. Los lagos aún no se habían recubierto de hielo, aunque probablemente faltaban pocos días para que eso ocurriera. Soplaba una leve brisa, rachas esporádicas de un viento glacial que contrarrestaba la intensa luz del sol, recordándoles que el mundo que los rodeaba empezaba a aletargarse. Las cabañas para gente adinerada, construidas un siglo atrás por los Rockefeller y los Roosevelt, estaban cerradas con tablas y en silencio. Se encontraban solos en el lago.

El guía iba en la popa, y Jeffrey en la proa, remando rápidamente contra el frío y la luz, de forma que el color ceniciento de su remo se hundía y desaparecía en el agua gélida. Susan iba en medio de la canoa, bajo una manta de cuadros roja, con una pequeña caja de metal que contenía las cenizas de su madre entre las manos, escuchando el sonido rítmico de la canoa al deslizarse a través del lago.

Cuando llegaron a la margen de la laguna de los Osos, la brisa pareció extinguirse. La canoa hizo crujir la grava de la orilla, y Susan vio que empezaba a formarse hielo al borde del agua. El guía los dejó solos y se fue a despejar de nieve húmeda el centro de un reducido claro para preparar una pequeña hoguera.

—Deberíamos decir algo —comentó Susan.

—¿Por qué? —preguntó Jeffrey.

Su hermana asintió con la cabeza y luego, describiendo un arco amplio con el brazo, arrojó las cenizas a la laguna.

Se quedaron de pie, observando la superficie durante unos minutos mientras las cenizas se esparcían, se dispersaban y finalmente se hundían como vaharadas de humo en el agua límpida.

—Y ahora, ¿qué harás? —inquirió Jeffrey.

—Creo que me iré a casa, donde siempre hace un calor del demonio, y en cuanto llegue allí, arrancaré mi lancha y saldré a toda máquina hacia un bajío donde no haya nadie más y me quedaré allí oliendo el aire salado hasta que vea una palometa nadando por ahí buscando algo que comer y pasando bastante de mí. Y entonces le pondré un cangrejo artificial delante de sus estúpidas narices, y se llevará una sorpresa monumental cuando sienta ese anzuelo. Creo que eso es lo que haré.

Esto le arrancó una sonrisa a Jeffrey, que se encogió para protegerse del frío.

—Parece un buen plan —dijo.

—¿Y tú? —preguntó Susan.

—Volveré al tajo. Trazaré mi calendario de clases. Prepararé los cursos del semestre de primavera. Me enzarzaré en discusiones largas, increíblemente aburridas y a la postre inútiles con otros miembros de mi departamento. Veré llegar a otra tanda de alumnos ingratos, analfabetos y generalmente mimados a la universidad. No parece ni remotamente tan divertido como lo que tú piensas hacer.

Susan se rio.

—Ésa es la diferencia entre tú y yo —dijo—. Supongo. —Alzó la vista al cielo ancho y azul—. No hay nubes —observó—, pero creo que no tardará en ponerse a nevar.

—Esta noche —convino Jeffrey—. Mañana, como muy tarde.

Dieron media vuelta y se alejaron juntos del estanque.

—Supongo que ahora somos huérfanos —murmuró ella.

Había 107 alumnos matriculados en su clase de introducción a la Psicología Básica del siguiente trimestre, Introducción a las Conductas Aberrantes. Matar por Diversión. Curso introductorio. Pronunció sus discursos habituales sobre personas que asesinaban por diversión y pervertidos, y dedicó un poco de tiempo a los asesinos en serie y la ira explosiva. Centró casi toda la clase en el asesino de Dúseldorf, Peter Kürten, de quien su padre había tomado prestado el nombre en el estado cincuenta y uno. Se preguntó por qué su padre había decidido rendir homenaje a ese asesino en particular.

Kürten había sido un salvaje, fruto a su vez del incesto y el abuso sexual, un pervertido con unos modales que desarmaban a sus víctimas y sin el menor asomo de sentimiento hacia ninguna de ellas salvo, curiosamente, la última, una joven a quien de manera inexplicable había dejado en libertad tras torturarla después de que ella le suplicara por su vida y le prometiese que no le contaría a un alma lo que él le había hecho. El motivo por el que había soltado a esa joven —cuando sin lugar a dudas muchas otras habían implorado de manera similar— seguía siendo un misterio. Como es natural, ella fue directa a la policía, que acto seguido fue a por Kürten y lo detuvo, junto con la familia con la que se había hecho. Él no se molestó en intentar huir, ni siquiera en defenderse en el juicio subsiguiente. De hecho, la imagen de Peter Kürten que quedó grabada en la memoria de sus verdugos fue la del asesino claramente excitado al pensar en su propia sangre derramada en el momento en que la guillotina le rebanara el cuello. Kürten subió al patíbulo con una sonrisa en la cara.

Su padre, pensó Jeffrey, había rendido homenaje al mal.

El examen parcial de Psicología Básica consistía en unas preguntas cuya respuesta debían desarrollar los alumnos dentro del límite de una hora. Los estudiantes entraron en fila en el aula, con cara de pocos amigos, como si en el fondo les diera rabia tener que examinarse. Ocuparon todos los asientos mientras él consultaba la hora en su reloj. Pidió que se repartieran las carpetas azules de rigor y observó a los alumnos escribir su nombre en la cubierta.

—Muy bien —dijo—. No quiero oír hablar a nadie. Si necesitan una segunda carpeta, levanten la mano y yo se la llevaré. ¿Alguna pregunta?

Una chica con los pelos de punta que le daban un aspecto de puerco espín alzó la mano.

—¿Si terminamos antes de tiempo, podemos marcharnos?

—Si quieren —contestó Jeffrey. Supuso que la chica tenía alguna cita, o bien que no se había tomado la molestia de estudiar y no quería pasarse toda la mañana allí sentada sin saber responder a las preguntas del examen. Paseó la vista por la clase y, al no ver más manos alzadas, se acercó a la pizarra y se puso a escribir. Detestaba ese momento en que les daba la espalda a más de cien estudiantes, todos ellos furiosos por tener que presentarse a un examen. Se sentía vulnerable. Al menos ninguna de las alarmas se había disparado esa mañana.

En un rincón del aula, un guardia de seguridad del campus estaba sentado en una silla de metal plegable. Ahora Jeffrey pedía que le enviaran a un policía cada vez que ponía un examen. El agente llevaba una coraza, que debía de darle un calor muy incómodo en aquella sala atestada, y balanceaba una larga porra de grafito negro entre las piernas. Tenía una metralleta colgada del hombro. El hombre parecía aburrido, y mientras Jeffrey escribía en la pizarra, le hizo un gesto con la cabeza como para indicarle que prestara más atención a los estudiantes del aula.

El examen constaba de dos partes. En la primera, los alumnos debían identificar y describir a las personas cuyos nombres él escribiera en la pizarra. Se trataba de varios asesinos que había tratado en clase. Para la segunda parte, debían elegir un tema para desarrollar, entre los dos siguientes:

1) Aunque Charles Manson no entró con los asesinos en la casa donde cometieron sus crímenes, lo declararon culpable de los asesinatos. Explique por qué, y qué influencia ejerció sobre los autores de los crímenes. Escriba en qué diferencia esto a Manson de otros asesinos que hemos estudiado.

2) Explique y compare el ataque de Ted Bundy a la residencia de la hermandad Chi Omega con el asesinato a manos de Richard Speck de las ocho enfermeras de Chicago. ¿Por qué son distintos? ¿Qué semejanzas hay entre los dos crímenes? ¿Qué impacto social tuvieron en sus comunidades respectivas?

Terminó de escribir en la pizarra y volvió a su asiento detrás del escritorio. Mientras los estudiantes se enfrascaban en el examen, él cogió el periódico de esa mañana. Había una noticia en la parte inferior de la primera plana que le pareció desalentadora. Un profesor de lenguas románicas del cercano Smith College había muerto a causa de un disparo la noche anterior mientras caminaba por el campus poco después del atardecer. Al parecer el asesino del profesor había seguido al hombre, había sacado una pistola de pequeño calibre y le había pegado un solo tiro en la base del cráneo antes de desaparecer en las sombras, sin que nadie lo viera ni identificara. La policía estaba interrogando a muchos de los alumnos actuales y ex alumnos del profesor, sobre todo a los que habían suspendido alguno de sus cursos. Era notoriamente exigente en una época en que las notas altas se regalaban con frecuencia a alumnos que no se las habían ganado.

Continuó leyendo; pasó a la sección de deportes —otro escándalo de sobornos y jugadores comprados en el equipo de baloncesto— y luego a la de noticias locales. Mientras leía, algunos alumnos terminaron su examen. Él había dispuesto una pequeña bandeja de plástico al pie de la tarima. Ellos tiraban sus carpetas azules allí y se marchaban. De vez en cuando alguno se entretenía en la puerta, y Jeffrey oía carcajadas o quejas por parte de los que salían. Para cuando sonó el timbre que marcaba el final de la clase, el aula estaba vacía.

Recogió las carpetas azules, le dio las gracias al poli aburrido y regresó a su pequeño despacho en el Departamento de Psicología. Como era su costumbre, antes de empezar a corregir los exámenes, los contó para asegurarse de que todos los alumnos hubieran entregado su examen.

Se sorprendió cuando su cuenta llegó a 108.

Miró con curiosidad la pila de exámenes. Había ciento siete alumnos matriculados en su clase. Ninguno le había pedido una segunda carpeta. Y, en cambio, ahora tenía 108 por corregir. Lo primero que pensó es que todo formaba parte de una elaborada estratagema para copiar. No habría sido la primera vez que unos alumnos probaran suerte con una artimaña semejante. Ante algunos de los intentos más creativos, él no podía por menos de pensar que, si los alumnos hubieran dedicado el mismo tiempo a estudiar, no habrían tenido que recurrir a las trampas. Pero también entendía que la naturaleza de la educación moderna a veces hacía que el engaño fuese preferible al aprendizaje.

Contó de nuevo. Obtuvo la misma cifra.

Jeffrey rebuscó en el montón, preguntándose qué forma iba a tomar la trampa, cuando se percató de que una de las carpetas azules no llevaba ningún nombre escrito en la cubierta. Suspiró, pensando que había mezclado sin querer una carpeta en blanco entre las otras, y la sacó de la pila.

La abrió distraídamente, sólo para cerciorarse.

Dentro de la carpeta azul había una nota escrita a mano:

¿Sabes? Si uno de verdad quisiera matar al profesor que tantas cosas le ha arrebatado, no le resultaría tan difícil. Una forma sería ocultar el móvil auténtico del asesinato. Esto puede hacerse fácilmente, por ejemplo, ejecutando al azar a miembros del profesorado de las otras cuatro universidades y academias de las comunidades cercanas. Matar a otros dos, y después matar al objetivo real, y luego a dos más. Seguramente reconocerás este ardid, profesor; Agatha Christie lo describió en *El misterio de la guía de ferrocarriles*, libro escrito en 1935, hace casi un siglo. En él, un astuto francés, un hablante de una lengua románica, era el encargado de descubrir la trama. Me pregunto si la novela estará ya descatalogada. Me pregunto si alguno de nuestros policías locales es tan listo como Hercule Poirot. Pero esto es sólo una idea.

Tengo otras.

Nuestro padre me enseñó mucho. Siempre decía que debía cultivarme a fondo para poder enfrentarme con éxito al Profesor de la Muerte. Destruir el nuevo mundo en el que me crie seguramente supondrá un desafío menor, así que creo que mañana, o tal vez el año que viene, pero en un futuro cercano, regresaré al estado cincuenta y uno. La última noche que estuve con mi padre, intercambiamos ideas sobre el tipo de terror que yo podría sembrar en aquel entorno tan arrogantemente seguro.

Sólo quería que supieras que volveré a por ti cuando esté preparado.

La nota no estaba firmada, cosa que no le sorprendió.

Jeffrey Clayton notó un vacío en su interior que no era producto, sin embargo, ni del miedo ni de la angustia ante una amenaza, ni siquiera de la tristeza. Pensó que en muy poco tiempo había aprendido mucho y que, durante toda su vida, el conocimiento era lo único que lo había distinguido de su padre y de otros como él.

Notó que una sonrisa irónica asomaba a sus labios, y entonces comprendió por qué su padre no había enviado su carta sensacional a los periódicos. Porque sabía lo que estaba dejando a la posteridad. Era un tipo de legado distinto. Y lo que había dejado tenía todo el potencial del mundo para superar sus propios logros. Padres e hijos.

Jeffrey dejó a un lado la carpeta azul. Acogió incluso esta inquietante información con un entusiasmo frío y descarnado. Contempló la nota una vez más y cayó en la cuenta también de que el profesor muerto que aparecía en la portada del periódico de la mañana formaba parte de la nota tanto como las palabras escritas a mano que tenía ante sí. Supuso que debería estar asustado, pero en cambio se sentía intrigado y lleno de energía.

Sacudió la cabeza. «No si yo te encuentro primero», le dijo en silencio a la imagen fantasmal de su hermano.